EXCALIBUR

Herausgegeben von
Melissa Andersson
und
Gerd Rottenecker

W0390119

Über die Autorin:

J.V. Jones begann ihre Karriere mit der Trilogie *Das Buch der Worte*; alle Titel waren Nr. 1 der Fantasy-Bestsellerlisten. J.V. Jones lebt in San Diego, Kalifornien.

Weitere Titel in Vorbereitung.

J. V. Jones

DAS SCHWERT DER SCHATTEN

1

Das dunkle Herz der Nacht

Ins Deutsche übertragen von
Regina Winter

Knaur

Die amerikanische Originalausgabe erschien 1999 unter dem Titel »The Sword of Shadows: A Cavern of Black Ice, Part 1« bei Warner Books, New York

Besuchen Sie uns im Internet:
www.droemer-knaur.de

Deutsche Erstveröffentlichung 2/2000
Copyright © der Originalausgabe 1999 by J.V. Jones.
All rights reserved.
Published in agreement with Baror International, Armonk, New York, USA.
Copyright © der deutschsprachigen Ausgabe 2000 by Droemer Knaur Verlag, München.
Alle Rechte vorbehalten. Das Werk darf – auch teilweise – nur mit Genehmigung des Verlags wiedergegeben werden.
Umschlagkonzept: Melissa Andersson
Umschlaggestaltung: Agentur Zero, München
Umschlagillustration: Greg Call, »A Cavern of Black Ice«
Karte: Detlev Henke, Bielefeld
Lektorat: Ralf Reiter
Satz: Ventura Publisher im Verlag
Druck und Bindung: Clausen & Bosse, Leck
Printed in Germany
ISBN 3-426-70174-X

2 4 5 3 1

Für Paul,
der auf der anderen Atlantikseite
zu ebenso seltsamen Zeiten arbeitet
wie ich

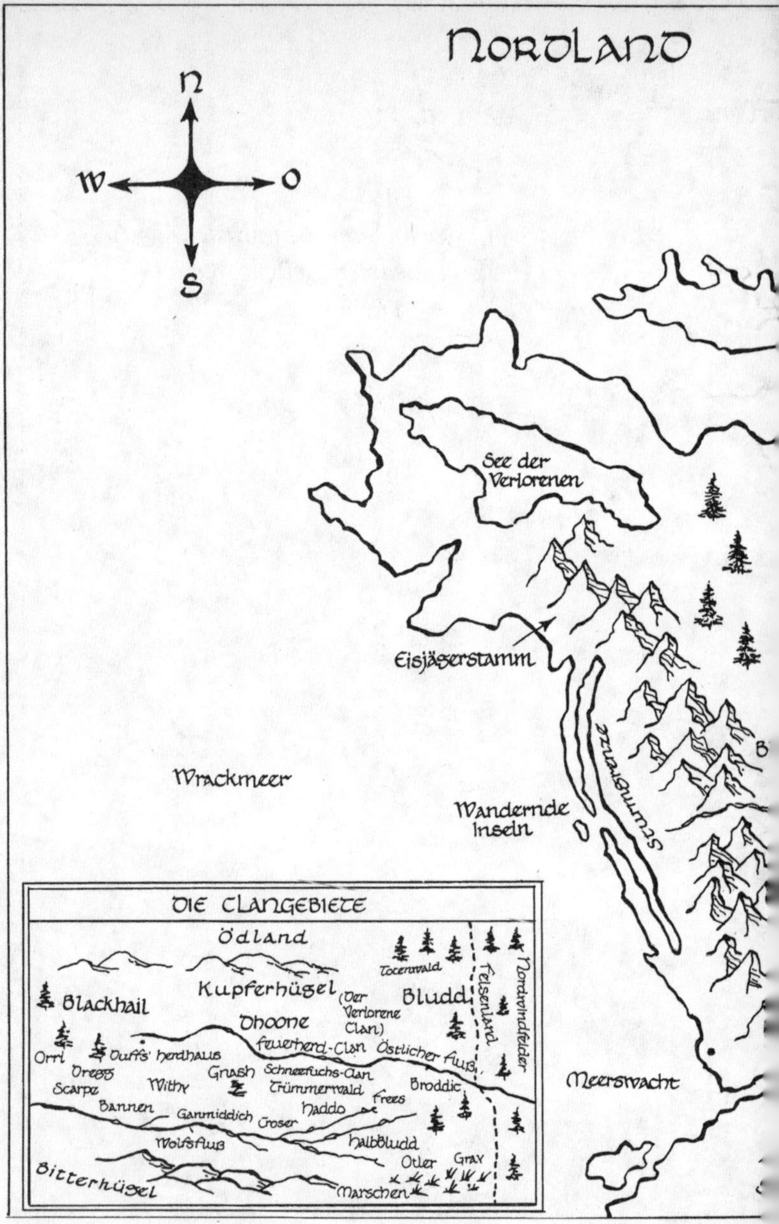

Nordland
N
W
O
S
See der Verlorenen
Eisjägerstamm
Sturmgrenze
Wrackmeer
Wandernde Inseln
Meerswacht
Die Clangebiete
Ödland
Totenwald
Kupferhügel
Blackhail
(Der Verlorene Clan)
Bludd
Felsenland
Nordwindfelder
Dhoone
Feuerherd-Clan
Östlicher Fluß
Orrl
Duffs' Herdhaus
Dregg
Gnash
Schneefuchs-Clan
Scarpe
Withy
Trümmerwald
Broddic
Bannen
Ganmiddich
Croser
Haddo
Frees
Wolfsfluß
Halbbludd
Otler
Gray
Bitterhügel
Marschen

Trümmermeer
Ende der Welt
Rote Gletscher
das Kargland
Nordwind-felder
die Ödnis
Inneres Meer
Nachtmeer
Clan Dhoone
Clan Bludd
Höllen-stadt
Der Nagel
Östlicher Fluß
Felsenland
Wolfsfluß
Trance Vor
Herzland der Sull
(Lage der Ortschaften nicht bekannt)
Morgen-stern
Steinbrüche
die Bitterhügel
Spire Vanis
Bergblutsee
Geier-sumpf
See der Seelen
Gottes-blick
Bren

Prolog
Eine Geburt, ein Tod und eine Bindung

Tarissa flüsterte ein hoffnungsvolles Stoßgebet, bevor sie zum Himmel aufblickte. »Bitte, laß es einfacher sein als zuvor. *Bitte.*« Dann schloß sie den Mund wieder und spähte an den windzerzausten Fichten entlang und über die vom Frost geborstenen Granitfelsen hinweg, um nach dem Sonnenstand Ausschau zu halten. Nur daß die Sonne nicht zu sehen war. Sturmwolken rollten über den Himmel, sperrten das Sonnenlicht aus, drängten sich, kochten, getrieben von Winden, die sie umkreisten, und schnappten wie ein Wolfsrudel nach einer Herde Schafe. Tarissa machte eine kleine Geste mit der Hand. Der Sturm zog nicht über sie hinweg. Er würde hier am Berg bleiben.

Sie senkte den Blick wieder und holte tief Luft, um sich zu wappnen. Sie konnte es sich nicht leisten, in Panik zu geraten. Die Stadt lag tausend Fuß unterhalb von hier, erhob sich aus dem Schatten des Berges wie ein zweiter, niedrigerer Gipfel. Sie konnte die Ringtürme nun klar erkennen, vier von ihnen, zwei direkt an der Mauer, der höchste durchdrang den Sturm mit seinem Eisengitter. Es war ein langer Weg nach unten. Es würde Stunden dauern. Und sie mußte vorsichtig sein.

Sie legte die Hand auf ihren dicken Bauch und zwang sich zu einem Lächeln. *Stürme?* Das hatte nichts zu bedeuten.

Sie bewegte sich rasch. Geröll, Vogelskelette und vom Wind hierher gewehte Zweige drohten immer wieder, sie zum Stolpern zu bringen. Es war schwierig, überhaupt zu gehen, und noch schwieriger, auf dem steiler werdenden Abhang das Gleichgewicht zu bewahren. Tiefe Felsspalten zwangen sie seitwärts statt abwärts. Die Temperatur fiel, und zum ersten Mal an diesem Tag bemerkte Tarissa, daß ihr Atem weiß vor ihr in der Luft hing. Ihr linker Handschuh war schon seit Tagen verschwunden – sie hat ihn irgendwo auf der anderen Bergseite verloren –, und jetzt zog sie den rechten aus, drehte ihn herum und zog ihn über die linke Hand. Die Finger dort hatten begonnen, taub zu werden.

Totes Holz blockierte ihr den Weg. Ein paar Baumstämme waren so glatt, daß sie wie poliert wirkten. Als Tarissa die Hand ausstreckte, um sich an einem dieser festen, schwarzen Äste festzuhalten, spürte sie einen stechenden Schmerz tief unten im Bauch. Etwas bewegte sich. Nässe breitete sich über ihre Oberschenkel aus. Ein schwächeres Stechen durchdrang ihre Lenden, und eine Welle von Übelkeit sandte ihr den Geschmack saurer Milch in den Mund. Tarissa schloß die Augen. Diesmal behielt sie ihre Hoffnungen für sich.

Dicke, wäßrige Schneeflocken fielen, als sie sich von dem toten Baum abstützte. Ihr Handschuh war klebrig vor Harz, und Tannennadeln klebten an ihren Fingern. Das Granitsims, auf dem sie stand, war unsicher; Geröll rutschte unter ihren Füßen weg, und die Rinden abgebrochener Zweige zerfielen zu nichts, sobald sie das Gewicht darauf verlagerte. Trotz der Kälte begann Tarissa zu schwitzen. Der Schmerz in ihrem Rücken fraß sich nach innen, und obwohl sie es nicht zugeben, nicht einmal bemerken wollte, begann ihr Unterbauch, sich in rhythmischen Wellen zusammenzuziehen.

Nein. *Nein. NEIN.* Ihr Baby hätte noch nicht kommen sollen. Zwei weitere Wochen – es *mußte* einfach so sein. Sie mußte noch die Stadt und dort eine Zuflucht erreichen. Sie hatte sogar genug Geld für eine Hebamme und ein Zimmer gespart.

Als sie den Weg durch die Felsen wiederfand, begann sie schneller zu gehen. Ein einzelner Rabe, sein Gefieder dunkel und ölig wie verbrannte Leber, beobachtete sie schweigend vom verkrüppelten Ast einer Kiefer aus. Als sie den Vogel entdeckte, mußte Tarissa daran denken, wie lächerlich sie vermutlich aussah: mit ihrem dicken Bauch, dem zerzausten Haar, wie sie den Berghang hinab mit dem Sturm um die Wette lief. Sie zog eine Grimasse und wandte den Blick von dem Vogel ab. Es gefiel ihr nicht, wie sie sich dabei vorkam.

Die Krämpfe wurden nun schneller, und Tarissa stellte fest, daß es half, in Bewegung zu bleiben. Wenn sie stehenblieb, verharrten auch die Schmerzen, und sie hatte mehr Zeit, zu zählen und nachzudenken.

Nebel stieg aus den Schluchten auf. Schnee flog Tarissa ins Gesicht, und der Wind hob ihr den Umhang vom Rücken. Die Wolken äfften ihren Abstieg nach, folgten ihr den Berg hinab, als zeigte sie ihnen den Weg. Tarissa hielt sich mit der behandschuhten Hand den Bauch. Die Flüssigkeit zwischen ihren Beinen war zu einem klebrigen Film getrocknet, der ihr beim Gehen die Oberschenkel zusammenhielt. Hitze pumpte durch die Arterien in ihrem Hals, ließ ihre Wangen und die Nasenwurzel erröten.

Schneller. Sie mußte sich schneller bewegen.

Sie entdeckte eine offene Stelle zwischen Felsen und ging weiter nach rechts. Dornen rissen an ihrem Rock, und sie zerrte ungeduldig am Stoff. Als sie sich wieder nach dem Weg umsah, flog der Rabe auf. Seine schwarzen Flügel flatterten gegen den Sturm an, schnappten und rissen wie Zähne.

Beim nächsten Schritt begannen Kies und Geröll unter ihren Füßen wegzurutschen. Sie spürte, wie sie fiel, und streckte die Arme aus, um sich an etwas, *irgend etwas*, festzuhalten. Der Nebel verbarg alles unterhalb von ihr, und sie fand nur lockere Steine und Zweige. Schmerz stach ihr in die Schulter, als sie gegen einen Felsen geworfen wurde. Kiefernzapfen und Steine hüpften über sie hinweg, während sie verzweifelt versuchte, ihren Sturz aufzuhalten. Mit der nackten Hand griff sie nach einem Büschel Wolfsgras, aber sie rutschte weiter und riß es mit den Wurzeln aus. Mit der Hüfte streifte sie eine Granitkante, etwas Scharfes kratzte die Haut von ihrer Kniekehle, und als sie den Mund öffnete, um zu schreien, fiel ihr Schnee hinein und ließ ihr den Schrei auf der Zunge erstarren.

Sie kam zu sich. Sie spürte keinen Schmerz, nur einen Nebelschleier unklaren Lichts zwischen sich und der äußeren Welt. Über ihr erstreckten sich, so weit sie sehen konnte, Mauern aus handbearbeitetem Kalkstein, von Steinmetzen geschnitten und so glatt wie Knochen. Endlich hatte sie die Stadt mit dem Eisenturm erreicht.

Trübe war sie sich bewußt, daß etwas unter ihr schob. Es dauerte lange, bis ihr klar wurde, daß es ihr eigener Körper war, der daran arbeitete, das Kind auszustoßen. Sie schluckte. Plötzlich fehlten ihr all die Menschen, vor denen sie davongelaufen war. Es war ein Fehler gewesen, ihr Zuhause zu verlassen.

Krah!

Tarissa versuchte, sich nach dem Geräusch umzudrehen. Eine heiße Nadel aus Schmerz stach in die Wirbel in ihrem Nacken. Sie verlor das Bewußtsein. Als sie wieder zu sich kam, sah sie den Raben auf einem Felsen vor sich sitzen. Schwarzgoldene Augen betrachteten sie mit einem Blick, dem es an jeglichem Mitgefühl mangelte. Der Vogel wackelte mit dem Kopf, hob seine schuppigen gelben Klauen und tanzte seinen kleinen Verdammungstanz. Als er fertig war, gab er ein leises, glucksendes Geräusch von sich, das sich anhörte wie eine Mutter, die ihr Kind tadelt, und dann überließ er sich wieder der Gnade des Sturms. Ein kalter Wind trug ihn rasch davon.

Pressen. Sie preßte weiter.

Tarissa hatte das Gefühl zu schweben … sie war so müde … so unglaublich müde. Wenn sie nur einen Weg durch den Nebel finden würde … wenn sie nur mehr sehen könnte.

Als sich ihre Lider zum letzten Mal schlossen und ihre Rippen einen ungenutzten Atemzug aus ihren Lungen drückten, sah sie ein Paar gestiefelter Füße auf sich zukommen. Die Schneeflocken schmolzen, sobald sie auf das teergeschwärzte Leder fielen.

Sie setzten ihm die Egel in Sechserringen an. Er war überzogen mit Schweiß und Felsenstaub und Schmutz, und der erste Mann kratzte ihm die Hand mit Hirschtalg und einem Zedernholzkeil sauber, während der zweite in seinem Schatten mit einer Zange, einem Pecheimer und schweren Wildlederhandschuhen arbeitete. Der Mann, der seinen Namen nicht mehr wußte, spannte sich gegen seine Fesseln an und prüfte sie. Dicke Seilrollen drückten sich in seinen Hals, die Oberarme, Handgelenke, Oberschenkel und Fußknöchel. Er konnte schaudern und atmen und blinzeln. Mehr nicht.

Er spürte die Egel kaum. Einer ließ sich in der Falte zwischen der Innenseite des Oberschenkels und der Leiste nieder, und der Mann spannte sich einen Augenblick lang an. Zange nahm eine Prise weißen Puders aus einem Beutel, den er um den Hals trug, und streute sie auf den Egel. Salz. Der Egel fiel ab. Ein frischer Egel wurde angesetzt, diesmal höher, damit er sich nicht an Haut hängen konnte, die nicht geeignet war.

Nachdem dies geschehen war, zog Zange seine Handschuhe aus und sagte etwas, das seinen Komplizen auf die andere Seite der Zelle schickte. Einen Augenblick später kehrte er mit einem Tablett und einer Specksteinlampe zurück. In der Lampe erwärmte eine einzelne rote Flamme den Inhalt des Tiegels darüber. Als er die Flamme sah, zuckte der Mann ohne Namen so heftig zusammen, daß das Seil an seinen Handgelenken ihm die Haut aufriß. Flammen waren jetzt alles, was ihm geblieben war. Erinnerungen und Flammen. Er haßte die Flammen und fürchtete sie, aber er brauchte sie auch. Aus der Vertrautheit wächst Verachtung, hieß es. Aber der Mann ohne Namen wußte, daß dies nur die Hälfte der Wahrheit war. Aus Vertrautheit wurde auch Abhängigkeit.

In Gedanken an die Flammen versunken, sah er nicht, daß Zange Werg zwischen seinen Fingern knetete. Er war sich nur der Hände des Komplizen an seinem Kiefer bewußt, der seinen Kopf zurechtschob, das Haar zur Seite wischte und seinen

Hinterkopf fest gegen die Bank drückte. Der Mann ohne Namen spürte das ausgefranste Seil und Bienenwachs, das man ihm ins linke Ohr steckte. Sie kalfaterten ihn wie einen vom Sturm zerschlagenen Schiffsrumpf. Man stopfte ihm ein zweites Stück Werg ins rechte Ohr, und dann hielt der Komplize die Kiefer des namenlosen Mannes weit auf, während ihm Zange einen dritten Wergklumpen tief in den Hals schob. Das Bedürfnis, sich zu übergeben, war plötzlich überwältigend, aber Zange schlug den Namenlosen fest auf die Brust und dann auf den Bauch und drückte gegen die sich zusammenziehenden Muskeln und zwang sie flach. Einen Augenblick später war der Drang vergangen.

Immer noch hielt der Komplize seinen Kiefer. Zange wandte sich dem Tablett zu, und seine Hände warfen Klauenschatten auf die Zellenmauer. Dann drehte er sich wieder um. Er hatte ein Stück Tiersehne zwischen den Händen gespannt. Als der Komplize das sah, veränderte er seinen Griff, öffnete den Mund des namenlosen Mannes weiter und zog Lippengewebe und Knochen zurück. Der namenlose Mann spürte dicke Finger in seinem Mund. Es schmeckte nach Urin und Salz und Egelwasser. Die Finger drückten ihm die Zunge tief in den Mund, und die Sehne wurde über seine unteren Zähne gespannt, um die Zunge am Ort zu halten.

Angst wurde in der Brust des Namenlosen lebendig. Vielleicht waren Flammen nicht das einzige, was ihm schaden konnte.

»Er ist bereit«, sagte Zange und trat zurück.

»Was ist mit dem Wachs?« erklang eine dritte leise Stimme aus dem Schatten neben der Tür. Das war der, der die Befehle gab. »Ihr solltet auch seine Augen versiegeln.«

»Das Wachs ist zu heiß. Er könnte blind werden, wenn wir es jetzt benutzen.«

»Benutzt es.«

Die Flamme in der Specksteinlampe flackerte, als der Komplize den Tiegel wegzog. Der Mann ohne Namen roch den Qualm, der aus unreinen Teilen des Wachses aufstieg. Als das Brennen kam, entsetzte es ihn. Nach allem, was er durchgemacht hatte, nach all seinen Leiden, hatte er sich eingebildet, über jeden Schmerz erhaben zu sein. Er hatte unrecht. Und als es dann weiterging und Zange ihm mit Hilfe eines mit Gänsedaunen gepolsterten Hammers methodisch die Knochen brach, folgte der Komplize ihm, um dafür zu sorgen, daß die gesplitterten Enden auseinandergezogen wurden, und sie manipulierten seine inneren Organe mit so langen und feinen Nadeln, daß sie bestimmte Kammern in seiner Lunge und im Herzen durchstoßen konnten, während das umgebende Gewebe intakt blieb, und da wurde ihm klar, daß der Schmerz – und die Fähigkeit, ihn zu spüren – als letztes verschwinden würde.

Als der, der die Befehle ausgab, näher trat und Worte der Bindung flüsterte, die älter waren als die Stadt, in der sie sich befanden, war dem Mann ohne Namen bereits alles gleich. Sein Geist war zu den Flammen zurückgekehrt. Dies war immerhin ein Schmerz, den er kannte.

1
Im Ödland

Raif Sevrance nahm das Ziel ins Visier und *rief* den Schneehasen zu sich. Ein Augenblick der Orientierungslosigkeit folgte, und die Welt sackte von ihm weg, wie ein großer, dunkler Stein auf den Boden eines Sees sinkt; dann nahm er innerhalb einer Zeitspanne, die kürzer nicht sein konnte, das Herz des Tieres wahr. Licht, Geräusche und Gerüche des Ödlandes glitten davon, und es blieb nichts als das Gewicht des Blutes in der Brust des Schneehasen und das Flattern seines Herzens. Langsam und entschlossen bewegte Raif den Bogen vom Ziel weg. Der Pfeil durchschnitt die eiskalte Luft wie ein laut ausgesprochenes Wort. Als seine Eisenspitze an dem Hasen vorbeischoß, riß das Tier den Kopf hoch und suchte in einem Kissen aus schwarzem Riedgras Zuflucht.

»Versuch es noch einmal«, sagte Drey. »Du hast absichtlich daneben geschossen.«

Raif senkte den Bogen und warf seinem älteren Bruder einen Seitenblick zu. Dreys Gesicht lag halb im Schatten der Kapuze, aber es war deutlich zu sehen, daß er die Lippen fest zusammengekniffen hatte. Raif hielt inne, dachte daran zu widersprechen, dann zuckte er die Achseln und ging weiter über die Tundra. Er fühlte sich nie wohl dabei, wenn er Drey etwas vormachte.

Raif strich über seinen Hornbogen und spähte über das windzerzauste Ödland. Auf den Tauwasserteichen lagen bereits dicke Eisschollen. In dem kurzen Gras unter Raifs Füßen hing Reif. Die wenigen Bäume, denen es gelungen war, auf der kiesigen Überflutungsebene zu überleben, waren von Wind verkrüppelte Fichten und gebeugte Schierlingssträucher. Direkt vor ihnen lag eine flache Senke voll loser Steine und struppiger

Büsche, die so zäh und knochig wie Elchgeweihe aussahen. Raif ließ den Blick einen Bruchteil tiefer sinken, auf die braune Flechtenmatte, die einen Haufen feuchter Felsen umgab. Selbst an einem so kalten Morgen wie diesem floß das Rinnsal noch.

Während Raif noch hinsah, hob ein anderer Schneehase den Kopf. Die Wangen aufgeplustert, die Ohren zitternd, blieb er sitzen und lauschte nach Gefahren. Er wollte das Salz am Leckstein. Wildtiere kamen meilenweit, um dieses Rinnsal salzigen Wassers aufzulecken, das über die Felsen floß. Tem sagte, das Wasser dringe von einem unterirdischen Fluß nach oben.

Raif hob den Bogen und zog einen Pfeil aus dem Köcher an seinem Gürtel. In einer einzigen glatten Bewegung legte er den Pfeil auf und zog die Sehne bis an die Brust zurück. Der Hase wandte den Kopf. Mit seinen dunklen Augen starrte er Raif direkt an. Zu spät. Raif hatte das Herz des Geschöpfes bereits im Visier. Er küßte die Sehne und ließ den Pfeil fliegen. Nebelfinger teilten sich, ein leises Zischen erklang, und die Pfeilspitze senkte sich direkt in den Brustkorb des Hasen. Falls das Tier ein Geräusch von sich gab, konnte Raif es nicht hören. Von der Wucht des Schusses getrieben, fiel das Tier auf die Salzlecke.

»Das sind drei für dich. Keiner für mich.« Drey klang resigniert.

Raif tat so, als überprüfte er seinen Bogen nach Haarrissen.

»Komm schon, laß uns auf Ziele schießen. Nachdem du einen direkt an der Salzlecke getötet hast, wird kein anderer Hase mehr auftauchen.« Drey streckte die Hand aus und berührte Raifs Bogen. »Du hättest eine kleinere Pfeilspitze benutzen können. Du sollst den Hasen *töten*, nicht ihm die Eingeweide herausreißen.«

Raif blickte auf. Drey grinste nur ein wenig. Erleichtert erwiderte Raif das Grinsen. Drey war zwei Jahre älter als er und besser in allem, worin ein größerer Bruder besser sein sollte. Bis zu diesem Winter war er auch der bessere Schütze gewesen. Erheblich besser.

Abrupt steckte Raif den Bogen in den Gürtel und rannte auf die Senke zu. Tem ließ nicht zu, daß man etwas nur zum Vergnügen tat, und die Hasen mußten ins Lager zurückgebracht, gehäutet und gebraten werden. Die Felle würden dann Raif gehören. Noch ein paar mehr, und es wären genug für einen Wintermantel für Effie. Nicht, daß Effie einen Mantel sonderlich gebraucht hätte. Sie war die einzige Achtjährige im Clan Blackhail, der es keinen Spaß machte, im Schnee herumzurennen. Mit einem Stirnrunzeln zog Raif den Pfeil aus den zweigdünnen Knochen des Hasenbrustkorbs und achtete darauf, den Schaft nicht zu zerbrechen. Holz, das gerade genug für Pfeilschäfte war, war im Ödland selten.

Nachdem er das tote Tier in seine Wildtasche gepackt hatte, warf Raif einen prüfenden Blick zur Sonne. Es war beinahe Mittag. Ein Sturm, der anderswo niedergehen würde, wurde weit im Norden in Richtung Osten geblasen. Dunkelgraue Wolken rollten über den Horizont wie Rauch von einem weitentfernten Feuer. Raif schauderte. Im Norden lag das Kargland. Tem sagte immer, wenn ein Sturm nicht im Kargland begann, dann würde er zweifellos dort enden.

»He! Stoppelkinn! Bring deinen Bogen hier rüber und laß uns ein wenig Holz spalten.« Drey warf geschickt einen Stein, der von Felsen und Eishügeln abprallte, um mit teuflischem Hüpfen exakt zu Raifs Füßen zu landen. »Oder hast du Angst, daß deine Glückssträhne gerade zu Ende gegangen ist?«

Beinahe unwillkürlich hob Raif die Hand zum Kinn. Seine Haut fühlte sich so rauh an wie ein erfrorener Kiefernzapfen. Er hatte tatsächlich ein Stoppelkinn, dem konnte er nicht widersprechen. »Also gut, bezeichne das Ziel, Sevrance-Hund. Dann kannst du ein paar Übungsschüsse machen, während ich mein Holz neu spanne.«

Selbst auf hundert Schritt Entfernung konnte Raif sehen, wie

Drey den Mund aufriß. *Während ich mein Holz neu spanne* war genau die Art großspuriger Bemerkung, die ein Meisterschütze machen würde. Raif hätte beinahe laut gelacht. Drey ignorierte die Beleidigung und das Geprahle, schnaubte nur laut und begann, Fäuste voll Gras aus der Tundra zu reißen. Bis Raif ihn eingeholt hatte, hatte Drey schon das Gras über den Stamm einer vom Frost getöteten Kiefer geschmiert und damit ein halbwegs rundes Ziel bezeichnet, feucht vor Schmelzwasser und Grassaft.

Drey schoß als erster. Er ging hundertfünfzig Schritte zurück und hielt den Bogen eine Armeslänge entfernt. Dreys Bogen bestand aus im Winter geschnittener Eibe, über zwei Jahre getrocknet und handgefräst. Raif beneidete ihn darum. Sein eigener Bogen gehörte zum Allgemeingut des Clans, das jeder benutzen durfte.

Drey ließ sich Zeit, das Ziel anzuvisieren. Er hatte einen sicheren, unerschütterlichen Griff und die Kraft, den Bogen so lange zu spannen, wie seine unbehandschuhten Finger es ertragen konnten. Gerade als Raif schon »Schieß endlich« rufen wollte, ließ sein Bruder die Sehne los. Der Pfeil landete mit einem matten *Plock* mitten in dem aufgemalten Ziel. Drey drehte sich um und nickte seinem jüngeren Bruder zu. Er lächelte nicht.

Raif hatte den Bogen bereits in der Hand, den Pfeil schon ausgewählt. Während Dreys Pfeil immer noch im Ziel bebte, visierte Raif es an. Der Baum war lange schon tot. Kalt. Als Raif versuchte, ihn zu *rufen*, wie er es mit dem Schneehasen getan hatte, wollte er nicht kommen. Das Holz blieb weit entfernt. Raif spürte nichts, keine Beschleunigung des Pulsschlages, keinen stumpfen Schmerz hinter den Augen, keinen metallischen Geschmack im Mund. Nichts. Das Ziel war einfach nur ein Ziel. Beunruhigt richtete Raif seinen Bogen aus und suchte nach der geraden Linie, die seinen Pfeil ins Ziel führen würde. Er sah nichts weiter als einen weit entfernten Baum und ließ die Sehne los. Er wußte genau, daß der Schuß danebengehen würde. Er hatte den Bogen zu fest gepackt, und seine Fingerspitzen hatten die Sehne gestreift. Der Bogen vibrierte mit einem lauten *Twack*, und Raifs Schulter bekam den Rückschlag ab. Der Pfeil landete gut zwei Handbreit unterhalb des Ziels.

»Noch einmal.« Dreys Stimme war kalt.

Raif massierte sich die Schulter, dann wählte er einen zweiten Pfeil. Er strich mit der Fiederung über sein Zeichen, einen Rabenschnabel, den er an einer Schnur um den Hals trug. Der zweite Schuß war besser, aber immer noch daumenbreit von der Mitte des Ziels entfernt. Raif sah seinen Bruder an. Jetzt war Drey wieder dran.

Drey winkte ihm mit dem Bogen zu. »Noch einmal.«

Raif schüttelte den Kopf. »Nein, jetzt bist du dran.«

Zur Erwiderung schüttelte auch Drey den Kopf. »Du hast absichtlich danebengeschossen. Jetzt schieß.«

»Nein, habe ich nicht. Ich habe nicht …«

»Niemand trifft hintereinander drei flüchtende Hasen ins Herz und verfehlt dann ein Ziel so breit wie die Brust eines Mannes. Niemand.« Drey schob die Kapuze zurück. Seine Augen waren finster. Er spuckte aus. »Ich brauche keine Gnadenschüsse. Entweder es ist ein gerechter Wettstreit oder gar keiner.«

Als er seinen Bruder ansah, sah, wie sich die großen Hände fest ans Holz des Bogens drückten und wie weiß seine Daumen waren, mit denen er über eine eingebildete Unebenheit rieb, wußte Raif, daß Worte nicht helfen würden. Drey Sevrance war achtzehn Jahre alt, ein Jahrmann im Clan. In diesem Sommer hatte er begonnen, sein Haar zu flechten und mit schwarzen Lederstreifen zu binden und einen silbernen Ohrring zu tragen. Gestern abend am Feuer, wo Dagro Blackhail den Bodensatz aus einem alten Whisky gebrannt hatte und seinen Ohrring in die verbleibende klare Flüssigkeit geworfen hatte, hatte Drey dasselbe getan. Alle geschworenen Clansmänner hatten das getan. Metall, direkt an der Haut, sorgte für Erfrierungen. Und jeder im Clan hatte die schwarzen Knoten unidentifizierbaren Fleischs gesehen, das nach diesen Erfrierungen blieb. Es gab viele, die gern die Geschichte erzählten, wie Jon Morrows Glied steif gefroren war, als er von Dhoonesmännern überfallen wurde, während er sich ins Brackwasser erleichterte. Bis er die Dhoonesmänner abgewehrt und sich von der eisenharten Tundra erhoben hatte, war seine Männlichkeit gefroren wie ein Stück Winterfleisch. Alle behaupteten, er hätte nichts gespürt, bis man ihn in die Wärme des Rundhauses zurückgebracht hatte und das angespannte, glänzende Fleisch zu tauen begann. Seine Schreie hatten den Clan die ganze Nacht wach gehalten.

Raif fuhr mit der Hand über die Bogensehne und wärmte das Wachs. Wenn Drey einen dritten Schuß brauchte, um zu begreifen, daß er ihn nicht betrog, dann würde er eben schießen. Er hatte keine Lust mehr, sich zu streiten.

Wieder versuchte Raif, den toten Baum zu sich zu rufen, suchte nach der geraden Linie, die seinen Pfeil ins Herz führen würde. Obwohl die Kiefer schon zehn Jagdzeiten tot war, war sie kaum verwittert. Sie hatte nur keine Nadeln mehr. Das Harz im Stamm bewahrte die Krone, und die kalte Trockenheit des Ödlands verhinderte, daß unter der Rinde Pilze wuchsen. Tem sagte, im Kargland brauchten Bäume Hunderte, manchmal Tausende von Jahren, um zu verrotten.

Sekunden vergingen, während Raif sich auf das Ziel konzentrierte. Je länger er es anvisierte, desto toter kam ihm der Baum vor. Etwas fehlte hier. Schneehasen waren lebende Wesen. Raif spürte ihre Wärme zwischen seinen Augen. Er stellte sich das heiße, pulsierende Blut in ihren Herzen vor und sah die Linie, die diese Herzen mit seiner Pfeilspitze verband, so deutlich, wie ein Hund seine Leine sah. Langsam wurde Raif klar, daß diese gerade Linie Tod bedeutete.

Endlich hatte er genug und hörte auf, nach dem inneren Herz des Ziels zu suchen, und konzentrierte sich statt dessen auf das *sichtbare* Herz. Die Fiederung von Dreys Pfeil im Auge, schoß er den Pfeil ab. In dem Augenblick, in dem er den Daumen von der Sehne nahm, krächzte ein Rabe. Der hohe und schrille Schrei des Aasvogels schien die Zeit bis ins Innerste zu durchdringen. Raif spürte, wie ein Eisfinger seine Wirbelsäule berührte. Ihm wurde schwindlig. Speichel schoß ihm in den Mund, dick und heiß und metallisch schmeckend. Er taumelte rückwärts und ließ den Bogen fallen, der mit der Spitze zuerst auf den Boden aufschlug. Ein Knacken erklang, als er aufprallte. Der Pfeil traf den Baum mit einem leisen Plopp, knöchelbreit von Dreys eigenem Schuß entfernt. Es war Raif gleich. Schwarze Punkte rasten durch sein Blickfeld, brannten wie Ruß aus einem Feuer.

»Raif! Raif!«

Raif spürte Dreys lange, muskulöse Arme um seine Schultern, spürte den Geruch seines Bruders nach Klauenfett, gegerbtem Leder, Pferden und Schweiß. Als er aufblickte, hatte Raif Dreys braune Augen vor sich. Sein Bruder sah besorgt aus. Sein schöner Eibenbogen lag flach am Boden.

»Setz dich hin.« Er wartete nicht auf Raifs Einverständnis, sondern zwang seinen jüngeren Bruder auf den Tundraboden. Die gefrorene Erde biß in Raifs Wildlederhose. Er wandte sich von seinem Bruder ab und spuckte den metallisch schmeckenden Speichel aus. Seine Augen brannten. Ein widerwärtiger Schmerz in seiner Stirn ließ ihn würgen. Er biß die Zähne zusammen, bis die Knochen knackten.

Sekunden vergingen. Drey sagte kein Wort, sondern er hielt seinen Bruder nur, so fest er konnte. Ein Teil von Raif wollte lächeln; als Drey ihn das letzte Mal so zerdrückt hatte, war das, als er vor drei Frühlingen zwanzig Fuß tief von einer Fichte gefallen war. Er hatte sich nur das Fußgelenk gebrochen, aber Dreys darauffolgende Umarmung hatte zwei Rippen brechen lassen.

Seltsamerweise hatte die Erinnerung eine beruhigende Wirkung auf Raif, und der Schmerz ließ langsam nach. Raifs Blickfeld verschwamm noch einmal und wurde dann wieder scharf. Eine üble Vorahnung ergriff Besitz von ihm. Er drehte sich im Griff des Bruders um und schaute in Richtung des Lagers. Der Gestank nach Metall sprühte über ihn hinweg, so dicht wie fettiger Rauch.

Drey folgte seinem Blick. »Was ist los?« Er klang unruhig, angespannt.

»Spürst du es denn nicht?«

Drey schüttelte den Kopf.

Das Lager lag fünf Meilen südlich, verborgen und geschützt im Überflutungsbecken. Raif konnte nur den schnell dunkler werdenden Himmel, die niedrigen Hügel und felsigen Ebenen des Ödlands sehen. Aber er spürte etwas. Etwas Unaussprechliches, wie wenn Alpträume ihn mitten in der Nacht weckten oder wenn er daran dachte, als Tem ihn im Haus des heiligen Steins mit der Leiche seiner Mutter eingeschlossen hatte. Er war damals acht gewesen, alt genug, den Toten die Ehre zu erweisen. Das Steinhaus war dunkel und mit Rauch gefüllt. Der ausgehöhlte Lindenstamm, in dem seine Mutter lag, roch nach nasser Erde und Fäulnis. Man hatte ihn mit Schwefel eingerieben, um Insekten und Aasfresser von der Leiche fernzuhalten.

Diese Fäulnis roch Raif nun wieder. Er roch stinkendes Metall und Schwefel und Tod. Er kämpfte gegen Dreys Griff an und rief: »Wir müssen zurück.«

Drey lockerte seinen Griff und stand auf. Er nahm die Hundefellhandschuhe vom Gürtel und zog sie mit zwei ruckartigen Bewegungen an. »Warum?«

Raif schüttelte den Kopf. Schmerz und Übelkeit waren verschwunden, aber etwas anderes war an ihre Stelle getreten. Eine angespannte, schaudernde Angst. »Das Lager.«

Drey nickte. Er holte tief Luft und setzte dazu an, etwas zu sagen, dann hielt er abrupt inne. Er reichte Raif die Hand und zog seinen Bruder vom Boden hoch. Bis Raif sich den Reif von den Hosen geklopft hatte, hatte Drey schon die Bögen aufgehoben und zog die Pfeile aus dem toten Baum. Als Drey sich von der Kiefer abwandte, bemerkte Raif, daß die Fiederungen in der Hand seines Bruders bebten. Dieses kleine Anzeichen von Angst bekümmerte ihn mehr als alles andere. Drey war zwei Jahre älter als er. Drey hatte vor gar nichts Angst.

Sie hatten das Lager schon vor Morgengrauen verlassen, noch bevor die letzten Reste von Holzkohle in der Feuergrube kalt geworden waren. Niemand außer Tem hatte gewußt, daß sie gegangen waren. Es war die letzte Gelegenheit zu jagen, bevor sie das Lager abbrachen und für den Winter ins Rundhaus zurückkehrten. Am Vorabend hatte Tem sie davor gewarnt, allein ins Ödland zu gehen, obwohl er genau wußte, daß nichts sie aufhalten konnte.

»Söhne!« hatte er gesagt und den großen, grauen Kopf geschüttelt. »Ich könnte genausogut meine Tage damit verbringen, Flöhe auf den Hunden zu suchen, statt euch beiden zu sagen, was ihr tun oder lassen sollt. Dann hätte ich am Ende meiner Plackerei zumindest einen entlausten Hund.« Tem schaute bei diesen Worten finster drein, und seine Stirn zog sich zu Knoten zusammen, aber sein Blick verriet ihn doch jedesmal.

Als Raif an diesem Morgen die Klappe an dem Zelt zurückgezogen hatte, das er mit seinem Vater und seinem Bruder teilte, hatte er ein kleines Bündel auf dem Wärmstein bemerkt. Es waren Vorräte. Jägeressen. Tem hatte ihnen zwei ganze geräucherte Schneehühner eingepackt, ein paar hartgekochte Eier und genug abgehangenes Lammfleisch, um damit ein elchgroßes Loch in einem Zelt zu stopfen. All das für einen Jagdausflug seiner Söhne, den er ihnen ausdrücklich verboten hatte.

Raif lächelte. Tem Sevrance kannte seine Söhne gut.

»Zieh deine Handschuhe an.« Das war Drey, der sich wieder wie ein älterer Bruder benahm. »Und setz die Kapuze auf. Die Temperatur sinkt schnell.«

Raif tat, was man ihm sagte, und hatte Mühe, die Handschuhe mit Händen anzuziehen, die sich plötzlich groß und starr anfühlten. Drey hatte recht: Es wurde kälter. Ein weiterer Schauder zog ihm die Wirbelsäule entlang und ließ seine Schultern zucken. »Gehen wir.« Dreys Gründlichkeit begann ihn zu ärgern. Sie mußten zum Lager zurück. Etwas stimmte dort nicht.

Obwohl Tem sie immer wieder warnte, nicht ihre ganze Energie aufzubrauchen, indem sie in der Kälte liefen, konnte Raif einfach nicht anders. Er spuckte immer wieder, konnte aber den metallischen Geschmack nicht aus dem Mund bekommen. Die Luft schmeckte scheußlich, und die Wolken über ihnen schienen dunkler, niedriger, *näher* zu sein. Im Süden lag eine Linie kahler, kaum zu unterscheidender Hügel, und westlich davon das Küstengebirge. Tem sagte, dieses Gebirge sei der Grund, wieso das Kargland und die Tundra, auf der sie sich befanden, so trocken waren. Er sagte, diese Gipfel melkten aus den darüberziehenden Wolken den letzten Tropfen Feuchtigkeit heraus.

Die Tasche mit den drei Hasen, die Raif zuvor geschossen hatte, hüpfte beim Laufen an seiner Seite auf und ab. Raif haßte ihre Wärme an seinem Oberschenkel, und der Geruch nach frisch Getötetem widerte ihn an. Als die beiden Brüder zum Sturmsee kamen, riß Raif den Beutel von seinem Gürtel und warf ihn mitten in das schwarze Wasser. Der See war noch nicht gefroren. Er wurde von einem Fluß gespeist, und es würde eine ganze Woche Frost brauchen, bis diese bewegten Wasser erstarrten. Dennoch, er hatte schon die fettige Oberfläche kurz vor der Vereisung. Als Raifs Beutel auf den Grund sank, stiegen Wirbel von Pflanzenölen und Büschel von Elchhaar auf und tanzten an der Oberfläche.

Drey fluchte. Raif verstand nicht, was er sagte, aber er stellte sich die Worte *Verschwendung von gutem Fleisch* vor.

Während die Brüder nach Süden rannten, veränderte sich die Landschaft Zug um Zug. Bäume wurden größer und höher, und es gab mehr von ihnen. Flechten wichen langem Gras, Büschen und Ried. Pferde- und Wildpfade zogen sich durch das erfrorene Grün, und fette Fasane flogen aus dem Unterholz auf, ganz aufgeplustertes Gefieder und spuckende Schnäbel.

Raif nahm das kaum zur Kenntnis. Sie waren jetzt dicht am Rand des Lagers, hätten schon den Rauch sehen, das Geräusch von Metall auf Metall und Stimmen und Lachen hören können müssen. Dagro Blackhails Pflegesohn, Mace, hätte ihnen auf seinem feisten Gaul entgegenreiten sollen.

Wieder fluchte Drey, leise, nur für sich.

Raif widerstand dem Drang, seinen Bruder anzusehen. Er hatte Angst, was er dort entdecken würde.

Drey, ein kräftiger Reiter, Bogenschütze und Hammermann, hatte Raif überholt, als er den Hang zum Lager hinunterrannte. Raif trieb sich noch heftiger an, ballte die Fäuste und reckte das Kinn vor. Er wollte den Bruder nicht aus dem Blickfeld verlieren, haßte den Gedanken, daß Drey allein im Zeltkreis eintraf.

Angst streckte sich über Raifs Körper wie eine trocknende Haut, riß an Haut und Eingeweiden. Dreizehn Männer waren im Lager geblieben: Dagro Blackhail und sein Sohn Mace, Tem, Chad und Jorry Shank, Mallon Clayhorn und sein Sohn Darri, den alle Halbmast nannten …

Raif schüttelte den Kopf. Dreizehn Mann allein im Ödland schienen plötzlich unglaublich leichte Beute zu sein. Dhoonesmänner, Bluddmänner und Verstümmelte waren dort draußen. Raif zog sich der Magen zusammen. Und die Sull. Auch die Sull jagten hier.

Die dunklen, wettergegerbten Zelte kamen in Sicht. Alles war still. Keine Pferde oder Hunde waren zu sehen. Die Feuergrube war ein dunkles, klaffendes Loch inmitten der gerodeten Fläche. Lose Zeltklappen flatterten im Wind wie Banner nach dem Ende einer Schlacht. Drey war weit voraus, aber nun blieb er stehen und wartete auf Raif. Er atmete heftig, und die Luft aus seiner Nase und dem Mund war in weißen Wolken zu sehen. Er sah sich nicht um, als Raif näher kam.

»Zieh deine Waffe«, zischte er.

Das hatte Raif bereits getan, aber er zog die Klinge seines Halbschwerts über die Lederscheide, was dem Geräusch des Ziehens nahe kam. Drey ging weiter, nachdem er es gehört hatte.

Als erstes fanden sie Jorry Shanks Leiche. Sie lag in einem Graben, dicht an den Pferdepfählen. Drey mußte die Leiche umdrehen, um die Wunde zu finden. Der Teil von Jorrys Gesicht, der am Boden gelegen hatte, hatte das gelbe Schimmern erfrorenen Fleischs angenommen. Die Wunde war so groß wie eine Faust, herztief, mit einem Breitschwert zugefügt, und aus irgendeinem Grund blutete sie kaum.

»Vielleicht ist das Blut erstarrt, als es zu fließen begann«, murmelte Drey und legte die Leiche wieder zurück. Die Worte klangen wie ein Gebet.

»Er hatte nicht einmal die Gelegenheit, seine Waffe zu ziehen. Sieh doch.« Raif war überrascht, wie ruhig er klang.

Drey nickte. Er tätschelte Jorrys Schulter und trat ein paar Schritte zurück.

»Hier sind Hufspuren. Dort.« Raif trat den Boden nahe dem ersten Pfosten. Es fiel ihm leichter, sich auf das zu konzentrieren, was er hier sehen konnte, am Rand des Lagers, statt den Blick dem Kreis der Zelte und dem einen schäbigen, oft geflickten Leder- und Elchfellzelt zuzuwenden, das Tem Sevrance gehörte. »Diese Hufeisenabdrücke stammen nicht von Blackhail-Pferden.«

»Die Bluddmänner benutzen gerillte Eisen.«

Ebenso wie andere Clans und sogar einige Städter, aber Raif wollte seinem Bruder nicht widersprechen. Der Clan Bludd nahm an Mitgliedern immer mehr zu, und Grenz- und Viehüberfälle häuften sich. Vaylo Bludd hatte sieben Söhne, und es hieß, er wolle eine Clanfestung für jeden von ihnen. Mace Blackhail behauptet, daß Vaylo Bludd seine eigenen Hunde tötete und aß, selbst wenn er genug Elch- und Bärenfleisch auf dem Spieß über seinem Feuer hatte. Raif hatte diese Geschichte keinen Augenblick lang geglaubt – die Clans betrachteten das Essen ihrer Hunde als eine Art Kannibalismus, nur gerechtfertigt, wenn man drohte, auf dem Eis zu verhungern –, aber andere, darunter Drey, glaubten es. Mace Blackhail war drei Jahre älter als Drey: Wenn er sprach, hörte Drey zu.

Als Drey und Raif sich dem Zeltkreis näherten, wurden sie langsamer. Tote Hunde lagen im Schmutz, gefrorener Speichel um die stumpfen Schnauzen, ihr Fell struppig vor Eis. Starre gelbe Augen starrten aus dicken grauen Köpfen. Kalte Gletscherwinde hatten die gesträubten Nackenhaare erhalten, und die Hundekadaver sahen aus wie Büffel. Wie bei Jorry Shanks Leiche gab es auch hier wenig Blut.

Raif roch stinkendes, geschmolzenes Metall überall. Die Luft rund um das Lager schien anders zu sein, aber er wußte nicht, wie er es beschreiben sollte. Es erinnerte ihn an die langsam sich verdickende Wasseroberfläche des Sturmsees. Etwas hatte bewirkt, daß selbst die Luft sich verdichtete und veränderte. Etwas, das über die Kraft des Winters verfügte.

»Raif! Hier!«

Drey hatte den Zeltkreis betreten und kniete nahe der Feuergrube. Raif sah die üblichen Töpfe und trocknenden Häute auf Zweigen über der Grube aufgehängt und das Holz, das noch gehackt werden mußte. Er sah sogar den halb bearbeiteten Kadaver des Schwarzbären, den Dagro Blackhail gestern auf der Riedwiese im Osten erlegt hatte. Das Bärenfell, auf das er so stolz gewesen war, hatte er in der Nähe des Feuers auf ein Gestell gespannt. Dagro hatte vorgehabt, es seiner Frau Raina zu schenken, wenn die Jäger zum Rundhaus zurückkehrten.

Aber Dagro Blackhail, Häuptling des Clans Blackhail, würde nie mehr nach Hause zurückkehren.

Drey kniete über seiner halb gefrorenen Leiche. Dagro war von einem Breitschwerthieb von hinten getroffen worden. Auf seinen Händen waren kleine Blutflecke, und das Hackmesser mit der dicken Klinge, das er immer noch in der Hand hielt, war ähnlich beschmutzt. Das Blut war weder das seine noch das seiner Angreifer. Es kam von dem gehäuteten, ausgenommenen Bärenkadaver zu seinen Füßen; Dagro mußte gerade damit beschäftigt gewesen sein, als man ihn von hinten angriff.

Raif holte bebend Luft und ließ sich neben seinem Bruder nieder. Etwas schnürte ihm die Kehle zu. Dagro Blackhails großes Bärengesicht blickte zu ihm auf. Der Clanhäuptling sah alles andere als friedlich aus. Blut war in seinen Augen erfroren. Eis in seinem Bart und Schnurrbart rahmte seinen Mund ein, der fest im Zorn zusammengekniffen war. Raif dankte den Steingöttern, daß sein Bruder nicht zu den Leuten gehörte, die mehr redeten als notwendig, und die beiden blieben schweigend hocken, die Schultern aneinandergelehnt, während sie dem Mann, der den Blackhail-Clan seit neunundzwanzig Jahren angeführt hatte und von allen geliebt und respektiert worden war, die letzte Ehre erwiesen.

»Er ist ein gerechter Mann«, hatte Tem einmal in einem jener seltenen Augenblicke gesagt, in denen er sich überhaupt über andere Dinge als Jagd oder Hunde ausließ. »Das mag euch wie eine Kleinigkeit vorkommen, und ihr werdet andere im Clan finden, die alle anderen Arten von Lob für Dagro Blackhail haben, aber Gerechtigkeit gehört zum Schwierigsten überhaupt. Ein Clanhäuptling muß manchmal gegen seine geschworenen Brüder und seine Familie sprechen. Und das fällt niemandem leicht.«

Das war, dachte Raif, eine der längsten Ansprachen, die er je von seinem Vater gehört hatte.

»Das ist nicht richtig, Raif.« Drey sagte nur das, als er sich von Dagro Blackhails Leiche erhob. Aber Raif wußte, was er meinte. Es war wirklich nicht richtig.

Berittene waren hier gewesen, hatten Breitschwerter benutzt, Clanpferde waren gestohlen worden. Hunde getötet. Das Lager lag auf offenem Gelände, und Mace Blackhail hatte Wache gehalten. Ein Überfall hätte nicht so überraschend stattfinden können. Berittene machten Lärm, besonders hier auf dem Ödland, wo knochenharter Tundraboden grob mit allem umgeht, das sich auf ihm bewegt ... und dann gab es so wenig Blut ...

Raif schob die Kapuze zurück und fuhr sich mit der behandschuhten Hand durch das wirre, dunkle Haar. Drey ging jetzt auf Tems Zelt zu. Raif wollte ihn zurückrufen, wollte ihm sagen, daß er erst die anderen Zelte überprüfen sollte, die Grube zum Fettauslassen, das Bachufer, alles, nur nicht dieses Zelt. Drey, als spürte er einen Teil der Gedanken seines jüngeren Bruders, drehte sich um. Er winkte knapp mit der Hand und wartete dann. Zwei helle Schmerzpunkte stachen direkt hinter Raifs Augen. Drey wartete immer.

Gemeinsam betraten die Söhne von Tem Sevrance das Zelt ihres Vaters. Die Leiche lag direkt hinter dem Eingang. Tem sah aus, als wäre er auf dem Weg nach draußen gewesen, als das Breitschwert ihm Brustbein und Schlüsselbeine zerschlug, ihm Knochensplitter in die Luftröhre hieb, in Lunge und Herz. Er war mit seinem Halbschwert in der Hand gefallen, aber ebenso wie bei Jorry Shank war die Waffe unblutig.

»Wieder ein Breitschwert«, sagte Drey, die Stimme hoch und heiser, als er versuchte, sie zu beherrschen. »Die vom Bluddclan kämpfen gerne damit.«

Raif reagierte nicht auf die Worte. Er brauchte seine ganze Kraft, einfach dazustehen und die Leiche seines Vaters anzusehen. Plötzlich gab es zuviel leeren Raum in seiner Brust. Tem schien nicht so steif wie die anderen, und Raif zog seinen rechten Handschuh aus und beugte sich vor, um zu berühren, was von der Wange seines Vaters sichtbar war. Kaltes, totes Fleisch. Nicht gefroren, aber vollkommen kalt und abwesend.

Raif zuckte zurück, als hätte er etwas glühend Heißes und nicht nur Kaltes berührt, rieb sich die Hand an der Hose und wischte ab, was immer er sich darauf vorstellte.

Tem war nicht mehr bei ihnen.

Tot.

Ohne auf Drey zu warten, schob Raif die Zeltklappe weg und stürzte hinaus in das schnell dunkler werdende Lager. Sein Herz klopfte wild und unregelmäßig, und etwas zu tun schien die einzige Möglichkeit, es wieder zu beruhigen.

Als Drey ihn schließlich fand, war Raifs rechter Arm nackt bis zur Schulter, und Blut von drei Schnitten floß ihm über den Unterarm und das Handgelenk. Drey verstand es sofort. Er riß an seinem Ärmel und ging wie sein Bruder von einem der Toten zum anderen. Alle waren ohne Blut auf ihren Waffen gestorben. Für einen Clansmann lag keine Ehre darin, mit einer sauberen Klinge zu sterben, also nahm Raif eine nach der anderen ihrer Waffen, zog sich die Klinge über die Haut und vergoß sein eigenes Blut als Ersatz. Es war das einzige, was die beiden Brüder ihrem Clan geben konnten. Wenn sie nach Hause ins Rundhaus zurückkehrten und jemand fragte, wie sie es immer taten, ob die Männer im Kampf gestorben waren, konnten Raif und Drey nun erwidern: »Ihre Waffen trieften vor Blut.«

Für einen Clansmann waren solche Worte von großer Bedeutung.

Also gingen die beiden Brüder im Lager hin und her, entdeckten Leichen in oder vor Zelten, einige mit Eiszapfen aus Urin an den Beinen, andere mit Haar in stacheligen Matten, weil man sie beim Waschen überrascht hatte, wieder andere noch mit gefrorenem Essen im Mund und einer – Meth Ganlow – mit den Armen um seinen Lieblingshund, weil er den Wolfshund noch im Tod beschützen wollte. Ein einziger Schwertstreich hatte sowohl Mann als auch Tier getötet.

Erst später, als das Mondlicht silberne Spitzen auf die feste Erde warf und Tems Leiche neben der Feuergrube lag – bei den anderen, aber ein Stück entfernt –, hielt Raif plötzlich inne. »Wir haben Mace Blackhail nicht gefunden«, sagte er.

2
Tage dunkler als Nächte

Ash March erwachte. Sie setzte sich im Bett auf, zog die schweren Seidenlaken über Arme und Schultern und schlang sie fest um sich. Wieder hatte sie vom Eis geträumt.

Sie holte tief Luft, um sich zu beruhigen, und sah sich forschend in ihrer Kammer um. Von den beiden Bernsteinlampen auf dem Kaminsims brannte nur noch eine. Gut. Das bedeutete, daß Katia noch nicht hier gewesen war, um sie nachzufüllen. Das kleine Knäuel von Ashs silberblondem Haar, das sie vor dem Schlafengehen aus der Haarbürste gezupft hatte, lag immer noch direkt an der Tür, also hatte auch sonst niemand ihr Zimmer betreten.

Ash entspannte sich ein wenig. Ihre Zehen bildeten zwei kleine Grate unter dem Laken, und sie sahen lächerlich weit entfernt aus, also wackelte sie damit, nur um sich zu überzeugen, daß es ihre waren. Sie lächelte, als sie zurückwackelten. Zehen waren schon seltsam.

Das Lächeln dauerte nicht lange. Sobald Ashs Gesichtsmuskeln sich entspannten, kehrte die *Tatsache* ihres Traums zurück. Die Laken waren um ihre Taille gewickelt und klebrig vor Schweiß, und der hefeartige Geruch von Angst hing über ihnen. Sie hatte wieder einen schlechten Traum gehabt, wieder eine schlechte Nacht, und das war die zweite in weniger als einer Woche.

Ohne nachzudenken, hob Ash die Hand an den Mund, beinahe, als suchte sie etwas drinnen zu halten. Trotz der Wärme der Kammer – im Becken rauchten unter einer Schicht ölgetränkten Filzes die Holzkohlen, und außerdem gab es noch die Heißwasserröhren, die von einem Heizer und drei Leuten einen Stock tiefer so sorgfältig beschickt wurden – waren ihre

Finger eiskalt. Gegen ihren Willen, gegen ihre größte Anstrengung kehrten Bilder aus dem Traum zu ihr zurück. Sie sah eine Höhle mit Wänden aus schwarzem Eis. Eine brennende Hand streckte sich auf sie zu, und aus den Rissen zwischen den Fingern floß Blut. Dunkle Augen sahen sie an, beobachteten, warteten …

Ash schauderte. Sie senkte ihre Hand wieder aufs Bett und versuchte, die Bilder wegzuschlagen, indem sie so fest wie möglich auf die Matratze eindrosch. Sie wollte nicht an den Traum denken. Wollte nicht wissen, was diese kalten Augen von ihr wollten.

Tock – Tock – Tock, dreimal klopfte es an die Tür aus versteinertem Holz. Irgendwo tief in Ashs Brust erstarrte ein Muskelband, das ihre Lungen mit dem Herzen verband. Obwohl sie noch atemlos war von ihren Schlägen auf das Kissen, hielt sie den Atem an und blinzelte nicht einmal. *Sei so still wie Staub, der sich legt*, sagte sie sich und konzentrierte sich auf die Tür. Die feingemaserte, stahlharte, vollkommene Oberfläche der Tür, verschandelt mit drei schwarzen, daumengroßen Löchern: Nagellöchern. Sechs Monate zuvor hatte Ash ihrer Zofe Katia vier Halbsilber gegeben, um unten auf dem Markt der Schmiede nahe dem Almosenviertel einen Riegel für die Kammertür zu kaufen. Katia hatte gehorcht und war mit einem Eisenriegel zurückgekehrt, der groß genug war, eine Festung zu sichern. Ash hatte die Metallplatte selbst angebracht. Sie hatte sich dabei einen Fingernagel schwarz geschlagen und die Rücken von zwei silbernen Haarbürsten zerbrochen, aber die Nägel waren schließlich ins Holz gedrungen, der Befestigungsmechanismus hatte gut gearbeitet, und eine Woche lang hatte Ash besser geschlafen, als sie sich je erinnern konnte.

Bis …

Tock – Tock – Tock.

Ash starrte auf die leeren Nagellöcher. Sie regte sich nicht, um auf das zweite Klopfen zu antworten.

»Asarhia.« Eine Pause. »Beinahe-Tochter, ich lasse nicht mit mir spielen.«

Mit einer kaum merklichen Bewegung glitt Ash tiefer unter die Laken. Eine Hand stahl sich unter ihren Kopf, um das schweißfleckige Kissen umzudrehen, während sie mit der anderen ihr Haar glattstrich. Gerade als sie die Augen schloß, ging die Tür knarrend auf.

Penthero Iss hatte seine eigene Lampe mitgebracht, und der intensive blaue Schein brennenden Kerosins stellte Ashs eigene Harzlampe in den Schatten. Iss stand in der Tür und sah Ash an. Selbst mit geschlossenen Augen wußte sie, um was es ihm ging.

Er ließ sie warten, bevor er sprach. »Beinahe-Tochter, glaubst du, ich weiß nicht, wenn man mich betrügt?«

Ash hielt die Lider weiter geschlossen, aber nicht fest – das hatte er in der Vergangenheit bereits durchschaut. Sie reagierte mit nichts auf seine Worte, konzentrierte sich einfach darauf, tief und gleichmäßig zu atmen.

»*Asarhia*!«

Es war schwierig, nicht zusammenzuzucken. Mit gespielter verschlafener Überraschung öffnete sie die Augen und rieb sie heftig. »Oh«, sagte sie. »Du bist es.«

Penthero Iss ignorierte ihr künstliches Staunen, kam ins Zimmer, setzte die Lampe auf den Gebetsstuhl aus Wurzelholz neben den Opferschalen mit trockenem Obst und Räucherwerk, brachte die langfingrigen Hände zusammen und schüttelte den Kopf. »Die Kissen, Beinahe-Tochter.« Der Zeigefinger seiner linken Hand kreiste und zeigte auf den Fuß ihres Bettes. »Guter Nachtschlaf hat selten etwas damit zu tun, so fest auf die Kissen einzuschlagen, daß ein Fußabdruck bis zum Morgengrauen auf ihnen erhalten bleibt.«

Ash verfluchte alle Kissen in der Maskenfestung. Sie verfluchte Katia, weil sie die albernen, gerüschten, nutzlosen Daunendinger jeden Abend hoch auf ihrem Bett stapelte.

Penthero Iss trat an Ashs Bett. Feine Goldketten, die in den Stoff seines schweren Seidenmantels gewebt waren, klirrten leise, wenn er sich bewegte. Er war nicht muskulös, hatte aber etwas Festes in sich, als wäre sein Skelett aus Stein. Sein Gesicht hatte die Form und Glätte eines gehäuteten Hasen. Er streckte eine lange, sorgfältig manikürte, vollkommen haarlose Hand aus und fragte: »Wie sehr liebe ich dich, Beinahe-Tochter?« Da sie die Hand nicht ergriff, bewegte diese sich wieder zu einem Kreis in der Luft. »Sieh, was ich dir alles gebe: Kleider, silberne Haarbürsten, parfümierte Öle …«

»Du bist mein Vater, der mich mehr liebt, als jeder wahre Vater mich lieben könnte.« Ash wiederholte Iss' eigene Worte. Sie wußte nicht mehr, wie oft er ihr das in den vergangenen sechzehn Jahren gesagt hatte.

Penthero Iss, Surlord von Spire Vanis, Oberbefehlshaber der Renegaten-Wache, Hüter der Maskenfestung und Meister der vier Tore, schüttelte enttäuscht den Kopf. »Du spottest, Beinahe-Tochter?«

Ash spürte den Biß der Schuld und legte ihre Hand auf seine. Sie schuldete dem Mann, der ihr Pflegevater und Surlord war, Liebe und Respekt.

Sechzehn Jahre zuvor, bevor er selbst den Titel des Surlords angenommen hatte, hatte Penthero Iss sie vor dem Leeren Tor gefunden. Sie war ein Neugeborenes gewesen, ein Findling, den man zehn Schritte vor dem Stadttor zurückgelassen hatte. All diese Findlinge gehörten dem Protektor. Iss war damals Generalprotektor gewesen, zuständig für die Sicherheit und Verteidigung der Stadt. Seine Patrouille hatte ihn und seine Brüder-der-Wache mit ihren roten Klingen zu allen vier Toren gebracht, und er kommandierte die Soldaten, die die Mauern bemannten.

Seit Thomas Marr das erste Renegaten-Schwert aus Stahl und dem vergossenen Blut von Männern, die ihn beim Wogenhügel verraten hatten, geschmiedet hatte, war kein Generalprotektor je für seine Dienste bezahlt worden. Jahrhundertelang hatten

Generalprotektoren vom Einkommen ihrer Landsitze, von ihrem Erbe und von Landschenkungen gelebt. Heute war kein Land für Schenkungen mehr übrig, mehr und mehr Nichtadlige schlossen sich der Wache an, und Generalprotektoren verschafften sich ihr Einkommen durch andere, weniger noble Mittel. Schmuggelware, Schwerter illegaler Länge oder Klingenbiegung, Pfeile mit Widerhakenspitzen, verbotene Substanzen wie Schwefel, Harze und Salpeter, die bei Belagerungen benutzt werden konnten, ungesetzlich produzierter Alkohol, Gifte, Schlaftrünke und Schmerzmittel, alles, was sie im Besitz bekannter Verbrecher fanden, und alles, was innerhalb der Stadt verlorenging oder stehengelassen wurde – ob es nun Kisten verrotteten Kohls waren, fette Schweine, die sich losgerissen hatten, oder Neugeborene, die man zum Sterben in den Schnee gelegt hatte – all das gehörte dem Generalprotektor, der damit tun konnte, was er wollte.

Und all das hatte Penthero Iss zu einem reichen Mann gemacht.

Als könnte er ihre Gedanken erraten, brachte Iss seine Lippen dicht an Ashs Ohr. »Vergiß nie, Beinahe-Tochter, daß ich während meiner Amtszeit Dutzende von Findlingen gefunden habe, aber du warst die einzige, die ich wie mein eigenes Kind aufzog.«

Ash versuchte es, aber sie konnte den Schauder, der ihr über den Rücken lief, nicht ganz unterdrücken. Die anderen Kinder hatte er den dunkelhäutigen Priestern im Knochentempel verkauft.

»Du fröstelst ja, Beinahe-Tochter.« Penthero Iss' Hand mit ihren haarlosen Knöcheln, die nie knackten, glitt über Ashs Arm und ihre Schultern. Seine Finger drückten die Haut an Ashs Hals, suchten nach Wärme, Pulsschlag, geschwollenen Drüsen.

Der Drang, vor der Berührung zurückzuweichen, war überwältigend, aber Ash kämpfte dagegen an. Sie wollte Iss auf keinen Fall provozieren. Wenn sie einen Beweis brauchte, wozu das führte, brauchte sie sich nur die leeren Nagellöcher in der Tür anzusehen.

»Dein Blut rast geradezu, Asarhia.« Iss' Hand glitt tiefer. »Und dein Herz …«

Unfähig, es länger ertragen zu können, zuckte Ash zurück. Iss packte ihr Nachthemd und drehte den Stoff in seiner Faust. »Du hattest wieder diesen Traum, nicht wahr?«

Sie antwortete nicht. Das Gewebe bekam unter dem Druck seines Griffs Laufmaschen. »Hast du oder nicht?«

Ash antwortete immer noch nicht, aber sie wußte, sie *wußte* einfach, daß ihr Gesicht sie verriet. Ihre Haut rötete sich bei jeder Lüge.

»Was hast du gesehen? War es das graue Land? Die Höhle? Wo warst du? Denk nach. *Denk nach.*«

Ash schüttelte den Kopf und rief: »Ich weiß es nicht. Ich weiß es nicht. Es war eine Höhle mit Eiswänden … es hätte überall sein können.«

»Hast du gesehen, was dahinter lag?« Die Worte kamen aus Iss' Mund wie Frostrauch, glitzernd blau und vollkommen kalt. Sie hingen in der Luft und kühlten den Raum zwischen Ash und ihrem Pflegevater, machten es Ash schwer zu atmen. Ash sah, wie Iss' Unterkiefer zur Ruhe kam. Sie hörte Speichel in seinem Mund zischen.

»Vater, ich verstehe nicht, was du meinst. Der Traum war so schnell vorüber; ich kann mich kaum erinnern, was ich sah.«

Penthero Iss blinzelte, als Ash das Wort *Vater* benutzte. Trauer zuckte so schnell über seine Miene, daß sie bezweifelte, es überhaupt wahrgenommen zu haben. Langsam und ganz bewußt zeigte er seine grauen Zähne. »Soweit kommt es also? Lügen von dem Findling, den ich wie mein eigenes Kind aufgezogen habe.«

Iss zeigte nur selten seine Zähne. Sie waren klein und ein gutes Stück über der Lippenlinie. Es gab Gerüchte, daß eine Zauberheilung, als er noch ein Junge gewesen war, die Emaille von ihnen gebrannt hatte. Was immer der Grund sein mochte, Iss hatte sich zur Gewohnheit gemacht, zu sprechen, zu lächeln, zu essen und zu trinken, ohne je die Lippen zurückzuziehen.

Mit einer raschen Bewegung fand und drückte Iss die Wölbung von Ashs linker Brust. Er wog die kleine Fleischmasse und zwickte sie dann. »Du kannst nicht für immer ein Kind bleiben, Asarhia. Das Alte Blut wird bald genug zum Vorschein kommen.«

Ash spürte, wie ihre Wangen brannten. Sie verstand nicht, was er meinte.

Iss betrachtete Ash einen Augenblick lang, seine grüne Seidenrobe wechselte die Farben im grellen Licht des brennenden Kerosins, aber dann ließ er ihr Nachthemd los und stand auf. »Richte dich ordentlich her, Kind. Zwinge mich nicht, wieder Hand an dich zu legen.«

Ash versuchte, stetig zu atmen und ihre Angst nicht zu zeigen. Fragen stapelten sich auf ihrer Zunge, aber sie wußte, daß es besser war, nichts zu sagen. Iss hatte seine eigene Art, was Antworten anging. Er antwortete, und es klang vollkommen logisch, aber später, wenn man allein war und Zeit hatte nachzudenken, wurde einem klar, daß er eigentlich nichts gesagt hatte. Als Iss zur Tür ging, roch Ash diesen Duft, der manchmal an ihrem Pflegevater hing. Es roch nach alten, alten Dingen, die so fest weggeschlossen waren, daß sie zu brüchigen Hülsen vertrocknet waren. Etwas regte sich am Rand ihres Blickfelds. Alle Haare an ihrem Körper sträubten sich, und gegen ihren Willen wurde sie wieder in ihren Traum zurückgezogen …

Sie tastete, sie tastete in der Dunkelheit.

»Asarhia?« Ruckartig kehrte Ash zurück. Penthero Iss sah sie an, und auf seinem langen Männergesicht lag ein kaum wahrnehmbares, aufgeregtes Schimmern. Licht von seiner Lampe ließ seinen Schatten flackernd über die Seidentapeten fallen. Ash konnte sich immer noch an die weichen Marder- und

Zobelpelze erinnern, die einmal dort gehangen hatten. Iss hatte einen Bruder-der-Wache geschickt, sie abzureißen und mit matter, blutloser Seide zu ersetzen. Er fand Felle und Tierhäute ekelhaft; er nannte sie barbarisch und wollte nichts davon in einem Zimmer in der massiven, ausgedehnten, viertürmigen Festung, die das Herz von Spire Vanis bildete. Jedenfalls nicht in einem Zimmer, das er hin und wieder betrat.

Ash vermißte die Pelze. Ihr Zimmer schien kalt und leer ohne sie.

»Es geht dir nicht gut, Beinahe-Tochter.« Während Iss sprach, brachte er seine Hände in einem glatten Knoten aus Knöcheln und Haut zusammen, der so typisch für ihn war. »Ich werde die letzte Stunde der Nacht bei dir wachen.«

»Bitte. Ich brauche Ruhe.« Ash rieb sich die Stirn und bemühte sich, in der Gegenwart zu bleiben. Was stimmte nicht mit ihr? Lauter sagte sie: »Geh. Geh einfach. Ich muß den Topf benutzen. Ich habe beim Abendessen zuviel Wein getrunken.«

Iss blieb ruhig. »Ja, Wein … und das, wenn man bedenkt, daß Katia mich informiert hat, daß du sowohl den Zinnkrug mit dem Roten als auch den Silberkrug, den sie später mit dem Weißen brachte, abgelehnt hast.« Ein metallenes Scheppern erklang: Iss hatte den leeren Nachttopf, der am Fuß von Ashs Bett gestanden hatte, auf einen Kissenhügel getreten. »Und irgendwie ist es dir gelungen, bis jetzt damit zu warten, dich zu erleichtern.«

Katia. Immer Katia. Ash runzelte die Stirn. Ihr Kopf tat weh, und sie war so müde und zittrig, als hätte sie die Nacht damit verbracht, den Hügel hinaufzurennen, und nicht in ihrem Bett geschlafen. Sie wollte unbedingt alleine sein.

Überraschend ging Iss tatsächlich zur Tür. Er ließ die Finger in die leeren Nagellöcher gleiten, wandte sich Ash wieder zu und sagte: »Ich werde meinen Schwertführer heute nacht vor deiner Tür postieren. Es geht dir nicht gut, Beinahe-Tochter. Ich mache mir Sorgen.«

Der Gedanke daran, den Schwertführer vor ihrer Tür zu haben, erschreckte Ash beinahe so sehr wie ihr Traum. Marafice Eye erschreckte sie – er machte einer Menge Leute in der Maskenfestung angst. Das war, wie sie annahm, der Hauptgrund, weshalb ihr Pflegevater ihn behielt. »Können wir nicht statt dessen Katia rufen?«

Iss begann schon, den Kopf zu schütteln, bevor Ash den Satz beendet hatte. »Ich glaube, unsere Katia ist vielleicht keine sonderlich verläßliche Wächterin. Denk nur an gestern abend: *Du* sagtest, du hast Wein getrunken, aber sie hat geschworen, daß du keinen getrunken hast, und selbstverständlich muß ich das Wort meiner Tochter über das einer gewöhnlichen Dienerin stellen. Also habe ich keine andere Wahl, als den Bericht des Mädchens für falsch zu halten, und so etwas könnte sie natürlich jederzeit wieder tun.« Ein kaltes Lächeln. »Es geht dir nicht gut, Asarhia. Schlechte Träume beunruhigen dich, und du hast Kopfschmerzen. Wie könnte ich mich Vater nennen, wenn ich nicht auf meine Tochter aufpasse?«

Ash senkte den Kopf. Sie wollte schlafen, die Augen schließen und nicht träumen müssen. Ihr Pflegevater war zu schlau für sie. Lügen, selbst kleine, waren wie eine Seidenschnur in seinen Händen. Er konnte ziehen und sie verzerren, konnte sie benutzen, um diejenige, die sie ausgesprochen hatte, zu Knoten zu binden. Sie hatte sich selbst heute nacht schon genug Ärger gemacht. Das beste wäre, nichts mehr zu sagen, nur demütig zu nicken und zuzulassen, daß er gute Nacht sagte. Er war schon auf dem Weg zur Tür; bald würde er weg sein.

Und dennoch.

Sie war Ash March, Findling, vor dem Leeren Tor ausgesetzt, damit sie dort starb. Man hatte sie im zwei Fuß hohen Schnee liegenlassen, in eine Decke gewickelt, die starr war vom Blut des Mutterleibs, unter einem nachtdunklen Himmel im zwölften Sturm des Winters. Sie war verloren gewesen, aber irgendwie hatte sie überlebt. Sie war schwach gewesen, aber ein winziger

Lebensfunke in ihr hatte sich als stark erwiesen. Sie richtete sich gerade auf, sah ihrem Pflegevater direkt in die Augen und sagte: »Ich möchte wissen, was mit mir los ist.«

Iss erwiderte ihren Blick und griff nach der Kerosinlampe. In den eisernen Lampensockel war das Wappen des Surlords eingraviert: Der auf den Hinterbeinen stehende Wolfsgeier, der große, rauchgraue Raubvogel, der Klauen von der Größe von Fleischhaken in die Spitze des eisernen Turms senkte. Ash erinnerte sich daran, daß ihr Pflegevater ihr erzählt hatte, daß diese Vögel zwar von Frühlingslämmern, Bärenjungen und Elchkälbern lebten, aber auch dafür bekannt waren, Jagdhunde zu töten, die zu nahe an ihr Territorium kamen. »Allerdings fressen sie die Hunde, die sie töten, nie«, hatte Iss gesagt, ein fasziniertes Glitzern in seinen normalerweise kalten Augen. »Obwohl sie mit den Kadavern spielen.«

Ash schauderte.

Iss schloß das Überflußloch und löschte die Lampe. Er öffnete die Tür aus versteinertem Holz und trat in die Säule kalter Luft, die sich im Korridor dahinter befand. »Es gibt nichts, worum du dich sorgen mußt, Beinahe-Tochter. Du holst nur auf, das ist alles. Katia hat dir doch sicher gesagt, daß die meisten Mädchen deines Alters bereits in *jedem* Sinn des Wortes Frau sind? Dein Körper vollzieht jetzt einfach diese Dinge nach, die andere bereits hinter sich gebracht haben. Man kann wohl kaum erwarten, daß solche Veränderungen ohne ein gewisses Maß an Schmerz vor sich gehen.«

Damit trat er in den Schatten des Flurs und wurde schnell selbst zu einem Schatten. Die Metallketten, die in seinen Mantel genäht waren, klirrten leise wie Abschiedsglocken, und dann fiel die Tür zu und es wurde still.

Ash sank zurück auf ihr Bett. Zitternd und seltsam erregt zog sie die Laken über ihre Brust und begann darüber nachzudenken, wie sie die Antworten selbst finden konnte. Die Worte ihres Pflegevaters *klangen* am Ende nur wie die Wahrheit. Sie wußte, sie würde nicht schlafen können, hätte *schwören* können, daß sie nicht konnte, aber unglaublicherweise schlief sie dann doch.

Als sie träumte, träumte sie nur von Eis.

Der Lauscher konnte nicht schlafen. Seine Ohren – das, was von ihnen übrig war – schmerzten wie zwei faule Zähne. Nolo hatte ihm frischen Bärentalg aus der Fettgrube gebracht, und er war gut und weiß und sah sahnig genug aus, um ihn essen zu können, also hatte der Lauscher das getan. So eine Verschwendung von gutem Talg – damit einfach nur zwei schwarze Löcher zu verstopfen, die einmal Ohren gewesen waren! Es war auch eine Verschwendung von gutem Moschusochsenhaar, sie zu wärmen. Aber dagegen konnte man nichts tun: Nichts mußte so gut warm gehalten werden wie eine alte Narbe.

Nolos Fußspuren bildeten eine sichtbare Linie zur Fettgrube und zurück und dann hinüber zu dem Fleischgestell in der Mitte des gerodeten Platzes. Als er sie sah, nahm sich der Lauscher vor, mit Nolos Frau, Sila, zu sprechen. Sie füllte die *Mukluks* ihres Mannes nicht mit genug trockenem Gras. Nolos gestiefelte Füße hatten Schnee zum Schmelzen gebracht! Sila hatte Tadel verdient.

Der Lauscher verbrachte einen Augenblick damit, sich vorzustellen, wie Sila vornübergebeugt dahockte und Gras rupfte, um es in den Raum zwischen den äußeren und inneren Stiefeln ihres Mannes zu stecken. Es war ein sehr angenehmer Anblick. Sila hatte ein ungewöhnlich hübsches Hinterteil.

Dennoch, er war alt und hatte keine Ohren, und Sila war jung und verheiratet, und zusammen hatten sie und ihr Mann vier gute Ohren, also schob der Lauscher das Bild von Sila beiseite und wandte sich Wichtigerem zu: seinem Traum.

Er saß auf einem Hocker aus Walknochen, sein altes, gegerbtes Bärenfell um die Schultern, und schaute hinaus in die Nacht. Hitze von seinen beiden Specksteinlampen wärmte ihm den

Rücken, und die ruhige, eisige Luft draußen ließ ihn vorne frieren: So mochte er es, wenn er seinen Träumen lauschte.

Lootavek, der Lauscher vor ihm, schwor, daß ein Mann seine Träume nur hören konnte, *während* er sie hatte, aber der Lauscher glaubte, daß sein Vorgänger sich geirrt hatte. Ähnlich wie Nolos Stiefelfutter brauchten Träume viel Sorgfalt.

Der Lauscher lauschte. Im Schoß hielt er die hohle Spitze des Zahns eines Narwals, ein kleines Silbermesser, das einmal benutzt worden war, ein verhungerndes Kind zu töten, und ein Stück im Meersalz gehärtetes Treibholz von einem Schiffswrack, das im kalten Eis des Endmeeres festgesessen hatte. Wie jeder gute Talisman fühlten diese Gegenstände sich richtig in der Hand an, und die Körperwärme des Lauschers hatte sie in unterschiedlichem Maß gewärmt. Nun halfen sie ihm, seinen Geist in die Halbwelt zu schicken, die halb Dunkelheit, halb Licht war.

Angst breitete sich im Bauch des Lauschers aus, als er in seine Träume fiel.

Hände ausgestreckt. Weinen und Trauer. Ein Mann mit einer unmöglichen Wahl traf die beste Entscheidung, die er konnte …

»Sadaluk! Sadaluk! Du mußt wach werden, bevor die Kälte dir die Haut verbrennt.« Der Lauscher öffnete die Augen. Nolo stand vor ihm und beugte sich über ihn. Der kleine, dunkelhäutige Mann hatte seinen geliebten Eichhörnchenmantel unter den Arm geklemmt und hielt eine Schale mit etwas Heißem, Dampfendem in der Hand.

Der Lauscher wandte den Blick von Nolo zum Nachthimmel. Der blasse Schimmer der Dämmerung war über der Alkbucht schon deutlich zu sehen. Sterne verblaßten, noch während der Lauscher den Blick abwandte. Er hatte die halbe Nacht seinen Träumen gelauscht.

Nolo legte dem Lauscher den Eichhörnchenmantel um die Schultern und hielt ihm dann die dampfende Schale hin.

»Bärensuppe, Sadaluk. Sila hat mich schwören lassen, daß ich zusehe, wie du sie trinkst.«

Der Lauscher nickte mürrisch, aber in Wahrheit war er recht erfreut – nicht über die Bärensuppe, die er von jedem Feuer rund um die Fettgrube haben konnte, sondern wegen Silas Aufmerksamkeit. Die Bärensuppe war heiß, dunkel und stark, und Bröckchen von Sehnen, Bärenfett und Mark schwammen auf der Oberfläche. Der Lauscher genoß den Dampf in seinem Gesicht, während er trank. Die Wärme der Knochenschale beruhigte die Gelenke in seinen schwarzen, holzharten Händen. Als er fertig getrunken hatte, reichte er Nolo die leere Schale zurück. »Geh jetzt. Ich gebe dir den Eichhörnchenmantel zurück, wenn ich ausgeruht bin.«

Nolo nahm die Schale mit der üblichen Sorgfalt eines Mannes entgegen, der das beste Geschirr seiner Frau in Händen hält, und ging zurück nach Hause.

Der Lauscher beneidete ihn.

Nach dem, was seine Träume ihm in dieser Nacht gezeigt hatten, hätte der Lauscher wissen müssen, daß ein solch niedriges und sterbliches Gefühl seiner nicht würdig war. Aber so war es nicht, und so ging es nun einmal in der Welt zu.

Der Lauscher hatte Den-der-die-Arme-ausstreckt gesehen, wie er die Dunkelheit herbeirief. Das konnte nur eins bedeuten.

Tage dunkler als Nächte lagen vor ihnen.

Er zog die Häute über den Eingang und kehrte in die Wärme und in das goldene Licht zurück.

Auf seiner Bank lagen Tierfelle auf einer dicken Schicht frischen, weißen Heidekrauts, und er legte sich darauf und schloß die Augen. Er wollte nicht träumen und schlafen, also dachte er an Sila und stellte sich vor, wie sie und Nolo im Schlitten über den gefrorenen Rand des Endmeers glitten. Er stellte sich vor, wie das Eis unter den Schlittenkufen dünn wurde und Nolo anhielt, damit seine Frau so schnell wie möglich neues Eis machen konnte.

Dieses angenehme Bild fesselte die Aufmerksamkeit des Lauschers einen kurzen Augenblick. Aber es gab viel zu tun. Er mußte Botschaften aussenden. Tage dunkler als Nächte lagen vor ihnen, und jene, die sich mit solchen Dingen auskannten, mußten davon erfahren. Keiner sollte sagen, daß Sadaluk, Lauscher des Eisjägerstammes, nicht der erste gewesen war, der es wußte.

3
Ein Kreis aus Staub

Bist du sicher, daß du auch ganz hinten an der Pferdeweide nachgesehen hast?« Der eisige Wind zwang Drey Sevrance zum Blinzeln, als er sprach. Eiskristalle glitzerten im Fuchsfell seiner Kapuze, und Kiefernnadeln klebten wie verfilztes Haar an seinen Schultern, Armen und Rücken.

Raif dachte, daß sein Bruder müde aussah und älter als je zuvor. Das Licht des ersten Morgengrauens zeigte sich gelb am Horizont und warf schweflige Schatten auf sein Gesicht. »Ich habe nachgesehen«, sagte Raif. »Keine Spur von Mace.«

»Was ist mit dem Erlensumpf und dem Bach?«

»Der Sumpf ist gefroren. Und ich bin am Bachufer entlanggegangen. Nichts.«

Drey zog seine Handschuhe aus und fuhr sich mit den nackten Händen durchs Gesicht.

»Die Strömung hat die Leiche vielleicht bachabwärts getragen.«

Raif schüttelte den Kopf. »Es gibt nicht mal genug Wasser, um einen verdammten Fuchs von einer Biegung zur anderen zu tragen, erst recht nicht einen ausgewachsenen Mann aus der Sichtweite des Lagers.«

»Die Strömung war gestern nachmittag vielleicht heftiger.«

Raif setzte dazu an, etwas zu sagen, dann überlegte er es sich anders. Die einzige Zeit, in der die Strömung im Bach stark genug war, eine Leiche wegzuschwemmen, war die zweite Woche des Frühlingstauwetters, wenn das Schmelzwasser von den Küstengebirgen auf seinem Höchststand war – und Drey wußte das. Plötzlich unbehaglich, aber nicht sicher, warum, streckte Raif die Hand aus und berührte Dreys Ärmel. »Komm. Gehen wir zurück zur Feuergrube.«

»Mace Blackhail ist irgendwo da draußen, Raif.« Drey schob eine Hand durch die gefrorene Luft. »Ich weiß, daß er sehr wahrscheinlich tot ist, aber was, wenn nicht? Was, wenn er verwundet ist und am Boden liegt?«

»Da waren diese Spuren …«

»Ich will nichts mehr über diese Spuren hören. Ist das klar? Diese Spuren hätte jeder jederzeit hinterlassen können. Mace stand auf Wache – er kann überall gewesen sein, als der Überfall sich ereignete. Entweder haben sie ihn als ersten erwischt, und er liegt erfroren in einer Senke auf der Ebene, oder er hat es bis ins Lager zurück geschafft, die anderen gewarnt, und wir haben ihn nur noch nicht gefunden.«

Raif ließ den Kopf hängen. Er wußte nicht, was er antworten sollte. Wie konnte er seinem Bruder sagen, daß er das Gefühl hatte, daß, ganz gleich, wie lange und sorgfältig sie suchten, sie keine Spur von Mace Blackhail finden würden? Er zuckte die Achseln und beschloß zu schweigen. Er war todmüde, und er wollte sich nicht mit Drey streiten.

Dreys Miene hellte sich ein wenig auf. Gefrorenes Gras knisterte unter seinen Füßen, als er sein Gewicht von links nach rechts verlagerte. »Also gut. Wir gehen zurück zur Feuergrube. Wir werden nach Mace suchen, wenn es heller geworden ist.«

Zu erschöpft, um seine Erleichterung zu verbergen, folgte Raif Drey zurück in den Zeltkreis. Windgepeitschte Schierlingssträucher und Fichten schlugen in den Himmel wie angekettete Tiere. Irgendwo ganz in der Nähe gurgelte Wasser über lockeren Schiefer, und weit hinter dem Horizont schrie ein Rabe die Dämmerung an. Als Raif den heiseren und zornigen Schrei des Vogels hörte, den man Totenwächter nannte, hob er die Hand an die Kehle. Mit seinen dicken Hundefellhandschuhen konnte er kaum den festen Haken des Rabenschnabels spüren, den er an einer Flachsschnur am Hals trug. Der Rabe war sein Zeichen, bei seiner Geburt vom Steinhüter des Clans für ihn ausgewählt.

Der Hüter des heiligen Steins, der Raif das Vogelzeichen

gegeben hatte, war nun seit fünf Jahren tot. Keiner war vom Clan mehr geehrt worden. Er war uralt gewesen und hatte nach Schweinen gestunken, und Raif hatte ihn zutiefst gehaßt. Er hatte das schlimmstmögliche Zeichen für Tem Sevrances zweiten Sohn aufgehoben. Keiner vor oder nach ihm hatte den Raben erhalten. Raben waren Aasvögel; sie konnten töten, aber sie zogen es vor zu stehlen. Raif hatte gesehen, wie sie tagelang einem einsamen Wolf gefolgt waren in der Hoffnung, eine Mahlzeit an einem aufgerissenen Kadaver erwischen zu können. Alle anderen im Clan, Männer und Frauen, hatten mehr Glück mit ihren Zeichen gehabt. Drey hatte eine Bärenklaue erhalten wie Tem zuvor. Dagro Blackhails Zeichen war der Elch, Jorry Shanks der Flußhecht, Mallon Clayhorns der Dachs. Shaw Gormalins war ein Adler, ebenso wie Raina Blackhails. Und Dagros Pflegesohn Mace … Raif dachte einen Augenblick lang nach – was war sein Zeichen? Dann fiel es ihm wieder ein: Mace Blackhail war ein Wolf.

Die einzige Person im ganzen Clan, die ein noch seltsameres Zeichen hatte als Raif, war Effie. Der Hüter hatte ihr nur ein ohrförmiges Stück Stein gegeben. Raif wurde wütend, wenn er nur daran dachte. Was hatten die Sevrances dem alten Deckskerl je angetan, um so etwas zu verdienen?

Raif zog an dem Rabenzeichen, prüfte die geölte Schnur. Als er jünger war, hatte er das Ding öfter weggeworfen, als er sich erinnern konnte, aber irgendwie hatte der Hüter es immer wiedergefunden und es zurückgebracht. »Es ist deins, Raif Sevrance«, hatte er dann gesagt und das schwarze Hornstück in seiner narbigen, schmutzigen Handfläche gehalten. »Und eines Tages wirst du vielleicht froh darüber sein.«

Alle Gedanken an Raben verschwanden aus Raifs Kopf, als er und Drey sich dem Zeltkreis näherten. Das erste Sonnenlicht fiel auf die erstarrte Tundra und beleuchtete den Lagerplatz mit langgezogenen Strahlen von Morgenlicht. Die sechs Zelte aus Häuten und Elchfell, die Pferdepfosten, die Feuergrube, die

Trockengestelle und der Hackklotz hatten bereits etwas von Ruinen an sich. Tem hatte Raif einmal eine Geschichte erzählt über ein dunkles, großes Totenschiff, das angeblich den Eingang zum Endmeer bewachte und alle außer den Blinden und Wahnsinnigen abschreckte. So sahen die Zelte nun aus: wie die Segel eines Totenschiffs.

Raif schauderte. Er ließ die Hand von der Kehle zu dem ausgehöhlten Geweihstück sinken, das mit einem Ring aus verrostetem Messing an seinem Gürtel angebracht war. Darin versiegelt war heilige Erde: Staub, den sie vom Heiligen Stein abgekratzt hatten, der das Herz des Clans bildete. Jeder Clan hatte seinen Heiligen Stein, und jeder Clansmann trug ein Stück davon bei sich, bis er starb. Der Stein des Clans Blackhail war ein massiver Brocken gefalteten Granits, so groß wie eine Pferdebox, durchschossen von Adern aus schwarzem Graphit und glatt vor Fett. Der Heilige Stein des Clans Bludd war auch aus gefaltetem Granit, aber er hatte Flecken von rotem Granat, die wie trocknendes Blut glitzerten. Raif hatte nie das Pulver gesehen, das sie vom Bluddstein rieben, aber er nahm an, daß es ganz ähnlich aussehen mußte wie das vom Hailstein: glattes graues Pulver, das wie flüssiger Rauch durch die Hand lief.

Als er sich der Feuergrube näherte, nahm er den kleinen Behälter vom Gürtel, indem er den Messingring einfach zerbrach. Der Behälter war mit einem Deckel aus gehämmertem Silber verschlossen, und Raif fuhr über das Horn und tastete nach dem Rand. Zwölf Männer waren hier gestorben, und nur zwei verblieben. Und zwei Männer ohne Pferde, Wagen oder Schlitten hatten keinerlei Hoffnung, die Toten zurück nach Hause bringen zu können. Das Rundhaus lag fünf anstrengende Reisetage weiter südlich, und das war mehr als genug Zeit für Aasfresser, die Leichen zu zerfetzen.

Raif würde es nicht zulassen. Schon waren die Raben am Himmel und zogen ihre meilenweiten Kreise, und bald würden sich Wölfe, Wildhunde, Bären und Tundrakatzen ihnen anschließen. Alle Tiere, die sich von toten Dingen ernähren, würden zum Lager gezogen kommen auf der Suche nach einer letzten guten Mahlzeit, bevor der Winter wirklich begann.

Er schüttelte seinen Kopf ein einziges Mal, dann schob Raif die Kappe von dem Behälter. Er öffnete sich mit einem kleinen Zischen. Feingeriebenes Pulver des Heiligen Steins stob wie ein Kometenschweif davon und brachte den Geschmack von Granit auf Raifs Lippen. Nach einem Augenblick vollkommenen Schweigens betrat er den Kreis. Rund um den Feuerkreis, die Trockengestelle, die Zelte und Leichen ging er und ließ einen Weg aus Luft und Staub zurück. Der graue Staub hing lange auf dem Atem des Winters, ritt die kalten Wirbel und Aufwinde, bevor er in sein erstarrtes Bett niedersank.

Nichts würde Tem Sevrance nehmen. Niemals. Keine Raben würden nach seinen Augen und Lippen picken, keine Wölfe ihre Reißzähne in seinen Bauch schlagen, kein Bär das Mark aus seinen Knochen saugen, und keine Hunde würden über den Resten kämpfen. Er würde zu den dunkelsten Höllenlöchern verdammt sein, wenn das je geschah.

»Raif?«

Als er sich umsah, sah Raif Drey am Eingang zum Zelt ihres Vaters, wie er sich ein Vorratsbündel fest an die Brust preßte. »Was machst du da?«

»Ich zeichne einen Heiligen Kreis. Wir werden das Lager abbrennen.« Raif erkannte seine eigene Stimme kaum. Er klang kalt, und es lag eine Herausforderung in seinen Worten, die er eigentlich nicht beabsichtigt hatte.

Drey sah ihn lange Zeit an. Seine normalerweise hellbraunen Augen waren so dunkel wie die Wände der Feuergrube. Er kannte Raifs Gründe – sie standen einander als Brüder zu nahe, um nicht zu wissen, was der andere dachte –, aber Raif wußte auch, daß er nicht erfreut war. Er hatte andere Pläne für die Leichen gehabt.

Endlich begannen die Muskeln an Dreys Hals sich zu bewegen, und einen Augenblick später sagte er: »Vollende den Kreis. Ich werde diese Vorräte zu den Pferdepfosten bringen, dann suche ich so viel Öl und Pech wie möglich.«

Ein Muskelband in Raifs Brust entspannte sich. Sein Mund war trocken – zu trocken, als daß er etwas hätte sagen können. Also nickte er nur und ging weiter. Er spürte Dreys Blick auf seinem Rücken, bis der Kreis vollständig gezogen war. Und er wußte mit absoluter Sicherheit, daß er seinem Bruder etwas Kostbares genommen hatte. Drey war der Ältere. Er hätte als erster sagen müssen, was mit den Toten geschehen soll.

Raif Sevrance tat alles, was für ein gutes Feuer notwendig war. Er arbeitete sorgfältig und unermüdlich; er hackte Feuerholz, er streifte die Nadeln von den Bäumen in der Nähe, um den nackten Boden zwischen den Zelten und der Feuergrube damit zu bedecken, er häufte Moos rund um die Leichen an und verband alles mit Brocken von Elchfett und Bändern aus Öl und Pech. Die Zelthäute begoß er mit dem Alkohol, den man immer in Meth Ganlows Gepäck finden konnte.

Bei all diesen Vorbereitungen tat Raif nur, wozu Drey ihn anwies, und nicht mehr; er schlug nichts vor, er sagte nichts. Er erwies Drey den Respekt, der ihm zustand.

Die Raben kamen näher, während sie arbeiteten; ihre langen schwarzen Flügel warfen Messerschatten auf den Schnee, ihre rauhen Aasvögelschreie erinnerten Raif ständig an das Ding, das er an seinem Hals trug.

Totenwächter.

Als alles fertig war und die beiden Brüder außerhalb des Heiligen Kreises standen und in die Feuerfalle sahen, die sie geschaffen hatten, holte Drey den Feuerstein heraus. Der Kreis, den Raif gezogen hatte, war für das Auge nicht sichtbar. Das Pulver war fein und das Gras dicht, und der Wind hatte viel von dem Steinstaub davongetragen. Aber der Kreis war vorhanden. Sowohl Raif als auch Drey wußten, daß er da war. Ein Heiliger Kreis hatte alle Macht des Heiligen Steins, mit dessen Staub er gezogen war. Er war das Herz des Clans hier auf der erfrorenen Tundra des Ödlands. Alle innerhalb des Kreises lagen auf heiligem Boden.

Tem hatte Raif einmal erzählt, daß es weit im Süden, im weichen Land von Städten mit Flachdachhäusern, grasbewachsenen Ebenen und warmen Meeren andere gab, die Heilige Kreise benutzten, um sich zu schützen. Ritter nannten sie sich. Und Tem sagte, sie brannten sich die Kreise auf die Haut.

Raif wußte nichts davon, aber er wußte, daß ein Clansmann das Rundhaus eher ohne sein Schwert als ohne eine Phiole, einen Beutel oder einen anderen Behälter mit seinem Anteil geriebenen Steins verlassen würde. Mit einem Schwert konnte ein Mann nur kämpfen. Innerhalb eines Heiligen Kreises konnte er mit den Steingöttern sprechen, um Rettung, Vergebung der Sünden oder einen schnellen, gnädigen Tod bitten.

In der Ferne heulte ein Wolf, und als hätte dieses Geräusch ihn aus einer Trance geweckt, schob Drey die Kapuze zurück und zog die Handschuhe aus. Raif tat dasselbe. Alles war still. Der Wind hatte nachgelassen, die Raben waren gelandet, der Wolf schwieg, witterte vielleicht Beute. Keiner der Brüder sagte ein Wort. Die Sevrances hatten es nie mit Worten gehabt.

Drey schlug den Feuerstein. Der Zunder fing die Funken auf und flackerte heftig in Dreys Hand. Drey trat vor, ließ sich auf ein Knie nieder und entzündete die Linie alkoholgetränkten Mooses, die er vorbereitet hatte. Raif zwang sich hinzusehen. Es fiel ihm schwer, aber er gehörte zum Clan, sein Häuptling und sein Vater lagen hier, und er würde den Blick nicht abwenden. Flammen rasten auf Tem Sevrance zu, gierige gelbe Finger, scharfe rote Klauen. Höllenfeuer. Und es würde ihn so sicher fressen wie jedes Tier.

Tem …

Plötzlich konnte Raif an nichts anderes mehr denken als daran, die Flammen auszutreten. Er machte einen Schritt vorwärts, aber noch in diesem Augenblick fand das Feuer das erste

Zelt, und die durchtränkte Elchhaut ging in Flammen auf. Funken wirbelten mit dem Rauch nach oben, und das donnernde Tosen der Zerstörung erschütterte das Ödland. Flammen so heiß, daß sie weiß brannten, tanzten im sich neu erhebenden Wind. Kleine Eispfützen am Boden schmolzen mit tierhaftem Zischen, und dann kam der Gestank brennender Menschen. Rauchige Luft drängte sich gegen Raifs Wange. Seine Augen brannten, und Tränen liefen ihm über die Wangen. Er starrte weiter geradeaus. Das Stück Boden, auf dem Tem lag, war in seine Seele graviert, und die Steingötter hatten ihm die Pflicht auferlegt, hinzusehen, bis es zu Asche verbrannt war.

Endlich kam eine Zeit, da er den Blick abwenden konnte. Er drehte sich zu seinem Bruder um. Drey sah ihn nicht an. Drey hatte die Faust so fest geballt, daß selbst seine Brust zitterte. Einen Augenblick später sagte er: »Gehen wir.«

Ohne auch nur nachzusehen, wie sein Bruder reagierte, ging Drey zu den Pferdepfosten, hob seinen Teil der Vorräte auf und belud sich damit. Dem Anblick der vollen Rucksäcke nach zu schließen, nahm Raif an, daß Drey sich das schwerere Bündel ausgesucht hatte.

Drey wartete am Pfosten. Er sah seinen Bruder nicht an, aber wartete auf ihn.

Raif ging ihm entgegen. Wie er angenommen hatte, war das Gepäck, das Drey zurückgelassen hatte, leichter, und Raif packte es sich auf den Rücken wie einen Mantel. Er hätte gerne etwas zu Drey gesagt, aber nichts schien richtig zu sein, also schwieg er lieber.

Das Feuer toste hinter ihnen, als sie das Lager im Ödland verließen und sich auf den Weg nach Süden machten. Rauch folgte ihnen, der Gestank bewirkte, daß ihnen übel wurde, und Asche senkte sich auf ihre Schultern wie die ersten Schatten der Nacht. Sie überquerten die Flutebene und die Riedwiese, dann waren sie auf dem Grasland, das sie nach Hause führte. Die Sonne ging langsam, aber früh unter und beleuchtete den

Himmel hinter ihnen mit einem lang anhaltenden, blutigen Licht.

Drey sprach nicht mehr davon, die Suche nach Mace Blackhail fortzusetzen, und Raif war froh darüber. Froh, weil es bedeutete, daß sein Bruder auf dem Weg dieselben Dinge sah wie er: eine zerbrochene Eisscholle auf einem Schmelzwasserteich, einen deutlichen Hufabdruck auf den Flechten, einen Schneehuhnknochen, das Ende schwarz vom Bratfeuer, sauber abgenagt.

Als die Erschöpfung sie schließlich überwältigte, machten sie Rast. Eine Insel von Fichten bildete in dieser Nacht ihre Zuflucht. Die großen, jahrhundertealten Bäume waren in einem schützenden Kreis gewachsen, ursprünglich ausgehend von einem einzigen Mutterbaum, der in der Mitte gereift und dann später gestorben war. Es gefiel Raif hier. Es war, als lagerten sie in einem Heiligen Kreis.

Drey entzündete ein Feuer und zog sich eine Elchhaut über die Schultern, um warm zu bleiben. Raif tat dasselbe, und die beiden Brüder saßen dicht an den Flammen und aßen Streifen abgehangenen Lammfleischs und schwarz gewordene gekochte Eier. Sie tranken Tems dunkles, beinahe ungenießbares Selbstgebrautes, und der säuerliche Geschmack und teerähnliche Geruch erinnerten Raif so sehr an seinen Vater, daß er lächeln mußte. Tem Sevrances Selbstgebrautes war das schlechteste im ganzen Clan; das sagten alle, niemand wollte es freiwillig trinken, und es hieß, ein Hund sei daran gestorben. Aber Tem änderte nie etwas daran. Ähnlich wie Helden in alten Geschichten, die sich jeden Tag ein wenig vergifteten, um sich gegen Angriffe listiger Attentäter zu wappnen, war Tem immun dagegen geworden.

Auch Drey lächelte. Es war unmöglich, nicht zu lächeln, wenn man sich der realen Möglichkeit gegenüber fand, an Bier zu sterben. Dann zog sich Raifs Kehle zusammen. Jetzt waren sie nur noch zu dritt: er, Drey und Effie.

Effie. Das Lächeln schwand aus Raifs Gesicht. Wie würde er Effie sagen können, daß ihr Vater tot war? Sie hatte ihre Mutter nie kennengelernt. Meg war in einer Pfütze ihres eigenen Blutes auf dem Geburtstisch gestorben, und Tem hatte Effie allein großgezogen. Viele Clansmänner und mehr als einige Clansfrauen hatten Tem geraten, wieder zu heiraten, um seinen Söhnen und seiner Tochter eine Mutter zu geben, aber Tem hatte sich geweigert. »Ich habe einmal geliebt und vollständig«, sagte er. »Und das ist Segen genug für mich.«

Plötzlich streckte Drey den Arm aus und versetzte Raif einen spielerischen Schlag auf die Wange. »Mach dir keine Sorgen«, meinte er. »Es wird schon alles gutgehen.«

Raif nickte, zutiefst erfreut, daß Drey etwas gesagt hatte, und getröstet von der Erkenntnis, daß dieselben Gedanken, die ihm durch den Kopf gingen, auch Drey beschäftigten.

Drey lehnte sich zurück und richtete das Feuer mit einem Stock. Blaurote Flammen tanzten dicht an seiner behandschuhten Hand, als er ein verbranntes Scheit umdrehte. »Wir werden dafür sorgen, daß der Clan Bludd für das zahlt, was sie getan haben, Raif. Das schwöre ich.«

Eine Hand aus purem Eis schlang sich um Raifs Gedärme. Der Clan Bludd? Drey hatte keine Beweise für das, was er sagte. Der Überfall konnte von allen möglichen Seiten erfolgt sein: Clan Dhoone, Clan Croser, Clan Gnash, eine Bande Verstümmelter. Die Sull. Und dann war da noch die Art der Wunden, der Gestank des Bösen, das Gefühl, daß hier mehr als Morde geschehen waren. Die Krieger des Clan Bludd mit ihren stachelbewehrten Bleihämmern, ihren gegossenen Speerspitzen, den halbgeschorenen Köpfen und den Breitschwertern mit tiefen Rinnen in der Mitte, um das Blut der Feinde abzuleiten, waren wilde Krieger; aber Raif konnte sich nicht erinnern, daß Tem oder Dagro Blackhail einmal gesagt hatten, der Clan Bludd hätte mit …

Raif schüttelte den Kopf. Er hatte keine Erklärung für das,

was im Lager geschehen war. Er wußte nur, daß jeder Clansmann, der sein Zeichen wert war, sich vor solchen Dingen abwendete.

Er warf Drey einen Seitenblick zu und holte Luft, etwas zu sagen. Dann bemerkte er, wie heftig Drey im Feuer stocherte und wie dicht der Stock, den er hielt, daran war zu brechen, und er atmete wieder aus. In fünf Tagen würden sie zu Hause sein. Dann würde alles ans Licht kommen.

4
Ein Rabe kommt

Angus Lok wurde geküßt. Er erhielt genau vierzehn Küsse, einen für jeden halben Penny, den Beth und die kleine Moo ihn kosten würden. Es war selbstverständlich Beths Idee gewesen; sie wollte neue Haarbänder, und sie würde alles – Küssen eingeschlossen – dafür tun, sie zu bekommen. Die kleine Moo war viel zu jung, um schon eine Meinung über Haarbänder zu haben, außer daß man gut darauf kauen konnte; aber sie küßte ihren Vater dennoch, kicherte wild und bedeckte Angus' Gesicht mit klebrigen, ein wenig krümeligen Schmatzern, die nach Haferfladen schmeckten.

»Bitte, Vater. *Bitte*«, sagte Beth. »Du hast es versprochen.«

»Bitte, Papa«, echote die kleine Moo.

Angus Lok stöhnte. Er wußte, wann er sich geschlagen geben mußte. Er schlug sich mit der Hand auf die Brust und rief: »Also gut! Also gut! Ihr habt eurem Vater nicht nur die Börse aus der Tasche, sondern auch das Herz aus dem Leib gerissen! Ihr sollt eure Bänder bekommen! Ich nehme an, ich sollte jetzt fragen, welche Farbe ihr wollt?«

»Rosa«, sagte Beth.

»Bau«, sagte die kleine Moo.

Angus hob die kleine Moo hoch, hob sie von seinem Schoß und setzte sie sanft auf den Fuchsfellteppich zu seinen Füßen. »Also gut, rosa und bau.«

Beth kicherte, als sie ihrem Vater einen letzten Kuß auf die Wange drückte und aufstand. »*Blau*, Vater. Moo möchte ein blaues.«

»Bau, bau«, echote die kleine Moo vergnügt.

»Angus.«

Angus blickte auf, als er die Stimme seiner Frau hörte. Es

waren nur zwei Silben, und dennoch wußte er, daß etwas nicht stimmte. »Was ist, Liebste?«

Darra Lok zögerte einen Augenblick in der Tür, als hätte sie etwas dagegen, sich weiterzubewegen, dann seufzte sie resigniert und kam in die Küche des Bauernhauses. Als sie zu Angus ans Feuer trat, blieb sie stehen, um Beth eine Haarsträhne aus dem Gesicht zu streichen und um der kleinen Moo ein haariges Stück Haferfladen zu entziehen, das das Kind gerade aus der Tiefe des Fuchsfellteppichs gewühlt hatte.

Darra Lok setzte sich auf die Eichenholzbank, die der Verwalter ihres Vaters ihr vor achtzehn Jahren als Hochzeitsgeschenk gebaut hatte, und griff nach der Hand ihres Mannes. Sie überzeugte sich noch einmal, daß die beiden jüngeren ihrer drei Töchter in ihrer eigenen Welt von Haarbändern und Haferfladen versunken waren, dann lehnte sie sich an Angus und sagte leise: »Ein Rabe ist gekommen.«

Angus holte tief Luft. Er schloß die Augen und sprach ein lautloses Gebet an alle Götter, die vielleicht zuhörten. *Bitte, laß es keinen Raben sein. Bitte mach, daß Darra sich geirrt hat und es eine Krähe ist oder eine Dohle.* Aber noch während er sich das wünschte, wußte er, daß er sich irrte. Darra Lok erkannte einen Raben, wenn sie einen sah.

Angus zog die Hand seiner Frau an die Lippen und küßte sie. Er wußte, es gefiel den Göttern nicht, wenn ein Mann direkt nach einer Bitte die nächste aussprach, also betete er nicht darum, daß seine Angst sich nicht auf seinem Gesicht zeigen möge. Er verbarg sie einfach so gut wie möglich.

Darra sah ihn mit ihren dunkelblauen Augen an. Ihr normalerweise hübsches Gesicht war bleich, und kleine Falten, die Angus zuvor kaum bemerkt hatte, waren jetzt deutlich auf ihrer Stirn zu sehen. »Cassy hat ihn heute früh gesehen, als er das Haus umkreiste. Er ist erst jetzt gelandet.«

»Bring mich zu ihm.«

Darra Lok ließ die Hand ihres Mannes los und nickte. Langsam und widerstrebend stand sie auf und streifte imaginären Schmutz von ihrer Schürze. »Beth, paß auf deine Schwester auf. Paß auf, daß sie nicht zu nahe ans Feuer geht. Ich bin sofort wieder da.«

Beth nickte mit einer Bewegung, die der, die Darra gerade eben gemacht hatte, so ähnlich war, daß Angus' Herz zu Blei wurde. Ein Rabe war zu diesem Haus gekommen, und obwohl die großen, blauschwarzen Vögel mit ihren langen Messerflügeln, kräftigen Schnäbeln und menschlichen Stimmen für verschiedene Leute Unterschiedliches bedeuteten, bedeuteten sie für Angus Lok nur eins: Er mußte sein Heim verlassen.

Darra verließ die Küche vor ihm, und Angus blieb noch einen Augenblick stehen, um Beth über die Wange zu streichen. »Rosa und blau«, murmelte er, als er ging, damit sie wußte, daß er die Bänder nicht vergessen würde.

Es regnete draußen, ein stetiger Nieselregen, der schon vor Morgengrauen begonnen hatte, und der Boden rund um den Hof verwandelte sich in Schlamm. Darra hatte den größten Teil des Morgens damit verbracht, die letzten Kräuter in ihrem Garten zu pflücken, bevor der Frost kam, und das kleine Beet direkt unter dem Küchenfenster war nun nackt. Neben dem Kräutergarten gackerten die Hühner unruhig in ihrem Pferch, der sich an den Küchenkamin anlehnte. Sie wußten alles über Raben.

»Vater!«

Angus Lok wandte sich seiner ältesten Tochter zu. Cassy Loks Gesicht war schmutzverschmiert, das Haar klebte ihr naß am Kopf, und sie trug einen alten Ölhautumhang, den sie zusammen mit zwei verrosteten Pflügen und einer Milchkanne hier auf dem Hof schon vorgefunden hatten, als sie eingezogen waren. Aber für Angus sah sie wunderschön aus. Ihre Wangen glühten rosig, und ihre grünbraunen Augen leuchteten wie Regentropfen auf Bernstein. Sie war sechzehn. Alt genug, um verheiratet zu sein und eigene Kinder zu haben. Angus runzelte die Stirn. Wie sollte sie hier draußen auf dem Hof je einen jungen Mann kennenlernen, ganze zwei Tage nordöstlich von Ille Glaive? Und das war nur einer der Gründe, die Angus nachts nicht gut schlafen ließen.

»Willst du dir den Raben ansehen?« fragte Cassy, und die Aufregung war deutlich in ihrem Blick zu lesen, als sie ihrem Vater entgegenging. »Es ist ein Botenvogel wie die Krähen, die manchmal kommen. Nur größer. Er hatte etwas an sein Bein gebunden.«

Darra und Angus Lok wechselten einen Blick. »Cassy, geh hinein und wärm dich. Dein Vater und ich, wir werden uns schon um den Vogel kümmern.«

»Aber ...«

»Ins Haus, Casilyn.«

Cassy kniff die Lippen zusammen, gab ein schnaubendes Geräusch von sich, dann drehte sie sich um und ging ins Haus. Darra benutzte selten ihren vollständigen Namen.

Angus fuhr sich mit der Hand über das Gesicht und wischte sich den Regen aus Brauen und Bart. Er sah zu, wie Cassy die Küchentür hinter sich schloß. Sie war ein gutes Mädchen. Er würde später mit ihr sprechen und versuchen, alles zu erklären.

»Hier entlang. Der Vogel interessiert sich nicht für das Krähennest. Er hockt in der alten Ulme hinten.«

Ohne darauf zu warten, daß ihr Mann auf ihre Worte reagierte, ging Darra quer über den Hof und an der Seite des Hauses entlang. Angus kannte seine Frau lange genug, um zu wissen, daß diese Forschheit etwas verbarg. Darra war nervös und versuchte es nicht zu zeigen.

Hinter dem Bauernhaus der Loks lag dichtes Waldland. Große alte Eichen, Ulmen und Linden wuchsen dort und breiteten ihre Wipfel über üppiges, feuchtes Unterholz aus Flechten, toten Blättern, Lehm und Farnen aus. Im Frühjahr suchten Cassy und Beth hier nach blauen Enteneiern, Waldfröschen und wilder Minze, und im Sommer verbrachten sie ganze Tage im Wald, pflückten Brombeeren, Stachelbeeren und schwarze Pflaumen und kamen bei Sonnenuntergang mit klebrigen Gesichtern und Körben voll dunkler Früchte zurück, die ins Wasser gelegt werden mußten, um die Maden herauszutreiben. Im Herbst suchten sie nach Pilzen, und im Winter, an jenen Tagen, an denen Angus' Arbeit ihn weit vom Hof wegbrachte, stellte Darra Fallen für kleine Tiere auf.

Krah! Krah! Der Rabe kündigte seine Anwesenheit mit zwei kurzen, zornigen Tönen an und zog Angus Loks Blick nach oben durch die Zweige der großen weißen Ulme, die im Sommer Schatten für das ganze Haus spendete. Selbst von armdicken Ästen umgeben, war der Rabe zu erkennen. Er hockte mit der ganzen Arroganz eines Panthers, der sich nach dem Schlagen leichter Beute ausruht, in diesem Baum. Schwarz und reglos beobachtete er Angus Lok mit Augen aus flüssigem Gold.

Angus' Blick wanderte von den Augen des Geschöpfs zu seinen Beinen. Eine deutliche Verdickung über der linken Klaue war zu sehen: Hechthaut, mit Sehnen gebunden, dann mit Harz versiegelt.

Krah! Krah!

Wage nur, mich anzusehen.

Angus hörte den Schrei des Raben als Herausforderung. Nur zwei Menschen im Nordland benutzten Raben als Botenvögel, und Angus wußte bis tief ins Mark, daß er von keinem von beiden hören wollte. Die Vergangenheit lag in dieser Hechthautrolle, und er und der Rabe wußten es.

»Ruf ihn her.« Darra sprach leise, und ihre Hände umklammerten den Schürzenstoff.

Mit einem Nicken pfiff Angus, wie man es ihm vor zwanzig Jahren einmal beigebracht hatte. Zweimal kurzes Zirpen, gefolgt von einer langen, einzelnen Note.

Der Rabe nickte und schüttelte die Federn aus. Goldene Augen betrachteten Angus Lok abschätzend. Sekunden vergingen, und dann flatterte der Rabe mit einem Geräusch, das sich wie menschliches Lachen anhörte, vom Zweig.

Darra trat zurück, als der riesige Vogel landete. Angus mußte gegen den Impuls, selbst ein paar Schritte rückwärts zu machen, ankämpfen. Der Schnabel des Raben war so groß wie eine Speerspitze, scharf und gebogen wie eine Pflugschar. Offenbar entzückt von Darras Angst, tänzelte der Vogel auf sie zu, wackelte mit dem Kopf und stieß leise Schreie aus. »Nein, du kleines Mistvieh.« Angus packte den Raben mit einer Hand um den Bauch, die andere schloß er fest um den Schnabel. Er hob den Vogel vom Boden und drückte ihn fest an die Brust. Das Tier zuckte mit den Flügeln und versuchte, mit den Füßen zu kratzen, aber Angus hielt es fest und erhöhte den Druck auf den Schnabel. »Darra! Nimm das Messer von meinem Gürtel und schneide die Nachricht ab.«

Darra tat, was er sie hieß, obwohl ihre Messerhand so sehr zitterte, als sie das Siegel brach, daß sie beinahe den Vogel verletzt hätte. Als die Befestigung aus Sehnen und Harz brach, fiel das kleine Päckchen, nicht größer als der kleine Finger eines Kindes, in Darras linke Hand.

Angus wandte sich von seiner Frau ab und warf den Raben hoch. Der Vogel breitete die Flügel aus und hob sich in die Luft. Lachend verschwand er im stahlgrauen Himmel.

»Hier, nimm es.« Darra Lok hielt das Päckchen in der Hand. Die Hechthaut war beschmutzt von Regen, Harz und Vogeldreck, aber es waren immer noch kleine, silbriggrüne Hautflecke zu sehen. Hechthaut war dünn, fest und wasserdicht und konnte, wenn sie feucht war, geformt werden. Ein nützliches Material, aber Angus konnte sich nicht erinnern, wann er das letzte Mal eine auf solche Weise verpackte Botschaft erhalten hatte. Sobald er die Finger um das weiche, feuchte Päckchen schloß, trat Darra einen Schritt zurück. Angus warf seiner Frau einen Blick zu. *Bleib.*

Darra schüttelte den Kopf. »Nein. Ich bin seit achtzehn Jahren mit dir verheiratet, und ich habe mir nicht ein einziges Mal eine Botschaft angesehen, die sie geschickt haben. Ich glaube nicht, daß jetzt der geeignete Zeitpunkt wäre, damit aufzuhören.« Damit strich Darra Lok noch einmal über die rechte Wange ihres Mannes, drehte sich um und ging.

Angus legte die Hand an sein Gesicht, wo seine Frau ihn berührt hatte, und klammerte sich an ihre Wärme, während er sie um die Ecke ihres Hauses verschwinden sah. Er hatte sie nicht verdient. Sie war eine Ross, ihr Vater Besitzer großer Ländereien, und als sie sich vor neunzehn Jahren zum ersten Mal begegnet waren, hätte sie jeden Mann haben können, den sie wollte. Angus Lok hatte das nie vergessen. Es ging ihm durch den Kopf, als er die Rolle aus Hechthaut öffnete und das Stück speichelgetränkter Weißfichtenrinde herauszog. Die Rinde war so dünn geschnitten, daß Angus seinen Daumen durch die Fasern sehen konnte, und hatte einen Rand aus Seehunden, die sich mit Viertelmonden abwechselten, ins Holz gebrannt. Auch die Botschaft war eingebrannt, sorgfältig mit der Spitze einer glühend roten Nadel eingezeichnet:

Der-der-die-Arme-ausstreckt ruft
Tage dunkler als Nächte liegen vor uns
Sadaluk

Angus trat zur großen alten Ulme und ließ sich schwerfällig gegen den Stamm sacken. Rings um ihn fiel der Regen und bildete einen Vorhang aus perligem Licht. Auf vieles war er vorbereitet gewesen, auf viele schreckliche, schreckliche Dinge, aber dies ... ein verbittertes Lächeln zuckte über Angus' Gesicht. Das war etwas, von dem er geglaubt hatte, daß es weit hinter ihm lag. Hinter ihnen allen.

Es ist deine Wahl, Angus Lok. Mach daraus, was du willst. Die Vergangenheit zerrte wie ein vielgenutzter Muskel in Angus' Brust. Sie ließ seinen Atem kürzer werden, machte das

Luftholen schwer. Er würde gehen müssen. Heute abend noch. Er mußte nach Ille Glaive gehen und jene aufsuchen, die es erfahren mußten. Es wäre ihm nie eingefallen, die Botschaft anzuzweifeln. Sadaluk vom Eisjägerstamm gehörte nicht zu den Leuten, die übereilt etwas mitteilten. Zwanzig Jahre, und nun hatte Angus zum ersten Mal von ihm gehört. Unter Angus' Füßen verwandelte sich der nackte Boden rund um die Ulme in Schlamm. Das Lachen des Raben hallte in den letzten Blättern des Baumes wider. Angus warf einen Blick zu seinem Haus. Drinnen würde Cassy Darra helfen, das Feuerholz zu stapeln, Beth würde den Teig für die süßen, klebrigen, namenlosen Plätzchen rollen, die sie und die kleine Moo so gerne aßen. Und was Moo anging … nun, sie lag wahrscheinlich auf dem Teppich und schlief fest. Dieses Kind konnte überall schlafen.

Der Schmerz, der Angus' Brust nie vollkommen verließ, meldete sich deutlich mit einem einzigen Stechen. Wie sicher waren seine Kinder heute nacht?

Er steckte die Botschaft in eine Tasche seiner Weste, riß sich von der Ulme los und eilte zur Wärme seines Hauses. Nein. Er würde sein Heim nicht verlassen, nicht im Dunkeln. Jene, die ihm Botschaften schickten, sollten zur Hölle fahren. Er hatte Beth und der kleinen Moo Bänder versprochen, und, bei allen Göttern, sie würden sie bekommen. Aber noch während Angus Lok eine gewisse Befriedigung in seinem Trotz fand, drang ihm die Angst wie Staub in die Knochen. Ein Rabe war gekommen, eine Botschaft war empfangen worden, und die Vergangenheit klopfte mit fest geballter Faust an seine Tür.

So still wie Staub, der sich setzt, sagte Ash March sich selbst, als sie durch ihre Zimmertür schlüpfte. Kalte Luft aus dem Flur streifte ihr Nachthemd, und Ash mußte sich auf die Wangen beißen, um nicht zu schaudern. Warum mußte es auch so kalt sein? Sie warf einen Blick zurück auf die Tür. Hätte sie ein Überkleid mitnehmen sollen? Plötzlich kam ihr die Idee, in der

Maskenfestung herumzuschleichen und dabei nichts als ein Nachthemd und ein wollenes Hemd zu tragen, nicht mehr so klug vor wie zu Beginn. Dennoch, wenn sie so erwischt wurde, konnte sie immer noch behaupten, schlafgewandelt zu sein, und man würde ihr vielleicht glauben. Wenn sie einen Umhang trug, wäre das schon schwieriger. Zogen sich Schlafwandler an, bevor sie nach draußen gingen? Ash hatte keine Ahnung.

Sie spähte in den leicht gebogenen Korridor aus gemeißeltem Stein hinein und lauschte nach einem Geräusch von Marafice Eye. Der Schwertführer hatte sich von seinem Posten vor Ashs Tür vor ein paar Minuten entfernt, vermutlich in der Annahme, daß seine Schutzbefohlene fest schlief. Ash wußte nicht, wo er hingegangen war, und hatte keine Ahnung, wann und ob er überhaupt zurückkehren würde. Sie wußte nur, daß er genug davon hatte, seine Nächte vor ihrer Tür zu verbringen. Das konnte sie ihm nicht übelnehmen. Es war so kalt, daß der Atem weiß wurde, und es gab nichts weiter zu tun, als zuzusehen, wie der Staub sich setzte und Grünholzfackeln eine nach der anderen ausbrannten.

Lachen. Ash erstarrte. Das Geräusch erklang wieder, von rechts kommend. Katias Zimmer. Aber es war nicht Katias Lachen. Es sei denn, sie hatte die Nacht damit verbracht, heißen Teer zu schlucken und auf Kies zu kauen. »Ich sagte, mach das Licht aus!«

Sofort erkannte Ash den kalten, befehlsgewohnten Tonfall von Marafice Eye. Er war in Katias Zimmer … *mit Katia.* Ash schauderte; der Gedanke gefiel ihr überhaupt nicht. Katia war so klein, dunkel und winzig wie eine Puppe. Und Marafice Eye war ein riesiger Bulle von einem Mann mit Armen, für die man die Ärmel von vier Männern brauchte, und Handgelenken wie Eisenstangen. Ash glitt in den Schatten der gegenüberliegenden Mauer und ging rasch vorbei. Die Kalksteinmauern waren bitter kalt, und Ash vermied, sie zu berühren. Sowohl ihr als auch Katias Zimmer befanden sich im kürzesten und dicksten der vier

Türme der Maskenfestung: dem Faß. Das Faß war das wichtigste befestigte Gebäude in Spire Vanis, und seine Mauern waren zwanzig Fuß dick. Eine Reihe spiralförmiger Flure und Wendeltreppen führten im Turm nach oben wie ein Pfad, der sich um einen Hügel zieht, hin und wieder unterbrochen für Verteidigungsbastionen, Schlitze für Bogenschützen, Zimmer, winzige Kammern und in die Mauer gesetzte Alkoven mit gemeißelten Steinbänken.

Ashs Zimmer lag im Herzen des Fasses. Direkt unter ihrem Stockwerk war die Turmmauer mit einem Ring von Befestigungen umgeben, die so dick waren, daß sie von außen aussahen wie ein massives Vogelnest aus Kalkstein, das auf einem Baum saß. Das Faß war kein schöner Anblick. Von den drei bewohnbaren Türmen der Festung war es der häßlichste, hatte nichts von dem Schmiedeeisen und der Bleiverkleidung des Horns oder den spitzen Giebeln und schwarzen, marmorgefaßten Gucklöchern des Inneren Turms.

Was den Splitter, den höchsten Turm der Maskenfestung, anging, mit seinem spitzen Eisendach, auf dem Hochverräter einmal sechshundert Fuß hoch gepfählt worden waren, damit alle in der Stadt sie sehen und erfahren konnten, was Angst war … Ash schüttelte den Kopf. Dort war seit Jahren niemand mehr gewesen. Der Splitter war instabil, unbewohnbar, eiskalt, feucht und innen halb eingestürzt. Es war ein Wunder, daß das Ding noch nicht umgefallen war. Es hieß, sein Fundament sei so tief in dem gefrorenen Felsen des Totenbergs versenkt, daß der Turm gemeinsam mit dem Berg schauderte. Und das andere Ende ragte so hoch in die Wolken, daß Feuchtigkeit ununterbrochen in kleinen Rinnsalen über die Mauern lief, ob es nun regnete oder nicht. Im Winter war das ganze Gebäude von einer knöcheldicken Eisschicht umgeben. Bleich, dünn und gewunden, hatte der von Eis umgebene Turm viele Namen gehabt: der Winterturm, der weiße Dorn, Penthero Iss' blutleerer Schwanz. Ash runzelte die Stirn. Katia erzählte immer solchen Unsinn.

Als sie die erste Treppe erreichte, riskierte Ash einen Blick zurück. Katia mußte das Licht ausgemacht haben, wie Marafice Eye verlangt hatte, denn der Spalt unter der Tür der kleinen Zofe war nun dunkel. Das war gut, sagte Ash sich, um sich von dem Thema abzulenken. Sie wollte nicht daran denken, was in der Kammer geschah.

Feste Kalksteinstufen dämpften ihre Schritte, als sie die Treppe hinabstieg. Messinghaken, blau und orange gefleckt von Rost, ragten wie Vogelklauen aus der Wand der Treppe und zwangen sie, genau in der Mitte zu gehen. Einmal hatten sie riesige, in Feuer geschwärzte Ketten gehalten, die alle Fallgitter des Fasses mit einem einzigen Hebel drunten im Hauptraum verbunden hatten. Nun waren sie nur eine weitere Gefahr, die es zu vermeiden galt, wie Diener, Brüder-der-Wache und die kalte Bergluft.

Ash rieb sich die Arme. Ihr war so kalt. Eiskalt. Und dabei hatte sie immerhin daran gedacht, ihr dickstes Nachthemd anzuziehen, und sie trug Hausschuhe aus Samt. Es war noch nicht einmal Winter, nicht richtig – warum konnte es ihr bloß nicht warm werden?

Es geht dir nicht gut, Beinahe-Tochter. Ich mache mir Sorgen.

Ash schüttelte die Stimme ihres Pflegevaters aus dem Kopf. Sie war nicht krank auf die Art, die er meinte. Katia hatte ihr alles darüber erzählt, was mit Mädchen passiert, die bluteten, und Alpträume und kalte Schweißausbrüche hatten nichts damit zu tun. »Du bekommst Bauchkrämpfe«, hatte Katia gesagt und ein Anflug ungeheurer Überlegenheit hatte ihre Stimme erwärmt, »und du fängst an, dich nach Männern umzusehen.« Ash schnaubte. Männer! Nein, das war es ganz bestimmt nicht, was mit ihr geschah.

Es war etwas anderes. Zehn Nächte hintereinander hatte sie von Eis geträumt. Immer erwachte sie und fand ihre Laken schweißnaß und wie Seile um ihre Arme geschlungen. Diese

Träume waren so *echt*, und die Stimmen der Wesen, die zu ihr sprachen, waren wie nichts, was sie vorher gehört hatte. *Herrin*, murmelten sie, so krankhaft angenehm wie süße Brötchen mit Honig und Marmelade, *befreie uns, komm zu uns, strecke die Arme aus …*

Ash holte tief Luft, um nicht mehr zu schaudern. Der Gedanke, in ihr Schlafzimmer zurückzukehren, war ganz plötzlich in ihrem Kopf, und es fiel ihr schwer weiterzugehen. Ihr Stiefvater wußte, was mit ihr los war, da war sie ganz sicher. Sie war auch überzeugt, daß er ihr niemals die Wahrheit sagen würde.

Er beobachtete sie ununterbrochen; er stahl sich in ihr Zimmer, wenn sie schlief, untersuchte ihre Brüste, ihr Haar, ihre Zähne, fragte Katia nach den winzigsten Einzelheiten ihres Lebens. Nichts war für ihn zu unbedeutend: der Inhalt ihres Nachttopfs, wieviel Gänsefett sie nach dem Essen auf ihrem Teller zurückließ, die wechselnden Größen ihres Mieders und der anderen Unterwäsche. Was hatte er mit ihr vor? Genügte es nicht, seine Beinahe-Tochter zu sein?

Ash schob den Schmerz weg, bevor er sie erreichte. Er war nicht ihr wirklicher Vater, das durfte sie nicht vergessen. Er nannte sie nie Tochter, ohne vorher das Wort *beinahe* auszusprechen.

Die Treppe brach abrupt zwischen Stockwerken ab, um Zugang zu den Zinnen zu gewähren, dann begann sie nach einem kurzen Absatz wieder. Ash ging jetzt schneller. Es war heller geworden, und man konnte Befehle und das Klirren von Stahl auf Stahl aus der roten Schmiede darunter hören.

Penthero Iss wußte etwas, etwas über sie, ihre Eltern oder die Umstände ihrer Geburt. Etwas, das dazu führte, daß er sie die ganze Zeit scharf bewachte, seinen Schwertführer vor ihre Tür stellte, unangekündigt zu ihr kam und hoffte, sie dabei zu erwischen … wie sie *was* tat? Ash schüttelte den Kopf. Vielleicht würde sie heute nacht die Antwort auf diese Frage finden.

Jeden Abend in der Stunde vor Mitternacht verließ Iss seine privaten Räume im Sockel des Fasses und ging woanders hin. Ash hatte ihn im Laufe der Jahre zahllose Male gehen und wiederkommen sehen, aber sie wußte nicht, wohin er ging. Laut Katia schloß er selten die Zimmertüren hinter sich. Es war spät, das Faß war sicher, und nur Ash, Katia und eine Handvoll vertrauenswürdiger Diener hatten hier bei Nacht Zutritt. Die Garnison der Renegaten-Wache, die gewaltige Rote Schmiede, wo die Brüder-der-Wache ihre blutroten Schwerter schmiedeten und kühlten, lag direkt neben dem Faß. Niemand konnte den Turm unbemerkt betreten. Iss' Räume waren sicher vor Eindringlingen, aber nicht sicher vor jemandem, der sich bereits im Turm befand.

Alle privaten Papiere ihres Pflegevaters befanden sich in seiner Kammer. Wenn es irgendwelche Aufzeichnungen über den Tag gab, an dem er sie gefunden und für sich beansprucht hatte, würden sie irgendwo tief unter seinen Schiefertafeln und den Hauptbüchern, seinen Zwiebelschalenatlanten und Manifesten und Listen vergraben liegen.

Nun stieg Ash die zweite Treppe hinab, ihre Hand wanderte von einem zum nächsten Haken an der Wand. Iss' Stimme folgte ihr wie der Rauch der Fackeln. *Ist das dein Dank, Beinahe-Tochter? Ich kleide und ernähre dich, und sobald ich dir den Rücken zudrehe, verrätst du mich auf diese Weise. Du enttäuschst mich, Asarhia. Ich dachte, daß du deinen Vater mehr liebst.*

Asarhia.

Ash wurde plötzlich zornig. Sie war Ash, einfach Ash, aber niemand in der Maskenfestung akzeptierte das. Alle nannten sie Asarhia oder Lady Asarhia oder Herrin. Das war noch etwas, was sie Penthero Iss verdankte. Er hatte sie gefunden und ihr einen Namen gegeben: Asarhia, weil es ein modischer Name war, den man Damen von hoher Geburt gab, und March, weil man sie in dem marschigen Grenzland zwischen Stadt und Berghang gefunden hatte. *Fünf Schritte weiter vom Leeren Tor,*

Beinahe-Tochter, und du hättest nicht mir gehört. Die Anrechte des Protektors enden mit dem Schatten des Tors.

Ash atmete die kalte Luft der Schatten, als sie auf dem letzten Treppenabsatz stehenblieb, um nach den Geräuschen der Brüder-der-Wache zu lauschen.

Das Leere Tor. Warum das Leere Tor? Spire Vanis hatte vier Tore, eins in jede Himmelsrichtung. Das Leere Tor führte nach Süden. *Süden*, keine Straßen gingen von dort aus weiter, keine Brüder-der-Wache patrouillierten hier, keine mit Waren beladenen Wagen rumpelten je an seinen Pfosten vorbei. Das Leere Tor öffnete sich zur Nordwand des Totenbergs! Es war aus reiner Prahlerei gebaut worden, um den Ordnungsregeln uralter Städtebauer zu entsprechen, die verlangten, daß eine ummauerte Stadt vier Tore haben mußte. Wer würde ein Baby vor einem Tor aussetzen, das nie benutzt wurde?

Die Antwort traf Ash mit demselben übelkeiterregenden Ziehen wie immer: jemand, der wollte, daß das Baby starb.

Stimmen. Ganz in der Nähe.

Ash erstarrte. Sie verbrachte jeden Tag Stunden damit, die Katzen der Festung im Innenhof Mäuse und Vögel jagen zu sehen, und eines wußte sie sicher: Eine Katze sprang nie, solange sich nichts bewegte. Der Trick bestand darin, die Nerven zu bewahren. Mäuse konnten das nicht, Vögel auch nicht, aber ein paar alte Hasen schon. Ash hatte gesehen, wie sie vollkommen reglos und unverschämt dasaßen. Die Schatten auf der Treppe waren tief und schräg, und Ash lehnte sich hinein, drückte die Schultern an die Kalksteinmauer. Die Stimmen wurden lauter. Schritte erklangen auf den Pflastersteinen. *Klick – Klick – Klick.*

»Halt die Schüssel nicht auf Armesweite entfernt wie einen benutzten Nachttopf, du Riesenelch! Auf diese Weise wird es sofort kalt. Drück es gegen deine Brust. Wir können schließlich nicht riskieren, daß sich Seine Eisigkeit über lauwarme Bohnen beschwert – nicht, wo sie ohnehin schon zu spät kommen.«

»Und warum nicht? *Er* ißt sie ganz bestimmt nicht. Bohnen sind Essen für einfache Leute, und wir alle wissen, wie hochgeboren und mächtig der Wolfsgeier ist. Er würde eher tot umfallen, als Schweinewürstchen zu essen.«

»Davon weiß ich nichts. Er wollte in Butter geschwenkte Bohnen, und Bohnen wird er bekommen. Und jetzt bring sie schnell hin – sie sind ohnehin schon viel zu spät. Und sorg dafür, daß er weiß, daß niemand in der Küche daran schuld ist. Heizer! Mmpf! Wenn ich herausfinde, wer von diesen hundegesichtigen Teufeln meinen Herd auf dem Gewissen hat, ich schwöre, ich werde …«

Die Stimmen verklangen, als die beiden Gestalten den Flur entlang verschwanden, und Ash kam wieder aus dem Schatten der Mauer hervor. Es waren nur Jungfer Wence und ein Diener. Sie hatten nicht einmal in ihre Richtung geschaut, als sie vorbeigegangen waren. Ihrem Gespräch nach zu schließen, waren sie mit dem Essen für ihren Pflegevater spät dran. Das bedeutete, daß Iss immer noch in seinem Zimmer war. Verärgert bürstete sich Ash den Kalksteinstaub von den Schultern. Was sollte sie jetzt tun? Die Entscheidung wurde ihr vom Klang gestiefelter Füße auf der Treppe abgenommen. Ein Bruder-der-Wache, wenn man dem leisen Metallklirren nach gehen konnte, das jeden Schritt begleitete – also konnte sie nicht zurückkehren. Sie verließ die Sicherheit des Schattens und ging die letzten Stufen in den Korridor hinab. Der Eingang zur Roten Schmiede lag auf der Südseite des Turms, also wendete sie sich statt dessen nach Norden und folgte Jungfer Wence und dem Diener zu Iss' Kammer.

Hier im Erdgeschoß war die Biegung der Flure des Fasses so geringfügig, daß man beinahe vergessen konnte, daß sie rund um den Turm verliefen. Nur ein Viertel der Rundung bot Raum für Iss' Privaträume. Der verbliebene Platz wurde von Staatsräumen eingenommen: der Gerichtshalle, dem Schwarzen Gewölbe und dem Haupteingang zum Innenhof und der Roten

Schmiede. In regelmäßigen Abständen waren lebensgroße Statuen aus rauchgrauem Marmor im Flur aufgestellt: die Gründer der Stadt und die Gepfählten Ungeheuer von Spire Vanis.

Ash begann zu schaudern, als sie hörte, daß der Bruder-der-Wache hinter ihr die Tür zur Hauptrotunde öffnete. Kalte Luft blies gegen die Rückseite ihrer Beine. Sie wünschte sich, sie hätte diese ganze Geschichte nicht angefangen. Aber andererseits war jede Aktivität dem Schlafen vorzuziehen.

Träume weckten sie jede Nacht. Sie schweifte ab ... in Gedanken sah sie die Eishöhle wieder vor sich, spürte die schreckliche Kälte, die von den glitzernden Wänden ausging ...

Eine weitere Tür fiel zu und riß Ash aus dem Nachdenken. Abermals Stimmen. Jungfer Wence und der Diener kehrten aus Iss' Kammer zurück. Sie würden jeden Augenblick hier sein. Erschrocken fuhr Ash herum. Glatte Wände, eine eisenbeschlagene Tür, die zur unbenutzten Ostgalerie führte und stets verschlossen war, eine entzündete Grünholzfackel und eine Nische mit der Statue von Torny Fyfe, Bastardlord, Schwertkämpfer und Vielfraß, dem am wenigsten geachteten der Gründer, waren alles, was in Sicht war.

Jungfer Wences Absätze trippelten einen Marsch auf dem Kalksteinboden. Mit ihrer dünnen, näselnden Stimme tat sie ihr Mißbehagen kund.

Ash rannte zu der Fackel, riß sie aus dem Zinnhalter und rammte das brennende Ende gegen die Mauer. Die Flammen erstarben sofort, das Licht war aus. Dicker Rauch von dem verkohlten Ende ringelte sich zur Decke, als Ash die Fackel zurücksteckte. Der Geruch nach brennendem Harz half ihr, einen klaren Kopf zu bekommen. Sie drehte sich um und rannte zu der Statue von Torny Fyfe, drückte sich hinter seine dicken Marmoroberschenkel und dankte dem Schöpfer für jede achtgängige Mahlzeit, die der Gründer je verschlungen hatte. Der Schatten, den der überhängende Bauch warf, hätte genügt, ein ganzes Hundegespann zu verbergen.

»Wirklich! Ich weiß nicht, wer dümmer ist – du oder dieser Heizer. Du solltest Iss sagen, daß es *nicht* an der Küche lag. Nicht einfach dastehen und irgendwelchen Unsinn über das Holz und das Feuer brabbeln.«

Als sie um die Kurve kamen, blieben Jungfer Wence und der Diener abrupt mehrere Schritte vor Torny Fyfes Abbild stehen. Obwohl das Licht im Flur nun eingeschränkt war, war es alles andere als dunkel, und Ash konnte deutlich sehen, wie Jungfer Wence die Spitznase kraus zog.

»Die Fackel ist ausgegangen. Hol den Feuerstein raus, Grice. Wir wollen doch Seiner Eisigkeit keinen Grund zum Meckern geben.«

Als Grice in seinem Hemd nach einem Feuerstein suchte, spürte Ash, wie ihr kalter Schweiß am Ohr entlanglief. Träume oder nicht, sie würde in ihre Kammer zurückkehren, sobald die beiden verschwunden waren. Sie hätte nie hierherkommen dürfen. Die ganze Idee war von Anfang an ein Fehler gewesen. Sie würde lieber im Bett liegen und von Eis träumen, als hinter diesem Marmorhintern eingezwängt zu sein und sich vor den Dienstboten der Festung zu verstecken.

Als sich herausstellte, daß Grice keinen Feuerstein hatte, schnaubte Jungfer Wence giftig. »Also wirklich! Bezeichnet sich als Mann und hat nicht einmal einen Feuerstein.«

»Ich kann sie mit einer der anderen Fackeln wieder anzünden, Jungfer.«

Zu Ashs Erleichterung schüttelte Jungfer Wence den Kopf, und die Schultern und den Brustkorb gleich mit. »Das wirst du nicht tun, du Dummkopf! Was, wenn Iss aus seiner Kammer käme und dich um diese Zeit mit einer rauchenden Fackel in der Hand hier erwischte?« Sie schnaubte dreimal in rascher Folge. »Er würde glauben, daß du ein Meuchelmörder bist und ihn umbringen willst. Und so sicher, wie ein fauler Apfel Fliegen anzieht, würdest du dafür zahlen müssen. Du kommst jetzt sofort mit mir in die Küche und holst dir dort einen Feuerstein.

Und nun rasch!« Damit nahmen Jungfer Wence und der Diener ihre Wanderung durch den Korridor wieder auf.

Ash sackte nach vorn gegen Torny Fyfes Schulter und seufzte leise. Ein Hauch Marmorstaub rieselte über ihren Hals, kalt und körnig wie Pulverschnee. Ash schüttelte ihn ab. Sie war starr, halb erfroren, und ihr Nachthemd klebte ihr mit eisigem Schweiß am Rücken. Sie zog Brust und Bauch ein, quetschte sich hinter Torny Fyfes Schultern vor und zog ihre Füße hinter seinen klotzigen Füßen hervor. Als sie in den Korridor hinaustrat, wurde ihr Kopf schmerzlich zurückgerissen. Sie drehte sich um und sah, daß sich eine Locke von ihrem Haar am kunstvoll gearbeiteten Schwertgriff des Gründers verfangen hatte. Alle fetten Männer mit Schwertern verfluchend, trat Ash nach hinten, um sich zu befreien.

Der Bildhauer hatte Torny Fyfe nicht nur mit einem Schwert bewaffnet, das lang genug gewesen wäre, ein Pferd zu pfählen, sondern auch dafür gesorgt, daß sein Umhang von einem frischen Wind gebläht wurde. Scharfe Marmorkanten schürften Ashs Schienbeine auf, als sie sich bewegte. Mit einem Geräusch zwischen einem Quieken und einem Schluchzen schwor Ash, sofort zurück in ihre Kammer zu rennen und sich nie, nie wieder hinauszuwagen.

Fffffft. Mit einem leisen Zischen ging eine entfernte Tür auf. Ash blickte auf. Das Geräusch kam aus der Richtung von Penthero Iss' Privaträumen. Noch bevor sie entscheiden konnte, was sie tun sollte, hörte sie weichbesohlte Schuhe auf Steinboden. Iss war unterwegs.

Ash riß ihr Haar los und zwängte sich in den tiefsten Schatten der Nische. Iss würde über alle Maßen wütend sein, wenn er sie hier fand. Über alle Maßen. Viel schlimmer noch als vor ein paar Wochen, als sie den Riegel an ihrer Tür angebracht hatte.

Noch bevor sie die Gelegenheit hatte, eine Position zu finden, die sie bequem halten konnte, kam ihr Pflegevater um die Ecke. Dünn, bleich und haarlos bis auf seine stoppelige Kopfhaut, wirkte Penthero Iss wie etwas, was ertrunken ist und eine Woche später wieder aus dem See gezogen wurde. Alles an ihm war bleich, glatt und blutleer. Seine Augen waren grün, aber nur gerade eben so; seine Lippen und Wangen hatten Farbe und Struktur gekochten Kalbfleischs, und die Haut seiner Ohrläppchen ließ das Licht durch.

Iss hatte ein Bündel im Arm und bewegte sich schneller als üblich. Blaue Seide, schwer bestickt mit Metallketten und Achatstücken, schlug gegen seine Oberschenkel, als er sich bewegte.

Ash hielt die Luft an. Sie wich noch weiter zurück, so weit weg von ihrem Pflegevater wie möglich. Sie schloß die Augen, als er vorbeiging.

Nur, daß er nicht vorbeiging. Nicht ganz. Er ging bis zu einem bestimmten Punkt und blieb dann stehen. Alles war still. Ash wurde klar, daß man sie entdeckt hatte, und sie öffnete die Augen. Es hätte keinen Sinn mehr, von Schlafwandeln zu reden.

Ash blinzelte. Da sie erwartet hatte, den hellgrünen Blick ihres Pflegevaters auf sich gerichtet zu finden, war sie überrascht zu bemerken, daß er nicht einmal in ihre Richtung sah. Er hatte ihr den Rücken zugewandt und stand vor der eisernen Tür. Ash sah, wie sich die Sehnen in seinem Handgelenk hoben und senkten, und dann hörte sie ein gedämpftes *Klack*, als sich der Schlüssel im Schloß drehte.

In all ihren Jahren in der Maskenfestung hatte Ash diese Eisentür nicht einmal offen gesehen. Sie führte in die unbenutzte Ostgalerie und dann zum Splitter dahinter. Niemand ging je in den Splitter. Es war gesetzlich verboten. Die Leute sagten, Arbeiter seien dort gestorben, seien durch Löcher in verrotteten Fußbodendielen in den Tod gestürzt, von einstürzendem Mauerwerk erschlagen worden oder hätten sich auf den Stacheln des Geländers aufgespießt, das die Haupttreppe wie eine Spirale zur Hölle umgab.

Ash stützte die Hand auf Torny Fyfes glattgemeißeltes Hinterteil und beugte sich vor.

Die Tür ging auf, als Penthero Iss gegen das Metall drückte. Abgestandene Luft drang in den Flur wie feiner Nebel. Ash roch den trockenen, kribbeligen Geruch kalten Steins und verwelkter Dinge. Es war derselbe Geruch – zumindest ein Teil davon –, der manchmal an Iss hing, wenn er mitten in der Nacht in ihre Kammer kam. Ash zitterte, unsicher, ob sie aufgeregt oder verängstigt war. Das Schloß hatte sich beinahe lautlos geöffnet! Die Türangeln bewegten sich so glatt, wie ein Stück Butter über einen Rost lief. Alles war frisch geölt. Es gab keinen Rost.

Iss glitt in das Dunkel auf der anderen Seite der Tür. Ash vergaß all ihre Schwüre, in ihr Zimmer zurückkehren zu wollen, auf der Stelle und wünschte sich aus ganzem Herzen, daß ihr Pflegevater die Tür hinter sich nicht verschließen würde. Er hatte es eilig, das wußte sie. Würde er stehenbleiben, um die Tür abzuschließen?

Die Eisentür schloß sich so leicht, als wäre sie nicht einmal halb so groß. Die Bewegung bewirkte, daß eine der Eisenplatten in ihrem Rahmen wackelte. Ash lauschte nach dem Geräusch, das entstehen würde, wenn Iss den Schlüssel ins Schloß steckte. Sie hörte etwas, ein Klicken oder Klacken, dann wurde es still.

Ash wartete. Ihr Herz schlug fest und laut, und sie wäre am liebsten sofort auf die Tür zugerannt. Sie zwang sich, die Sekunden zu zählen. Ihr Pflegevater war zum Splitter gegangen. Zum *Splitter*.

Minuten vergingen. Unter Ashs Hand wurde Torny Fyfes Hinterteil warm. Ash tätschelte den Marmor. Sie hatte den fetten alten Gründer regelrecht liebgewonnen.

Diesmal kam sie glatt aus der Nische, nachdem sie ihr Haar ins Nachthemd gesteckt und die Füße hoch genug gehoben hatte, um scharfe Kanten zu vermeiden. Sie streckte sich, weil Arme und Rücken steif waren, dann ging sie zur Tür. Aus der Nähe sah sie, daß die Platten gerillt und gehärtet waren, um eine starre Stahlhaut zu bilden. Das Zeichen des Wolfsgeiers, der hoch auf der eisernen Turmspitze stand, war jeder einzelnen Platte eingeprägt.

Aufgeregt drückte Ash gegen die Tür. Das kalte Metall gab nach und schwang unter ihren Handflächen zurück. Schatten und schale Luft stahlen sich über Ashs Finger und ihren Arm entlang. Iss hatte die Tür nicht abgeschlossen. Es schien verrückt, unmöglich. Zweifel stach sie in den Bauch wie ein heftiger Krampf. Dennoch drückte sie weiter, zwang die Tür zurück in den Korridor dahinter. Eine Welt der Geheimnisse lag vor ihr, da war sie sicher. Und sie mußte wissen, ob diese Geheimnisse etwas mit ihr zu tun hatten.

Sie trat in den Schatten und ließ die Tür hinter sich zufallen. Eine ganz andere Kälte als die in der Rotunde griff nach ihr: trocken, bitter und gewichtig, als wäre die Luft dick von Partikeln gefrorenen Staubs. Ash blieb einen Augenblick stehen und ließ ihren Augen Zeit, sich ans Dunkel zu gewöhnen.

Die Ostgalerie war eine lange Arkade von Kalksteinbögen, die mit Schiefer gedeckt war – das wußte sie, weil diese Galerie gleichzeitig die massive Ostwand des Innenhofs darstellte –, aber die Schatten, die sie umgaben, verrieten wenig davon. Dunkle Löcher, offene Bereiche, bleichschimmernde Kanten und Kapuzen matten Steins waren alles, was sie sehen konnte. Leises Gurren kam von irgendwo hoch droben, und Ash nahm an, daß Tauben ihren Weg in den Turm gefunden hatten.

In der Hoffnung, daß dies die einzigen Lebewesen wären, denen sie begegnen würde, begann sie, in die Richtung zu gehen, die sie für vorwärts hielt. Steinstaub knirschte unter ihren Hausschuhen. Eisige Frostfinger zupften an ihren Armen und Fußgelenken. Der Geruch nach trockenem Verfall wurde intensiver. Plötzlich nervös geworden, ging sie schneller in den Tunnel aus Finsternis hinein. *Ich kann jederzeit umkehren,* sagte sie in dem Versuch, sich von ihrer eigenen Stärke zu überzeugen.

Die Galerie erstreckte sich weiter und weiter, und von dem einen oder anderen Riß in vernagelten Fenstern einmal abgesehen, durch die einzelne Mondlichtstrahlen fielen, gab es nicht mehr Licht als zuvor. Ash spähte in die Schattenpfützen auf beiden Seiten des Wegs. Wie konnte man in diesem Dunkel sehen? Sie wurde langsamer. Was hatte Penthero Iss vor?

Ash blieb stehen und spähte in die Finsternis. Eine gebogene Mauer, schwarz, aber glatt genug abgerieben, um ein wenig Licht zu reflektieren, blockierte vor ihr den Weg. Gerade so eben noch sichtbar hob sich von diesen Steinen der Umriß einer kunstvoll geschnitzten Tür ab. Ash erkannte sie sofort. Die andere Seite dieser Tür, verschlossen, verriegelt, vernagelt, konnte man von außen sehen, in der Festungsmauer. Das Holz war auf eine solche Art bearbeitet worden, daß man glauben konnte, daß die Tür bereits offenstand und Robb Glaw, Urenkel des Bastardlords Glamis Glaw, auf dem Weg hindurch war.

Der zweite Eingang zum Splitter.

Noch während Ash die Muskeln anspannte, um darauf zuzugehen, bebte der Boden unter ihren Füßen, Balken über ihrem Kopf knarrten. Staub rieselte wie feiner Regen zu Boden. Die Härchen an ihren Armen sträubten sich. Alles erstarrte, aber etwas in der Luft und den Schatten veränderte sich weiter. Die Mauer vor ihr schien dunkler zu werden, schwärzer, tiefer, die Dunkelheit der Nacht aufzusaugen. Die Lufttemperatur fiel so rasch, daß es sich auf Ashs Haut wie Flüssigkeit anfühlte. Schatten bluteten. Stützwände bewegten sich. Alles wurde irgendwie *weniger*, als es war.

Und dann spürte Ash es.

Etwas Böses und Begieriges und Gebrochenes. Etwas, was in der Dunkelheit gefangensaß und langsam zu einer schuppigen Hülse vertrocknete, etwas Namenloses, Haßerfülltes, angetrieben von Einsamkeit und Schrecken und wildem, blendendem, unaussprechlichem Schmerz. Böswilligkeit erfüllte es, Furcht verzehrte es, Gier pumpte wie Blut durch sein finsteres, leeres Herz. Es wollte, *wollte.* Es wußte kaum, was, aber es wollte. Und haßte. Und es war vollkommen allein.

Furcht überfiel Ash wie tiefste Kälte. Alle Organe in ihrer Brust hörten auf zu pumpen, so daß das Herz leblos hing. Ein Augenblick trieb in der Luft wie Staub, der zu fein ist, um sich zu setzen. Ash hatte das Gefühl, in eiskaltes Wasser zu sinken. Sie konnte keine Luft mehr bekommen, sich nicht mehr bewegen, nicht mehr denken.

Langsam, ganz langsam und um einen entsetzlichen Preis wandte sich das namenlose, gierige Ding Ash zu. Ash spürte, wie das riesige Mühlrad seines Bewußtseins über sie hinwegging, und in diesen Sekunden erkannte sie die gesamte Last seiner Existenz. Ihr Mund wurde trocken.

Das Geschöpf griff nach ihr.

Es war nicht da, war nicht neben, über oder unter ihr. Aber es griff nach ihr.

Ash wich zurück. Sie holte tief Luft, drehte sich auf dem Absatz um und rannte.

Fäuste schlugen in die Luft, Haar wehte, Hausschuhe klatschten auf Stein, und dann rannte Ash die Ostgalerie entlang, zurück zur eisernen Tür. Mauern, Bögen und Öffnungen verschwammen zu einem einzigen Streifen. Ashs Herz klopfte ihr bis zum Hals. Als sie zu der eisenbeschlagenen Tür kam, brach sie hindurch wie ein Bär durch eine Eisplatte. Der Korridor der Rotunde war warm und voller Licht. Jemand hatte die Fackel, die sie gelöscht hatte, wieder entzündet, und sie brannte mit knisternd gelber Flamme. Am liebsten hätte Ash sie von der Wand gerissen und in das Dunkel hinter der Tür geworfen, um zu verbrennen, was immer dort hauste.

Aber das Bedürfnis zu fliehen war größer. Sie blieb nicht stehen, um zuzusehen, ob die Tür hinter ihr zuschwang oder ob jemand ihr folgte, sondern raste die Rotunde entlang zur Treppe. Kalksteinwände, die sich zuvor kalt wie Grabsteine angefühlt hatten, kamen ihr jetzt so warm wie sonnengetrocknete Ziegel vor.

Ash schüttelte den Kopf, als sie, immer zwei oder drei Stufen gleichzeitig nehmend, die Treppe hinaufsprang. Sie war verrückt gewesen. Vollkommen verrückt. Jeder wußte, daß es keine guten Geheimnisse gab. Sie hätte sich fernhalten sollen, nicht hinsehen, es nicht wagen sollen. Selbst wenn sie sich in die Privatgemächer ihres Pflegevaters geschlichen hätte statt in den Splitter, wäre es dasselbe gewesen. Sie würde kein magisches Stück Papier finden, das ihr sagte, daß sie mehr als nur ein Findling war, daß Penthero Iss sie ihren wahren Eltern geraubt hatte. Es *gab* keine guten Geheimnisse. Und sie war dumm, etwas anderes gehofft zu haben.

Ash schluchzte hysterisch.

Sie war Ash March, Findling, vor dem Leeren Tor ausgesetzt, damit sie dort starb.

Tränen brannten ihr in den Augen, als sie die letzte Treppe zu ihrer Kammer hinaufstieg. Sie wollte nicht an dieses namenlose Geschöpf im Splitter denken, wollte nicht wissen, was es war.

»Was haben wir denn da?«

Ash kam um die letzte Biegung der Treppe und fand sich Marafice Eye gegenüber. Der Schwertführer stellte sich ihr direkt in den Weg und verhinderte, daß sie eine weitere Stufe hinaufging. Der Bogen seiner Brust zwang sie zurückzuweichen. Marafice Eye hatte kleine Augen und einen kleinen Mund und Hände so groß wie Hunde. Ash hatte Angst vor seinen Händen. Sie hatte gesehen, wie er damit Eisenketten brach.

»Wo bist du gewesen? Hattest du genug davon, in den Nachttopf zu pissen? Dachtest, du könntest aufstehen und statt dessen die Latrine benutzen?«

Ash schwieg. Es gefiel Marafice Eye, Frauen gegenüber Obszönitäten auszusprechen. Es machte ihm Freude.

Mit gesenktem Blick trat Ash zur Seite, um um ihn herumzugehen. Sie wollte ihn nicht wissen lassen, daß sie aufgeregt war.

Marafice Eye trat selbst zur Seite und stand ihr nun wieder im Weg. Der Block purpurfarbenen Fleisches, der seine linke Faust bildete, schwang nach oben zu Ashs Kinn. Die Faust berührte die Haut kaum, streifte nur die Unterseite ihres Unterkiefers mit einem Knöchel von der Größe eines Vogelschädels. Dennoch genügte es, um Ash aufblicken zu lassen.

Marafice Eye verzog die Lippen zu einem Lächeln. »Was hat unser kleines Mädchen denn so erschreckt? Hat sie etwas gesehen, das sie nicht sehen sollte, oder hat nur der Frost sie gebissen?«

»Laß mich in Ruhe!« Ash sprang vorwärts und drückte mit aller Kraft gegen Marafice Eyes Brust. Der Schwertführer schwankte kaum. Sein rotbraunes Lederwams knarrte, als er sich vorwärts beugte, um den Schlag abzufangen. Ash kippte auf die Fersen zurück, aus dem Gleichgewicht geraten, als wäre sie direkt gegen eine Tür gerannt.

Marafice Eyes Lächeln verbreiterte sich bis zu seinen engen Grenzen, dann hob er die Faust abermals unter Ashs Kinn und schob seine Knöchel in die weiche Höhlung, wo Hals und Kiefer einander begegneten. »Ich habe Frauen für weniger getötet«, sagte er, und seine kleinen Augen glitzerten, »was macht dich so sicher, daß ich dich nicht umbringe?«

Ashs Beine fühlten sich an wie Strohhalme. Sie spürte die Gegenwart der namenlosen Kreatur wie fettige Reste auf ihrer Haut. Sie zitterte vor Erschöpfung, und obwohl sie durch die ganze Festung gerannt war, war ihr so kalt, als hätte sie sich kein bißchen bewegt.

Sie hob den Kopf von Marafice Eyes Faust, holte tief Luft und sagte: »Iss hat Euch befohlen, mich zu bewachen, nicht zu berühren. Und nun tretet zur Seite und laßt mich in Ruhe, und dann werde ich morgen, vielleicht, aber auch nur vielleicht, nicht erzählen, wie einfach es war, Eurer Bewachung zu entkommen.«

Marafice Eye kniff die Augen zu zwei dunklen Schlitzen zusammen. Die Fleischmassen seines Gesichts erstarrten. Er sah Ash an, atmete auf Ash, und dann trat er endlich beiseite und ließ sie durch.

Zum zweiten Mal in dieser Nacht spürte Ash Böswilligkeit in ihrem Rücken, als sie die letzten drei Stufen hinaufging und den kurzen Weg zu ihrer Kammer zurücklegte. Marafice Eye beobachtete sie den ganzen Weg. Als sie nach der Zimmertür griff, sagte er: »Mach das noch einmal, Asarhia March, und du wirst es nicht überleben.«

Ash schloß die Augen, schloß die Worte aus. Ihre Knie gaben nach, und sie mußte sich an die Tür lehnen, um nicht zu fallen. Obwohl sie sich nicht umsah, wußte sie, daß Marafice Eye diesen Zusammenbruch gesehen hatte. Sie haßte ihn dafür.

Mit aller Kraft, die sie noch aufbringen konnte, öffnete sie die Tür. Die Tür ging auf, und Ash taumelte halb, halb fiel sie ins Zimmer hinein. Obwohl sie kaum noch stehen konnte, zog sie als erstes den Stuhl vom Frisiertisch und rammte ihn gegen die Tür. Das genügte nicht. Ash sah sich hektisch um. Dann packte sie die Kleidertruhe aus Zedernholz, zerrte sie aus ihrem warmen, trockenen Platz am Kohlenbecken und schob sie neben den Stuhl. Danach griff sie noch nach dem dreibeinigen Nachttopf und fügte ihn dem Stapel hinzu. Immer noch nicht zufrieden, machte sie sich daran, den Frisiertisch selbst zu verschieben, drückte ihn mit der Schulter und trat dann dagegen, bis er über den Boden rutschte. Langsam, methodisch und halb betäubt vor Erschöpfung häufte sie, was sie konnte, vor die Tür aus versteinertem Holz.

5
Heimkehr

Grauer Schneeregen fiel, als sie das Clanland erreichten. Raif haßte Schneeregen – ihm war Regen, Schnee oder Hagel lieber. Etwas, das *wußte*, was es war.

Es war bitter kalt. Nicht eisig, aber der Wind ließ es so erscheinen, er blies und wechselte ständig die Richtung und machte es unmöglich, daß man sich warm fühlte. Alles in Sichtweite war grau. Der Alte Wald, die Fichten oben auf dem Hügelkamm, der Bach, der in den Kaltsee floß, und der Pfahlbau der verrückten Binny, der auf Stelzen über das Wasser hinausragte: alles war schiefergrau. Raif trat gegen einen Brocken aus Erde und Gras. Das Gefühl, daß etwas falsch war, fraß an seinen Eingeweiden.

Drey riß ihn am Arm. »Rauch. Da drüben.« Raif schaute in die Richtung, in die sein Bruder zeigte. Abgerissene Rauchwolken stiegen über der Reihe von Eichen und Linden auf, die sich über den Hügel ausbreiteten: Bei diesem Anblick spannten sich die Muskeln in Raifs Hals an. Das Rundhaus lag im Tal dahinter. Sein Zuhause war näher, als er dachte.

»Wir sind bald da.« Drey strengte sich an, noch während er sprach, in Raifs Blickfeld zu treten. Beide hatten sich die Fuchsfellkapuzen dicht um die Gesichter gezogen, und wenn sie einander nicht direkt gegenüberstanden, konnten sie die Augen des anderen nicht sehen. Schneeregen hing auf Dreys Wimpern und in den Borsten seines Sechstagebarts. »Wir sind bald da«, wiederholte er. »Warmes Feuer, warmes Essen. Zu Hause.«

Raif wußte, daß Drey von ihm erwartete, daß er etwas sagte, daß er sich laut daran erinnerte, wie es war, an der großen Feuerstelle zu schlafen oder am Tisch zu sitzen und Anwyn

Birds feinen, in Minze gewickelten Lammbraten mit gebratenen Zwiebeln zu essen oder neben dem Heiligen Stein zu stehen und zu den Steingöttern zu singen. Aber er brachte kein Wort heraus. Raif versuchte es, aber es ging nicht.

Einen Augenblick später ging Drey weiter, die Schultern starr unter der Ölhaut, die behandschuhten Hände fuhren über den Elchhautrucksack, um den Schneeregen abzuwischen. Raif wußte, daß er enttäuscht war. »Drey.«

»Was?«

Raif holte tief Luft. Es schien plötzlich wichtig, *jetzt* etwas zu sagen, bevor sie das Rundhaus erreichten. Er war nur nicht sicher, was oder warum. »Der Überfall.«

»Was ist damit?« Drey blickte nicht auf. Dicke Grasbüschel verbargen halsbrecherische Felsen, Sumpflöcher und Wurzeln längst abgehackter Bäume, und Drey schien plötzlich ganz darin versunken, die richtigen Schritte zu machen.

»Wir wissen nicht, wer das Lager angegriffen hat.« Raif kämpfte um die richtigen Worte. »Wir müssen einfach ... vorsichtig sein. Das ist alles. Du und ich. Vorsichtig.« Der Wind wurde stärker, während er sprach, heulte durch die Bäume am Abhang, preßte das Gras flach auf den Boden und trieb ihnen Schneeregen ins Gesicht. Raif schauderte. Er warf Drey einen Blick zu. Die Kapuze seines Bruders wies nun nach vorn. Einen Augenblick später schob Drey sie zurück, und Raif konnte sein Gesicht sehen. Er blieb stehen. »Da ist Corbie Meese. Oben auf dem Hügel bei der alten, schwarzen Eiche.«

Ein Muskel in Raifs Magen verdrehte sich auf übelkeiterregende Art. Hatte Drey nicht gehört, was er gesagt hatte? Raif öffnete den Mund, um es noch einmal zu sagen, aber Drey hob den Arm und begann zu schreien.

»Corbie! Corbie! Hier drüben!«

Raif schob die eigene Kapuze zurück und fuhr sich mit der Hand durchs Haar. Er sah zu, wie die graue Gestalt auf dem Abhang eine Hand hob, dann ein paar Schritte zurückging und ihr Pferd in Sicht brachte. Es war tatsächlich Corbie Meese. Selbst aus dieser Entfernung war sein kräftiger Hammermannkörper mit den unproportioniert muskulösen Armen und dem dicken Hals klar zu erkennen. Selbst die flache Stelle links an seinem Kopf oberhalb seines Ohres, wo ein Übungshammer seinen Schädel getroffen hatte, als er noch ein Junge war, war deutlich vor dem hellgrauen Himmel zu sehen. Corbie hatte sich den Hammer auf den Rücken geschnallt, wie immer. Raif bemerkte, daß der eiserne Kopf der Waffe kein Licht reflektierte, als Corbie sich aufs Pferd schwang. Was bedeutete, daß er das normalerweise glatte Metall auf einen Amboß gelegt und mit einem Meißel gerillt hatte.

»Er reitet zurück«, sagte Drey. Einen Augenblick später sprach er wieder, diesmal leiser. »Er will wahrscheinlich den Clan zusammenrufen.«

Raif holte tief Luft. Ein Hammermann kerbte seinen Hammer nur in Kriegszeiten ein. Glattes Metall reflektierte Licht und konnte einen verraten, außerdem konnte ein bloßer Streifschlag mit gekerbtem Metall einem Mann die Haut vom Gesicht reißen.

Raif hob die Hand an den Hals und tastete nach der tröstlichen Glätte seines Rabenschnabels. Bereitete sich der Clan auf den Krieg vor? Hatten sie bereits von dem Überfall gehört?

Fünf Tage waren er und Drey zu Fuß unterwegs gewesen. Fünf Tage eiskalter Nächte, bitterkalter Tage und peitschender Winde. Raif war unglaublich müde. Er konnte sich nicht daran erinnern, wann er sich das letzte Mal warm oder vollkommen trocken gefühlt hatte. Am zweiten Tag war ihnen das Bier ausgegangen, und Raifs Lippen waren vom Eissaugen gerissen. Erst am Morgen des Vortags hatten sie endlich die kahlen Berge überquert und waren auf Clanland gewesen, und die Temperatur war über den Gefrierpunkt gestiegen. Aber dann hatte der Schneeregen begonnen, also war es hier kaum angenehmer als zuvor auf dem Ödland.

Während der ganzen Zeit hatte Raif Unbehagen verspürt.

Frisch gebrochene Zweige, deren Saft rund um den Bruch gefroren war, Hufabdrücke im Reif und geborstenes Eis über Schmelzteichen fielen ihm immer wieder auf. Auch Elche und Bären konnten Eis und Zweige brechen, sagte er sich, und einsame Reiter des Clans Orrl benutzten oft die Jagdpfade von Blackhail. Dennoch, solche Erklärungen bewirkten nicht, daß Raif sich besser fühlte. Sie klangen vernünftig, aber er glaubte sie nicht.

»Komm schon, Raif. Wer als erster oben ist.« Drey packte Raifs Arm und riß fest daran, als er vorwärts lief. Raif grinste. Er wollte seinen Bruder nicht noch einmal enttäuschen, also rannte er hinter ihm her, brach durch Birken- und Erlenunterholz, und sein Rucksack stieß ihn in die Seite, während er lief.

Drey war der kräftigere Läufer, und obwohl er jeden Felsen und umgestürzten Baum weiträumig umging, erreichte er den Abhang lange vor Raif. Nachdem er halb hochgeklettert war, drehte er sich um und wartete, daß sein Bruder ihn einholte.

Raif war außer Atem, als er ihn erreichte. Blasen an seinen Fersen, die von tagelangem Gehen wund gerieben waren, brannten wie Feuer. Raif tröstete sich mit der Tatsache, daß Drey eindeutig seinen linken Fuß schonte und daß sein Gesicht so rot wie Beetewasser war.

»Wir sind zu Hause, Raif«, sagte Drey und versetzte Raifs Rucksack einen Schlag. »Zu Hause!«

Raif täuschte einen Schlag gegen Dreys Rücken an, dann rannte er weiter. Drey rief ihm zu, zu warten, nannte ihn einen Höllenhund und einen brünstigen Elch, und dann rannte er selbst weiter.

Lachend, johlend und ringend erreichten die beiden Brüder die Erhöhung. Dann blieben sie erstarrt stehen, als sie sahen, wer auf der anderen Seite zur Begrüßung erschienen war.

Corbie Meese, Shor Gormalin, Orwin Shank und seine beiden mittleren Söhne, Will Hawk, Ballic der Rote, ein Dutzend Jahrmänner und gebundene Clansmänner, Raina Blackhail,

Merritt Ganlow und der Steinhüter des Clans, Inigar Stoop. Alle, die Frauen und Inigar Stoop eingeschlossen, waren schwer bewaffnet. Speere ragten auf und Langschwerter, Hämmer und mehr als ein paar Kriegsäxte waren auf die Rücken geschnallt. Ballic der Rote hatte seinen großen Bogen aus Eibenholz gespannt und bereit, und der Köcher war voll mit den roten Pfeilen, die ihm seinen Namen gaben. Shor Gormalin trug nur ein Kurzschwert. Das war alles, was der zierliche, schweigsame Schwertkämpfer je brauchte.

Als Raif und Drey dann auf den Hügel kamen, Seite an Seite, atemlos, die bloßen Gesichter kalt im Schneeregen, teilten sich die zwei Dutzend Gestalten, und durch ihre Mitte, in einem Umhang aus schwarzem Wolfsfell, das sich im Wind bewegte wie ein lebendes, atmendes Ding, ritt Mace Blackhail auf Dagro Blackhails schwarzgrundigem Schecken.

Drey keuchte.

Raif schaute Mace Blackhail direkt ins Gesicht. Und er hörte nicht auf, ihn anzustarren, bis Mace seinem Blick begegnete. »*Verräter.*«

Das Wort ließ alle erstarren.

Raif hörte, wie Drey an seiner Seite nach Luft schnappte.

Mace Blackhail zuckte mit keiner Wimper. Er hob die Hand, die in einem Handschuh aus feinstem Lammleder steckte, das dreimal gefärbt war, bis es vollkommen schwarz war, und gab denen, die hinter ihm standen, ein Zeichen. Einen Augenblick lang erwiderte er noch Raifs Blick, und Schneeregen fiel auf seine geölten Zöpfe und glitt an seiner schmalen Nase und den Wangen herab. Als er sprach, wandte er sich an Drey.

»Wo wart ihr, als wir angegriffen wurden?«

Drey richtete sich auf. »Raif und ich waren an der Salzlecke und haben Hasen geschossen.«

»Wo warst *du?*« Raifs barscher Tonfall bewirkte, daß einige in der Gruppe nach Luft schnappten. Das war Raif gleich. Mace Blackhail saß vor ihm auf Dagro Blackhails Pferd, unversehrt und wohlgenährt, und benahm sich, als wäre er der Häuptling des Clans. Raifs Rabenschnabel brannte wie glühende Kohle an seinem Hals. Während er und Drey im Lager geblieben waren und sich um die Toten gekümmert hatten, war Mace Blackhail zum Rundhaus zurückgeritten. Es war der Schecke, dessen Hufspuren sie im Schlamm und Reif gefunden hatten und der das Eis in frisch gefrorenen Pfützen gebrochen hatte. Kein waghalsiger Verstümmelter oder einsamer Orrlsmann auf der Jagd.

»Ich«, sagte Mace Blackhail, und seine Stimme war so barsch wie die von Raif, »habe am Sturmsee einen Bären verfolgt. Das Tier hat im Morgengrauen angegriffen und die Pferde erschreckt. Er hat zwei Hunde getötet. Ich habe ihn verscheucht, ihn nach Osten gejagt und ihn mit dem Speer verwundet. Gerade als ich dabei war, ihn zu töten, hörte ich Kampfgeräusche aus dem Westen. Ich bin im Galopp zum Lager zurückgeritten, aber es war zu spät. Die letzten Bluddmänner ritten bereits davon.«

Bei dem letzten Satz blickte Mace nach unten und berührte den Beutel mit dem Staub des Heiligen Steins, der an einem der vielen Ledergürtel um seine Taille hing. Andere in der Gruppe taten dasselbe.

Einen Augenblick später folgte Drey der Bewegung. Die Muskeln in seinem Hals bewegten sich ein wenig, dann wiederholte er leise: »Bluddmänner?«

Mace nickte. Sein Wolfsumhang schimmerte wie Öl auf einer Seeoberfläche. »Ich habe sie gerade noch gesehen. Ich sah ihre stachelbewehrten Hämmer und die roten Filzdecken ihrer Pferde.«

Ballic der Rote schüttelte sanft den Kopf und strich mit den schwieligen Bogenschützenhänden über die rötliche Falkenfiederung seiner Pfeile. »Das ist eine üble Sache für einen Clansmann: im Morgengrauen das Lager anderer zu überfallen.«

Corbie Meese, Will Hawk und andere grunzten zustimmend.

Raif brachte sie zum Schweigen. »Der Überfall fand nicht im Morgengrauen statt. Es war um die Mittagszeit. Ich habe nichts gespürt, bis …«

Raif spürte, wie ihm Drey mit der Faust gegen den Rücken schlug. Kein wirklich heftiger Schlag, aber es genügte, um die Luft aus den Lungen zu drücken.

»Wir wissen nicht, wann der Überfall stattfand, Raif«, sagte Drey übermäßig laut und voller Unbehagen, weil er etwas sagen mußte. »Du hattest gegen Mittag ein schlechtes Gefühl in der Magengrube, aber wer kann sagen, ob der Überfall nicht vorher stattfand?«

»Aber Drey …«

»Raif!«

In seinem ganzen Leben hatte Raif nicht gehört, daß Drey seinen Namen so herrisch aussprach. Raif kniff die Lippen zusammen. Seine Wangen brannten.

»Drey.« Raina Blackhail drängte ihr Pferd nach vorn und blieb ein paar Schritte vor ihrem Pflegesohn Mace stehen. Weiße Wolken stiegen aus den Nüstern des Tieres auf. »Was habt ihr gesehen, als ihr zum Lager kamt?«

Raif sah Raina an, als er darauf wartete, daß sein Bruder antwortete. Raina Blackhails Augen verrieten wenig. Dagro Blackhails erste Frau, Norala, war im Fieber gestorben, und Raina war seine zweite Frau, die er in der Hoffnung genommen hatte, daß sie dem Clanhäuptling einen Sohn schenken würde, der seinen Namen weitertrug. Nachdem Rainas Bauch auch nach dem zweiten Jahr der Ehe nicht geschwollen war, hatte Dagro Blackhail widerwillig einen Pflegesohn aufgenommen, ein Kind seiner Schwester vom Clan Scarpe. Mace war elf gewesen, als man ihn ins Rundhaus des Blackhail-Clans brachte, nur acht Jahre jünger als seine Pflegemutter Raina.

Drey warf Raif einen Blick zu, bevor er Rainas Frage beantwortete. »Wir erreichten das Lager etwa eine Stunde vor Einbruch der Dunkelheit. Als erstes sahen wir die Hunde, dann

Jorry Shank …« Drey zögerte. Orwin Shank, Jorrys Vater, beugte sich im Sattel vor, sein normalerweise rosiges Gesicht so bleich, als wäre es von einer Reifschicht bedeckt. »Ich weiß nicht, wie lange er im Unterholz gelegen hat, aber er war zum Teil gefroren. Und es war nicht viel Blut da.«

Mace Blackhail trat dem Schecken in die Flanken, dann riß er rasch an den Zügeln, was bewirkte, daß der Wallach stampfte und den Kopf schüttelte. »Es ist, wie ich gesagt habe«, rief er und brachte das aufgeregte Tier rasch wieder unter Kontrolle. »Die Bluddmänner bewaffnen sich mit Schwertern, die in der Hölle geschmiedet wurden! Sie gleiten einem Mann in die Eingeweide wie ein Löffel in Schinkenfett, dann brennen sie dort und braten das Fleisch rund um die Klinge.«

Merritt Ganlow schwankte im Sattel. Der weißhaarige Inigar Stoop beugte sich vor und stützte sie; volle Beutel und Horn- und Knochenscheiben auf seiner Kleidung klirrten, als er sich bewegte.

Raina Blackhail warf ihrem Pflegesohn einen warnenden Blick zu. »Drey ist noch nicht fertig.«

Drey verlagerte das Gewicht. Er fühlte sich im Mittelpunkt der Aufmerksamkeit nicht wohl. »Nun … ich weiß nichts über in der Hölle geschmiedete Schwerter. Ich habe kein verbranntes Fleisch gesehen …«

»Weiter.« Das war Raina Blackhail, zwar nicht mit sanfter Stimme, aber auch nicht mehr so streng wie zuvor.

»Raif und ich gingen ums Lager herum. Wir haben uns um die Leichen gekümmert: Meth Ganlow, Halbmast – ich meine, Darri –, Mallon Clayhorn, Chad … all die anderen.« Drey schluckte. Raif sah, daß sein Bruder die Ölhaut so fest gepackt hielt, daß eine Naht gerissen war. »Die Wunden sahen alle ähnlich aus: sauber, nicht viel Blut, Langschwerter oder Breitschwerter.«

»Es ist, wie Mace sagt«, murmelte Ballic der Rote. »Clan Bludd.«

Viele nickten und murmelten zustimmend.

Raif bemerkte, daß Raina Blackhail eine der wenigen war, die schwiegen, und nun wandte er sich ihr direkt zu. »Die vom Clan Bludd sind nicht die einzigen, die Langschwerter benutzen. Der Clan Dhoone, Clan Croser, Clan Gnash« – Raif hielt sich gerade noch zurück, den Clan Scarpe, Mace Blackhails Geburtsclan, zu nennen – »die Verstümmelten: alle benutzen Schwerter als zweite Waffen.«

Mace Blackhail trieb den Schecken vorwärts und zügelte ihn erst wenige Schritte vor Raif. »Ich habe gesagt, daß ich Bluddmänner vom Lager fliehen sah. Nennst du mich einen Lügner, Sevrance?«

Aus dem Augenwinkel sah Raif, wie Drey die Hand hob, um ihn zurückzureißen. Raif trat außer Reichweite seines Bruders. Er würde sich von Mace Blackhail nicht mundtot machen lassen. Den Blick fest auf Maces schmales, leicht gräuliches Gesicht gerichtet, sagte Raif: »Drey und ich haben uns um die Männer unseres Clans gekümmert. Wir haben sie nicht auf der Tundra liegenlassen, damit sie Opfer von Aasfressern wurden. Wir haben ihnen Blut gegeben, haben einen Heiligen Kreis um sie gezogen. Wir haben ihnen den Respekt erwiesen, der ihnen zustand. Ich sage, du hattest es vielleicht zu eilig, ins Rundhaus zurückzukehren, um genau darauf zu achten, wie diese Männer aussahen, die das Lager überfallen haben.«

Drey fluchte leise vor sich hin.

Alle Versammelten reagierten irgendwie. Ballic der Rote schnaubte, Merritt Ganlow stieß einen hohen, klagenden Schrei aus, Corbie Meese saugte hörbar die Luft durch seine gerissenen Lippen, Farbe kehrte so rasch in Orwin Shanks Gesicht zurück, als hätte man ihn mit Farbe besprüht. Shor Gormalin bewegte den Kopf zu etwas, was ein zustimmendes Nicken hätte sein können.

Raina Blackhail schien beinahe Angst zu haben, eine Reaktion zu zeigen; sie hob nur die behandschuhte Hand zu ihren

Schultern und zog die Zobelkapuze hoch. Obwohl ihm bewußt war, daß es lächerlich war, zu einer solchen Zeit an so etwas zu denken, war Raif unwillkürlich erschüttert von Raina Blackhails Schönheit. Sie war nicht hübsch, nicht auf die Weise junger Mädchen wie Lansa und Hailly Tanner, aber in ihren Augen leuchtete eine Art klarer Kraft, die jeden, der sie sah, dazu brachte, noch einmal hinzuschauen. Raif fragte sich, ob sie je wieder heiraten würde.

Mace Blackhail wartete, bis alle wieder ruhig waren, bevor er antwortete. Seine Augen waren so hart und blutig wie gefrorenes Fleisch. Er schlug das Wolfsfell zurück und enthüllte das Schwert an seinem Oberschenkel. Er ignorierte Raif vollkommen und wandte sich den anderen zu. »Ich will nicht leugnen, daß ich so schnell wie möglich zurückgeritten bin – da spricht der Junge die Wahrheit.« Mace hielt inne und wartete einen Augenblick, bis seine leichte Betonung des Wortes *Junge* Wirkung zeigte. »Ich gebe zu, daß ich nicht an die Toten dachte. Und wenn ich jetzt zurückblicke, schäme ich mich dafür. Aber als ich die Leiche meines Vaters nahe dem Pfosten am Boden liegen sah, seine Augen, die in diesem Augenblick gerade im Frost erstarrten, dachte ich nur noch an die Menschen zu Hause. Die Bluddmänner hatten sich nach Osten gewandt – was, wenn sie an der Mündung nach Süden weitergeritten wären? Was, wenn während ich noch dastand und versuchte zu entscheiden, ob ich die Leiche meines Vaters aus der Kälte ziehe oder ihm Blut geben sollte, wo sie lag, eine zweite, größere Gruppe das Rundhaus selbst angriff? Was, wenn ich zurückgekehrt wäre und euch hier im Herzen des Clans dasselbe geschehen wäre wie meinem Vater und den anderen Männern draußen im Lager?«

Mace Blackhail sah nacheinander alle an, die zählten. Keiner sagte ein Wort, aber einige Jahrmänner, darunter auch Orwin Shanks mittlere Söhne, rutschten unruhig im Sattel herum.

Schneeregen peitschte in die Gesichter und schmolz auf der

warmen, geröteten Haut von Orwin Shank und seinen Söhnen, Ballic dem Roten, Corbie Meese und Merritt Ganlow, während er auf der eher bleicheren Haut von Shor Gormalin, Raina Blackhail und Will Hawk zum Teil gefroren blieb. Aller Schneeregen, der auf Mace Blackhail fiel, wurde zu Eis.

Nachdem einige in der Gruppe ihren Blick abgewandt hatten, erhob Mace Blackhail abermals die Stimme. »Es tut mir leid, was ich getan habe, aber ich würde es wieder tun. Ich glaube, mein Vater hätte dasselbe getan. Ich hatte die Wahl zwischen den Lebenden und den Toten, und jeder hier, der Dagro Blackhail kannte und liebte, weiß, daß sein erster Gedanke seiner Frau und seinem Clan gegolten hätte.«

Ballic der Rote nickte. Andere folgten. Die Sehnen auf beiden Seiten von Corbie Meese' mächtigem Hammermannhals spannten sich an, und einen Augenblick später blickte er zu Boden und murmelte: »Das ist wahr.« Raina Blackhail hatte ihr Pferd gewendet, so daß niemand in der Gruppe, ihr Pflegesohn eingeschlossen, ihr Gesicht sehen konnte.

Raif stand hinter Maces Rücken; der Zorn, der in ihm aufgewallt war, als man ihn einen Jungen nannte, wich nun etwas anderem: einer Art träger Angst. Mace Blackhail würde mit dieser Geschichte davonkommen, das konnte Raif auf den Gesichtern der anderen sehen. Selbst Shor Gormalin, der nie ein übereiltes Urteil fällte und mit allen Entscheidungen so vorsichtig war wie mit seiner Klinge in der Gegenwart von Kindern, nickte wie die anderen. Sah er es denn nicht? War es ihm denn nicht klar? Und dann war da noch Drey. Raif warf einen Blick über seine Schulter, wo Drey nur einen Schritt hinter ihm stand, eine Handvoll von Raifs Ölhaut immer noch in der Faust. Falls Raif vorhatte, vorzutreten und noch etwas zu sagen, würde Drey ihn zurückreißen.

»Dagros Leiche«, zischte Raif, so daß nur Drey es hören konnte. »Sie war nicht ...«

»Was sagst du da, Junge?« Mace Blackhail riß den Schecken

herum. Messingbogen und Hammerhaken klirrten wie Glocken. »Sprich laut. Wir sind hier alle vom selben Clan. Was du einem sagen kannst, mußt du allen sagen.«

Zornig stieß Raif seinen Ellbogen in Dreys Faust, um sich aus dem Griff seines Bruders zu befreien. Blut schoß ihm in die Schläfen, als er sprach: »Ich sage, daß Dagro Blackhail nicht bei den Pfosten lag. Wir fanden ihn am Trockengestell. Er war dabei, den Schwarzbär zu zerlegen, als man ihn tötete.«

Mace Blackhails Blick verfinsterte sich. Er verzog die Lippen, und einen Augenblick lang glaubte Raif, er würde lächeln. Dann riß er sein Pferd ebenso rasch herum, um wieder die anderen anzusehen, und das leise Gemurmel erstarb. »Ich habe die Leiche von dem Pfosten zu dem Trockengestell geschleppt. Ich wollte meinen Vater nicht außerhalb des Zeltkreises lassen. Es war vielleicht dumm, aber ich wollte, daß er dicht am Feuer war.«

»Aber das Blut des Bären …«

Drey packte Raifs Handgelenk mit solcher Kraft, daß die Knochen knackten. »Es reicht, Raif. Du greifst den Falschen an. Wir sollten den Hundelord und seinen Clan angreifen. Wir haben beide die gekerbten Hufabdrücke der Pferde von Bluddmännern gesehen, das kannst du nicht leugnen. Was ist uns noch entgangen? Auf unsere Weise waren wir genau wie Mace – wir haben Dinge getan, ohne nachzudenken. Wir waren nicht dabei, vergiß das nicht. Wir waren nicht dort. Als wir uns im Dunkeln davonschlichen, um Schneehasen zu schießen, stand Mace auf Wache. Wir können ihm nicht übelnehmen, daß er sich aufgemacht hat, einen Bären zu vertreiben. Wir hätten beide dasselbe getan.«

Er ließ Raifs Handgelenk los, dann wandte er sich seinem Bruder voll zu. Seine Miene war angespannt, aber in seinem Blick stand eindeutig ein Flehen. »Mace hat richtig gehandelt, als er zurückkam, Raif. Er benahm sich, wie man es von einem erfahrenen Clansmann erwartet. Wir haben uns benommen wie …« Drey zögerte und suchte nach den richtigen Worten – »zwei Brüder, die gerade ihren Vater verloren haben.«

Raif schaute zu Boden, wich dem Blick seines Bruders und denen der anderen aus. Drey hatte sich gerade in den Augen des Clans eine Menge Respekt erworben; Raif sah es in ihren Augen, als sie ihm zuhörten. Drey war die Stimme der Vernunft, erniedrigte sich selbst, sprach mit demselben gewichtigen Zögern wie sein Vater vor ihm. Raif schluckte, und sein Hals fühlte sich plötzlich wund an. Einen Augenblick war es, als hätte er Tem selbst gehört.

Als er aufblickte, sah Raif, daß Mace Blackhail ihn beobachtete. Er hatte eine besorgte Miene aufgesetzt, passend zu der Stimmung, die Drey hervorgerufen hatte, und auch passend zu den anderen, die still und ernst abwarteten, was Drey Sevrances lästiger jüngerer Bruder nun tun würde. Raifs Blick wanderte von Mace Blackhails Gesicht zu seinen behandschuhten Händen, die mit der Zufriedenheit eines Wolfs, der mit dem Schwanz wedelt, an der Mähne des Schecken zupften. Drey hatte die Arbeit für ihn getan.

Mace Blackhails Blick traf den von Raif, und in diesem Augenblick wußte Raif, daß er es mit etwas Schlimmerem als einem Feigling zu tun hatte. Mace Blackhail war auf einem untersetzten, feisten Pony ins Ödland geritten, einer von zwanzig Dutzend anderen Jahrmännern, ein Pflegesohn von einem anderen, geringeren Clan. Nun saß er auf dem Schecken seines Pflegevaters, trug einen Wolfsumhang, der nur tiefe Schwarztöne reflektierte, sprach mit einer neuen, wohlklingenden Stimme und hatte zusammen mit der Kleidung und dem Pferd des Clanhäuptlings auch dessen Autorität angenommen.

Raif massierte sein Handgelenk, wo Drey es gepackt hatte. Es war nicht einmal wert nachzufragen, wieso Mace auf dem Wallach seines Pflegevaters nach Hause geritten war. So spät würde sich Mace Blackhail nicht mehr ertappen lassen.

»Raif.«

Dreys Stimme brachte Raif in die Gegenwart zurück. Als er seinen Bruder anschaute, fiel ihm auf, wie müde Drey aussah. Es waren für sie beide sechs lange Tage gewesen, aber es war Drey gewesen, der das erheblich schwerere Gepäck getragen hatte, Drey, der jeden Abend eine weitere Stunde damit verbracht hatte, die Holzscheite zu zerteilen, so daß das Feuer nachts, während sie schliefen, nicht ausbrannte.

»Ihr Jungen solltet jetzt hereinkommen.« Das war Shor Gormalins sanfte Stimme. Der zierliche blonde Mann, hinter dessen Ruhe sich der beste Schwertkämpfer des Clans verbarg, schaute von Drey zu Raif, als er sprach. »Ihr habt einen langen Weg zurückgelegt, ihr hattet eine schwere Reise, und ihr habt Dinge gesehen, die niemand hier gerne sehen würde. Und ganz gleich, was an dem, was ihr getan habt, richtig oder falsch war, ihr seid geblieben und habt euch um unsere Toten gekümmert. Dafür allein schulden wir euch hier schon mehr, als wir euch je zurückgeben können.«

Shor hielt inne. Alle in der Gruppe nickten entweder oder murmelten zustimmend. Ein gedämpftes Schluchzen kam von Merritt Ganlows Lippen.

»Also kommt jetzt mit mir. Inigar soll ein wenig Heiligen Stein für euch reiben, und wir werden euch wärmen und nähren und euch zu Hause willkommen heißen. Ihr gehört zum Clan, ihr werdet gebraucht, und ihr müßt uns alles von unseren Verwandten erzählen.«

Die Worte des Schwertkämpfers hatten eine deutliche Wirkung auf die Mienen der anderen. Orwin Shank schloß die Augen und drückte die Faust aufs Herz. Als sie das sahen, ahmten ihn die beiden Shank-Jahrmänner nach. Andere Jahrmänner folgten, und innerhalb von Sekunden saßen alle in ihren Sätteln mit geschlossenen Augen oder gesenktem Blick und erwiesen den Verstorbenen ihren Respekt. Raina Blackhail lenkte ihr Pferd an Shor Gormalins Seite und legte die Hand auf den Arm des Schwertkämpfers.

Aus dem Augenwinkel bemerkte Raif, wie Mace Blackhail aufblickte und diese Bewegung zur Kenntnis nahm. In seinen Augen reflektierte sich ein dünner Sonnenstrahl, und eine Sekunde lang waren sie so gelb wie die eines Wolfs.

Raif kämpfte gegen sein Unbehagen an und ging auf seinen Bruder zu. Drey wartete schon auf ihn, hob sofort den Arm und legte ihn Raif um die Schulter. Er sagte kein Wort, und Raif war froh darüber. Sie hatten hier kaum eine Wahl: Raif liebte seinen Bruder und achtete Shor Gormalin zu sehr, um sich gegen sie zu wehren.

Shor Gormalin sprang mit dem Tempo und der Geschmeidigkeit vom Pferd, die Raif immer wieder überraschte, obwohl er schon so oft gesehen hatte, wie der Schwertkämpfer sich bewegte. Einen Augenblick später stieg Corbie Meese ebenso ab, und die beiden Clansmänner boten Raif und Drey ihre Pferde an. Mace Blackhail führte sein Pferd den Abhang hinab, so daß er an der Spitze sein würde, wenn sich die Gruppe auf den Heimweg machte.

Shor Gormalin sah Raif direkt an, als er ihm die Zügel reichte. »Ihr habt es gut gemacht, du und dein Bruder. Wir sind Blackhail, die ersten unter den Clans. Wir müssen in dieser Sache einig sein.«

Raif nahm die Zügel. Obwohl er es nicht direkt aussprach, redete Shor Gormalin vom Krieg.

Sechsundzwanzig Reiter zogen den Abhang zum Rundhaus hinab. Als der Wind sich drehte und rascher wurde, waren sie gezwungen, durch den Rauch zu reiten, der vom Rundhaus ausging. Er störte Raif nicht. Der Rauch war warm und roch nach guten, ehrlichen Dingen wie harzreichem Holz, Lammbraten und Schieferöl. Die Dunkelheit, die dieser Rauch schuf, verbarg sein Gesicht.

Dahinter lag das Rundhaus. Zu Hause. Raif erinnerte sich, wie es sich in der Vergangenheit angefühlt hatte, es zu sehen. Seine Stimmung verfinsterte sich.

Von oben sah das Rundhaus aus wie eine Insel grauweißen Steins in einem gefrorenen Meer. Hundert Fuß tief in den Boden gegraben, um es vor Sturmwinden, dem blendenden Schnee und dem mörderischen Frost des Winters zu schützen, war die Festung von außen bis auf das obere Viertel der Mauer und das schwer verbarrikadierte Steindach unsichtbar. Fenster, groß genug, um Licht hereinzulassen, aber so schmal, daß kein Mann sich jemals hindurchzwängen konnte, waren wie Schlitze ins Mauerwerk eingelassen. Im Lauf der Jahre hatte sich mehr Schlamm und Erde um den Sockel aufgehäuft, ebenso wie um die äußere Mauer, und nun lag das Rundhaus noch tiefer in der Erde. In jedem Herbst verbrachten Langkopf und seine Männer zwei Wochen damit, die überzählige Erde wegzuschaufeln. Sie brauchten einen ganzen Tag, nur um die Schößlinge auszureißen, die auf dem Dach gewachsen waren.

Einige Clans ließen die Erde so weit um ihr Rundhaus anwachsen, daß schließlich das Dach überwuchert war und Büsche und Gräser ihre Wurzeln in den Stein gruben. Das Rundhaus des Clans Bannen sah von außen nicht einmal wie ein Gebäude aus, nur wie ein gleichmäßiger Hügel.

Nicht so der Blackhail-Clan. *Wir schützen uns gegen die Kälte und unsere Feinde, aber wir würden lieber sterben, als uns verstecken.* Raif hatte diese und ähnliche Worte schon tausendmal gehört. Jeder Clansmann wiederholte sie, und was einmal als Prahlerei begonnen hatte, hatte sich von einem Clanhäuptling zum anderen zur Lebensweisheit gemausert. Nun ließ man sogar die Toten draußen. Aufgebahrt in ausgehöhlten Lindenstämmen, ganz in der Nähe von Wagenpfaden, Pässen und Bächen, versteckten sich auch Blackhail-Leichen nicht.

Raif schüttelte heftig den Kopf. Er hatte die Leichen gesehen. Schwefel und andere Mittel hielten die Aasfresser nur einige Zeit ab. Nach einem guten Regen oder starkem Frost kamen die Raben doch jedesmal.

»Raif.«

Raina Blackhails Stimme brachte Raif zurück in die Gegenwart. Er sah zu, wie sie ihren Fuchs wendete und an den anderen vorbei auf ihn zuritt. Das Fell ihrer Kapuze und ihres Umhangs schimmerte wie Seehundfell. In den wenigen Minuten, die sie unterwegs waren, war die Temperatur gesunken und der Schneeregen körnig wie Schnee geworden. Rainas Atem stand ihr in einer weißen Wolke vor dem Gesicht, als sie auf ihn zukam.

Raif beobachtete, wie die anderen sie durchließen. Obwohl ihr Mann nun tot war, hatte Raina ihre Stellung im Clan bewahrt. Dagro Blackhails Reichtum und Respekt gehörten nun ihr. Der Clan würde einen neuen Häuptling wählen müssen. Raif wußte, daß Mace Blackhail versuchen würde, den Platz seines Pflegevaters einzunehmen, aber falls Raina sich entschließen sollte, wieder zu heiraten, würde ihr Mann eine gute Chance haben, selbst Häuptling zu werden. Rainas Entscheidungen wurden immer von allen geachtet. Wann immer Dagro Blackhail weit vom Rundhaus entfernt war und ein Problem entstand, wandte sich der Clan an seine Frau.

»Raina weiß, wie ihr Mann denkt«, sagten sie dann und meinten damit, daß sie ihrem Urteil vollkommen vertrauten. Sturzgeburten, schlechte Vorzeichen, Blutrituale, geschlagene Frauen, Prügeleien im Suff, Grenz- und Dammauseinandersetzungen, Überfälle und Angelegenheiten des Clanstolzes: Raina Blackhail hatte sich um das alles gekümmert.

Und um Effie …

Raif holte tief Luft. Raina Blackhail war zu Effie so gut wie eine Mutter gewesen.

»Die Tage werden kürzer«, sagte Raina nun und blickte zum Himmel, als sie ihr Pferd neben Raifs in Schritt fallen ließ. »Bald wird es nicht mehr genug Licht geben, um ein Ziel für den Pfeil zu finden.« Sie lächelte kurz. »Aber kurz bevor Tem ging, sagte er mir, daß du dein Ziel auch im Dunkeln findest.«

Das bewirkte, daß er sich zu ihr umdrehte und sie aufmerksam ansah.

Raina Blackhail gestattete sich kein zweites Lächeln. »Es war nicht deine Schuld. Nicht deine und nicht Dreys. Jeder Mann in diesem Clan hat sich hin und wieder davongemacht, um an der Salzlecke Hasen zu schießen.«

Raif wand die Zügel um die Faust. »Bist du hergekommen, um mir das zu sagen?« Während er sprach, sah er, wie Mace Blackhail an der Spitze der Gruppe auf eine abgelegene Weide zeigte und etwas zu Will Hawk und Ballic dem Roten sagte, worauf beide Clansmänner zustimmend nickten. Raif zog die Zügel so fest, daß sie ihm das Blut zu den Fingern abschnitten.

Diese Zurschaustellung von Mace Blackhails Autorität hatte auch Raina bemerkt. Sie machte eine kleine Bewegung mit den Schultern, richtete sich etwas mehr auf, und ihr Zobelumhang fiel glatt bis auf den Pferderücken. »Ich wollte mit dir über Effie sprechen. Du mußt sanft zu ihr sein, Raif. Sie ist so ein stilles Kind. Es ist schwer zu sagen, was sie denkt.«

»Was hat man ihr gesagt?«

Raina zögerte. »Mace hat mit ihr gesprochen, bevor ich die Gelegenheit hatte. Er hat ihr gesagt, daß ihr beiden mit eurem Vater gestorben wäret.«

Raif seufzte. »Wie hat sie es aufgenommen?«

»Nicht gut. Sie schien ...« Raina schüttelte den Kopf und suchte nach dem rechten Wort. »Zornig. Sie rannte davon, und lange Zeit haben wir sie nicht finden können. Wir haben das ganze Rundhaus auseinandergenommen. Corbie Meese und Langkopf haben eine Suche organisiert. Letty und die Mädchen haben Fackeln angezündet und die Weiden abgesucht. Orwin Shanks Älteste sind bis zum Wald geritten. Am Ende hat Shor Gormalin sie gefunden – in der Ecke der kleinen Hundehütte, starr vor Kälte und mit Dreck überzogen. Sie hatte diesen elenden Stein in der Hand. Sie wiegte sich hin und her und war so krank, daß sie kaum stehen konnte.« Raina schnalzte mit der

Zunge. »Wie es ihr gelungen ist, daß diese Wolfshunde, die die Shanks halten, sie nicht aufgefressen haben, weiß ich nicht. Ich schwöre, Orwin füttert sie nur zweimal in der Woche.«

Raif entspannte seinen Griff um die Zügel wieder und lenkte Shor Gormalins Wallach um einen Haufen lockeren Schiefers. Sein plötzlicher Zorn schien nicht mehr wichtig zu sein. »Wie geht es ihr seitdem?«

»Nun, deshalb wollte ich dich vorwarnen. Sie hat abgenommen. Und sie hat sich so zurückgezogen ...« Rainas Stimme verklang, als eine kleine Gestalt aus dem Rundhaus trat.

Als Raif und Raina ihre Pferde ins Tal lenkten und Mace Blackhail und die Männer an der Spitze das Rundhaus bereits fast erreicht hatten, machte die Gestalt zögernde, kindergroße Schritte vorwärts. Es war Effie. Ihr dunkles, rötlichbraunes Haar verriet sie. Raif beugte sich im Sattel vor. Sie war so *dünn.*

»Sei vorsichtig mit ihr, Raif Sevrance«, sagte Raina Blackhail und trat ihr Pferd vorwärts. »Du und Drey, ihr seid jetzt alles, was sie hat.«

Raif verstand kaum, was Raina sagte. Er blickte zwei Reihen weiter vor, wo Drey an Orwin Shanks Seite ritt. Drey schaute zurück. Er hatte die Kapuze wieder aufgesetzt, und der Himmel war beinahe schwarz. Aber seine Miene war eindeutig. *Was ist mit Effie passiert?*

Voller Unbehagen spornte Raif Shor Gormalins Wallach zu einem leichten Galopp an und stürmte an der Reihe vorbei. Drey kam dicht hinter ihm.

Die gestampfte Fläche vor dem Tor des Rundhauses füllte sich rasch mit Menschen. Einige trugen in Pech getränkte Fackeln, andere hatten Räuchergestelle mit Lammfleisch und Bratspieße mit Hasen darauf dabei. Ein paar hatten Futter und Decken für die Pferde. Eine Gestalt, dem runden Bauch nach zu schließen Anwyn Bird, rollte ein Faß ofenwarmes Bier vor sich her, das Dampf in die kalte Luft hinausrülpste.

Effie stand vor allen anderen, die Schultern hochgezogen,

schaudernd und ihr blaues Wollkleid umklammernd. Niemand hatte daran gedacht, ihr einen Umhang über die Schultern zu legen oder ihr Handschuhe anzuziehen. Als Raif näher kam, sah er, daß die Wangen seiner Schwester so eingesunken waren, daß sie kleine Gruben unter ihren Augen und um ihr Kinn hinterließen. Es tat ihm weh, sie so zu sehen.

Er sprang vom Pferd und rannte zu ihr. Effie machte einen kleinen Schritt vorwärts. Ihr ernstes kleines Gesicht hatte sie ihm zugewandt, und einen Augenblick später streckte sie die Arme aus und wartete, daß er sie hochnahm. Raif zog sie an sich, drückte sie an die Brust. Er hielt sie ganz fest und zog sie in die Falten seiner Ölhaut, um sie vor der Kälte zu schützen. Sie war so leicht – es war, als hätte er eine Decke mit Stroh hochgehoben. Raif umarmte sie noch fester, wollte ihr seine Wärme und seine Kraft geben.

Dann war Drey da, und Effie bewegte sich in Raifs Armen, und Raif überließ sie seinem Bruder. Dreys lange Arme umschlangen Effie vollkommen. Er beugte sich zu ihr und küßte ihr Haar und ihre Schläfen und ihre Nasenwurzel. »Es ist alles gut, Kleines. Jetzt sind wir wieder da. Raif und ich sind wieder da.«

Effie schmiegte sich an Dreys Brust. »Ich habe es gewußt«, sagte sie leise und ernst und schaute von Drey zu Raif und dann zu Mace Blackhail, der sich demonstrativ damit beschäftigte, den Schecken abzusatteln. »Er hat gesagt, ihr wärt tot, aber ich *wußte*, daß das nicht so war.«

6
Die umgekehrte Turmspitze

Ash March wickelte die Laken um sich, als sie sich im Schlaf hin und her warf. Das von den alten Frauen auf der Schöpferinsel so fein wie Glas gesponnene Leinen rutschte ihr zwischen die Beine, wickelte sich um ihren Bauch und schlang sich um ihre Handgelenke.

Ash träumte, in einem Mutterleib aus Eis eingeschlossen zu sein. Blauweißes Licht schien auf ihre Arme und Beine, ließ sie schimmern wie glattes Metall. Die Eismauer war glatt und feucht, als sie sie berührte, von der Haut gewärmt, und begann zu tropfen. Eis knarrte und brach, als sie sich bewegte. Frostdämpfe füllten ihren Mund wie Milch.

Wenn sie nur weiter, *tiefer* vordringen könnte!

Etwas verrutschte. Die massive Eisscholle über ihr bebte, und eisige Splitter regneten auf ihr Gesicht und ihre Brüste hinab. Spitz und fest wie Nadeln durchdrangen sie die Haut ihrer Arme und Brüste, und kleine Blutstropfen erschienen. Noch während Ash damit beschäftigt war, die Splitter wegzuwischen, stürzte die Eisdecke ein. Ein Blizzard kalter Luft drängte gegen ihr Gesicht, und dann krachte die Eisdecke auf ihre Brust nieder. Eis brach klirrend auf ihrer Haut, und ein Wirbel von Schneeregen und Rauch stieg in die Luft auf.

Ash schrie.

Plötzlich war nichts mehr unter ihr, und sie fiel und fiel und fiel.

Stimmen flüsterten ihr zu, flehten und schmeichelten wie verhungernde Menschen. *Befreie uns, Herrin. So kalt hier, so dunkel. Streck die Arme aus …*

Ash schüttelte den Kopf. Sie versuchte, sich zu bewegen, aber sie war wie betäubt, erfroren.

Jetzt fiel sie nicht mehr, sondern stand mitten in einer Höhle aus schwarzem Eis. Alles war dunkel bis auf das Schimmern gefrorener Dinge. Selbst der Atem, der von den Wänden dampfte, war dunkel und dicht wie der Rauch eines schlecht gelüfteten Feuers. Angst nagte an den Rändern von Ashs Gedanken. Wenn sie atmete, roch sie den Duft kalter Dinge. Sie war nicht allein. Etwas, das mit ihr in dieser Höhle war, rührte sich. Es bewegte sich nicht auf sie zu, aber es verlagerte das Gewicht, um seine Anwesenheit deutlich zu machen.

Wir haben so lange gewartet, Herrin: tausend Jahre in unseren Ketten aus Blut. Wagst du es, uns tausend weitere Jahre warten zu lassen?

Ash spürte, wie ihre Knie zu zittern begannen. Die Stimme zerrte an ihr.

In der Ferne, an einem Ort, den sie nicht sehen konnte, noch hinter den Mauern der Höhle, heulten Geschöpfe mit Schnauzen. Schatten flackerten über die Eisoberfläche – die Schatten von Menschen und Tieren und Dämonenpferden. Plötzlich war überhaupt kein Eis mehr da, nur Dunkelheit, die sich bis an einen Ort erstreckte, von dem Ash tief in ihrer Seele wußte, daß sie dort nicht sein wollte.

Befreie uns, Herrin. Schöne Herrin. Streck die Arme aus.

An ihrer Seite drehten sich die Knochen ihrer Handgelenke. Muskelbänder in ihrer Brust und ihrem Rücken spannten sich an, bereit, Gewicht zu ziehen. Sehnen waren gespannt. Ihre Finger öffneten sich, ihre Fäuste wurden zu offenen Händen, und Knöchel knackten wie feuchte Stöcke.

Befreie uns. Streck deine Arme nach uns aus, reiß die Mauer ein.

Knochenenden drehten sich in den Gelenkpfannen, als Ashs Arme sich hoben.

Krah!

Der Schrei eines Raben durchdrang das Dunkel und traf Ash wie eine Nadel in die Wirbelsäule.

Sie riß die Augen auf. Die Dunkelheit raste davon. Sie war in ihrem Zimmer. Die Kohlen in ihrem Becken glühten schwach. Beide Bernsteinlampen waren ausgegangen.

Klopfen.

Ash fuhr herum, um zu hören, woher das Geräusch kam. Nicht von der Tür, sondern von dem winzigen, mit Läden verschlossenen Fenster auf der anderen Seite des Zimmers. Sie wartete. Es klopfte nicht mehr, aber ein leises, reißendes Geräusch, das Flattern von Flügeln, verhallte in der Ferne. Ein Vogel. Ash schauderte. Ein Rabe.

Plötzlich wurde ihr bewußt, wie kalt und feucht die Laken waren, und sie riß sie sich vom Leib. Ihr Nachthemd war klatschnaß, also zog sie es sich über den Kopf und warf es den Laken nach. Frierend und nackt rannte sie zum Kohlebecken und kniete daneben nieder. Mit der kleinen Kupferzange, die am Sockel des Beckens angebracht war, rührte sie in den glühenden Kohlen herum. Der ölgetränkte Filzlappen war längst verbrannt und hatte den Duft von Mandeln und Sandelholz mitgenommen. Ash war froh darüber. Sie war nicht in der Stimmung, üppige, kränkliche Gerüche einzuatmen.

Ihre Hände zitterten, als sie die Zange zurücklegte. Kalter Schweiß überzog ihre Haut, und ihre Knie waren so zittrig, als wäre sie alle Treppen im Faß hinaufgelaufen, ohne auf halber Höhe zu rasten. Mit einem kleinen Seufzer riß sie an den Ecken des bestickten Teppichs, auf dem sie kniete, zog die weiche, grobe Wolle um ihre Schultern und baute sich eine kleine Tasche für sich selbst in der Mitte. Sie war so müde. Sie wollte nur noch schlafen.

Nun, da sie eingewickelt war, ging es ihr etwas besser, und sie blickte hinüber zur Tür. Die leeren Nagellöcher erinnerten sie daran, daß sowohl Marafice Eye als auch Penthero Iss jederzeit ihr Zimmer betreten konnten. Nicht, daß Marafice Eye das jemals getan hätte, aber Ash wußte, daß er da draußen war, auf einer Bank saß und mit seinen großen Händen die Nachgiebigkeit der Lederschnüre seines Wamses oder der Armlehnen der Bank überprüfte, indem er die gesamte Kraft seines Körpers gegen jeden Makel im Stein einsetzte. Er überprüfte die Dinge immer daraufhin, was es brauchte, sie zu zerbrechen.

Ash zog den Teppich fester um sich. In der vergangenen Woche hatte sie versucht, Marafice Eye aus dem Weg zu gehen; seit jener Nacht, als er ihr auf der Treppe den Weg verstellt hatte. Aber es gefiel dem Schwertführer nicht, gemieden zu werden, und nun trat er ihr immer in den Weg, wenn er das ungestört tun konnte. Wenn er Ash allein in einem Flur oder auf der Treppe begegnete, stellte er sich direkt vor sie und wartete, zwang sie, um ihn herumzugehen. Er berührte sie nie, sagte nie ein Wort, aber seine kleinen Lippen verzogen sich hämisch, und seine kleinen Augen schauten über sie hinweg, als wäre sie überhaupt nicht da, und wie die Armlehnen der Bank oder das Leder seines Wamses war auch sie ein Gegenstand geworden, den er auf seine Zerbrechlichkeit hin prüfte.

Ash strich sich durchs Haar. Sie war ein Findling und nur am Leben, weil Penthero Iss beschlossen hatte, sie zu retten. Sie war keine Adlige und keine Dienerin – also wo gehörte sie hin? Marafice Eye wußte es nicht. Deshalb prüfte er sie: um zu sehen, wie weit er gehen durfte, bevor Iss ihn aufhielt.

»Herrin.« Ein leises Flüstern an der Tür. »Darf ich eintreten, Herrin?«

Ash wollte niemanden sehen. Nicht jetzt, nicht so. »Geh weg«, murmelte sie. Angewidert davon, wie schwach ihre Stimme klang, versuchte sie es noch einmal. »Ich bin müde, Katia. Laß mich schlafen.«

»Ich habe ein wenig heiße Milch und Rosenkuchen gebracht.«

Also hatte Iss sie geschickt. Ash stand auf und ließ den Teppich wieder auf den Boden fallen. »Warte einen Augenblick, ich ziehe mich an.« Es war sinnlos, Katia wegzuschicken, wenn Iss ihr befohlen hatte herzukommen; das Mädchen würde auch noch die ganze Nacht vor der Tür stehen und alle paar Minuten darum bitten, eingelassen zu werden, bis sie Ash zermürbt hatte. Penthero Iss hob nie die Stimme, drohte nie mit Gewalt, aber es gelang ihm immer, die Leute dazu zu bringen, genau das zu tun, was er wollte.

Ash zog sich ein frisches Leinennachthemd über den Kopf, holte ein paarmal tief Luft und versuchte, wieder normal zu werden. Dieser Tage war es immer schwieriger, sich zu erinnern, was normal überhaupt war. Sie fühlte sich überhaupt nicht mehr wie sie selbst. Immer war sie müde und verschwitzt, und sie fror. Und ihr Körper ... Ash schaute an sich hinab. Auch der war eindeutig nicht mehr normal. Innerhalb von zwei Monaten waren ihr aus dem Nichts Brüste gewachsen.

»Du kannst hereinkommen.« Ash stellte sich in die Ecke hinter der Tür, während sie das sagte. Sie wollte nicht, daß Marafice Eye sie sah, wenn Katia die Tür öffnete.

Katia war klein und hatte bräunliche Haut, dunkle Augen, dunkle Lippen und schwarze Locken, die die Haarnadeln nur so ausspuckten. Ash konnte das Mädchen nie ansehen, ohne neidisch zu werden. Katia gab ihr das Gefühl, bleich und knochig und gerade zu sein. Alles an Katia war gerundet: ihre Lippen, ihre Wangen, ihre Hüften, ihr Haar. Ashs eigenes, silberblondes Haar fiel ihr so glatt wie Wasser bis auf die Taille. Ash hatte Brenneisen ausprobiert, feuchte Lappen, Haarnadeln, sie hatte sich nachts Zöpfe geflochten, aber ihr Haar trotzte jedem Versuch, indem es unnachgiebig glatt blieb.

»Stell das Tablett auf den Nachttisch, Katia.«

Katia zuckte beim Klang von Ashs Stimme zusammen. »Da seid Ihr ja, Herrin. Ihr habt mich so erschrocken, dort hinter der Tür versteckt.«

Ash ignorierte Katias Worte. Das Mädchen tat immer, als wäre es verschreckt.

Nachdem Katia das Kupfertablett auf den Nachttisch gestellt hatte, ging sie hinüber zum Sims, um die Lampen wieder anzuzünden. Ash dachte kurz daran, es ihr zu verbieten, dann überlegte sie es sich anders. Penthero Iss hatte Katia zweifellos befohlen, sich ihre Herrin gut anzusehen, und die beste Möglichkeit, es so schnell wie möglich hinter sich zu bringen, bestand darin, sich der Zofe nicht zu widersetzen. Als Katia die Lampe mit den kleinen Bernsteinstücken nachfüllte, die sie in einem Beutel an der Taille trug, nutzte Ash die Gelegenheit, ihr Haar zurückzustreichen und ihr Gesicht zu reiben. Wenn sie sich nur nicht so zittrig gefühlt hätte! Aber dagegen konnte sie nichts tun.

»Eine sollte genügen«, sagte Ash, nachdem der Docht, der in der Öl- und Bernsteinmischung steckte, Feuer gefangen hatte. »Komm her, und wir bringen es hinter uns.«

»Bringen was hinter uns, Herrin?«

Ash lächelte. Katia war eine schrecklich schlechte Lügnerin. »Nun, mein Pflegevater hat dich offenbar geschickt, um zu überprüfen, wie ich aussehe, also tu, was er dir gesagt hat.« Sie streckte die Arme aus und riß den Mantel über den Brüsten auf. »Soll ich mich ausziehen, oder genügt das?«

Katia schüttelte den Kopf, daß die schwarzen Locken nur so flogen. »Ihr seid wirklich ungezogen, Herrin! Einfach ungezogen. Seine Lordschaft hat nie so etwas gesagt. Ich bin hergekommen, um Euch aus reiner Herzensgüte ein spätes Abendessen zu bringen, und so werde ich für meine Mühe belohnt!« Sie nickte in Richtung von Ashs silberbeschlagenem Frisiertisch, auf dem sich ein unordentlicher Stapel von Büchern und Manuskripten befand, der aussah, als könne er jeden Moment umstürzen. »Wenn Ihr mich fragt, tut Euch das viele Lesen nicht gut. Ein warmes Abendessen ist einfach nur ein warmes Abendessen. Das einzig Unangenehme daran ist die Haut auf der Milch.«

Plötzlich froh, daß Katia da war, raffte Ash den Mantel wieder zusammen. Katia war jetzt seit vierzehn Monaten bei ihr – länger als jede andere Zofe, die sie je gehabt hatte –, und es fühlte sich irgendwie gut an, jemanden gut genug zu kennen, um ihn necken zu können. »Es tut mir leid, Katia. Aber Iss verrät sich immer mit den Rosenkuchen. Sie schmecken nach gar nichts, riechen wie alte Rosen, und es kostet ein kleines Vermögen, sie zu backen.«

Katia schnaubte, aber nur leise. »Nun, wenn Ihr sie nicht wollt …«

»Nimm sie. Wenn du mich in Zukunft schon mitten in der Nacht unterbrechen mußt, dann bring mir frisches Brot, gesalzene Butter, und zwar viel davon, und Bier statt Milch. Dunkles Bier. Bier, das dick genug ist, daß ein Löffel darauf schwimmt, und das man durch ein Tuch seihen muß, um den Hopfen zu entfernen.« Ash versuchte, weiter ernst dreinzuschauen, aber bei dem Wort Hopfen mußte sie dann doch lachen.

»O Herrin! Ihr seid so boshaft.«

Katias Lachen war ein wenig zu laut, um für weiblich durchzugehen, und Ash hörte das gern. Manchmal fiel es ihr schwer, sich daran zu erinnern, daß Katia ein ganzes Jahr jünger war als sie. Katia war so erwachsen, so … nun … *gerundet*, aber wenn sie lachte, wurde sie wieder zum Kind.

Plötzlich rutschte das Lächeln von Ashs Lippen. »Katia.«

»Ja, Herrin?«

Ash rang nach Worten. »Bist du immer noch« – als sie sah, daß die Dienerin sie mit ihren großen dunklen Augen direkt ansah, zögerte Ash und wünschte sich, sie hätte den Satz nie begonnen – »mit Marafice Eye *befreundet?*«

Katias Miene änderte sich. »Und wenn? Das hat nichts mit Euch zu tun.«

Ash holte tief Luft und beschloß, nichts mehr zu sagen, aber dann redete sie doch weiter. »Er ist so ein großer, kräftiger Mann. Wie ein Ochse. Ich finde einfach, du solltest vorsichtig sein, das ist alles.«

Mit einem heftigen Kopfschütteln sagte Katia: »Was ich in meiner Freizeit tue, ist meine Angelegenheit. Anders als andere hier bin ich eine erwachsene Frau, und jene, die das nicht sind und noch nicht einmal geküßt wurden, sollten ihre Ansichten für sich behalten.«

Blut rauschte in Ashs Wangen. Sie sagte kein Wort mehr. Sie spürte, wie sich ihre Augen mit dummen, lächerlichen Tränen füllten.

Einen Augenblick später änderte sich Katias Stimmung wieder, sie kam auf Ash zu und legte ihr die Hand auf den Arm. »Es tut mir leid, Herrin. Es tut mir wirklich leid. Ihr habt mich dazu gebracht, Unsinn zu reden, den ich nicht wirklich ernst meine. Ihr werdet jetzt sicher jeden Tag anfangen zu bluten, da bin ich sicher.« Sie zog Ash hinüber zum Bett, während sie sprach. »Und sobald das passiert, werdet Ihr schöne, richtige Kleider haben, eine Zofe, die Euch frisiert, und Freier werden vom Kalten Tor bis zur Roten Schmiede anstehen, um um Eure Hand bitten zu dürfen.«

Katia legte Ash eine Hand auf die Schulter und drückte sie sanft aufs Bett. Die zweite Hand legte sie nun auf Ashs Stirn. »Ihr zittert ja, Herrin! Und Ihr seid gleichzeitig heiß und kalt.«

»Es geht mir gut, Katia, wirklich. Erzähl mir weiter, was passieren wird, wenn mein Blut kommt.« Ash interessierte sich überhaupt nicht für Freier, die von einem Ende der Stadt zur anderen Schlange standen, und sie wußte, daß jede Zofe, die ihr Salz wert war, nach einer Woche kündigen würde, unter leisem, verächtlichem Gemurmel über Haar, das sich einfach *weigerte*, sich in Locken legen zu lassen. Aber dennoch hörte sie gern davon. Wenn Katia von solchen Dingen sprach, konnte sich Ash beinahe vorstellen, daß alles normal war und weiterhin normal sein würde, und daß dieser seltsame, beinahe unruhige Ausdruck, den sie in den vergangenen Monaten in den Augen ihres Pflegevaters gesehen hatte, wenn er sie anschaute, nichts weiter als die Wirkung des Lichts war.

Katia griff nach einer Bürste und begann Ashs Haar zu bearbeiten. »Laß mich sehen, Herrin. Ihr werdet selbstverständlich neue Schuhe haben, Dutzende davon: Lammleder für den

Tag und bestickte Seide und Spitze für die Nacht. Ihr braucht auch ein neues Reitgewand – und ganz gleich, was Seine Lordschaft sagt, es muß mit schwarzem Fuchs eingefaßt sein – und ein anständiges Damenpferd, nicht diese alte Mähre, auf der Euch Meister Strohwisch um den Hof reiten läßt. Vielleicht holt Seine Lordschaft sogar eine alte Klosterin her, die Euch in Manieren unterrichtet. Obwohl es nicht notwendig ist, Euch das Lesen und Schreiben beizubringen, weil das Seine Lordschaft ja schon selbst getan hat …«

Ash nickte, genoß das Gefühl von Katias kundigen Bürstenstrichen und versank in Gedanken, während die kleine Zofe weiterschwatzte. Zu vieles hatte sich im vergangenen Jahr verändert. Es hatte eine Zeit gegeben, als ihr Pflegevater anders gewesen war, als er jeden Tag nach ihr geschickt und sie im Lesen und Schreiben unterrichtet hatte. Das hätten jederzeit auch Priester oder Schreiber für ihn tun können, aber Penthero Iss hatte darauf bestanden, es selbst zu tun. Und das lag nicht nur daran, daß er sie gern von jedem fernhielt, mit dem sie sich anfreunden konnte – obwohl Ash diese besitzergreifende Art schon früh in ihm erkannt hatte, als immer wieder Dienerinnen oder Festungskinder, mit denen sie gut ausgekommen war, weggeschickt worden waren. Nein. Ihr Pflegevater hatte es wirklich genossen, sie zu unterrichten. Wissen gehörte zu den Dingen, die Freude machten.

»Und selbstverständlich werdet Ihr ein neues Zimmer haben, eines mit richtigen Glasfenstern und …«

Ash blinzelte, plötzlich interessiert an Katias Worten. »Ein neues Zimmer?«

»Aber selbstverständlich, Herrin. Das ist so sicher wie Eis auf dem Splitter.«

»Das verstehe ich nicht. Warum?«

Katia legte die Bürste nieder. Schnell sah sie sich in alle Richtungen um, als befürchtete sie, es könnte sich jemand irgendwo versteckt haben und lauschen. Dann senkte sie die

Stimme und sagte: »O ja. Sie sprechen schon darüber. Gerade gestern, als ich mit dem Schwertführer die Schmiede ... äh ...besuchte, kam Seine Lordschaft herein und sagte ihm, daß alle sich bereithalten sollten, auf sein Wort hin bei Eurem Umzug zu helfen. Als er mich sah, hielt er selbstverständlich sofort inne und warf mir einen dieser Blicke zu – Ihr wißt schon, ganz bleich und schreckenerregend wie eine erfrorene Leiche – und schickte mich ohne ein Wort aus dem Zimmer.« Katia strahlte. Sie liebte Geheimnisse.

Ash schluckte. Sie war froh, daß sie saß. »Mir auf sein Wort hin beim Umzug helfen?«

Katia nickte, ging zum Frisiertisch und steckte sich einen der kostbaren Rosenkuchen in den Mund. Kauend sprach sie weiter. »Das hat er gesagt. Wenn Ihr mich fragt, wird es eines dieser hübschen oberen Zimmer im Inneren Turm sein mit schwarzem Marmor und dunklen Glaseinlegearbeiten im Boden. Vielleicht bekommt Ihr sogar Euren eigenen Eingang mit eigener Treppe.« Katia nahm einen zweiten Rosenkuchen, sah ihn an, legte ihn wieder hin. »Schwört mir, daß Ihr mich mitnehmt, Herrin. Wohin Ihr auch geht. Ich könnte es nicht ertragen, wieder in die Küche geschickt zu werden und dort Töpfe zu schrubben. Ich könnte es nicht ertragen, wenn man mich zwingt ...«

»Still, Katia.« Das Geschwätz des Mädchens begann Ash zu ärgern.

Katia schloß den Mund mit einem Quieken. Mit wirbelnden Röcken ging sie durchs Zimmer und begann, Fensterläden zu überprüfen, stocherte im Kohlebecken und bereitete alles für die Nacht vor.

Ash nahm das kaum zur Kenntnis. Ein Umzug aus dem Faß? Das war undenkbar. Diese Kammer war, solange sie denken konnte, ihr Zuhause gewesen. Von allen vier Türmen der Maskenfestung war das Faß der einzige, den sie kannte. Hier hatte sie sich den Arm gebrochen, als sie im Alter von sechs auf die äußeren Zinnen geklettert war; mit acht hatte man sie zwei

Monate auf ihr Zimmer eingesperrt, weil sie Blutfieber hatte, und ihr Pflegevater war jeden Tag gekommen, hatte ihr geeisten Honig und gelbe Birnen gebracht; und als sie elf war, war ihr Käfigvogel genau in diesem Zimmer krank geworden, hatte sich die eigenen Federn ausgerissen und an seinen Klauen gefressen, und um ihr eine Freude zu machen, hatte Iss eine kleine Zeremonie an der Tür veranstaltet, bevor er den Vogel Caydiss übergeben hatte, um ihn aus seinem Elend zu erlösen. Ihr ganzes Leben war hier. Alles.

Bedrückt zog Ash die Knie an die Brust und schlang die Arme um die Beine. Niemand hatte ihr gegenüber einen Umzug erwähnt. Nichts war geplant; keine Arbeiter oder Zimmerleute gerufen worden. Sicher hätte ihr doch jemand etwas gesagt? Sie rieb sich über die nackten Schienbeine. Die Laken unter ihren Füßen waren schweißnaß. Eisig.

Nein. Ash schüttelte den Kopf. Sie würde nicht über den Traum nachdenken. Es war nichts. Nichts.

Katia steckte sich die beiden restlichen Rosenkuchen in den Bernsteinbeutel. »Wünscht Ihr noch etwas, Herrin, bevor ich gehe?«

»Nein.« Aber irgend etwas am Anblick der zur Tür gehenden Katia bewirkte, daß Ash es sich anders überlegte. »Ich meine ja. Noch eine Sache.«

»Was?« Katias volle Lippen wurden von einem übertriebenen Schmollen noch voller.

»Ich weiß, daß du jetzt zu meinem Pflegevater gehst …« Als sie sah, daß Katia dazu ansetzte zu widersprechen, streckte Ash die Hand aus. »Nein, leugne es nicht. Ich nehme es dir nicht übel. Du mußt das tun, damit sie dich nicht wieder in die Küche zurückschicken. Ich würde an deiner Stelle ebenso handeln.« Katia schmollte weiter, aber Ash fuhr fort. »Es macht mir nichts aus, daß du ihm sagst, daß ich mich nicht gut fühle und nicht gut aussehe, und auch, daß das Bett zerwühlt ist. Aber bitte sag ihm nicht, daß ich weiß, daß ich umziehen soll. *Bitte.*«

Katia sah ihre Herrin an. Ash wußte, daß die Dienerin sie um all ihre Kleider und die hübschen Dinge in ihrer Kammer, wie silberne Bürsten und Hornkämme beneidete. Aber sie wußte auch, daß Katia freundlich sein konnte, wenn es ihr paßte. Sie war einmal den ganzen Weg zum Almosenviertel gegangen, um einen Riegel für die Tür zu kaufen.

Mit übertriebenem Seufzen schüttelte Katia die Locken. »Also gut. Ich werde mein Bestes tun – aber nur um meinetwillen. Wenn die alte Glatthaut herausfindet, daß ich Sachen weitergetratscht habe, die ich zufällig hörte und nie hören sollte, werde ich erst recht wieder unten landen. Und nicht in der Küche zum Töpfeschrubben.«

»Danke, Katia.«

Katia schnaubte, als sie zur Tür ging. »Ich muß ihm aber sagen, wie es Euch geht. Da bleibt mir nichts anderes übrig. Ihr wißt, wie er ist.«

Ash nickte und löschte die Lampe. Sie wußte genau, wie er war.

Die Netzfliegen summten innerhalb ihres Netzes, und schwarze durchscheinende Flügel flatterten schneller, als das Auge sehen konnte. Aber trotz ihrer Anstrengungen bewegten sich die vierflügligen schlanken Tiere mit den langen Doppelgelenkbeinen von Aasfliegen nur ungeschickt von einer Seite zur anderen. Es waren selbstverständlich Weibchen. Die glänzend grünschwarzen Säcke an ihren Bäuchen waren aufgebläht von Hunderten von Eiern. Penthero Iss, Surlord von Spire Vanis, Kommandant der Renegaten-Wache, Hüter der Maskenfestung und Meister der vier Tore, zog es vor, das Netz nicht zu dicht an sich zu halten. Die Fliegen wollten verzweifelt leben, und ihre gezackten, chitinigen Freßwerkzeuge waren durchaus imstande, durch Gaze zu brechen. Besonders, wenn die Weibchen Blut rochen.

Iss sah fasziniert zu, als eine dorthin flog, wo seine bleiche

Hand das Netz umfaßte. Die Haut war sauber und ohne Wunden – nicht, was dieses Geschöpf sich wünschte, aber Iss hatte auch schon Netzfliegen gesehen, die nicht davor zurückgeschreckt hatten, die Wunden, die sie brauchten, selbst zu verursachen. Diese allerdings würde die Gelegenheit nicht erhalten. Mit seiner freien Hand zog Iss ein blaues Filztuch von seiner Taille und bedeckte den oberen Teil des Netzes damit. Er würde innerhalb einer Viertelstunde sein Ziel erreichen, und diese kurze Zeit der Dunkelheit würde die Weibchen nicht träger machen. Iss hatte ihre Schwächen studiert. Es war die Kälte und nicht die Dunkelheit, die sie verlangsamte.

Als er durch die verlassene Ostgalerie auf den Splitter zuging, zählte er die Tage. Sechs. Er führte Buch darüber, aber selbstverständlich vertraute er seinem Verstand mehr als irgendwelchen Kritzeleien auf einem Blatt Papier. Er wollte nicht riskieren, den Gebundenen so rasch nach dem letzten Mal zu schwächen. Er mußte in allem sorgfältig sein, ganz besonders beim Nutzen seiner Macht.

Aber sechs Tage waren genug. Sechs war schön und gut.

In den Bergen und in Spire Vanis kam der Winter früh, und die Temperatur in der Ostgalerie war knapp unter dem Gefrierpunkt. Iss kämpfte gegen das Bedürfnis zu schaudern an. Seit er sich erinnern konnte, hatte er die Kälte gehaßt. Kälte bedeutete zu wenig Holz auf dem Feuer und nicht genug Decken fürs Bett – damit kannte Iss sich aus. Als Kind hatte er von flackernden Feuern, knisternden Flammen und Schichten von Eiderdaunen über seiner Brust geträumt. Vierzig Jahre später hatte er all das, aber er konnte immer noch nicht behaupten, daß es ihm tatsächlich genügte.

Er war Surlord, kein König, und obwohl er noch zwanzig Jahre oder mehr regieren konnte, würde ein gewaltsamer Tod sein Ende sein. So war es nun einmal in Spire Vanis. Historiker sprachen vielleicht gern von Uron dem Reinen und Rhees Gryphon und einer Handvoll anderer Männer, die die Stadt regiert hatten und im Schlaf gestorben waren, aber Iss hatte im Schatten gestanden und zugesehen, als fünf geschworene Brüder Borhis Horgo in Stücke geschnitten hatten. Er war alt gewesen, vertrocknet und verschrumpelt; Iss hatte kaum glauben können, daß er so viel Blut in sich hatte. Manchmal sah er das Blut noch in seinen Träumen. Manchmal war es sein eigenes Blut.

So viele Surlords. Borhis Horgo, Rannock Hews, Theric Hews, Connad Hews, Lewick Crieff, den man den Halbkönig genannt hatte, Garath Lors, Stornoway der Tapfere … und weiter zurück bis zu Theron Pengaron, der von den Leuten seines Neffen dort getötet worden war, wo heute der Splitter stand. Alle waren den Tod eines Surlords gestorben … In den Rücken gestochen, aus nächster Entfernung erschossen, vergiftet, zu Tode geknüppelt, verraten. Das einzige Erbfolgegesetz in Spire Vanis war das Gesetz größerer Macht. Sobald ein Rivale die Schwäche witterte, versammelte er seine Verschwörer um sich und schmiedete Intrigen. Iss wußte, worin sein Schicksal bestand. Er wußte es, und er weigerte sich, es zu akzeptieren.

Es genügte nicht, Surlord zu sein. Er mußte sich zu etwas anderem machen.

Kalte Luft drang in Iss Lungen, als er dem Splitter näher kam. Kalkstein, so hell und glatt wie See-Eis, stahl die Wärme aus seinen Fußsohlen. Schwere Gegenstände hingen an seinem Gürtel, schmiegten sich an die doppelt gewebte Seide seines Gewands. Die kleine Steinlampe, von den Barbaren, die nördlich an der Küste lebten, so kunstvoll hergestellt, mit Fischbeinschützern und der Abdeckung aus dünn geschabtem Horn, gab Hitze und Licht sicherer ab als jede andere Lampe. Selbst wenn man sie umstieß, blieb die Flamme noch sicher in der zentralen Kammer. Selbst jetzt, wo sie leicht gegen seinen Oberschenkel stieß, strahlte sie eine angenehme Wärme aus. Was die beiden anderen Päckchen an seinem Gürtel anging, so sollte Jungfer Wence lieber hoffen, daß sie sie gut eingepackt hatte. Im Topf erhitzter Honig und zerdrückte gelbe Bohnen konnten beides Säfte von sich geben, für die ein Mann, der Seide trug, nicht viel übrig hatte.

Iss hatte festgestellt, daß die Fliegen am liebsten fraßen, nachdem sie ihre Eier gelegt hatten. Es war ein weit verbreiteter Irrtum, daß die Weibchen von Blut lebten. Iss hatte sie beobachtet, und er wußte, daß das nicht so war. Am liebsten fraßen sie Honig, vor allem, wenn er warm war. Die Fliegen waren im kalten Klima des Nordlands aufgewachsen, in der Festung, erinnerten sich aber offenbar immer noch an den Süden, wo sie hingehörten.

Was die Bohnen anging – die würden an den Gebundenen verfüttert. Iss hatte Jungfer Wence gebeten, Butter und Eigelb hineinzugeben und sie so mild zu salzen, als seien sie für ein Kind gedacht.

Das halb bedeckte Netz vor sich haltend, näherte sich Iss dem Splitter. Wie immer sank die Temperatur, je näher er der Tür kam. In den vergangenen paar Tagen war das Wasser, das von den Steinen tränte, zu einer Haut aus blauem Eis über dem Torbogen geworden. Iss holte den Schlüssel heraus. Gepfählte Ungeheuer mit vielen Köpfen und den dicken, muskulösen Schwänzen von Schlangen schauten vom Fundament des Turms her zu, wie er das Schloß öffnete. Die Öllampe flackerte und ließ die Reliefarbeiten an ihren Säulen tanzen. Iss stellte die Lampe besser ein, das Licht wurde trüber und die Geschöpfe erstarrten wieder zu Stein.

Die Tür ging mit einem leisen Zischen auf. Frostrauch wand sich durch die Öffnung wie das Gewebe eines neu entstandenen Geistes. Im Netz zogen die Fliegen ihre Flügel an und fielen auf den Boden des Beutels.

Der erste Frost war im Splitter immer am schlimmsten. Die Außenmauern waren das ganze Jahr über feucht, und jede Mauer, jedes Sims, jeder Eckstein ließ den Regen durch. Die inneren Wände bluteten. Rinnsale liefen in dünnen Linien herab, folgten den Kurven gemeißelter Steine und den Kanten der Treppen. Tropfen sammelten sich an Überhängen, Pfützen wuchsen in Gräben und Ritzen, und ganze Wände glitzerten vor Feuchtigkeit. Der erste Frost ließ dies alles zu eiskaltem Nebel werden. Im Lauf der Wochen, wenn die Tage kürzer wurden und sich Reif auf den äußeren Wänden bildete, wurde das Wasser erst kälter, dann gefror es. Dabei dehnte es sich aus, und das Eis spaltete den Stein so sicher wie ein Steinmetz mit seinem Hammer. Jede milde Periode und das folgende Tauwetter brachten den Splitter dem Zusammenbruch einen Schritt näher. Das ganze Gebäude war gerissen, bröckelte ab, zerbrach. Das einzige, was es noch aufrechterhielt, war der präzise Schnitt und die Plazierung jedes Steines.

Und selbstverständlich die Fundamente, dachte Iss mit einem raschen, freudlosen Lächeln. Kein Gebäude im Nordland hatte Fundamente, die denen des Splitters vergleichbar gewesen wären.

Das Licht der Steinlampe tat wenig mehr, als sich auf Iss' Gesicht widerzuspiegeln, als er durch den Frostrauch in die untere Rotunde des Turms trat. Gerissene Fliesen klapperten unter seinen Füßen, als er weiterging. Ganze Bereiche des ursprünglichen Fußbodenbelags fehlten, waren entweder von gierigen Arbeitern gelockert und weggeschleppt oder von Frost und herabfallenden Steinen zerstört worden. Das war Iss gleich. Die Treppe des Splitters zog sich spiralförmig durch das Herz des Turms, hatte einen Absatz in jedem von neununddreißig Stockwerken, bevor sie ihren Höhepunkt in der Turmspitze erreichte und die Gewitterwolken durchdrang, aber auch dafür interessierte Iss sich kaum. Hoch über der Erde war der Stein des Splitters so tot und wertlos wie ein schwarzgefrorener Fuß. Es war unter der Erde, in dem umgekehrten Turm, wo der Stein lebendig wurde.

Iss ging zum Beginn der Wendeltreppe, zu den dunklen Schatten und dem seltsam geformten Bereich, der unter der ersten Treppenflucht lag. Er mußte sich bücken, um der Biegung der Treppe zu folgen, bis er sich gegen die Wand drücken konnte.

Kiefer und Fäuste anspannend, sprach er ein Wort. Es schwächte ihn mehr als das, was er Augenblicke zuvor gesprochen hatte, und Tropfen von Urin spritzten gegen seinen Oberschenkel. Der Schmerz war scharf, aber er verging rasch, und eine mächtige Kontraktion seiner Magenwände überflutete seinen Mund mit dem Geschmack von Salz.

Noch bevor er ausspucken konnte, grollte die Treppe und begann, wie ein Tor nach innen zu schwingen. Das Knirschen eiserner Räder und Ketten wurde von drei Fuß dicken Mauern gedämpft. Über Iss' Kopf schaukelte die große Treppe nach oben, ihre Steinblöcke bewegten sich geringfügig in ihren Betten, und Wolken verrotteten Kalksteinstaubs ließen sich auf seinen Schultern nieder, während die Mauer ihre Bewegung fortsetzte und eine Höhle enthüllte, die nicht größer war als ein hockender Mann.

Das war der Teil, den Iss haßte. Immer noch erschüttert, seine Knie so schwach wie Grünholz und mit immer noch feuchten Urintröpfchen an seinem Oberschenkel, zwang er sich durch die Lücke. Kein Frostrauch erhob sich aus der Leere, um ihn zu grüßen. Die Kälte hier hatte eine andere, dauerhaftere Qualität, und jeglicher Nebel hatte sich schon lange gesetzt und war gefroren. Tief drunten, am Ende des umgekehrten Turms, war die Luft anders, wärmer, aber am Rand blieben das ganze Jahr über Säume aus Eis.

Ähnlich wie die Kälte war auch die Dunkelheit hier konzentrierter, und Iss war gezwungen, die Steinlampe von seinem Gürtel zu nehmen und die Fischbeinplättchen neu einzustellen, damit sie mehr Luft durchließen. Er mochte Dunkelheit nicht sonderlich gerne, obwohl er zugeben mußte, daß sie ihren Nutzen hatte. Dinge, die man im Dunkeln hielt, brachen im allgemeinen nach gewisser Zeit zusammen.

Iss spuckte aus, um die letzten Spuren von Metall aus dem Mund zu bekommen, und schob sich mit kleinen Bewegungen vorwärts, bis seine Füße den Rand der ersten Stufe fanden. Anders als der Turm darüber verfügte der umgekehrte Turm nicht über eine Mitteltreppe; hier verlief die Treppe an der Außenmauer entlang, zog sich in Form einer weiten Spirale nach unten. Ein klaffendes, viele Stockwerke umfassendes Loch lag in der Mitte. Schwarz wie die Nacht, kälter als Packeis, ernährt von selbsterzeugtem Wind und von jeder Bewegung des Bergs, durch den er sich bohrte, mitbewegt, war der umgekehrte Turm eine Kraft für sich. So tief der Splitter hoch war, lief er schließlich nadelspitz zu und durchdrang den Felsen des Totenbergs wie ein in sein Herz geschossener Pfeil.

Die frostüberzogenen Wände glitzerten im Licht von Iss' Lampe. Je weiter der Surlord hinabstieg, desto klarer und fester wurde das Eis. Von dem Gewicht und dem Druck des Berges zu Linsen geschliffen, fand das Eis Farben im Lampenlicht, die kein Auge erblicken konnte. Nicht zum ersten Mal widerstand Iss dem Drang, die Hand auszustrecken und es zu berühren. Einmal, beinahe acht Jahre war das nun her, hatte er auf diese Weise die Haut auf seinem Mittelfinger verloren.

Der Berg kämpfte gegen den umgekehrten Turm, der sich durch ganze Bereiche von Granit fraß wie Eichenwurzeln durch die Erde. Aber selbst fest umschlossen von den weißen Knöcheln und Knochen des Totenbergs, blieben die Wände intakt. Die oberste Steinschicht stammte vom verfallenen Turm in Linn, und es hieß, es seien Blutzauber und Flüche tief in den Stein versenkt. Rob Claw, Urenkel von Glamis Claw und Erbauer der Maskenfestung, hatte einmal behauptet, es brauche einen Akt Gottes, den Turm zu brechen.

Schaudernd zog Iss das Netz dichter an seine Brust. Die Kälte hatte die Fliegen erstarren lassen, und nicht eines der zwölf Weibchen bewegte sich nun. Ein paar von ihnen würden sterben; darauf war er vorbereitet. Einmal, mehrere Jahre zuvor, in der Mitte des kältesten Winters, den Spire Vanis je erlebt hatte, waren alle legebereiten Weibchen gestorben. Es war ekelhaft gewesen, aber es war Iss tatsächlich gelungen, die Eier aus ihnen herauszuholen. Allerdings waren bedauerlicherweise erheblich weniger als normal geschlüpft und hatten überlebt.

Mit einer Hand an der Lampe und der anderen am Netz fand er den Abstieg schwierig und langsam. Iss hatte es schon lange gelernt, nicht nach unten zu schauen, aber das Wissen um die tiefe Kluft lag wie Stoff an seiner Haut. Jede Treppe war drei Fuß breit – eine gute Breite –, aber die Stufen begannen in druckgeformtem Granit glatt wie Glas und endeten in der Luft, und man mußte aufpassen, wohin man trat. Iss hielt sich exakt in der Mitte und wandte seinen Geist angenehmeren Dingen zu.

Zum Beispiel dieser Dienerin Katia. So ein heimtückisches, kluges Mädchen. Viel zu gut, als daß der Schwertführer sich an ihr zu schaffen machte. Iss war nicht daran interessiert, selbst mit ihr zu schlafen, obwohl es interessant wäre zu sehen, wie weit sie gehen, was sie alles tun würde, um der Drohung der Küche zu entkommen.

Iss lächelte mit der Zufriedenheit eines Juweliers, der einen Edelstein einsetzt. Das war Katias Schwäche: ihre Angst, wieder in der Küche zu landen, mit geplatzten Adern und rotem Gesicht, ihre einstmals vollen Brüste wie leere Wasserschläuche an ihrem Bauch liegend, ihr einstmals dunkles Haar grau. In der Festung geboren und aufgewachsen, hatte Katia gesehen, wie genau das jeder anderen Frau passierte, die dort arbeitete: Die Maskenfestung nahm und nahm, gab aber nur selten. Nun hatte das schlaue kleine Biest Angst, daß ihr dasselbe widerfuhr.

Nachdem Iss erst einmal die Ängste eines Menschen erkannt hatte, gehörte dieser Mensch ihm. Und nun gehörte ihm Katia. Das Mädchen liebte Asarhia March, bewunderte und schützte sie. Aber sie beneidete Asarhia auch. Zutiefst. Neid und Liebe bekriegten einander in ihrem Herzen, aber die Angst, in die Küche zurückkehren zu müssen, siegte jedes Mal. Zum Beispiel an diesem Abend. Das Mädchen hatte ihm eindeutig nicht sagen wollen, daß die Kammer ihrer Herrin, das Bettzeug und Asarhias Haar durcheinander gewesen waren, daß Asarhias Haut heiß gewesen war, aber der Schweiß darauf so kalt wie Eiswasser. Dennoch hatte Katia ihm das alles erzählt und noch mehr. Es war nicht ihre Herrin, die sie vor einem Leben in der Küche retten konnte. Iss hatte dafür gesorgt, daß das Mädchen das genau wußte.

Und was diese andere Sache anging – die Möglichkeit, daß das Mädchen Asarhia gesagt hatte, was sie am Tag zuvor in der roten Schmiede belauschen konnte –, nun, das war im Grunde gleich. Der Schwertführer beobachtete Asarhia Tag und Nacht, selbst wenn sie ihr Zimmer verließ und sich nicht bewußt war, daß man sie bewachte. Iss seufzte tief. Es gefiel ihm nicht, so mit seiner Beinahe-Tochter umgehen zu müssen. Asarhia war normalerweise ein so liebenswertes und vertrauensvolles Geschöpf. Aber sie bekam nun Angst. Und wie Iss aus Erfahrung wußte, neigten Menschen, die Angst hatten, dazu, Dummes zu tun.

Als er einen Strom wärmerer Luft an seinen Wangen verspürte, stellte Iss die Lampe ein letztes Mal ein. Die erste Kammer konnte nicht mehr weit entfernt sein. Der umgekehrte Turm hatte nur drei Kammern, alle ganz nah oder direkt über der Spitze. Als er die erste von ihnen erreichte, war der Turm nicht mehr breiter als die Box eines Bullen. Die zweite Kammer war noch kleiner und die dritte kaum mehr so breit wie ein Brunnenschacht. Umgeben von einem Saum schwarzen Felsens endete sie in einer Nadelspitze aus Stahl.

Nicht zum ersten Mal wünschte sich Penthero Iss, daß die Steinlampe heller schiene. Die Biegung der Stufen war undeutlicher, das Gefälle stärker. Von einer der ausgetretenen, schiefen Stufen zur anderen zu kommen barg die schlimmsten Gefahren. Iss wußte, er könnte Zauberkraft benutzen, um Licht zu entzünden, aber er wußte auch, daß er den

Preis dafür nicht zahlen wollte. Der Tropfen gefrorenen Urins, der gerade an seinem Oberschenkel taute, erinnerte ihn daran. Er war kein Mann von großen Fähigkeiten, nicht wie andere. Er hatte genug. Gerade noch genug. Seine Kraft lag in anderen Dingen … Wie in seiner Fähigkeit, seine Leute auszuwählen.

Marafice Eye war einer dieser Leute. Der Generalprotektor der Renegaten-Wache war gefährlich; Kämpfer neigten dazu, loyal zu ihm zu stehen. Das war Iss bereits früh aufgefallen, in jenen Tagen, als Marafice Eye noch ein einfacher Bruder-der-Wache war, mit einem frisch geschmiedeten Schwert am Oberschenkel und dem Schlamm des Kalten Tores noch an seinen Stiefeln. Iss war damals Generalprotektor gewesen und hatte stets Ausschau nach Rivalen gehalten. Ein anderer Mann hätte vielleicht versucht, Marafice Eye zu zerstören, ihn umzubringen, bevor er zu einer Bedrohung wurde. Iss hatte sich entschlossen, ihn an sich zu ziehen. Er erkannte einen Mann, der ihm nutzen konnte, einen, der über die Dominanz und Brutalität verfügte, die ihm fehlten. Als es an der Zeit gewesen war, die Festung zu stürmen und den alternden, kränkelnden Borhis Horgo zu überwältigen, war es Marafice Eye gewesen, der die Renegaten-Wache kommandierte. Marafice Eye hatte ein Dutzend Adlige und Abschwörer auf den eisigen Stufen des Horns erschlagen.

Es waren blutige zehn Tage gewesen. Die Abschwörer waren aus der Stadt ausgestoßen worden, und ihre ummauerten Festungen, die sie Schreinfestungen nannten, waren gestürmt und geschleift worden. Nachdem das erledigt war, hatte Penthero Iss, Verwandter des Lords der getrennten Höfe selbst, den Titel des Surlords übernommen. Marafice Eye hatte an seiner Seite gestanden, sein Generalprotektor und Schwertführer.

Fünfzehn Jahre später waren sie immer noch Surlord und Schwertführer. Iss hatte wenig Grund gehabt, seine Wahl zu bedauern. Mit Marafice Eye in seinem Rücken, der dafür sorgte, daß die Renegaten-Wache loyal blieb, hatte er die Hände frei, sich um die Adligen zu kümmern.

Die hohen Häuser von Spire Vanis waren ihm ein Stachel in seinem Fleisch, da sie ununterbrochen Land und Titel und Gold forderten. Vor dreizehn Jahren war ein Handel abgeschlossen worden, und das ließen diese Herren Iss niemals vergessen. »Ihr habt uns Gelegenheit versprochen, Land und Ruhm zu gewinnen«, hatte der Weißeber gerade erst vor sechs Tagen in Iss' privater Kammer gesagt. »Das ist der einzige Grund, warum Ihr heute Surlord seid. Vergeßt das, und *wir* vergessen vielleicht die Schwüre, Euch zu beschützen, die wir im Schwarzen Gewölbe geleistet haben.« Iss hatte über die Worte des Weißebers beinahe gelächelt. Drohungen von Siebzehnjährigen hatten diese Wirkung auf ihn. Dennoch, er hatte genug gesehen, um zu begreifen, daß der junge und ehrgeizige Adlige, der hier vor ihm stand, das Weiß und Gold der Hews' trug und ein fünf Fuß langes Schwert auf dem Rücken hatte, vielleicht eines Tages versuchen würde, seinen Platz zu beanspruchen. Der Junge hatte sich bereits angewöhnt, sich der Weißeber zu nennen, zur Ehre seines Urgroßvaters, der die Renegaten-Wache an der Hohen Straße zum Sieg geführt hatte. Man brauchte kein Seher zu sein, um zu wissen, daß er von eigenem Ruhm träumte.

Nun gut, dachte Iss und spähte nach unten in die Finsternis, *vielleicht wird der Weißeber früher, als er glaubt, eine Gelegenheit finden, eine Truppe anzuführen. Vielleicht findet er auch bald die Axt eines Clansmannes in seinem Schweineherzen.*

Als er die erste Steindecke unter sich erspähte, gestattete Iss es sich, sich ein wenig zu entspannen. Wenn er nun stürzte, würde er sich nicht das Genick brechen.

Die Decke streckte sich quer durch den umgedrehten Turm wie ein großes Steinventil über einem Rohr. Im Lauf der Jahrhunderte hatte sich auf ihr einiges angesammelt: Steinbrocken, Kacheln, alle möglichen Stücke von Mauerwerk lagen hier zwischen den vergilbenden Knochen von Ratten, Tauben und Fledermäusen, die sich auf Arten, die Iss nicht einmal erraten konnte, Eintritt in den Turm verschafft hatten. Auch Menschenknochen lagen dort. Zwei Brustkörbe waren deutlich unter dem Steinstaub zu erkennen, wie Spinnen, die sich im Sand versteckten. Iss hatte einmal alles hier durchsucht, aber nur einen einzigen Schädel gefunden.

Essensreste, Streifen von Netz und andere Kleinigkeiten waren auch dem Surlord selbst entfallen. Im vergangenen Sommer, beim alljährlichen Fest zugunsten der Bettler der Stadt, hatte er einen Korb weicher Erdbeeren mitgebracht, die ihm aber auf halber Höhe aus der Hand gefallen waren. Sie waren immer noch da, über den Stein verteilt wie verspritztes Blut. Rot und glitzernd und duftend wie Parfum auf einer schmutzigen Hure, begannen sie gerade erst zu verfaulen. So tief im Berg drinnen dauerte es Jahre, bis der Verfall einsetzte.

Vor ihm duckte sich die Treppe unter die Steinplattform und in die Kammer darunter. Iss zog den Kopf ein. Die Luft, nicht mehr den Wänden der Kluft ausgesetzt, wurde sofort ruhig. Mit der Ruhe kam auch Wärme. Die Flamme in der Steinlampe schauderte, schoß hierhin und dahin, beleuchtete eine runde Kammer mit polierten Wänden. Haken und Metallringe waren in den Stein geschlagen worden. Ketten hingen daran, zogen sich durch ein paar Ringe und endeten dann abrupt, mitten im Glied abgehackt. Wenn man genauer hinsah, konnte man Fasern braunen Stoffes sehen, die sich an den Ketten verfangen hatten. Es mochte ungegerbtes Leder sein, aber Iss hätte darauf gewettet, daß es sich um Menschenhaut handelte.

Als er auf einer schrägen Rampe am Rand der Kammer weiterging, gönnte er ihrem Inhalt kaum einen flüchtigen Blick. Bald schon, sehr bald, würde er Caydiss den Drahtkäfig, das Gewicht und das zerbrochene, schmutzige Rad entfernen lassen. Hübsche Dinge würden statt dessen hierhergebracht werden: dicke Kissen, geschnitzte Holztüren und blaugoldene Wandbehänge. Dinge, die einem Mädchen gefielen.

Auf dem Weg in die tiefste Kammer schob Iss alle Gedanken weg, die er nun nicht brauchen konnte. Die Luft hier unten war so dick und schwer wie das Wasser am Grund eines Sees. Ganz gleich, wie oft er sich der letzten Kammer näherte, die plötzliche Veränderung überraschte ihn immer aufs neue. Seine Lungen konnten die Luft nur unter Schwierigkeiten ausstoßen, und tief in seinen Ohren drückten zwei scharfe Schmerzpunkte nach innen. Der Surlord schluckte und betete, daß seine Ohren jetzt nicht bluteten.

Der Stein war hier dicker als anderswo im Turm. Durchgeformter Granit, knotig wie Baumrinde, die sich den heftigsten Konvulsionen des Totenbergs widersetzte. Kleine Flecken von Bastardgold glitzerten im Stein.

Iss löste die Päckchen mit Honig und Bohnen von seinem Gürtel, legte die letzten siebzehn Stufen zurück und stieg in die unterste Kammer. Dort wartete der Gebundene: hungrig, gebrochen, verzweifelt gierig nach Licht und durch das Gebäude und die besonderen Eigenschaften des umgekehrten Turms vollkommen von der Außenwelt isoliert.

Iss holte seine Silberpinzette heraus und nahm das Tuch von den Fliegen. In dieser Nacht würde er Macht ohnegleichen heraufbeschwören.

7
An der großen Feuerstelle

Effie, weißt du noch, was du gestern gesagt hast, als Drey und ich nach Hause kamen, als wir uns vor dem Rundhaus begegneten?« Raif wartete, bis seine Schwester nickte. »Erinnerst du dich, was du gesagt hast?«

»Ja. Ich sagte, ich wußte, daß ihr zurückkommen würdet.« Effie Sevrance betrachtete ihren älteren Bruder mit ernsten blauen Augen. »Ich habe auch versucht, es den anderen zu sagen, aber niemand hat zugehört.«

Raif trat von einem Fuß auf den anderen. Er hockte im Schatten des Heiligen Steins seines Clans, im dunklen, raucherfüllten Gebäude des Steinhauses. Zwölf Zeitkerzen waren entzündet, aber der Heilige Stein saugte Licht und Wärme auf wie eine Gruppe von Bäumen inmitten eines Schmelzteichs. Die Granitoberfläche des Steins war rauh und unbearbeitet, und nur die gezackten Kanten schimmerten. Manchmal sahen die gemeißelten Kanten aus wie Ohren, manchmal wie Knochenstücke oder Zähne. Adern aus Graphit bildeten Flecken rund um die neueren Meißelspuren, zwangen Kerben fettiger Tinte in die Oberfläche. Kein Heiliger Stein ließ sich gerne schneiden.

Ganz gleich, um welche Tageszeit er hier ins Steinhaus kam, Raif hatte immer das Gefühl, es wäre Nacht. Das Steinhaus war direkt ans Rundhaus gebaut, aber nicht so gut gegen die Kälte isoliert. Einige Clans hatten ihre Heiligen Steine im Hauptgebäude, weil sie fürchteten, daß sie ansonsten im Schutz der Dunkelheit bei einem Überfall geraubt werden könnten. Aber als Raif zu dem massiven Granitbrocken, der die Größe einer einräumigen Hütte hatte, aufblickte, schien es ihm unmöglich, daß jemand außer vielleicht einer Bande von Riesen, die Rollen, Hebel und Flaschenzüge mitbrachten, auch nur im Traum daran denken konnte, diesen Stein innerhalb einer einzigen Nacht wegzubringen. Und der Blackhail-Stein war nur halb so groß wie manche andere.

Dennoch, sechsunddreißig Jahre zuvor war es dem Clan Bludd tatsächlich gelungen, den Heiligen Stein des Clans Dhoone zu stehlen und damit den mächtigsten Clan zu zwingen, seinen Steinhüter nach Süden in die Steinbrüche von Trance Vor zu schicken, um einen Ersatz zu finden. Raif hatte oft gehört, wie die Männer seines Clans von dem Vorfall sprachen, in diesem besonderen Tonfall, den sie sonst nur benutzten, wenn es um Blutvergießen ging. Alle waren der Ansicht, daß der Clan Dhoone seitdem nicht mehr derselbe gewesen war.

Der Clan Bludd hatte den Dhoone-Stein zerkleinert und eine Latrine daraus gebaut. Die ganze Angelegenheit – der Überfall, das Stehlen des Steines und das darauf folgende Zerbrechen und Weiterverwenden – war vom Hundelord Vaylo Bludd geplant worden. Vaylo war damals nur ein Jahrmann gewesen, der uneheliche Sohn des Clanhäuptlings Gullit Bludd. Noch innerhalb desselben Jahres hatte Vaylo seine beiden Halbbrüder getötet, seine Halbschwester geheiratet und den Platz seines Vaters eingenommen. Bis auf den heutigen Tag hieß es, daß Vaylo Bludd Wert darauf legte, jeden Abend, bevor er sich schlafen legte, die Latrine zu benutzen, die aus dem Heiligen Stein des Dhooneclans entstanden war.

Raif runzelte die Stirn. Manchmal wußte er nicht, was er mit diesen ganzen Geschichten um den Hundelord anfangen sollte. Mace Blackhail fand beinahe jeden Tag neue.

Raif spürte das heiße Brennen des Zorns in seiner Brust und schob alle Gedanken an Mace Blackhail von sich. Nun war nicht die Zeit dafür. Effie saß im Schneidersitz vor ihm, ihr bleiches Gesicht sah mit all den Schatten darin älter aus, ihr hübsches, rotbraunes Haar war zerzaust, ihr Rock feucht, weil sie unter der Steinbank gesessen hatte, wo Raif sie gefunden hatte. In den Händen und auf dem Schoß hatte sie ihre Sammlung von

Steinen. Sie spielte mit ihnen, während sie darauf wartete, daß er etwas sagte, bewegte einen Stein nach dem anderen. Aus irgendeinem Grund wünschte sich Raif, er könnte die ganze Sammlung einfach davonfegen.

»Wieso warst du so sicher, daß Drey und ich zurückkommen würden, Effie?« fragte er leise. »Hast du etwas Schlimmes« – Raif zeigte auf seinen Magen – »hier drin gespürt?«

Effie dachte über die Frage nach. Sie schob die Unterlippe vor, starrte geradeaus, dann schüttelte sie den Kopf. »Nein, Raif.«

Raif sah Effie lange an, dann seufzte er erleichtert. Effie hatte nichts gespürt, was dem vergleichbar wäre, was er am Tag des Überfalls gespürt hatte. Das war gut. Ein Außenseiter in der Familie war genug. Raif hatte lange über Effies Worte nachgedacht. Er hatte mit ihr darüber sprechen wollen, seit sie aus dem Ödland zurückgekehrt waren, aber der erste Abend war kein geeigneter Zeitpunkt gewesen, da der Clan unbedingt hören wollte, was er und Drey mit den Leichen ihrer Verwandten angefangen hatten. Der Tag danach gehörte der Trauer. Inigar Stoop hatte einen herzgroßen Brocken aus dem Heiligen Stein geschlagen, ihn in zwölf Stücke gebrochen – einen für jeden Mann, der im Lager gestorben war – und sie anstelle der Leichen auf den Boden gelegt.

Es war für alle schwer gewesen. Während Corbie Meese und Shor Gormalin mit ihren schönen, tiefen Stimmen Totenlieder gesungen hatten, hatten sich alle Frauen, die Männer verloren hatten, darunter auch Merrit Ganlow und Raina Blackhail, Witwenkerben in die Handgelenke geschnitten. Raif hatte nur an Tem denken können. In dieser Nacht war das Schweigen nur von Mace Blackhail gebrochen worden, der dem Clan Bludd Rache schwor.

Am nächsten Tag hatte Raif nach Effie gesucht, sie aber erst gefunden, als es zu spät war für alles andere außer Schlaf. Nun hatte er sie endlich hergebracht. Shor Gormalin hatte ihm erzählt, wie oft er beobachtet hatte, daß Effie nach draußen schlüpfte, um im Steinhaus zu spielen, wenn es nicht benutzt wurde. Und tatsächlich hatte Effie hier gesessen, in beinahe vollkommener Dunkelheit, unter der Bank, auf der Inigar Stoop normalerweise saß, wenn er den Stein rieb, und sie hatte mit ihren eigenen Steinen gespielt.

Raif schaute Effie an. Sie war erschreckend mager geworden, während er und Drey weg gewesen waren. Ihre Augen waren riesig und dunkelblau, wie die ihrer Mutter. Sie war ein so ernsthaftes kleines Mädchen, sie lächelte nie und spielte nie mit anderen Kindern. Man vergaß schnell, daß sie erst acht Jahre alt war. Raif streckte die Arme aus. »Komm her und drück deinen alten Bruder.«

Effie dachte einen Augenblick nach. »Du wirst mich doch nicht küssen, oder?«

Es war eine ernsthafte Frage, und Raif beantwortete sie entsprechend. Er dachte einen Augenblick nach. »Nein. Eine Umarmung wird genügen.«

»Also gut.« Mit großer Sorgfalt legte Effie ihre Steinsammlung auf den gestampften Boden, dann schlurfte sie zu Raif. »Aber kein Kuß«, wiederholte sie und ließ sich umarmen.

Raif grinste, als er sie in den Armen hielt. Effie hatte das Alter erreicht, wo sie sich ungern von Männern küssen ließ, nicht einmal von ihren Brüdern. Dennoch versuchte sie nicht, sich ihm zu entziehen, sondern schmiegte sich fest an seine Brust und ließ den Kopf an seine Schulter sinken. »Vater wird nie wiederkommen«, sagte sie. »Das wußte ich die ganze Zeit.«

Raif hörte auf zu grinsen. Effie sprach mit solch ruhiger Sicherheit, daß ihm kalt wurde. Unbewußt zog er sie fester an sich. Als er das tat, spürte er etwas Festes an seinen Rippen. Sanft schob er sie zurück. »Was hast du denn da?« fragte er und wies mit dem Kinn auf ihre Kehle.

Effie blickte nieder. »Mein Zeichen.« Sie griff mit ihren kleinen Händen in den Ausschnitt ihres Kleids und holte den pflaumengroßen Stein heraus. Er war grau, ohne weitere Kennzeichen, bei weitem der schlichteste Stein in Effies Sammlung. Ein winziges Loch war dicht an den Rand gebohrt und ein Stück fester Zwirn hindurchgezogen. »Inigar hat das Loch im letzten Frühjahr gemacht«, sagte sie. »Damit ich ihn, wie alle anderen, an der Haut tragen kann.«

Raif nahm Effies Zeichen aus ihrer Hand. Es war nicht ungewöhnlich schwer oder kühl zu berühren, es war einfach ein Stein. Abrupt ließ er ihn los. Er schob Effie von seinem Schoß und stand auf. »Ich würde vorschlagen, wir suchen uns etwas zu essen. Anwyn Bird hat den ganzen Tag schon Schinken gekocht, und wenn sie niemand aufhält, werden wir den Geruch nie mehr loswerden.«

Effie begann ihre Steinsammlung aufzuhäufen. Die Knochen ihrer Arme schimmerten durch die Haut, als sie nach vorn griff, um eine Handvoll Kiesel aufzulesen. Raif konnte den Anblick kaum ertragen. Von nun an würde er dafür sorgen, daß sie genug aß.

Nachdem sie die Steine in ihrer kleinen Kaninchenfelltasche verstaut hatte, nahm Effie Raifs Hand, und zusammen verließen sie das Steinhaus. Es war gut, aus dem Rauch herauszukommen. Der kurze Tunnel, der zum Rundhaus führte, wurde von einer Reihe Schlitzen in der Decke beleuchtet. Der Himmel draußen wurde langsam dunkel. Mittag lag weniger als zwei Stunden zurück, aber im Winter machte das wenig aus. In einem Monat würde es fast überhaupt nicht mehr hell sein, und alle, die auf dem Clanland in befestigten Bauernhöfen oder Holzfällerhütten wohnten, würden zum Rundhaus kommen, um dort den schlimmsten Teil des Winters auszusitzen. Es waren schon viele von ihnen hier, aber Raif nahm nicht an, daß es viel mit der Jahreszeit zu tun hatte.

Gerade als er und Effie durch die Haupteingangshalle kamen, begrüßte Anwyn Bird eine Gruppe von Bauern. Die dicke Matrone verschwendete keine Zeit und befahl den Männern sofort, sich bis auf die Filzstiefel und das weiche Leder auszuziehen. Raif bemerkte den Schnee auf den Schultern und Kapuzen der Bauern. Er bemerkte auch, daß alle drei ihre Bögen gespannt und bereit hatten. Der älteste von ihnen, ein rothaariger Riese namens Paille Trotter, hatte sich einen Korb auf den Rücken geschnallt, der vollgestopft war mit Pfeilen und Schäften, und ein großer Tiegel mit Klauenfettöl hing ihm an einer Schnur um den Hals. Es war Ehrensache für alle außerhalb lebenden Clansmänner, daß sie nie mit leeren Händen zum Rundhaus kamen.

Plötzlich unruhig geworden, hob Raif die Hand zum Hals und suchte nach dem festen, glatten Rabenschnabel. Dies war das erste Jahr, in dem er einen Bauern statt Lebensmitteln Waffen bringen sah, um für den Winter zu zahlen.

»Jetzt geht und wärmt euch an der kleinen Feuerstelle, und ich schicke ein Mädchen mit ein paar Erbsen und Speck. Aber es ist kein Braten mehr übrig, nur Kochfleisch und Fett.« Anwyn Birds Tonfall war eine reine Herausforderung an die Bauern, sich über dieses Angebot zu beschweren. Aber keiner, eingeschlossen Paille Trotter, der doppelt so groß war wie Anwyn und dessen Gesicht genügt hätte, Bären zu erschrecken, brachte den Mut dazu auf. Anwyn Bird nickte, denn sie war daran gewöhnt, daß sich alle vor ihr duckten. »Dann geht. Ihr werdet am Feuer auch einen Schlauch mit gutem Bier finden.«

Die Bauern, die in ihren Filzstiefeln und dem Unterzeug aus weichem Leder ein wenig verlegen aussahen, kamen der Aufforderung schnell nach.

Anwyn Bird, Matrone des Rundhauses, Oberköchin und Brauerin, Expertin für alle Dinge, eingeschlossen Geburten und Bogenherstellung, wandte nunmehr ihre furchterregende Aufmerksamkeit Raif und Effie Sevrance zu. »Und wo habt ihr gesteckt?«

Aber Anwyn Bird stellte selten Fragen, die sie nicht auch selbst beantworten konnte, also ließ sie keinem die Gelegenheit zu sprechen. »Ich schwöre, ihr habt wieder im Steinhaus gehockt!« Sie nickte Effie zu. »Du, Mädchen, kommst jetzt mit mir. Alle anderen hier mögen nur hin und her rennen und Angst haben, daß du wieder davonrennst und man dich nicht finden kann. Aber ich habe vor, dafür zu sorgen, daß du ein gutes warmes Abendessen bekommst, ein paar Haferkuchen und einen ganzen Löffel Butter. Wenn du noch dünner wirst, wird dich Langkopf wahrscheinlich für einen Setzling halten und dich auf der Weide pflanzen.«

»Langkopf pflanzt die Setzlinge am Abhang, nicht auf der Weide«, sagte Effie vollkommen sachlich. »Und das hier ist sowieso nicht die richtige Jahreszeit.«

Die lockere Haut unter Anwyn Birds Kinn bebte empört.

Raif mußte sich auf die Lippen beißen, damit er nicht lächelte. Raina Blackhail und Effie Sevrance waren die einzigen Menschen im Rundhaus, denen es gelang, Anwyn hin und wieder sprachlos zu machen.

Anwyn Bird murmelte etwas über junge Mädchen heutzutage, packte Effie am Kragen und schob sie zur Küche. Effies Steinesammlung klapperte, wenn sie sich bewegte, und bevor Anwyn außer Hörweite kam, hörte Raif noch die Sätze »So ein Unsinn« und »So ein Getöse über alte Steine« von ihren Lippen.

Froh, daß Effie an jemanden geraten war, der ihr etwas zu essen geben würde, seufzte Raif erleichtert. Eine Sache weniger, um die er sich heute abend Sorgen machen mußte.

Er drehte sich herum und überlegte einen Augenblick lang, wo Mace Blackhail wohl um diese Tageszeit stecken könnte. Trotz der elftägigen Trauer, die Inigar Stoop verhängt hatte, waren die Tage ereignisreich. Bauern kamen früh zum Rundhaus und brachten Waffen und Bogenfett, die Fenster des Steinhauses waren mit Brettern vernagelt und mit Steinen verbarrikadiert worden, und an diesem Morgen war Raif vom Klirren und Beben der Clanschmiede erwacht, und es war noch lange vor Morgengrauen gewesen. Der Clan Blackhail bereitete sich auf den Krieg vor, und das tat er unter Mace Blackhails Befehl und Aufsicht.

Raif preßte die Lippen zusammen. Der Mann war schlimmer als ein Mörder. Er war von einer Stätte, wo Verwandte getötet worden waren, mit einem Mund voller Lügen heimgekehrt. Noch bevor er beschlossen hatte, wohin er nun gehen sollte, hatte Raif die Eingangshalle verlassen. Er mußte Mace Blackhail finden, mußte wissen, was der Mann, der Clanhäuptling sein wollte, als nächstes plante.

Innen war das Rundhaus ein riesiger Irrgarten aus Stein. Tunnel, Rampen und in die Erde gegrabene Treppen führten in fensterlose Zellen, Kornkammern, Keller, Vorratsschränke und Gewölbe, in denen man früher einmal die Knochen der Feinde nach Norden ausgerichtet hatte, damit sie dort verfaulten. Ganz unten, zwei Stockwerke unter dem Boden, hatte Langkopf eine Zelle, in der er das ganze Jahr über Pilze züchtete. Alle Kammern hatten Steinmauern und Gewölbedecken, gestützt von massiven Blutholzbalken, die mit Pech versiegelt waren.

Nichts war verschlossen, nicht einmal der Raum, in dem sie ihre Schätze aufbewahrten. Ein Clansmann, der die Seinigen bestahl, wurde als Verräter betrachtet und sofort auf Stäbe gesteckt und an der Haut aufgehängt. Raif hatte das nur einmal gesehen, wie es einem stillen, ruhigen Fackelmann namens Wennil Drook widerfuhr. Wennils Arbeit als Fackelmann bestand darin, dafür zu sorgen, daß im Rundhaus stets genügend Fackeln brannten. Er hatte Zugang zu allen Kammern und konnte unbemerkt und unbefragt kommen und gehen, wie er wollte. Als Corbie Meeses feines silbernes Messer eines Abends nach dem Abendessen verschwunden war, wurde das gesamte Rundhaus durchsucht. Mace Blackhail fand das Messer eine Woche später, in Rübenblätter gewickelt unten im Rucksack des Fackelmannes.

Raif biß die Zähne zusammen, als er eine Reihe kurzer Rampen hinabrannte. Früh am nächsten Morgen war Wennil

Drook vors Haus gebracht und mit dem Gesicht nach unten auf den Boden gelegt worden. Man hatte ihm von Schulter zu Schulter einen angespitzten Holzstab unter der Haut durchgetrieben und einen weiteren von Hüfte zu Hüfte. Dann wurde Wennil Drook an den Stäben hochgehoben und zwischen zwei Pferden aufgehängt. Die Pferde wurden von ihren Reitern auf den Wald zu geritten. Wennil Drook schaffte nur die Hälfte der Strecke. Die Haut an seinem Rücken riß in einem einzigen Stück ab, er fiel zu Boden und war vor Einbruch der Dunkelheit tot.

Corbie Meese erhielt die Haut von Wennil Drooks Rücken. Er nutzte sie einmal, um seinen Hammer zu säubern, dann warf er sie weg.

Stirnrunzelnd ging Raif die Stufen zum Pferch hinab, zu der großen Kammer, die direkt hinter dem Eingang lag und wo während schweren Frosts und Belagerungen die Pferde und das restliche Vieh gehalten wurden. Nun war der Pferch leer. Nicht einer vom Clan stand in der Mitte und bildete seine Hunde aus, keine Clansfrau lehnte sich an die Wand und ließ ihre Kinder im Pferch laufen und spielen. Raif blieb am Eingang stehen. Der Pferch war der größte leere Bereich im Rundhaus. An so kalten Tagen wurde er im allgemeinen intensiv genutzt.

Raif boxte mit der Handwurzel gegen die Steinmauer. Es war Zeit, der großen Feuerstelle einen Besuch abzustatten. Wie lange war er mit Effie im Leithaus gewesen? Weniger als eine Stunde?

Die Tunnel und Rampen des Rundhauses waren schmal und gewunden, damit sie leicht verteidigt werden konnten, wenn das Haupttor durchbrochen wurde. Raif fluchte bei jeder Windung, während er weiterrannte. Nie konnte man hier schnell vorwärts kommen! Als er an der Küchenwand entlanglief, hörte er von der anderen Seite Kinderlachen. Das Geräusch trug nicht dazu bei, ihn zu beruhigen. Kinder spielten in Anwyn Birds Küche? War nicht anzunehmen, daß eher die tiefste Hölle unter Eis begraben würde?

Die große Feuerstelle war die Hauptkammer des Rundhauses oberhalb der Erde. Jahrmänner, Besucher und alle männlichen Kinder, die alt genug waren, sich selbst Essen und Betten zu suchen, schliefen jede Nacht hier rund um das Feuer. Die meisten Clanmitglieder nahmen ihr Abendessen auf den gebogenen Steinbänken an der Ostmauer der Kammer ein. Abends versammelten sich alle um das Feuer, um es warm zu haben. Man erzählte Geschichten, probierte das Selbstgebraute der anderen, rauchte Pfeifen mit getrocknetem Heidekraut, warb umeinander, sang, würfelte und führte Schwerttänze auf. Die große Feuerstelle war das Herz des Clans. Alle wichtigen Entscheidungen wurden hier gefällt.

Noch auf den letzten Stufen wußte Raif, daß etwas nicht stimmte. Die Eichentüren zur großen Feuerstelle waren geschlossen. Er hielt nicht inne, um sich das Haar glattzustreichen oder den Mantel abzubürsten, sondern drückte sich gegen die Eichenbretter und zwang seinen Weg hinein.

Fünfhundert Augen wandten sich ihm zu. Corbie Meese, Shor Gormalin, Will Hawk, Orwin Shank und Dutzende andere volle Clansmänner hatten sich um die gewaltige Sandsteinfeuerstelle versammelt. Auch Raina Blackhail, Merrit Ganlow und andere Frauen, denen Respekt zustand, hatten Plätze dicht am Feuer. Am Rand des Raumes, auf gebogenen Bänken saßen die Jahrmänner: die beiden mittleren Shank-Brüder, die Lyes, Bullhammer, Craw Bannering, Rob Ure, der ein Pflegekind vom Clan Dregg war, und Dutzende anderer.

Raif spürte einen Kloß in der Kehle. Auch Drey saß dort neben dem blauäugigen Rory Cleet, die Hand auf dem frisch gekerbten Hammer auf seinem Schoß. Raif schaute wieder und wieder hin, aber sein Bruder wich seinem Blick aus.

»Du wurdest nicht zu dieser Versammlung gerufen, Junge.« Mace Blackhail kam hinter einem Blutholzbacken vor und ging fünf Schritte weit auf ihn zu. »Du wirst erst im nächsten Frühjahr Jahrmann sein.«

Raif gefiel der Ton von Mace Blackhails Stimme nicht. Es gefiel ihm auch nicht, daß Mace Blackhail das Clanschwert seines Pflegevaters trug. Aus mitternachtsschwarzem Stahl und mit einem Griff aus mit Blei überzogenen Menschenknochen, wurde es stets im Rundhaus aufbewahrt und nur vom Clanhäuptling getragen, wenn er Urteile über Tod und Krieg fällen mußte.

Raif sah sich an der großen Feuerstelle um, um einen Überblick über die Gruppe zu erhalten. Mehr Clansmänner, als er seit dem Götterfest im Frühjahr an einem Ort zusammen gesehen hatte, hatten sich hier versammelt. Selbst ein paar gebundene Clansmänner – Bauern, Schweinebauern, Holzfäller – hatten einen Platz neben der Tür erhalten. Die einzigen vollen, eingeschworenen Clansmänner, die nicht anwesend waren, waren jene, die an den Mauern und Grenzen Wache hielten, die hundert oder so, die Nachtwache hatten, und jene, die in den abgelegenen nördlichen Clangebieten auf Jagd waren.

Raif kniff die Augen ein wenig zusammen. »Wenn ihr euch getroffen habt, um über den Krieg zu sprechen«, sagte er, schaute von Gesicht zu Gesicht und ignorierte Mace Blackhail vollkommen, »dann verlange ich, daß ich anwesend sein darf. Bevor es zur ersten Schlacht kommt, wird Inigar Stoop meinen Eid hören.«

Corbie Meeses Kopf mit seiner Hammerdelle, der Narbe und der kahlen Stelle war der erste, der nickte. »Er hat recht. Wir müssen so viele Jahrmänner finden wie möglich, und so schnell wir können. Das ist ganz richtig so.« Ballic der Rote und mehrere andere nickten mit ihm.

Mace Blackhail machte dem ein Ende, bevor es sich ausbreiten konnte. »Wir müssen über den Clanhäuptling abstimmen, bevor wir von Krieg sprechen können.«

Raif sah Drey an und bohrte seinen Blick in den Schädel seines Bruders, bis Drey schließlich gezwungen war, den Kopf zu heben. Mace Blackhail hatte eine Versammlung einberufen, um sie darüber abstimmen zu lassen, wer der nächste Clanhäuptling sein würde, und sein eigener Bruder hatte es ihm nicht einmal erzählt! Raif strarrte Drey wütend an. Wußte sein Bruder denn nicht, daß er Mace Blackhail direkt in die Hände spielte?

»Also«, sagte Mace Blackhail, legte die letzten Schritte zur Tür zurück und hielt inne, bevor er sie öffnete. »Da Krieg nicht unser Hauptthema ist, würde ich sagen, wir lassen diesen Jungen gehen.« Er lächelte beinahe liebenswert. »Komplizierte Angelegenheiten wie diese würden ihn wahrscheinlich nur langweilen.«

Raif starrte zu Dreys gesenktem Kopf herüber. Diesmal weigerte sich sein Bruder aufzublicken.

Mace hielt die Tür auf. Mit dem Rücken zum Clan warf er Raif einen boshaften Blick zu; verschwinde, flüsterte er tonlos und kniff die Augen zu zwei gelbschwarzen Streifen zusammen.

»Ich sage, er bleibt.« Das war Raina Blackhail, die sich erhoben hatte. »Ganz gleich, was du sagst, Mace Blackhail, Raif Sevrance ist kaum ein Junge. Wenn er mit uns allen abstimmen will, dann werde ich ihn nicht aufhalten.« Sie starrte ihrem Pflegesohn direkt in die Augen. »Du etwa?«

In der kurzen Zeit, die Raina für diese Sätze gebraucht hatte, veränderte sich Mace Blackhails Miene zweimal. Bis er sich wieder dem Clan zuwandte, waren die einzigen Spuren des Zorns, den ihre Worte bewirkt hatten, die sich rasch glättenden Falten um den Mund. Er ließ die Tür zufallen. »Also gut … soll der Junge sich einen Platz ganz hinten suchen.«

Raif blieb einen Augenblick lang stehen, dann schob er sich seitwärts zu einer Gruppe von Bauern hinter der Tür. Er ließ den Blick keinen Augenblick von Mace Blackhail weichen.

»Ich warne dich, Junge«, sagte Mace leise und bedächtig. »Wir sind nicht hier, um noch einmal durchzugehen, was im Lager im Ödland geschah. Du bist aufgeregt, weil du deinen Vater verloren hast – das haben wir neulich alle gesehen. Aber wir trauern auch noch um andere, nicht nur um Tem Sevrance, und du tätest gut daran, das nicht zu vergessen. Du bist nicht der einzige, der einen Verwandten verloren hat.«

Mace schluckte demonstrativ. »Anderen geht es ebenso. Und jedesmal, wenn du übereilt und ohne nachzudenken sprichst, beleidigst du ihr Andenken und kränkst die Trauernden.«

Mace Blackhails Worte brachten alle zum Schweigen. Viele senkten den Blick, auf ihre Hände, ihren Schoß. Einige der älteren Clansmänner, darunter Orwin Shank und Will Hawk, nickten. Der gebundene Clansmann an Raifs Seite, ein Schweinebauer namens Hissip Gluff, rutschte ein winziges bißchen von Raif weg.

»Kommen wir wieder zum Thema zurück.« Shor Gormalin klang ruhig und fest. Er stand an der Feuerstelle, das blonde Haar und den Bart kurz geschnitten und gekämmt, den Schwertarm auf dem Sims. »Ich würde sagen, der Junge weiß selbst, wann es angemessen ist, zu sprechen.«

Wie immer, wenn der zierliche Schwertkämpfer sprach, stimmten alle zu. Und jene Männer und Frauen, die Raif noch Sekunden zuvor Seitenblicke zugeworfen hatten, fanden nun anderes, was sie ansahen. Raif sagte nichts. Er begann gerade erst zu verstehen, wie schlau Mace Blackhail mit Worten umging.

»Also gut«, sagte Ballic der Rote und trat vor auf die freie Fläche in der Mitte des Zimmers. »Mace hat recht. Wir müssen uns auf einen Clanhäuptling einigen, und zwar schnell. Dhoone ist schwach, und seine verbündeten Clans brauchen Schutz. Wir alle wissen, daß der Hundelord um das Dhoonehaus herumschnüffelt wie der Köter, der er ist – der Mann hat sieben Söhne, und jeder von ihnen verlangt eine eigene Festung. Aber es kommt mir so vor, als wolle der Häuptling des Bluddclans noch mehr. Ich denke, der Mann hat sein Auge auf jeden einzelnen von uns geworfen. Ich denke, er würde sich gern Surlord der

Clans nennen. Und wenn wir hier auf unseren Ärschen sitzen bleiben und nichts unternehmen, ist es nur eine Frage der Zeit, bis er mit seinen Männern vor der Tür steht.«

Zustimmende Rufe erhoben sich an der großen Feuerstelle. Corbie Meese nahm seinen Hammer vom Rücken und schlug mit dem Holzgriff auf den Boden. Mehrere Jahrmänner, darunter Drey, begannen, mit den Fäusten gegen die Wand zu hämmern. Viele Clansmänner stampften mit den Füßen oder hämmerten mit den Bierkrügen gegen die Wände. Mace Blackhail wartete, bis der Lärm am lautesten war, bevor er die Stimme erhob.

Er hob die Hand und brüllte über das Getöse hinweg: »Ballic hat recht! Der Hundelord will unser Land, unsere Frauen und unser Rundhaus. Und wenn er damit fertig ist, wird er unseren Heiligen Stein zu Staub zerreiben. Er hat unseren Häuptling kaltblütig getötet, im Niemandsland des Lagers. Also ist ja wohl nichts Besseres von ihm zu erwarten, wenn er nach Westen kommt, um unseren Clan zu überfallen?«

Mace Blackhail ballte die offene Hand zu einer Faust. Der Lärm war nun erstorben, und die einzige, die sich bewegte, war die Fackelfrau Nellie Moss, die damit beschäftigt war, Zündspäne von Fackel zu Fackel zu tragen. Das Feuer in der großen Feuerstelle brauste wie Wind aus dem Norden, und überall im Raum knarrten und schauderten die Blutholzbalken wie Bäume in einem Sturm.

Raif spürte, wie ihm die Hitze aus dem Gesicht sackte. Die Erde bebte unter ihren Füßen nach dem Wort nur eines einzigen Mannes. Er konnte nicht glauben, wie schnell das geschah. Es war, als sähe man einem Hund zu, der eine Herde zusammentrieb.

»Mein Vater ist von Vaylo Bludds Hand gestorben«, sagte Mace Blackhail und ließ die Stimme zittern wie seine Faust, »getötet von einem in der Hölle geschmiedeten Schwert und zurückgelassen, um auf erfrorener Erde zu verrotten. Ich sage, der Hundelord muß dafür zahlen. Wir sind nicht Clan Dhoone, wir lassen nicht einfach zu, wie jemand unseren Heiligen Stein stiehlt, während wir im Bett liegen und unsere Frauen auf uns. Wir sind Clan Blackhail, der erste aller Clans. Wir verbergen uns nicht und wir ducken uns nicht und wir werden unsere Rache haben.«

Donnernd erwachte der Clan zum Leben. Alle sprangen auf. Axtkämpfer und Hammerkämpfer schlugen ihre Waffen auf den Steinboden, Jahrmänner begannen »Tötet Bludd! Tötet Bludd!« zu rufen, und jene, die an den Tischen standen, holten ihre Kurzschwerter heraus und stachen die Klingen ins Holz. Die Frauen rissen die Ärmel von ihren Kleidern und entblößten ihre Witwennarben, damit alle sie sehen konnten. Corbie Meese hob einen Schlauch Schnaps über den Kopf und warf ihn ins Feuer. Der Schlauch explodierte in einer reinweißen Feuerkugel, versengte das Haar all jener, die in der Nähe standen, und schickte eine Hitzewelle aus, die alle im Raum traf.

Als der Rauch in schwarzen Sturmwolken aus der Feuerstelle quoll, zielte Ballic der Rote mit seinem Bogen. Aus einem einzigen Stück Eibenholz geschnitzt, verstärkt mit Hornplatten, dann mit Zähnen in Form gezogen, bewegte sich der Langbogen so glatt wie die untergehende Sonne. Ballic hielt die Sehne an die Wange, küßte die Fiederung des Pfeils und ließ los. Der Pfeil zerfetzte den Rauch wie ein Messer eine Kehle. Er schoß in die rote Hitze des Feuers, schnitt durch die Spitzen der Flammen und ließ die glühenden Scheite in alle Richtungen fliegen wie ein Stein, den man ins Eis wirft. Heiße Kohlen regneten auf den Stein, dunkel und aschesprühend, und ihre roten Augen blitzten.

»Das ist für den Hundelord«, rief Ballic der Rote über den Aufruhr hinweg und streifte imaginären Staub von seinem Bogen.

Noch während Raif die reine Kraft von Ballics Schuß beneidete, schweifte sein Blick zum anderen Ende des Raumes, wo

Drey nun stand und aus vollem Hals schrie. Er und Rory Cleet mit seinen glatten Wangen schubsten und stießen einander und wetteiferten, wer am lautesten johlen konnte. Drey hatte seinen Hammer in der Hand und drehte sich immer wieder um, um auf die Bank hinter sich zu schlagen. Kurz begegnete er Raifs Blick, dann wandte er sich schnell wieder ab. Ein Muskel in Raifs Eingeweiden zuckte. Das war nicht Drey. Sein Gesicht war so rot, er sah sich nicht einmal ähnlich.

Tötet Bludd! Tötet Bludd!

Raif wandte sich ab und lehnte sich gegen den Türrahmen, um sich zu stützen. Ihm war ganz elend geworden. Geräusche trafen ihn wie Schläge. Wir wissen doch nicht mal, ob es der Clan Bludd war, wollte er schreien. Aber Mace Blackhail hatte dafür gesorgt, daß alles, was er sagen würde, als das unreife Geschwätz eines Jungen abgetan würde, der seinen Vater verloren hatte. Raif zog die Faust über den Türrahmen, eine Herausforderung an die Splitter, ihm blutige Wunden zu reißen. Warum erkannte niemand Mace Blackhail als den Wolf, der er war?

Als er die Knöchel vom Holz hob, war er sich bewußt, daß jemand ihn von hinten anstarrte. Er nahm an, es wäre Mace Blackhail, und er fuhr herum, um sich ihm zu stellen. Aber es war nicht Mace, es war Maces Pflegemutter Raina. Raif ließ die Faust an die Seite sinken. In einem Raum voller Menschen, die angestrengt schrien, um gehört zu werden, war Raina Blackhail eine Insel der Stille. Sie hatte die Verbände um ihre Witwennarben abgerissen und das hellrote Fleisch frischer Wunden enthüllt. Es durfte sich keine Kruste über den Schnitten bilden, während sie heilten, statt dessen wurde die Haut mit festgebundenen Sehnen zusammengehalten, bis sich Bänder fester Haut um ihr Handgelenk gehoben hatten. Die würden ihr dann bis zum Tod bleiben.

Zum ersten Mal bemerkte Raif, was Raina um die Schultern geschlungen hatte: das Schwarzbärenfell, bei dessen Säuberung

Dagro Blackhail gestorben war. Aber das Fell sah sauber und frisch gewaschen aus, und die Fleischseite war weich und blutlos. Raif spürte, wie er wieder den Boden unter den Füßen verlor. Drey mußte das Fell mit zurückgebracht haben. Er mußte es in seinen Rucksack gepackt und aus dem Ödland mit nach Hause gebracht, dann das Fleisch fertig abgekratzt und die innere Haut mit Kalk gewaschen und weich gegerbt haben. All das stillschweigend und nur, damit Raina Blackhail das letzte Geschenk ihres Mannes bekam.

Ernüchtert lockerte Raif die Faust. Manchmal kannte er seinen Bruder überhaupt nicht.

Als wäre sie sich Raifs Gedanken bewußt, zog Raina Blackhail das Bärenfell fester um die Schultern. Tränen standen in ihren Augen. Sie versuchte nicht, etwas zu sagen, machte keine Geste mit Hand oder Kopf, sondern sah Raif einfach nur so sicher an, als hielte sie seinen Arm. Ihr Mann war tot, und sie wollte, daß Raif sich daran erinnerte.

Tötet Bludd! Tötet Bludd!

»Hört auf!« rief Mace Blackhail und hob das Clanschwert über den Kopf, als er an einen Tisch nahe der Mitte des Raumes trat. Seine Hose aus schwarzem Hundeleder und das Hemd hatte er selbst zerschnitten, und sein Wolfszeichen war für alle sichtbar. Mit seinem dunklen Haar, der dunklen Kleidung und dem gelben Wolfszahn, der vor seiner Haut schimmerte, sah er zornig und furchterregend aus. Das Clanschwert lag perfekt in seinem Griff, als könnte er sein Gewicht und seine Balance bereits gut einschätzen.

Langsam wurde es stiller. Dank des Pfeils, den Ballic der Rote abgeschossen hatte, gab das Feuer jetzt ein flackerndes ungleichmäßiges Licht ab. Dunkler Rauch quoll von den abkühlenden Holzkohlen auf. Rund um den Raum brannten Fackeln mit dem Puffen und Zischen von Holz, das gerade erst entzündet wurde.

Mace Blackhail wartete, bis es ganz still war. Das Clanschwert glitzerte wie schwarzes Eis, als er sagte: »Wir müssen etwas unternehmen – das wissen wir nun. Unsere Krieger müssen nach Osten reiten, den Bluddmännern entgegen. Mehr als je brauchen wir jetzt einen starken Mann, der uns führt. Im Krieg geht es niemals nur um die Schlacht. Wir müssen Verbündete finden, uns sammeln, unsere Schwächen und unsere Stärken kennen. Wir werden Dagro Blackhail nie ersetzen können, und zumindest ich würde jeden zum Kampf herausfordern, der etwas anderes behauptet.« Mace senkte das Clanschwert und schwenkte es in einem Halbkreis um seine Brust. Einen Sekundenbruchteil lang lag sein Blick auf Raif, dann zuckten seine Lippen ein wenig, und er wandte sich ab.

Da sich niemand fand, der gegen den Toten sprach, fuhr er fort: »Aber wir müssen einen Anführer wählen. Alle hier haben das Recht, das Clanschwert zu ziehen und den Namen Blackhail für sich zu beanspruchen. Als Pflegesohn Dagro Blackhails habe ich mehr Recht darauf als einige, aber deshalb habe ich euch hier nicht zusammengerufen. Was ich hier vor allen Clansmännern und Jahrmännern und geachteten Frauen sagen will, ist, daß ich mich selbst jedem Mann anschwöre, der zum Clanhäuptling gewählt wird, und ihm bis in den Tod folgen werde.«

Mace Blackhails Worte verblüfften alle. Einige rissen den Mund auf, andere holten tief Luft. Der alte Turby Flapp ließ seinen Speer fallen, und die Waffe schlug scheppernd auf dem Boden auf. Der Bauer neben Raif hob das Kinn und flüsterte seinem Begleiter zu, das sei »ein feiner Zug von Mace Blackhail«. Raif wartete. Wie alle anderen war er über Mace Blackhails Worte überrascht, aber er wußte, daß dies noch nicht das Ende war. Noch während Mace Blackhail das Schwert senkte, begann der Chor.

»So gehört es sich für einen Blackhail.« Corbie Meese trat in die Mitte des Raums, das Leder seiner Rüstung nur mit seinen Hämmererketten geschmückt. »Mace hat sich als wahrer Clanmann erwiesen, wie sein Vater vor ihm, und ich wäre stolz, ihm in die Schlacht zu folgen.« Damit legte Corbie seinen großen, alten Kampfhammer neben Mace Blackhails Füße auf den Boden.

»Ich ebenfalls.« Das war Ballic der Rote, der mit seinem Eibenbogen vortrat. »Sobald der Überfall im Ödland stattgefunden hatte, galten Mace Blackhails erste Gedanken jenen, die zu Hause zurückgeblieben waren. Ich will doch nichts gegen die Sevrance-Jungen sagen – wir sind hier alle der Meinung, daß sie getan haben, was angemessen war –, aber ich finde, daß Mace Blackhail sich von Anfang an wie ein Clanhäuptling verhalten hat.«

Raif schloß die Augen, als zustimmende Rufe ertönten. Er hörte, wie Ballic der Rote seinen Bogen neben Corbie Meeses Hammer legte, und als er die Augen wieder öffnete, taten Orwin Shank und Will Hawk mit seinem schütteren Bart dasselbe mit ihren Äxten und Schwertern. An der Ostmauer rutschten die Jahrmänner unruhig auf ihren Bänken herum. Es gehörte sich nicht, daß sie sich entschieden, bevor die vollständigen Clansmänner und die geachteten Frauen das taten.

Andere Clansmänner kamen und legten ihre Waffen zu Mace Blackhails Füßen nieder. Die Zwillinge Cull und Arlec Byce kreuzten ihre zusammenpassenden Lindenholzäxte auf dem wachsenden Stapel. Dennoch hielten einige sich auch zurück. Shor Gormalin war der wichtigste von ihnen. Er stand dicht neben Raina Blackhail, betrachtete alles mit glitzernden Augen, und kein Muskel in seinem schmalen Gesicht zuckte. Andere, viele ältere Clansmänner folgten seinem Beispiel. Raif bemerkte, daß mehrere Clansmänner und die meisten Clansfrauen Raina Blackhail ansahen.

Als deutlich wurde, daß alle vollständigen Clansmänner, die vortreten wollten, das getan hatten, drückte Mace Blackhail die flache Kante des Clanschwerts an sein Herz. Sein schwarzes Haar und der kurzgeschnittene Bart ließen seine Haut so hell wie Eis aussehen, das sich nachts um ein Fenster bildet. Seine Zähne waren kräftig und weiß. Ein paar davon sahen spitz wie Reißzähne aus.

Dann drehte er sich um und sprach Raina an. »Was sagst du, Pflegemutter? Ich habe nicht darum gebeten, und um ehrlich zu sein, bin ich nicht sicher, ob ich es will. Und ganz gleich, wie sehr die Unterstützung meiner Clanbrüder mein Herz rührt, ist es mir am wichtigsten, was du denkst.«

Raif biß die Zähne zusammen, um nicht laut aufzuschreien. Mace Blackhail war nicht einmal ein voller Clanmann! Er war ein Jahrmann wie Drey, der sich jeweils für ein Jahr seinem Clan anschwor, bis er verheiratet und bereit sein würde, sich das ganze Leben lang zu verpflichten. Die meisten Jahrmänner verschworen sich ihrem Geburtsclan, aber einige heirateten anderswohin oder gingen in Pflege oder stellten fest, daß sie in einem Rundhaus weit von daheim mehr gebraucht und höher geschätzt wurden.

Raif hielt den Atem an. Er sah zu Raina Blackhail hinüber, die nun ganz allein dort stand, ein wenig entfernt von den anderen Frauen. Mace Blackhail hatte sie in eine schwierige Situation gebracht; es war undenkbar, sich vor dem versammelten Clan gegen Bluts- oder Pflegeverwandtschaft auszusprechen. Ganz besonders gegen einen Pflegesohn, der gerade seiner Pflegemutter ein Kompliment gemacht hatte, das weit über den Respekt, den er ihr schuldig war, hinausging.

Raifs Lungen brannten, und er mußte wieder ausatmen. Mace Blackhail bewegte sich wie der Wolf, der er war: Er isolierte sein Ziel und zwang es dann, allein die Flucht zu ergreifen.

Aber Raina Blackhail gehörte nicht zu den Frauen, die sich drängen lassen, und mit einem trägen Schulterzucken ließ sie das schwarze Bärenfell zu Boden fallen. Jeder an der großen Feuerstelle sah zu, als sie darauf trat. Ihre Lippen und Wangen waren bleich, ihr Kleid aus selbstgesponnener Wolle grau. Die einzige Farbe an ihrem Körper war das Blut, das aus ihren

Witwennarben floß, und die schimmernden, unvergossenen Tränen in ihren Augen.

»Pflegesohn«, sagte sie und betonte dabei leicht, aber unmißverständlich das Wort Pflege. »Wie auch mein Mann gehöre ich nicht zu den Leuten, die ihr Urteil übereilt fällen. Du hast gut und bescheiden gesprochen und hast dir die Unterstützung vieler Clansmänner erworben, die im Rang über dir stehen.« Raina schwieg einen kurzen Augenblick, nachdem sie die Clansmänner daran erinnert hatte, daß ihr Pflegesohn nur ein Jahrmann war.

Zum ersten Mal, seit er den Raum betreten hatte, verspürte Raif so etwas wie Hoffnung. Niemand wurde im Clan so hoch geachtet wie Raina Blackhail.

»Ich glaube, daß du ein starker Mann bist, Mace Blackhail«, fuhr Raina fort, »mit einem starken Willen und einem starken Arm und der Fähigkeit, andere dazu zu bringen, zu tun, was du willst. Ich habe dich auf dem Übungsfeld gesehen und weiß, daß du sowohl mit der Axt als auch mit dem Langschwert umgehen kannst. Du bist klug mit Worten – wie es die Männer vom Clan Scrape oft sind –, und ich nehme an, daß du auch in der Schlacht klug sein wirst. Mit all diesen Eigenschaften könntest du tatsächlich einen hervorragenden Clanhäuptling abgeben. Dennoch, ich bin Dagro Blackhails Witwe, und es steht mir zu, daß ihr mich dafür achtet, und daher fordere ich, daß heute abend keine Entscheidung gefällt wird.«

Als diese letzten Worte über Raina Blackhails Lippen kamen und der Clan auf den Stahl in ihrer Stimme reagierte, hörte Raif Schritte auf der Treppe. Noch während er sich lautlos für Raina Blackhails Vorsicht bedankte und sich davon überzeugen konnte, daß kein Mann und keine Frau es wagte, ihr in dieser Sache zu widersprechen, wurde die Tür zur großen Feuerstelle aufgerissen.

Ein Clanmann, Stirn und Wangen rot, weil er plötzlich der Wärme ausgesetzt war, Augen und Nase triefend, noch Schnee auf der Ölhaut, stürzte ins Zimmer und taumelte in seiner Eile. Atemlos, das Haar schweißnaß, seine Stiefel schlammig bis zum Rand, blieb er einen Augenblick stehen, schnappte heftig nach Luft und versuchte, sich zu beruhigen. Einen Augenblick später erkannte ihn Raif als Will Hawks Sohn Bron. Ein Jahrmann, der als Pflegesohn beim Dhoone-Clan lebte.

Raif spürte, wie ihm kalt wurde, als hätte Bron Hawk die Kälte von außen mit hereingebracht. Sein Magen zog sich zusammen, und unter dem Wildlederhemd und der Wolle, die er darunter trug, brannte der Rabenschnabel an seinem Hals kalt wie Eis.

Alle Versammelten hielten die Luft an, während sie warteten, was Bron Hawk zu sagen hatte. Mace Blackhail und der Stapel von Waffen neben ihm waren vergessen. Raina Blackhails Worte und das letzte Geschenk ihres Mannes, das zu ihren Füßen lag, entglitten den Gedanken des Clans, wie jemand einen schneeigen Hang hinabglitt. Fünfhundert Augenpaare wandten sich der Tür zu.

Bron Hawk strich sich das blonde Haar aus der Stirn. Nachdem er sich kurz umgesehen hatte, kam sein Blick schließlich auf Raina Blackhail und Shor Gormalin, der dicht hinter ihr stand, zur Ruhe. »Der Clan Bludd hat das Dhoonehaus eingenommen«, sagte er. »Vor fünf Tagen. Sie haben dreihundert Dhoonemänner getötet, aber die Wunden, die sie geschlagen haben, bluteten nicht.«

Ein einziges Zischen von Schreck und Zorn vereinte alle im Raum. Raif spürte, wie der Knoten in seinem Magen sich mit weicher, feuchter Leichtigkeit löste. Niemand würde mehr Mace Blackhails Geschichte über den Überfall auf dem Ödland in Frage stellen.

8
Fallenstellen im Alten Wald

Komm schon. Zieh deinen Mantel und die Ölhaut an. Du kommst mit mir.« Raina Blackhail griff nach Effies Decke und zog sie weg.

Effie Sevrance blinzelte. Das helle Licht blendete sie, und der Gedanke, jetzt nach draußen zu gehen, gefiel ihr gar nicht. Das Land rund um das Rundhaus war weit und offen und kalt. Man konnte sich dort verlaufen und nie wiedergefunden werden. »Bitte, Raina, ich will nicht …«

»Nein, Mädchen«, unterbrach Raina sie. »Es ist mir gleich, was du sagst. Du brauchst ein wenig frische Luft auf diesem blassen Gesicht, und so sicher, wie Steingötter das Clanland geschaffen haben, werde ich dafür sorgen, daß du sie bekommst.« Sie tätschelte Effies Oberschenkel. »Und jetzt komm. Wir gehen in den Alten Wald, um meine Fallen zu überprüfen, und ich will bis zum Mittag dort gewesen und wieder hier sein.«

Raina Blackhail ging in der kleinen Zelle, die nur Effie allein bewohnte, hin und her, nahm Ölhaut, Hundefellhandschuhe und einen Wollmantel vom Stuhl und dem Haken an der Wand, wo sie ordentlich gelegen oder gehangen hatten. Effie sagte sich, daß es sie nicht wirklich störte, daß Raina hier war. Sie war nicht wie andere, die nur neugierig sein wollten und über sie witzelten. Letty Shank war immer hier und stahl ihr Steine, verstreute sie in der Kammer und nahm das Zeichen von Effies Hals und hängte es sich selbst um. »Seht mich an«, rief sie dann Mag Wiley und den anderen zu. »So dumm wie der Stein, den der Steinhüter ihr gegeben hat.«

Effie biß sich auf die Lippe. Alle lachten dann, als wäre es das Komischste, was sie je gehört hatten. Sie drängten sich um

Letty Shank und versuchten, ihr das Zeichen abzunehmen, um es selbst zu tragen.

Effie erhob sich vom Strohsack und sah Raina stirnrunzelnd an. Raina wollte ihr den Mantel und die Handschuhe anziehen, aber Effie zog vor, das selbst zu tun.

Das brachte Raina dazu zu lächeln. »An der Westseite des Alten Waldes gibt es ein paar gute Steine, du weißt schon, in der Nähe von Hissip Gluffs Haus. Vielleicht könntest du da etwas für deine Sammlung finden.«

»Das sind Sandsteine«, sagte Effie. »Wie die vom Rundhaus.«

»Oh, ich habe keine Ahnung davon, Effie Sevrance. Als ich das letzte Mal oben war, hätte ich schwören können, daß etwas unter meiner Fuchsfalle schimmerte.«

»Ja?« Effie war sofort interessiert. Sie wußte, daß Raina Blackhail nicht zu den Frauen gehörte, die logen, besonders nicht, was Steine anging.

Raina beugte sich vor und gab Effie einen Kuß auf die Stirn. »Ja. Und jetzt beeil dich. Wenn du nicht gleich die Stiefel und die Ölhaut anhast, schicke ich Langkopf hier runter, damit er Pilze auf dein Bett pflanzt. Ich schwöre, es ist hier feucht genug, daß sie wachsen würden.«

Sie schauderte. »Das glaube ich wirklich.«

Über die Vorstellung von Pilzen, die auf ihrem Bett wuchsen, hätte Effie beinahe gelacht, aber es gefiel ihr nicht, daß Raina ihre Pechlampe gehoben hatte und sich nun mißbilligend in der kleinen Steinzelle umsah. Um ihr zuvorzukommen, sagte sie: »Ich will nicht bei den anderen Mädchen schlafen. Bitte. Anwyn hat mir ihre beste Ziegenwolldecke gegeben. Und ich habe den größten Teil der Nacht eine Fackel brennen.«

Raina setzte dieses besorgte Gesicht auf, das immer zur Folge hatte, daß Effie sich schlecht fühlte. »Binde die Handschuhe fest zu«, war alles, was sie sagte. »Draußen ist es weißes Wetter.«

Effie mochte das Rundhaus morgens am liebsten. Es waren nicht viele Leute da, es roch lecker nach Schinkenspeck und gebratenen Zwiebeln, und Licht fiel durch die hohen Fenster und versprach, daß es besser würde. Es war, als wäre alles, was am Tag zuvor geschehen war, nicht mehr vorhanden. Als sie die Rampe zur Eingangshalle hinaufgingen, begegneten sie niemandem außer der Fackelfrau Nellie Moss. Die Haut an Nellies Händen war rot und glänzend von alten Brandnarben, und alle anderen Kinder, auch Letty Shank und Mag Wiley hatten Angst vor ihr. Effie nicht ... nicht viel. Nellie Moss konnte sich überall im Rundhaus aufhalten und erledigte den größten Teil ihrer Arbeit im Dunkeln. Das war ein Gedanke, der Effie irgendwie gefiel.

Raina Blackhail hielt Nellie, die einfach an ihnen vorbeigehen wollte, auf, indem sie ihr die Hand auf den Arm legte. »Sind sie schon zurück?«

Nellie schüttelte den Kopf. »Nein. Niemand ist heute nacht zurückgekommen.«

Raina nickte. Wieder sah sie besorgt aus. »Wenn sie kommen, dann sag ihnen, daß ich im Alten Wald bei meinen Fallen bin. Ich werde noch vor Mittag zurück sein.«

»Im Alten Wald bei deinen Fallen«, wiederholte Nellie mit ihrer tiefen, männlichen Stimme.

Effie glaubte, etwas Unangenehmes in Nellie Moss' Gesicht zu erkennen, aber als sie blinzelte, war es wieder weg. Kurz erinnerte sich Effie an den kleinen Fackelmann Wennil Drook, der vor Nellie die Fackeln entzündet hatte. Effie glaubte nicht, daß er wirklich Corbie Meeses Messer gestohlen hatte. Wennil hatte sich mit Steinen ausgekannt. Im Sommer war kaum eine Woche vergangen, in der er nicht irgendein neues Steinstück für ihre Sammlung mitgebracht hatte.

»Effie. Setz deine Kapuze auf.«

Effie tat, was Raina ihr sagte, und zusammen verließen sie das Rundhaus durch die Seitentür, die am Haus des Heiligen Steins vorbei zu den Ställen führte. Alles, die Ställe, die Weide, der gestampfte Hof und das graue Steinhaus, war mit einer dicken Schicht Schnee bedeckt. Selbst der kleine Bach, der hinter den Birken verlief – der, den Orwin Shank Pißbach nannte, weil das Wasser gelblichgrün war –, gurgelte nun unter einer Schicht schneebedeckten Eises. Es hatte seit sieben Tagen immer wieder geschneit, seit dem Tag, als Bron Hawk von Dhoone zurückgekommen war.

Der Clan war am nächsten Morgen aufgebrochen. Mace Blackhail und die ihm angeschworenen Männer waren nach Süden geritten, um zu erforschen, was am Dhoonehaus geschehen war. Drey war bei ihnen … Effie machte sich deshalb Sorgen. Raif war mit Shor Gormalin und anderen zum Clan Gnash geritten, um zu hören, was sie von dem Häuptling dort erfahren konnten, denn der Clan Gnash hatte gemeinsame Grenzen mit Blackhail und Dhoone. Die meisten Männer waren nach Osten und Süden zur Wache geschickt worden, und man hatte alle gebundenen Clansmänner zum Rundhaus befohlen, um es gegen mögliche Überfälle zu verteidigen. Sowohl Mace als auch Shors Gruppe wurden jeden Tag zurückerwartet. Dann würde es eine große Versammlung geben, in der nur die geschworenen Clansmänner zugelassen waren.

Effie nahm an, daß sie dann Mace Blackhail zum Häuptling machen würden.

»Steh nicht einfach nur da herum, Effie Sevrance«, sagte Raina und folgte dem ausgetretenen Pfad auf die Ställe zu. »Du mußt mir helfen, Mercy zu zäumen und zu satteln.«

Effie spähte über die Weiden zu dem niedrigen Sandsteinkasten, der vor ihnen lag, und biß sich auf die Lippe. Der Schnee ließ soweit alles offen aussehen. Gewaltig. Das Land hörte auf, in erkennbare Einzelteile wie die Schafweide und die Kuhweide und Langkopfs Apfelbaumgarten und den Wald zu zerfallen, und wurde eins.

Effies Herz begann, ein wenig schneller zu schlagen. Das Land war ein großes, weißes Nichts, wie die Flächen in Träumen, die sich immer weiter und weiter und weiter erstreckten …

»O nein, Effie Sevrance«, sagte Raina und zerrte sie am Arm. »Diesmal läufst du mir nicht davon. Hier gibt es nichts, wovor du dich fürchten mußt, nur frische Luft und Schnee. Und ich werde dich nicht allein lassen. Das verspreche ich dir.«

Effie ließ sich in die Ställe ziehen. Sie mochte die Ställe, wenn auch nicht so sehr wie die Hundehütten. Die Ställe waren von dicken Mauern umgeben, aber sie waren groß und das Dach war hoch und es gab zuviel Platz über dem Kopf. Nicht wie in der Hundehütte. Die kleine Hundehütte war so niedrig, daß kein ausgewachsener Mann darin aufrecht stehen konnte. Effie mußte grinsen, als sie daran dachte, wie Shor Gormalin sich hatte bücken müssen, als er sie vor zwei Wochen dort herausgeholt hatte. Shor Gormalin war nett. Er hatte es verstanden, als sie ihm sagte, daß sie überhaupt nicht weggelaufen war. »Du hast nur einen Platz gesucht, wo du in Ruhe nachdenken kannst«, hatte er gesagt und ihr zugenickt. »Das verstehe ich. Das mache ich hin und wieder auch. Obwohl ich dann dazu neige, mir einen wärmeren, ungefährlicheren Ort als die Hundehütten auszusuchen. Diese Shank-Hunde können einem Mann den Kopf abreißen.«

Shank-Hunde. Effie grinste breiter. Orwin Shanks Hunde waren zu ihr so sanft wie Welpen.

Als sie Effie lächeln sah, lächelte Raina ebenfalls. »Es wird schön sein, weißt du. Wir werden uns ein paar Apfelscheiben und Schinkenspeck braten.«

Es ging Effie plötzlich erheblich besser, und sie begann, Mercy das Zaumzeug anzulegen. Sie hatte es gern, wenn Raina lächelte.

Als die Stute gesattelt und die beiden Ledersatteltaschen aufgelegt waren, führte Raina das Pferd auf den Hof hinaus. Der Alte Wald lag westlich vom Rundhaus, hinter der Weide und dem Nordhügel. Hohe Birken und Schwarzfichten ragten in den Himmel hinauf, und hoch über ihnen flog ein Schwarm Gänse nach Süden. Frischer Schnee knirschte unter Effies

Stiefeln, weil er vom Nachtfrost hart geworden war. Es war bitter kalt, und Effie spürte, wie ihre Wangen unter der Fuchskapuze zu brennen begannen. Eiskristalle sammelten sich auf den Zweigen von Langkopfs Setzlingen.

Effie verschränkte die Arme über der Brust und steckte sich die behandschuhten Hände in die Achselhöhlen. Der Winter kam immer schnell zum Clan Blackhail. Vater sagte, das war, weil …

Effie blieb wie angewurzelt stehen.

Es gab keinen Vater mehr.

Vater war tot.

»Effie.« Raina sprach leise, und ihre Stimme klang ganz entfernt. »Es ist schon gut, Kleines, du wirst bei mir sicher sein. Das schwöre ich dir.«

Hinter Effies Augen begann es weh zu tun. Sie blinzelte. Aber es ließ nicht nach. Raina sagte etwas und drückte ihre Schulter, aber Effie spürte oder hörte es kaum. Ihr Zeichen drückte sich an ihr Schlüsselbein wie ein stochernder Finger. Vater war tot. Und sie hatte gleich am ersten Morgen, als er davongeritten war, gewußt, daß etwas nicht stimmte. Ihr Zeichen hatte es ihr gesagt.

»Komm schon, Effie Sevrance. Steig auf.« Effie spürte Rainas Hände unter ihren Armen und daß sie sie vom Boden hob. Sie war dem Himmel näher gekommen, weiß und erdrückt von Schneewolken, dann spürte sie, wie ihr Hinterteil fest auf dem Ledersattel aufkam. »So. Nimm die Zügel. Mercy wird lieb zu dir sein. Nicht war, Mercy?« Raina tätschelte der Stute den Hals.

Effie nahm die Zügel und ließ Raina die Steigbügel hoch zu ihren Füßen schnallen. Unter ihrer Ölhaut und dem wollenen Mantel spürte Effie, wie ihr Zeichen drückte – es drückte gegen ihre Haut. Es wollte ihr etwas sagen … wie an dem Tag, als Vater ins Ödland geritten war.

Effie schüttelte den Kopf. Sie wollte es nicht wissen. Ihr Zeichen erzählte ihr schlimme Dinge. Es machte, daß ihr ganz übel wurde. Sie umklammerte den Zügel mit der linken Hand, griff mit der rechten in die Ölhaut und holte den kleinen Stein heraus, den der Steinhüter ihr bei der Geburt gegeben hatte. Sie mußte nur einmal fest ziehen, um den Faden zu zerreißen. Selbst durch ihre Hundefellhandschuhe hindurch fühlte sich der Stein lebendig an. Er war nicht warm und er bewegte sich nicht, aber irgendwie *drückte* er.

»Was ist los, Effie? Hat der Stein dich gekratzt?« Raina ging neben Mercy her und schaute zu Effie auf, mit einem ganz faltigen und weichen Gesicht.

Effie lehnte sich im Sattel zurück und streckte die Hand aus, um nach einer der Satteltaschen zu tasten. Als ihr Handschuh unter die Lederklappe glitt, ließ sie den Griff um den Stein los, und ihr Zeichen fiel tief in die Tasche. Es kitzelte und prickelte in ihrem Magen, als er fiel. Sie holte tief Luft und sagte sich, es wäre dumm, vor einem Stein Angst zu haben, der nicht größer als ihre Nase war. »Es ist alles in Ordnung, Raina. Nur … kalt. Der Stein war so kalt an meiner Haut.«

Raina nickte auf diese Art, die immer bewirkte, daß Effie ein schlechtes Gewissen bekam. Sie haßte es zu lügen.

Danach gingen sie schweigend weiter. Raina führte Mercy über den Hügelkamm und den Abhang dahinter hinunter. Alte Ulmen, Linden, Eichen und Birken standen am Weg, und die nackten Äste klammerten sich bei jeder Windbö an den Himmel. Brocken erstarrten Pflanzensafts glitzerten wie Augen, dort, wo zwei Äste sich zu Zweigen spalteten, und tief in den hohlen Stämmen blitzte weißes Eis wie Zähne.

Effie schauderte. Normalerweise mochte sie alte Bäume, aber heute sah sie anscheinend nur die schlimmen Dinge: der Pilz, der sich in die Rinde fraß, das schleimige, grüne Moos, das auf der Südseite der Stämme wuchs, und die dünnen Wurzeln, die sich rund um die Eichen aus dem Boden schoben. Sicherlich sollten Wurzeln doch *im* Boden sein? Schon der Anblick bewirkte, daß Effie seltsam zumute war, als erhielte sie hier

Einblick in verborgene Dinge, wie auf die bleichen, flügellosen Insekten, die unter den Bodendielen des Rundhauses und tief in seinen Mauern lebten.

Effie spürte, daß ihr Herz wieder zu flattern begann, und wandte den Blick ab. Sie richtete den Blick auf die Stelle zwischen Mercys Ohren und versuchte, nicht an ihr Zeichen zu denken, das ganz unten in Rainas Satteltasche lag, oder an die Wurzeln der alten Eichen. Sie wünschte, sie hätte keine Handschuhe an und könnte Mercys Hals direkt berühren. Sie wußte, er würde warm und weich und angenehm sein. »Gutes Mädchen«, flüsterte sie, einfach weil sie den Klang ihrer eigenen Stimme hören mußte. »Gute Mercy.«

Der Alte Wald schlich sich langsam an. Erst wurde einfach nur der Boden weicher, ein paar buschige Birken und Erlen waren zu sehen und eine Reihe alter Ulmen. Dann wurde der Schnee am Boden dünner und enthüllte die breiten Blätter von Winterfarnen und die gestreiften Wolfsmilchschößlinge. Ein wenig später gab es rundgeschliffene Felsbrocken, gesprenkelt mit weißem Vogeldreck und gelbverwelktem Moos. Jedesmal, wenn man einen Schritt machte, knisterten *Jahre* toter und gefrorener Dinge unter den Füßen. Es wurde dunkler und der Wind schwächer. Der Geruch feuchter Erde und langsam verfaulender Pflanzen wurde langsam intensiver. Und endlich, nachdem man eine Weile länger an verrotteten Baumstümpfen und nadeldünnen Rinnsalen entlanggegangen war, war man dort, umgeben von einem schaudernden, knarrenden Wald aus Linden, Ulmen und Eichen. Der Alte Wald.

Effie war froh, die offenen Flächen des Tales hinter sich lassen zu können, froh, daß sie nicht mehr weiter als ein paar Schritte geradeaus sehen konnte. Aber es war sehr still, und der Wind blies nicht durch die Bäume, er zischte. Effie warf einen Blick auf Raina und wünschte, sie würde etwas sagen. Aber Raina schwieg und konzentrierte sich auf den Weg. Um den Rand ihres Wollrocks war ein Ring von Schlamm und geschmolzenem Schnee, und rund um die Atemlinie ihrer Kapuze hatten sich Eiskristalle gebildet.

Effie wollte unbedingt etwas zu Raina sagen, etwas Witziges oder Interessantes oder Schlaues, aber sie war nicht gut, was Reden anging. Nicht wie Letty Shank und Mag Wiley.

Schweigend führte Raina sie durch die Nordecke des Alten Waldes, nach Westen hin. Die Temperatur war geringfügig angestiegen, und der Schnee nicht mehr so brüchig wie zuvor. Ein paar Wintervögel, überwiegend Rotkehlchen und Waldhühner, riefen einander von verborgenen Orten aus dies und jenes zu. Manchmal spürte Effie, daß etwas ganz hinten an ihre Wirbelsäule *drückte*. Es war ein Metallbeschlag oder ein Stück festes Leder am Sattel. Das mußte es sein. Ihr Zeichen konnte einfach nicht durch die Satteltaschen und durch Mercys Fleisch drücken. Das war unmöglich.

Der Westrand des Alten Waldes war für Fallen am besten. Viele Clansfrauen fingen hier Tiere, und alle hatten ihr eigenes Territorium und ihre geheimen Plätze. Effie kannte Rainas Stellen gut. Raina hatte das Recht auf die Stellen am Bach zwischen den beiden Schwesterweiden und dem Steilufer und auf das Steilufer selbst, wo hoch droben die Brombeeren wuchsen. Effie wußte nicht viel über Fallenstellerei, aber sie wußte, daß diese Beerenbüsche gut waren. Alle möglichen Tiere kamen hierher, um die Beeren zu fressen.

Sie trafen dort ein, als die Sonne immer noch aufging. Effie glitt vom Rücken der Stute, als Raina auf die Klippe kletterte. Als sie den Rand erreicht hatte, duckte Raina sich unter einen Beerenbusch, um eine ihrer Fallen zu untersuchen. Einen Augenblick später gab sie ein erfreutes Glucksen von sich. »Ich habe einen. Einen Fuchs. Einen großen mit einem wunderschönen Fell. Er ist immer noch warm.«

Effie ging ein Stück weit die Klippe hinauf und legte entschlossen eine größere Entfernung zwischen sich und die Satteltasche mit dem Zeichen. Sie wünschte sich, der Fuchs wäre nicht noch warm. Das bedeutete, daß Raina hierbleiben und ihn häuten würde, bevor er fror. Man konnte keinen gefrorenen Fuchs häuten.

Raina tauchte wieder aus dem Gebüsch auf und hielt einen Blaufuchs am Genick.

Die gelben Augen des Tieres waren immer noch offen, aber keine Fuchsschläue war mehr darin zu erkennen. »Effie. Hol das Häutemesser aus meiner linken Satteltasche.«

Effie war nicht sehr gut, wenn es darum ging, links und rechts zu unterscheiden. Sie mußte beide Hände vor sich halten, um es herauszufinden. Sie machte eine abwägende Bewegung mit ihren behandschuhten Fingern und betrachtete sie stirnrunzelnd. Die linke war die Tasche mit ihrem Stein. Ihr Herz schlug ein wenig schneller als normal, und wieder wog sie links und rechts ab. »Effie! Beeil dich! Ich will bis zum Mittag zurück sein.«

Rainas Stimme klang schärfer als normal, und Effie rannte das kleine Stück zu Mercy zurück. Mit geschlossenen Augen und fest zusammengekniffenen Lippen steckte sie die behandschuhte Hand in die Satteltasche. Noch während ihre Finger das kalte Metall des Häutemessers fanden und sich darum schlossen, *drückte* ihr Zeichen gegen ihren Handrücken. Effie zuckte zusammen. Ihr Zeichen wollte hochgehoben und festgehalten werden ... wie damals in der kleinen Hundehütte, bevor Shor Gormalin kam.

»Nein«, flüsterte Effie. »Bitte. Ich will es nicht *wissen.*«

»Effie, das Messer!«

Effie packte das Messer fest und riß ihren Arm aus der Satteltasche. Den nächsten Augenblick verbrachte sie damit, vollkommen reglos dazustehen, das Gesicht verzogen, das Messer vor sich ausgestreckt, und wartete darauf, daß etwas Schreckliches geschah. Aber nichts passierte. Bäume knarrten. Eine Eule, die nicht wußte, welche Tageszeit es war, stieß einen Schrei aus. Mit einem erleichterten Seufzer rannte Effie den Hang hinauf zu Raina.

Raina hatte dem Fuchs bereits den Fallendraht abgeschnitten und beschäftigte sich damit, Blätter und Schnee vom Fell zu wischen. Effie reichte ihr das Messer, aber als sie das tat, war die Versuchung, sich vorzubeugen und Raina zu umarmen, so überwältigend, daß sie die Arme um Rainas Taille schlang.

»Kleines. Kleines.« Raina zog Effies Kapuze herunter und strich ihr übers Haar. »Ich hätte dich nicht mitnehmen sollen. Das war falsch von mir.«

Es war Effie gleich, daß Raina sie falsch verstand. Der Klang von Rainas Stimme, sanft, gut und so vollkommen vertraut, war alles, was zählte. Es ging ihr schon besser, weil sie einfach Rainas Stimme hörte. Sie umarmte sie ein wenig länger und ließ dann wieder los. Raina ließ sie gehen. Sie hatte den Fuchs mit der freien Hand gepackt, und Effie wußte, daß sie begierig darauf wartete, das Tier häuten zu können.

»Ich weiß«, sagte Raina und bedeutete Effie mit einer kleinen Geste, die Kapuze wieder aufzusetzen. »Warum gehst du nicht und suchst auf der anderen Seite des Gebüschs nach diesen schimmernden Steinen, von denen wir gesprochen haben? Zwischen den beiden Eichen da drüben. Unter dem Beerenbusch.«

Als Effie nickte, knisterten Schnee und Erde in den Büschen weiter am Hang. Zweige bewegten sich. Eine Dohle flatterte auf und schrie den Himmel an. Metall klirrte leise.

Raina winkte Effie zu sich. Sie hatte bereits den ersten Einschnitt an der Fuchsschnauze gemacht, und auf dem Messer war Blut zu sehen. Als Effie zu ihr kam, ließ sie den Fuchs auf den Boden fallen.

Mace Blackhail tauchte aus den Büschen unter ihnen auf; er führte seinen Schecken an den Zügeln. Das Tier war verschwitzt, sein Fell dampfte in der kalten Luft, und die Nüstern waren voller Schleim. Schlamm war über seinen Bauch und die Beine gespritzt, und die Haut um den Sattel war fleckig und wund. Mace Blackhail sah kaum besser aus. Seine Fuchskapuze war verfilzt von Dreck und Eis und seine Wangen von Schnee rot gebrannt.

»Pflegemutter!« rief er. »Ich bin eine Viertelstunde, nachdem du gegangen warst, am Rundhaus eingetroffen.«

Raina antwortete nicht. Sie grub die Finger in Effies Schultern.

Mace Blackhail zuckte die Achseln. Dann blieb er stehen, band die Zügel des Scheckens an eine peitschendünne Birke. Effie hörte Metall – Waffen nahm sie an – unter seiner Ölhaut klirren.

»Wir müssen reden, du und ich, Pflegemutter.« Mace warf Effie einen Blick zu. »Allein und ungestört.«

Raina ließ Effies Schulter nicht los, ebensowenig wie das Häutemesser, und sie begann, langsam den Abhang hinunterzugehen. »Effie ist nur ein Kind, sie wird nicht ...«

»Sie ist eine Sevrance«, warf Mace Blackhail ein. »Sie wird zu ihrem dunkeläugigen Bruder zurückrennen und ihm alles erzählen.«

»Du sprichst von Raif?« Rainas Stimme hatte einen seltsamen Klang, den Effie nicht verstand. »Mit Drey scheinst du gut zurechtzukommen. Er war ziemlich versessen darauf, dir seinen Hammer anzuschwören, als Bron von Dhoone zurückkam.«

Mace Blackhail zog die Kapuze ab. Sein Gesicht war dunkel und schmal von den langen Tagen im Sattel. »Schick das Kind weg, Raina.«

Effie regte sich nicht. Sie stellte sich vor, daß sie immer noch ihr Zeichen an ihrer behandschuhten Hand spüren konnte.

Raina holte Luft und tätschelte Effies Schulter. Sie senkte den Kopf und sagte so leise, daß nur Effie es verstehen konnte: »Lauf und such diese Steine hinter den Büschen, von denen wir gesprochen haben. Ich passe schon auf. Ich würde nicht ohne dich gehen. Das verspreche ich.«

Effie drehte den Kopf herum, damit sie Raina ins Gesicht sehen konnte. Was sie sah, erschreckte sie. »Raina?«

»Geh, Effie.« Raina tätschelte ihre Schulter wieder – diesmal fester. »Geh. Hier ist schon alles in Ordnung. Du brauchst dir keine Sorgen zu machen. Es ist doch nur Mace.«

Effie kletterte den Abhang hinunter. Mace Blackhail beobachtete sie genau. Als sie auf gleicher Höhe mit den Pferden war, wieherte Mercy, und Effie streckte die Hand aus, um ihren Nacken zu berühren.

Es *drückte.*

Effie riß die Hand zurück und biß sich fest auf die Lippen, um keinen Laut von sich zu geben. Das konnte nicht ihr Zeichen sein, das war einfach unmöglich. Sie drehte sich auf dem Absatz herum und fand sich direkt Mace Blackhail gegenüber. Bevor sie sich rühren konnte, packte Mace ihr Kinn mit der Hand.

Aus seinem Haar lief das Schneewasser auf seine Wangen, als er ihr Gesicht erst in die eine, dann in die andere Richtung drehte. Er roch nach gehäuteten Tieren. Als er endlich sprach, war seine Stimme so glatt und kalt wie Eis. »Es sieht nicht so aus, als würdest du dich zu einer großen Schönheit entwickeln. Obwohl du wahrscheinlich noch schlimmer aussehen wirst, wenn du etwas verrätst.«

»Laß sie in Ruhe!« Das war Raina, die den Abhang hinunterkam. Effie bemerkte, daß sie das Häutemesser noch immer in der Hand hatte.

Mace Blackhail versetzte Effie einen Schlag auf den Hintern. »Komm nicht wieder, ehe ich weg bin.«

Effie huschte ins Gebüsch und kümmerte sich kaum darum, wohin sie rannte. Sie hörte, wie Raina ihr etwas zurief, sie solle nicht zu weit weggehen, aber Effie konnte das über dem lauten Schlagen ihres Herzens kaum verstehen. Ein Eichenfinger kratzte ihr über die Wange. Farne schlugen gegen ihre Stiefel und den Rock, und Schnee und Zweige knisterten unter ihren Füßen. Sie wußte kaum mehr, ob sie nun vor Mace Blackhail oder ihrem Zeichen davonrannte.

Als der Boden schließlich steiler wurde, wurde sie langsamer.

Ihre Kapuze war heruntergerutscht, aber ihr Gesicht war nicht kalt. Der Atem stand ihr weiß vor dem Mund. Sie schaute über die Schulter zurück, aber sie sah nur Eichen und Ulmen. Eichenwurzeln reckten sich über den Schnee hinweg, bleich und fett wie Würmer.

Effie wandte den Blick ab. Oben am Ende des Abhangs gleich links waren die Büsche, unter denen Raina ihre Fallen aufstellte. Effie runzelte die Stirn. Dorthin zu gehen wäre beinahe dasselbe, wie zur Lichtung zurückzukehren. Aber Raina hatte gesagt, sie sollte nicht zu weit laufen. Unsicher, was sie nun tun sollte, zögerte sie. Ihre Hand kroch zum Hals hoch, dann auch zum Zeichen, das nicht mehr dort war. Seltsam, wie sie es immer festhielt, wenn sie etwas entscheiden mußte. Sie legte die behandschuhte Hand fest auf die Brust und versuchte stattdessen, ihr Herz zu beruhigen. Sie wünschte, Raina wäre hier.

Ein leichter Wind wehte durch die Bäume und den Abhang hinauf und bewirkte, daß der Schnee sich sträubte wie das Fell eines Tieres. Effie kaute auf ihrer Unterlippe. Sie mochte Mace Blackhail nicht, und es ließ ihren Magen ganz fest werden, wenn sie daran dachte, daß er mit Raina allein war.

Dann schüttelte sie den Kopf und ging die Böschung hinauf. Sie brauchte keinen Stein, um Entscheidungen für sie zu treffen – sie war alt genug, das selbst zu tun.

Die Klippe war von hinten schwieriger zu erklettern als von vorne. Überall gab es lockere Steine und abgebrochene Äste, die ganz glitschig und grün waren, und dieser Abhang wurde ansonsten nur von Füchsen und Hissip Gluffs Ziegen genutzt. Der Schnee machte alles noch schlimmer, versteckte die Brombeerranken, die Löcher im Boden und die Wurzeln. Effie zog den Rock hoch über die Knie. Irgendwo unter sich konnte sie den Bach über Sandstein fließen hören. Sie schaute nicht nach unten, als sie oben angekommen war. Ihr Rock war schwarz vor Schnee und Schlamm. Vor sich sah sie die Reihe der Beerensträucher und die beiden Eichen, die Raina zuvor erwähnt hatte.

Ihr war zwar nicht sonderlich danach, aber sie versuchte, an Steine zu denken. Schimmernde Steine, hatte Raina gesagt. Unter den Büschen.

»Laß mich los!«

Effie erstarrte beim Klang von Rainas Stimme. Sie fragte sich, ob Schnee in ihren Kragen eingedrungen war, denn etwas Feuchtes, Eisiges glitt ihr über die Wirbelsäule. *Raina.*

Effie drängte sich durch Schnee und Farnkraut auf der anderen Seite des Kammes, wo die Büsche wuchsen. Sie konnte eine von Rainas Fallen deutlich auf dem Boden im dichtesten Gebüsch sehen, weit offen und nur darauf wartend, ausgelöst zu werden. Effie umging sie, dann ließ sie sich auf die Knie nieder und kroch den Rest des Weges.

Von unten waren keine Worte mehr zu hören, aber sie hörte Zweige brechen und Ölhaut rascheln. Eines der Pferde stampfte. Jemand holte tief Luft, dann klirrte das Geräusch einer Gürtelschnalle, die geöffnet wurde, durch die Luft wie eine Glocke.

Effie lag auf dem Bauch im Schnee und zog sich mit Knien und Füßen weiter. Ihr Herz schlug gegen den Boden. Sie lauschte so angestrengt, daß ihr das Kinn weh tat.

Mehr Geräusche. Hauptsächlich Ölhäute und knirschender Schnee. Jemand oder etwas grunzte. Effie hätte nicht sagen können, ob es Mace Blackhail oder eins der Pferde war.

Sie schob den Kopf in das Durcheinander von Zweigen und Blättern, die den Rand des Abhangs bildeten, und spähte auf die Lichtung darunter. Zuerst sah sie Mace Blackhails Schecken, dann Mercy. Rote Beerentrauben, kalt und beinahe gefroren, kippten ihr gegen die Wangen wie Glasperlen. Winzig kleine Dornen rissen an ihren Ärmeln, als sie sich dichter zum Rand schob.

Schwerer Atem erklang, und Effies Blick fand schließlich Mace Blackhails Rücken. Er bewegte sich auf und ab. Effie runzelte die Stirn. Wo war Raina? Erst jetzt bemerkte sie Mace Blackhails Hand; sie war fest auf Rainas Mund gedrückt. Raina lag unter ihm. Auf dem Boden. Im Schnee. Ihre Ölhaut war rings um sie ausgebreitet.

Effies Brust zog sich zusammen. Was machte er mit ihr? Noch während sie versuchte, das herauszufinden, bemerkte sie, wie Mace Blackhail sich vorbeugte und Rainas Gesicht *küßte*. Raina riß den Kopf zurück. Mace bewegte sich weiter auf und ab. Er atmete jetzt sehr schwer.

Effie bemerkte ein silbernes Glitzern auf dem Boden nahe den Pferden. Rainas Messer. Von dort, wo sie lag, konnte Effie drei Blutflecke sehen, die sich tief in den Schnee gebrannt hatten. Dann wurde ihr Blick wieder von Mace Blackhail angezogen. Er schauderte, stieß einen heiseren Schrei aus, fast wie ein Husten, dann sackte er auf Rainas Brust. Raina hatte die Augen geschlossen. Mace hielt die Hand nicht mehr auf ihren Mund gedrückt, aber sie versuchte nicht, zu schreien, sondern lag einfach mit geschlossenen Augen da und regte sich nicht.

Mace sagte etwas zu ihr, das Effie nicht verstand, dann rollte er sich auf die Seite und stand auf. Raina bewegte sich immer noch nicht. Ihr Rock war hoch über die Taille gezogen und ihr Hemd war offen, so daß man das leinerne Mieder darunter sehen konnte. Effie wandte den Blick ab. Ähnlich wie die Eichenwurzeln gab es Dinge, die man einfach nicht sehen *sollte*.

Mace Blackhail schloß den Gürtel wieder. Sein Schwert schwang an seiner Taille, von einer schwarz gefärbten Hirschlederscheide an Ort und Stelle gehalten. Als er zu seinem Pferd zurückkehrte, sah Effie eine rote Blutlinie auf seiner Wange und eine zweite auf seinem Hals. Als er an Rainas Häutemesser vorbeikam, trat er fest dagegen und ließ die Silberklinge ins verschneite Gebüsch schießen. Der Wallach schüttelte die Mähne und bewegte heftig den Schweif, aber Mace riß fest am Gebiß.

Er wendete den Wallach und betrachtete Raina, die noch am Boden lag, einen Augenblick lang. Raina hatte sich immer noch nicht bewegt. Effie konnte gerade noch erkennen, wie sich ihre

Brust hob und senkte. Sie hatte die Augen geschlossen, aber während Mace noch hinsah, öffnete sie sie.

Mace verzog den Mund: »Bring dich in Ordnung, bevor du zurückkehrst«, sagte er. »Wenn wir heiraten – und das hier bedeutet zweifellos, daß wir es tun müssen –, dann will ich nicht, daß meine Frau aussieht wie eine Hure aus einem Rauhhaus.« Mit dieser Bemerkung spornte er den Schecken zum Trab an und ritt von der Lichtung.

Effie sah ihm nach. Die linke Seite ihres Gesichts war taub, und ihr ganzer Körper war kälter, als er je zuvor gewesen war. Selbst ihr Herz fühlte sich kalt an. Aus einem Grund, den sie selbst nicht verstand, begann sie, die Namen der Steingötter aufzuzählen. Inigar Stoop sagte, sie seien harte Götter und antworteten auf keine kleinen Gebete. *Bitte nie um etwas für dich selbst, Effie Sevrance,* erinnerte Inigars Altmännerstimme sie. *Bitte nur, daß sie über den Clan wachen.* Für Effie *war* Raina Blackhail der Clan, also sprach sie die neun heiligen Namen der Götter aus.

Als sie bei Behathmus angekommen war, den man den finsteren Gott nannte und der angeblich Augen aus schwarzem Eisen hatte, begann sich Raina auf der Lichtung drunten zu rühren. Sie zog die Beine an, schlang die Arme darum und drückte das Kinn auf die Brust. Sie schrumpfte, während Effie zusah, ihr Körper zog sich zusammen wie ein totes Blatt. Kein Laut kam von ihren Lippen, keine Träne trat aus ihren Augen, sie zog sich nur fester und fester zusammen, bis Effie befürchtete, daß ihr Rückgrat brechen würde. Effie weinte um sie. Sie wußte nicht, daß sie weinte, bis die Feuchtigkeit ihren Mund erreichte und sie das Salz schmeckte. Etwas Schlimmes war geschehen. Effie war nicht sicher, was es war, aber zwei Dinge wußte sie sicher:

Raina war verletzt.

Und sie, Effie Sevrance, hätte es aufhalten können.

Ihr Zeichen hatte es gewußt, es hatte es ihr sagen wollen. Es hatte *versucht*, es ihr zu sagen. Es hatte gedrückt und gedrückt, aber sie hatte sich geweigert zuzuhören.

Effie kroch aus dem Gebüsch, bürstete sich Schnee und Eis von der Ölhaut, der Kapuze und dem Rock. Sie wußte nicht, ob sie immer noch weinte; ihre Wangen waren zu taub, als daß sie Tränen hätte spüren können.

Sie hätte verhindern können, daß Mace Blackhail Raina weh tat. Sie hätte den Stein in die Faust nehmen und ihn festhalten können, bis sie das Schlimme sah. So war es mit Vater gewesen ...

Ein heftiges Schaudern arbeitete sich ihre Wirbelsäule hoch. Plötzlich begierig, den Wald hinter sich zu lassen und wieder in ihrer kleinen Zelle zu sein, rannte sie auf dem Kamm entlang und den Abhang hinab.

Sie wußte nicht, wie lange sie brauchte, um wieder zu Raina zurückzugelangen – eine Viertelstunde vielleicht, nicht länger –, aber als sie die Lichtung erreichte, war Raina wieder sie selbst. Ihr Haar war glattgestrichen, ihr Rock frei von Eis und ihre Ölhaut bis hinunter zu den Knien verschnürt. Sie lächelte kurz, als Effie kam.

»Ich wollte gerade nach dir suchen. Wir müssen uns auf den Heimweg machen. Komm. Ich setze dich auf Mercys Rücken.« Ihre Stimme war ganz ruhig und nur ein winziges bißchen angespannt. Ihre Augen waren tot.

Effie sagte kein Wort. Ihre Kehle war wie zugeschnürt.

9
Im Dhoonehaus

Vaylo Bludd spuckte seinen Hund an. Er hätte lieber auf seinen zweiten Sohn gespuckt, aber das tat er nicht. Der Hund, eine Mischung aus Jagdhund und Wolf mit einem Hals so breit wie eine Tür, fletschte die Zähne und knurrte seinen Herrn an. Andere Hunde, die hinter ihm angebunden waren, knurrten leise. Der schwarze Priem, den Vaylo Bludd ausgespuckt hatte, landete auf dem Vorderbein des ersten Hundes, und der Hund kaute an seinem eigenen Fell und der Haut, um ihn loszuwerden. Vaylo lächelte nicht, aber er war erfreut. Der da war eindeutig mehr nach dem Wolf geraten.

»Also, Sohn«, sagte er und sah immer noch den Hund an, »was sollte ich denn *deiner* Meinung nach als nächstes tun, da dir die Pläne, die dein Vater gemacht hat, offensichtlich nicht passen?«

Vaylo Bludds zweiter Sohn Pengo Bludd grunzte. Er stand zu dicht am Feuer, und sein ohnehin bereits rotes Gesicht glühte wie etwas, das man in den Ofen gesteckt hatte. Sein stachelbesetzter Hammer schleppte am Boden hinter ihm her wie ein Hund an der Leine. »Wir müssen Blackhail angreifen, nachdem wir hier gesiegt haben. Wenn wir jetzt auf dem Arsch sitzen bleiben, entgeht uns vielleicht die Gelegenheit, das ganze Clanland mit einem einzigen Schlag einzunehmen.«

Vaylo Bludd lehnte sich auf dem großen, steinernen Dhoonesitz zurück, der in der Mitte des mächtigsten und am besten befestigten Rundhauses aller Clans stand, und überlegte, ob er noch einmal spucken sollte. Er stieß mit der Zunge gegen die Zähne und sammelte Speichel. Steingötter! Seine Zähne taten weh! Er mußte einen Mann finden, der sie ihm herausriß. Ihn erst finden und ihn dann töten.

Vaylo Bludd schluckte den Speichel. Er ließ sich einen Augenblick Zeit, seinen zweiten Sohn anzusehen. Vaylo Bludd hatte seinen Haaransatz seit Tagen nicht rasiert, und ein Band von Stoppeln rahmte sein Gesicht ein. Das längere Haar hinten mit seinen Zöpfen war ebenfalls ungepflegt. Daunenfedern und Heu hingen in den verfilzten Strähnen. Vaylo Bludd gab ein hartes, kehliges Geräusch von sich. Legitime Nachkommen wurden zu Trägheit und Arroganz geboren. Kein Bastard würde sich zu solcher Faulheit hinreißen lassen!

»Sohn«, sagte er, die Stimme so tief wie ein Hundeknurren, »ich bin seit fünfunddreißig Jahren Häuptling dieses Clans – das ist gut fünf Jahre länger, als du lebst. Wahrscheinlich hältst du es für Angeberei, wenn ich dich darauf hinweise, wie weit Bludd unter meiner Herrschaft gekommen ist, aber *ich* sage, das ist mir gleich. Ich bin der Clanhäuptling. Ich, der Hundelord. Nicht du, der du Herr von gar nichts bist, es sei denn, ich entscheide, dir etwas zu geben.«

Vaylo kniff die Augen ein wenig zusammen. Die Hand, in der er seine lederne Hammerschlaufe hielt, bog sich knackend zur Faust. »Wir haben Dhoone. Wir können auch Blackhail haben. Die Hailsmänner …«

Vaylo Bludd trat nach dem Wolfshund, und das Tier zuckte jaulend zurück. »Sie werden unseren Angriff erwarten. Sobald wir ihre Grenzen überschreiten, werden sie ihr Rundhaus so fest versiegeln wie den Arsch einer Jungfrau. Die Hailsmänner sind nicht dumm. Wir werden sie nicht einfach überraschen können wie die Dhoones.«

»Aber …«

»Das reicht!« Der Hundelord stand auf. Sämtliche Hunde wichen zurück. »Den Vorteil, den wir hier hatten, werden wir nicht wieder bekommen. Solche Dinge haben ihren Preis. Und es ist meine Entscheidung, wann und ob wir solche Mittel wieder benutzen. Wir haben Dhoone. Nutzen wir es. Nimm Drybone und so viele von deinen nutzlosen Brüdern, wie du vor

Mittag finden kannst, und reite zur Gnash-Grenze und sichere sie ab. Alle Dhoonemänner, die davongekommen sind, sind wahrscheinlich dort, und wenn ein Angriff erfolgt, wird er wahrscheinlich von Gnash ausgehen.« Vaylo lächelte und entblößte schwarze, schmerzende Zähne. »Und wenn du da draußen bist, kannst du vielleicht beanspruchen, was du an Land für angemessen hältst. Ich habe einmal sagen hören, daß ein Häuptling seine Söhne immer an der Grenze unterbringen soll.«

Pengo Bludd fauchte. Er riß an seiner Hammerschlaufe, hob den Hammer vom Boden und wog den Lindenholzgriff vor seiner Brust. Der mit Stacheln besetzte Hammerkopf war wie ein Korb voller Messer. Ein Blick aus Augen von derselben Farbe wie die seines Vaters brannte sich kalt in die blauen inneren Flammenzungen. Ohne ein Wort drehte er sich auf dem Absatz um, und seine Zöpfe und die verfilzten Strähnen schwangen wild hin und her.

Als er die Kammertür erreicht hatte, hielt ihn Vaylo mit einem einzigen Wort auf. »Sohn.«

»*Was?*« Pengo drehte sich nicht um.

»Schick mir die Kinder herein, bevor du gehst.«

Pengo Bludd nickte, dann setzte er seinen Weg fort. Er knallte die Tür mit aller Kraft hinter sich zu.

Der Hundelord holte tief Luft, nachdem er gegangen war. Die Hunde, alle fünf, den Wolfshund eingeschlossen, schwiegen. Einen Augenblick später beugte sich Vaylo auf ein Knie nieder und winkte sie so nah heran, wie ihre Leinen es zuließen. Er zauste sie und tätschelte ihre Bäuche und überprüfte ihr Reaktionstempo, indem er sie an den Schwänzen packte. Sie fauchten und schnappten nach ihm, benetzten seine Hände und Handgelenke mit ihrem schaumigen Speichel. Es waren alles gute Hunde.

Anders als die meisten Jagd- und Schlittenhunde, deren Reißzähne abgefeilt wurden, damit sie die Leinen nicht durchnagten oder ein Fell ruinierten, indem sie am Wild zerrten, hatten Vaylos eigene Hunde noch Zähne von voller Länge und Schärfe. Auf seinen Befehl würden diese Tiere einem Mann die Kehle aufreißen. Keiner der Hunde hatte einen Namen. Vaylo hatte lange zuvor aufgehört, sich die Namen derer zu merken, die ihn umgaben. Ein Mann mit sieben Söhnen, die alle Frauen und Schwiegereltern und Kinder hatten, gab bald auf, darüber nachzudenken, wie die Leute hießen. Was zählte, war, was sie *waren.*

Als er wieder aufstand, spürte er unterschiedliche Schmerzen in jedem einzelnen seiner verbliebenen siebzehn Zähne. Die Knochen seiner Knie knackten, als sie sein Gewicht stemmten. Der Dhoonesitz, aus einem einzigen Brocken Blaustein gemeißelt und so groß wie ein Pferd, lockte ihn. Vaylo drehte ihm den Rücken zu und wählte einen einfachen Eichenholzhocker dicht an der Feuerstelle. Er war zu alt für Steinthrone und zu vorsichtig, sich daran zu gewöhnen. Ein Bastard lernte früh, daß er immer bereit sein mußte, seinen Platz aufzugeben.

Vaylo blickte stirnrunzelnd zu der Tür, die sein zweiter Sohn Augenblicke zuvor zugeworfen hatte. Das war das Problem mit allen seinen Söhnen: Keiner von ihnen wußte, was es bedeutete, einem anderen seinen Platz überlassen zu müssen. Sie wußten nur, was es bedeutete zu nehmen.

Hinter seinem Rücken konnte Vaylo hören, wie die Hunde rauften. Er hörte das tiefe, deutliche Knurren des Wolfshundes und wußte ohne sich umzudrehen, daß das Tier angegriffen wurde, weil sein Herr ihm seine Gunst gezeigt hatte. Vaylo mischte sich nicht ein. Das gehörte zum Leben.

So, dachte er und streckte die Beine vor dem Feuer aus, als er sich umsah. *Das hier ist also das große Dhoone-Rundhaus.* Männer, die sich König nannten, hatten hier einmal gewohnt. Nun gab es nur noch Häuptlinge.

Ein Lächeln breitete sich über Vaylos Züge aus, als er sich an seinen letzten Besuch hier erinnerte. Auch damals war er nicht eingeladen gewesen. Vor nunmehr sechsunddreißig Jahren, mitten in der Nacht, während Airy Dhoone, der damalige Clanhäuptling, und seine sechzig besten Männer unterwegs gewesen waren. Vaylo schlug sich auf den Oberschenkel. Dieser verfluchte Heilige Stein war kaum von der Stelle zu bewegen gewesen! Der alte Ockish Bull hatte sich einen Bruch von Faustgröße zugezogen! Und von den anderen vier Dutzend Clansmännern, die geholfen hatten, das Ding aus dem Steinhaus zu zerren, waren nur zwei am nächsten Tag imstande gewesen, sich zu bewegen. Eine Woche lang hatte keiner von ihnen aufs Pferd steigen können.

Vaylo lachte leise. Die ganze Angelegenheit war zweifellos das fehlgeleitetste, am schlechtesten geplante, dümmste Unternehmen, auf das sich fünfzig erwachsene Männer je eingelassen hatten. Sie hatten den Heiligen Stein nicht weiter als bis zum blauen Dhoonesee schleppen können. Da befand er sich noch immer, auf dem Grund des kupferfarbenen Sees, unter all dem Kies und dem Sandstein, keine dreihundert Schritt vom Dhoonehaus entfernt.

Das wußten natürlich nur die fünfzig, die dabeigewesen waren. Als sie zwanzig Tage später zum Rundhaus des Bludd-Clans zurückkamen, schworen alle, daß die Steintrümmer, die sie mit sich brachten, gezogen von zwei Maultieren in einem Kriegswagen, die Überreste des Heiligen Steins von Dhoone waren, nicht ein paar Brocken, die sie in einem Steinbruch gekauft hatten. Und sie hatten tatsächlich eine hervorragende Latrine daraus gebaut …

Vaylo Bludd beugte sich vor. Das waren noch Zeiten gewesen! Nur Dreistigkeit hatte gezählt. Dreistigkeit hatte ihn, einen Bastard mit nur einem halben Namen und Feinden als Brüdern, zu seiner Stellung als Häuptling gebracht. Ja, er hatte sich genommen, was er wollte. Aber es war kein arrogantes Nehmen gewesen, nicht das eines Mannes, der dazu geboren war, Dinge zu erwarten. Er war nie zu seinem Vater gegangen und hatte ihn um etwas gebeten. Gullit Bludd hatte seit dem Augenblick, als er seinen Bastardsohn anerkannt hatte, nur eine Handvoll Worte mit ihm gesprochen. Und die Hälfte davon waren Beschimpfungen gewesen.

Es klopfte.

Der Hundelord schaute zur Tür. Er war zu lange allein gewesen und hatte zu viel nachgedacht, und das gehörte sich nicht für einen Bluddmann.

»Herein.«

Er erwartete die Kinder seines zweiten Sohnes, die an diesem Morgen aus dem Bluddhaus eingetroffen waren, und hatte deshalb seinen Blick auf den unteren Teil der Tür gesenkt, als sie sich öffnete. Was er sah, war die Taille eines Mannes. Angesichts des langen weißen Gewandes und der glatten, beinahe weibischen Hände seufzte der Hundelord laut. Wenn man sich mit dem Teufel abgab, tauchten seine Helfer schnell genug auf.

»Sarga Veys. Wann seid Ihr eingetroffen?«

Ein hochgewachsener Mann mit bleicher Haut und weibischen Augen betrat das Zimmer. Er trug zwar das lange, weiße Gewand eines Priesters, aber Sarga Veys war kein Mann Gottes. »Auf meine ganz eigene Weise, Lord Bludd, war ich die ganze Zeit hier.«

Vaylo haßte die hohe Stimme des Mannes und die überfeine Form seines Mundes. Er haßte es auch, Lord Bludd genannt zu werden. Er war der Hundelord, und sowohl er als auch seine Feinde wußten es. Plötzlich zornig rief er: »Macht die Tür hinter Euch zu, Mann!«

Sarga Veys beeilte sich, das zu tun, und bewegte sich dabei auf die Weise eines Mannes, der wenig körperliche Kraft besitzt. Die Hunde knurrten in seinem Rücken. Sarga Veys mochte Hunde nicht, und als er mit der Tür fertig war, hielt er sich so weit von ihnen entfernt wie möglich. Als Veys wieder sprach, wurde ein Zittern, das vielleicht Angst war, von dem Vaylo

Bludd allerdings annahm, daß es sich um Zorn handelte, in seiner Stimme deutlich. »Ich sehe, Ihr macht es Euch gemütlich, Lord Bludd. Der Dhoonesitz paßt zu Euch.«

Ein kleines Nicken von Sarga Veys brachte den Hundelord dazu, seinen Blick zum Sockel des Dhoonesitzes zu wenden, wo ein dünner Lederstreifen auf dem Stein lag. Vaylo kniff die Augen zusammen. So ein winziger Gegenstand, ein Stück Leder, das aus seinen Zöpfen gerutscht war, aber der Helfer des Teufels hatte es sofort entdeckt. Nicht zum ersten Mal ermahnte sich Vaylo, mißtrauisch zu sein.

»So«, sagte er und tastete an seinem Gürtel nach dem Beutel mit Priem. »Ihr wart also die ganze Zeit schon hier. Sagt mir, habt Ihr Euch hinter dem Herd verkrochen? Oder wollte Euer Meister, daß Ihr näher am Geschehen seid?«

»Ich glaube nicht«, sagte Sarga Veys, und seine Wangen färbten sich rosig, »daß es Euch etwas angeht, wo ich verweile.«

Den Hunden gefiel Sarga Veys Tonfall überhaupt nicht. Zähnefletschend und schnappend kamen sie so weit auf ihn zu, wie die Leinen es zuließen. Der Wolfshund begann an seiner Leine zu nagen.

Sarga Veys Mund wurde kleiner. Seine violetten Augen wurden dunkler.

»*Hunde!*« rief Vaylo Bludd. »*Still!*«

Die Hunde wurden sofort ruhig, senkten die Köpfe und Schwänze und legten sich auf den Steinboden.

Der Hundelord betrachtete Sarga Veys genau. Einen kurzen Augenblick fragte er sich, ob er nicht gesehen hatte, wie sich die Kehle des Mannes mit seinen violetten Augen bewegte. Das war noch eine Sache, die man sich merken mußte, wenn man mit den Helfern des Teufels zu tun hatte: Ganz gleich, wie schwach sie aussahen, es fehlte ihnen selten an Verteidigung. Sarga Veys benutzte Magie, davon war Vaylo überzeugt.

»Seid Ihr allein hierhergeritten oder mit einer Sept?«

»Ich befehlige eine Sept, wie immer.«

Befehlige? Das bezweifelte Vaylo. Er hatte sich wohl eher von einer schützen lassen. Sieben hervorragend ausgebildete Schwertkämpfer würden sich wohl kaum von einem Mann wie Sarga Veys Befehle erteilen lassen. Abgebrühte Kämpfer konnten diese Art Mann nicht ertragen.

»Von hier aus werde ich nach Süden reiten, um mich mit meinem Herrn zu treffen.« Sarga Veys schien ein wenig entspannter, nachdem die Hunde ruhig waren. Er strich sein feines Haar zurück. »Ich werde ihm selbstverständlich von Eurem großen Erfolg berichten. Ich werde ihm versichern, daß alles glattging und daß Ihr auf dem Weg seid, Herr der Clans zu werden.« Sarga Veys lächelte und zeigte kleine, weiße, ein wenig nach innen gebogene Zähne. »Mein Herr wird zufrieden sein. Er hat seinen Teil getan. Nun liegt es an Euch …«

Vaylo Bludd spuckte den Priem aus, auf dem er gekaut hatte, und brachte Sarga Veys damit so wirkungsvoll zum Schweigen wie seine Hunde. »Es war nicht Euer Herr, der den Überfall geplant und die Gefahr auf sich genommen hat. Er ist nicht durch die Dunkelheit und den Nebel geritten, ohne zu wissen, was der nächste Schritt bringen würde. Seine Klinge wurde nicht von Blut befleckt. Er hat das Leben seiner Söhne nicht aufs Spiel gesetzt. Seine Eier sind beim Warten nicht beinahe erfroren.«

»Dank meinem Herrn«, sagte Sarga Veys, und seine Stimme klang ein ganzes Stück tiefer, »waren Eure Klingen nicht so blutig, wie sie hätten sein sollen.«

Krach!

Der Hundelord trat nach dem Hocker an der Feuerstelle und brach die geschnitzten Beine wie Stöcke. Die Hunde drängten sich an die Wand zurück. Sarga Veys zuckte zusammen. Ein Muskel an seiner Kehle bebte.

»Versucht, Eure elende Magie gegen mich einzusetzen«, brüllte Vaylo, »und so wahr diese Hunde meine Zeugen sind, Ihr werdet das Rundhaus nicht lebend verlassen.«

Als sie ihren Namen hörten, lehnten sich die Hunde gegen die Leinen, fletschten die Zähne und besprühten die Mauer mit Urintropfen.

Unfähig, einen weiteren Schritt zurückzuweichen, weil er mit den Fersen bereits an der Tür stand, kniff Sarga Veys die Lippen zusammen. »Ja. Ich weiß jetzt, wieso man Euch den Hundelord nennt.«

Vaylo nickte. »Ja, das bin ich.« Er schob mit dem Fuß den zerbrochenen Hocker beiseite.

»Nun, Herr der Hunde, oder wie immer Ihr Euch nennt, Ihr habt die Hilfe meines Herrn genutzt, als es Euch paßte. Ich glaube nicht, daß Ihr damals im Zorn irgendwelche Hocker zerbrochen habt. Aber nun steht *Ihr* hier genau an jener Feuerstelle, die Ihr mit seiner Hilfe gewonnen habt, und bedroht seinen Boten körperlich wie ein gemeiner Wirtshausschläger.« Sarga Veys trat einen Schritt vor. »Nun, ich will Euch sagen …«

Vaylo brachte ihn mit einem heftigen Kopfschütteln zum Schweigen. »Sagt mir, weshalb Ihr gekommen seid, und verschwindet. Eure Stimme macht die Hunde unruhig. Wenn Euer Herr eine Botschaft geschickt hat, sprecht sie aus. Wenn er einen Preis genannt hat, sprecht ihn aus.« Vaylo beobachtete Sarga Veys' Gesicht. Es war nicht richtig, daß ein Mann violette Augen hatte.

Sarga Veys zuckte die Achseln. Er brauchte nur noch einen Augenblick, um die Miene zu beherrschen. Als er sprach, lag immer noch ein Rest von Zorn in seiner Stimme. »Also gut. Ich bringe keine Botschaft von meinem Herrn. Als der Handel abgeschlossen wurde, hat er um nichts gebeten, und er bittet auch jetzt um nichts. Wie er damals sagte, wünscht er nur, daß das Clanland von einer einzigen festen Hand beherrscht wird, und er hält Euch für den Mann, der dazu geeignet ist. Ich kann nicht sagen, wann und ob er seine Hilfe wieder anbieten wird. Er ist ein Mann, dessen Zeit von vielen beansprucht wird. Ich weiß allerdings, daß er Euren Fortschritt interessiert beobachten wird. Ich kann mir vorstellen, daß es ihm nicht gefallen würde, wenn Ihr nach allen Anstrengungen, die er vollzogen hat, den Dhoone-Sieg so bequem findet wie eine gepolsterte Wiege und Euch entscheidet, hier liegenzubleiben. Es gibt noch viele Clanfestungen, die zu nehmen sind.«

Der Hundelord saugte an seinen schmerzenden Zähnen. Er sah sich in der Kammer des alten Dhoonehäuptlings mit ihrer riesigen blauen Sandsteinfeuerstelle, den bequemen Fellteppichen und Wandbehängen und den trüben Fenstern um und dachte lange über Sarga Veys' Worte nach. Sie entsprachen nicht der vollkommenen Wahrheit, da war Vaylo sicher, aber es lag eine gewisse Wahrheit in ihnen.

»Ich habe eigene Pläne für Blackhail und den Rest«, sagte er, »und ich werde mich darum kümmern, wenn die Zeit gekommen ist. Zunächst mußte ich das Dhooneland sichern.«

Ein rasches Lächeln flackerte über Sarga Veys' Züge. »Aber selbstverständlich. Mein Herr weiß Eure Urteilskraft zu schätzen.«

Stirnrunzelnd ging der Hundelord zur Tür. Zu seiner Befriedigung wich Sarga Veys vor ihm zurück, aber Vaylo Bludds Freude dauerte nur kurze Zeit an. Er konnte diesen Mann nicht ausstehen. Veys war gefährlich. Sein Temperament hätte besser zu einem Mann gepaßt, der auch die Muskeln hat, es auszunutzen.

»Ihr solltet Euch auf den Weg machen«, sagte Vaylo und griff nach der Tür. »Vergeßt nicht, Eurem Herrn zu sagen, daß die Botschaft, die Ihr *nicht* zu übermitteln hattet, gut verstanden wurde.«

Sarga Veys nickte. Als er das tat, bemerkte Vaylo, daß die Haut im Gesicht des Mannes nicht so glatt und haarlos war, wie er zunächst angenommen hatte, sondern nur hervorragend rasiert.

»Ich werde meinem Herrn sagen, daß Euch der Dhoonesitz zusagt«, erklärte Veys. »Und daß Ihr – wie soll ich es ausdrücken? – *langfristige* Pläne habt, auch das Blackhail-Land zu übernehmen.«

Vaylo Bludd war kurz davor, Veys zu schlagen. Er wurde dunkelrot, ballte die Faust, und die Knochen in seinem Kiefer und Hals knackten. Als er mit der Hand auf den Türgriff schlug, bekam die Schwelle darunter einen Riß. »Geht!« schrie er. »Nehmt Eure heimtückischen Halbwahrheiten und Eure gezierte Halbmann-Art und schafft Euren dürren wohlrasierten Arsch von meinem Land.«

Sarga Veys' violette Augen nahmen die Farbe der Mitternacht an. Seine Miene erstarrte. »Ihr«, sagte er und wurde dabei lauter, als er beabsichtigt hatte, »solltet auf Euer Hundeschnauzen-Maul aufpassen. Ihr redet hier nicht mit einem Eurer in Tierhäute gehüllten Clansmänner. Ich kam als Besucher und Botschafter, und Ihr schuldet mir zumindest Respekt.« Veys trat über die Schwelle und wandte sich Vaylo Bludd ein letztes Mal zu. »Ich würde es mir an Eurer Stelle auf dem Dhoonesitz nicht zu bequem machen, Hundelord. Es mag sein, daß Ihr Euch eines Tages umdreht und er verschwunden ist.«

Damit zupfte Sarga Veys an den Seiten seines Gewandes, hob den Saum vom Boden und stolzierte davon.

Der Hundelord sah ihm nach. Nach einiger Zeit seufzte er tief und schloß die Tür. Es gab noch eine Sache, die man sich merken mußte, was die Helfer des Teufels anging: Sie waren oft schlimmer als der Teufel selbst.

Vaylo ging zu seinen Hunden hinüber und schlug sich auf den Oberschenkel. »Was meint ihr?« murmelte er und bückte sich, um Hälse zu reiben und Ohren zu zausen. »Was haltet ihr von dem Halbmann Sarga Veys?«

Die Hunde winselten und knurrten, buhlten um seine Aufmerksamkeit und knabberten an seinen Fingern. Nur der Wolfshund hielt sich zurück. Er saß direkt an der Wand. Die massiven Schultern waren angespannt, und er hatte den Blick seiner orangefarbenen Augen noch auf die Tür gerichtet.

»Du hast recht, Schöner«, sagte Vaylo. »Der Halbmann hat mir nichts gesagt, was ich nicht bereits weiß: Nur Narren und Kinder lassen ihren Rücken unbewacht.«

»Großvater! Großvater!« Kleine Füße trippelten über Steinboden, und dann flog die Tür wieder auf. »Großvater!« Zwei Kinder standen in der Tür, lächelten und kicherten laut.

Der Hundelord breitete die Arme aus. »Kommt und umarmt euren alten Großvater und helft ihm mit diesen dreisten Hunden.«

Den Hunden entrang sich so etwas wie ein kollektives Seufzen, als die beiden Kinder auf Vaylo Bludd zurannten. Die älteste, eine Schönheit mit der dunklen Haut und den dunklen Augen ihrer Mutter, kicherte wild, als sie ihren Großvater umarmte und gleichzeitig die riesigen Hunde trat.

Die Hunde wußten es besser, als Vaylo Bludds Enkel anzuknurren, und ließen sich heftig tätscheln, zerren und bei unwürdigen Namen nennen. Die Kinder nannten den Wolfshund *Wuschel*! Und er hörte darauf! Das war das Komischste, was Vaylo Bludd jemals gesehen hatte, und er mußte immer wieder darüber lachen. Er liebte nur zwei Dinge im Leben: seine Enkelkinder und seine Hunde, und wenn er beide zusammen in einem Raum hatte, war er so zufrieden, wie ein Mann sein konnte. Innerhalb eines Monats würde er all seine Enkel hier im Dhoonehaus haben, wo er und seine Hunde über sie wachen konnten.

Als er das Haar des jüngeren Enkelkinds zauste, eines schwarzhaarigen Jungen, der, wie Vaylo insgeheim dachte, ihm gewaltig ähnlich sah, fielen ihm Sarga Veys' Worte wieder ein. *Es könnte sein, daß Ihr Euch eines Tages umdreht, und er ist nicht mehr da.*

Vaylo sah sich in der Häuptlingskammer um und überprüfte die Verteidigungsanlagen: das Glitzern stachelbewehrter Gitter, die den Kamin blockierten, die Eisenklampen, die um die Fenster in den Stein eingelassen waren, und den Stein, der flach an der Wand neben der Tür lag, bereit, sie zu blockieren – alles verziert mit der blutigen, blauen Distel von Dhoone. Würden seine Enkel hier sicher sein? Es war das beste Rundhaus, das je gebaut wurde, zehnmal besser zu verteidigen als das Bluddhaus und dennoch das einzige, das der Hundelord jemals ohne echten Kampf eingenommen hatte. Darin lag Schande, und Vaylo wußte es. Es war den Steingöttern lieber, wenn ein Mann ein einziges Feld mit Blut und Wut einnahm, als wenn er sich einen ganzen Kontinent mit Heimtücke und Intrigen verschaffte.

Siebzehn Zähne schmerzten mit wilder, stechender Qual, und zum ersten Mal in seinem Leben fragte Vaylo Bludd sich, ob er das Richtige getan hatte.

10
Rückkehr

Raif kümmerte sich im Stall um sein Pferd, bevor er das Rundhaus betrat. Shor Gormalin und die anderen waren vorgegangen und hatten ihre Tiere den aufgeregten Kindern überlassen, die sich bei ihrer Rückkehr versammelt hatten. Aber Raifs Pferd gehörte nicht ihm. Orwin Shank hatte es ihm geliehen. Orwin züchtete Hunde, Pferde und Söhne, und nachdem nun zwei seiner Söhne tot waren, hatte er mehr Pferde, als er brauchte. Chad und Jorry waren tot, aber wer immer sie getötet hatte, er hatte auch ihre Pferde gestohlen, also verstand Raif nicht, wieso Orwin Shank Pferde übrig haben sollte. Dennoch hatte er irgendwie zwei beschafft, und am Tag nachdem Bron Hawk mit der Nachricht über den Überfall auf das Dhoonehaus zurückgekehrt war, hatte er Raif eines angeboten.

»Schon gut«, sagte der rotgesichtige Axtkämpfer. »Ich will, daß du es behältst. Und wenn es dir paßt, es als Leihgabe zu betrachten, dann ist das auch in Ordnung, aber ich sage dir jetzt gleich, Raif Sevrance, ich werde es nicht zurückfordern. Du und dein Bruder, ihr habt euch um meine Jungs gekümmert, ihr habt einen Heiligen Kreis für sie gezeichnet, und es beruhigt einen Vater zu wissen, daß sie darin ruhen.«

Später hatte Raif erfahren, daß Orwin Shank auch Drey ein Pferd *geliehen* hatte.

Raif kratzte den Hals des grauen Wallachs. Orwin Shank war ein guter Mann, ebenso wie Corbie Meese und Ballic der Rote, aber wieso gestatteten sie es Mace Blackhail, sie anzuführen? Raif atmete tief aus, entschlossen, nicht wütend zu werden. Es gab keine einfache Antwort auf diese Frage. Mace Blackhail konnte gut lügen, und seine Geschichten stießen auf begierige Ohren.

Raif verriegelte die Pferdebox. Was nun? Das war die Frage, die wirklich zählte. Sieben Tage waren eine wirklich lange Zeit. Was sonst hatte Mace Blackhail noch während seiner Abwesenheit aus dem Rundhaus für sich gewinnen können? Er war zurück, das wußte Raif. Die Kinder hatten schon berichtet, wie er früh an diesem Morgen ins Rundhaus galoppiert, einen Augenblick lang hineingegangen und dann wieder zum Alten Wald davongaloppiert war. In seiner Abwesenheit waren die anderen aus seiner Gruppe zurückgekehrt.

Nun war es dunkel, rund vier Stunden nach Mittag. Mace Blackhail hatte genug Zeit gehabt, sich die Vorherrschaft im Rundhaus zu verschaffen. Raif sah nicht ein, daß es etwas ändern könnte, wenn er jetzt aus dem Stall herausrannte, um zu hören, was der selbsternannte Clanhäuptling zu sagen hatte. Was immer Mace Blackhail an Intrigen vorbereitet hatte, sie waren inzwischen sicher längst im Gang.

Raif trat das Heu aus dem Weg und ging den Mittelgang des Stalls entlang. Drey würde drinnen bei Mace Blackhail sein. Drey, der mit Freuden seinen Hammer Mace Blackhail zu Füßen gelegt hatte, hatte Raina Blackhail nicht bei der Versammlung gesprochen, bevor die anderen Männer Gelegenheit gehabt hatten, ihre Waffen anzubieten. Raif konnte immer noch sehen, wie begierig sein älterer Bruder ausgesehen hatte. Ihm wurde übel, wenn er daran dachte. Es beschmutzte alles, was sie zusammen im Ödlandlager durchgemacht hatten.

Raif hatte einen bitteren Geschmack im Mund, als er den Riegel an der Stalltür vorschob. Nun, nachdem Drey die letzten sieben Tage mit Mace Blackhail verbracht hatte, würde er vollkommen unter der Herrschaft des Wolfs stehen. Er wäre nur ein weiteres Mitglied seines Rudels. Nichts band Männer fester aneinander als geteilte Gefahr. Mace Blackhail hatte Drey persönlich gebeten, ihn nach Dhoone zu begleiten.

Raif gab ein Geräusch von sich, das nicht sonderlich nach Lachen klang. Während Mace Blackhail sich angestrengt hatte, den einen Bruder persönlich auszuzeichnen, hatte er noch mehr getan, um den anderen nach Westen auf Wache zu schicken. In den Westen, hundert Meilen entfernt vom Rundhaus, in den kalten blauen Schatten des Küstengebirges, wo alte Clansmänner ihre letzten Tage verbrachen, in denen sie nichts anderes tun wollten als fischen, Ziegen jagen, Heidekraut rauchen und die alten Lieder davon singen, wie Ayan Blackhail den letzten Dhoone-König getötet hatte.

Aber Shor Gormalin hatte das verhindert. »Ich nehme den Sevrance-Jungen mit mir nach Gnash«, hatte er gesagt. »Soviel ich weiß, kann er gut mit dem Bogen umgehen, und wir können es uns nicht leisten, in solchen Tagen einen fähigen Mann zu verlieren. Ich werde auf ihn aufpassen und dafür sorgen, daß er keine Dummheiten macht.«

Niemand, nicht einmal Mace Blackhail, konnte dem geachtetsten Schwertkämpfer des Clans widersprechen, also war Raif mit einer Gruppe von zehn anderen nach Gnash geritten, um herauszufinden, was dort geschehen war.

Es waren sieben schwere Tage gewesen. Sie waren Tag und Nacht geritten. Das Pferd eines Mannes war unter ihm zusammengebrochen, und alle Tiere hatten auf halbem Weg in Duffs Herdhaus gewechselt werden müssen. Auf der Rückreise hatten sie die Pferde wieder gewechselt. Shor Gormalin hatte nichts über Geschwindigkeit und Eile gesagt und keinen Mann in den Sattel getrieben, bevor er am Morgen sein Bier und sein Brot mit Fett im Bauch hatte, aber irgendwie hatte er es geschafft, in allen leidenschaftliches Interesse zu erwecken, so schnell wie möglich zurückzukehren. Mehr als einmal hatte Raif sich gefragt, ob Shor Gormalin vorgehabt hatte, vor Mace Blackhail wieder im Rundhaus zu sein. Raif zuckte die Achseln, aber es fiel ihm schwer. Wenn das der Fall war, dann war der blonde Schwertkämpfer einen halben Tag zu spät gekommen.

Nun war Raif mit dem letzten Eisenriegel fertig, zog die Kapuze über und wappnete sich für den kurzen Weg zum

Rundhaus. Es konnte nicht mehr länger hinausgeschoben werden; sein geliehenes Pferd war gebürstet und gefüttert, und inzwischen wäre seine Abwesenheit vermutlich schon aufgefallen. Es war Zeit, sich Mace Blackhail ein zweites Mal zu stellen.

Die Luft draußen war kalt und *still.* Raif schien kaum einen Augenblick draußen zu sein, bevor er seinen Namen durch die schwer geteerte Eiche des Tores des Rundhauses schrie und man ihn wieder in Wärme und Licht einließ.

Das Rundhaus war voller Menschen und Lärm. Gebundene Clansleute standen in Gruppen beisammen, verstopften die Flure, Treppen und Kammern. Gekleidet in Tierhäute und grob gesponnene Wolle, unterhielten sie sich besorgt über ihre Höfe, ihre Schafe, ihre Kinder und ihre Zukunft. Raif hatte nie so viele Bauern gleichzeitig im Rundhaus gesehen, nicht einmal mitten im Winter. Wer immer bis zu den weitesten Rändern des Clanbesitzes geschickt worden war, um sie zu holen, hatte seine Aufgabe gut gemeistert. Raif kannte ein Drittel der Leute, an denen er vorbeikam, nicht einmal mit Namen.

Es waren erheblich weniger volle Clansmänner und Jahrmänner zu sehen, aber das hatte nichts zu bedeuten. Mace Blackhail hatte sie wahrscheinlich schon an der großen Feuerstelle versammelt.

»Raif! Hier drüben!«

Raif erkannte die Stimme seines Bruders, bevor er ihn sah. Er zog sich auf einen Fackelstein hoch und spähte über die Menge in der Eingangshalle hinweg. Obwohl er vorgehabt hatte, sich gegenüber seinem Bruder distanziert zu geben, atmete er erleichtert auf, als er Drey an der anderen Wand stehen sah, noch schmutzig von der Reise und mit dem Schatten eines Sieben-Tage-Barts am Kinn. Drey war zu Hause. Er sah müde aus. Sein Zopf war mit Fuchsfell verfilzt, und die Hämmererketten, die sich über seine Lederrüstung zogen, sahen aus, als wären sie im Feuer geschwärzt. Von den paar geborstenen

Äderchen an der Nasenwurzel abgesehen war sein Gesicht unverändert.

Drey wartete am anderen Ende der Halle auf seinen Bruder.

Die beiden tauschten einen Handschlag. »Hast du Effie gesehen?« fragte Raif sofort.

Drey schüttelte den Kopf. »Nein, aber andere. Sie war im Alten Wald mit Raina. Anwyn hat gesehen, wie sie zurückkamen. Sie war so still wie ein Mäuschen und ist gleich in ihre Zelle gegangen. Anwyn hat Letty Shank mit ein wenig Milch und Haferkuchen runtergeschickt.«

Raif nickte. Sie schwiegen lange.

»Also«, sagte Drey schließlich, um das Schweigen zu brechen, »seid ihr sicher zurück?«

»Ja. Das Gnash-Rundhaus ist vollgestopft mit Dhoone-Männern. Alle, die entkommen konnten oder nicht im Rundhaus waren, als es überfallen wurde, versammeln sich dort.« Noch während Raif sprach, bemerkte er, wie Drey zu der Treppe hinschaute, die zur großen Feuerstelle führte. »Noch eine Versammlung?« fragte er.

Drey schaute zu Boden.

Raif holte tief Luft, bevor er weitersprach. Es war schwierig, nicht ärgerlich zu klingen. »Wann hattest du vor, es mir zu sagen, Drey? Wenn es vorüber ist?«

Drey schüttelte den Kopf. »Nein. Es ist nicht, was du denkst. Mace Blackhail will Raina heiraten, und er ...«

»Raina?« Raif schnappte nach Luft. Er hatte das Gefühl, als hätte man ihn mitten in ein Spiel geworfen, das er nicht verstand. »Sie wird Mace Blackhail niemals heiraten. Sie ist seine Pflegemutter ... sie hat sich bei der letzten Versammlung gegen ihn gewandt ...« Raif schüttelte heftig den Kopf. »Sie haßt ihn.«

Drey fluchte. »Fang nicht wieder damit an, Raif.«

»Womit anfangen?« Raif hatte das Gefühl, daß er sich anhörte wie ein schmollendes Kind.

»Die Wahrheit zu verdrehen. Dinge zu erfinden. Uns in Verlegenheit zu bringen.« Drey fuhr sich über den Bart. »Du bist nicht der einzige, der mit den Folgen dessen, was du sagst, leben muß. Wenn ich und meine Stellung im Clan dir gleich sind, dann denk doch zumindest an Effie. Sie ist noch jung. Nun, nachdem Vater tot ist, braucht sie den Clan, der für sie sorgt. Und jedesmal, wenn du den Mund aufmachst und etwas Schlechtes über Mace Blackhail sagst, tust du ihr ebenso weh wie dir selbst.« Drey streckte die Hand aus, um Raifs Arm zu berühren, aber Raif entzog sich ihm. Mit einem kleinen, wenig überzeugenden Schulterzucken ließ Drey den Arm wieder sinken. »Mace Blackhail wird Clanhäuptling werden, Raif. Und du wirst das akzeptieren müssen – um unser aller willen.«

Raif sah seinen Bruder forschend an. Er hatte das Gefühl, daß Drey diese Rede über Familie und Clanloyalität schon lange geübt hatte. Die Worte hatten etwas Gekünsteltes, Vorbereitetes an sich, und sie klangen irgendwie nicht nach Drey. Sie klangen eher nach etwas, was Mace Blackhail sagen würde. Raif verzog die Lippen zu einem Lächeln. »Wie lange hast du hier auf mich gewartet, Drey? Hat Mace Blackhail dich hierhergestellt, in die Halle? Hat er dir gesagt, man dürfe mich nicht an die große Feuerstelle lassen, bis ich gehört habe, was du zu sagen hast – und dann genickt habe, wie ein guter Bruder es tun sollte?«

Dreys Wangen hatten sich bei Raifs Worten gerötet. »So war es nicht, Raif. Ich habe mir Gedanken gemacht, daß der Clan sich gegen dich wenden könnte … und Mace sagte, daß ein Mann nie auf vernünftige Worte hört, wenn es um ihn selbst geht, aber wenn man ihn dazu bringt, an seine Familie zu denken, wird er …«

Raif packte seinen Bruder an den Schultern. Drey mußte es doch *sehen.* »Drey. Hör mir zu. Ich werde nichts tun, was dir oder Effie schadet. Mace Blackhail legt dir Worte in den Mund. Wir beide waren zusammen im Lager im Ödland. Du und ich. Wir haben gesehen, was wir gesehen haben, und während wir uns an unsere Geschichte gehalten haben, hat Mace Blackhail seine immer wieder verändert.«

Drey riß sich aus Raifs Griff. »Hör auf, Raif! Hör einfach auf! Mace hat mich schon gewarnt. Er meinte, du wärst zu jung, um zuzuhören.« Mit einem angewiderten Kopfschütteln drehte Drey sich um und ging zur Treppe.

Raif schaute seinem Bruder nach. Nach einiger Zeit hob er die Hand an sein Zeichen, und seine Faust schloß sich um den Rabenschnabel. Haß durchströmte ihn, ließ seine Haut heiß werden und stach ihn im Hals. Er war erst eine Stunde zurück, und Mace Blackhail drehte bereits das Messer in der Wunde.

Bewußt, daß Leute ihn ansahen, ließ Raif sein Zeichen wieder auf seine Brust fallen. Er zitterte, und er mußte sich anstrengen, sich zu beherrschen. Er strich sich Haar und Kleidung glatt und folgte Drey zur großen Feuerstelle. Entschlossen dachte er nicht mehr an seinen Bruder. Er würde jetzt nicht an Drey denken.

Auf der Treppe drängten sich die Leute. Kinder rannten auf und ab und schrien und lachten laut. Gruppen von Frauen saßen auf den Stufen, unterhielten sich leise, kauten Scheiben getrockneten Obstes und flickten Kleider und Lederharnische. Es brannten doppelt so viele Fackeln wie sonst, und Bänder fettigen Rauchs zogen durch die Luft. Raif widerstand dem Bedürfnis, die Leute aus dem Weg zu schieben. Konnten sie denn nirgendwo anders hingehen? Warum hatte Anwyn Bird ihnen keine Zellen zugeteilt? An der Tür zur großen Feuerstelle blieb er stehen. Zwei Clansmänner standen dort auf Wache. Sie überkreuzten die Speere, als sie ihn sahen.

Rory Cleet, goldhaarig, blauäugig und Gegenstand von großem Interesse unter den Jungfrauen des Clans Blackhail, war der erste, der den Mund öffnete. »Du darfst nicht rein, Raif. Tut mir leid. Befehl von Mace Blackhail. Nur geschworene Clansmänner und Jahrmänner.«

Bev Shank, der jüngste der Shank-Jungen und selbst nicht

einmal ein Jahrmann, nickte. »Tut mir leid, Raif. Hat nichts mit uns zu tun.«

»Mace Blackhail ist noch kein Häuptling. Er hat nicht das Recht, Befehle zu geben.« Raif trat vor. »Außerdem, wann sind das letzte Mal bewaffnete Wachen vor die große Feuerstelle gestellt worden?« Bev und Rory wechselten einen Blick.

Rory Cleet biß sich auf die Lippen und senkte den schwarzen, schillernden Speerkopf ein wenig. »Sieh mal, Raif, das hat nichts mit mir zu tun. Mace Blackhail sagt, paßt auf, daß nur geschworene Clansmänner hereinkommen, also tue ich das. Es ist angemessen, daß jene, die ihren Eid geleistet haben, das Recht darauf haben, in Ruhe über Clanangelegenheiten zu sprechen.« Rory sah Raif direkt in die Augen. »Es heißt, Inigar würde nächste Woche die Schwüre entgegennehmen, und vielleicht können du und Bev dann ja Jahrmänner werden, ebenso wie die anderen. Und wenn du dann Zugang verlangst, dann lasse ich dich gerne durch.«

Raif schüttelte den Kopf. Er mochte Rory – er war ein Freund von Drey und überhaupt nicht eingebildet, obwohl er so gut aussah –, aber er war nicht in der Stimmung, sich von irgend jemandem zurückhalten zu lassen. Er schob sich dichter an die Tür und sagte: »Laß mich durch.«

»Das geht nicht, Raif.« Rory Cleet drückte die flache Seite des Speers gegen Raifs Arm. Raif packte den Speerschaft und riß ihn fest nach vorn. Als Rory vorwärts stolperte, schlug Raif ihm mit der Faust auf die Finger. Rory verlor den Speer. Wütend holte er aus, traf Raifs Ohr, und Raif stürzte vorwärts gegen die Tür. Holz krachte. Noch bevor Raif Luft holen konnte, spürte er die Spitze von Bev Shanks Speer an seiner Niere.

»Geh zurück, Raif«, sagte er, die roten Shank-Wangen vor Aufregung noch röter.

Raif spürte die Tür hinter sich. Er taumelte rückwärts. Warme, rauchlose Luft streifte ihm den Nacken. Jemand kam aus dem Raum heraus.

»Was haben wir denn da?« Es war Mace Blackhail. Finger tippten gegen Leder, während er sprach. »Der Sevrance-Junge macht wieder Ärger.« Raif drehte sich um und sah gerade noch, wie Mace Blackhail in den Raum hinein gewandt den Kopf schüttelte. »Ich dachte, du hättest dich darum gekümmert, Drey?«

Raif verzog das Gesicht. Er packte den Schaft von Bev Shanks Schwert und schob die Spitze von sich weg. Es wurde anscheinend immer schlimmer. Er konnte Dreys Antworten nicht vollständig hören, aber die Worte *Es tut mir leid, Mace* waren deutlich zu verstehen.

»Beim Gesicht der Steingötter, Mace, was hast du erwartet? Eine Wache vors Tor stellen!« Orwin Shank trat vor und packte Raif am Arm. »Wieder mittendrin, wie?« Er zwinkerte seinem Sohn zu. »Gute Arbeit mit deinem Speer, Bev.«

Bev grinste seinen Vater an.

Rory Cleet trat zurück, ließ aber keine Sekunde den Blick von Raif. Die Finger in seiner rechten Hand begannen bereits, blau anzulaufen und zu schwellen.

Raif wollte ihm etwas sagen, aber Orwin Shank riß ihn durch die Tür an die große Feuerstelle, bevor er etwas sagen konnte. »Es ist Unsinn, den Jungen draußen zu lassen«, sagte er und schloß die Tür hinter ihnen. »Er ist mit Shor Gormalin nach Gnash geritten. Sein Bericht ist ebenso wichtig wie jeder andere.«

»Das stimmt«, sagte Shor Gormalin von seinem Platz nah dem Feuer. »Bringt den Jungen zu mir. Ich bürge für ihn.«

Raif sah sich um. Dreihundert Clansmänner und Jahrmänner waren hier versammelt, strotzend vor stählernen Waffen, gespannten Bogen, Lederrüstungen und blauem Stahl, der über ihre Brust geschnallt war. Keine Frau war anwesend. Nicht einmal Raina Blackhail.

Mace Blackhail war deutlich unzufrieden. Raif hielt es für ausgesprochen wahrscheinlich, daß er Bev und Rory nur vor die

Tür gestellt hatte, um ihn zurückzuhalten. »Wir besprechen heute Männerangelegenheiten«, sagte Mace und streckte den Arm aus, um Raif den Weg zu blockieren. »Jeder, der nicht weiß, wie es sich anfühlt, einem Mädchen die Hand unter den Rock zu schieben, sollte nicht hiersein.«

An der Ostmauer des Raums fanden zwei Dutzend Jahrmänner plötzlich etwas sehr Interessantes am Boden, was ihre Aufmerksamkeit erforderte. Jemand prustete nervös, andere erröteten. Der riesige, hundsköpfige Banron Lye, der erst im vergangenen Frühjahr Jahrmann geworden war, aber gute zehn Jahre älter aussah, als er tatsächlich war, knackte mit den Fingerknöcheln. Raif warf Drey, der nah an einem Stützbalken aus Blutholz stand, einen Blick zu. Obwohl Drey sich bemühte, seinen Bruder nicht anzusehen, fiel Raif auf, daß er nicht zu denen zählte, die ihre Füße anstarrten, während Mace sprach. Raif fuhr sich über sein Stoppelkinn. Er wußte weniger über seinen Bruder, als er gedacht hatte.

»Mace Blackhail«, sagte Shor Gormalin leise und drehte sich so, daß das Fackellicht auf das kurze, bescheidene Schwert an seinem Gürtel fiel. »Wenn es einen Mann ausmacht, daß er einem Mädchen die Hand unter den Rock geschoben hat, dann gibt es gut fünfzig in diesem Raum, die du gleich rausschicken solltest.«

Der Raum bebte vor Lachen. Die meisten vollen Clansmänner lachten ehrlich amüsiert, und ein großer Teil der Jahrmänner lachte erleichtert.

Ohne auf eine Antwort zu warten, winkte Shor Gormalin Raif zu sich. »Komm hier rüber, Junge, und beeil dich.«

Mace Blackhail senkte den Arm nicht, als Raif näher kam, und Raif war gezwungen, sich an ihm vorbeizudrängen, um zu Shor Gormalin an der Feuerstelle zu gelangen. Unter Mace Blackhails Fingernägeln war Schmutz, und seine Kleider rochen nach den feuchten, verrottenden Blättern des Alten Waldes. »Sei vorsichtig, Junge«, knurrte er leise, als

Raif sich an ihm vorbeidrängte. »Eines Tages treibst du es zu weit.«

Raif versuchte, Mace Blackhails Blick auszuweichen, aber irgendwie mußte er ihn doch ansehen. Die Iris seiner Augen war dunkel und bewegte sich wie die Oberfläche eines Sees bei Nacht. Wenn Mace blinzelte, hatte das etwas Reflektierendes an sich, das seinen Augen einen gelben Schein verlieh. Rasch wandte Raif den Blick ab.

Shor Gormalin tätschelte Raifs Schulter, als er neben ihn trat. Die Wärme des Feuers brannte ihm gegen die Beine, und trotz des Kamins und mehrerer offener Fenster fiel es Raif schwer zu atmen. Die Luft wirkte dick und giftig. Aus dem Augenwinkel sah er, wie Drey ihn quer durch den Raum anstarrte. Er hatte den Hammer aus der Lederscheide am Rücken genommen und die Finger fest um den Lindenholzgriff geschlungen.

»Also, Mace«, sagte Orwin Shank und betupfte seine roten, schwitzenden Wangen mit einem Lappen, »was ist das für ein Gerücht über dich und Raina?«

Mace Blackhail lächelte dünn. Er zuckte die Achseln und starrte seine Hände an. Seine Lederrüstung war mit Scheiben geschwärzten Wolfsknochens benäht. Das Clanschwert hing in einer neuen Scheide an seinem Oberschenkel. »Normalerweise rede ich ungern über solche Dinge – was zwischen einem Mann und einer Frau vorgeht, ist ihre Angelegenheit und geht niemanden sonst an.« Er hielt inne, damit die Clansmänner zustimmend nicken konnten. »Aber eine gewisse Dame und ich sind in einer schwierigen Situation; eine, die, wenn sie nicht so gut und früh wie möglich vor so vielen Ohren wie möglich erklärt wird, mißverstanden werden könnte.« Er hielt einen Augenblick lang inne. »Das werde ich nicht zulassen. Ich will keine bösen Worte gegen Raina hören. Wenn ihr einem von uns die Schuld geben müßt, dann mir.« Damit legte Mace Blackhail die Hand auf den Leder- und Knochengriff des Schwertes.

Raif spürte, wie ihm Schweiß über den Nacken lief, während

die Flammen in seinem Rücken tosten. Wo waren Nellie Moss oder Anwyn Bird? Konnte nicht jemand etwas gegen das Feuer unternehmen?

»Also«, sagte Mace Blackhail mit einem tiefen Seufzen, »muß ich sagen, was ich sagen muß. Als ich heute früh ins Rundhaus zurückkehrte, hörte ich, daß Raina im Alten Wald war und sich um ihre Fallen kümmerte. Da sie die geachtetste Frau im Clan ist und darüber hinaus meine geliebte Pflegeverwandte, ritt ich hin, um sie zu begrüßen und ihr meine Neuigkeiten zu erzählen.« Mace rieb sich mit der behandschuhten Hand über die bleiche Haut seines Gesichts. Wieder senkte er den Blick. »Das ist nicht einfach für mich. Ein Mann spricht nicht gern von solchen Dingen …«

Seine Stimme verklang und lud die anderen ein, etwas zu sagen, um ihn zu ermutigen.

Corbie Meese räusperte sich mit einem rauhen, hackenden Geräusch. Da er direkt vor einer hell brennenden Fackel stand, fiel die Hammerdelle auf seinem Schädel deutlicher auf als je. »Erzähl uns, was passiert ist, Mace. Es ist klar, daß du es ungern tust – das kann dir keiner übelnehmen –, aber wenn es mit dem Clan zu tun hat, müssen wir es wissen.«

Mace Blackhail nickte zusammen mit hundert anderen. Er trat einen Schritt vor, dann wieder einen zurück und sah genauso aus wie ein Mann, der nicht mehr weiß, was er sagen oder wo er anfangen soll. Raif kniff die Lippen zusammen. Er glaubte nicht, daß Mace Blackhail auch nur einen Augenblick wirklich zögerte. Der Wolf hatte sich längst genau zurechtgelegt, was er sagen mußte.

Endlich blickte Mace wieder auf. »Nun, ich ritt in den Alten Wald, und dort sah ich Raina, die auf einer umgestürzten Linde saß. Es ging ihr sehr schlecht. Ich denke, jeder hier weiß, wie sehr sie ihren Mann liebte, und als ich sie fand, war es offensichtlich, daß sie in den Alten Wald gegangen war, um mit ihrem Schmerz allein zu sein. Sie ist eine stolze Frau – das wissen wir alle –, und sie wollte nicht, daß jemand erfährt, wie sehr Dagros Tod sie getroffen hat.«

Nun lauschten beinahe alle im Raum hingebungsvoll. Raina war tatsächlich stolz, das mußte sogar Raif zugeben. Und es klang echt und wahr, daß sie alleine in den Wald gehen würde, bevor sie ihrer Trauer nachgab … Aber Drey hatte gesagt, Effie sei bei ihr gewesen. Raifs Gesicht, das vorher so erhitzt gewesen war, wurde langsam kalt, während Mace Blackhail weitersprach. »Natürlich tröstete ich sie. Wir teilen die Trauer um diesen Mann und sind dadurch eng aneinander gebunden, und wir weinten miteinander. Raina war verständnisvoll und sanft, und wie das bei Frauen oft ist, hat sie mir mehr geholfen als ich ihr.« Mace machte eine winzige Geste mit der Hand. Er schluckte. »Ich … ich muß gestehen, was als nächstes geschehen ist. Ich wäre kein Mann, wenn ich das nicht tun würde. Unsere Nähe hat uns noch näher gebracht, und wir fielen einander in die Arme und kamen zusammen wie Mann und Frau.«

Der Clan schwieg. Dreihundert Männer hielten den Atem an. Das Licht im Raum wurde dunkler, als eine der Mittelfackeln ausbrannte. Raif bemerkte, daß ein Muskel in Shor Gormalins Wange zu zucken begonnen hatte.

Mace Blackhail sprach weiter, seine Stimme tief und zögernd. »Für das, was ich getan habe, gibt es keine Entschuldigung. Es war falsch von mir, die Situation auszunutzen. Als älterer Jahrmann und Dagro Blackhails Pflegesohn hätte ich es besser wissen sollen. Ich hätte Raina von mir stoßen und davongehen sollen. Aber das habe ich nicht getan. Ich habe mich von der Situation überwältigen lassen, wir haben das beide getan, und wenn ich die letzten fünf Stunden ungeschehen machen könnte, würde ich das tun. Bei allen Göttern, die heute nacht aus dem Steinhimmel zusehen, wünschte ich, ich wäre nie in den Alten Wald geritten.

Raina ist keine Blutsverwandte von mir, aber sie hat sich um mich gekümmert, als wäre sie mit mir verwandt, und ich schulde ihr Respekt. Nun habe ich ihr Unrecht getan – und das zutiefst. Es spielt keine Rolle, daß sie willig war. Eines der ersten Dinge, die mein Pflegevater mir beigebracht hat, ist, daß ein Mann immer die Verantwortung für seine Taten auf sich nehmen sollte, besonders, wenn diese Taten etwas mit Frauen zu tun haben.« Obwohl Raif Mißbilligung auf vielen Mienen sah und besonders auf denen der älteren Clansmänner, sah er auch eine Menge Männer, die nickten und zusammen mit dem Wolf seufzten. Ballic der Rote hatte einen Pfeil in seiner schwieligen Bogenhand, strich über die Fiederung und nickte dabei beinahe ununterbrochen. Beinahe alle Jahrmänner zeigten kleine Anzeichen von Mitgefühl, rieben sich das Kinn, kniffen die Lippen zusammen und warfen einander wissende Blicke zu. Raif konnte es nicht ertragen, sie anzusehen. Wie konnten sie dastehen und sich diese Lügen anhören?

»Als zweites will ich vor allen hier sagen, daß ich das wiedergutmachen werde, was ich angerichtet habe. Raina ist älter als ich, und es hat sich in der Ehe mit meinem Pflegevater gezeigt, daß sie unfruchtbar ist, aber ich könnte nicht weiterleben, wenn ich sie nicht heiraten würde. Wir haben vor den Augen von neun Göttern gesündigt, und ich könnte nicht mehr mit mir selber leben, ehe ich das wiedergutmache.« Erschöpft stand Mace Blackhail mitten im Raum und wartete.

Alle standen oder saßen da, ohne sich zu regen. Ganz gleich, ob sie Mitgefühl mit Mace Blackhail hatten oder nicht, sie waren mißtrauisch. Eine Hochzeit zwischen der Witwe eines Clanhäuptlings und seinem Pflegesohn war eine ernste Angelegenheit. Besonders, wenn das vierzehn Tage nach dem Tod des Häuptlings geschah. Nach ausgedehntem Schweigen schnalzte Orwin Shank mit der Zunge. »Na, da hast du dich wirklich in den Dreck gesetzt, Mace, aber anständig! Was hast du dir gedacht, Junge? Ausgerechnet Raina!«

Mace Blackhail schüttelte den Kopf. »Ich habe nicht gedacht, das ist ja das Problem.«

»Du hast wahrscheinlich mit dem Schwanz gedacht«, sagte Ballic der Rote und steckte den letzten Pfeil in den Bogenkasten. »Selbstverständlich wirst du sie jetzt heiraten müssen. Damit hast du ganz recht. Du mußt auslöffeln, was du angerührt hast, bei den Steingöttern! Was für eine dumme Sache!«

»Ja«, rief Corbie Meese, »du wirst meinen Hammer auf deinem Arsch spüren, wenn du sie nicht anständig heiratest. Und das bald. Sie mag in der Vergangenheit unfruchtbar gewesen sein, aber es gibt immer noch eine Chance, daß sie ein Kind bekommt, und ich werde nicht dastehen und zusehen, wie Rainas guter Name in den Dreck gezogen wird.«

Ein Dutzend zustimmender Rufe erklangen.

Raif hörte zu, wie Will Hawk, Arlec Ryce und selbst der kleine Gat Murdock mit seinen Leberflecken Corbie Meese heftig zustimmten. Wilde und ausgesprochen deutliche Drohungen gegenüber Mace Blackhails Männlichkeit wurden geäußert, falls er seiner Pflicht gegenüber Raina nicht nachkäme. Clansmänner waren immer ausgesprochen beschützerisch, wenn es um ihre Frauen ging, und es sah so aus, als wäre der Wolf geradewegs in die Falle gegangen. Raif konnte allerdings das Gefühl nicht abschütteln, daß der Clan genauso reagierte, wie Mace Blackhail es wollte. Hinter dieser Sache steckten Lügen, und zwar sehr schlaue. Aber Raif konnte nicht herausfinden, welche es waren. Hatten Mace Blackhail und Raina etwa schon die ganze Zeit geplant zu heiraten? Raif schüttelte den Kopf. Das konnte er einfach nicht glauben.

Als er den Kopf hob, begegnete er dem Blick seines Bruders. Überraschenderweise hatte Drey nicht zu jenen gehört, die gefordert hatten, daß Mace Raina heiraten sollte. Raif fiel plötzlich ein, wie Drey die Haut des Schwarzbären aus dem Lager im Ödland zurückgebracht hatte … ohne ein einziges Wort zu sagen.

Die Steinplatte, auf der Raif stand, wackelte unter ihm, als Shor Gormalin vortrat. »Hat jemand daran gedacht zu fragen, was Raina will? Ich würde gerne hören, was sie in dieser Angelegenheit zu sagen hat.« Der zierliche Schwertkämpfer war nicht so leise und zurückhaltend wie üblich, und der Blick seiner blauen Augen ruhte stechend auf Mace Blackhail. »Es ist *ihre* Zukunft, über die wir hier sprechen.«

Mace nickte so rasch, daß Raif wußte, daß er eine solche Forderung erwartet hatte. »Drey«, sagte er, ohne den Blick von Shor Gormalin zu wenden, »geh nach unten und hol Raina. Sag ihr alles, was geschehen ist, damit sie keinen Nachteil hat, wenn sie heraufkommt.«

Bevor Drey sich noch von seinem Platz neben der Säule wegbewegen konnte, meldete sich Gat Murdock zu Wort. Der uralte Bogenschütze mit dem Truthahnhals schüttelte den Kopf. »Es ist nicht recht, Raina hier vor uns zu zerren, damit wir sehen können, wie sie ihren Fehler zugibt. Bei den Höllen! Was für Männer sind wir, wenn wir so etwas erlauben?«

Ballic der Rote war schnell dabei, den anderen Bogenschützen zu unterstützen. »Gat hat recht. Es ist nicht angemessen, Raina auf solche Weise zu beschämen. Es ist eine Sache, wenn ein Mann versucht zu bekommen, was er kann, und etwas anderes für eine Frau.«

Mace blickte bedauernd von Bogenschütze zu Bogenschütze. »Ihr habt recht. Aber es sind einige hier« – ein scharfer Blick auf Shor Gormalin und Raif –, »die die Wahrheit von ihr selbst hören wollen. Drey, tu, was ich sage, und hole Raina.«

Drey verließ das Zimmer. Raif lauschte, als er die Treppe hinuntertrampelte, begierig, Maces Befehl nachzukommen. Mace Blackhail hatte eine neue Intrige begonnen, und Raif begann gerade erst zu verstehen, worum es ging. Er hatte eine Art, seine Fehler zuzugeben und anderen die Befriedigung zu nehmen, dies gegen ihn zu wenden. Und seine Lügen waren immer mit Wahrheit vermischt.

Nach einiger Zeit des Schweigens seufzte Mace Blackhail. Die Wolfsknochen auf seinem Mantel klirrten wie Muscheln. »Gat und Ballic haben recht. Raina hier vor den ganzen Clan zu bringen tut nicht gut. Eine Frau hat das Recht, selbst zu entscheiden, was sie von ihren Angelegenheiten erzählt. Ich würde es ihr nicht übelnehmen, wenn sie abstreitet, daß die ganze Sache überhaupt passiert ist oder sogar so weit ginge zu behaupten, daß ich sie mit Gewalt genommen hätte. Es ist ihr Vorrecht, solche Sachen für sich zu behalten, und indem wir sie hier vor uns bringen, nehmen wir ihr das. Und wer unter uns kann ihr übelnehmen, daß sie ihren Anstand auf jede mögliche Weise bewahren will?«

Raif runzelte die Stirn. Er verstand nicht, worauf Mace hinauswollte.

Andere schienen es jedoch zu verstehen, und viele, besonders volle Clansmänner, die dreißig und älter waren, nickten zu Maces Worten. Einer oder zwei murmelten zustimmend. Ballic der Rote warf Shor Gormalin einen wütenden Blick zu.

Während sie warteten, gingen noch mehr Fackeln aus. Raif fragte sich, wo Nellie Moss sein mochte. Sie war eine seltsame Frau mit der Stimme und der festen Brust eines Mannes, aber sie machte immer zuverlässig ihre Runden.

Endlich ging die Tür auf. Raina Blackhail kam herein, in einem einfachen, blauen Kleid mit Flecken am Saum und an den Ärmeln. Die Verbände, die ihre Witwenschnitte bedeckten, waren nicht frisch, und getrocknetes Blut und Schlamm befleckten das Leinen. Drey blieb ein paar Schritte hinter ihr stehen, und in diesem Augenblick betrat auch Nellie Moss mit Bündeln von Grünholz und einer Haut voll Dochtöl den Raum.

Raina stand allein, den Kopf hoch erhoben, und sagte kein Wort. Raif glaubte zu sehen, daß ihre Hände zitterten, aber sie packte schnell den Stoff ihres Rockes, und er war nicht sicher.

Ein unbehaglicher Augenblick verging, in dem alle annahmen, daß jemand anderes sich als erster zu Wort melden würde. Jemand anderes als Mace Blackhail, der an einer Blutholzsäule stand und keine Eile zu haben schien, etwas zu sagen oder zu tun.

Endlich erhob Orwin Shank die Stimme. »Danke, daß du zu uns gekommen bist, Raina.« Der rotwangige Axtkämpfer war deutlich unglücklich, und das Tuch, das er in seinen Händen hielt, war dunkel vor Schweiß. »Mace hat uns gesagt … nun ja … was im Alten Wald passiert ist … und wir wollten dich wissen lassen, daß wir hier niemandem den Vorfall übelnehmen.«

Raina ignorierte Orwin Shank vollkommen und wandte sich an Mace Blackhail. »Du hast allen hier also gesagt, daß ich es freiwillig getan habe?«

Mace warf einen schnellen Blick in die Richtung, wo Corbie Meese, Ballic der Rote und andere standen. Er seufzte ein winziges bißchen. »Ich habe ihnen die Wahrheit gesagt, Raina. Wenn es deinen Stolz rettet, das in anderem Licht darzustellen, werde ich dich nicht aufhalten. Ich gebe zu, wenig von Frauen zu wissen, aber ich hoffe, ich habe genug von Dagro gelernt, um dich mit dem Respekt zu behandeln, der dir zusteht.«

Raina verzog das Gesicht, als der Name ihres Mannes erwähnt wurde. Ihre grauen Augen waren matt, und zum ersten Mal in all den Jahren, seit er sie kannte, fand Raif, daß sie so alt aussah, wie sie wirklich war.

»Er wird dich heiraten, Raina. Darauf hast du mein Wort.« Das war Ballic der Rote. Seine normalerweise laute Stimme war leise genug, um ein verängstigtes Kind zu beruhigen. »Ich werde aus seinen Eiern einen Beutel machen, wenn er es nicht tut.«

Eine Träne lief über Rainas Wange.

»Raina.« Shor Gormalin trat vor. Er versuchte, ihren Arm zu berühren, aber sie wich zurück. Der Schwertkämpfer runzelte die Stirn. Er hob die Hände, so daß sie sah, daß er sie nicht wieder anfassen würde, und sagte: »Raina, du weißt, daß ich an deiner Seite stehen werde, was immer du entscheidest. Aber ich muß die Wahrheit wissen. Hast du dich mit Mace im Alten Wald verbunden?«

Raina antwortete nicht. Es war still, bis auf die Geräusche, die Nellie Moss dabei verursachte, als sie sich um die Fackeln kümmerte. Raif beobachtete Mace Blackhails Miene; der Wolf hatte die Augen zusammengekniffen und saugte an seinen Wangen. Langsam wandte sich Mace Raif zu. Als ihre Blicke einander begegneten, öffnete Mace den Mund, und Raif konnte den Speichel zwischen seinen Zähnen glitzern sehen. Er mußte sich zusammennehmen, um nicht zurückzuweichen. In einem winzigen Augenblick war Mace wieder er selbst, und Raif wußte ohne hinzusehen, daß kein anderer sein Wolfsgesicht erblickt hatte.

»Raina?« Shor Gormalins Stimme durchbrach das Schweigen. »Du hast nichts zu befürchten, wenn du die …«

»Ja«, zischte Raina und schnitt ihm das Wort ab, »ja, wir waren im Alten Wald verbunden, wenn du es so nennen willst. Ja. Ja. *Ja.*«

Der zierliche blonde Schwertkämpfer schloß die Augen. Ein Muskel in seiner Wange zuckte einmal, dann nicht mehr.

»Das ist nun also klar«, sagte Orwin Shank erleichtert. »Du mußt Mace heiraten.«

»Ja«, schrie Ballic der Rote und steckte die Hand unter seine lederne Brustlatte, um seinen Priem zu finden. »Und das ist das Ende des Skandals, bevor jemand den Clan deshalb verhöhnen kann.«

»Und wenn ich mich entscheide, nicht zu heiraten?« fragte Raina und starrte Mace Blackhail direkt an.

Gat Murdock schüttelte den Kopf und seufzte zwischen zahnlosen Kiefern. Orwin Shank rann Schweiß aus seinem Tuch, und Ballic der Rote nahm eine Handvoll Priem zwischen die schwieligen Hände und drückte ihn flach.

Mace Blackhail sah sie an. *Was soll ich nur mit dieser Frau anfangen?* schien dieser Blick zu sagen. Er seufzte. »Raina, du bist seit zehn Jahren die Erste Frau dieses Clans gewesen. Du weißt besser als jede andere, was aus einer Frau wird, die erlaubt, daß ein Mann sie benutzt und dann beiseite stößt. Sie verliert allen Respekt. Oft wird die Frau dann verhöhnt und gemieden und hält es für das Beste, den Clan zu verlassen, um dem schlechten Namen zu entgehen, den man ihr gibt.« Mace dachte einen Augenblick lang nach. »Und dann ist immer noch die Frage des Besitzes dieser Frau. Alle hier wissen von Fällen, wo die eigene Familie von Frauen ihr die feinen Pelze und geschliffenen Steine abgenommen haben.«

Die Clansmänner nickten gewichtig. Auch Raif hatte solche Geschichten gehört, Geschichten von Frauen, die man aus dem Rundhaus ausgestoßen hatte und die nur grob gegerbte Schweinehaut trugen und nicht mehr als eine Wochenration Brot und Lammfleisch besaßen.

»Ich würde selbstverständlich tun, was ich kann …« Mace Blackhail sprach schleppend. »Aber selbst ich muß mich den Clanregeln beugen.«

Raina lächelte auf eine Art, die Raif das Herz zusammenzog. »Du bist durch und durch ein Scrape. Du kannst die Wahrheit nehmen und sie in jede Form verdrehen, die du willst. Wenn du mich jetzt hier mit dem Clanschwert niederstechen würdest, hättest du innerhalb einer Stunde jeden dazu gebracht, zu nicken, dir die Schulter zu tätscheln und dir zu sagen, sie hätten alle gewußt, daß so etwas unumgänglich war. Nun, ich werde dich heiraten, Mace Blackhail vom Clan Scrape. Ich werde meinen Respekt und meine Stellung im Clan nicht aufgeben. Und selbst wenn ich damit genau das tue, worauf du die ganze Zeit gezählt hast, bedeutet es nicht, daß es dir am Ende nicht doch leid tun wird.«

Zitternd vor Zorn sah sich Raina um. Kein Clansmann wagte ihr in die Augen zu sehen. »Ihr habt an einem Abend sowohl euren Häuptling als auch seine Frau gewählt, und ich werde euch nun auch allein lassen, damit ihr euch dazu gratulieren und euch besaufen könnt.« Damit drehte sie sich um und ging auf die Tür zu. Es war Drey, der vor ihr herrannte, um ihr die Tür zu öffnen, und Drey, der die Tür leise hinter ihr wieder schloß.

Raif starrte mit einem Dutzend anderer auf die Stelle, wo Raina Blackhail gerade noch gestanden hatte. Das Schweigen, das sie hinterlassen hatte, drückte gegen seine Haut. Niemand wollte der erste sein, der etwas sagte. Schließlich zog sich Shor Gormalin seinen weiten Elchumhang vor der Brust zusammen und verließ den Raum. Als er dicht an Mace Blackhail vorbeikam, sah Raif, wie die Knöchel des Schwertkämpfers am Schwertgriff weiß wurden.

Mace Blackhails schmales Gesicht war bleich. Er lehnte sich nicht länger lässig an eine Säule, und dieses eine Mal fehlten dem Wolf die Worte. Nachdem Raif ihn einen Augenblick beobachtet hatte, beschloß er, daß es auch für ihn Zeit war zu gehen. Er hatte von Anfang an recht gehabt: nichts, was er tun konnte, würde auch nur das geringste ändern. Mace Blackhail hatte alles in der Hand.

Noch während er quer durch den Raum ging und Drey sich bewegte, um die Tür für ihn zu öffnen, räusperte sich Mace Blackhail. Raif verließ das Zimmer und hörte nicht, was er sagte, aber ein paar Sekunden später waren die Stimmen von drei oder vier Dutzend Clansmännern auf der Treppe zu hören. Raif war nicht überrascht zu hören, daß sie zustimmend klangen.

Raif ging nach unten, folgte einem Weg, den ihm bereits Raina Blackhail und Shor Gormalin gebahnt hatten. Bauern und ihre Familien schwiegen, als er vorbeiging. Jene, die Kinder bei sich hatten, zogen sie dicht an sich, und Raif konnte nur ahnen, was sich auf Shor Gormalins Miene gespiegelt hatte, daß sie solche Angst hatten.

Raif folgte rasch seinen Schritten zurück in den Stall. Seine Brust war angespannt, sein Herz schlug schnell, und etwas Säuerliches brannte in seiner Kehle. Er mußte weg hier. Er würde heute nacht nicht schlafen; die Erinnerung an Raina Blackhails Gesicht würde das nicht zulassen. *Was hat Mace Blackhail ihr angetan?*

Der Rabenschnabel lag wie Eis an seiner Brust, als er seinen Rucksack und den Bogen aus der Pferdebox nahm, wo er sie gelassen hatte. Orwin Shanks Pferd wieherte leise, als er es sattelte, dann schnupperte es an seinen Händen nach einem Leckerbissen. Raif fand ein paar erfrorene Äpfel in seiner Tasche und verfütterte sie an den Wallach. Er war ein gutes Pferd, mit kräftigen Beinen und einem breiten Rücken. Orwin sagte, es hieße Elch, weil es sich auf Schnee und Eis vollkommen trittsicher bewegte.

Raif führte das geliehene Pferd auf den Hof hinaus, spannte seinen geliehenen Horn- und Sehnenbogen und schnallte ihn sich auf den Rücken. Ein bleicher Mond hing tief am Himmel. Der Wind erhob sich, und er kam aus dem Norden; er schmeckte nach dem Ödland. Vereiste Pfützen knirschten unter Raifs Stiefeln. Als er auf den Wallach stieg, bemerkte er ein zweites Paar frischer Pferdespuren auf dem Hof. *Shor Gormalin,* dachte er und spornte den Wallach zum Trab an.

Das Land, das direkt am Rundhaus lag, war eine Weide für Schafe und Rindvieh und wurde von Langkopf und seinen Leuten von allem Wild freigehalten. Wenn ein Mann jagen wollte, mußte er nordwestlich zum Wald reiten oder nach Süden zu den Schierlingswäldern hinter dem Hügelkamm. Der Alte Wald war näher, aber der war zum Fallenstellen gedacht. Und Fallenstellen war Frauenangelegenheit.

Raif ritt nach Süden. Elch war kein schnelles Pferd, aber er legte ein stetiges Tempo vor. Mondlicht, von Schnee reflektiert, machte es leicht, einen Weg zu finden, und Pferd und Reiter kamen gut vorwärts. Sobald sie aus dem Tal heraus- und auf die bewaldeten Abhänge und Hügel und grasigen Täler der südlichen Taiga kamen, begann Raif, nach Wild Ausschau zu halten.

Gefrorene Teiche, deren Eis gebrochen war, Haarbüschel, die sich im Gesträuch verfangen hatten, von Wildschweinen und Ziegen abgenagte Setzlinge und frische Spuren im Schnee waren die Zeichen, nach denen er suchte. Es war ihm gleich, was er erbeutete. Er mußte sich vom Rundhaus und den Menschen darin ablenken.

Eine Eule flog über ihn hinweg, eine Maus oder eine Wühlmaus in den Klauen. Raif sah zu, wie der Vogel sich in der Höhle eines abgebrochenen Baumstumpfs niederließ. Ganz unten an dem vom Blitz gespaltenen Baum glitzerten zwei Augen einen Moment lang golden, und dann war wieder nur Dunkelheit zu sehen. Ein Fuchs. Raif zügelte Elch mit einer Hand, mit der anderen griff er nach dem Bogen auf seinem Rücken und ließ dabei den Blick nicht von der Stelle weichen, wo er den Fuchs erspäht hatte. Die Bogensehne war kalt und steif, aber er hatte nicht die Zeit, das Wachs mit den Händen aufzuwärmen. Er konnte den Fuchs nicht mehr sehen, aber er wußte, daß er da war und sich langsam in das Dickicht aus Hartriegel und Stechginster zurückzog. Wie die meisten Clansmänner hatte Raif seine Pfeile in einem Hirschlederbehälter an der Seite, um alle Bewegungen, die das Beutetier verschrecken konnten, möglichst zu vermeiden, und nun zog er einen Pfeil heraus und legte ihn noch mit derselben Bewegung auf.

Raif rief den Fuchs zu sich. Der Raum zwischen den beiden wurde dichter, und beinahe sofort spürte er die Wärme des Fuchsblutes an seiner Wange. Er schmeckte die Angst des Tieres. Alles fiel von ihm ab, nur er und der Fuchs blieben und die gerade Linie zwischen ihnen. Das Rabenzeichen juckte an seiner Haut. Das war es, was er wollte. Zumindest hier hatte er die Kontrolle.

Die Sehne loszulassen war nur noch eine Kleinigkeit. Obwohl er den Fuchs nicht mehr sehen konnte, hatte er sein Herz vor Augen, und als er die Finger löste und der Pfeil davonschoß, wußte Raif ohne den geringsten Zweifel, daß der Schuß ins Ziel gehen würde.

Der Fuchs fiel fast ohne Laut. Ein paar Blätter raschelten, und das Tier fiel auf festen Schnee. Raif spähte über den alten Baumstumpf hinweg. Er wollte mehr.

Mit klopfendem Herzen glitt er von Elchs Rücken, den Bogen in der Hand. Noch während er seinen ersten Schritt auf dem eisverkrusteten Schnee machte, sein Atem in der eisigen Luft beinahe zu Kristallen gefroren, wurde er sich eines anderen Geschöpfs bewußt, das sich auf der anderen Seite des Gebüschs befand, in der Nähe der Schierlingsbüsche. Als er den Bogen hob und zielte, hätte er nicht einmal sagen können, daß er die Augen des Tieres gesehen, einen kurzen Blick auf seine Silhouette geworfen oder auch nur gehört hatte, daß es sich bewegte. Es war gleich. Er spürte es, und das war alles, was er wußte.

Die Fiederung des Pfeils küßte seine Wange, als er das Tier zu sich rief. Es war ein Wiesel voller Flöhe und mit vom Alter dicken Gelenken. Sein Herz klopfte zu schnell in seiner Brust. Raifs Hand war fest am Bauch des Bogens, als er die Sehne gehen ließ. Als der Pfeil schwirrte, war Raif bereits auf der Suche nach einer weiteren Beute. Sein Rabenzeichen summte an seiner Brust, und der Bogen sang in seiner Hand. Die Nacht war lebendig, seine Sinne geschärft, und hinter jedem Paar von Augen, die im Dunkeln blitzten, stand Mace Blackhail.

11
Schwüre und Träume

Der Totenwächter war heute nacht draußen. Der Lauscher wußte es aus seinen Träumen. Der Wächter war weit weg, wie weit, wußte der Lauscher nicht. Träume konnten einem Mann ohne Ohren nicht alles erzählen.

»Sadaluk! Sadaluk! Du mußt aufwachen und hereinkommen. Nolo sagt, ein Eissturm sei auf dem Weg.«

Der Lauscher war nicht glücklich darüber, geweckt zu werden. Obwohl seine Träume verschwunden waren, horchte er immer noch nach den Echos, die sie zurückgelassen hatten. Er öffnete erst ein Auge und dann das andere. Bala, Silas unverheiratete Schwester, stand vor ihm. Sie trug Hosen aus Seehundfell und einen Ottermantel. Die Kapuze war mit dem Unterfell von Moschusochsen gerahmt, warm und golden in der untergehenden Sonne. Sehr selten. Bala zog sich immer schön an. Die jungen Männer standen vom Räuchergestell bis zu den Hundepfosten Schlange für das Vorrecht, ihr Felle zu schenken.

»Sadaluk. Nolo sagt, du mußt zu uns ins Haus kommen. Du hast jetzt so lange vor der offenen Tür gesessen, daß dein eigenes Haus zu kalt ist, um einen Sturm darin zu überstehen.« Bala schaute über die Schulter des Lauschers, während sie das sagte, und spähte in sein Haus dahinter.

Sadaluk wußte, was sie wollte. »Hast du mir etwas Warmes zu trinken mitgebracht?« fragte er und wußte genau, daß das nicht der Fall war, da ihre Hände leer waren. »Bärensuppe? Den Sud von den Alken, die Sila gefangen und fermentiert hat?«

Bala senkte den Blick. »Nein, Sadaluk. Es tut mir leid. Ich habe nicht daran gedacht.«

Sadaluk schnalzte tadelnd mit der Zunge. »Deine Schwester

Sila hätte das nicht vergessen. Wann immer sie hierherkommt, bringt sie mir Suppe.«

»Ja, Sadaluk.«

Bala sah so hübsch aus, wie sie mit gesenktem Blick dastand, daß der Lauscher dazu neigte, ihr zu verzeihen. Sie hatte nicht Silas üppige, aufgeworfenen Lippen, aber ihre Nase war die flachste im ganzen Stamm. Ein Mann konnte mit der Hand von einer Wange zur anderen fahren und sie kaum spüren. Und Balas Hände waren so klein wie die eines Babys, geradezu dafür gemacht, in die Hose eines Mannes zu greifen, ohne daß er eine Verschnürung lösen mußte. Der Lauscher seufzte. Der Mann, der Bala einmal heiratete, konnte sich wirklich glücklich schätzen.

»Bitte, Sadaluk«, sagte Bala und zupfte an seinem Mantel. »Der Sturm wird hier sein, bevor wir die Möglichkeit haben, die Türen zu versiegeln.«

Der Lauscher kannte Stürme besser als Träume, und obwohl er wußte, daß tatsächlich ein Sturm auf dem Weg war, war ihm auch klar, daß er nicht vor der Dämmerung hier sein würde. »Ich werde mich nicht von der Stelle rühren«, sagte er. »Meine Träume rufen mich. Und nun lauf zurück nach Hause und vergiß nicht, Nolo zu sagen, daß du mir keine Suppe gebracht hast.«

»Ja, Sadaluk.« Abermals warf Bala einen Blick über seine Schulter in sein Haus. Sie biß sich auf die Lippe. »Sadaluk. Nolo hat mich auch gebeten zu fragen, ob du ihm seine Wundnadel zurückgeben könntest. Der Seehundkadaver muß inzwischen gefroren sein.«

Wieder schnalzte der Lauscher tadelnd. Die schwarzen Narben, die die Stelle kennzeichneten, wo sich einmal seine Ohren befunden hatten, schmerzten auf jene Art, wie nur verlorene Ohren schmerzen konnten. Nolos Wundnadel war sehr alt. Sie war weit im Osten vom Alten Blut hergestellt worden und unvorstellbar schön. Nolo war sehr stolz auf sie, so sehr, daß er hin- und hergerissen war dazwischen, sie dafür zu benutzen, wozu sie eigentlich gedacht war – Seehundwunden zusammenzustecken, so daß kein Blut aus den Kadavern floß, bevor sie nach Hause gebracht wurden –, und sie nur zum Angeben zu verwenden. Wenn er sie tatsächlich benutzte, wollte er sie immer so schnell wie möglich wiederhaben.

Der Lauscher stand auf. Knochen knackten, als er sich bewegte, und das Halsband aus Eulenschnäbeln klirrte wie brechendes Eis. Jemand mußte sich dringend um seine Stiefel kümmern, sie waren ganz steif, weil es ihnen an Tran und Speichel fehlte. Sie rissen und blätterten ab wie Baumrinde, wenn er sich bewegte. Sein Haus war von zwei Specksteinlam pen erhellt, aber da die Tür mehrere Stunden lang aufgestanden hatte, war es drin so kalt wie draußen. Frostkristalle glitzerten auf den mit Karibufell bedeckten Wänden und auf dem Boden.

Der junge Seehund, den ihm Nolo heute früh als Dank für sein Jagdglück mitgebracht hatte, war tatsächlich gefroren, und das glatte Katzengesicht hatte seinen Glanz verloren. Die Wundnadel steckte direkt über der Rückenflosse, sinnlos geworden in dem gefrorenen Fleisch. Mit Händen, die seit zwanzig Jahren nicht mehr ausgestreckt worden waren und die so schwarz und vernarbt von Frostbeulen und harter Arbeit waren, daß sie mehr nach Holz als nach Haut und Fleisch aussahen, löste der Lauscher die Nadel. Sie bestand aus Knochen, aber von keiner Art, die er identifizieren konnte. Sie war hart wie Diamant und so glatt, und sie gehörte in eine ältere Zeit, an einen anderen Ort. Der Lauscher seufzte, als er sie Bala reichte. Es wäre ein schöner Talisman, den er in der Hand halten könnte, während er seinen Träumen lauschte.

»Und nun geh zurück zu Nolo«, sagte er. »Sag ihm, ich werde an seine Tür klopfen, bevor der Sturm ausbricht, und nicht eher.«

Bala setzte dazu an, etwas zu sagen, dann schloß sie den Mund wieder. Sie nickte. Mit ihren kleinen Händen steckte sie die Wundnadel in eine Falte des Ottermantels. Dann zog sie die Kapuze gegen den aufkommenden Wind fest ins Gesicht und ging wieder hinüber zu Nolos und Silas Haus.

Der Lauscher kehrte an seinen Platz zurück. Schnee wirbelte vor ihm wie trübes Wasser, aber es war nicht kalt. Nicht wirklich. Der Winter hatte gerade erst begonnen. Das Bärenfell genügte, um ihn zu wärmen, und die dichten Schutzhaare an seinem Kragen ließen keinen Wind hinein. Sein Kopf war allerdings unbedeckt. Der Eisgott hatte seine Ohren schon vor dreißig Jahren gefressen. Wenn er die Nase und Wange auch hätte haben wollen, hätte er das inzwischen getan.

Er suchte in seiner Hechtledertasche nach seinen Talismanen: dem Narwalzahn, dem Silbermesser und dem Treibholz. Meer, Erde und das, was zum Himmel wuchs. *Wo war ich stehengeblieben?* Sadaluk schob die Talismane in seinem Schoß hin und her und versuchte, sich an die Bilder seines letzten Traums zu erinnern. Die beiden nierenförmigen Narben auf beiden Seiten seines Kopfes brannten unter ihren Pfropfen aus Bärentalg. Kurz dachte er noch einmal an Nolos Wundnadel. Er hätte sie wirklich gern jetzt in den Händen gehalten. Das Alte Blut wußte viel von Träumen … und noch mehr über den Totenwächter.

Zeig mir den, der den Verlust erleiden wird, bat der Lauscher zum zweiten Mal in dieser Nacht. *Den, den man den Totenwächter nennt.*

Zeit verging. Die Talismane wurden in seinen Händen warm. Dann rutschte abrupt der Boden unter seinen Füßen weg, und er stürzte in seine Träume. Lootavek hatte einmal erklärt, daß Träume ein Tunnel seien, durch den man gehen müsse; für Sadaluk waren sie eine Grube. Er hatte immer das Gefühl, als wäre er verschlungen worden und stürzte in die Kehle eines riesigen Bären. Stimmen sprachen zu ihm, während er abstieg, also tat er, was man ihn gelehrt hatte: er *lauschte.*

Der Traumort war dunkel, und es gab dort Dinge, die ihn kannten und nicht fürchteten, und wenn er nicht sorgfältig lauschte, würde er vom Weg abkommen. Lootavek hatte seinen Weg nur ein einziges Mal verloren, aber es hatte genügt, ihn aus dem Haus und auf das Meereseis zu locken, in die weichen, tropfenden Ränder, wo weiße Schollen und schwarzes Wasser einander begegneten. Es hatte genügt, ihn den Schritt auf das farblose Fetteis dahinter machen zu lassen.

Der Lauscher schloß die Faust um den Narwalzahn. All jene, die ihren Träumen lauschten, wurden irgendwann zu ihrem Ende geführt. Jedesmal, wenn er lauschte, fragte Sadaluk sich: *Wird dies das letzte Mal sein*?

Während er mit dem Daumen fest gegen das glatte Elfenbein des Zahns drückte, sah der Lauscher den Totenwächter. Er jagte wie zuvor, tobte über ein Land, in dem es vor Wild nur so wimmelte, und der Tod folgte ihm auf den Fersen wie ein Hund. Aber noch während der Lauscher zusah, verschwand der Tod. Es war jemand anders in der Nähe, um den er sich in dieser Nacht kümmern mußte.

Elchs Rumpf war voller Blut. Zwei Füchse, ein Wiesel, ein Murmeltier, mehrere Hasen, drei Nerze und eine wilde Katze lagen auf dem Rücken des Wallachs. Elchs Wärme hielt die Kadaver warm. Raif kratzte den Hals seines Pferdes. Elch hatte in dieser Nacht schwer gearbeitet, war dicht verschneite Abhänge hinabgetrabt und über vereiste Teiche gestapft, und nicht ein einziges Mal hatte er gewiehert, wenn Wild in Sicht war, und war immer während dieser langen, wichtigen Sekunden, in denen der Bogen gespannt wurde, vollkommen ruhig geblieben.

»Orwin hat dir einen passenden Namen gegeben«, sagte Raif, während er das Pferd über die Weide zum Rundhaus führte. »Ich schwöre, eines Morgens, wenn ich in den Stall komme, wird dir ein Geweih hinter den Ohren wachsen.«

Elch wandte Raif den Kopf zu und schnaubte angewidert.

Raif grinste. Er hatte sein geliehenes Pferd sehr gern. Elch zu reiten und von seinem Rücken aus zu jagen hatte geholfen, die

Nacht rasch herumzubringen, und das war alles, was Raif gewollt hatte. Es fiel ihm dieser Tage schwer zu schlafen. Mehr und mehr war es notwendig, daß er sich erschöpfte, bevor er sich für die Nacht auf der Bank oder den Decken niederließ. Manchmal war es besser, überhaupt nicht zu schlafen. Er hatte niemals gute Träume. Häufig kam Tem darin vor, schlug in seinem Zelt um sich, kämpfte gegen einen unsichtbaren Gegner und rief nach Raif, der ihm helfen sollte. Tems Haut war schwarz verkohlt, und seine Finger waren von den Wölfen angenagt. Raif schauderte. Er blickte durch den gefrorenen Atem nach oben und schaute in den Vordämmerungshimmel. Das hier war eine jener Nächte, in denen er lieber jagte als schlief.

Im Rundhaus waren nur wenige Lichter zu sehen. Die meisten Fenster waren entweder mit Steinen oder mit Holz oder mit beidem verbarrikadiert. Die meisten im Clan glaubten, daß Vaylo Bludd nun jeden Tag eintreffen und versuchen würde, das Blackhailland auf dieselbe Art einzunehmen, wie er zuvor Dhoone eingenommen hatte.

Raif war da nicht so sicher. Nach allem, was er in Gnash gesehen und gehört hatte, sah es so aus, als wäre der Hundelord mehr als genug damit beschäftigt, Dhoone zu halten. Dhoone war ein riesiges Clangelände mit mehr als einem Dutzend Clans an den Grenzen. Gut die Hälfte der Dhoonesmänner war zum Clan Gnash und dem Schneefuchsclan geflohen, und sie waren wütender als Hirsche in der Brunft. Raif konnte sich kaum vorstellen, wie der Hundelord ein Rundhaus belagern sollte, während er versuchte, das andere zu halten.

Stirnrunzelnd tätschelte er Elchs Nacken. Gefrorener Schlamm zerbarst unter seinen Stiefeln. In der Nacht war kein weiterer Schnee gefallen, aber die Temperatur war so sehr gesunken, daß Raif gezwungen gewesen war, Wangen und Nase mit Fett einzureiben. Alle paar Minuten mußte er die Eiskristalle von der Fuchskapuze bürsten, wo sein Atem im Fell zu Eis geworden war.

Als er auf den gestampften Hof kam, bemerkte er eine Bewegung an der Seite des Rundhauses. Er zog an Elchs Zügeln, veränderte seinen Weg und ging auf die Gestalten zu, die aus der Tür kamen, die dem Stall gegenüberlag. Geräusche drangen durch den Nebel: das Knirschen von Elchleder auf Schnee, das Rasseln von Pfeilen in einem Pfeilkasten, das Quietschen neuen Leders, das zum ersten Mal belastet wurde. Jemand gähnte. Raif entdeckte den Umriß von Corbie Meeses verformten Kopf und dann die breite Kämpferbrust von Ballic dem Roten. Clansmänner, insgesamt etwa drei Dutzend, eilten vom Rundhaus zum Stall.

Er zog Elch vorwärts und begann zu laufen. Noch bevor er das Halblicht der offenen Tür erreichte, hatte Ballic den Bogen gezogen und ihn im Visier. Raif ließ die Zügel fallen, hob beide Arme in die Luft. »Ballic. Ich bin es. Raif Sevrance. Nicht schießen.«

»Steineier, Junge!« röhrte Ballic und senkte den Bogen. »Was bildest du dir ein? Hier so angerannt zu kommen! Ich war nur noch einen Rattenschwanz davon entfernt, dir die Zähne aus dem Kiefer zu schießen.« Der Bogenschütze lächelte nicht, und seine Worte hatten einen bissigen Unterton. »Wo warst du?«

Raif tätschelte Elchs Flanke. Getrocknetes und halb gefrorenes Blut hatte den Rücken des Wallachs rot gefärbt. Die Kadaver hingen schlaff da wie Futtersäcke. »Auf der südlichen Taiga. Jagen.«

Während er das sagte, kamen noch mehr Männer aus dem Rundhaus. Alle waren für einen harten Ritt gekleidet, trugen Ölhäute und dicke Felle und Stahl. Waffen und Vorräte bildeten unregelmäßige Buckel auf Rücken und Schultern und um Taillen. Beutel mit Klauenfett, pulverisiertem Heiligem Stein, Ersatzbogensehen und getrocknetem Fleisch hingen an Haken von ihren Gürteln. Raif sah, daß Drey unter den letzten war, die das Haus verließen. Er trug Tems gewachsten Mantel.

»Hast du irgend etwas gesehen, als du da draußen warst?«

fragte Corbie und ließ den Blick seiner hellbraunen Augen zu dem Land südlich des Rundhauses schweifen.

Raif schüttelte den Kopf. Corbies Miene gefiel ihm nicht. »Was ist los? Wo wollt ihr hin?«

Corbie Meese und Ballic der Rote wechselten einen Blick. Corbie machte eine rollende Bewegung mit dem Arm und wies damit die anderen Clansmänner an vorzugehen. »Wir reiten nach Osten, an Dhoone vorbei zur Bluddstraße. Mace hat gehört, daß vierzig Hammermänner und Speerträger in drei Tagen von Bludd nach Dhoone reiten werden, und wir haben vor, einen Hinterhalt zu legen.«

Raif sah die anderen Männer an. Mace Blackhail war nirgendwo zu entdecken. »Woher weiß Mace das?« Corbie Meese fuhr mit der behandschuhten Hand über die Hammerdelle an seinem bloßen Kopf. »Das hat er in Gloons Herdhaus gehört. Vor zwei Tagen, kurz bevor wir hierher zurückkehrten, hat er sich von uns getrennt. Er sagte, er wolle sehen, was die Reisenden und andere über den Überfall auf Dhoone gehört haben.«

»Und es ist gut, daß er das getan hat«, warf Ballic der Rote ein, »sonst wüßten wir gar nichts von dieser Sache.«

»Ja«, stimmte Corbie zu, »Bier und Malz haben einer Menge Leute in Gloons die Zunge gelockert, und Mace hat gehört, der Hundelord wollte das Dhoonehaus zu seiner Hauptfestung machen. Alles – Waffen, Möbel, Tiere, selbst Frauen und Kinder – soll vom Bluddhaus nach Dhoone gebracht werden. Der Hundelord hat vor, seinen ältesten Sohn, Quarro, an seiner Stelle in der Bluddfestung zu lassen.«

Raif nickte. Das klang vernünftig. Das Dhoone-Rundhaus mit sechzehn Fuß dicken Mauern und einem Dach aus Eisenstein war die stärkste Festung im ganzen Clanland. *Wie ist es ihm dann gelungen, es zu erobern?* Gegen seinen Willen mußte er wieder an den Überfall auf dem Ödland denken … an den Gestank nach heißem, geschmolzenem Metall in der Luft.

»Kommst du mit uns, Junge?« fragte Ballic, und sein langer, buschiger Bart fing seinen Atem ein, der sich dort zu Eis verwandelte. »Tem hat mir immer erzählt, wie gut du mit diesem gebogenen Stock da bist. Wir könnten einen weiteren Bogenschützen brauchen, oder, Corbie?«

Corbie Meese zögerte, bevor er antwortete, und zupfte an seinen Hundefellhandschuhen, damit sie richtig saßen. »Ich bin nicht sicher, ob er mitkommen sollte, Bal. Mace hat gesagt, nur Jahrmänner und geschworene Clansmänner. So gefährlich, wie die Sache ist, ist das auch nur angemessen.«

»Da hast du recht.« Ballic der Rote betrachtete Raif einen Augenblick lang mit seinen wilden grauen Augen, bevor er den Blick den Kadavern zuwandte, die auf Elchs Rücken lagen. Raif konnte sehen, daß er zählte. Als er sprach, wandte er sich an Corbie. »Zwölf Felle in einer halben Nacht, wie? Und immer ins Herz. Und einer davon eine Katze. Ein schöner Fang, dagegen kann man nichts sagen.«

»Der Junge ist unruhig, Bal«, sagte Corbie. Und dann zu Raif: »Nimm's mir nicht übel, Junge. Du bist einfach in diesem Alter, wo du mehr Ärger machst als hilfst. Und ganz sicher hat Mace Blackhail nichts für dich übrig.«

Ballic lachte leise. »Ja, aber so sehr er es auch versucht hat, er hat den Jungen nicht von seinen Versammlungen fernhalten können!« Der Bogenschütze schlug Raif mit einer Hand, die gleich in zwei Handschuhen steckte, auf den Rücken. Niemand paßte so gut auf seinen Bogenfinger auf wie Ballic der Rote. »Also, sag mir die Wahrheit, Junge. Bist du ein so guter Schütze, wie Shor Gormalin und dein Vater mir immer erzählt haben?«

Raif blickte zu Boden. Wie konnte er diese Frage beantworten? »Einige Sachen kann ich besser als andere. Wenn es um Ziele geht, bin ich nicht gut, aber Wild …« Er zuckte die Achseln. »Mit Wild komme ich gut zurecht.« Während er das sagte, kamen die ersten Clansmänner mit ihren Pferden wieder aus dem Stall. Drey war einer der ersten, der sein Pferd hinausführte. Orwin Shank hatte ihm einen schönen schwarzen Hengst mit starken Beinen und breitem Rücken gegeben. Das Morgenlicht fiel auf den Schnee, und Raif konnte die Miene seines Bruders deutlich erkennen. Es zog ihm die Brust zusammen. Drey wollte nicht, daß er mitkam.

»Wie alt bist du, Junge?« Die Frage Ballics des Roten schien aus sehr großer Entfernung zu kommen.

»Sechzehn.«

»Also würdest du im Frühjahr deinen Jahrmannschwur ablegen.«

Raif nickte.

»Also, ich sage, wir rufen Inigar Stoop jetzt gleich heraus und lassen dich deinen Eid nehmen. Ein paar Monate machen keinen Unterschied mehr.«

Corbie Meese holte tief Luft. Die Kälte hatte seine Lippen grau werden lassen. Seine keilförmige Brust und die Schinkenarme drückten gegen den Elchledermantel, als er fest auf den Schnee stampfte. »Steingötter, Bal! Mace wird einen Anfall kriegen, wenn er erfährt, daß du vorhast, den Jungen den Eid ablegen zu lassen. Erst letzten Abend ...«

»Wo ist Mace eigentlich?« unterbrach Raif. »Kommt er mit euch?«

»Er wird noch einen Tag hierbleiben, um zu wachen, bevor Inigar ihn zum Häuptling salbt.«

Raif zuckte mit keiner Wimper, aber er spürte, wie seine Pupillen sich verengten und das Licht ausschlossen.

Also würde Mace Blackhail beim Heiligen Stein Häuptlingswache halten, an die Nordseite des Steins gebunden, zwölf dunkle Stunden lang allein, ohne ein Wort zu sagen, die Augen weit offen, um die Gesichter der neun Götter zu sehen. Seine Wirbelsäule würde den Granit an drei Stellen berühren, und der Mantel des Häuptlings, den er trug, würde das Graphitöl und andere Flüssigkeiten des Heiligen Steins aufsaugen. Wenn Inigar ihn danach mit dem Clanschwert freischnitt, würde

Häuptlingsblut fließen, und neun Tropfen von Maces Blut würden in die Götterschale fallen, die in den Stein gemeißelt war. Später würde Mace schreckliche Schwüre und Eide ablegen, vor dem gesamten Clan seinen Geburtsclan aufgeben und sich sein Leben lang Blackhail anschwören. Und noch später würde er mit eigener Hand einen Heiligen Kreis ziehen und hineintreten und die Steingötter auffordern, ihn niederzuschmettern, wenn sie ihn nicht für geeignet hielten, Häuptling zu sein.

Raif wußte, daß Corbie Meeses Blick auf ihm ruhte, und zeigte seinen Zorn nicht. Aber er war vorhanden, dieser Zorn, heiß und verrenkt wie ein Stück schwarzen Eisens in seiner Brust. Er hoffte, daß die Steingötter Mace Blackhail zur Hölle schicken würden.

»Mace wird uns einholen, wenn er kann«, sagte Corbie. »Er war die ganze Nacht wach, um die Verteidigungsanlagen zu überprüfen.«

Der Hammermann war ungeduldig und wollte sich endlich auf den Weg machen. Er warf immer wieder Blicke zu dem größer werdenden Kreis von Clansmännern, die ihre Pferde aus dem Stall gebracht hatten und sich nun damit beschäftigten, Decken und Futtersäcke festzuschnallen. »Er hat gehört, daß der Hundelord Kapuzenmänner zu unseren Grenzen geschickt hat. Von nun an kann also keiner von uns auch nur seinem eigenen Schatten trauen. Mace wird uns innerhalb von einem Tag einholen.«

Kapuzenmänner. Raif vergaß Mace Blackhail sofort. Nun verstand er, wieso Corbie und Ballic so unruhig gewesen waren, als er sich dem Hof näherte. Kapuzenmänner waren die schleichenden Attentäter des Clanlands. Benannt nach den langen, mit Kapuzen versehenen Mänteln, die sie trugen, die angeblich die Farbe entsprechend der Jahreszeit veränderten, zogen sie in Feindesland, lauerten nahe Wildpfaden und zum Fallenstellen geeigneten Stellen, warteten dort Tage und Tage, bis jemand vorbeikam, den sie töten konnten. Sie forderten im Vergleich zu Überfällen und Hinterhalten nur wenige Opfer – normalerweise einsame Jäger oder, wenn sie Glück hatten, kleine Jagdgruppen –, aber darum ging es nicht. Sie riefen Angst hervor. Wenn man glaubte, daß Kapuzenmänner sich auf Clanland aufhielten, konnte niemand mehr, der das Rundhaus verließ, sicher sein, daß er nach Hause zurückkehren würde. Ein Kapuzenmann konnte eine Frau, die draußen war, um sich um ihre Fallen zu kümmern, erschießen, ohne sich selbst zu zeigen. Sie konnten überall sein, hoch im Wipfel eines blauen Schierlingsbaums, im kotähnlichen Schlamm eines vermoosten Sumpfes oder hinter der roten Wirbelsäule eines Sandsteinkamms. Im Winter, hieß es, vergruben sich einige Kapuzenmänner im Schnee, wo sie Stunden ausharrten, die Waffen über der Brust verschränkt, bereit, kalten Tod zu bringen.

»Nun ja, Mace Blackhail wird meine Eier erst mal finden und sie braten müssen, wenn der Junge mit mir kommt.« Der Blick Ballics des Roten war beinahe sehnsüchtig, als er die Kadaver auf Elchs Rücken betrachtete. »Du weißt, wie wichtig ein guter Schütze bei einem Hinterhalt ist, Corbie. Pfeile, die direkt ins Herz gehen wie diese, werden die Bluddmänner aufhalten, wo sie stehen.« Und dann zu Raif: »Bleib hier, Junge, und ich hole Inigar Stoop.« Ohne auf eine weitere Reaktion zu warten, kehrte Ballic ins Rundhaus zurück.

Raif schaute ihm nach. Er wußte nicht einmal, ob er mit der Gruppe reiten wollte oder nicht. Er würde Elch zurücklassen müssen; der Wallach hatte in diesen drei Tagen eine große Entfernung zurückgelegt und brauchte Schlaf. Drey wollte zweifellos nicht, daß sein Bruder mitkam. Raif konnte ihn nun auf dem Rappen sehen, den er näher herandrängte, damit er herausfinden konnte, was zwischen den älteren Clansmännern und seinem jüngeren Bruder geschah. Und dann waren da noch die Dinge, die immer in Raifs Hinterkopf nagten, Dinge, die mit Mace Blackhail zu tun hatten. Es war nicht üblich, daß der

Anführer einer Truppe sich auf dem letzten Teil der Reise von ihr absetzte. Und bei einem kurzen Besuch in einem Herdhaus hatte Mace Blackhail sehr viel erfahren, genug, um Angst im Clanland zu verbreiten und einen Trupp auszusenden, um Bludd aufzulauern.

Irgend etwas stimmte nicht.

Raif warf Corbie Meese einen Blick zu und fragte sich, ob er laut aussprechen sollte, was er dachte. Der Hammermann hatte es eilig gehabt, Mace Blackhail seine Waffe anzuschwören, aber was am letzten Abend an der großen Feuerstelle geschehen war, hatte keinem gefallen, und sowohl Corbie als auch Ballic schienen jetzt weniger bemüht als in den Tagen zuvor, sich Mace Blackhails gute Meinung zu bewahren. Dennoch, das würde alles vergessen sein, sobald Mace und Raina verheiratet waren. Raif schob die Kapuze zurück, weil er sich darunter plötzlich heiß und wie gefangen vorkam. Es gefiel ihm nicht, an Raina Blackhail und Mace zu denken. Auch das paßte irgendwie nicht zusammen.

»Hallo! Kommt alle her!« Die dröhnende Stimme Ballics des Roten brach die Stille des Hofs, als der Bogenschütze aus dem Rundhaus kam und den kleinen weißhaarigen Steinhüter hinter sich her zerrte. »Raif Sevrance wird den ersten Eid sprechen.«

Murmeln erklang. Der kahle Today Walker murmelte: »Er hat es wirklich getan.« Hinter seinem Rücken hörte Raif Drey leise fluchen.

Inigar Stoop sah alles andere als erfreut aus. Er trug einen Schweinsledermantel, schwarz gefärbt, wie es im Clan Brauch war. Schieferscheiben, so dünn, daß sie wie Schuppen aussahen, waren an Kragen und Saum angebracht. Die Ärmelöffnungen hatte er an der großen Feuerstelle angesengt, um den Beginn eines Krieges zu kennzeichnen. Das Haar des Steinhüters war flach gedrückt, und längst nicht alle Verschnürungen an seinem Mantel waren ordentlich gebunden, also war anzunehmen, daß

Ballic der Rote ihn aus dem Bett gezerrt hatte. Schieferstücke klirrten, als er sich bewegte.

»Bringen wir es hinter uns«, sagte er und betrachtete stirnrunzelnd den Morgenhimmel. »Obwohl ich euch warnen muß – das ist nicht der angemessene Zeitpunkt und nicht der richtige Ort.«

Beinahe unwillkürlich griff Raif an die Kehle, um seinen Rabenschnabel zu berühren. Das schwarze Hornstück fühlte sich glatt und kalt an wie ein Kiesel aus dem Eis. Er war nicht sicher, ob er überhaupt vor drei Dutzend Clansmännern schwören wollte, aber noch während er den Schnabel wieder an die Brust fallen ließ, zog Inigar Stoop einen Eidstein aus der Tuchtasche, die er am Gürtel trug. Er wärmte den Stein in seiner Faust und begann, die Steingötter aufzuzählen. Seine Stimme war dünn und zittrig, und der Klang der Götternamen hatte eine Schärfe an sich, die Raif zuvor nie aufgefallen war. Bodennebel verwehte im Wind. Das Licht der aufgehenden Sonne reflektierte von den Unterseiten der Wolken und hüllte den Hof in ein silbriges Schimmern. Der Wind ließ nach, und Inigar Stoops Stimme wurde weit über den Hof hinweggetragen.

Nachdem er alle neun Götter benannt hatte, öffnete Inigar seine Faust und streckte die Hand aus. Er nahm den Blick seiner schwarzen Augen nicht von Raif, während er darauf wartete, daß dieser den Stein entgegennahm. Obwohl er sein Rabenzeichen auf dem Mantel hängen hatte, auf der geölten Haut und der gewachsten Wolle, hatte Raif das Gefühl, als befände es sich *in* seiner Haut. Er verspürte das intensive Bedürfnis davonzulaufen, Inigar den Eidstein aus der Hand zu schlagen, ihn mit dem Absatz tief in den Schnee zu treten und über die gefrorene Ebene davonzurennen, um niemals zurückzukehren. Das hier ging alles viel zu schnell.

»Nimm den Stein, Raif Sevrance.« Inigar Stoops Augen waren dunkel wie vulkanisches Glas. »Nimm ihn und steck ihn in den Mund.«

Raif rührte sich nicht, *konnte* sich nicht rühren. Der Steinhüter hob den Arm ein wenig, machte eine zustoßende Bewegung mit der Hand. »*Nimm ihn.*«

Hinter dem Steinhüter nickte Ballic der Rote Raif nachdrücklich zu. Er hatte einen Pfeil aus der Schachtel genommen und hielt ihn in der Faust mit der Spitze nach unten. Corbie Meese hatte den Hammer losgeschnallt und hielt ihn vor der Brust. Ein Blick zur Seite zeigte, daß alle Männer ihre Waffen gezogen hatten, sie aus Hornbehältern, Lederhalterungen und gefütterten Scheiden genommen hatten. Alle hier hatten ihren ersten Eid bereits hinter sich. Die Waffen zu ziehen war ein Zeichen des Respekts. Raifs Mund war trocken. Inigar Stoops altes, braunes Gesicht mit seiner Hakennase und den hohlen Wangen wurde härter. Eine schwache Brise, die über den Hof wehte, ließ die Schiefermedaillons klirren.

»*Nimm ihn.*«

Raif hob die Hand zum Eidstein. Als ein Schatten auf Inigars offene Handfläche fiel, krächzte ein Rabe. Ein Vogel, dunkel und ölig wie ein Stück Fleisch, das auf dem Feuer verbrannt ist, flatterte zum Hof nieder. Er stieg auf einer kalten Strömung ab, kam kreischend näher, bis eine Säule warmer Luft ihn wieder nach oben trieb. Mit einem einzigen Flügelflattern kam er auf dem Wetterhahn hoch oben auf dem Steildach zu sitzen.

Der Rabe sah mit gelben Augen zu, als Raifs Hand sich um den Eidstein schloß. Kleine weiße Metallflecken auf der Oberfläche des Steins reflektierten das Licht, als Raif ihn an die Lippen hob. Er steckte ihn unter die Zunge, wo er nach Kreide und Erde und Schweiß schmeckte. Kleine Stücke davon brachen ab und trieben in seinem Mund umher.

»Schwörst du dich dem Clan an, Raif Sevrance, Sohn des Tem? Deine Fähigkeiten, deine Waffen, dein Blut und deine Knochen? Schwörst du, bei uns zu bleiben für ein Jahr und einen Tag? Wirst du kämpfen, um uns zu verteidigen, und nichts unterlassen, um uns zu retten und deinen letzten Atemzug für die Feuerstelle des Clans geben? Wirst du unserem Häuptling folgen und unsere Kinder schützen und dich uns ganz und gar für vier Jahreszeiten geben?«

Raif nickte.

Krah!

»Und tust du dies aus freiem, eigenem Willen? Und bist du frei von allen anderen Eiden, Verpflichtungen und Bündnissen?«

Krah!

Der Eidstein lag wie Blei in Raifs Mund. Mineralien lösten sich aus ihm, verliehen Raifs Speichel einen ekelhaften Metallgeschmack. *Das ist nicht richtig*, wollte er rufen, *spürt ihr das denn nicht?* Aber so etwas zu tun wäre der schlimmste Wahnsinn gewesen. Er hatte bereits den Ruf, Ärger zu machen – selbst sein eigener Bruder hatte das gesagt. Wenn er jetzt den Eid nicht ablegte, hätte er genausogut wirklich in die Taiga rennen und nie wieder zurückkehren können; er würde sich nie wieder am Rundhaus sehen lassen dürfen. Nein. Er mußte diesen Eid nehmen. Solange er sich erinnern konnte, hatte er *erwartet*, das zu tun. Nun stand Inigar Stoop vor ihm, die Manschetten seines Mantels wegen des Krieges schwarz gebrannt, sein Atem hob sich in einer blauen Linie von seinen Lippen, und er wartete auf das Zeichen, mit dem Raif seinen Schwur besiegelte. Raif wappnete sich. Er nickte ein zweites Mal.

Krah! Krah!

Inigar Stoop riß den Kopf hoch, als der Rabe schrie, beugte sich nach hinten, als hätte man ihn in den Bauch geschlagen. Er schloß kurz die Augen, und als er sie wieder öffnete, sah Raif sofort, daß er es wußte, daß dieses Wissen in ihm lag wie der Kern aus blauem Eis, der den Sommer über tief unter der Rinde des Ödlands ruhte. Rasch wandte Raif den Blick ab. Inigar wußte es. Er *wußte* es.

»Du hast den ersten Eid gesprochen, Raif Sevrance«, sagte der

Steinhüter, und die Worte fielen wie Steine aus seinem Mund. »Wenn du ihn brichst, wirst du zum Verräter an diesem Clan.«

Raif konnte seinem Blick nicht standhalten. Niemand rührte sich, niemand sagte etwas. Der Wind wurde stärker, und der Rabe warf sich vom Wetterhahn und überantwortete sich der Gnade der Elemente, die Flügel weit aufgefaltet wie Piratensegel, schwarz, so daß sie auch bei Nacht durch feindliche Wasser segeln konnten.

Krah! Krah! Krah! Verräter! hörte Raif. *Verräter! Verräter!*

Er schauderte. Sein Zeichen lag wie ein Gewicht auf seiner Brust und drückte so schwer, daß er kaum atmen konnte. Ganz plötzlich hatte er den kleinen, blonden Fackelmann Wennil Drook wieder vor Augen, und wie Dagro Blackhail und der leberfleckige Gat Murdock die Stäbe durch die rosafarbene, glatte Haut an Wennils Rücken getrieben hatten. Später, als alles vorbei war und Wennils Leiche blau und gefroren auf der nackten Erde lag, hatte Inigar Stoop einen Meißel genommen und sein Herz aus dem Heiligen Stein und dem Clan geschlagen.

»Wer will Zeuge dieses Jahrmanns sein?« fragte Inigar und wandte sich den Männern zu. »Wer wird für ihn sprechen und ihn führen und ein Jahr und einen Tag an seiner Seite stehen? Wer von euch wird vortreten und einen Anteil an seinem Eid nehmen?«

Shor Gormalin. Raif rang nach Atem. Auf dem Rückweg von Gnash hatte der blonde Schwertkämpfer angedeutet, daß er gerne Raifs Zeuge sein würde. Aber Shor war nicht hier. Raif wußte nicht, wo er war, konnte nicht einmal sicher sein, ob er schon zurückgekehrt war. Und selbst wenn. Selbst wenn er in der Küche saß und ofenwarmes Bier trank und gebratenen Schinkenspeck aß, würde er kaum in der Laune sein, sich mit einem ungeprüften Jungen abzugeben. Diese Angelegenheit mit Raina Blackhail hatte ihn schwer getroffen.

Inigar Stoop wartete, daß jemand etwas sagte. Seine Hakennase warf einen langen Schatten über seine Wange. Raif nahm an, daß der Steinhüter durchaus zufrieden wäre, wenn niemand vortrat und Raifs Eid stützte. Der Rabe kreiste über dem Hof, schweigend bis auf das leise Pfeifen der Luft durch seine Federn. Corbie Meese und Ballic der Rote sahen einander an. Raif sah, daß Ballic angestrengt nachdachte und mit der behandschuhten Hand die Fiederung des Pfeils glättete, den er in der Hand hielt. Raif konnte beinahe raten, was er dachte: *Der Junge ist ein Bogenschütze wie ich …*

»Ich werde seinen Eid bezeugen.« Drey trieb Orwin Shanks schwarzen Hengst vorwärts und trabte durch den Schnee zu Raifs Seite. Drey sagte: »Ich weiß, daß ich selbst nur ein Jahrmann bin, aber ich habe bereits zwei solcher Eide geschworen und werde bald den dritten ablegen, und ich halte mich für einen Mann, der eine Verantwortung nicht leichtnimmt. Wenn die vollen Clansmänner gestatten, werde ich das Wort meines Bruders bezeugen.«

Ein erleichtertes Aufatmen ging durch die Truppe. Einen Augenblick lang hatte es so ausgesehen, als hätte niemand vortreten wollen. Inigar Stoop schien nicht sonderlich zufrieden, aber nun war ihm die Angelegenheit aus der Hand genommen. Es lag an den Clansmännern, denen der größte Respekt zustand, zu sagen, ob Drey, selbst nur ein Jahrmann, den Eid seines Bruders bezeugen durfte. Raif warf Drey einen Blick zu. Sein Bruder zuckte die Achseln. Tems Elchmantel paßte ihm gut und ließ ihn älter als seine achtzehn Jahre aussehen.

Corbie Meese räusperte sich. Er schlug seinen Eisenhammerkopf in die Handfläche und sagte: »Du bist ein guter Clansmann, Drey Sevrance. Es gibt niemanden hier, der etwas anderes sagen würde. In den vergangenen Wochen haben wir alle schwere Zeiten durchgemacht, aber du hast den Kopf bewahrt und deine Pflicht getan und dich für den Clan als ein Gewinn erwiesen. Ich sehe keinen Grund, wieso du den Eid deines Bruders nicht unterstützen könntest. Du hast das Herz dafür und die Festigkeit, und wenn du vor diesen Männern schwören willst, daß du gut auf deinen Schutzbefohlenen aufpaßt, dann wird mir das genügen.«

Ballic der Rote und andere nickten. Der Rabe kreiste, langsam und träge wie eine Libelle im Sommer.

Inigar Stoops Miene blieb ausdruckslos. »Wirst du tun, was Corbie sagt, Drey Sevrance?«

Drey glitt vom Pferd. Er sah Raif an. »Ich schwöre es.«

Raif spürte, wie sich ihm die Kehle zuschnürte. Drey hatte nicht gewollt, daß er mit auf diesen Ritt kam, hatte ihn erst am letzten Abend vor dem Schaden gewarnt, den er sich selbst und der Familie zufügte, aber hier stand er nun vor drei Dutzend Clansmännern und sprach sich für seinen Bruder aus. Die Schande brannte auf Raifs Wangen. Er wünschte sich, er könnte zurücknehmen, was er am Abend zuvor in der Halle gesagt hatte. Aber Worte konnten nicht zurückgenommen werden, das wußte er.

»So sei es denn.« Inigar Stoop klang, als erklärte er einen Kranken für tot. Er wandte sich wieder Raif zu. »Du hast deinen Eid gesprochen, Raif Sevrance. Nun bist du vor Augen des Clans und der Götter ein Jahrmann. Enttäusche keinen von ihnen.« Der Wind wurde wieder stärker, während Inigar sprach, und blies ihm direkt ins Gesicht. Er hätte mehr sagen sollen – Raif war bei genug Jahrschwüren dabeigewesen, um zu wissen, daß der Steinhüter üblicherweise einen Segen sprach und dem Neueingeschworenen ein paar Worte der Anleitung gab – aber Inigar preßte nur die Lippen zusammen und wandte sein Gesicht dem Wind zu.

In dem unbehaglichen Schweigen spuckte Raif den Schwurstein aus. Er rieb ihn am Fuchsfell der Kapuze trocken und wartete darauf, daß Drey ihn nahm. Normalerweise war es Inigar Stoop, der den Stein von einem Clansmann zum anderen reichte, aber Raif konnte aus dem starren Profil des Steinhüters erkennen, daß er mit dieser Zeremonie nichts mehr zu tun haben wollte. Für ihn war sie bereits beendet.

Alle Versammelten schwiegen, als Drey den kleinen, dunklen Schwurstein ergriff und ihn in einen der vielen Beutel in seinem Gürtel schob. Sie wollten sich nun endlich auf den Weg machen. Drey streckte den Arm aus und versetzte Raif einen Schlag auf die Schulter. »Beeil dich und hol deine Sachen …« Er grinste. »Clansmann.«

Raif nickte. Er hätte kein Wort herausbringen können. Als er sich umdrehte, um das Rundhaus zu betreten, begann der Rabe laut zu kreischen. *Kadaver! Kadaver! Kadaver!* hörte Raif.

»Ein Reiter kommt!« Das war Rory Cleet mit den Samtwangen.

Noch während Raif herumfuhr, brachte Ballic der Rote den Bogen an die Brust. Der Bogenschütze rief den anderen zu, aus dem Weg zu gehen, damit er zu einem klaren Schuß kommen konnte. Raif blickte über die Weide in die Richtung, in die Rory Cleet gezeigt hatte. Ein weißer Wallach kam über den Schnee, bewegte sich ungeheuer vorsichtig, den Rücken bemüht gerade. Der Reiter war im Sattel nach vorn gesackt. Brust und Kopf ruhten am Hals des Pferdes, und ein Arm hing über die Schulter des Wallachs. Die behandschuhten Finger hielten noch die Zügel.

Ein Muskel in Raifs Hals begann zu zucken. Der Wallach gehörte Shor Gormalin.

Langsam, über Sekunden, die zu Minuten wurden, nahm Ballic den Pfeil vom Bogen. Corbie Meeses Hammer fiel auf den Boden und gab ein Geräusch wie eine geborstene Glocke von sich. Inigar Stoop bewegte die Lippen, und obwohl der Wind immer noch stark war und Raif nicht hören konnte, was er sagte, wußte er, daß die Steingötter zum zweiten Mal an diesem Tag angerufen wurden.

Der Wallach, ein Tier mit langem Hals und feinem Kopf mit großen dunklen Augen, fand langsam den Weg zum Hof. Alles in ihm war nur auf eins konzentriert: seinen Reiter nach Hause zu bringen. Ein winziger Fehltritt, ein einziges Schütteln des

Kopfes, und sein Reiter wäre vom Sattel in den Schnee gesackt. Shor Gormalin war tot. Als die Clansmänner sich vorwärts bewegten, ganz ruhig, um das schöne, weiße Pferd nicht zu erschrecken, war Shors blondes Haar deutlich zu sehen. Die Hälfte seines Kopfes war weggeblasen von zwei faustgroßen Vierkantbolzen, die aus kurzer Entfernung abgefeuert worden waren. Einer der Pfeilschäfte war abgebrochen, der andere ragte aus einer Matte von Blutgewebe und Knochen hervor wie etwas, das aus Shors Kopf hervorwuchs.

Ohne ein Wort versammelten sich die Männer in einem Halbkreis und gestatteten dem Wallach, den Weg nach Hause zurückzulegen. Einem solchen Pferd schuldeten sie wahrlich Respekt, und neunundzwanzig Männer wußten das. Shor war leicht nach links gesackt, und jeder Muskel im Hals des Pferdes und in seinen Schultern war angespannt von der Anstrengung, den Reiter im Sattel zu halten. Getrocknetes und zum Teil gefrorenes Blut hatte auf der Mähne des Wallachs rosa und schwarze Flecken hinterlassen. Als Pferd und Reiter näher kamen, sah Raif, daß Shors kurzes, schlichtes Schwert immer noch in der Scheide steckte. Der beste Schwertkämpfer im Clan hatte nicht einmal die Gelegenheit gehabt, die Waffe zu ziehen.

»*Kapuzenmänner*«, flüsterte jemand – vielleicht Corbie Meese.

Der Wallach blieb vor den Clansmännern stehen, drehte sich seitlich und hielt dann diese Stellung, als böte er dem Clan seinen Reiter an. Wolke. Der Name des Pferdes kam wie ein Geschenk zu Raif. Shor hatte ihn jetzt acht Jahre geritten.

Ein leises, reißendes Geräusch drang durch die Luft, als der Rabe in diesem Augenblick davonflatterte. Totenwächter, dachte Raif mit einem dumpfen Stich von Selbsthaß. Der Rabe hatte es die ganze Zeit gewußt.

12
Eine Faust voll Eis

Krämpfe zogen Ashs Bauch zusammen, als sie mit Katia die Treppe hinunter zum Hof ging. Sie hatte genug davon, sich die ganze Zeit krank zu fühlen, in ihrer Kammer zu hocken und Tag und Nacht Menschen um sich zu haben, die sich um sie kümmern wollten. Sie haßte auch ihre Träume. Sie hatte sie jetzt jede Nacht. *Jede Nacht.* Sie konnte sich gar nicht mehr daran erinnern, wie es gewesen war, einfach nur die Augen zu schließen und zu schlafen. Sie konnte sich nicht erinnern, wann sie das letzte Mal ausgeruht erwacht war. Statt dessen erwachte sie mitten in der Nacht, in diesen dunklen, reglosen Stunden, in denen nur Diebe und Männer der Nachtwache unterwegs waren, und fühlte sich, als wäre sie durch die Straßen gerannt. Immer erwachte sie vollkommen erschöpft und zitternd. Schweiß lief ihr über den Hals, ihr Herz schlug wie verrückt in ihrer Brust, und die Laken waren so fest um ihren Hals geschlungen, daß sie die Striemen noch stundenlang sehen konnte. In letzter Zeit hatte sie sogar blaue Flecken gehabt …

Ash schüttelte den Kopf. Schob *diesen* Gedanken beiseite.

»Was ist denn, Herrin? Friert Ihr schon?«

»Nein. Ich meine, ja. Das ist es. Mir ist einfach nur kalt.« Ash verfluchte sich selbst. Sie klang wie eine dumme Kuh. »Gib mir meine Handschuhe. Schnell.«

Katia schnaubte. Sie hätte vielleicht etwas gesagt, aber nun kamen sie zur unteren Rotunde, und bewaffnete Männer in den schwarzen Lederumhängen der Renegaten-Wache mit dem Blutstrahl an den Hüften und über dem Rücken gingen auf ihrem Weg zur Roten Schmiede über den Flur. Niemand, nicht einmal eine schmollende, kleine Zofe wie Katia, zog gerne die Aufmerksamkeit der Renegaten-Wache auf sich. Der Anblick der Klingen allein ließ junge Mädchen und Frauen in Ohnmacht fallen. Es hieß, der rote Farbstoff, der dem Stahl ihrer langen Messer und Schwerter beigemischt war, komme von einer Mischung von Quecksilber und Menschenblut.

Plötzlich unruhig geworden, riß Ash Katia ihre Kalbslederhandschuhe aus der Hand und zog sie mit erheblich größerer Heftigkeit an, als nötig gewesen wäre. Ihre Knöchel knackten. »Es schneit doch nicht, oder?« fragte sie und trat auf den Flur hinaus. Vielleicht ein Dutzend Stufen über ihr folgte Marafice Eye, Generalprotektor von Spire Vanis und Herr der Renegaten-Wache, in ihrem Schatten wie ein schrecklicher, lautloser Hund. Es war wirklich lächerlich. Hatte er nicht Besseres zu tun? Schmuggler verfolgen, die Hände von Dieben verbrennen und Prostituierten, die dem Protektor den Tribut nicht rechtzeitig zahlten, die Finger abhacken?

»Ich habe doch schon gesagt, es ist kalt und trocken draußen.«

Ash zuckte zusammen, als Katias laute Stimme erklang. »Ich hab dich schon beim ersten Mal gehört«, log sie. Wieso fühlte sie sich so schwach? Wieso führte jedes laute Geräusch und jedes Knarren der Dielen dazu, daß sie zusammenzuckte?

Als Ash das hohe Tor mit dem Eisengitter erreichte, das vom Faß zum Innenhof führte, band sie sich die letzten Bänder ihres Umhangs zu. Penthero Iss hatte ihr seit Wochen nicht gestattet, nach draußen zu gehen, und zum letzten Mal war sie in diesem Innenhof im Spätherbst geritten. Seitdem war es erheblich kälter geworden. Sie wappnete sich und trat über die Schwelle. Schrecklich viel kälter.

Der steingepflasterte Hof bildete das geschützte Herz der Maskenfestung. An jeder seiner Ecken stand einer der vier großen Türme, und seine Wände bildeten die Festungszinnen und die großen Hallen. Der Innenhof war lang genug, um dort Pferderennen zu veranstalten, und breit genug, um in jedem Frühling Zählungen durchzuführen und Turniere zu veranstalten. Im Sommer hielten die Landadligen hier ihre Gerichtssitzungen ab, und in den dunklen Monaten des Winters überwachte Penthero Iss von dem Obsidiansims vor dem Inneren Turm aus die Prozesse gegen Hochverräter.

Der ganze Hof war mit einer dünnen Lage Schnee bedeckt. Bittere Fröste hatten in den vergangenen Wochen den Schnee überfrieren lassen, und jedesmal, wenn Ash einen Schritt machte, hatte sie das Gefühl, etwas zu zerbrechen. Der größte Teil des Hofs war gepflastert, aber der Pferdeauslauf an der Außenmauer war schon seit langem mit dem zähen, gelben Gras überwachsen, das hier auf dem Totenberg wuchs. Unkräuter drängten sich durch Ritzen im Stein, und ölig grünes Moos überzog die Steine an den Sockeln von drei der vier Türme. In der Nähe des Splitters jedoch wuchs nichts, kein einziger Grashalm, kein einziges Mooskissen. Nichts. Der eisüberzogene Turm hatte Fundamente wie die Wurzeln eines Nußbaums, die ihre Gifte tief in den Boden schickten und alles töteten, das wuchs und drohte, ihm das Licht zu rauben.

Ash schauderte. Wieso hatte sie nur diesen Unsinn im Kopf? Der Boden war zu feucht, das war alles. Zuviel Wasser lief an den Mauern hinab. Bewußt, daß ihre Gedanken gefährlich nah an jener Nacht waren, in der sie durch die eisenbeschlagene Tür und in den verlassenen Ostflügel gegangen war, sagte Ash rasch das erstbeste, was ihr in den Kopf kam. »Du brauchst beim Reiten nicht neben mir herzulaufen, Katia. Du kannst im Stall bleiben, wo es warm ist.«

Katia murmelte etwas. Ihr dunkles, schimmerndes Haar kämpfte derzeit mit einer Wollmütze, und dem Anblick nach zu urteilen, war das Haar dabei zu gewinnen. Große Locken hatten die Mütze schließlich in einen Winkel geschoben, der bewirken würde, daß sie vom nächstbesten Aufwind weggeweht werden würde. Ash beobachtete die Zofe aus dem Augenwinkel. Selbst bei einer Temperatur, die niedrig genug war, daß sogar die Lake in den Pökelfässern fror, sah Katia schön aus. Ihre Haut schimmerte wie gebutterter Toast, und ihre Lippen waren gänzlich durchblutet. Ash wußte, daß ihre eigenen Wangen und Lippen so bleich und blutleer waren wie altbackenes Brot, und das grelle Licht, das der Schnee reflektierte, würde den Tränensäcken unter ihren Augen nicht schmeicheln. Ihr Anblick hatte begonnen, sie zu erschrecken. Sie sah ausgemergelt aus.

Katia bemerkte nicht, daß Ash sie beobachtete, und warf über ihre Schulter hinweg dem Schwertführer einen Blick zu. Etwas ging zwischen ihnen vor – Ash hätte nicht sagen können, was –, aber einen Augenblick später veränderte sich die Miene der Zofe. Sie schauderte ausgiebig. »Es ist wirklich kalt, Herrin. Ich schwöre, ich werde mich hier draußen zu Tode frieren. Ich bin nicht im Eis geboren wie Ihr. Jungfer Wence sagt, der Farbe meiner Haut und der Menge der Haare nach zu schließen, die ich mir aus den Beinen zupfen muß, bevor sie anständig aussehen, muß meine Familie weit aus dem Süden stammen. Also sollte ich vielleicht wirklich lieber im Stall bleiben. Ich fühle mich wirklich nicht sonderlich gut.«

Im Eis geboren. Das gefiel Ash überhaupt nicht. Sie stieg über einen Haufen dampfender Pferdeäpfel und zwang sich, sich wieder auf die Gegenwart zu konzentrieren. Katia wollte bei Marafice Eye bleiben, dessen war sie sicher. Der Stall war als Ort für romantische Treffen bekannt. Für so wenig wie ein Stück Fleischpastete oder einen Keil Käse drückte Meister Strohwisch beide Augen zu und kümmerte sich nicht darum, was in den leeren Boxen passierte. Einige behaupteten, er würde die Augen doch nicht ganz zukneifen und hätte sogar Gucklöcher in die Zwischenwände gebohrt und vermietete die Nachbarboxen für Geld. Ash dachte manchmal über diese Gucklöcher nach, bevor sie abends einschlief. Es würde tatsächlich interessant sein zu sehen, was den Leuten alles einfiel.

»Ruhe dich im Stall aus, Katia. Ich komme hier draußen schon zurecht. Ich verspreche, ich werde nicht davongaloppieren.« Ash blickte auf zu den Sandsteinzinnen, die mit Eisenstacheln gekrönt waren. Sie würde nirgendwo hingehen. Katia schmollte liebenswert. »Ich werde im Stall bleiben, wenn Ihr es wollt.«

Ash warf über den Blick ihrer Zofe hinweg einen Blick zu Marafice Eye, der im Schatten der Westmauer des Fasses stand. Er hatte etwas gefunden, was unter dem Schnee lag – einen Felsbrocken, einen erstarrten Hasenkadaver oder ein Stück Feuerholz –, und zermalmte es mit seinem Stiefelabsatz. Als er bemerkte, daß Ash ihn beobachtete, lächelte er. Es war ein schrecklicher Anblick – so ein kleiner Mund, der sich dehnte. Die Haut sah aus, als würde sie jeden Augenblick reißen und bluten. Ash wandte sich ab.

»Worauf wartest du?« fauchte sie die Zofe an. »Geh schon in den Stall. Sag Meister Strohwisch, er soll die Dicke satteln und herausbringen.«

Katia schaute beinahe ärgerlich drein, als sie sich auf dem Absatz umdrehte und zum Stall ging. Ash bedauerte sofort, so grob gewesen zu sein, rief die Zofe aber nicht zurück. Sie rieb sich mit der behandschuhten Hand übers Gesicht und holte ein paarmal tief Luft, um sich wieder zu beruhigen. Es war keine gute Idee gewesen, nach draußen zu gehen. Seltsamerweise war es ihr Pflegevater gewesen, der diesen Vorschlag gemacht hatte, am Abend zuvor, als er nach Einbruch der Dunkelheit in ihr Zimmer gekommen war. *Du bist so bleich, Beinahe-Tochter, wie eine Lilie unter dem Eis. Du mußt morgen nach draußen gehen. Reite um den Innenhof, recke und strecke dich und atme ein wenig frische Bergluft. Dieses Zimmer ist ganz stickig von Lampenrauch und altem Staub. Ich mache mir solche Sorgen um dich.*

Ash trat gegen den gefrorenen Schnee. Iss machte sich immer *Sorgen* um sie.

Nun erschien Meister Strohwisch aus dem Stall und zerrte die alte, dickliche Stute hinter sich her. Der Stallmeister trug einen Mantel, den er aus alten Pferdedecken und Stücken von Zaumzeug zusammengenäht hatte. Sein großer Kopf war von einer Roßhaarkappe bedeckt, und seine Sporen waren einmal Gebisse gewesen. Nichts wurde in Meister Strohwischs Stall verschwendet. Einmal am Tag schickte er die Stallburschen heraus, um die Pferdeäpfel im Hof aufzuschaufeln.

»Tag, Herrin«, sagte er und nickte ihr zu. »Die Dicke ist bereit für Euch. Seid vorsichtig mit ihrem Gebiß, ihr Maul ist zerkratzt. Sie hat wieder an der Stalltür geknabbert.« Er schüttelte den Kopf. »Schreckliche Splitter.«

Ash nahm die Zügel entgegen. Sie mochte Meister Strohwisch nicht sonderlich, aber ihr gefiel die Art, wie er sie behandelte. Er war schon vor ihrer Geburt Stallmeister der Maskenfestung gewesen, als Borhis Horgo noch Surlord gewesen war und Penthero Iss dieselbe Stellung innegehabt hatte wie nun Marafice Eye. Meister Strohwisch erinnerte sich daran, wer sie war. Er wußte, daß sie nichts mehr war als ein Findling.

»Gebt mir Euren Fuß, Herrin.« Meister Strohwisch legte beide Hände zusammen und beugte sich vor. Ash reichte ihm ihren Fuß, und er hob sie auf die Dicke.

Als sie im Sattel saß, warf sie einen Blick zurück zum Faß. Marafice Eye war verschwunden; die Spuren im Schnee führten direkt in den Stall. Ash gab ein erleichtertes Seufzen von sich. Es war gut, ihn einen Augenblick lang los zu sein. »Komm, Dicke«, sagte sie und bohrte die Hacken in die Flanken des alten Arbeitspferdes. »Drehen wir eine oder zwei Runden um den Hof.«

Meister Strohwisch beobachtete Ash mit kritischem Auge und überzeugte sich, daß ihre Zügelarbeit dem Maul der Stute nicht schadete, bevor er in den Schnee spuckte und in den Stall zurückkehrte.

Als er verschwunden war, entspannte sich Ash. Die Dicke war das sanftmütigste Pferd, das sie je gekannt hatte, und in all den Jahren, in denen sie sie ritt, hatte Ash es nie geschafft, die alte Stute zu mehr als einem Trab zu veranlassen. Sie hatte keinen Namen. Meister Strohwisch nannte sie die Dicke, weil sie das war. Im vergangenen Jahr hatte er begonnen, sie die alte Dicke zu nennen, was bedeutete, daß sie nicht mehr viele Pferdetage vor sich hatte.

Als Ash auf den Pferdeauslauf einbog, schob sie alle Gedanken beiseite. Nun, da sie höher vom Boden war, konnte sie über die Nordmauer einen Teil der Stadt sehen. Türme, steile Dächer und schmiedeeiserne, kleine Türmchen hoben sich über die Mauer wie Waffen in einer Waffenkiste. Wenn sie sehr aufmerksam lauschte, konnte sie das Rattern der Wagen auf der Straße hören und die Geschäftigkeit auf dem Markt am Kalten Tor.

Ash hätte das Kalte Tor gerne einmal gesehen. Es hieß, es sei das schönste der Tore der Stadt. Sein großer Bogen war aus tausend Jahre altem Blutholz geschnitzt, das man an der Sturmgrenze an der Westküste gefällt und den ganzen Weg hierhergebracht hatte. Das Kalte Tor führte nach Westen, das war der Grund für dieses Baumaterial. Jedes der vier Tore war aus Materialien erbaut, die aus der Richtung kamen, in die sie führten. Das Leere Tor bestand aus dem einfachen, hellen Kalkstein des Totenbergs, das Zorntor, das nach Osten führte, bestand aus einem riesigen Granitbrocken aus den Steinbrüchen von Trance Vor; und das nördliche Almosentor bestand aus dem blauen Eisen, das unter dem Clanland abgebaut wurde.

Das Kalte Tor war das einzige Tor aus Holz. Aber wenn man Katia glauben durfte, die es mehrere Male gesehen hatte, sah dieses Holz überhaupt nicht danach aus, eher wie glänzender, schwarzer Stein. Die Erbauer des Tors hatten Mittel hineingerieben, die es härteten und bewahrten, und es damit praktisch zu Stahl gemacht. Dennoch, mitten im Winter zog seine geschnitzte Oberfläche immer wieder eine dicke Lage von Reif an, und danach war es benannt worden: das Kalte Tor.

Dann gab es das Leere Tor, das tote Tor, aus einfachem Sandstein gebaut, geschmückt mit einem eingemeißelten Paar Wolfsgeier und ihrem silberblauen Ei. Das Tor, vor dem man sie gefunden hatte.

Abrupt wandte sich Ash von der Stadt ab. Sie war es nicht wert, daß man darüber nachdachte. Ihr Pflegevater hatte ihr nie erlaubt, die Maskenfestung zu verlassen. Als sie noch klein genug gewesen war, über die Zinnen des Fasses zu klettern und sich durch einen Schlitz in der Bogenschützengalerie oben zwängen zu können, hatte sie mehr von der Stadt gesehen. Sie hatte damals alles überblicken können: den Dampf und den Rauch, den vom Wagenöl schwarzen Schnee, die Straßen, die verstopft waren mit Schubkarren, Hundekarren und Pferden, und die Straßenecken, an denen die roten Augen von Tausenden von Kohlenbecken glühten.

Hinter all dem, hinter der dunklen, kranken Masse des Almosenviertels, den feinen Herrenhäusern und Wohnsitzen der Adligen und den sich immer weiter ausdehnenden Marktplätzen mit ihren Liederbaldachinen und Elchknochengestellen war die Hand der ursprünglichen Erbauer deutlich zu erkennen. Die Mauern waren so breit und gerade wie Ochsenrücken. Die ursprünglichen Steine waren so präzise geschnitten wie Bestandteile von Uhrwerken und die Straßen flach genug, um mitten im Winter darauf Schlittschuh zu laufen, und die Steine groß und schwer genug, um selbst die Toten davon abzuhalten, sich zu erheben.

Die Leute sagten, Rob Claw hätte dem Berg das Genick gebrochen, um Spire Vanis zu bauen. Ash fragte sich, ob der Berg wohl je zurückschlagen würde.

Als sie wieder nach vorn schaute, bemerkte sie, daß die Dicke auf den Splitter zuging. Selbst aus dieser Entfernung konnte sie Eisrauch sehen, der aus den Wänden des Turms aufstieg. Ash schauderte. Wie ein Gürtel von Fichten entlang der Waldgrenze schuf der höchste Turm in der Maskenfestung sein ganz eigenes Klima. Es war *so* kalt. Eisige Luft glitt in Ashs Lungen und schlang die langen, blauen Finger um ihr Herz.

Es ist nur ein Turm, sagte sie sich. Stein und Mörtel und Holz.

Kalt oder nicht, die Dicke schien sich nicht daran zu stören.

Ash packte die Zügel fester, bereit, die Stute wegzuziehen, dann erinnerte sie sich an die Risse im Pferdemaul und ließ die Zügel wieder fallen. Was konnte schon geschehen, wenn sie näher heranritt? Sie warf einen Blick zum Himmel. Es war Tag, sie war in unmittelbarer Nähe der Roten Schmiede und des Fasses, und es war unmöglich, den Turm von außen zu betreten. Das Außentor war schon jahrelang versiegelt.

Aber so vernünftig das auch klang, Ash erstarrte trotzdem im Sattel, als sie näher kam. Sie drückte die Schenkel fester an den Bauch der Stute.

Es überraschte sie nicht, als die Dicke sich einfallen ließ, vom Pferdeauslauf abzubiegen und zu dem Pfad hinüberzutraben, der hinter den Turm führte. Die alte Stute hatte immer ihre eigenen Vorstellungen. Ash drehte sich zum Stall um. Immer noch kein Anzeichen von Katia oder dem Schwertführer. Katia hatte Ash einmal erzählt, daß das Aufschnüren und Aufhaken der Kleidung länger dauerte als der eigentliche Akt, wenn ein Mann und eine Frau es miteinander trieben. Ash runzelte ungläubig die Stirn. Sie hätte ihr eigenes Kleid innerhalb einer halben Minute ausziehen können.

Während sie noch darüber nachdachte, befand sich die Dicke bereits auf dem kurzen Weg zwischen der Mauer und dem Turm. Ash staunte, als sie Spuren im Schnee sah. Fußspuren, zwei Paar von ihnen, und zwei dicke Linien, die aussahen, als wäre etwas zum ungenutzten Tor des Turms geschleift worden. Nach ihrem Anblick zu urteilen, frische Spuren, die hinein-, aber nicht hinausführten.

»Ruhig«, sagte Ash, ebenso zu sich selbst wie zu der Stute. Als sie nach vorn schaute, sah sie, daß die Spuren vom Südtor her gekommen waren. Ash wußte aus Erfahrung, wenn sie sich in diese Richtung wagte, würde man sie aufhalten, bevor sie die Mauer erreichte. Das Tor wurde von einem Dutzend Brüdern-der-Wache bewacht.

»Ho«, murmelte sie und zog kurz an den Zügeln. Es schien

der alten Stute nichts auszumachen stehenzubleiben, und schnell fand sie etwas am Rand der Mauer, woran sie schnuppern konnte. Ash stieg ab, und der Schritt ihrer gestiefelten Füße klang laut auf dem Boden. Sie sah sich nach links und rechts um, dann näherte sie sich dem Turmtor.

Die Holzbretter, mit denen das Tor vernagelt gewesen war, waren vom Rahmen weggestemmt worden, und nur die Nagellöcher waren geblieben. Fette Eiszapfen hingen über dem Türsturz, und Ash spürte, wie Wasser auf ihre Kapuze tropfte. Das Schlüsselloch befand sich in einer Messingplatte, so groß wie der Kopf der Dicken, und jemand hatte einige Zeit damit verbracht, das Eis vom Schloß zu kratzen. Ash zögerte, trat einen Schritt zurück und überraschte sich dann selbst, indem sie die Hand ausstreckte und gegen das Tor drückte. Es rührte sich nicht von der Stelle.

Sie hätte erleichtert sein müssen, aber die Nerven ihrer Hand spürten die Berührung noch Sekunden, nachdem sie sie zurückgezogen hatte. Gegen ihren Willen erinnerte sie sich wieder an die Nacht in der Ostgalerie. Sie wußte kaum, was sie empfunden hatte, hatte so oft versucht, sich zu überzeugen, daß sie sich die ganze Sache nur vorgestellt hatte, beeinflußt von extremer Kälte und Angst und Dunkelheit, aber das Gefühl von *Gier*, von *Wollen*, kehrte so intensiv zurück, daß es ihr den Geschmack von Metall in den Mund brachte.

Etwas im Splitter wollte, was sie hatte.

Im Geist hatte sie es die ganze Zeit gewußt, von dem ersten Augenblick, da sie die Anwesenheit dieses Dings im Turm gespürt hatte, aber sie hatte es so angestrengt weggeschoben, daß alles wirr und unklar geworden war. Nun jedoch war es klar. Vollkommen klar.

Langsam und mit den vorsichtigen Schritten eines Kindes wich Ash vom Splitter zurück. Sie umfaßte ihre Hand mit der anderen, als sie sich zurückzog; die Finger, die das Tor berührt hatten, fühlten sich wie Eis an.

»Komm, Dicke«, sagte sie und haßte es, wie dünn ihre Stimme klang. »Gehen wir zurück zum Stall.«

Die Dicke gehorchte nicht und zwang Ash, sich umzudrehen und sie selbst zu holen. Es gefiel ihr nicht, der Tür den Rücken zuwenden zu müssen, und das Bedürfnis davonzurennen war so intensiv, daß sie sich auf die Lippen beißen mußte, um dagegen anzukämpfen. Aber sie hätte das Pferd ja nicht gut im Hof lassen können. Dazu hätte Meister Strohwisch einiges zu sagen gehabt.

Die Dicke schnupperte immer noch an der Mauer, und als Ash sich bückte, um nach dem Zügel zu greifen, entdeckte sie, was die Aufmerksamkeit der Stute erregt hatte. Alle Hitze wich aus ihrem Gesicht. Dicht unter dem Schnce, wie eine Ader unter der Haut des Handrückens, lag ein blaues Band. Ash erkannte es sofort. Es war das Band eines Nachthemds, das sie Katia zum Nähen gegeben hatte. Der Stoff war dünn geworden, und einige der Bänder hatten sich gelockert. Eins oder zwei waren abgegangen. Ash holte das Band aus dem Schnee. Katia hatte sie gefragt, ob sie Kleidungsstücke hatte, die vor dem Winter ausgebessert werden mußten, und Ash hatte ihr einen Armvoll Umhänge, Kleider und Nachthemden gereicht. Sie hatte sie noch nicht zurückerhalten, aber daran war nichts Seltsames. Nähen gehörte nicht zu Katias Stärken. Sie brauchte einen ganzen Morgen, nur um den Saum eines Hemdes herauszulassen.

Das Band war kalt und schlaff, eine Zunge aus blauem Eis. Ash wandte sich wieder der Turmtür zu und betrachtete die beiden Linien neben den Fußstapfen. Man hatte etwas Großes, Schweres in den Turm gezogen. *Zum Beispiel ein Bett.* Ash runzelte die Stirn. Wie war sie auf diesen Gedanken gekommen? Alle möglichen Gegenstände hätten diese Spuren im Schnee hinterlassen können. Tatsächlich begriff sie nun eher, was geschehen war.

Das innere Tor war nur halb so breit wie dieses und schmal

gehalten, um zur Ostgalerie zu passen. Nichts, das breiter war als ein Mann, konnte dort hindurchgebracht werden. Wenn Iss also etwas Größeres in den Splitter bringen lassen wollte, war das die einzige Möglichkeit.

Ash rollte das Band zwischen ihren Fingern. Was hatten ihre alten Kleider damit zu tun?

… und selbstverständlich ein neues Zimmer für Euch …

Nein. Ash schüttelte den Kopf, schüttelte Katias Worte ab. Das war Wahnsinn. Ihr Pflegevater plante doch nicht, sie hierherzuschicken, nicht in den Splitter! Er liebte sie und machte sich Sorgen um sie, und gerade erst am vorigen Abend hatte er ihr gesagt, wie blaß sie aussah, und sie ermutigt, einen Ritt im Schnee zu unternehmen. Ash zerdrückte das Band in ihrer Faust. Sie mußte zurück in ihre Kammer. Plötzlich fühlte sich gar nichts mehr richtig an.

Neben der Dicken herlaufend, kam sie gut vorwärts. Marafice Eye und Katia waren immer noch nicht aus dem Stall aufgetaucht, und selbst Meister Strohwisch hatte noch keinen Stallknecht herausgeschickt, um auf das Pferd zu warten. Ash war außer Atem, als sie die Stalltür erreichte. Ihr Bauch verkrampfte sich heftig. Sie wußte kaum, was sie tun oder denken sollte, konnte die Ideen, die ihr durch den Kopf schossen, kaum glauben.

»Ho, Herrin. Was macht Ihr hier?«

Ash fuhr herum. Sie war direkt in den Stall gegangen, ohne nachzudenken.

Ein junger Knecht mit schlechter Haut und einem flachen Kopf kam hinter einem Heuhaufen hervor. »Geht lieber wieder nach draußen, Herrin. Meister Strohwisch mag keine hohen Kragen, die hier herumstolzieren, wenn er nicht da ist.« Der Knecht kam auf sie zu. »Hier, ich nehme die Dicke schon.«

Ash kam sich dumm vor und reichte ihm die Zügel. Was hatte sie sich nur dabei gedacht? Ihr eigenes Pferd in den Stall zu führen wie eine Händlerin! In dem Augenblick, als der Stallbursche die Zügel nahm, erschütterte ein grollendes Geräusch das Gebäude. Ash, ohnehin bereits nervös, zuckte zusammen. Plötzlich war das gesamte hintere Ende des Stalls lichtdurchflutet, als ein ganzer Teil der Mauer beiseite geschoben wurde. *Selbstverständlich*, dachte sie und entspannte sich sofort. *Der Stall hat einen zweiten Eingang für das Handelstor.*

Marafice Eye wählte diesen Augenblick, um aus der nächstgelegenen Box hervorzukommen. Seine großen Hundehände waren damit beschäftigt, sich den Gürtel zuzuschnallen. Sobald er Ash sah, grinste er höhnisch und verwandelte das einfache Schließen einer Gürtelschnalle in etwas, das sie kaum ertragen konnte. Sie spürte, wie ihr Gesicht heiß wurde, drehte sich um und rannte aus dem Stall. Lachen folgte ihr.

Sobald sie das Gebäude verlassen hatte, warf Ash das Band auf den Boden und trat es in den Schnee. Sie hatte genug davon, hier draußen zu sein. Sie haßte Marafice Eye und den pickeligen Stallknecht und Meister Strohwisch. Sie haßte alles, das hinter ihrem Rücken vorging. *Wo ist Katia?*

»Ah, Herrin. Gehen wir so schnell wieder zurück?«

Ash fuhr herum. Katia, jetzt ohne die Wollmütze, lehnte sich an die Stalltür und lächelte ihre Herrin träge an. »Mir ist ganz warm geworden. Ich schwöre, ich muß mich im Schnee wälzen, um mein Blut zu kühlen.«

Drei Schritte und Ash stand vor ihr. Sie packte Katias Arm und zog das Mädchen vom Stall weg.

Katia wehrte sich. »Ihr tut mir weh!«

Ash packte Katias Arm und drehte ihn ihr auf den Rücken. Sie war wütend, wütend auf jeden und alles und hatte genug davon, Angst zu haben. »Das ist mir gleich. Und jetzt geh.«

Katia tat, was man ihr sagte, aber es lag ihr nicht, das ruhig zu tun. »Ihr habt mir doch *gesagt*, ich sollte in den Stall gehen! Ihr habt gesagt, Ihr wolltet mich nicht in der Nähe. Ich kann nichts dafür, daß Ihr auf den Schwertführer und mich eifersüchtig seid. Ich kann nichts dafür, daß Ihr platter seid als eine

Eisscholle und kein Mann Euch einen Blick zuwirft. Was Ihr braucht …«

»Still!« Ash bog Katias Arm weiter. Ihr eigener Zorn überraschte sie. Sie zitterte, aber zum ersten Mal seit Monaten nicht vor Angst. Es war gut, irgendjemanden zu beherrschen – selbst wenn es nur eine Dienerin war. »Mach die Tür auf. Und beeil dich.«

In den vierzehn Monaten, die sie Katia kannte, hatte Ash noch nie gesehen, daß sich das Mädchen so schnell bewegte. Sie riß den Türriegel schneller auf, als sie Rosenkuchen einsteckte. Zwei Brüder-der-Wache kamen gerade durch den großen, runden Flur des Fasses, ihre Lederumhänge von Bleibroschen in der Größe von Spatzen zusammengehalten. Beide Männer trugen Helme, die Schatten über ihre Augen warfen. Es war vielsagend, daß keiner der Männer lächelte oder in einer anderen Weise auf das reagierte, was sie sahen: Inzwischen wußte die gesamte Festung, daß, wo immer der Findling war, der Schwertführer nur wenige Schritte später folgte. Ash trat die Tür zu, dann schob sie Katia direkt vor beide Brüder und zwang sie, zur Seite zu treten und Herrin und Dienerin durchzulassen.

Auf der Treppe zu ihrer Kammer war sich Ash bewußt, wie sehr ihr Herz raste. Nur eine Berührung! Nur eine einzige Berührung, und diese Präsenz im Splitter hatte gewußt, daß sie da war. In ihrem ganzen Leben hatte sie nicht solches *Sehnen*, solche *Gier* verspürt. Es berührte etwas, zog an einem Teil von ihr, den sie nicht benennen konnte.

Streck die Hände aus, Herrin. Wir spüren dich. Wir riechen dich. Du brauchst nur die Hände auszustrecken.

»Ah! Herrin! Ihr brecht mir den Arm.«

Ash zuckte zusammen. Als sie nach unten blickte, sah sie, daß sie Katia so fest hielt, daß sie ihr das Blut aus der Hand abschnürte. Abrupt ließ sie sie los. Katia taumelte vorwärts und begann, ihren Arm zu reiben. Sie sagte etwas – einen ganzen

Schwall von Worten –, aber Ash ignorierte sie. Ganz ruhig, als würde Katia schweigen und nicht schluchzen und laut vor sich hin schimpfen, sagte sie: »Komm mit.«

Ash ging die letzten Stufen zu ihrem Zimmer hinauf, sicher in dem Wissen, daß die Zofe folgen würde. Die Tür war nur angelehnt, und als sie sie aufschob, fand sie sich direkt Penthero Iss' Leibdiener Caydiss Zerbina gegenüber. Der hochgewachsene, dunkelhäutige Mann blieb erschrocken stehen. Er hatte die langen Arme um ein paar Dinge geschlungen, die Ash gehörten: den grünen Wollteppich, einen dicken Winterumhang, eine der Bernsteinlampen, eine silberne Haarbürste.

Ash nahm an, sie sollte überrascht sein, ihn hier zu sehen. Aber sie war es nicht. Sie war immer noch ruhig. Sie machte eine kleine Bewegung mit dem Kinn auf die Gegenstände zu. »Es ist in Ordnung, Caydiss. Mach weiter. Mir ist klar, daß du mich nicht so bald von meinem Ritt zurückerwartet hast. Es war mein Fehler. Entschuldige. Bitte, mach weiter.«

Caydiss Zerbina hatte ebenso wie Katia südliches Blut, aber anders als diese war er leise und sanftmütig. Er betete zusammen mit den Priestern im Knochentempel und trug nie irgendwelchen Stoff, der schwerer als Leinen gewesen wäre, auch nicht am kältesten Tag. Die gemeinsame Sprache war nicht die, mit der er aufgewachsen war. »Tut mir leid, Herrin. Ich höre auf. Werde nicht mehr stören.« Er verbeugte sich tief, und die Knochenarmbänder an seinem Handgelenk machten ein Geräusch wie Regentropfen. Langsam begann er zurückzuweichen.

Ash hob die Hand. »Nein. Ich bestehe darauf, daß du weitermachst. Du störst mich nicht.« Und das Seltsame war, daß das tatsächlich stimmte. Caydiss Zerbina führte nur Befehle aus, ebenso wie Katia und Marafice Eye. Ein einziger Mensch beherrschte die Maskenfestung, ein einziger Mensch hatte Zugang zum Splitter, ein einziger Mensch hatte vorgeschlagen, daß sie ihre Kammer an diesem Morgen verließ und in den Hof reiten ging: Penthero Iss. Ihr Pflegevater hatte gewollt, daß sie aus dem Weg war, damit der Diener mehr Sachen für ihren Umzug zusammensuchen konnte. Wahrscheinlich wäre ihr nicht einmal aufgefallen, daß etwas anderes als der Teppich und die Lampe fehlte, und beide Gegenstände mußten hin und wieder gereinigt oder repariert werden, und ihre Abwesenheit war somit gut zu erklären.

Caydiss Zerbina war eindeutig nicht glücklich darüber, weiterarbeiten zu müssen. Seine dunklen Augen mit ihren mandelfarbenem Weiß und den dicken Lidern zuckten nervös hin und her, als er sich weiter in der Kammer beschäftige. Ash nahm an, daß er die Sachen nur noch zusammensuchte, weil sie es ihm befohlen hatte, und nicht, weil er noch mehr hatte mitnehmen wollen. Sie hielt ihm die Tür auf, als er ging, und nickte ihm gnädig zu. »Caydiss«, sagte sie, nachdem er eine Handvoll Schritte den Flur entlang gegangen war, »ich werde meinem Pflegevater nichts von unserer ungeplanten Begegnung erzählen. Ich verlasse mich darauf, daß du dasselbe tust. Es wird keinem von uns nützen, unsere Fehler zuzugeben.«

Caydiss beugte den langen Gazellennacken. »Herrin.«

Noch bevor er die Treppe erreicht hatte, hatte Ash ihre Aufmerksamkeit Katia zugewandt. Das Mädchen stand an der Flurwand, das Gesicht rot und geschwollen, und sie rieb ihren Arm immer noch, als könnte sie nicht glauben, daß er ihr weh tat. Es genügte, daß Ash einen Schritt vortrat, um zu bewirken, daß Katia sich duckte. Ash nahm an, daß sie sich schämen sollte, daß jemand sich so vor ihr fürchtete, aber ein Teil von ihr mochte es sogar. »Ins Zimmer. Sofort.«

In Katias großen Augen stand eine Mischung aus Empörung und Mißtrauen. Aber sie bewegte sich. Schnell genug, daß die letzten Haarnadeln aus ihren Locken rutschten. Die Nadeln fielen mit melodischem Klingen auf den Boden, als Ash die Tür hinter ihr schloß.

»Setz dich«, sagte sie und wies mit dem Kopf auf das Bett.

Katia setzte sich.

Ash wandte ihr den Rücken zu. »Also gut. Ich werde ein paar Fragen stellen, und du hast die Wahl. Du kannst sie ehrlich beantworten und innerhalb einer Viertelstunde hier weg sein. Oder du kannst lügen und mich betrügen, und dann werde ich dir weh tun.« Sie drehte sich wieder um. »Und, was soll es sein?«

»Ihr würdet nicht wagen, mir weh zu tun. Ich werde schreien. Ganz bestimmt.«

Ash beugte sich vor, so daß ihr Gesicht nur eine Atemlänge von dem Katias entfernt war, und sagte: »Also los. Schrei doch. Der Schwertführer ist da draußen. Er wird dich hören, wenn du genug Krach machst. Aber zuvor denk einen Augenblick nach. Du magst ihn kennen und mit ihm schlafen, aber er hat den Auftrag, mich zu schützen. Mich. Nicht ein Küchenmädchen, das nicht weiß, was gut für es ist. *Mich.*« Ash sah den Schmerz in Katias Augen, zwang sich aber, noch härter fortzufahren: »Stell dir doch einmal folgende Frage: Wenn *du* schreist und *ich* schreie – wem von uns wird er als erstes helfen?«

Katia antwortete nicht. Ihre Zähne zupften an ihrer Unterlippe.

Ash richtete sich wieder auf. »Also gut. Warum hat mein Pflegevater Marafice Eye geschickt, um mich zu bewachen?«

»Das weiß ich nicht.« Katia schmollte nun. »Der Schwertführer selbst hält es für verrückt. Er sagt, er kann Euch nicht mehr sehen und er hat etwas Besseres zu tun, als einen Streifen Schinken ohne Fett zu bewachen.«

Ash ignorierte die Bosheit und fragte: »Er weiß also nicht, warum?«

»Nein. Aber er sagt, es wird bald vorbei sein. Kalbfleisch hat versprochen, daß es jetzt bald vorbei ist.«

Ash runzelte die Stirn. Marafice Eye war der Generalprotektor. Er würde wohl kaum zustimmen, als Leibwächter für einen Findling zu dienen, ohne daß man ihm einen guten Grund gab. Er wußte etwas, da war Ash sicher. Und ganz gleich, was er zu

Katia sagte, es machte ihm Vergnügen, sie zu beobachten und sie zu quälen – obwohl er das selbstverständlich gegenüber einem Mädchen, mit dem er schlief, nicht zugeben würde. Plötzlich unbehaglich über die Richtung, die ihre Gedanken genommen hatten, und wissend, daß sie, wenn sie sich dem weiter hingab, die Nerven verlieren und schwach werden würde, wechselte Ash das Thema. »Was ist mit den Kleidern passiert, die ich dir letzte Woche zum Ausbessern gegeben habe?«

»Iss hat sie genommen.«

»Wo sind sie?«

Katia zuckte die Achseln. »Das weiß ich nicht. Er sagte, er wollte hier und da ein paar Sachen sammeln, damit der Umzug später leichter würde. Er sagte, er wolle Euch überraschen und ich sollte Euch sagen, ich brauchte sie zum Ausbessern.«

»Welche anderen besonderen Anweisungen hat mein Pflegevater dir gegeben?«

Keine Antwort.

»Ich sagte, was noch?«

Katia schob die Füße hin und her. »Nichts.«

Sie log. Ash holte tief Luft und dachte nach. Dann schüttelte sie den Kopf. »Weißt du, Katia, mein Pflegevater ist nicht der einzige, der Macht über dich hat. Ich muß dich nicht mitnehmen, wenn ich in meine neue Kammer ziehe. Ich könnte meinem Pflegevater sagen, daß ich deinen Dienst nicht mehr will, daß du mit jedem Mann schläfst, der dir in die Quere kommt, und daß du einen meiner …«

»Ich habe nie etwas gestohlen!« Katia sprang auf und ballte die Fäuste. »Ihr würdet lügen, wenn Ihr das sagt. *Lügen*!«

»Still, Mädchen«, sagte Ash mit einer Stimme, von der sie hoffte, daß sie gelangweilt klang, »ich kann alles behaupten, was ich will, und ich werde damit durchkommen. Glaubst du wirklich, daß mein Pflegevater dir mehr glaubt als mir? Glaubst du das?«

Das bewirkte, daß Katia innehielt und nachdachte. All die

Kraft und das Licht in ihrem Gesicht vergingen, und sie sah so jung und verwundbar aus wie das Mädchen, das sie tatsächlich war. Nur fünfzehn Jahre alt. Ash spürte, wie ihre Entschlossenheit ins Wanken geriet; sie wollte eigentlich nur auf Katia zugehen, sie in den Arm nehmen und ihr versichern, daß sie nie etwas Schlimmes über sie sagen würde – selbst wenn sie tatsächlich etwas gestohlen hatte. Katia war beinahe ein ganzes Jahr jünger als sie, aber bis heute, bis zu dieser Minute, war sich Ash immer wie die Jüngere vorgekommen. Seltsam, aber genau das, was sie ängstigte, machte sie auch stark. Sie mußte es wissen. Und sie würde alles, *alles*, tun, um es herauszufinden.

Sie nahm sich zusammen und sagte: »Ich glaube, wir kennen beide die Antwort auf diese Frage, Katia. Du wärst sofort wieder in der Küche, ganz gleich, wie sorgfältig du die Anweisungen meines Pflegevaters ausgeführt hast. Ich bin Penthero Iss' Mündel, seine Beinahe-Tochter. Nun sag mir, was ich wissen muß, und ich schwöre, er wird von mir nichts außer Gutem über dich hören.«

Obwohl sie immer noch stand, schien Katia kleiner als sonst; ihre Schultern waren nach unten gesackt, ihr Kopf gebeugt. Selbst ihre Locken schienen flacher. »Versprecht mir, daß Ihr mich mitnehmt, wenn Ihr geht.«

Ash schloß die Augen. Ein Schmerz wie von einem überanstrengten Muskel brannte leise in ihrer Brust. »Wenn ich eine große Kammer mit Glasfenstern und einem eigenen Kamin bekomme, dann verspreche ich, dich mitzunehmen.« Sie spürte die Lüge, noch während sie sprach. Es war die Wahrheit, aber es war auch eine Lüge.

Katia, die selbst eine so schreckliche Lügnerin war, hörte nur die Wahrheit. Sie lebte sofort wieder auf. »Nun, dann ist es in Ordnung, oder nicht?«

Ash nickte. Sie wußte nicht, wie sie es schaffte, nicht rot zu werden.

»Nun, Herrin, es ist wirklich seltsam. Ich kann es kaum selbst verstehen – es sei denn, es hat mit Euren Blutungen zu tun.« Als sie Ashs fragenden Blick sah, wurde Katia noch lebhafter. Ihre Begeisterung dafür, Geheimnisse zu teilen, gewann die Oberhand. »Eure Fruchtbarkeit. Ihr wißt schon, wenn Ihr endlich anfangt zu bluten und verheiratet werdet und es mit Männern tun könnt. Nun, seit Seine Lordschaft mich eingestellt hat, aber besonders in den vergangenen drei Monaten, hat er gewollt, daß ich Euren Nachttopf und die Laken jeden Morgen auf Blut überprüfe. Ihr wißt schon – *Frauen*blut. Er sagt, er müsse es sofort wissen, wenn Ihr Eure Tage habt. Es ist ihm schrecklich wichtig. Mir wird ganz komisch, wenn ich nur daran denke.«

»Die Laken? Den Nachttopf?«

»Ja, und auch Eure Nachthemden und Eure Unterwäsche.«

Ash seufzte leise, und ihre Kraft verschwand so schnell, wie sie gekommen war. *Du kannst nicht immer ein Kind bleiben, Asharia, das Alte Blut wird sich bald genug zeigen.* Die Worte ihres Pflegevaters fielen ihr wieder ein, jedes von ihnen ein Tropfen Eis auf ihrem Gesicht. Iss wartete darauf, daß ihre Blutungen begannen. All dieses Kneifen und Schubsen und Beobachten nur um der einen Sache wegen. *Warum?* Was hatte er mit ihr vor? Was würde er tun, wenn sie angefangen hatte zu bluten? Der Gedanke bewirkte, daß Ashs Bauch sich wieder verkrampfte. Sie stützte sich mit einer Hand an die Wand und sagte: »Laß mich allein, Katia. Ich will allein sein.«

Die Zofe kniff den Mund zusammen, trat einen Schritt vor, zögerte, dann ging sie wieder zurück. »Ihr werdet Iss doch nicht sagen, daß ich es Euch erzählt habe? Er wird wütender sein als eine Wildkatze in der Falle, wenn er es wüßte. Falls wütend das richtige Wort für jemanden ist, der nie die Stimme erhebt, sondern einen nur mit einem kalten Blick ansieht und …«

»Ich verspreche, daß ich nichts sagen werde.« Ash schnitt ihr das Wort ab. Das letzte, was sie jetzt brauchte, war eine Erinnerung daran, wie kaltblütig ihr Pflegevater sein konnte. Als Katia die Tür öffnete, sagte sie noch eins: »Es tut mir leid, daß ich dir vorhin weh getan habe. Es tut mir wirklich leid. Es wird nicht wieder passieren.«

Katia drehte sich um und lächelte. »Das war nichts, Herrin. Jungfer Wence war viel schlimmer. Viel schlimmer.«

Ash versuchte zu lächeln, aber es gelang ihr nicht. Bis ihr eine Antwort eingefallen war, war Katia schon gegangen. Ash starrte die geschlossene Tür an. Warum hatte sie nie zuvor erwähnt, daß sie geschlagen worden war?

Es schien lange zu dauern, bis sie das Bett erreicht hatte. Die Krämpfe wurden schlimmer, rollten in übelkeiterregenden Wellen durch ihren Unterbauch, und sie wollte nur noch schlafen. Später. Sie würde später entscheiden, was zu tun war. Sie schloß die Augen, spürte Dunkelheit und Frieden, und bevor sie noch einen weiteren Gedanken formen konnte, fiel sie in tiefen Schlaf.

So kalt, Herrin, so dunkel. Streck die Arme aus.

Ash wand sich in ihrem Bett hin und her, wandte den Träumen den Rücken zu. Sie folgten ihr, flüssige Schatten mit Händen, die sich nach innen krümmten wie die alter Männer, und Augen aus schwarzem Feuer. Ihre Gestalten bewegten sich und drängten sich zusammen, und Dunkelheit ging von ihnen aus, wie Wasser aus dem Eis tränt.

Streck die Arme aus, Herrin, hübsche Herrin. Streck die Arme aus.

Wieder warf Ash sich herum und sah die schwarze Eishöhle vor sich. Nein. Nicht dorthin. Sie drehte sich um, spürte Schatten über ihr Gesicht gleiten, kalt wie Wasser aus dem tiefsten, dunkelsten Brunnen. Dinge regten sich am Rand ihres Blickfelds, feucht und zuckend wie gehäutete Tiere. Der Boden unter ihren Füßen bewegte sich, und plötzlich war die Höhle unter ihr, ihr Eingang ein gewaltiges Loch im Meereseis, ein Ozean aus schwarzem Teer. Ash wich zurück. Sie würde dort nicht hingehen, würde den letzten Schritt nicht machen.

Streck die Arme aus, Herrin. Streck die Arme aus.

Feuchte Finger klammerten sich um ihre Arme, zogen sie nach oben und nach oben und nach oben. Ash kämpfte dagegen an, aber es war, als versuchte sie, die Knie nach vorne zu biegen: Die Gelenke funktionieren nur in eine Richtung.

Streck die Arme aus!

Nein. Sie schüttelte den Kopf, versuchte, sich zu entziehen. Nichts bewegte sich außer ihren Armen, die sich immer weiter hoben, bis sie Schulterhöhe erreicht hatten. Schatten drängten aus allen Seiten, Augen flackerten wie Schlangenzungen.

STRECK DIE ARME AUS!

Ash streckte die Arme nicht aus, sie *drückte*. Die Handflächen fest gegen etwas gepreßt, das schimmerte wie Eis, schob sie sich von diesem Ort weg. Eine glühend heiße Schmerznadel raste an ihren Armen entlang zu ihrem Herz. Sie spürte, wie etwas tief in ihr zerriß, hörte eine gewaltige Eisscholle bersten, als sie fest auf den Boden fiel, dann taumelte sie rückwärts und rückwärts und rückwärts …

Sie öffnete die Augen in einer Welt, die von Schmerz getrübt war. Sie lag auf dem Bauch im Bett, die Laken um die Taille gewickelt, und einen Augenblick lang regte sie sich nicht. Ihre Hände waren hoch über den Kopf ausgestreckt, tasteten nach der nächsten Wand. Noch während sie versuchte, sie an sich zu ziehen, wußte sie, daß etwas nicht stimmte. Der heiße, wütende Schmerz, der zu Verbrennungen gehört, flackerte an ihren Handflächen auf, ließ sie zusammenzucken. Eine Hand war offen, Fingerkuppen und Daumen rot. Verbrannt. Ash zog die andere Hand ins Blickfeld. Sie war zur Faust geballt, die Finger starr. Sie öffnete sie langsam, war sich etwas Festem an ihrer Haut bewußt. Als sie die Faust halb geöffnet hatte, glitt ein Tropfen klarer Flüssigkeit an ihrem Handgelenk entlang. Schaudernd zwang sie sich, die Hand ganz zu öffnen.

Eis. Ein Eisbrocken glitt aus ihrer Handfläche auf das Bett.

Im Eis geboren. Katias Worte waren ihr erster Gedanke, bevor der Schock, die Angst oder das Bedürfnis nach Erklärungen sie trafen. Die Verbrennungen waren von Eis, nicht von Feuer, bewirkt worden. Das Eis war keilförmig, blau wie Frost und durchzogen von jener Art Drucklinien, die Ash an Steinen gesehen hatte, die man aus dem Sockel des Totenbergs gegraben hatte. Während sie zusah, breitete sich der feuchte Fleck unter dem Eisstück aus.

Abrupt wandte sie den Blick ab. Wie spät war es? Wie lange hatte sie geschlafen? Das Spätnachmittagslicht ließ alles in ihrer Kammer grau aussehen. Keine Lampen waren angezündet, aber das kleine Kohlenbecken brannte immer noch und gab ein flackerndes, letztes Licht ab. Ash hob ihre brennenden Hände vors Gesicht und pustete darauf. Einen Augenblick später nahm sie sich zusammen und begann, aus dem Bett aufzustehen.

In diesem Augenblick spürte sie es. Sie erstarrte an Ort und Stelle, halb aus dem Bett aufgestanden, ihr Gewicht auf einem Ellbogen und einem Knie, und griff mit der rechten Hand nach unten, schob sie durch Rockstoff und Leinen. Sekunden vergingen, bevor ihre Finger die richtige Stelle fanden. Ash spannte sich an. Feuchtigkeit, diesmal warm, zwischen ihren Beinen. Langsam, als bewegte sie sich durch Wasser und nicht durch Luft, zog sie die Hand zurück. Sie wollte nicht hinschauen, wollte es nicht *sehen,* aber es war bereits zu weit gegangen, und von allen Veränderungen, die vor ihr lagen, würde diese doch zweifellos die erträglichste sein?

Dunkles Blut lief von ihren Fingern wie Sirup. Sie blutete. Ash holte tief Luft und versuchte, sich an die Ruhe zu erinnern, die sie zuvor empfunden hatte, als sie Katia und Caydiss Zerbina gegenüberstand. Sie brauchte sie jetzt mehr als je. Zeit verging, und ihre Hand zitterte immer noch, und ihr wurde klar, daß sie nicht mehr ruhiger werden würde.

Langsam brachte sie die Schenkel zusammen, damit nicht noch mehr Blut ihre Kleidung befleckte, hielt die nasse Hand vom Bett entfernt und kam auf die Beine. Sobald sie sich überzeugt hatte, daß keine Blutflecken auf den Laken waren, zog sie sich aus, legte den Unterrock und die Unterhose beiseite, die als einzige blutig waren, und griff dann nach dem kleinen Obstmesser auf dem Tisch und begann, auf das Leinen einzuhacken. Es dauerte. Das Messer war beinahe stumpf, und ihre Hände bestanden darauf zu zittern, und das Leinen war für den Winter gewebt, also doppelt dick. Die ganze Zeit preßte sie die Oberschenkel fest zusammen und hielt etwas tief in sich wie geballt.

Noch lange bevor sie mit der Größe der kleinen Stücke wirklich zufrieden war, begann sie, sie ins Kohlenbecken zu legen. Sie mußte gehörig rühren und pusten, bevor eine vernünftige Flamme entstand, aber langsam fing es an zu brennen. Die Leinenstücke brannten rasch und innerhalb von Sekunden. Es gab viel Rauch, und Ash nahm an, sie sollte die Läden öffnen und den Rauch hinauswedeln, aber sie hatte so viele andere Dinge zu tun, und noch mehr, worüber sie nachdenken mußte, und sie würde noch früh genug dazu kommen.

Sie zog sich einen Leinenstreifen zwischen die Schenkel und ging wieder zum Bett. Das Eis war verschwunden, geschmolzen zu einer dunklen Pfütze von Augenform. Innerhalb von einer Stunde würde auch die weg sein, und bald würde nichts mehr darauf hinweisen, daß es je existiert hatte. Ash betrachtete den trocknenden Fleck nachdenklich. Das würde sie tun müssen: davonschmelzen, ohne eine Spur zu hinterlassen.

13
An der Bluddstraße

Roter Nebel umgab sie wie der Dunst aus einem Kessel kochenden Blutes. Die Luft war bitter kalt und so ruhig, daß sie hören konnten, wie fünf Meilen entfernt See-Eis unter der Spannung brach. Es war früher Morgen, und Raif nahm an, daß die Sonne irgendwo da draußen war, sich über die Kuppen der Kupferhügel erhob und dieses seltsame blutige Licht auf die Straße warf. Raif zog eine Grimasse. Er konnte nichts sehen außer den beiden Reitern vor sich.

Der Frost hatte seinen Lederharnisch steif werden lassen, und nun rieb er an seinem Hals. Er hatte nicht gut geschlafen. *Keiner* hatte gut geschlafen. Ein kaltes Lager am Nordostrand des Dhoone-Gebietes war kein Ort, an dem ein Hailmann Ruhe fand.

»*Anhalten!*« Corbie Meeses Zischen kam durch den Nebel wie ein kalter Luftzug. Seine Stimme, die von den Steingöttern dazu geschaffen war, das einzige zu tun, was alle Hammermänner taten, wenn sie kämpften – so laut wie irgend möglich zu brüllen –, schien nicht geeignet zum Flüstern. Es war, als hörte man einen Hund miauen.

Dennoch gehorchten alle sofort und zügelten die Pferde innerhalb von zwanzig Schritten. Das Metall am Zaumzeug hatten sie umwickelt, damit die Pferde keine Frostbeulen bekamen. Selbst die Hammermänner hatten Weizenmehl auf ihre Ketten gerieben, damit sie nicht raschelten und ihre Stellung verrieten. Heftiger Wind zwei Nächte zuvor hatte den Schnee verwehen lassen, und Raifs geliehene Stute stand tief in trockenem, weißem Pulver.

Sie bildeten einen lockeren Kreis auf dem spärlich bewachsenen Abhang, die Pferde fest am Zügel, Atem in weißen Wolken aufsteigend, Augen dunkel wie Kohlen unter ihren

Fuchskapuzen. Ballic der Rote hatte seinen Bogen aus dem Kasten genommen und wärmte die gewachste Sehne zwischen seinen Fingern. Drey und andere Hammermänner rückten die Riemen ihrer Hammerschlingen zurecht, um schneller ziehen zu können.

Corbie Meese setzte die Kapuze ab, so daß alle sein Gesicht sehen konnten. Er wies mit dem Kinn nach Südosten und sagte: »Die Straße liegt unter uns, direkt unter diesen Fichten. Es sollte eine gute Deckung sein, aber mit diesem pissedicken Nebel vor uns kann man einen Maulwurfshügel nicht von einem Elch unterscheiden. Wir werden es besser wissen, wenn Warrie zurückkommt. Als ich das letzte Mal hier entlangritt, gab es auf beiden Seiten der Straße Bäume, aber das war vor zehn Jahren, und seitdem hat sich einiges geändert. Der Hundelord ist kein Narr – das solltet ihr besser nicht vergessen.« Ein kurzer Blick traf Raif und einige der jüngeren Jahrmänner. »Und er erkennt eine gute Stelle für einen Hinterhalt, wenn er sie sieht. Laut Mace hat er befohlen, alle Bäume an der Bluddstraße zu fällen. Aber falls er keine ganze Armee von Holzfällern in seinen Hundefellunterhosen hat, wird er hier nicht so schnell hinkommen. Darum geht es allerdings nicht: Der Hundelord *kennt* die Gefahren. Darauf könnt ihr eure Bogenfinger wetten, daß jeder seiner Männer, der diese Straße benutzt, bis an die Zähne bewaffnet ist, so nervös wie ein Mädchen, das im Gebüsch pinkelt, und bereit, beim ersten Geräusch von einem Pfeil, der an Holz schlägt, anzugreifen. Der Nebel ist vorteilhaft für uns, aber werdet deshalb nicht faul. Die Bluddleute werden Vorreiter haben, und wenn die nicht einmal die Köpfe ihrer eigenen Pferde sehen können, werden sie aufhören, sich umzusehen, und statt dessen *horchen.* Also haltet eure Pferde fest am Zügel und bewegt euch nicht und zieht nicht blank, ehe wir in Stellung sind. Verstanden?«

Raif nickte zusammen mit den anderen. Sein Mund war so trocken, daß er die Kerben seiner Zähne spüren konnte. Irgendwann während Corbie Meeses Ansprache hatte er begriffen, was sie da planten. Er hatte nie zuvor einen Menschen erschossen, nie Größeres als eine wilde Katze getötet. Aber er wußte in diesem Teil seiner selbst, aus dem die Schüsse kamen und durch den die Pfeile auf den Weg zu ihrem Ziel gingen, daß er auch auf Menschen ein guter Schütze war.

»Selbstverständlich müßt ihr die Augen offenhalten, was den Nebel angeht. Wenn der Wind stärker wird, wird er weg sein, ehe ihr die Gelegenheit hattet, euren Arsch im Sattel zu bewegen.« Corbie Meese schaute verbittert drein. Die Hammerdelle an seinem Kopf war mit einem Keil roten Nebels gefüllt. »Sehr wahrscheinlich werden wir warten müssen. Sie können hier jederzeit zwischen Mittag und Einbruch der Nacht vorbeikommen, und wir müssen bereit sein, wenn sie kommen. Also werde ich nicht zulassen, daß einer von euch absteigt.«

»Ja«, warf Ballic der Rote ein. »Also pißt jetzt, oder haltet es ein.«

Als niemand sich regte, zog Today Walker die Braue hoch und sagte: »Nicht über den Pferderücken pinkeln, meine Herren. Das ärgert sie fürchterlich.«

Alle lachten auf diese rasche Art, die mehr der Anspannung als dem Humor zu verdanken war. Die meisten der Gruppe waren damit beschäftigt, noch einmal ihre Waffen zurechtzurücken, aber Drey kam mit seinem schwarzen Hengst zu Raif getrabt. Er behielt die Kapuze auf, so daß niemand, der ihm nicht direkt gegenübersaß, sein Gesicht sehen konnte, und beugte sich dicht zu seinem Bruder und murmelte: »Wie immer wir uns trennen, du kommst mit mir.« Bevor Raif antworten konnte, wandte er sich ab.

Raif starrte auf den Hinterkopf seines Bruders. Trennen? Das war das erste, was er davon hörte, daß die Truppe geteilt werden sollte. Unsicher griff er in seine Ölhaut und tastete nach seinem Zeichen. Es war das erste Mal, daß er es in beinahe einer Woche berührte – seit dem Tag, als Shor Gormalins Pferd seinen Herrn nach Hause gebracht hatte. Raif holte tief Luft und hielt sie an. Der Schmerz über Shors Tod war noch nicht vergangen. Er konnte sich immer noch an den finsteren Blick in Shors Augen erinnern, als dieser die große Feuerstelle verlassen hatte, er sah immer noch vor sich, wie der blonde Schwertkämpfer zusammengezuckt war, als Raina Blackhail zugegeben hatte, sich mit Mace vereinigt zu haben. Abrupt ließ Raif den Schnabel fallen. *Totenwächter.* Wie viele Tode würde er heute sehen?

Etwas knirschte vor ihnen irgendwo tief hinter dem Nebelvorhang. Ballic hob den Bogen. Corbie Meese rief leise: »Rory?«

»Ja! Ich bin's. Nicht schießen, Ballic«, kam die Antwort.

Raif mußte einfach lächeln. Von dort, wo er stand, konnte Rory Cleet unmöglich Ballic den Roten sehen, aber er wußte genug über den rothaarigen Bogenschützen, um zu erraten, daß dieser bereits einen Pfeil aufgelegt hatte.

Sekunden vergingen, und dann kam der blauäugige Rory Cleet in Sicht, die Kapuze zurückgeschoben, die Schaffellhandschuhe voller Harz und Fichtennadeln und sein kurzer Ledermantel niedergebogen von Klumpen gefrorenen Schnees. Er verschwendete weder Zeit noch Luft. »Nichts auf der Straße. Kein Zeichen von Pferd oder Wagen seit dem letzten Schnee. Fünf Dutzend oder mehr Fichten auf der Südseite der Straße gefällt, aber wer immer die Arbeit machen sollte, hat sich gelangweilt oder wurde zu einem anderen Teil geschickt, bevor er damit fertig war. Die Gegend unserer ersten Wahl ist ziemlich kahl geschlagen, aber dreihundert Schritte dahinter gibt es oberhalb von der Straße eine junge Schonung. Die Fichten dort sind so hoch, daß sie Männer zu Pferde verbergen können, und direkt gegenüber ist ein Hartriegel- und Eschengehölz. Insgesamt können sich da etwa dreißig Männer verstecken.«

Corbie Meese nickte. »Gut. Gut gemacht, Junge.«

Rory Cleet versuchte offensichtlich dagegen anzukämpfen, aber er errötete vor Freude. Nicht zum ersten Mal bereute Raif den Vorfall an der Tür der großen Feuerstelle, als er Rory von seinem Posten gezwungen hatte.

»Also gut«, sagte Corbie, »Ballic. Führ du die südliche Gruppe an. Ich nehme die nördliche. Wir nehmen jeder zwölf Männer mit, und die anderen fünf bilden die Nachhut eine Viertelmeile östlich vom Hinterhalt, um den Bludds den Rückzug zu blockieren und Fliehende aufzuhalten.« Corbie warf einen Blick auf die Männer, seine hellbraunen Augen hart wie Feuerstein, und ein Muskel in seiner rechten Wange zuckte. Nach einer Weile blieb sein Blick an Drey hängen. »Glaubst du, du kannst die Nachhut anführen?«

Drey schob die Kapuze zurück. Das Haar klebte ihm am Kopf. Schweiß und sechs Tage Fett ließen es dunkler aussehen als das übliche Kastanienbraun. Sein Gesicht war bleich, und Raif war erschrocken darüber, wieviel älter sein Bruder aussah als an jenem Tag, als sie Schneehasen an der Salzlecke geschossen hatten. Drey hatte nie dazu geneigt zu reden, ohne nachzudenken, und als er den Handschuh abstreifte und seinen Elchlederkragen herunterklappte, nahm Raif an, daß er nach seinem Bärenzeichen griff. Raif hatte ihn immer um den Bären beneidet. Tem war ein Bär gewesen wie sein Vater vor ihm und sein Onkel davor. Jede Generation von Sevrances hatte einen Bären hervorgebracht.

Als Raif zusah, wie sein Bruder die Bärenklaue in der Faust wog, wurde ihm klar, wieso Corbie Meese ihn gewählt hatte. Drey war verläßlich, und er hatte nichts von der Dreistigkeit, die die meisten Jahrmänner erst nach fünf oder mehr Jahren überwanden. Raif spürte, wie seine Brust vor Neid und Stolz schmerzte. *Eines Tages*, dachte er. *Eines Tages wird Drey einen guten Häuptling abgeben.*

»Ich komme damit zurecht.« Dreys Stimme war fest. Er ließ das Bärenzeichen wieder unters Hemd gleiten.

Corbie Meese und Ballic der Rote wechselten einen Blick, und Raif wußte, daß Drey in ihren Augen richtig gehandelt hatte, als er sich die Zeit nahm, sein Zeichen zu wiegen. Corbie winkte ihn heran. »Also gut, Junge. Es geht um folgendes: Wenn alles nach Plan verläuft, wirst du nicht viel zu tun bekommen. Die Bludds werden gut drei Minuten, bevor sie uns erreichen, an dir vorbeikommen, also geht es nur darum, daß du dich von der Straße zurückhältst, hoch oben hinter der Baumlinie bleibst und deine Männer so still wie Leichen sind. Es wird keine Signale geben. Ich möchte keine schlaue Eule heulen hören. Nichts. Du wirst dich erst von der Stelle rühren, *nachdem* du gehört hast, daß wir angreifen. Dann ist es deine Aufgabe, so schnell wie möglich auf die Straße zu kommen und alle Bluddsmänner niederzuhauen, die sich zurückziehen wollen. Verstanden?«

Als er Corbie sprechen hörte, begann Raif zu verstehen, wieso der Hammermann Drey das Kommando gegeben hatte, obwohl volle Clansmänner zur Verfügung standen. Die wahre Gefahr und der wahre Kampf würden beiden Angriffsgruppen zufallen: Sie waren es, die ihr Leben aufs Spiel setzten und den Nahkampf wagen würden. Corbie Meese wollte, daß alle erfahrenen Clansmänner bei ihm blieben. Das konnte ihm Raif nicht übelnehmen. Die Nachhut würde nur dazu dienen, Flüchtlinge aufzuhalten.

Drey nickte bedächtig. »Wer wird mit mir kommen?«

»Noch ein Hammermann, zwei Bogenschützen und ein Schwertkämpfer. Vergiß nicht, daß alle von der Bluddtruppe ausgebildete Krieger sein werden. Wahrscheinlich Schwertträger oder Hammermänner. Sie kämpfen gut, und ihre Waffen sind schwer, falls du also keine Hammerdelle willst wie meine, geh ihnen aus dem Weg.« Corbie Meese zeigte mit einem behandschuhten Finger auf seine Delle. »Stell deine Bogenschützen oberhalb der Straße auf und laß sie aus der Deckung heraus schießen.«

Corbie und Ballic wählten ihre Leute aus. Als Ballic vorschlug, daß Raif mit Corbie zur Nordgruppe gehen sollte, schaltete sich Drey ein. »Ich will ihn bei mir haben. Nimm Banron Lye mit.«

Corbie Meese sah Drey einen Augenblick lang an und wartete darauf, daß der Jahrmann vielleicht etwas erklärte, aber als Drey nichts weiter sagte, nickte er nur. »Es ist deine Gruppe. Der Junge geht mit dir.«

Minuten später brachen sie auf. Sie suchten sich ihren Weg vorbei an Birken, so hell wie Wachskerzen, am Abhang entlang nach Osten, hoch oberhalb der Straße. Sie hatten ihren Pferden die Mäuler mit Schaffell zugebunden, damit die nicht schnaubten und wieherten. Raif hatte den Bogen ausgepackt und ritt mit einem Pfeil in der Faust.

Der Himmel über ihnen hatte die Farbe verfaulender Pflaumen. Der Nebel hatte sich ein wenig gelichtet, und sehr zu Raifs Unwillen war er nicht mehr rot, sondern rosa. Langsam, Stück für Stück, ein Baum und ein Sandsteinfelsen nach dem anderen, tauchte die Taiga nordöstlich von Clan Dhoone aus dem Nebel auf. Das Land war ein Minenschacht von Simsen, hervorstoßenden Felsen und losen Steinen. Fichtenwurzel gruben sich tief in den weichen, bläulichen Sandstein, pulverisierten das Grundgestein, während sie wuchsen, sorgten für unsicheren Boden. Kleine Teiche, tief und dunkel wie Brunnen, lagen wie Perlen in den Rissen zwischen den Abhängen. Alle hätten gefroren sein müssen, aber sie waren es nicht, und Raif konnte nur annehmen, daß Mineralsalze oder Mineralöl der Grund war.

Niemand sagte ein Wort. Raif bezweifelte, daß er genug Speichel im Mund hatte, um die Zunge bewegen zu können, nicht zu reden von Sprechen. Sie waren alle fünf Jahrmänner: Bullhammer, Bitty Shank, Craw Bannering, Drey und er selbst. Craw war der zweite Bogenschütze. Raif kannte ihn kaum; er war älter als Drey, mit dunkler Haut, einem klugen Gesicht und langen, schmalen, tätowierten Fingern. Raif war nicht sicher, aber er glaubte, er war mit Lansa Tanner verlobt. Bullhammer war Bullhammer, ein großer Bär von einem Mann mit Borsten als Augenbrauen und dem furchterregendsten Lächeln, das die Clanlande je gesehen hatten. Alle liebten ihn; es war unmöglich, einen Mann, der eine fünf Jahre alte Fichte mit einer einzigen mächtigen Umarmung aus dem Boden reißen konnte, *nicht* zu lieben.

Bitty Shank war der Schwertkämpfer. Wie alle Shanks hatte er ein Gesicht, das wie gekocht aussah. Er war ebenso alt wie Drey, aber sein blondes Haar begann bereits schütter zu werden. Bitty schwankte dazwischen, sein Haar mit Teer zu bestreichen, um nicht noch mehr zu verlieren, und wild an den Resten zu zupfen, um zu zeigen, wie wenig es ihm ausmachte. Im Augenblick war er in der gleichgültigen Phase, aber mit dem Frühling würde er sicher wieder Teer im Beutel haben.

Als der Nebel sich genug gehoben hatte, um hin und wieder einen Blick auf die Bluddstraße zu erlauben, hob Drey den Arm und wies alle an, langsamer zu werden. Der Weg, den er wählte, wurde kunstvoller und schloß Zickzackbewegungen ein, um sie den Abhang hinabzubringen und trotzdem außer Sichtweite der Straße zu bleiben. Alte Birken mit ihren hohen, astlosen Stämmen bildeten nicht den besten Schutz, und Büsche und jüngere Schößlinge wuchsen nur spärlich.

Als Drey sie auf eine Gruppe von Schößlingen, etwa zweihundert Fuß oberhalb der Straße, zuführte, zog sich Raifs Magen zusammen. Die beiden Hauptgruppen würden nun am Platz sein und an der Straße warten, daß der Clan Bludd in den Hinterhalt ging. Raif war mit Geschichten vom Clan Bludd aufgewachsen – was für wilde Kämpfer diese Männer waren, daß ihre Schwerter eine Rille in der Mitte hatten, durch die das Blut ihrer Feinde abfloß, daß sie schreckliche, ohrenbetäubende Kriegsschreie ausstießen und ihre Waffen so bleibeladen waren, daß keiner, der nicht zum Clan gehörte, sie überhaupt heben konnte –, aber er hatte nie einen Bluddsmann von nahem gesehen. Für ihn waren sie Legende wie das Volk, das angeblich in Hütten aus Walknochen im gefrorenen Norden lebte, oder die Verstümmelten aus dem Kargland, die die Spuren schrecklicher Ungeheuer und grausameren Frostes trugen.

Drey ließ seine Männer halten und stellte sie hinter einem dichten Gehölz junger Fichten auf. Die Bluddstraße lag unter ihnen, dunkel und gerade wie ein Makel auf der Erde. Raif spähte nach Westen, konnte aber nichts von den anderen erkennen. Ballic und seine Gruppe mußten ein Stück weiter geritten sein, bevor sie die Straße überquerten, um keine Hufspuren und keinen Geruch auf der Straße zurückzulassen.

Als Raif auch den Kopf hob, erhaschte er einen Blick auf das Gesicht seines Bruders. Dreys Augen waren wie zwei gefrorene Punkte. Als er sie sah und das einzige Gefühl erkannte, das dahinter lag, wurden Raifs Knochen zu Eis. Drey wartete nicht darauf, Bluddmänner zu bekämpfen; er wollte die Männer töten, die seinen Vater getötet hatten.

Es gab nichts zu tun, als zu warten. Minuten vergingen, dann eine Stunde, dann eine weitere, dann mußten sie den Pferden die Schafsfelle von der Schnauze nehmen, damit diese nicht unruhig wurden. Und dann, gerade als Bullhammer im Sattel nach hinten griff, um einen Futtersack für seine rastlosen Hengst zu holen, ertönte ein tiefes Grollen im Osten.

Alle erstarrten. Bullhammer richtete sich auf und nahm die Zügel in beide Hände. Bitty Shank zog die Fellhandschuhe von seiner Schwerthand, an der er jetzt noch einen fingerlosen Lederhandschuh trug. Craw Bannering preßte die dünnen Lippen zusammen und wandte seinen kalten Bogenschützenblick der Straße zu. Drey griff nicht nach seinem Hammer. Er warf seinen Männern einen Blick zu und übermittelte ihnen damit ein einziges Wort: *ruhig*.

Das Geräusch wurde lauter und zerfiel in einzelne Teile. Pferdehufe, zu viele, um sie zählen zu können, klapperten über die harte Oberfläche der Straße. Büsche und Äste knackten, knallten wie Peitschen und warfen ihre Schneeladung ab. Hunde kläfften und bellten, Wagen knarrten, Zaumzeug klirrte, und über dem allen rutschte etwas, klapperte und schauderte wie eine große schreckliche Kriegsmaschine. Raif und Drey wechselten einen Blick. Der Nebel lag jetzt in Streifen über der Landschaft.

Es war schwer, einen direkten Blick auf die Straße zu werfen, und beinahe unmöglich, die Biegung zu sehen, um die die Bluddmänner jeden Augenblick kommen würden.

Zwei Schneegänse flatterten in der Nähe der Biegung auf, ihre Schreie so rauh wie Sägen, die man über Metall zog. Raifs ganzes Wesen war darauf konzentriert, sein Pferd zu beherrschen. Die Ohren der Stute zuckten, und sie hatte begonnen, an den Zügeln zu zerren. Der Geruch der fremden Hunde machte sie unruhig. Raif wünschte sich, er säße wieder auf Elch, nicht auf einer unruhigen Stute, die er im letzten Augenblick von Langkopf geborgt hatte.

Alle Gedanken verschwanden aus seinem Geist, als eine Windbö den Nebel zerriß und einen klaren Blick auf die Reiter vom Clan Bludd gestattete, als diese um die Biegung kamen. Winzige Haken der Angst bohrten sich in Raifs Brust. Finster und entschlossen ritten die Bluddmänner einher, als wäre die Straße ein Territorium, das sie beanspruchen müßten wie einen fremden Strand oder das Lager eines Feindes. Die Vorreiter auf Hengsten mit dicken Hälsen und Muskeln wie Wölfe, hatten Speere aus schwarzem Stahl in Hornhalterungen, die mit den Steigbügeln von den Sätteln hingen. Bullenköpfige Hunde rannten vor ihnen her, schwarz und gelb wie Höllenhunde. Ein Wagen kam in Sicht, dann ein zweiter, beladen mit eisenbeschlagenen Fässern. Raif strengte sich an, mehr zu sehen, aber der Nebel kam wieder den Abhang hinunter und senkte sich in die niedrigsten Stellen. Kurz erhaschte er noch einen Blick auf zwei Zugpferde, flankiert von vier schwerbewaffneten Hammermännern.

Das knirschende, schaudernde Geräusch war ohrenbetäubend. Weißer Nebel ergoß sich in die Luft über der Straße. Mit einer einzigen, fließenden Bewegung zog Drey seinen Hammer aus der Schlinge. Raif bemerkte, daß er Stahldraht um den Metallkopf gewickelt hatte. Als er aufblickte, begegnete er dem Blick seines Bruders. Drey sah einen Augenblick so sehr wie Tem aus, daß Raif spürte, wie er die Hand vom Bogen nahm und ausstreckte.

Ruhig, sagte Drey ohne ein Wort. *Ganz ruhig jetzt.*

Raif kam sich dumm vor und versuchte, seine Gefühle zu verbergen. Er legte die Hand wieder auf den Bogen und legte seinen Pfeil auf. *Wir sind Clan Blackhail, der Erste unter den Clans. Wir ducken uns nicht, wir verbergen uns nicht, und wir werden unsere Rache bekommen.* Die älteste Version dieses Blackhail-Spruches ging Raif durch den Kopf, als er mit seinem Pfeil zielte. Zornige Worte. Nicht zum ersten Mal fragte er sich, was sie hervorgerufen hatte.

Die Reiter waren jetzt direkt unter ihnen. Die Zugpferde zogen eine schlingernde Last, die teilweise im Nebel verborgen blieb. Raif zählte die Sekunden. Das Kreischen der Wagenachsen, die sich in ihren Gehäusen drehten, machte ihn unruhig. Die Kälte drückte auf seine Blase und machte ihm schmerzlich bewußt, wie voll sie war. Als er die Straße entlangspähte, glaubte er, einen Hauch von Stahl im Unterholz auf der anderen Straßenseite zu sehen. Ballics Leute.

Die Hunde kläfften und bellten und liefen immer wieder um die Pferde herum, begierig, schnell weiterzukommen. Als der Leithund etwas am Nordrand der Straße fand, woran er schnupperte, peitschte der Wind den Nebel wie einen Pferdeschweif und gestattete Raif eine klare Sicht auf die Zugpferde und ihre Ladung.

Er keuchte leise. Wie *groß* dieses Ding war! Die Zugpferde zogen einen Kriegswagen wie ein Haus, mit eisenbeschlagenen Rädern, so groß wie Männer, und ganzen Ulmenstämmen an der Seite. Die Räder pflügten sich in die Straße und rissen Berge von Dreck und Schnee hoch. Rauchwolken stiegen aus einem

Kupferschornstein hoch auf dem Balkendach auf, und das ganze Gebäude ächzte und schauderte bei jeder Rinne in der Straße. Raif hatte noch nie so etwas gesehen. Es war, als sähe man ein ganzes Rundhaus, das sich bewegte.

»Raif. Hol den Feuerstein raus.« Dreys Stimme war so tief und zerrissen wie der Nebel. »Bull. Gib ihm den Alkohol aus deinem Gepäck. Ruhig. Alle.«

Raif verstand sofort. Niemand hatte dieses Ding erwartet, diesen Wagen, der so groß wie ein Haus war. Niemand wußte, welche Schrecken sich darin befinden mochten. Das einzige, was man tun konnte, war, es anzuzünden. Ballic der Rote und Corbie Meese dachten vermutlich dasselbe, aber für den Fall, daß sie das nicht taten oder danebenschossen, machte Drey schon Pläne. Raif riß den Daumen von seinem linken Handschuh und benutzte ihn als Haube für den Pfeil. Bullhammer reichte ihm eine Silberflasche, und seine fleischigen Hände hatten das Metall schon gewärmt, als sie es berührten.

Als Raif das Daumenstück mit der klaren, bernsteinfarbenen Flüssigkeit tränkte, nahm der Leithund die Witterung der Hailsmänner auf. Sein vergnügtes Kläffen wich einem tiefen, gefährlichen Grollen. Raif spürte, wie das Geräusch in dem weichen, inneren Gewebe seiner Knochen widerhallte, und dann war plötzlich auf der Straße die Hölle los.

Eine Salve von Pfeilen schnitt durch den Nebel, gezielt auf die Pferde der Vorreiter. Tiere schrien vor Angst, als metallene Pfeilspitzen – mit Widerhaken versehen, damit sie das Fleisch besser herausrissen – in Pferdefleisch drangen. Sie bäumten sich auf, traten und bockten, warfen die Köpfe von einer Seite zur anderen und schrien. Ihre Angst breitete sich unter den verbliebenen Tieren wie ein Wildfeuer aus, aber noch während andere Pferde begannen, zu schnauben und zu stampfen, waren die Reiter und Fuhrleute schon damit beschäftigt, sie zu beruhigen. Ein leises, aber fest ausgesprochenes Wort, eine beruhigende Hand auf Hals oder Schulter, ein Drücken der Schenkel, und die Bluddmänner bewahrten ihre Reittiere vor Panik.

Die Vorreiter verließen ihre verwundeten Pferde rasch und sprangen mit schwerfälliger Anmut aus dem Sattel. Als sie im Schnee standen, zogen sie ihre zehn Fuß langen Speere. Keiner von ihnen war verletzt, was kaum möglich schien, wo doch je vier massive Pferde auf der relativ engen Straße um sich traten. Raif hatte keine Zeit, darüber nachzudenken, denn nun stürzten Corbie Meese, Today Walker und acht andere Hammermänner auf die Straße. Unter lautem Geschrei wichen sie den Speerträgern im großen Bogen aus und stürzten sich auf die Hammermänner dahinter. Sobald sie die Speerträger hinter sich gelassen hatten, regnete eine zweite Pfeilsalve über die Straße. Die meisten Pfeile trafen die Pferde, und Pferdeblut sprühte in roten Bögen auf, aber ein Speerwerfer bekam einen Pfeil in die Schulter, und ein anderer verlor ein Stück seines Gesichts. Die Verletzungen brachten allerdings keinen der Männer dazu, aus der Formation zu brechen, und als stehende Einheit wandten sich die vier Speerträger um, um Corbie und seine Männer zu verfolgen, als diese die Hammermänner des Bluddclans angriffen. Das war, so wurde Raif jetzt klar, das einzige, was sie tun konnten. Wenn sie frei stehenblieben, waren sie ein leichtes Ziel für die Bogenschützen, aber kein Bogenschütze hier würde einen Pfeil in einen Kampf schießen, in dem eigene Leute beteiligt waren.

Raif arbeitete noch an dem alkoholdurchtränkten Daumenstück und zog jetzt daran, so daß die Metallspitze des Pfeils hindurchging. Es war schrecklich, die Schreie der Pferde zu hören, und Raif versuchte, nicht daran zu denken. Er hatte die ganze Zeit gewußt, daß Ballic und seine Leute als erstes auf die Pferde schießen würden.

»Raif. Schieß.« Drey. Er sagte nicht, auf was er schießen sollte oder warum, es gab keine weiteren Anweisungen über einen solchen Schuß auf solche Entfernung. Nur den Befehl. *Nein –*

Raif nahm Feuerstein und Schlagstein in die Hand –, es war mehr als das. Indem er nur so wenig sagte, setzte Drey nicht nur voraus, daß sein jüngerer Bruder wüßte, was er dachte, sondern auch, daß er imstande war, einen solchen Schuß zu landen, ohne Corbie oder einen seiner Männer zu verletzen.

Ein ernüchternder Gedanke. Raif hielt den Pfeil ein wenig schräg, damit das Handschuhstück die Funken auffangen würde, und schlug auf den Feuerstein. Der Alkohol zündete mit einem leisen, reißenden Geräusch, das die Stute erschreckte. Raif brauchte sich keine Gedanken zu machen, sie zu beruhigen, denn Drey war bereits an ihrem Kopf, beugte sich vor, um sie mit leisen Worten und sanftem Streicheln zu beruhigen.

Raif hob den brennenden Pfeil auf seinen Bogen und konzentrierte sich auf den Kampf, der unter ihm tobte. Die verbliebenen Hammermänner und Schwertkämpfer aus Corbies und Ballics Truppe kämpften nun auf der Straße. Corbie Meese schrie, so laut er konnte, während er seinen Hammer in einem fließenden Kreis über dem Kopf schwang, sein Gesicht lilarot vor Zorn, seine Lederhandschuhe metzgerrot vor Blut. Er war, wie Raif mit stillem Stolz klar wurde, ein wahrhaft erschreckender Anblick. Das lag an der Hammerdelle an seinem Kopf. Die Bluddmänner tänzelten um ihn herum und zögerten, sich einem Mann zu stellen, der einen solchen Schlag überlebt hatte.

Mit dem Geist eines Lächelns auf dem Gesicht zielte Raif. Der Kriegswagen war groß und bewegte sich kaum mehr. Ohne den Nebel und die ringsumher kämpfenden Männer wäre es ein einfacher Schuß gewesen. Raif holte Luft, entspannte seinen Griff um den Bogen, zielte auf das obere Viertel des Wagens und tastete dann im Geist nach der geraden Linie, die den Pfeil ins Ziel bringen würde. Er griff nicht bis in den Wagen hinein. Der Wagen war totes Holz, und es war nicht möglich, ihn zu sich zu rufen – nach dem Tag an der Salzlecke wußte und akzeptierte er das nun. Auch nur zu versuchen, sein Herz zu finden, wäre ein Fehler, der ihn sowohl Genauigkeit als auch Zeit kosten würde.

Alles glitt davon. Die Sehne knarrte vor Anspannung – ein gutes Geräusch, das Raif den Speichel in den Mund trieb. Die Flammen von dem Handschuhstück leckten an seiner Wange. Eine Sekunde streckte sich bis zum Zerbrechen. Dann klarte der Nebel plötzlich auf, die Reiter traten beiseite, und die Linie zwischen dem Ziel und dem Bogen war so breit und einladend wie eine offene Straße. Raif nahm die Finger von der Sehne, und der Pfeil schoß auf sein Ziel zu.

Als er das leise *Tock* der Sehne hörte und die grobe Hand des Rückstoßes an seinen Fingern spürte, wußte Raif, daß er sich geirrt hatte. Es *gab* Leben im Wagen drinnen, und in dem kurzen Augenblick, als die Bogensehne durch die Luft peitschte und Raif seinen Blick noch auf dem Ziel hatte, spürte er Herzschlag aus dem Wagen. Dutzende von Herzschlägen. Sie rasten und überschlugen sich vor Angst.

Du kannst deinen Pfeil nicht zurückholen. Das war das erste, was Tem ihm je über das Schießen beigebracht hatte, und endlich wußte Raif, was er gemeint hatte. Ein Bogenschütze griff in dem Augenblick an, wo seine Finger die Sehne losließen, und nicht Sekunden später, wenn der Pfeil seine Haken ins Fleisch des Feindes schlug. Der kleine Unterschied hatte ihm nie etwas bedeutet. Bis jetzt.

Er hörte den Einschlag nicht, aber die Flammendecke rollte über die Wagenwand und veränderte die Farbe von Blau zu Gelb, als sie sich ausbreitete. Der Schuß war vollendet plaziert, das Alkoholfeuer heiß genug, um das Hartholz zu entzünden, und die Pfeilspitze saß fest zwischen zwei Ulmenstämmen und trieb die Flammen tief hinein. Sogar der Wind half und fegte um den Wagen wie Luft aus einem Blasebalg. Innerhalb einer Minute stand der ganze obere Teil des Wagens in Flammen. Gelbes Feuer ergoß sich über das Holz, floß wie geschmolzenes Metall in die Ritzen und spuckte schwarzen, fettigen Rauch aus.

Die Flammen auf dem Kriegswagen hatten nachdrückliche Wirkung auf die Bluddmänner. Der Fuhrmann arbeitete hektisch daran, die Pferde zu wenden, peitschte und brüllte, stand auf dem Kutschbock und schlug auf die Pferde ein. Hammermänner und Speerträger des Bluddclans bezogen Stellung rund um den Wagen, verteidigten die Zugtiere und den Fuhrmann konzentriert. Today Walker fiel vom Pferd, als ein bleibeschwerter Hammer in seine Wirbelsäule krachte. Innerhalb von Sekunden hatte ihm ein Speerträger die Speerspitze in die Eingeweide gestoßen.

»Raif. Craw. Gebt uns Deckung, wir gehen nach unten. Sobald wir dort sind, kommt näher und schießt, wenn ihr es für sicher haltet.« Dreys Stimme war heiser. Er drückte die behandschuhte Hand an die Lederscheide seines Hammers. »Laßt euch nicht sehen. Bull, Bitty, ihr kommt mit.«

Raif hatte kaum die Zeit zu nicken, bevor sein Bruder das Pferd wendete und den Hang hinabgaloppierte. Bullhammer und Bitty Shank waren an seiner Seite. Bullhammer riß sich die Ölhaut vom Rücken, enthüllte seinen alten, beschlagenen Brustharnisch und befreite seine Arme für die wuchtigen Hammerschläge, die ihm seinen Namen eingebracht hatten.

Raif nahm einen zweiten Pfeil aus dem Kasten. Drunten kippte der Kriegswagen nach hinten, als eines seiner Hinterräder auf die Straße rollte. Junge Bäume barsten wie Stuhllehnen, als der Wagen ins Unterholz stürzte und einen Keil von Flammen und Funken in die Zweige schickte. Der Fuhrmann drosch immer noch auf die Pferde ein, aber der Wagen saß im Graben fest. Raif konnte den Umriß der Wagentür und den großen Metallriegel sehen, der sie verschloß. Noch während er zusah, bemerkte er, daß die Tür bebte, als drückte jemand von innen dagegen.

Eine Bogensehne zischte zu Raifs Linker, als Craw Bannering einen Pfeil auf einen Schwertkämpfer abschoß, der vorgerannt war, um Drey und seine Leute abzufangen. Der Schuß war gut, traf den Schwertkämpfer hoch im Hals und fällte ihn, wo er stand. Hammermänner des Bluddclans kämpften rings um ihn her, ihre Zobelmäntel fließend wie Öl, und ihre Hämmer zerrissen den letzten Rest des Nebels. Raif spannte den Bogen und wartete auf eine klare Schußlinie. Aber seine Konzentration war schlecht. Das zornige rotschwarze Flackern des Kriegswagens lenkte ihn immer wieder ab. Die Tür bebte weiter, aber immer noch brach niemand aus.

Beinahe ohne nachzudenken, senkte Raif den Bogen ein wenig und zielte auf die Wagentür. Er stellte sich vor, es ginge um Wild und *rief* den Wagen zu sich. Ein Faden heißen Schmerzes schoß zwischen seine Augen, als er seine Sinne dazu zwang, sich *hinter* die Tür zu konzentrieren. Es war, als starrte er wieder in dichten Nebel. Seine Augen schmerzten. Sekunden der Leere vergingen, und dann, als er schon bereit war aufzugeben, spürte er das wilde Schlagen vieler Herzen. Angst füllte seinen Mund wie Blut.

Gefangen. Sie waren im Wagen gefangen. Die Hitze hatte diesen Eisenbolzen unbeweglich werden lassen. Zitternd von der Heftigkeit ihrer Angst ließ Raif den Bogen sinken. Ein säuerlicher, metallischer Geschmack lag in seinem Mund. Er warf Craw einen Blick zu und sah, daß der schwarzhaarige Bogenschütze ein zweites Mal schießen wollte. Mit einer verstohlenen Bewegung dicht am Körper tauschte Raif die Pfeile und wählte einen Jagdpfeil mit dicker Spitze, der gedacht war, mit einem einzigen Schuß ein Pferd zu töten. Das Gewicht war falsch im Verhältnis zur Größe und Form von Raifs Bogen – er hatte diese Pfeile nur, um sie von Dreys Langbogen abzuschießen –, aber er hob ihn dennoch. Wenn er vorsichtig war und genug Kraft in den Schuß legte, würde der Pfeil vielleicht treffen.

Er brauchte nur einen winzigen Augenblick zum Zielen. Die letzten Nebelschwaden fielen wie eine Schlinge um seinen Hals, als er nach der Linie zwischen der Pfeilspitze und dem Eisenriegel des Kriegswagens suchte. Der Bauch des Bogens bebte mit seinen Händen. Er wagte nicht zu denken, wagte nicht zu hinterfragen, was er tat und warum. Die Erinnerung an die Hölle im Wagen war zu gewaltig. Die Linie beruhigte ihn, und sobald sie in seinem Geist feststand, wurden auch seine Hände ruhig. Sanft, wie man im Schlaf einatmet, ließ er die Sehne los.

Der Pfeil zerfetzte Spiralen von Feuer und Rauch, als er auf sein Ziel zuraste. Selbst von dort, wo er stand, konnte Raif das laute Klirren von Metall auf Metall hören. Der Pfeil traf, dann fiel er herunter. Ein Augenblick war im Rauch verloren, und als Raif die Tür wieder sah, schlug jemand von drinnen fest dagegen. Nach drei Schlägen gab der Eisenriegel endlich nach, und die Tür brach auf. Rauch drang heraus.

Raif fuhr sich mit der Hand über das Gesicht. Er wußte nicht, ob es sein Pfeil gewesen war, der den Riegel gelockert hatte, aber es war seltsamerweise gleich. Die Tür war offen, und noch während er hinsah, begannen Leute herauszusteigen. Die Hände vor die Gesichter geschlagen, die Rücken gebeugt, stolperten sie hustend und schreiend nach draußen.

Raif brauchte einen Augenblick, um zu begreifen, daß es Frauen und Kinder waren.

Zunächst glaubte er es nicht. Das hier sollte ein Kriegertrupp sein – das hatte Mace Blackhail gesagt. Was hatten Kinder mit Krieg zu tun? Aber noch während er nach einer vernünftigen Erklärung suchte, wurde ihm klar, daß jemandem ein Fehler unterlaufen war. Das hier war kein Kriegertrupp. Die schwer bewaffneten Hammermänner, die Vorreiter mit ihren Eisengußspeeren und die Schwertkämpfer mit ihren Klingen aus blauem Stahl waren nur hier, um den Wagen zu bewachen. Der Hundelord verlegte keine Truppen ins Dhoonehaus, er ließ Frauen und Kinder dort hinbringen.

Und Mace Blackhail hat es gewußt.

Der Gedanke ergriff so schnell von ihm Besitz, daß es beinahe war, als hätte jemand es laut ausgesprochen. Niemand hatte je gefragt, wie Mace Blackhail sich die Informationen für den Hinterhalt verschafft hatte. Corbie Meese hatte erklärt, er habe es aus den Gesprächen in einem Herdhaus erfahren, aber wie konnten andere als Bluddmänner von den Plänen des Hundelords wissen? Besonders, wenn es in diesen Plänen um Frauen und Kinder ging? Raif schüttelte den Kopf. Von allen möglichen Antworten war ihm kalt.

»Raif! *Kinder.*«

Craw Bannering berührte seinen Bogenarm.

Raif nickte und kam sich ein wenig verräterisch vor, als er so tat, als sähe er die offene Wagentür zum ersten Mal. »Wir sollten lieber sehen, daß wir dort runterkommen.«

Der Schnee auf der Straße war rot und rosa von Blut. Vier Pferde waren tot, zwei andere geflohen. Today Walkers Leiche war mit dem Gesicht nach unten in den Schnee getrampelt. Banron Lye lag in einem Graben neben der Straße. Er regte sich nicht. Hunde senkten ihre Zähne in seinen Kragen und die Ärmel und rissen große Streifen von Elchleder ab, um ans Fleisch zu kommen. Alle verbliebenen Hailsmänner, auch Ballic und seine Bogenschützen, kämpften nun Mann gegen Mann auf der Straße. Schwarzes Blut und Speichel schäumten aus Corbie Meeses Mund, aber seinem lauten Geschrei und dem raschen Kreisen seines Hammers nach zu schließen, war er nicht schwer verletzt. Drey und Bullhammer hatten keine Zeit verloren und sich mitten in den Kampf gestürzt. Sie arbeiteten gut zusammen. Die Hämmer schimmerten matt und grau wie verkohlte Holzscheite, als sie versuchten, einen Bluddmann zu umgehen, der gerade sein Reittier verloren hatte. Die Speermänner waren die größte Gefahr. Sie kämpften Rücken an Rücken in fester Formation und machten es unmöglich, daß jemand ihnen nahe genug kam, um sie zu treffen. Raif zügelte sein Pferd dreißig Fuß über der Straße und zog einen Pfeil heraus. Die Hunde, die an Banron Lye zerrten, waren die ersten. Sie waren leichte Ziele; nachdem er einmal ihre Herzen im Visier hatte, brauchte er keine Angst zu haben, Banron oder einen anderen Clansmann zu treffen. Die Hunde fielen einer nach dem anderen, zogen die Beine unter sich wie alle ins Herz getroffenen Tiere. Die Speerträger waren ein schwierigeres Problem. Sie bewachten immer noch den Fuhrmann und seine Tiere und bildeten einen Knoten grauen Stahls mitten auf der Straße. Raif konnte keinen von ihnen klar ins Schußfeld bekommen. Corbie Meese und Rory Cleet waren zu dicht bei ihnen.

Schweiß lief Raif in den Nacken. Die Flammen auf dem Kriegswagen röhrten und schmolzen den umgebenden Schnee mit Schlangenzischen, ließen gelbes Feuer ins Unterholz regnen und entzündeten ganze Reihen von Fichten. Feuer lief nun auch über die Zügel der Zugpferde, und der Fuhrmann begann, mit seinem Schwert auf die Lederleinen einzuhacken, um die Pferde zu befreien. Raif konnte nicht mehr sehen, was auf der Rückseite des Wagens geschah. Nur aus dem Augenwinkel war er sich der Gruppe von Frauen und Kindern bewußt, die durch die Bäume den Abhang hinaufrannten.

Es war schwierig, sich auf die Speermänner zu konzentrieren, und noch schwieriger, sie in den Sekundenbruchteilen, in denen der Weg offen lag, zu sich zu rufen. Er schoß, und der Pfeil ging vorbei, prallte am Hammerschutz eines Bluddmanns ab. Fluchend versuchte er, seine heftigen Herzschläge unter Kontrolle zu bekommen. Rory Cleet heulte auf, als ein Speer an seinem Oberschenkel entlangriß. Einen Augenblick lang sah Raif weiße Sehnen und Knochen, dann schoß das Blut über Rorys Haut und alles wurde rot. Kreidebleich und schweißglänzend, die Hand auf die Wunde gepreßt, wendete Rory sein Pferd.

Raif spannte den Bogen, bereit, den Pfeil in dem Augenblick abzuschießen, wo Rory aus dem Weg war. Der Speerträger, der ihn verwundet hatte, bewegte sich vor, um noch einmal zuzustoßen. Er war fürs Marschieren bewaffnet, nicht für den Krieg, und trug einen Brustharnisch aus in Wachs gekochtem Elchleder. Das Ziel hinter dem Leder schwankte wie eine Schaukel, als Raif es anvisierte. Ein starker Herzschlag hämmerte gegen seinen Geist, traf ihn wie ein körperlicher Schlag, fegte alle Gedanken weg. Raif brauchte sie nicht. Auge und Finger wußten, wie sie das Ziel halten und wann sie die Sehne loslassen sollten. Einen Augenblick später war es vorbei.

Die Übelkeit war so heftig, daß er sich vornüberbeugen mußte, als der Speerträger fiel. Er konnte nicht mehr klar sehen. Säure aus dem Magen brannte ihm in der Kehle. Er ließ den Bogen los und in den Schnee fallen, traute seinen Bewegungen nicht einmal mehr genug, sich weit vorzubeugen und ihn aufzufangen.

Er drehte den Kopf, konzentrierte sich darauf, auf dem Pferd zu bleiben. Menschen zu töten war nicht dasselbe, wie Wild zu schießen. Er konnte es tun, aber es war offenbar nicht dasselbe.

»Sevrance! Heb deinen Bogen auf und überreite die Überlebenden. *Sofort!*«

Raif zuckte über die Grobheit der Stimme zusammen. Sie klang, als käme sie von hinter ihm, aber er wußte, es war nicht der richtige Zeitpunkt, sich im Sattel umzudrehen und hinzuschauen. Er mußte sich immer noch anstrengen, überhaupt im Sattel zu bleiben.

Ein Pferd und ein Reiter kamen über die Lichtung am Abhang. Raif sah einen Hagel hochgewirbelten Schnees, dann spürte er, daß ihn etwas unten an der Wirbelsäule stieß.

»Ich habe gesagt, reite die Überlebenden nieder.«

Mace Blackhail. Der frischgebackene Häuptling des Blackhail-Clans. *Hier?* Raifs Gedanken kamen in ungelenken Klumpen. Wie war es ihm gelungen, sie einzuholen?

»Craw. Geh und hole Drey und Bitty von der Straße. Ich brauche euch alle drei, damit ihr durch die Wälder nach Osten reitet und die Überlebenden auflest. Ich werde nicht zulassen, daß irgendwelche Bludd-Zuchtstuten und –Hündinnen entkommen. Sofort.«

Raif spuckte, um den Metallgeschmack aus dem Mund zu bekommen, während Craw Bannering den Abhang hinunterrannte. Dann richtete er sich auf und drehte sich zu dem Wolf um. Mace Blackhails Augen hatten die Farbe gefrorenen Urins, seine Lippen waren ein Haken aus bleichem Fleisch. Er trug einen Umhang aus schiefergrauem Fell über einem Kettenhemd, das mit Wolfszähnen eingelegt war, und saß hoch oben auf dem Schecken und sah Raif an. Einen Augenblick später herrschte er Raif abermals an. »Ich bin dein Häuptling. Du hast den ersten Eid gesprochen. Tu, was ich dir gesagt habe.«

Raif verzog das Gesicht. Wenn er doch nur klarer denken könnte! Als er nach unten griff, um den Bogen aufzuheben, trieb Mace Blackhail den Schecken vorwärts, rammte damit die Stute und trampelte über Raifs Bogen. Die Stute bekam das scharfe Ende der Sporen gegen die Schulter und bäumte sich mit einem schmerzerfüllten Wiehern auf. Raif mußte sich anstrengen, im Sattel zu bleiben, und riß fest an den Zügeln. Bis er das Tier wieder beruhigt hatte, hatte der Schecke den Bogen zu Splittern zertrampelt.

»Ich habe es mir überlegt«, sagte Mace und ritt weiter den Abhang hinab. »Benutz statt dessen dein Halbschwert.«

Raif sah ihm nach. Die Ränder seines Gesichtsfelds waren verschwommen, und er konnte immer noch den Herzschlag des Speerträgers in seinem Schädel rattern hören.

Sobald Mace Blackhail die Straße erreicht hatte, begann er, die Kontrolle über den Kampf zu übernehmen. Er bewegte sich rasch, und obwohl er kein Kämpfer wie Corbie Meese, Bullhammer oder Drey war, war er doch klug mit seinem Schwert. Innerhalb einer Minute war es ihm gelungen, einen der drei verbleibenden Speerkämpfer zu töten.

Drey und Bitty zogen sich ungern von der Straße zurück, beide eindeutig nicht glücklich über den Befehl, die Flüchtenden zu jagen. Raif sah, wie sie sich auf die Bäume zubewegten, und trieb die Stute hinter ihnen her. Er hatte keinen Blick mehr für seinen zerstörten Bogen übrig. Es war eine Erleichterung, ihn los zu sein.

Der Kriegswagen brach in sich zusammen, als Raif daran vorbeiritt, und saugte die Luft aus seinen Lungen. Die Hitze war schwer auszuhalten. Brennende Stücke sausten durch die Fichten wie Wespen. Bäume schauderten, wenn sie vorbeikamen. Einer der Bludd-Hunde lief an der Stute vorbei, heulend und mit Schaum vor dem Maul, das schwarzgelbe Fell brennend. Raif fand es überraschend einfach, seinen Schmerz zu ignorieren, er wußte kaum, was er tat. Gedanken kamen und glitten dann wieder aus seinem Kopf, und ganz gleich, wie oft er schluckte und spuckte, der Kupfergeschmack von Blut blieb in seinem Mund.

Beinahe wäre er an der ersten Frau vorbeigeritten. Sie drückte sich an den Stamm einer alten Fichte und rührte sich fast bis zum letzten Augenblick nicht, dann verlor sie die Nerven und rannte los. Wenn sie sich nicht bewegt hätte, hätte er sie nicht gesehen. Ein langer, blonder Zopf flatterte hinter ihr her, während sie von der Straße weglief. Ihr Umhang war dunkelrot mit goldenen Stickereien am Saum, und ihre weichen Lederstiefel waren passend gefärbt. Sie rannte schnell, aber geradeaus, und versuchte nicht, den Vorteil der Bäume zu nutzen. Die Stute hatte sie rasch eingeholt. Raif zog Tems Halbschwert. »Nimm du es«, hatte Drey an jenem ersten Abend gesagt, als sie ins Rundhaus zurückgekehrt waren. »Ich habe seinen Mantel und sein Zeichen. Es ist nur angemessen, daß du sein Schwert bekommst.«

Raif folgte der Frau. Die Aufregung der Jagd weckte etwas in ihm, und er durchschnitt die Luft mit seinem Schwert, gewöhnte sich an das Gleichgewicht und die Reichweite der Waffe. Eine frische Schneeverwehung brach unter der Frau ein, als sie durch die Senke rannte, und sie verlor den Halt. Sie hörte, daß die Stute näher kam, und drehte sich zu Mann und Pferd um. Lange Strähnen goldblonden Haars hatten sich aus dem

Zopf gelöst und rahmten ein Gesicht ein, das vor Angst und Anstrengung glühte.

Als er sie von nahem sah, erkannte Raif, daß sie keine Frau war, nur ein Mädchen, vielleicht ein Jahr jünger als er. Sie riß die hellen Augen auf, als er das Schwert hob. Schaudernd hob sie eine Hand an die Kehle, als er näher kam. Ein Hirschzeichen hing an einem Stück Birkenrinde an ihrem Hals. Ihre Knöchel waren schwarz von Rauch und Ruß.

Tems Schwert wurde schwer in Raifs Hand. Die Mädchen zu Hause benutzten ebenfalls Birkenrinde für ihre Zeichen. Angeblich brachte es einem Glück, wenn man einen Mann finden wollte.

Das Mädchen wich zurück und schloß die Faust um ihr Zeichen. Sie hatte eine kleine Narbe über der Lippe, wie sie von Hundebissen zurückblieb. Als sie bemerkte, daß Raif sie anstarrte, hob sie die Hand und bedeckte die Narbe.

In diesem Augenblick wußte Raif, daß er sie nicht töten würde. Sie war viel zu sehr wie die Mädchen zu Hause und glaubte ebenfalls, daß jeder, der sie ansah, das nur tat, um einen Fehler zu finden. Lächerlicherweise weckte die Narbe in ihm das Bedürfnis, sie zu küssen.

Unfähig, dem Mädchen länger ins Auge zu sehen, wendete er die Stute und ritt davon. Bludd-Zuchtstuten und –Hündinnen hatte Mace sie genannt. Welche Worte würde er für die Kinder verwenden?

Eine Reihe schriller Schreie führte Raif zu einer Lichtung, wo Drcy, Bitty Shank und Craw Bannering zwei Dutzend Frauen und Kinder zusammengetrieben hatten. Alle waren gut gekleidet, in dicke Wollumhänge mit Zobelkapuzen und weiche Lederstiefel. Ein paar Frauen trugen Babys, andere versteckten kleine Kinder unter ihren Röcken. Eine von ihnen, eine hochgewachsene Matrone mit einem Zopf, der ihr bis auf die Hüften reichte, und Augen so blau wie Eis, stand mit hoch erhobenem Kopf da und versuchte, ihre Angreifer niederzustarren.

Raif atmete erleichtert auf, als ihm klar wurde, daß Drey nicht vorhatte, den Frauen etwas anzutun, sondern sie nur gefangennehmen wollte. Ihm war ganz schwindlig vor Erleichterung. Der Wahnsinn dieses Tages fand endlich ein Ende. Er wollte sich nur noch in seine Decke rollen und schlafen. Er wollte nicht über den Speerträger nachdenken oder über das Mädchen mit der Hundenarbe oder über Today Walkers von Pferden zertrampelte Leiche.

Mit vor Erschöpfung bebender Brust und immer noch mit dem Herzschlag eines toten Mannes im Kopf trabte Raif zu seinem Bruder. Die Bluddsfrauen sahen ihn an, ihre Gesichter mit Ruß und Schnee verkrustet, die Hände in ihre Röcke gekrallt.

Dreys Miene war grimmig. »Zieh deinen Schwertarm hoch.«

Bevor Raif dem Befehl gehorchen konnte, kam Mace Blackhail auf dem Schecken durch die Bäume. Sein Breitschwert ruhte auf seinen Hundefellhosen, eine dünne Linie von Leberblut auf der Klinge. Er sah erst Raif, dann Drey an. »Worauf wartet ihr? Ich habe gesagt, tötet sie.«

Kein Muskel auf Dreys Gesicht zuckte. Von der anderen Seite der Lichtung her sah Bitty ihn an und wartete darauf, was Drey tun würde.

»Sie haben unseren Häuptling kaltblütig umgebracht«, sagte Mace Blackhail, ritt weiter vorwärts und hatte dabei den Blick seiner schwarzgelben Augen auf Drey fixiert. »Sie haben euren Vater in seinem Zelt getötet. Bittys Brüder wurden umgebracht, wo sie standen, und nur vor fünf Tagen haben sie Kapuzenmänner in unsere Wälder geschickt, um unsere Frauen und Kinder auf unserem eigenen Land zu töten. Ja, sie haben Shor Gormalin erschossen, aber laßt euch nicht in die Irre führen: Wenn Raina oder Effie auf diesem Weg geritten wären, wären sie tot nach Hause gekommen. Bludd hat den Frieden als erster gebrochen, Drey. Nicht wir. Wenn wir diese Hündinnen und ihre Würfe ziehen lassen, wird der Tod unserer beiden Väter ungesühnt bleiben.« Mace Blackhail wischte die Klinge an der Hose sauber. »Wir sind Blackhail, der Erste unter den Clans, und das Leben unseres Häuptlings ist hundert ihrer Frauen wert.«

Mace Blackhail starrte Drey mit solchem Nachdruck an … es war, als schöbe er ihn körperlich vor sich her. Drey zuckte mit keiner Wimper, er regte sich überhaupt nicht, aber etwas in seinem Gesicht veränderte sich. Raif hätte nicht sagen können, was sein Bruder dachte, wußte nicht, was der plötzliche Mangel von Licht in seinen Augen bedeutete, aber Worte, die Drey auf dem Heimweg aus dem Ödland gesprochen hatte, schlüpften wieder wie kaltes Gift in seine Gedanken zurück.

Wir werden dafür sorgen, daß der Clan Bludd für das bezahlt, was er getan hat, Raif. Das schwöre ich.

Raif hätte nicht sagen können, ob Mace Blackhail die Antwort, die er hören wollte, in Dreys Gesicht sah oder nicht, aber *etwas* brachte ihn dazu, sich zu bewegen. Er stieß dem Schecken beide Sporen in den Bauch und griff an. Licht lief wie Wasser über sein frisch gesäubertes Schwert, glitzerte mit allen kalten Farben von Weiß zu Blau. Aufheulend und zähnefletschend ritt er los, tief im Sattel sitzend wie etwas nicht ganz Menschliches. Die Bluddfrauen und -kinder begannen zu rennen, stolperten ungelenk durch den knietiefen Schnee.

Als Raif später daran dachte, wurde ihm klar, daß Mace Blackhail sie, indem er sie zwang, zu laufen, von Frauen und Kindern zu Wild gemacht hatte. Drey Sevrance, Bitty Shank und Craw Bannering hätten die Frauen und Kinder nicht töten können, während sie reglos vor ihnen standen – davon war Raif vollkommen überzeugt. Er mußte es einfach glauben. Aber Mace Blackhail hatte all die angeborene Heimtücke seines Zeichens. Ein Wolf jagt nichts, was sich nicht regt, und als er mit Worten nichts ausrichten konnte, setzte Mace Blackhail auf den Instinkt und machte aus dem Gemetzel eine Jagd.

Auch Raif spürte die Verlockung. Müde und elend, wie er sich fühlte, wollte ein Teil von ihm einfach nur hinterherjagen, sie niederreiten, sie mit seinem Schwert in die Kniekehlen hacken und fällen. Er sehnte sich so danach, daß der Speichel in seinem Mund mehr würde. Die Kinder kreischten und schrien und klammerten sich an ihre Mütter, als ob diese sie irgendwie retten könnten. Ungeschickte Dinger waren sie. Rannten in immer höhere Schneeverwehungen, hatten nicht den Instinkt eines Tieres, sich aus dem Schnee zu retten und in die Zuflucht der Bäume zu laufen. Die Frauen waren noch schlimmer, blieben stehen, um einander hochzuhelfen, wenn eine von ihnen stolperte oder zurückfiel, und trugen Kinder, die dafür viel zu schwer waren. Sie benahmen sich wie eine Herde gedankenloser Schafe. So schneebedeckt, wie sie waren, sahen sie sogar wie Schafe aus.

Als Bitty Shank neben ein dünnes jammerndes Kind kam, dessen Wangen das erste gelbliche Rot von Frostbeulen zeigte, und dem Kind das Schwert in die Schulter trieb und es unter sein Pferd zwang, spürte Raif heiße Erregung in seiner Brust. Das Dröhnen in seinem Kopf wurde zu einem Trommelschlag, und die Müdigkeit in seinen Knochen verwandelte sich in etwas anderes. Er wollte mitmachen und seinen Anteil an diesem Wild beanspruchen.

Nur der Anblick Dreys ließ ihn erstarren. Drey wirbelte den Hammer über dem Kopf, seine Augen waren tief eingesunken, die Lippen aufs Zahnfleisch zurückgezogen. *Drey.* Er jagte eine junge Mutter und ihre beiden kleinen Kinder, und jeder Muskel seines Gesichts und seines Halses drückte sich wie Knochen gegen die Haut. Raif war zutiefst erschüttert. Sein Rabenzeichen kühlte auf seiner Haut ab, so schnell wie rotglühendes Metall, das man in den Schnee stößt.

So eindeutig ernüchtert, als hätte jemand ihm ins Gesicht geschlagen, nahm Raif einen Pfeil und griff nach hinten, nach seinem Bogen. Er wollte Dreys Pferd erschießen, direkt ins Herz, es unter seinem Bruder zum Stürzen bringen.

Der Bogen war nicht da. Raif fluchte, als er sich erinnerte, was Mace Blackhail damit gemacht hatte. Er konnte nicht verstehen, wieso er einfach dabeigesessen und es zugelassen hatte. Was stimmte nicht mit ihm? Warum war er nicht wütend geworden? Raif schüttelte den Kopf. Das war nun gleich. Er war *jetzt* wütend.

Er trieb die Stute zum Galopp und ritt quer über die Lichtung. Ein Schlachtfeld von Geräuschen drang auf ihn ein – schreckliches Jammern und Schreien und Keuchen, das Knacken brechender Knochen und das dickflüssige Ratschen von Klingen, die aus dem Fleisch gerissen wurden. Kinder rannten vor ihm her, nackte Hände an Haar und Gesicht, Mützen und Handschuhe bei der Jagd verloren. Mace Blackhail ritt durch sie hindurch wie der Schatten eines Steingottes, trieb sie an, sich zu bewegen, zu fliehen, zu *laufen*. Jeder, der sich nicht bewegte, wurde niedergemäht und dann überrannt, die Leiche tief in den Schnee getrampelt.

»Drey!« schrie Raif, so lange und so laut er konnte, als er nah genug an der Stelle war, wo sein Bruder die junge Mutter und ihre Kinder in die Enge getrieben hatte. *»Hör auf!«*

Drey sah sich um. Einen Augenblick lang verlangsamte sich die Bewegung des Hammers. Er sah Raif lange an, ein Speichelfaden lief ihm über das Kinn, dann drehte er sich wieder um und trieb den Hammer in die Schläfe der Frau. Ein übelkeiterregendes Knacken erscholl, als das Genick der Frau brach und ihr Kopf sich zu einer Stelle verdrehte, wohin keine natürliche Bewegung ihn gebracht hätte.

Die beiden kleinen Kinder schrien. Sie klammerten sich aneinander, Köpfe und Schultern stießen zusammen, sie versuchten, sich in ein einziges Wesen zu zwängen. Ein Schauder durchzuckte Raif und ließ seine Knochen klappern wie Murmeln in einem Glas. Er wickelte die Zügel um seine Finger, galoppierte auf seinen Bruder zu, entschlossen, in Dreys Pferd hineinzureiten. Die Stute wendete im letzten Augenblick, um sich selbst zu retten, und Raifs Schultern krachten in Dreys Seite.

Drey wurde im Sattel vorwärts gerissen, sein Hammer verlor die Wucht und schlug gegen seine Oberschenkel. Wütend schob Drey Raif mit aller Kraft weg.

»Laß mich gehen! Du hast Mace Blackhail gehört. Wir waren nicht die ersten, die den Frieden gebrochen haben.«

Raif trieb die Handwurzel in Dreys Hammerarm. »Lauft!« rief er den Kindern zu. *»Lauft!«*

Das ältere Kind starrte ihn einfach nur an, und das jüngere setzte sich in den Schnee und begann, am Arm seiner Mutter zu zerren, als schliefe sie nur und müsse geweckt werden. Raif riß die Stute herum, hatte vor, die Kinder zu erschrecken und davonzutreiben. Als er die Hacken in den Rumpf der Stute trieb, explodierte eine Faust von Schmerz unten in seinem Rücken. Der Atem wurde ihm aus der Lunge gedrängt und ließ nur Leere in seiner Brust zurück. Sein Gesichtsfeld schrumpfte zu zwei Punkten. Er schnappte nach Luft und packte das Zügelleder, als er in einen Tunnel von Dunkelheit fiel, wo der Schnee so hart wie Glas war.

Er kam zu sich. Ein zuckender Schmerz riß an seinem Rücken, scharf, als hätte jemand einen rostigen Nagel in seine Wirbelsäule geschlagen und dann nach unten gerissen. Er rollte sich auf den Bauch und hustete Blut in den Schnee. Etwas Warmes drückte an sein Ohr, zwang ihn, sich wieder umzudrehen und sich dem zu stellen, was es war: die Stute – ihre großen feuchten Nüstern, saugten seinen Atem ein, prüften, ob er noch lebte. Raif hob die Hand und schob die Pferdenase weg. Die Anstrengung kostete ihn viel. Er verlor Sekunden, in denen er sich nur um den Schmerz kümmern konnte. Langsam gewöhnten sich seine Augen an das Glitzern des Schnees. Drei dunkle Gestalten, wie Felsen in den Schneeverwehungen, brachen die Linie des vollkommenen Weiß. Eine jämmerlich geringe Menge von Blut befleckte den umgebenden Schnee.

Raif schloß die Augen. Sein Herz wurde unglaublich leicht

in seiner Brust. Beide Kinder waren jünger als Effie gewesen. Geräusche weit hinter ihm sagten ihm, daß die Jagd immer noch im Gang war. Jene, die noch lebten, hatten kaum mehr Atem zum Schreien, und heisere Rufe und Schluchzen wurden beinahe übertönt von dem Geräusch der Hufe, die den Schnee niedertraten. Raif zog sich auf die Ellbogen und entdeckte Corbie Meese und Ballic den Roten, die die Lichtung von Westen her betraten. Blut hatte ihre Pferde und Rüstungen schwarz gefärbt. Als sie sahen, was geschah, wechselten sie einen kurzen, beunruhigten Blick. Hoffnung keimte in Raifs Brust auf. Corbie und Ballic waren gute Männer; sie würden das Richtige tun.

»Haltet sie auf! Sie entkommt uns noch!« Das war Mace Blackhail, der über die Lichtung auf die beiden Männer zuritt, eine untersetzte Frau vor sich hertreibend. Mace Blackhail hätte diese Frau selbst töten können – sie kämpfte weniger als dreißig Schritte von ihm entfernt mit dem Schnee –, aber das war es nicht, was er wollte. Das wußte Raif sofort. Der Wolf mußte seine Verantwortung für die Morde teilen. Er mußte die beiden älteren Clansmänner mit seinem Rudel laufen lassen.

Raif beobachtete es noch einen Augenblick lang, lange genug, um zu sehen, daß Corbie und Ballic der Verlockung der Jagd nachgaben und sich rasch bewegten, um den Feind zu jagen, den Mace Blackhail auf sie zutrieb. Dann wandte er sich ab. Leise rief er nach der Stute. Er lehnte sich schwer an sie, kam auf die Beine und bürstete sich den Schnee ab. Sein Rücken brannte. Als er ihn mit den Fingern betastete, traten ihm Tränen in die Augen. Im besten Fall würde er dort morgen einen blauen Fleck von Hammergröße haben.

Da er sich nicht zutraute aufzusteigen, nahm er die Stute bei den Zügeln und führte sie nordwestlich von der Lichtung weg. Er mußte einfach gehen. Plötzlich kannte er seinen Bruder und seinen Clan nicht mehr.

14
Flucht

Es könnte sein, daß ich heute abend vorbeikomme und den Schwertführer besuche. Was bedeutet es Euch schon? Katias Worte hallten in Ashs Kopf wider. Die zierliche dunkelhaarige Zofe hatte sie vier Stunden zuvor ausgesprochen, und nun stand Ash im Schatten hinter ihrer Zimmertür und wartete, um zu sehen, ob Katia die Wahrheit gesagt hatte. Der Rücken tat ihr weh, weil sie so lange reglos dagestanden hatte, aber sie hatte nicht gewagt, sich abzuwenden. Wenn sie nicht einfach die Tür öffnen und nachsehen wollte, war Lauschen die einzige Möglichkeit herauszufinden, ob Marafice Eye seinen Posten verlassen hatte. Sie wollte nicht, daß der Schwertführer sie dabei erwischte, wie sie durch die Tür spähte. Das würde ihn nur mißtrauisch machen. Nein. Es war besser, hier stehenzubleiben und zu warten.

Katia hat mir erzählt, daß dein Kohlebecken letzte Nacht voller Asche war, Beinahe-Tochter. Du hast darin doch nichts verbrannt? Ich bin sicher, daß ich dir nicht sagen muß, wie sehr gefährlich so etwas wäre.

Ash schauderte. Penthero Iss war spät in der letzten Nacht in ihr Zimmer gekommen, und obwohl er viele Dinge über viele verschiedene Themen gesagt hatte, war sie sicher, daß er nur gekommen war, um ihr zu sagen, daß er von der Asche im Kohlebecken wußte. So heimtückisch war er. Das Ganze bedeutete, daß er sie von nun an noch besser beobachten würde, da er nun wußte, daß etwas im Gange war. Ash verfluchte Katia leise. Asche im Kohlebecken? Gab es denn kein Geheimnis, ganz gleich wie unwesentlich, das das Mädchen nicht weiterverraten würde?

Stirnrunzelnd wandte sie die Aufmerksamkeit wieder der Tür

zu. Kleine Mäuseschritte trippelten auf dem Stein draußen. Etwas knarrte. Stille … dann ein rasch gedämpftes Lachen. Katia. Katia war auf der anderen Seite der Tür und unterhielt sich mit Marafice Eye.

Bitte nimm ihn mit in dein Zimmer, Katia. Bitte. Ash haßte sich dafür, das zu wünschen, haßte den Gedanken an Marafice Eyes große Hände auf Katias Körper, aber sie brauchte die Zofe, um den Schwertführer abzulenken. Sie mußte die Maskenfestung verlassen. Heute nacht. Und die einzige Möglichkeit, unentdeckt aus dem Zimmer zu kommen, bestand dann, wenn Katia mit dem Schwertführer schlief.

Schlafen. Ash rieb sich mit der Hand über die Augen und versuchte, das Bild zu verbannen, das ihr bei diesem Wort einfiel. Miteinander schlafen war nicht das richtige Wort dafür.

Sie spürte, daß ihre Wangen heiß wurden, und wagte einen weiteren Schritt auf die Tür zu. Marafice Eye konnte leise sprechen, wenn er wollte, und sie konnte seine Stimme nicht hören, obwohl tatsächlich ein Gespräch stattfand. Katias Stimme war einen Augenblick lang leise, dann aber schrill vor Erregung, weil sie immer wieder vergaß, daß niemand von dieser Begegnung erfahren durfte. Ash hörte die Worte Kuß und Geschenk. Dann war es lange still, und als das Schweigen gebrochen wurde, konnte man deutlich heftiges Atmen hören.

»Hexe.« Marafice Eyes Stimme drang durch das Holz. Die Stimme klang unangenehm, und Ash spürte, wie sie auf den Armen eine Gänsehaut bekam. Geräusche folgten, eine ganze Menge, dann Schritte von zwei Menschen auf dem Flur. Ash lehnte den Kopf gegen die Tür. Sie waren weg, aber das gefiel ihr überhaupt nicht. Bildete sie sich das nur ein, oder waren die leichteren Schritte eher schleppend gewesen? Da sie wußte, daß solche Gedanken sie nur aufhalten würden, schob sie sie beiseite. Das war nicht das erste Mal, daß Katia sich mit dem Schwertführer einließ. Die Zofe konnte auf sich selbst aufpassen.

Ash sah sich in ihrer Kammer um, überprüfte die Kissen unter den Laken, zog ihren dicksten, schlichtesten Umhang an und öffnete die Fensterläden, so daß jene, die irgendwann entdecken würden, daß sie weg war, glauben würden, es sei ihr gelungen, sich an der Außenwand des Fasses abzuseilen, und so die Suche in die falsche Richtung leiteten. Am Kohlebecken blieb sie noch einmal stehen, hob den Messingdeckel und steckte die behandschuhte Hand in den schwarzen, pulverisierten Ruß. Der Ruß war heiß, als sie ihn in ihr Haar arbeitete, heiß und juckend wie die Sünde. Er kratzte sie im Hals und ließ ihre Augen tränen, also kniff sie Augen und Mund zusammen, bis sie fertig war. Als sie eine Minute später vor dem Spiegel die Augen öffnete, sah ihr ein fremdes Mädchen entgegen. Schwarzes Haar stand ihr überhaupt nicht, es ließ ihr Haar aussehen wie etwas, das in Wachs konserviert worden war. Abrupt wandte sie sich ab. Es würde genügen müssen.

Was sollte sie mitnehmen? Was würde sie brauchen? Sie hatte alles schon zuvor durchdacht, hatte in den vergangenen sechs Tagen an wenig anderes denken können, aber aus irgendeinem Grund hatte sie vermieden zu überlegen, was sie mitnehmen sollte. Alles in ihrem Zimmer gehörte Iss. Oh, er sagte, es wären ihre Sachen, und legte Wert darauf, ihr viele hübsche und billige Geschenke zu geben, aber wenn es sein mußte, nahm er sie ihr auch wieder weg. Das hatte sie in den vergangenen Wochen gesehen, als Katia und Caydiss Zerbina auf seine Anweisung Dinge aus ihrem Zimmer nahmen. Sie war nicht wirklich Iss' Tochter, das ließ er sie nie vergessen. Beinahe-Tochter nannte er sie. Und seine Beinahe-Tochter war sie.

Ein Findling, sagte Ash sich. Vor dem Leeren Tor zum Sterben ausgesetzt.

Nun war sie wütend und weniger dazu geneigt, mit leeren Händen zu gehen. Diese silberne Haarbürste auf dem Frisiertisch würde auf dem Markt im Bettlerviertel einen guten Preis bringen, und in der Zinnbrosche war eine Art roter Edelstein eingelassen, der vielleicht auch etwas wert war. Sie griff danach und steckte sie in das Innenfutter des Umhangs, bevor ihre Entschlossenheit wieder wich. Was noch? Sie drehte sich um und untersuchte ihr Zimmer. Bücher, in Schweinsleder gebunden, die Bibliothekenketten noch daran befestigt, würden einiges Geld bringen, aber Ash überlegte es sich schnell anders. Zu schwer. Zu laut. Wenn sie versuchte, sie zu verkaufen, würden die Ketten sie sicher verraten.

Abrupt wandte sie sich der Tür zu. Sie hatte keine Zeit mehr, eine Bestandsaufnahme ihres Zimmers zu machen. Wenn sie jetzt nicht ging, war die Chance verloren.

Wenn ich nur sicher sein könnte!

Nein. Ash schüttelte den Kopf so heftig, daß eine Wolke von Ruß aufwirbelte. Sie mußte gehen. Zu bleiben wäre dumm, und alles, was ihr dann geschah, war niemandes Schuld außer ihrer eigenen. Sie war ein Findling; niemand außer ihr selbst würde sich um sie kümmern. Penthero Iss hatte nicht ihr Bestes im Sinn. Und noch schlimmer, er plante, sie in den Splitter zu bringen und … Ash zögerte und holte tief Luft. Die Wahrheit war, daß sie keine Ahnung hatte, was ihr Pflegevater vorhatte. Sie wußte nur, daß man ihre Sachen zum Splitter gebracht hatte, daß der zweitmächtigste Mann in Spire Vanis Befehl hatte, wie ein einfacher Fußsoldat ihre Tür zu bewachen, und daß ihre Zofe jeden Morgen, während sie ihr Gesicht wusch und sich kämmte, ihre Unterwäsche durchsuchte und hoffte, Blut zu finden.

Ash sah sich ein letztes Mal um. All das war nicht der wahre Grund zu gehen. Was immer im Splitter gefangen saß, erfüllt von Haß und so großem Begehren, daß Ash nur die Hand an die Tür des Turms legen mußte, um es zu spüren, hatte sie schließlich zum Handeln gezwungen. Schon die Erinnerung an das verzweifelte unaussprechliche Elend dieses Geschöpfs genügte, ihren Magen in Blei zu verwandeln.

Es wollte, was sie hatte. Und Ash March, Findling und Beinahe-Tochter, hatte nicht vor, es ihm zu geben.

Sie nahm sich zusammen und drückte die Tür auf. Kälte biß sie wie eine Schlange, und sie mußte gegen den Impuls ankämpfen, sofort zurückzuweichen. Wochen schlechten Schlafes hatten sie zermürbt, und Kleinigkeiten wie die stetige Kälte in der Maskenfestung störten sie nun mehr als früher. Beinahe, als wollte sie sich in Wasser und nicht in die Dunkelheit stürzen, holte Ash tief Luft, hielt den Atem an und trat auf den Flur hinaus. Es war totenstill. Eine Grünholzfackel rauchte über den Stufen. Das Licht reichte nicht bis zu Katias Tür.

Ash bewegte sich schnell. Dank ihrer Unentschlossenheit hatte sie bereits Minuten verloren, und sie wußte aus ihren Beobachtungen, daß Marafice Eye nicht lange für diese Angelegenheiten brauchte. Er konnte jeden Augenblick aus Katias Zimmer kommen, die Hände an den Lederschnüren seiner Hose, den kleinen Mund noch feucht von Katias Speichel.

Versprecht mir, daß Ihr mich mitnehmen werdet, wenn Ihr geht.

Katias Worte brachten die Hitze zurück in Ashs Gesicht. Es war das einzige ernsthafte Versprechen, das sie in ihrem ganzen Leben gegeben hatte, und obwohl sie die Worte bewußt gewählt hatte, um die Zofe irrezuführen, fühlte sie sich deshalb nicht wohler. Morgen würde Katia wieder in der Küche sein, und das war genau der Platz in der Maskenfestung, an dem sie nicht sein wollte.

Besser die Küche als der Ort, an den ich gehe. Ash verhärtete sich gegen jedes Gefühl und rannte die Treppe hinunter. Heute nacht war Totenmauer-Nacht, und die Renegaten-Wache würde draußen sein, in der Stadt patrouillieren und die Ordnung aufrechterhalten. Innerhalb der Festung würden sich kaum Brüder-der-Wache befinden.

Die Totenmauer-Nacht war der älteste der Göttertage, und die Leute feierten nur nach Einbruch der Dunkelheit. Ash war nicht ganz sicher, um was es bei diesem Feiertag ging. Ihr Pflegevater hatte gesagt, es sei eine Feier der Gründung von Spire Vanis, der Jahrestag der Errichtung der ersten Mauer an der Basis des Totenbergs durch den Bastardlord Theron Pengaron. Das klang ganz vernünftig, und die Leute wärmten tatsächlich Felsen vom Totenberg in ihren Feuerstellen oder Kohlebecken, aber Ash hatte auch andere Dinge gehört. Alte Diener der Maskenfestung sprachen von Tod und dem Versiegeln der Dunkelheit, damit alte Übel an Ort und Stelle blieben. Ash hatte sogar gehört, daß die Bezeichnung Totenmauer-Nacht überhaupt nichts mit dem Totenberg zu tun hatte und daß sie auch in den Städten des Ostens gefeiert wurde. Ash starrte stirnrun zelnd ins Dunkel. Was in des Schöpfers Namen tat sie hier überhaupt? Diese Nacht war furchterregend genug, auch ohne einen Haufen alten Unsinns auszugraben und sich noch mehr Angst zu machen. Manchmal war sie wirklich so dumm wie ein Lampenputzer. Heute nacht war ihre beste Gelegenheit, aus der Maskenfestung zu entkommen. Sie hatte den ganzen Tag gehofft, daß Katia den Schwertführer von ihrer Tür weglocken würde, und nun war ihr Wunsch erfüllt worden, sie war auf dem Weg, und sie mußte sich darauf konzentrieren, was zu tun war.

Sie biß die Zähne fest zusammen und näherte sich der letzten Treppe. Eine Bank und die dazugehörige Nische bildeten eine Falle für Schatten auf dem Treppenabsatz. Heute nacht gab es hier kaum Fackeln, da jede Flamme ohne einen Stein aus dem Totenberg angeblich Unglück brachte. Ash schauderte. Penthero Iss haßte das vermutlich. Er haßte die alten Bräuche und Traditionen – alles, was von den barbarischen Anfängen und von der Vergangenheit von Spire Vanis sprach.

Als sie unten Schritte hörte, schlüpfte sie in die Nische, um zu warten, bis, wer immer dort ging, weg war. Die Sandsteinwand an ihrem Rücken war kalt wie Eisen. Die Steinbank mit ihrem harten Sitz und der gemeißelten Lehne sah alles andere als einladend aus. Seltsam, zu denken, daß die landbesitzenden Lords und ihre Ladys hier einmal gesessen und miteinander geschäkert hatten und ihr goldener Wein kühl blieb, während sie Küsse raubten und die Hände unter Seide gleiten ließen. Das war nun alles vorüber. Penthero Iss hatte dafür gesorgt. Er behauptete, ein Mann zu sein, der Kultur und Kunst liebte, und dennoch hatte er vieles beendet, das zu Borhis Horgos Zeiten in der Festung üblich gewesen war – Tänze im barbarischen Licht eines Scheiterhaufens, Duelle bis auf den Tod, die im Innenhof mittels Breitschwertern ausgefochten wurden, und das jährliche Schlachten von tausend Tieren, um das Ende des Winters zu bezeichnen – und er führte selten etwas Neues ein. Penthero Iss schien mehr an Zerstörung als an Schöpfung interessiert zu sein.

Frierend kam Ash wieder aus der Nische hervor und ging die letzte Treppe zum Erdgeschoß hinab. Die Schritte verklangen weit entfernt, und sie nahm an, daß ein einzelner Bruder-der-Wache im Faß seine Runde machte. Das bedeutete, daß ihr nur ein paar Minuten blieben, bis er wieder auftauchte.

Die schwarze Eichentür und das Fallgitter waren offen und hochgezogen. Obwohl Ash wußte, daß die Brüder-der-Wache das Tor im Lauf der Nacht ununterbrochen benutzten, um sich zwischen der Roten Schmiede und dem Faß hin und her zu bewegen, hielt es sie nicht davon ab, sich erleichtert zu fühlen, als ihre Stiefel in den Schnee sanken. Wind riß den Umhang von ihrer Brust und drückte ihr die metallene Brosche gegen den Hals. Tränen brannten in ihren Augen, als sie die Tür wieder schloß und in den Schatten dicht an der Wand trat. Der Schnee war alt und rutschig, vom Wind des Totenbergs zu Eis poliert.

Es war nicht dunkel. Die Rote Schmiede brannte die Nacht über weiter, und das Licht des Schmiedefeuers kombiniert mit dem Lampenlicht von den drei bewohnten Türmen ließ den Schnee schimmern wie Menschenhaut. Besonders das Horn war hell erleuchtet. Der am kunstvollsten gearbeitete der vier Türme mit seiner schmiedeeisernen Spitze und der Bleiverkleidung stand direkt westlich vom Faß. Katia behauptete, die Lords der Sieben Landsitze hielten dort heute abend eine Versammlung. *Es ist richtig verdorben, Herrin. Sie werden Prostituierte und rasierte Frauen und Schlimmeres haben!*

Ash schlich durch die Westgalerie in Richtung auf das Horn zu. Der dünne, blecherne Klang gedämpfter Musik streifte ihre Ohren. Singen folgte, dann hohes, klirrendes Lachen, dann blies der Wind alles weg.

Ash kämpfte mit ihrem Umhang. »Dreizehn«, flüsterte sie ohne ersichtlichen Grund vor sich hin. Dreizehn Tore führten aus dem Innenhof. Als Kind hatte sie dort gesessen und sie gezählt. Sie konnte sich an eine Zeit erinnern, in der zwölf der dreizehn benutzt wurden, aber dann hatte Penthero Iss die gesamte Ostgalerie geschlossen und den Splitter versiegelt, und nun waren nur acht Tore geblieben. Acht. Und die Renegaten-Wache mußte sie alle bewachen.

Direkt gegenüber, tief in der gemeißelten Bernsteinfassade der Ostgalerie, lag das mit Brettern vernagelte und geschändete Schreintor. Das Tor, das zu der kleinen Krypta führte, die einmal von den Abschwörern benutzt wurde, bestand aus Holz, das man den ganzen Weg aus dem Süden gebracht hatte und das grau und fest wie Eisen war. Es hatte sich der Schändung durch in der Stadt hergestellte Meißel und Klingen widersetzt und war daher mit einem grotesken Abbild des Wolfsgeiers bemalt worden. Der Vogel glotzte Ash quer über den Hof an, seine Geschlechtsorgane rot und geschwollen und überhaupt nicht vogelhaft. Ash konnte sich nicht daran erinnern, daß das Tor einmal unbemalt gewesen war. Zu Borhis Horgos Zeiten hatten sich die Ritter, die sich die Abschwörer nannten – weil sie allen zuvor geleisteten Eiden abschworen, bevor sie in ihren Orden eintraten –, frei in Spire Vanis bewegen können. Das hatte Horgo geholfen, Rannock Hews bei Geiersumpf zu besiegen, und vierzig Jahre später hatte Iss sie genau aus demselben

Grund vertrieben. Wie alle anderen hatte Ash die Geschichten über die zwölf alten und kranken Ritter gehört, die während der Vertreibungen in die Krypta geflohen waren und Penthero Iss Botschaften geschickt hatten, in denen sie um Asyl flehten. Iss hatte ihnen angeblich ihren Wunsch gewährt und Zimmerleuten befohlen, das Schreintor und die kleinen Fenster der Krypta zu versiegeln und die Männer dort lebendig einzumauern.

Abrupt wandte Ash den Blick vom Tor ab. Plötzlich schien alles, was sie ansah, sie zu warnen, daß sie zurückkehren sollte – so schnell wie möglich wieder in ihre Kammer zurückkehren und alle Gedanken an Flucht vergessen. Es war beunruhigend leicht, sich selbst in einem Raum aus Stein vorzustellen, aus dem es keinen Ausweg gab.

Nein. Nein. Nein. Ash kämpfte gegen die Furcht, bevor sie größer wurde. Heute nacht oder nie, sagte sie sich und ging bewußt schneller.

Vor ihr kennzeichnete ein schwacher Lichtstreifen das Stalltor, das zugezogen, aber noch nicht für die Nacht verschlossen war. Der Stall, der zwischen dem Faß und dem Horn lag, war Ashs Ziel.

Als sie auf das Licht zuging, hörte sie das Tor des Fasses knarren. Sie wagte nicht, sich umzusehen, und blieb nur reglos stehen. Ihr Herz klopfte und klang wie eine geborstene Glocke in ihrer Brust. Denk an die Hasen, sagte sie sich. Nur Geschöpfe, die sich bewegen, werden gejagt.

Geräusche waren bei diesem Wind schwer auszumachen. Ash hörte zunächst nichts, was sie hätte identifizieren können. Es konnte eine Routinepatrouille sein, ein Bruder-der-Wache, der die Schicht wechselte, Diener, die Fleisch am Spieß und Fässer schwarzen Biers ins Horn brachten. Es war doch sicher gut, daß niemand rief und auf sie zurannte? Ash hielt es für sehr wahrscheinlich, daß die Nachricht von ihrer Flucht etwas anderes als das leise Knarren einer Tür nach sich ziehen würde.

Nachdem sie länger als eine Minute gewartet hatte, wagte sie einen Blick zurück. Das Faßtor war geschlossen. Niemand war zu sehen. Die Ketten, die das Tor hielten, bewegten sich nicht. Zufrieden ging sie weiter auf den Stall zu.

Die Musik und das Lachen aus dem Horn wurden lauter. Eine Seitentür ging auf, und ein fetter Mann, der in glänzende Seide gekleidet war, kam herausgestolpert. Er beugte sich vor und übergab sich gegen die Mauer. Ash blieb nicht stehen. Der Mann war zu betrunken, um etwas zu bemerken, das sich im Schatten hinter seinem Rücken bewegte.

Ein Halbmond hing niedrig über dem Totenberg und ließ den Splitter einen fest umrissenen Schatten werfen. Ash versuchte, den eisüberzogenen Turm nicht anzuschauen; dann sah sie schon lieber, wie Dampf von dem warmen Mageninhalt des fetten Mannes aufstieg oder wie sich Eiskristalle auf ihren Stiefeln bildeten – alles war ihr lieber als der Splitter selbst. Es war schlimmste Dummheit, und dennoch mußte sie es tun. Den Turm anzusehen bedeutete, daran zu denken, und Ash wollte nicht, daß sich auch nur der geringste Teil ihres Geistes in diese Richtung wandte. Nicht jetzt, wo sie so nah war.

Als sie kurz vor dem massiven Balkentor des Stalles war, trat sie so leise auf, wie sie konnte. Der trockene, an Sägemehl erinnernde Geruch von Heu und Hafer mischte sich mit dem Gestank von Pferdeschweiß und Urin. Ash war froh über Gerüche, die Namen hatten, nicht wie der seltsame, leicht chemische Duft, den der Wind vom Totenberg mitbrachte. Sie rieb sich die Augen, um die letzten Spuren von Windtränen wegzuwischen, und trippelte zum Rand des Tores. Alles war still, und nach einem Augenblick spähte sie hinein.

Meister Strohwisch und zwei Knechte saßen auf Holzkisten, den Rücken zur Tür, tranken etwas Heißes aus Zinnkrügen und waren mit tiefem Ernst auf ein Würfelspiel konzentriert. Der Steinboden war sauber gefegt, und alle Pferde standen in den Boxen. Zwei Sicherheitslampen hingen an Messinghaken über

Meister Strohwischs Kopf, ihre Hornscheiben so gelb wie die Zähne einer alten Mähre.

Ash hielt nicht inne, um Luft zu holen, bevor sie hineinging. Sie mußte es einfach riskieren. Der Stall war die beste Möglichkeit – das hatte sie von dem Augenblick an gewußt, als sie beschlossen hatte zu fliehen. Das Tor auf der anderen Seite des Stalles war das meistgenutzte und das am wenigsten bewachte. Die Brüder-der-Wache, die hier standen, waren mehr daran interessiert, wer hineinging, als daran, wer herauskam. Die Leute, die normalerweise durch das Stalltor hereinkamen, waren Händler oder Lieferanten oder andere Brüder-der-Wache. Die Besitzer der großen Landsitze, kleine Landadlige, reiche Kaufleute und alle anderen, die glaubten, den Schein wahren zu müssen, benutzten eines der anderen Tore und zogen es vor, die Stallknechte herauszurufen, um ihre Pferde abführen zu lassen.

Meister Strohwisch und die beiden Knechte hörten nicht, daß Ash hereinkam. Ein Knecht mit einem Nacken, der so rot und glänzend war wie ein Stück Rindfleisch, hatte gerade gewürfelt, und Meister Strohwisch und der andere Knecht betrachteten seinen Wurf. Sie sahen nicht erfreut aus. Rindfleischhals hatte einen guten Wurf gemacht, und Ash konnte dem muschelähnlichen Klirren von Münzen entnehmen, daß die Männer auf die Würfel gesetzt hatten.

Sie nahm sich einen Augenblick Zeit, um sich von dem Wind und der Kälte zu erholen. Trotz der beiden Lampen war es ziemlich dunkel im Stall, und die Geräusche von Pferden, die schnaubten, fraßen, die Schweife bewegten und schnarchten, waren irgendwie tröstlich. Ash mochte Pferde. Einen Augenblick später begann sie, sich an der langen Reihe von Pferdeboxen entlangzuschleichen, die direkt gegenüber der Ecke begann, in der die Männer saßen.

Sie mußte irgendwie zu dem anderen Tor gelangen. Der Stall war der Grund, wieso die Brüder-der-Wache, die am Tor standen, eher lasch in ihrer Aufmerksamkeit waren; sie wußten, daß, wer immer hier die Festung verließ, bereits den Stall durchquert hatte und damit von Stallmeister und Knechten in Augenschein genommen worden war. Ash hatte genau darüber nachgedacht. An keinem der anderen Tore hätte sie auch nur die geringste Chance. Tag und Nacht standen dort Brüder-der-Wache. Sie stellten Fragen und würden lieber einen Offizier rufen, als jemanden durchzulassen, über den sie sich nicht sicher waren. Das Westtor allein war schon mit einer ganzen Sept besetzt und von so vielen Fackeln erhellt, daß Katia behauptete, der Schnee in dreißig Schritten Umkreis wäre davon geschmolzen.

Ash biß sich auf die Wangen. Wenn es einen anderen Weg gab, als die Maskenfestung durch eines der vier Tore zu verlassen, hätte sie es gern gewußt. Es war unmöglich, über die Zinnen oder Dächer zu klettern: Sie hatte sich schon mit sechs den Arm gebrochen, als sie auf einen eisernen Belagerungsschutz gefallen war. Sie wußte, wie verräterisch die Mauern der Maskenfestung mit ihren vereisten Steinen, Mörderlöchern und schmiedeeisernen Stacheln sein konnten.

»He! Der Wurf zählt nicht. Die blöde Ratte da drüben hat mich zusammenzucken lassen.« Meister Strohwisch erhob zornig die Stimme. »Laßt mich noch mal werfen, oder ihr müßt eine Woche lang nur ausmisten.«

»Es ist nicht meine Schuld, daß die Ratte …«

»Ich würfele noch mal!«

Das Geräusch von knarrenden Kisten und murrenden Männern dämpfte das Knacken von Ashs Knochen, als sie sich auf den Boden duckte. Die Schatten wurden dunkler, als sie auf die Reihe von Boxen zukroch, die sich durch den ganzen Stall zog. Die Trennwände in den Boxen endeten einen Fuß über dem Boden. Einmal in der Woche wurde der Stall saubergespült, und die Lücke zwischen den Wänden und dem Boden war nötig, damit all der Pferdemist, die Pferdehaare und das schimmlige Getreide weggespült werden konnten.

Ash duckte sich unter der hölzernen Trennwand durch und in die erste Box. Dieser Weg mußte einfach sicherer sein als eisüberzogener Stein.

Ein schwarzer Wallach stand schlafend dicht an der Tür, die Augen geschlossen, der Schweif schlaff. Das Geräusch des knisternden Heus unter Ashs Brust weckte das Tier sofort. Ash blieb vollkommen reglos liegen, während das Pferd sie mit großen, feuchten, braunen Augen betrachtete. Der Wallach senkte den Kopf und schnupperte ihren Atem. Staub kribbelte in Ashs Nasenlöchern, und Heuhalme kratzten an ihrer Wange, während sie sich anstrengte, den Impuls zurückzuscheuen, zu beherrschen. Die Vorderhufe des Wallachs waren so groß wie Kriegshämmer, glänzend von Klauenöl und eisenbeschlagen.

Der Wallach wieherte und schüttelte den Kopf. Er schubste Ash mit der Nase an und wartete, was sie nun wohl tun würde. Ash spähte nach vorn. Die steinerne Krippe für das Futter und der lederne Wassereimer standen direkt an der hinteren Wand. Um so weit wie möglich von den Hufen des Wallachs wegzukommen, würde sie dorthin kriechen müssen, um die nächste Box zu erreichen. Sie zog die Enden ihres Umhangs an die Brust, damit sie ja nicht an irgendwelchen Splittern hängenblieben, und kroch langsam weiter.

Nur einmal kurz strecken, sagte sie sich und schaute zwischen der nächsten Trennwand und dem Wallach hin und her. Er war ein gutes Pferd, da war sie sicher. Aber es war nur daran gewöhnt, nach Einbruch der Dunkelheit Ratten durch seine Box kriechen zu sehen, keine Menschen.

Über die Krippe zu klettern erwies sich als schwierig und schmerzhaft. Ash stieß mit dem Schienbein gegen eine scharfe Kante, und obwohl sie nicht wagte, Zeit damit zu verschwenden, den Schaden zu betrachten, wußte sie, daß sie blutete. Der Wallach beobachtete sie. Jedesmal, wenn sie sich zu schnell bewegte, verlagerte er das Gewicht und stampfte mit den Hufen auf die dünn mit Stroh bedeckten Pflastersteine. Ashs Herz schlug unregelmäßig. Die Haut auf ihrem Gesicht fühlte sich zu angespannt an. Sie wartete jede Sekunde darauf, einen Schrei aus der Festung zu hören und Unmengen bewaffneter Männer mit Fackeln zu sehen. Wo war Marafice Eye? Stand er wieder vor ihrer Kammer? War Katia ein letztes Mal hineingeschlüpft, um nach ihr zu sehen, bevor sie sich schlafen legte?

»Verflucht!« flüsterte Ash, als sie mit dem Ellbogen an den Wassereimer stieß, woraufhin er umkippte. Der Boden war ein wenig abschüssig und das Wasser lief direkt unter der Boxentür durch.

»Der verdammte Rappe hat seinen Eimer wieder umgetreten!« hörte sie Meister Strohwischs Stimme. »Skimmer, wirf ihm ein bißchen neues Heu rein, bevor die Feuchtigkeit ihm in die Hufe zieht.«

Frei von der Steinkrippe und dem Eimer, schob Ash sich in die nächste Box. Ihr Umhang blieb an einem Stück Holz hängen, und gerade als sie ihn losriß, ging die Tür der Box des schwarzen Wallachs auf. Ash erstarrte. Der Knecht namens Skimmer pfiff, als er das frische Heu verteilte. Der Wallach, inzwischen verärgert über all die Störungen, schnaubte und trat zu. Skimmer fluchte. Meister Strohwisch und der andere Knecht lachten. Ash glaubte, das leise Klacken der Würfel zu hören, dann schloß Skimmer die Tür wieder.

»Der verdammte Rappe ist ein Teufel«, sagte er. »Das war das letzte Mal, daß ich nach Einbruch der Dunkelheit da reingegangen bin.« Er ging wieder zu den Kisten zurück. »He! Einer von euch hat die Würfel angefaßt! So lagen sie nicht, bevor ich das Heu geholt habe!«

Ein lebhafter Streit brach aus, bei dem Meister Strohwisch und der zweite Knecht bei jedem blinden Hund, der sich jemals an einer Straßenecke zu Tode gefroren hatte, schworen, daß sie die Würfel nicht einmal angeschaut und sie schon gar nicht berührt hatten.

Ash wandte ihre Aufmerksamkeit der Box zu, in der sie

sich befand. Von einem Zaumzeug aus feinem, dunklem Leder an einem Haken neben der Tür abgesehen, war sie leer. Das rot-schwarze Wappen des Wolfsgeiers hoch auf der eisernen Turmspitze war darin eingeprägt, was zeigte, daß hier normalerweise ein Bruder-der-Wache sein Pferd abstellte. Ash gestand sich keinen erleichterten Seufzer zu, obwohl sie tatsächlich erleichtert war. Die meisten Männer der Wache waren in der Stadt und versuchten, in den Feiertagsmengen Ordnung zu halten, was bedeutete, daß viele Boxen leer sein würden.

Danach bewegte sie sich schneller weiter. Dieser Streit über die Würfel tobte weiter – Meister Strohwischs Stimme hob sich von milder Empörung zu donnerndem Zorn, als Skimmer nicht aufhörte, ihn des Betrugs zu bezichtigen –, und die lauten Stimmen halfen, all die kleinen Geräusche zu übertönen, die Ash machte, als sie von Box zu Box kroch. Tatsächlich waren viele Boxen leer, wie sie vorhergesehen hatte. Je mehr sie sich mit Heu, Pferdedreck und Pferdehaar überzog, desto mehr schienen die Pferde sie zu akzeptieren. Von einem unangenehmen Klaps von einer schwangeren Stute einmal abgesehen, die liegend schlief und auf die Beine kam, als Ash in ihre Box eindrang, konnte Ash Verletzungen vermeiden. Das Geheimnis, stellte sie fest, bestand darin, sich auf den Rücken zu legen, dann einen Augenblick lang vollkommen still zu liegen und die weiche Haut ihrer Kehle darzubieten, bis das Pferd sie beschnuppert und untersucht hatte. Normalerweise ließen sie sie danach durch.

Schließlich fand sie sich in der Box, die dem Tor am nächsten lag, zusammen mit einem einjährigen Stutfohlen, das klug, lebhaft und kein bißchen müde war. Das Fohlen war zunächst vorsichtig, aber nach ein paar Minuten ununterbrochenen Schnupperns begann es, Ashs Umhang nach etwas Eßbarem zu durchsuchen.

»Tut mir leid, Mädchen«, flüsterte Ash, seltsam berührt von

der Sanftheit und Schönheit der jungen Stute. »Heute nacht gibt es nichts Gutes.«

Ein rascher Blick unter dem Boxentor hindurch hatte ihr gezeigt, daß Meister Strohwisch und seine Knechte immer noch zu sehr mit ihrem Streit beschäftigt waren, als daß sie jemanden bemerkt hätten, der nach draußen schlüpfte, also flüsterte sie dem Fohlen Lebewohl zu und rutschte unter der Wand durch.

Immer im dunkelsten Schatten entlang der Stallwand ging sie auf das Außentor zu. Die Männer waren ganz auf ihren Streit konzentriert, schüttelten die Köpfe, traten mit bestiefelten Füßen gegen Stein. Der Streit war unangenehm geworden. Nun ging es um Geld und nicht nur um Würfel. Eine der Lampen brannte nur noch mit dem Bodensatz von Öl, und die Flamme war orangefarben und schwach. Ash wählte ihre Schritte, drückte die Brust an den feuchten Stein und ging auf Zehenspitzen. Am liebsten wäre sie so schnell sie konnte zur Tür gerannt, aber der Lärm und die plötzliche Bewegung hätten sie verraten.

Wie das Tor zum Hof, so stand auch das Außentor ein wenig offen, um jene, die spät zurückkehrten, und die Brüder-der-Wache einzulassen. Ash verspürte kalte Luft an ihrer Wange. Als sie den letzten Schritt auf die Öffnung zumachte, bewegte sich das Tor zum Innenhof rasselnd. So schnell sie konnte, wich sie in den Schatten zurück. Jemand betrat den Stall von der anderen Seite.

Das Hoftor öffnete sich ein Stück weiter, und die massive stiernackige Gestalt von Marafice Eye war zu sehen. In das weiche Leder seines Umhangs gehüllt, trug er eine Hornlampe, die mit heißer, blauer Flamme brannte, und in der anderen Hand hatte er einen Dolch. Meister Strohwisch und die Knechte schwiegen ganz plötzlich. Die Würfel fielen aus Skimmers Hand auf den Boden.

»Ihr da!« sagte der Schwertführer zu Meister Strohwisch und

stach mit dem Dolch in die Luft. »Ist das Mündel des Surlords heute nacht hier vorbeigekommen?«

Meister Strohwisch schüttelte nachdrücklich den Kopf. »Nein, Herr. Alles war ruhig. Hier ist außer den Brüdern-der-Wache niemand vorbeigekommen.«

Marafice Eye grunzte. Er kniff den schmalen Mund so zusammen, daß es aussah, als hätte er ihn mit einem Draht zugezogen. Als sie ihn ansah, spürte Ash, wie die Knochen in ihren Beinen beinahe flüssig wurden. Wieviel vom Stall konnte er von der Stelle aus, an der er stand, sehen? Reichte das Licht der Lampen bis zum Außentor, oder blendete es ihn? »Beleuchtet den Stall hier anständig! Verschließt alle Tore und laßt niemanden durch, bis ihr wieder von mir hört. Ist alles klar?«

»Aber Herr, was ist mit den anderen Brüdern-der-Wache …?«

Marafice Eye brauchte nichts zu sagen, um Meister Strohwisch zum Schweigen zu bringen. Seine Augen blitzten, das genügte. Mit einem Schulterzucken, das bei einem anderen Mann eine Geste der Unsicherheit gewesen wäre, beim Schwertführer aber ein heftiges Bewegen von Muskeln und Knochen war, drehte sich Marafice Eye um und ging davon. Eine Linie aus blauem Licht zog wie Rauch hinter ihm her.

Meister Strohwisch folgte ihm, erheblich glücklicher, daß er zum Rücken des Schwertführers sprechen mußte und nicht zu seinem Gesicht. »Wie Ihr befehlt, Herr. Wie Ihr befehlt. Skimmer, hol die Lampen. Cribbon, hilf mir mit dem Tor.«

Ash verschwendete keine Zeit mehr. Während alle drei Männer damit beschäftigt waren, Marafice Eye hinterherzusehen, schlüpfte sie durch das Außentor in die Nacht.

Kälte und Dunkelheit umgaben sie so vollkommen, daß es war, als wäre sie in einen Teich schwarzen Wassers gesprungen. Der Wind zischte. Fester Schnee knirschte unter ihren Stiefeln. Mauern mit frischem Mörtel und in gutem Zustand erhoben sich wie Steinriesen zu beiden Seiten. Dreißig Fuß voraus lag das Tor.

Das Stahltor oder Handelstor, oder wie immer sie es nannten, war ein eiserner Käfig aus Stacheln. Zwei Wachhäuser, aus hellem Kalkstein gemeißelt und in Jahrhunderten vom Wind glattgeschliffen, flankierten das eigentliche Tor. Das Fallgitter war hochgezogen, die riesigen metallenen Zähne hingen über dem Torsturz, und Klumpen von Schnee und Pferdemist fielen vom Eisen auf den Boden darunter. Ketten hielten es an Ort und Stelle. Vom Querbalken bis zum Wachhaus reichend, um Hebel und Räder gewickelt, Knoten aus schwarzem Eisen bildend, schauderten die Torketten wie Metallaub im Wind.

Ash stand da und staunte und atmete nur flach und zögernd. Ihre einzige Chance bestand nun darin, daß die Brüder-der-Wache am Tor noch nicht von ihrer Flucht gehört hatten. Sie wußte, das sollte unmöglich sein – jemand hätte durch den Stall gehen müssen, um es ihnen zu sagen, und Ash wußte genau, daß das nicht geschehen war –, aber die Gegenwart von Marafice Eye ließ sie unsicher werden. Er würde ihren Schädel zwischen seinen bloßen Händen zerquetschen, wenn er es könnte …

Hör auf. Ash schlug sich mit den Knöcheln gegen die Stirn und versuchte, die Angst herauszuprügeln.

Der Schnee zu ihren Füßen begann zu schimmern, als im Stall mehrere Lampen entzündet wurden. Sie hörte, wie das Tor geschlossen wurde, trat zur Seite und wartete, bis es verriegelt war. Die Festung erwachte zum Leben. Der Stall war nicht die einzige neue Lichtquelle, und rasche Blicke nach beiden Seiten zeigten ihr Fackeln, die überall auf der Mauer entzündet wurden. Lärm war über das Tosen des Windes hinweg zu hören: Befehle, das Surren und Klappern von Torgittern und der harsche Rhythmus stählerner Waffen.

Ash ging auf das Tor zu. Sie versuchte, das Heu und den Dreck von ihrem Umhang zu bürsten, und steckte das Haar unter die Kapuze. Sie roch schlecht und wußte nicht, ob ihr das zum Vorteil gereichen würde oder nicht. Aus dem vergitterten Fenster des linken Torhauses fiel ein Rechteck trüben Lichts, und mehrere Spuren im Schnee führten zur Tür und wieder zurück, also ging Ash in diese Richtung. Als sie näher kam, erschien ein Mann hinter dem Gitter. Zu wissen, daß man sie beobachtete, machte es schwierig, sich natürlich zu verhalten, und ihre Bewegungen wurden ruckartig und gekünstelt.

Die Wachhaustür ging auf, und ein Bruder-der-Wache kam heraus. Es war ein junger, schwarzhaariger Mann mit einem wohlgeformten Mund und zu tief liegenden Augen. Ein kreuzförmiges Wappen auf seiner stählernen Halsberge wies ihn als den dritten oder vierten Sohn eines landbesitzenden Adligen aus. Er zog sein Schwert. »Wer da?«

Der zweite Mann hinter dem Gitter hob eine hell leuchtende Lampe ans Fenster, die Licht auf Ash und den Boden warf.

Ash blinzelte. Sie dachte einen Augenblick nach, dann knickste sie. Mit sorgfältig gesenktem Blick sagte sie: »Bitte, Herr, darf ich passieren?«

Der Mann trat einen Schritt vor. Wie alle Angehörigen der Renegaten-Wache war er glattrasiert und trug weiches, gehämmertes Leder über dem Stahl. Die rote Klinge seines Schwertes schimmerte, als Licht auf die Muster fiel, die in den Stahl geschmiedet waren. Aus dem Augenwinkel sah Ash, wie er einen Blick hinter sie zu dem wachsenden Fackelring warf, der überall auf der Mauer nun Licht und schwarzen Rauch absonderte. Als ein Schrei von der anderen Seite ertönte, blieb er reglos stehen, um zu lauschen.

Ash biß die Zähne so fest zusammen, daß es weh tat. Sie drückte ihren Stiefelabsatz in den Schnee und zwang sich, ruhig stehenzubleiben. Sie war eine Dienerin, ein Mädchen auf einem Botengang, eine Näherin. Sie konnte es sich nicht leisten, Angst zu zeigen.

»Eins von Till Baileys Mädchen?« Ash hatte sich so sehr darauf konzentriert, den Absatz in den Schnee zu drücken, daß die Frage sie erschreckte. Sie hob den Kopf und riskierte es, den Bruder-der-Wache anzusehen.

Er war nicht erfreut. Der Lärm in der Festung wurde lauter. »Ich sagte, bist du eine von Till Baileys?« Er machte eine stechende Bewegung mit dem Schwert in Richtung des Horns. »Eine von denen, die man zum Totenmauer-Fest hergebracht hat?«

Ash holte tief Luft. Er hielt sie für eine Prostituierte.

»Antworte, Mädchen.« Die wohlgeformten Lippen des Mannes zogen sich aufs Zahnfleisch zurück und enthüllten kleine, gelbe Zähne.

»Ja.« Ash nickte, den Blick auf das Schwert des Mannes gerichtet. »Eine von Till.«

Der Wachbruder spuckte aus. Einen Augenblick lang dachte Ash, er würde sie gehen lassen. Er veränderte seinen Griff am Schwert, wollte es wieder einstecken, aber als er dazu ansetzte, begann in der Festung eine Glocke zu läuten. Ashs Herz klopfte ihr bis zum Hals. Es war die Quarter-Glocke, die oben in der höchsten Kammer des Fasses hing. Sie erklang in Zeiten von Krieg, Aufständen oder Belagerungen und war das Zeichen, alle Tore zu sichern.

Der Mann warf sich vorwärts, packte Ash am Arm und riß sie auf das Torhausfenster zu. Spitze Fingernägel vom selben Gelb wie seine Zähne gruben sich in ihre Haut. Im Torhaus bewegte sich der zweite Mann vom Fenster weg, und einen Augenblick später begannen Eisenketten zu schaudern und zu summen, als die Flaschenzüge zum Leben erwachten. Das Stahltor wurde gesenkt.

»Bitte. Könntet Ihr mich nicht rauslassen, bevor Ihr es herunterlaßt? Till wartet schon auf mich.« Ash versuchte es mit dem hinterhältigen Charme, den Katia einsetzte, wenn es ihr um einen Gefallen oder um Rosenkuchen ging. Das war ein Fehler. Sie hörte sich statt dessen nur verzweifelt an.

Der Wachbruder zog sie weiter ans Fenster und zwang ihr

Gesicht gegen das Gitter. »Grod. Was sollen wir mit der da machen? Sie gehört zu Till.«

Der Mann namens Grod war mit der Kurbelwelle beschäftigt. Er wurde langsamer, hielt aber nicht inne, als er sich umdrehte und Ash ansah. Grau und beinahe kahl, wirkte er wie ein Mann, der viele Jahre schon Soldat war. Seine Augen waren so scharf wie die eines Schweins, und er trug keine Wappen an Brust, Schulter oder Kehle. Ashs erste Reaktion war zurückzuweichen. Aber der andere Mann hatte seine Hand an ihrem Schädel und drückte sie fest gegen das Gitter. Die Eisenstäbe schnitten ihr Gesicht in Quadrate, und sie konnte spüren, wie das kalte Metall die Wärme aus ihren Wangen sog. Langsam und vorsichtig griff sie mit der Hand, die gegen die Torhausmauer gedrückt war, in ihren Umhang und tastete nach der Schmucknadel, die sie zum Verkaufen mitgenommen hatte.

Die Glocke läutete weiter, sendete tiefe, klagende Töne aus, die Ash in den Ohren weh taten. Über ihrem Kopf klapperte und kreischte das Tor und kam in kleinen, ruckartigen Bewegungen nach unten, während sein Gewicht gegen die Ketten kämpfte.

Als Ashs tastende Finger das glatte Messing der Schmucknadel fanden, schüttelte Grod den Kopf. »Das ist keins von Tills Mädchen. Viel zu dürr. Und mit solchen Haaren und diesem dreckigen Umhang. Till mag sie rundlich und hübsch, nicht dunkel und mager wie ein Streifen Trockenfleisch.« Grod kniff die Augen zusammen. Er starrte eine Locke von Ashs Haar an, die sich durch das Gitter geschoben hatte, dann ließ er die Kurbelwelle los, richtete sich auf und griff nach der Haarsträhne. Ash traten Tränen in die Augen, als er an der Strähne zog.

Ruß blieb an seiner Hand hängen. Ein kaltes Lächeln verfestigte sich auf seinem Gesicht, als er die frisch gesäuberte Locke zwischen den Fingerspitzen rollte. Abrupt wurde sein Griff fester. »Die da bleibt bei uns. Bring sie rein, Storrin. Und wir werden sie festbinden, damit die anderen sie mitnehmen können.«

Bei dem Wort mitnehmen riß Ash ihren Kopf vom Gitter zurück. Sie spürte einen brennenden Schmerz in der Kopfhaut, als sie eine Haarsträhne an Grod verlor. Rasch schwang sie den Arm vor und trieb den Messingdorn mit der Nadel in Storrins wohlgeformten Mund, drückte ihn fest durch Lippe und Zahnfleisch bis auf den glatten Knochen darunter.

Der Mann fluchte laut. Blut rann aus seiner Oberlippe, als er zornig mit der Faust ausholte. Er versetzte Ash einen festen Schlag an die Schulter, aber es gelang ihr stehenzubleiben. Sie mußte durch das Tor. Sie war sich bewußt, daß Grod drinnen im Torhaus weiter an der Welle arbeitete und das Tor absenken wollte, bevor er seinem Kameraden half. So konnte nur jemand handeln, der kaltherzig war und praktisch dachte. Ash verachtete ihn dafür. Sie rannte zum Tor. Storrin war schneller, packte sie am Umhang und riß sie in den Schnee nieder. Ash fiel auf die Knie und kämpfte mit den Bändern um ihren Hals. Sie bekam keine Luft mehr. Schneekristalle gruben sich in ihre Unterschenkel und Knie wie zermahlenes Glas. Storrin hielt ihren Umhang wie eine Hundeleine, während er ihr die Klinge an den Rücken drückte und sie anschrie, sie solle aufhören, sich zu wehren. Ash spürte kaum Schmerz und konzentrierte sich vollkommen darauf, die Bänder zu lockern und Storrins Würgegriff um ihren Hals zu lösen.

Das Tor erwachte direkt über ihr wieder zum Leben. Frische Schneeklumpen lösten sich von dem schweren Eisengitter, als es herabsank. Ashs Hände fühlten sich groß und steif an, als sie an ihrem Hals riß. *Warum geht das verdammte Ding nicht auf?*

Storrin riß fest an ihrem Umhang, was Ash im Schnee rückwärts rutschen ließ. Sie verlor einen Augenblick, als sie versuchte, wieder aufzustehen. Storrin drückte ihr die Klinge gegen die Rippen.

»Hör auf, dich zu wehren, Miststück!«

Ashs Mund war voll mit etwas, das Blut sein mußte. Ihr Kopf fühlte sich schwer und geschwollen an, und plötzlich war kein Raum mehr für Gedanken.

Streck die Hände aus! Streck die Hände aus!

Stimmen zischten durch ihren Kopf wie ein glühender Fluß. Der Druck war unerträglich und zwang Blut und Hitze in ihr Gesicht.

Wieder ein Reißen an ihrem Umhang. »Zurück mit dir.«

STRECK DIE HÄNDE AUS!

Ash streckte die Hände aus. Mit tauben, erfrorenen Fingern griff sie nach den angespannten Bändern und zerrte am Umhang. Die Bänder rissen ab. Heißes Blut strömte ihr über den Hals und dampfte in der eisigen Luft. Keuchend und zitternd holte sie tief Luft wie jemand, der tauchen will. Vorwärtstaumelnd schob sie die Zehenspitze ihres Stiefels in den Schnee. Storrin war hinter ihr, riß immer noch am Umhang. Er brauchte einen Augenblick, um zu erkennen, daß das Kleidungsstück nicht mehr mit Ash verbunden war.

Diese Sekunde war alles, was Ash brauchte. Sie zwang Kraft in Beine, die sich kalt und seltsam taub anfühlten, und stand auf. Und rannte.

Das Tor war schon zu zwei Dritteln gesenkt. Als Ash sich unter seinen Schatten warf, hörte sie ein schrilles Kreischen. Alle Ketten rasselten, und Winden und Flaschenzüge gerieten außer Kontrolle. Das Tor raste abwärts. Ash schrie auf. Storrin streckte die Arme aus.

Zwei Tonnen schwarzen Eisens krachten zu Boden. Ein leises Gurgeln ertönte, wie Wasser, das aus einer Röhre gezwungen wird. Ash spürte Luft und Schnee und etwas anderes, das gegen ihren Rücken spritzte. Sie war draußen. *Draußen!*

Hinter sich hörte sie, wie die Wachhaustür aufgerissen wurde und Grod den Schöpfer anrief. Seltsam. Er klang nicht zornig. Er klang verängstigt.

Ash warf einen Blick zurück. Storrin lag unter dem Tor. Ein Eisendorn war ihm durch die Wirbelsäule gedrungen. Seine Beine zuckten, seine Muskeln verkrampften sich rhythmisch, so daß es aussah, als vollführte er einen obszönen Tanz im Schnee. Das Blut war bis zu Ashs Füßen gespritzt.

Ash schwankte und wäre beinahe gestürzt. Dann drehte sie sich um und rannte in die Nacht hinaus.

15
In der Maskenfestung

Sie ist durchs Stalltor geflohen. Grod hat gesehen, daß sie nach Osten gerannt ist. Bis er das Tor wieder oben hatte und nach Hilfe rufen konnte, war sie weg. Verschwunden in den Menschenmengen der Totenmauer-Nacht.«

»Und der andere Mann … Wie hieß er noch mal?«

»Storrin.« Marafice Eye spuckte den Namen aus. Er war eindeutig verärgert, weil Iss den Namen bereits vergessen hatte. »Er ist tot. Es war nicht das Herabfallen des Tores, das ihn getötet hat, sondern das Hochziehen.«

Iss nickte – trotz allem, was ihn beschäftigte, interessiert. »Ja. Ich habe so etwas schon öfter gesehen. Solange jemand nicht bewegt wird und die Dornen an Ort und Stelle bleiben, lebt er. In dem Augenblick, wo jemand versucht, ihn zu befreien, zerreißen die inneren Organe, und die Lungen werden mit Blut überflutet. Sehr unglücklich. Ausgesprochen unglücklich. Habt ihr die Leiche gerettet?«

»Ihr werdet sie nicht bekommen.« Die Haut über Marafice Eyes Lippen war weiß wie Porzellan, als er das sagte. Als er ihn so dastehen sah, mit dem Rücken zur großen Feuerstelle, mit Schneewasser, das von seinen Stiefeln auf den goldenen und türkisfarbenen Teppich tropfte, und am ganzen Körper vor Wut zitternd, beschloß Iss, lieber zu schweigen. Marafice Eye versuchte immer, seine Männer zu schützen. Die Rote Schmiede würde in dieser Nacht noch lange und hell brennen, zum Gedenken an einen verlorenen Bruder.

Iss wandte Marafice Eye den Rücken zu und starrte in die gelben Flammen in der Feuerstelle. Wie hatte Asarhia fliehen können? Wußte sie denn nicht, daß er ihr niemals etwas antun würde? Hatte er ihr denn nicht hundertmal gesagt, daß er sie mehr liebte, als ein wahrer Vater es könnte? Verflucht sollte sie sein! Er mußte sie finden. Man konnte nie sagen, in wessen Hände sie da draußen fallen würde. Die Phage konnten sie finden – oder sogar die Sull. Iss nahm den schwarzen, schmiedeeisernen Schürhaken von dem Ständer an der Feuerstelle und wendete ein Stück brennender Kohle nach dem anderen. Einen Augenblick später hatte er sich genügend gefaßt, um sich der Angelegenheit wieder annehmen zu können. »Laß Storrins Leiche zu den Weißkutten bringen, damit die sie segnen und die Verkündigung vornehmen – weck sie auf, wenn es sein muß. Wenn sie sich beschweren, sag ihnen, der Surlord hat es befohlen. Und sorg dafür, daß die Witwe des Mannes, seine Mutter oder wen immer er zurückläßt, entsprechend entschädigt wird.«

Marafice Eye grunzte. Selbst in einer Kammer von der Größe und Höhe des runden Raums, der ein volles Viertel des Erdgeschosses im Faß einnahm, beherrschte der Generalprotektor von Spire Vanis den Raum. Er war ein gefährliches Tier, mit dem man nicht gefahrlos spielen konnte – Iss wußte das.

»Ihr habt nie erwähnt, was so dringend war, daß Ihr Euch von Asarhias Tür entfernen mußtet.«

»Nein. Das habe ich nicht.« Marafice Eye gab nicht nach, starrte nur zurück und kniff den kleinen Mund noch fester zusammen.

Iss wich seinem Blick nicht aus. Informationen waren in der Maskenfestung billig: Er würde bald genug die Antwort haben. Caydiss Zerbina mit seinen weichen Leinenpantoffeln, die nie einen Laut machten, mit seinen langen, schlanken Fingern, die wie dafür gemacht waren, mit Schlössern zu spielen, würde sich darum kümmern. Es gab wenig, was Caydiss und seine dunkelhäutigen Brüder nicht über Marafice Eye wußten. Der Schwertführer wirbt gern im Dunkeln um die Damen. *Sarab*, hatte Caydiss einmal mit seiner sanften, wohlklingenden Stimme verkündet: *Sein nächtlicher Pilz ist betrüblich mißgestaltet.* Iss fand solche Informationen sowohl nützlich als auch widerwärtig. Er schickte Caydiss immer wieder aus, mehr zu finden.

Er stellte den Schürhaken zurück und sagte: »Das ist gleich. Asarhia muß gefunden werden. Ihre Dienerin muß verhört werden. Es kommt mir höchst unwahrscheinlich vor, daß Asarhia eine solch schlaue Flucht ganz allein bewerkstelligt haben soll. Mein Mündel ist ein kluges Mädchen, aber viel zu naiv und furchtsam, um etwas so Kaltblütiges ohne die Hilfe von Fremden getan haben zu können. Ruß in ihrem Haar, unter den Pferdeboxen durchkriechen, zum Stalltor gehen und sich als Prostituierte ausgeben!« Iss hielt inne, die bleiche Hand fest um den Schürhaken geschlossen. »Diese Zofe muß etwas damit zu tun gehabt haben.«

Er sah den Schwertführer an. Die Miene des Mannes verriet nichts, als er murmelte: »Ich werde die Wahrheit aus ihr herausholen.«

»Ruft sie sofort.«

Iss ließ den Schürhaken los, als Marafice Eye das Zimmer verließ. Das runde Zimmer war hell und warm, dekoriert mit seidenen Wandbehängen, seidenen Teppichen und dreizehn schwarzen Zinnlaternen, die den duftenden Tran von Pottwalen verbrannten und einen süßen, kinderhaften Geruch abgaben. Hier hatte Iss Asarhia das Lesen und Schreiben beigebracht, im Licht der Zinnlaternen. Einmal, als sie neun Jahre alt gewesen war und ihre Füße im Hof beinahe zu Eis erfroren waren, hatte er sie vor dem Feuer ausgezogen und ihre bleichen, kleinen Zehen in seinen Fäusten gewärmt.

»Das Mädchen wird gleich hier sein.« Der Schwertführer kam zurück in die Kammer und brachte bei seinen Bewegungen Wandteppiche und an der Wand angebrachte Waffen zum Beben. »Ganron hat gerade Bericht erstattet. Die Wachen am Bettlertor, am Kalten Tor und Zorntor sind verdreifacht worden. Im Osten …« Iss brachte den Schwertführer mit einer Bewegung aus dem Handgelenk zum Schweigen. »Auch das Leere Tor muß bewacht werden. Ich will da ebenfalls eine dreifache Wache postiert haben.«

»Das Leere Tor führt nirgendwo hin. Niemand, der bei Verstand ist, würde die Stadt über den Totenberg verlassen. Ich werde meine Männer nicht verschwenden, indem ich sie Wache an einem toten Tor schieben lasse.«

»Tut mir den Gefallen«, sagte Iss. »Verschwendet sie.«

Marafice Eye runzelte mürrisch die Stirn. Mit seinen großen Händen zerdrückte er die Wolfsgeier-Brosche an seiner Kehle und zwang die weiche, auf Blei basierende Legierung in eine Form, die mehr nach einem Wolf als nach einem Vogel aussah.

Der Surlord erklärte sich erst, als sein Schwertführer genickt und »Jawohl« gesagt hatte.

»Ihr kennt Asarhias Geschichte ebensogut wie ich, Schwertführer. Sie wurde vor dem Leeren Tor ausgesetzt. Vor dem Leeren Tor. Nun ist sie zum ersten Mal in ihrem Leben frei zu gehen, wohin sie will. Wäret Ihr an ihrer Stelle nicht neugierig auf den Ort, an dem man Euch gefunden hat? Würdet Ihr nicht gern auf dem gefrorenen Boden stehen und Euch einen Augenblick lang fragen, wieso Eure Mutter Euch dort zum Sterben ausgesetzt hat? Asarhia ist ein empfindsames Mädchen. Sie verbirgt Dinge sogar vor mir, aber ich weiß, daß es sie zutiefst bedrückt, daß ihre Mutter sie ausgesetzt hat. Manchmal schreit sie sogar im Schlaf.«

Marafice Eye versuchte, diese Information zu verdauen, und ließ die Hände zur Taille sinken, wo sein rotes Schwert in der Scheide hing. Nach einem Augenblick des Schweigens sagte er: »Wenn Ihr so sicher seid, daß sie das Leere Tor aufsuchen wird, dann würde ich sagen, wir verstärken die Wachen überhaupt nicht. Nicht sichtbar. Das Mädchen ist nicht dumm – das haben wir heute nacht selbst gesehen –, und sie wird sich am Tor nicht zeigen, wenn sie es nicht für sicher hält. Laßt sie hinkommen. Laßt sie dort nur Bettler und Händler und Abschaum sehen. Laßt sie in gutem Glauben kommen. Und laßt mich dort sein, um sie einzufangen, wenn sie es tut.«

»Ihr darf kein Leid geschehen, Schwertführer.«

»Sie hat einen meiner Männer getötet. Sie ist gefährlich.«

Iss spürte, wie sein Zorn wuchs, zeigte es aber nicht. Seine Stimme war vollkommen ruhig, als er sagte: »Ihr werdet ihr nicht weh tun.«

»Aber …«

»Genug!« Iss behielt Marafice Eye im Auge, bis er sicher sein konnte, daß Asarhia in einem Stück zu ihm zurückkehren würde. Dann wandte er dem Schwertführer den Rücken zu und betrachtete die Reliefarbeit unweit der Feuerstelle. Gepfählte Ungeheuer, zweiköpfige Wölfe, Ziegen mit Frauenköpfen und Brüsten und Schlangen mit den gewölbten, unterteilten Augen von Insekten starrten von ihren Kalksteinpfählen auf ihn herab. Iss schauderte. Asarhia! Dieses dumme Mädchen. Er hätte ihr nicht weh getan, wenn sie geblieben wäre. Caydiss hätte dafür gesorgt, daß sie jede erdenkliche Bequemlichkeit hatte. Ihr Leben hätte sich kaum verändert.

Knöchel klopften auf Holz. »Das Mädchen ist hier, Herr.«

Marafice Eye öffnete die Tür, und ein Bruder-der-Wache schob die kleine, dunkelhaarige Zofe ins Zimmer. Mit einer raschen Bewegung packte der Schwertführer den Arm des Mädchens und verdrehte ihn ihr auf den Rücken. Das Mädchen schrie leise auf, war aber vernünftig genug, sich nicht gegen ihn zu wehren.

»Laßt uns allein«, sagte Iss zu dem Wachbruder. Als die Tür wieder geschlossen war, wandte er sich der Dienerin zu und schüttelte den Kopf. »Katia. Kleine Katia. Ich habe dir vertraut, und du hast mich enttäuscht. Jetzt sieh dir an, in was für eine schreckliche Lage du dich gebracht hast.«

Katias Lippen zitterten. Ihre schönen, dunklen Augen wandten sich dem Schwertführer zu. Er wandte sich ab.

Das Mädchen tat Iss leid. Sie hatte schreckliche Angst, und

sie war in dieser Nacht bereits einmal geschlagen worden. »Laßt sie los.«

Der Schwertführer ließ sie sofort gehen. Das Mädchen stieß ein Schluchzen aus und taumelte vorwärts; sie schien kaum zu wissen, was sie tun sollte. Sie sah sich einen Augenblick lang um, dann warf sie sich dem Surlord zu Füßen. »Bitte, Herr, bitte. Ich habe nicht gewußt, was sie vorhatte. Das schwöre ich. Sie hat mir nichts gesagt. Nichts. Wenn ich es gewußt hätte, wäre ich zu Euch gekommen ... wie ich es immer tue. Ich hätte es Euch gesagt, Herr. Das schwöre ich.« Dann brach sie in leise, schaudernde Tränen aus, ihr Kopf wackelte, ihre kleinen Hände klammerten sich an die Waschseide von Iss' Gewand.

Iss tätschelte ihre schimmernden Locken. »Still, Kind. Still. Ich weiß, daß du zu mir gekommen wärst.« Er legte ihr die Finger unters Kinn und zwang sie aufzublicken. »Du bist ein gutes Mädchen, nicht wahr?« Katia nickte, Tränen standen ihr in den Augen, und Rotz lief ihr von der Nase zum Mund. »Schon gut. Wisch dir das Gesicht ab ... das ist besser. Kein Grund zu weinen. Du kennst mich und du kennst den Schwertführer, und keiner von uns hat dir je weh getan, oder? Also hast du keinen Grund, Angst zu haben. Alles, was wir von dir wissen wollen, ist die Wahrheit.«

Katia war nun still, aber sie zitterte immer noch. »Herr, ich habe Euch alles gesagt, was ich weiß. Ash – ich meine meine Lady Asarhia – hat nichts darüber gesagt, daß sie die Festung verlassen wollte. Sie war in der vergangenen Woche sehr zurückhaltend. Seit diesem Tag, als sie auf dem Hof ausritt und zurückkam und Caydiss in ihrer Kammer fand, ist sie ...«

»Sie hat ihn dort gesehen?«

Katia nickte. »Ja, Herr. Hatte ihm ein schlechtes Gewissen gemacht. Hat versprochen, daß sie nicht erwähnen würde, daß er seiner Arbeit zu langsam nachgegangen ist, wenn er sie ebenfalls nicht verriete.«

»Aha. Und hat sie dir irgend etwas gesagt?«

Katia zögerte.

»Sag mir die Wahrheit, Kind.«

»Nun … sie hat mir am Arm weh getan, und sie sagte, sie würde mir noch mehr weh tun, wenn ich ihr nicht erzähle, was Ihr mich fragt, wenn Ihr mich in Eure Kammer ruft.« Katia wand die Seide in ihren Händen hin und her. »Also habe ich ihr erzählt, daß Ihr vor allen Dingen wissen wollt, wann ihre Periode beginnt … aber das war alles. Das schwöre ich. Sie war wirklich komisch an diesem Tag. Kalt und zornig. Hat mir gleich danach gesagt, daß ich gehen soll.«

Iss tätschelte dem Mädchen den Kopf. »Gutes Mädchen … das machst du sehr gut. Und nun? In dieser vergangenen Woche – hast du irgendein Anzeichen gesehen, daß ihre Periode begonnen haben könnte? Denk genau nach, Mädchen.«

»Nein, Herr. All ihre Unterwäsche war so sauber, als hätte sie sie nie getragen.«

Ein leises Schnauben kam von Iss' Lippen. »Als hätte sie sie nie getragen.« Er warf Marafice Eye einen Blick zu. Er brauchte einen Augenblick, um sich zu beruhigen. »Also gut, Katia, noch eine letzte Frage, und dann kannst du gehen. Hast du eine Liste aller Gegenstände in Asarhias Kammer?« Katia nickte. »Wenn wir also die Schmucknadel abziehen, die wir im Schnee gefunden haben, und die Haarbürste, die sie in ihrem Umhang hatte, weißt du, ob sie sonst noch weitere Gegenstände mitgenommen hat?«

»Nein, Herr. Die Bürste und die Nadel sind alles, was verschwunden ist.«

Iss streichelte Katia weiter über das Haar. »Also hat sie nichts, was sie gegen Geld verkaufen kann, und keinen Umhang, um sich zu wärmen. Was für eine armselige Angelegenheit ihr erster Ausflug in die Stadt werden wird.«

»Sie wird wahrscheinlich im Bettlerviertel landen.« Marafice Eye hatte sich auf einen der zierlichen seidenbezogenen Stühle neben der Tür niedergelassen, und wenn man danach ging, wie er seinen Unterarm auf die Armlehne drückte, hatte er vor, ihn zu zerbrechen. »Ich werde die Wachen dort verdoppeln.«

Iss nickte und gab sich damit zufrieden, sich dem Urteil des Schwertführers anzuschließen. Er hatte bisher nie einen Grund gehabt, seinen Wert zu bezweifeln. Dann wandte er sich wieder Katia zu und sagte: »Sieh mich an, Mädchen.« Katia hob das Kinn. Sie war ein hübsches, rundliches kleines Ding. Eine perfekte Mischung aus der Schläue einer Dienerin und der Angst eines kleinen Mädchens. Asarhia hatte sie sehr gern gehabt.

»Bitte, Herr, ich muß doch nicht zurück in die Küche, oder? Bitte.« Große braune Augen flehten, während kleine, ein wenig schmuddelige Hände die Seide seines Gewandes zerknäulten.

Iss war nicht ungerührt. Er strich mit der Hand über ihre heiße Wange. »Nein, du wirst nicht in die Küche zurückkehren müssen. Das verspreche ich dir.«

Das Mädchen war so erleichtert und entzückt, daß es eine wahre Freude war, sie anzusehen. Als sie unter Tränen sein Seidengewand küßte und hundert kleine Dankesworte murmelte, nickte Iss Marafice Eye quer durchs Zimmer zu.

Katia war so in ihre Erleichterung versunken, daß sie nicht hörte, wie der Schwertführer sich näherte. Einen Augenblick lang, als er die Hände um ihren Kopf schloß, hielt sie es für eine Zärtlichkeit. Sie hob sogar eine ihrer Hände, um ihn zu berühren. Dann wurde der Griff des Schwertführers fester, und sie wußte, daß sie Angst haben mußte, und der Blick, den sie Iss zuwarf, zerrte an seinem Herzen.

Eine rasche Drehung war alles, was es brauchte, ihr das Genick zu brechen.

Dafür werden Menschen sterben.

Feuer und Eis verbrannten sein Fleisch und seine Seele. Der Schmerz war so tief und vielschichtig wie Felsen, der Millionen von Jahren unter dem Meer zusammengedrückt wurde. Der

Namenlose kannte den Schmerz. Er kannte seine Gewichte und Maße, seinen Nachgeschmack und seinen Preis. Seine Gelenke ächzten in dem weichen, kalkigen Schmerz des Alters, und selbst wenn er sie ausruhte, brachte es keine Erleichterung mehr. Seine gebrochenen und falsch geheilten Knochen brannten in seinem Fleisch wie heiße Stäbe, und seine Organe schrumpften und verhärteten sich und verloren nach und nach die Funktion. Er wußte nicht mehr, was es bedeutete, sich ohne Schmerz aufrichten oder urinieren zu können. Er konnte sich nicht erinnern, wann er das letzte Mal vollkommen befriedigend Luft geholt hatte oder ein Stück Fleisch hatte kauen können.

Schmerz kannte er.

Die Vergangenheit kannte er nicht.

Er versuchte es jeden Tag, strengte sich an, bis Adern in seinem Bauch und in seiner Wirbelsäule rissen, bis seine Kiefer sich verspannten, seine Wunden tränten und sein heftiges Zittern die wunden Stellen auf seiner Haut wieder aufreißen ließ. Seine Angst, sich selbst zu verletzen – einstmals war sie so intensiv gewesen, daß er nur diesen Gedanken von einem Jahr zum nächsten im Kopf behalten konnte –, war nun milder Sorge gewichen. Der Lichtträger heilte ihn immer wieder. Der Lichtträger mit seinen Seiden und Bandagen und Pinzetten. Der Lichtträger würde ihn nicht sterben lassen. Der Namenlose hatte viele Jahre gebraucht, um das zu lernen, und noch länger, um es zu akzeptieren, aber inzwischen hatte er es vollkommen begriffen.

Das zu wissen hatte ihn befreit. Nicht vom Schmerz – nichts und niemand konnte ihn davon befreien –, aber von der Angst vor dem Tod. Der Namenlose hatte keine Kontrolle mehr über seine Gesichtsmuskeln, aber Bitterkeit war ihm immer noch anzusehen. Selbst so schrecklicher Schmerz, daß er ganze Jahre aus seinem Leben tilgte, konnte ihn nicht dazu bringen, sich den Tod zu wünschen.

Er wollte nicht sterben; das wußte er ebenfalls. Und mit der Zeit würde er mehr wissen.

Warten. Das war sein Leben. Warten, Schmerz und Haß. Er wartete darauf, daß der Lichtträger kam, wartete auf das winzige bißchen Licht und Wärme, das er brachte, verschlang sie wie ein Hund die Knochen. Eine Hand auf seiner Schulter, eine warme Hand, konnte ihn nun verbrennen. Er sehnte sich nach der Wärme und der Berührung und dem Kontakt, aber wenn er sie erhielt, war es zuviel. Wenn die Hand zurückgezogen wurde, spürte er nichts als Erleichterung, aber noch bevor die Erinnerung verging und die Wärme von der Hand des Lichtträgers seine Haut verließ, sehnte er sich abermals danach.

Einsamkeit war anders als Schmerz. Sie hatte keine Abstufungen und keine Annehmlichkeiten; sie bewegte sich nicht, wurde nicht mehr oder weniger, veränderte sich nicht von einem Tag auf den anderen. Sie fraß ununterbrochen, einen Augenblick nach dem anderen, Stunde um Stunde, Jahr um Jahr, fraß hinten an seinem Nacken, verschlang ihn Stück für Stück. Was zurückblieb, machte ihm angst. Die Gefangenschaft konnte er ertragen, die Folter und das Ausgenutztwerden konnte er ertragen, selbst die roten und blauen Flammen des Feuers und Eises, die anstelle seiner Vergangenheit flackerten. Aber die Einsamkeit, die unendliche Einsamkeit verursachte ihm einen Schmerz, den er nicht ertragen konnte.

Sie verwandelte ihn in etwas, das er haßte.

Der Namenlose rückte in der eisernen Kammer, die sein Zuhause, sein Nachttopf und sein Bett war, hin und her. Ketten, deren Metall in Jahren von Schweiß, Urin und Kot fleckig und verrostet waren, rasselten weniger, als daß sie klackten wie die Knöchel eines kleinen Kindes.

Haß war ihm nichts Neues; das war das letzte, was er wußte. Er kam viel zu leicht und paßte zu gut, um etwas zu sein, das erst während seiner Gefangenschaft geboren worden war. Obwohl er sich nach jedem Besuch des Lichtträgers sehnte, nach der Welt des Lichts, der Sonne und der Menschen, haßte er auch alles, wonach er sich sehnte, mit äußerster Kälte. Die Einsamkeit ernährte sich von ihm, und er ernährte sich vom Haß. Haß hatte ihm geholfen, die Jahre der Dunkelheit zu überleben, die quälende Stille und die unterschiedlichen Gewichtungen körperlichen Schmerzes. So begegnete er einer Welt, die weder Tag noch Nacht kannte, keine Jahreszeiten, kein Sonnenlicht und keinen Regen. So klammerte er sich an den letzten Rest seines Ichs.

Dafür werden Menschen sterben.

Er konnte nicht zählen – er wußte nichts von Zahlen und solchen Dingen –, aber die Worte, die er ins Dunkel flüsterte, fühlten sich an wie etwas, das schon viele Male ausgesprochen worden war. Das war ihm ein Trost. Sie machten das Zwicken und Winden der Geschöpfe, die unter der Haut seines Unterarms, des Rückens und der Oberschenkel lebten, erträglich. Sie ließen das Sägen ihrer Mundwerkzeuge zu einem leisen, erträglichen Summen werden.

Haut auf dem Gesicht des Namenlosen riß und blutete, als er seine Muskeln zu einem Lächeln zwang.

Dafür werden Menschen sterben.

Er mußte sich nur an die Vergangenheit erinnern, das war es. Sich daran erinnern, wer er war.

Er war bereits stärker als zuvor. Das wußte der Lichtträger nicht; er hielt seinen Schutzbefohlenen für denselben. Aber er hatte unrecht. Der Namenlose fügte hauchdünne Schichten zu sich hinzu, wurde in der Dunkelheit mehr, wie faules Fleisch Schimmel ansetzt. Er konnte sich jetzt von einem Tag auf den anderen erinnern. Es kostete ihn viel, zwang seinen Körper, allein gegen den Schmerz anzukämpfen, während sein Geist die Amme eines Gedankens war, und seine Gelenke schmerzten bis zum Bluten, wenn er beim Schlafen still lag. Dennoch: Er wußte jetzt Dinge, und er war überzeugt, daß es das wert war. Unzählige Jahre hatte er so wenig gewußt wie die Geschöpfe, die unter seiner Haut reiften, und nichts erwartet als Hunger und Schmerz und Durst.

Nun hatte er sich selbst. Und er verbrachte seine Tage damit, auf die Gelegenheit nach mehr zu warten.

Wenn der Lichtträger etwas nahm, wenn er mit seinem Licht und seinem warmen Päckchen mit Honig und Bohnensaft in die Kammer kam und das, was er brauchte, aus dem Fleisch des Namenlosen stahl, enthüllte er dabei einen Fluß mit tiefen, dunklen Strömungen. Diese kurzen Einblicke in Dunkelheit, Flut und Wirbel von flüssigem Glas, wetzten die Zunge des Namenlosen. Die Strömung floß für ihn allein. Und jedesmal, wenn der Lichtträger ihm die Haut mit seinem dünnen Graviermesser aufschnitt und mit seiner Silberpinzette herausholte, was er brauchte, kam das Flußufer näher. Eines Tages würde es nah genug sein, daß der Namenlose sich hineinstürzen konnte. Eines Tages würde er das Wasser dieses Flusses nutzen, um die Flammen zu löschen, die dort brannten, wo seine Vergangenheit gewesen war.

Er ließ sich in der Stellung nieder, die am bequemsten war, die Beine unter den Körper gezogen und die Ketten fest über die Brust, und begann, nach dem Namen zu streben, den er verloren hatte. Zeit kam und ging. Dunkelheit blieb. Irgendwie glitt er trotz all seiner Anstrengung und seiner tiefsten Wünsche ab, und abermals kam die Einsamkeit, um von ihm zu fressen. Endlich schlief er. Als er träumte, träumte er nur von warmen Armen, die ihn berührten, ihn hielten und ihn zum Licht hinauftrugen.

16
Ein Besucher

In den zehn Tagen seiner Abwesenheit war dicker Schnee aufs Clanland gefallen. Der Stute gefielen die weichen, brusthohen Verwehungen nicht, und wenn er sie sich selbst überließ, wählte sie Wege aus, die bestenfalls indirekt waren. Raif ließ sie tun, was sie wollte. Nun war das Rundhaus in Sicht, aber der Gedanke an die Heimkehr war in keiner Weise angenehm.

Der Himmel war grau und weiß gestreift von hohem Wind. Ein Sturm war im Norden entstanden, in der gefrorenen Ödnis des großen Karglands, und tobte sich hinter dem Horizont aus. Der Wind, der so auch in Bodennähe entstand, war beißend. Die Stute bekam das Schlimmste davon ab, und ihre Nase und Augen waren verkrustet und tränten, und ständig bildeten sich Eiskristalle um ihren Mund. Etwa einmal in der Stunde hielt Raif an und säuberte ihr ihren Kopf und das Zaumzeug und überprüfte das Fleisch um ihr Maul auf Erfrierungen. Die Energie, mit sich selbst denselben Aufwand zu betreiben, konnte er nicht aufbringen. Seine Fuchskapuze war starr von Eis, vier Tage Atem hatten sich in den Fellhaaren gefangen und jedes einzelne Haar zu einer brüchigen Eisfeder gemacht. Die Seiten von Raifs Wangen, die von der Kapuze berührt wurden, waren taub. Seine Augen brannten, zum Teil von der Kälte, zum Teil von Schneeblindheit. Alles, worauf er die letzten zwei Tage geschaut hatte, war verschwommen gewesen. Die anderen waren vielleicht so vernünftig, die schlimmsten Sturmtage abzuwarten, an einem windabgewandten Hang ihr Lager aufzuschlagen und ihre Zelte mit Schnee zu bedecken. Raif zwang seine gerissenen Lippen zu einer festen Linie. Er würde nicht an die anderen denken. Sie würden vielleicht zwei oder drei Tage später zurückkehren als er, aber sie würden zurückkehren, und dann wäre sein Leben im Clan vorüber. Mace Blackhail würde dafür sorgen.

Raif Sevrance ist aus dem Kampf davongerannt, würde er sagen. Der Jahrmann hat seinen Eid gebrochen.

Raif hob die Faust und drückte sich den Rabenschnabel an die Brust. Er hatte Mace Blackhail in die Hand gearbeitet! Und wenn er die Zeit zurückdrehen und wieder zur Bluddstraße und zum Hinterhalt zurückkehren könnte, hätte er nicht sagen können, ob er es wieder tun würde. Es war so klar gewesen, so entsetzlich es auch war, Frauen und Kinder zu töten. In den vergangenen fünf Tagen alleine weiterzureiten hatte das Entsetzen abgeschwächt.

Er lenkte die Stute von ihrem eigenen Weg auf einen, den er gewählt hatte, wappnete sich gegen seine Zweifel. Die Vergangenheit war vergangen, und sich zu wünschen, daß es anders wäre, hatte noch nie jemandem Erleichterung gebracht.

Als er über die Weide ritt, bemerkte er eine graue Rauchfahne, die von der nahen Seite des Rundhauses aufstieg. Er rieb seine entzündeten Augen, was alles noch schlimmer machte. Als das Brennen aufhörte, konzentrierte er sich auf den Rauch und folgte ihm bis zum blauen Steindach des Hauses, in dem sich der Heilige Stein befand. Unruhig spornte er die Stute zu einer schnelleren Gangart an.

Das Steinhaus hatte keine Feuerstelle und keinen Kamin, nur ein Rauchloch, damit der Rauch der Lampen entweichen konnte, aber nach der Menge des Rauchs, die aus dem Dach drang, zu urteilen, hatte jemand darin ein Feuer entzündet.

Alles andere am Rundhaus wirkte normal. Langkopf und seine Leute hatten den Schnee vom Hof geschaufelt, und eine Handvoll Jungen vergnügte sich in den wagengroßen Schneebergen, die dabei entstanden waren. Die Jungen hörten auf zu spielen und sahen Raif an, als er sich näherte. Berry Lye, ein großer, rübenköpfiger Junge mit roten Ohren, der der jüngere Bruder von Banron war, wischte sich den Schnee vom Hirschlederzeug und rannte Raif entgegen. Er wollte wissen, was beim Hinterhalt geschehen war. Wie viele Bluddmänner hatte Banron mit seinem Hammer vom Pferd geschlagen? Wie hatte sich seine neue Rüstung im Kampf bewährt? Raif brachte ihn mit einem einzigen Blick zum Schweigen. Er war nicht in der Stimmung, mit Kindern zu reden. Berrys Gesicht wurde so rot wie seine Ohren, und einen Augenblick lang sah er genau wie sein Bruder aus. Raif wandte sich ab, weil er sich plötzlich schämte. Er wußte nicht einmal, ob Banron noch lebte oder tot war.

Berry rannte ins Rundhaus, begierig darauf, als erster die Nachricht zu bringen, daß zumindest einer der Truppe es lebendig nach Hause geschafft hatte.

Raif glitt vom Pferd und führte es zum Stall. Ihm war übel. Was würde er sagen? Wie konnte er den Clansmännern und -frauen erklären, was er getan hatte?

Die hübsche rothaarige Hailly Tanner kam aus dem Stall, um sein Pferd zu nehmen. Sie wurde tatsächlich rot, als ihre Hände sich an den Zügeln begegneten. Raif hatte wie viele Männer im Clan Stunden damit verschwendet, von Haillys heller, sommersprossiger Haut und ihrem vollkommenen Erdbeermund zu träumen. Bis heute hatte sie sich nie dazu herabgelassen, ihn zu beachten, schon gar nicht hätte sie sich um sein Pferd gekümmert. Nun stand sie vor ihm und fragte beinahe schüchtern, ob die Stute Heu oder Hafer brauchte. Raif lächelte grimmig. Er war jetzt ein Jahrmann; das war der Unterschied. Zuvor war er ein Nichts gewesen, ein Junge mit einem geborgten Bogen und ohne Eid und in jeder Hinsicht ihrer Aufmerksamkeit unwürdig. Er gab ihr seine Anweisungen und ging.

Er ignorierte die kleine Gruppe von Frauen und Kindern, die sich am Haupteingang versammelt hatte, und ging statt dessen zur Seitentür. Bevor er irgend etwas sagte oder tat, mußte er ins Steinhaus gehen. Allein.

Anwyn Bird stand im Eingang, die Arme vor der Brust verschränkt, und beobachtete ihn. Raif befürchtete ausgefragt zu werden, aber die Matrone mußte ihm etwas angesehen haben, denn sie ließ ihn einfach durch. Als er den Steinflur zum Leithaus entlangging, hörte er, wie sie nach einem Krug warmen Biers und einem Teller gebratenen Brotes rief. Trotz allem spürte Raif, wie ihm das Wasser im Mund zusammenlief. Er hatte Trockenfleisch in seiner Satteltasche, aber wenn er auf dem Heimweg etwas gegessen hatte, erinnerte er sich zumindest nicht mehr daran.

Die Tür zum Leithaus stand offen. Rauchfetzen und Stückchen glühenden Materials wehten aus der Tür, als er hineinging. Er dachte einen Augenblick nach, dann schloß er die Tür hinter sich und nahm sich die Zeit, sich zu überzeugen, daß sie fest geschlossen war.

Drinnen war es so dunkel und erstickend wie in einem Räucherhaus. Raifs Augen brannten heftig. Zunächst konnte er nichts weiter sehen als den massiven Umriß des Heiligen Steins. Langsam gewöhnte er sich an die Dunkelheit und begann, die Einzelheiten zu erfassen. Er stand am Fuß des Steins. Der Granit war glatt von Graphitöl. Narben in dem uralten Stein waren verkrustet mit harten, milchigen Mineralien, Einlagerungen, die glitzerten wie offenliegende Knochen. Der Stein selbst kam ihm dunkler vor, als er ihn in Erinnerung hatte. Vielleicht lag das am Rauch.

Ein kleines Feuer brannte in der Westecke, die dicht gepackten Scheite mit Schweineblut eingerieben, damit es nicht mit einer heißen, raschen Flamme brannte. Das direkt darüber liegende Rauchloch war neu vergrößert worden, und frischer Teer war um die Ränder gestrichen. Keine Talg- oder Öllampen brannten. Überall auf dem Steinhausboden lagen Dinge, und kleine Steine knirschten unter Raifs Stiefeln, als er auf den Stein zuging. Trotz des Feuers war es mörderisch kalt, und ein ätzender Gestank erhob sich über dem unangenehmen Geruch von gekochtem Blut.

Nervös streifte Raif die weichen Unterhandschuhe ab und fiel vor dem Heiligen Stein auf die Knie. Er war kein guter Beter. Tem hatte seinen beiden Söhnen beigebracht, daß es sich nicht gehörte, die Steingötter um etwas für sich selbst zu bitten. Sie waren harte Götter und nicht leicht durch Leiden zu rühren. Das Leben eines Mannes und seine Probleme bedeuteten ihnen nichts. Sie wachten über das Clanland und die Clans, verlangten ihren angemessenen Platz in jedem Rundhaus und am Gürtel jedes Clansmanns und jeder Clansfrau. Aber sie gaben wenig … und sie reagierten nicht auf kleinliche Gebete.

Raifs Finger legten sich um den Behälter an seinem Gürtel. Während er die Geweihspitze in seiner Faust wog, wurde ihm plötzlich klar, daß es nicht nötig war zu beten: Die Steingötter waren während des Hinterhalts und auf dem langen Heimweg auf seiner Seite gewesen. Sie waren hier in dem pulverisierten Heiligen Stein an seinem Gürtel. Sie wußten alles, was er hatte sagen wollen.

Raif wußte nicht recht, ob dieser Gedanke ihn tröstete oder verängstigte, und er streckte die Arme aus und legte die Handflächen auf den Stein.

Der Stein war so hart und kalt wie ein gefrorener Kadaver. Raif mußte gegen das Bedürfnis ankämpfen, die Hände zurückzuziehen, weil er wußte, daß das eine Art Niederlage bedeutet hätte. Er biß die Zähne zusammen und drückte die Hände fester gegen den Stein. Erst wurden die Fingerspitzen taub und dann die Knöchel, als die Blutgefäße die Kälte des Steins auf sein Herz zutrugen. Ein dumpfer Schmerz machte sich in seinem linken Oberarm bemerkbar. Das Licht flackerte, und sein Blickfeld verengte sich.

Die Taubheit schlich über seine Handgelenke und kribbelte dort wie Alkohol, der auf seiner Haut verdampfte. Nach ein paar Minuten konnte er die Oberfläche des Heiligen Steins nicht mehr spüren. Der Schmerz in seinem Arm pulsierte wie eine Wasserpumpe, und einen ganz kurzen Augenblick hatte Raif den Gedanken, daß er etwas aus dem Stein heraus- und tief in sich hineinsog. Er verspürte einen Augenblick vollkommener Ruhe, schwer wie im tiefsten Schlaf, in dem ihm klar wurde, daß er, wenn er nur über die Oberfläche des Steins hinaus greifen könnte, alles wissen würde.

»Was bringt dich dazu, zu glauben, daß du den Stein heilen kannst?«

Die Stimme brachte den Faden zum Zerreißen. Der Schmerz und das Ziehen hörten auf. Die Stille brach nach innen zusammen, rief ein Flackern von Licht und Dunkelheit hervor, das zu Bildern wurde, während es in den Stein zurückglitt. Raif sah einen Wald mit hohen Bäumen, deren Laub wie das Meer von Blau zu Silber überging; einen See aus gefrorenem Blut, seine Oberfläche hart wie gehämmertes Metall, die Tiefen dunkel, mit verzerrten Gestalten, die im Eis gefangen waren. Auch andere Dinge kamen und gingen, bewegten sich aber zu schnell, als daß er sie erfassen oder verstehen konnte: eine Stadt ohne Namen oder Volk, ein Paar verängstigter grauer Augen und ein Rabe, der im Winter nach Norden flog, obwohl doch alle anderen Vögel sich nach Süden begaben.

Bevor er sich alles merken konnte, zupfte jemand an seinem Handgelenk und riß seine Hände vom Stein weg. Raifs Hände lösten sich nur langsam und machten dabei saugende Geräusche, als seine Haut klebenblieb. Er spürte keinen Schmerz, nur ein vages Verlustgefühl. Als er sich umdrehte, starrte er geradewegs in die schwarzen Augen von Inigar Stoop.

»Du hättest den Heiligen Stein nicht berühren sollen, Raif Sevrance«, sagte er leise. »Siehst du nicht, daß er geborsten ist?«

Raifs Herz raste immer noch von all dem, was der Stein ihm gezeigt hatte, und er brauchte ein paar Sekunden, um zu begreifen, was Inigar gesagt hatte. Er schüttelte den Kopf. »Geborsten? Ich … ich verstehe nicht, was du meinst.«

Der Steinhüter streckte eine dunkle und vom Alter verkrümmte Hand aus. »Dann werde ich es dir zeigen.«

Als Raif Inigar seine Hand reichte, erwartete er nicht, die Hilfe des Steinhüters beim Aufstehen zu brauchen, aber seine Beine knickten ein, als er sie belastete, und er taumelte gegen den Stein. Zu seiner Überraschung zog Inigar ihn hoch und hielt ihn fest, bis er genug Kraft hatte, um wieder allein stehen zu können. Als er den kleinen Steinhüter mit seiner eingefallenen Brust und dem weißen Altmännerhaar und der dünnen Haut sah, fragte Raif sich, wie er das wohl geschafft hatte.

Inigar lächelte, aber es war kein freundliches Lächeln. »Folge mir.« Dann verschwand er in dem rauchigen Dunkel und ließ Raif keine andere Wahl, als zu tun, was er gesagt hatte.

Inigar blieb auf der anderen Seite des Heiligen Steins stehen, wackelte mit dem Kopf und sagte: »Deshalb brenne ich das Rauchfeuer. Hier.«

Raif folgte Inigars Blick. Ein tiefer Riß lief vom oberen Rand bis halb zum Boden und enthüllte das feuchte, schimmernde Innere des Steins und sammelte Schatten wie eine Verwerfung in der Erde. Graphitöl rann wie Blut aus dem Riß.

»Es geschah vor fünf Tagen.« Inigar warf Raif einen scharfen Blick zu. »Im Morgengrauen.«

Raif, der wußte, daß in den Worten des Steinhüters eine Frage lag, sie aber nicht beantworten wollte, sagte: »Bei dem Hinterhalt ist alles gut verlaufen. Die anderen werden in ein, zwei Tagen hier sein.«

Inigar ignorierte seine Worte vollkommen. Er fuhr mit der Hand über den Riß und sagte: »Die Steingötter wachen über alle Clans. Was immer jeder Clanhäuptling seit der Ansiedlung behaupten mag, sie haben keine Vorlieben. Blackhail, Dhoone, Scrape, Ganmiddich: sie sind alle ein und dasselbe für jene, die im Stein leben. Wenn Scrape Gnash besiegt, mißbilligen sie das nicht. Wenn Ganmiddich das Rundhaus von Croser einnimmt und es zu seinem eigenen macht, sehen sie keinen Grund zum Zorn. Die Steingötter haben die Clans geschaffen, sie haben das Bedürfnis nach Land und Kämpfen in uns gelegt, und es kümmert sie nicht, wenn Clans Kriege führen und Menschen getötet werden. Es liegt sowohl in ihrem als auch in unserem Wesen.

Wenn allerdings etwas geschieht, das allem widerspricht, was sie gelehrt haben, das die Existenz des Clanlandes selbst zutiefst bedroht, dann werden die Götter zornig.« Inigar stieß mit der Handwurzel gegen den gerissenen Stein. »Und so zeigen sie es!«

Raif wich zurück.

»Ja, Raif Sevrance. Vielleicht solltest du besser zurückweichen – um unserer aller willen.«

Raif spürte, wie sein Gesicht heiß wurde, und er schüttelte den Kopf. Er konnte den Riß im Stein nicht mehr ansehen. »Ich … ich …«

»Schweig! Ich will nicht von deinen Lippen hören, was geschehen ist. Einiges kann man zu früh hören, wenn man noch nicht bereit oder fähig ist, es zu verdauen.« Inigar Stoop sah Raif direkt in die Augen. »Zum Beispiel Eide.«

Raif verzog das Gesicht. Der Schmerz kehrte in seinen Arm zurück, weich und übelkeiterregend wie ein gezerrter Muskel.

»Wir drei wußten es, nicht wahr? Vor elf Tagen auf dem Hof. Ich, du und der Rabe.« Der Steinhüter packte Raifs Elchleder und riß die Schnüre auseinander, um das Rabenzeichen darunter zu enthüllen. Er riß das Stück Horn von Raifs Hals und zerriß dabei die Schnur. Er schloß die Faust darum und sagte: »Es war nicht ich, der dir das gegeben hat – diese Schande liegt nicht auf mir –, und vielleicht ist es ebenso der Fehler des alten Steinhüters wie meiner. Dennoch, Raif Sevrance, du bist nicht gut für diesen Clan. Du bist ein Rabengeborener, erwählt, die Toten zu beobachten. Und ich fürchte, wenn du bei uns bleibst, wirst du uns alle sterben sehen, bevor deine Augen genug haben. Du hast bereits den Tod deines Vaters und zehn unserer besten Krieger und unseres Häuptlings gesehen. Aber das war noch nicht genug, nicht wahr? Du mußtest auch noch den Tod von Shor Gormalin sehen. Shor. Der beste Mann in diesem Clan.

Er war ein Adler. Sag mir, was für ein Recht hat ein Rabe, über den Tod eines Adlers zu wachen?«

Raif senkte den Blick. Er wußte keine Antwort.

Aber Inigar Stoop war noch nicht fertig. »Und was ist mit deinem Bruder, Raif Sevrance? Der deinen Eid bezeugt und deinen Schwurstein genommen hat. Welche neue Schande hast du ihm gebracht? Wenn ich einen solchen Bruder hätte, der mich mit all der Heftigkeit seines Bärenzeichens liebte, der sich für mich aussprach, als es kein anderer wollte, und ohne einen Augenblick des Zögerns sein Schicksal mit meinem verband, wäre ich gesegnet. Ich würde ihn ehren und ihm gehorchen und meine Tage damit verbringen, ihm sein Vertrauen zurückzuzahlen. Ich würde ihn nicht mit meinen Worten oder Taten beschämen.«

Raif schlug die Hände vors Gesicht. In den letzten fünf Tagen hatte er jeden Gedanken an Drey von sich geschoben. Nun brachte der Steinhüter sie zurück. Und Raif wußte, daß er die Wahrheit sagte.

Inigar öffnete die Faust und ließ den Rabenschnabel auf den Boden fallen. »Du bist hierhergekommen, um die Anleitung der Steingötter zu suchen. Also sieh dir den Heiligen Stein genau an und schau nach, ob er nicht die Antwort bietet, die du brauchst.« Noch einmal warf er einen Blick auf den Riß im Stein, nur lange genug, um sich zu überzeugen, daß Raif verstand, was er sagte, dann drehte er sich um und verschwand im Rauch. »Wenn du fertig bist, geh zu denen, die sich zu deiner Begrüßung im Hof versammelt haben. Dort wartet ein Besucher.«

Raif schloß die Augen. Er stand reglos da, er hatte Angst, den Stein noch einmal zu berühren. Es dauerte lange, bis er sein Zeichen aufhob und hinausging.

»Laßt ihn in Ruhe! Laßt ihn alle in Ruhe!« Anwyn Bird drängte sich durch die Menschenmenge auf dem Hof, das beladene Tablett vor sich wie eine Ramme. »Seht ihr nicht, daß der

Jahrmann erst etwas essen und trinken muß, bevor ihr ihn mit euren Fragen quält?« Die Matrone bedachte Raif mit einem so sanften und stolzen Lächeln, daß es ihn beschämte. »Hier, Junge. Das ist das beste dunkle Bier, das ich habe. Trink.«

Raif nahm das Horn entgegen, dankbar, etwas zu haben, worauf er sich konzentrieren konnte. Das vom Schnee reflektierte Sonnenlicht war nach der Dunkelheit des Steinhauses blendend hell, und diese Flut von Gesichtern vor ihm, die alle gleichzeitig auf ihn einschwatzten und Fragen stellten, bewirkte, daß er am liebsten weggerannt wäre. Aber er hielt stand. Diese Menschen waren sein Clan, und sie hatten ein Recht darauf zu erfahren, was aus ihren Verwandten geworden war. Er hielt das Horn an die Lippen, atmete das üppige, holzige Aroma von Bier ein, das in Eichenfässern gelagert hatte und das dann langsam an der Feuerstelle drei Tage gewärmt worden war. Anwyn hatte recht: Es war tatsächlich das beste, das sie hatte. Und deshalb trank er es nicht.

Er stützte das Horn an die Brust und versuchte, in der Menge die Gesichter von Raina und Effie zu erkennen. Er konnte sie nicht entdecken. Eine kleine Gruppe von Menschen stand im Dunkeln hinter dem Haupttor; vielleicht waren sie unter ihnen.

»Wir müssen wissen, was passiert ist, Junge.« Das war Orwin Shank, sein großes rotes Gesicht ernst und sorgenvoll. »Aber nimm dir Zeit und sag es uns, wenn du bereit bist.«

Raif nickte bedächtig. Warum behandelten ihn alle so freundlich? Das machte es nur schlimmer. Er zwang sich, Orwin Shank anzusehen, und sagte: »Bitty geht es gut. Er hat tapfer gekämpft, und ich habe gesehen, wie sein Schwert mindestens zwei Bluddmänner fällte.«

Orwin Shank streckte den Arm aus und legte die Hand auf Raifs Schulter. Tränen glitzerten in seinen hellblauen Augen. »Du bringst immer Nachrichten, die einem Vater das Herz leicht werden lassen, Raif Sevrance. Du bist ein guter Junge, und ich danke dir dafür.«

Orwin Shanks Worte standen in solchem Kontrast zu denen, die er zuvor von Inigar Stoop gehört hatte, daß Raif Tränen in die Augen traten. Das hatte er nicht verdient. Er sah sich um und sprach die Menge an, weil er einfach Angst hatte, daß er, wenn er es nicht bald hinter sich brachte, den Mut verlieren würde. »Der Hinterhalt war ein Erfolg. Alles verlief wie geplant. Corbie Meese führte einen Trupp vom Norden der Straße, Ballic der Rote vom Süden. Mein Bruder wurde ausgewählt, die Nachhut anzuführen. Der Kampf war heftig, und die Bluddmänner haben schwer gekämpft, aber wir haben sie zermürbt und in den Schnee gezwungen und uns dann den Sieg genommen.« Raif suchte Sarolyn Meese, Corbies rundliche, vergnügte Frau, mit dem Blick. »Corbie hat wie ein Steingott gekämpft. Es war wunderbar, ihm zuzusehen.«

»Ist er verletzt?« Sarolyn berührte Raifs Arm, als sie auf eine Antwort wartete.

»Nein. Ein paar Kratzer vielleicht, aber nicht mehr.«

»Und was ist mit Ballic?«

Raif wußte nicht, wer die Frage gestellt hatte, aber er beantwortete sie, so gut er konnte. Andere Fragen folgten, alle wollten wissen, was aus ihren Verwandten geworden war. Raif entspannte sich immer mehr. Es war überraschend einfach zu vermeiden, von dem zu sprechen, was später auf der Lichtung geschehen war. Alles, was die Clansleute interessierte, waren ihre Söhne, Ehemänner und Brüder und ob sie noch am Leben waren und tapfer gekämpft hatten. Raif war erleichtert, Wahrheiten aussprechen zu können, die weder ihm noch einem Mitglied der Truppe, mit der er unterwegs gewesen war, weh taten.

Als Jenna Walker vortrat und nach ihrem Sohn fragte, verschwand die Erleichterung so rasch, als wäre sie nie vorhanden gewesen.

»Today wurde schwer verletzt. Es kann sein, daß er tot ist.«

Jenna Walker schüttelte die Leute ab, die schnell versuchten, sie zu stützen und zu trösten. Grüne Augen, scharf vor Zorn, nagelten Raif fest. »Warum weißt du das nicht sicher? Warum bist du hier, bevor die anderen kommen? Was ist nach dem Überfall passiert?«

Raif holte tief Luft. Er hatte diesen Augenblick schon fünf Tage gefürchtet.

»Was ist mit Banron?« Das war der große, rübenköpfige Berry Lye, der sich durch die Menge nach vorn drängte. »Wie vielen Bluddmännern hat er mit dem Hammer den Schädel eingeschlagen?«

»Sag uns, warum du hier bist, Raif Sevrance.« Jenna Walker zitterte. »Sag es uns.«

Raif schaute von Berry zu Jenna Walker. Er setzte dazu an, etwas zu sagen.

»Das genügt!« Raina Blackhail kam aus dem Schatten hinter dem Haupttor. In weiches Leder und feine, schwarze Wolle gekleidet, sah sie aus, wie man es von einer Häuptlingsfrau erwartete. Das Zobelfell mit den Manschetten an ihrer Kehle bebte bei jedem ihrer Atemzüge, und das Silbermesser an ihrer Hüfte blitzte im Licht. Die Menge teilte sich, als sie vortrat. »Der Jahrmann hatte eine schwierige Reise durch den Schnee. Er soll jene nennen, von denen er glaubt, daß sie verwundet oder tot sind, dann laßt ihm Zeit, sich auszuruhen und etwas zu essen.«

Trotz ihrer schönen Kleider waren Rainas Augen matt, und ihr Gesicht hatte alles Fett verloren. Raif war entsetzt zu sehen, daß ihre Witwennarben immer noch bluteten. »Erzähl Berry von seinem älteren Bruder.«

Das war ein Befehl, und er gehorchte und sah vor seinem geistigen Auge Banron Lyes Leiche in einem Graben, wie die Hunde an ihr zerrten. Er ließ Berry und seinen Verwandten wenig Hoffnung, erzählte, daß Banron sich nicht geregt hatte, auch nicht, nachdem die Hunde tot waren. Das Gefühl, daß ein Clansmann tot war, festigte sich in Raifs Geist, während er sprach. Er erinnerte sich, auf der anderen Seite der Bluddstraße gestanden zu haben, direkt gegenüber von Banron.

Du bist ein Rabengeborener, erwählt, über die Toten zu wachen.

»Noch andere?« Rainas Stimme schnitt durch seine Gedanken.

Er schüttelte den Kopf. »Ich habe keine anderen fallen sehen.«

Die Erleichterung in der Menge zeigte sich in entspannten Fäusten und gesenkten Blicken. Einige der älteren Clansmänner berührten ihre Behälter mit Steinpulver – eine Geste des Danks. Raif sah dennoch Jenna Walkers Fragen unausgesprochen auf vielen Gesichtern. Raina sorgte dafür, daß niemand sie laut aussprach und führte alle zurück ins Rundhaus, einfach, indem sie selbst dorthin zurückkehrte. Auch Anwyn half, indem sie allen heißes Bier und gebratenes Brot versprach. Raif blieb stehen und sah zu, wie die Clansleute einer nach dem anderen im Rundhaus verschwanden. Mehr als alles andere wollte er hineingehen und Effie suchen, sie in die Arme nehmen und das Kind an sich drücken. Aber er wußte nicht mehr, ob es das richtige war. Raina hatte sie bewußt aus der Versammlung ferngehalten, weil sie sie vor Schaden bewahren wollte.

Genau das mußte er jetzt ebenfalls tun: Effie schützen, Drey und seinen Clan. Das hatte Inigar Stoop ihm deutlich gemacht.

»Raif.« Raif blickte auf, als sein Name von einer Stimme gesprochen wurde, die er fünf Jahre lang nicht mehr gehört hatte. Ein Bär von einem Mann mit stoppeligem, rötlichblondem Haar und hellen, kupferfarbenen Augen trat aus dem Rundhaus in den Hof. Er blinzelte in die Schneewolken und sagte: »Ich hatte auf günstigeres Licht gehofft. Wenn die richtigen Schatten auf mich fallen, sehe ich erheblich schlanker aus, das schwöre ich.«

»Onkel.«

Angus Lok brauchte drei Schritte, um Raif zu erreichen. Dann umarmte er ihn und drückte so fest zu, daß Raif spürte, wie seine Rippen sich bogen. Ebenso schnell ließ Angus ihn wieder gehen, trat einen Schritt zurück und betrachtete ihn so ausführlich, als wäre Raif ein Pferd, das er kaufen wollte.

Angus Lok war in ungefärbte Wildlederhosen und einen Reitmantel gekleidet; er trug hohe schwarze Stiefel und hatte sich genug Ledergürtel über Kreuz über die Brust geschnallt, daß man Zugpferde damit hätte anschirren können. Er sah genauso aus wie der erfahrene Waldläufer, der er war. Seine Wangen waren rot vom Schneebrand, seine Lippen dick mit Bienenwachs beschmiert und seine Ohrmuscheln mit weichen Lederstreifen umwickelt, um Frostbeulen zu verhindern.

»Steingötter, Junge! Bist du vielleicht gewachsen!« Er berührte den Zwölftagebart an Raifs Kinn mit den Knöcheln. »Wie nennst du das da? Als ich in deinem Alter war, hatte ich kaum so viel Haare auf dem Kopf, gar nicht zu reden von meinem Kinn!«

Darauf gab es keine Antwort. Raif lächelte. Angus war hier, und er wußte nicht, ob das gut oder schlecht war, aber er wußte, daß man Angus trauen konnte und Respekt schuldig war. Das hatte Tem häufig gesagt, selbst nachdem die Person, die die beiden Männer zusammengebracht hatte, gestorben war: Meg Sevrance, Frau von Tem, Mutter von Drey, Raif und Effie und Schwester von Angus Lok.

Abrupt änderte sich Angus' Miene. Die hellbraunen Augen betrachteten Raif forschend. »Ich bin heute früh angekommen. Raina hat mir von Tem erzählt … er war ein guter Mann, dein Vater. Er war Meg ein guter Ehemann. Er hat sie innig geliebt.« Angus lächelte, mehr für sich als für Raif. »Obwohl ich zugeben muß, daß ich ihn zunächst gehaßt habe. Es gab nichts, was dieser Mann nicht besser konnte als ich: jagen, schießen, trinken, tanzen …«

»Tanzen? Mein Vater hat getanzt?«

»Wie ein Teufel im Wasser! Tem mußte nur die ersten Töne einer Melodie hören, und schon stampfte er die Hacken auf und begann mit den Tanzschritten. Das war vielleicht ein Anblick – der mit seiner Bärenklauenmütze und der Bärenfellweste. Ich glaube wirklich, das war der Grund, wieso meine Schwester sich in ihn verliebt hat, denn schön war er sicherlich nicht. Jedenfalls glaubte ich das damals nicht.«

Raif war den Tränen nahe. Er hatte nie gewußt, daß Tem tanzen konnte.

Angus berührte Raifs Schulter. »Geh ein Stück mit mir, Junge. Ich bin zwei lange Wochen im Sattel gewesen, und ich muß diese alten Beine unbedingt noch ein wenig strecken.«

Raif warf einen Blick zum Rundhaus. »Ich muß Effie sehen.«

»Ich war gerade bei ihr. Sie ist bei Raina in guten Händen. Sie kann noch ein wenig länger auf ihren Bruder warten.«

Raif war nicht überzeugt, aber es war offensichtlich, daß Angus mit ihm sprechen wollte, also ließ er sich davonführen.

Das Sonnenlicht hatte die Weide in einen vollkommen glatten Hang verwandelt, weiß und makellos wie ein Hühnerei. Junger Schierling und Fichten waren nicht mehr als Bäume zu erkennen, sie bildeten nur noch seltsame mannsgroße Schneehaufen, die die meisten Clansmänner Fichtengeister nannten. Der Schnee war locker und körnig, die ständige Bewegung durch den Wind verhinderte, daß er festfror. Ein paar Hasenspuren durchbrachen die Oberfläche, weich und versonnen wie gezupfte Wolle.

Raif fand ein wenig Trost in dieser vertrauten Umgebung. Inigar Stoops Worte nagten immer noch an seinem Geist. Ich fürchte, wenn du bei uns bleibst, wirst du uns alle sterben sehen, bevor deine Augen genug haben. Raif schauderte. Alles sah nun anders aus, nachdem der Steinhüter mit ihm gesprochen hatte. Zu versuchen, die Bluddfrauen und -kinder im Kriegswagen zu retten, war ein Fehler gewesen. Er hatte keine Leben retten können. Am Ende hatte er nur etwas Schlimmeres bewirkt.

»Hier. Trink einen Schluck.«

Angus Loks Stimme schien von weit her zu kommen. Raif

brauchte einen Augenblick, um seine Gedanken aus dem Feld nördlich der Bluddstraße zurückzuholen. Angus drückte ihm eine kleine Flasche in die Hand. Raif wog sie einen Augenblick, dann trank er. Die klare Flüssigkeit war so kalt, daß sie ihm ins Zahnfleisch biß, hatte keinen feststellbaren Geschmack und war stark genug, daß sein Atem in der eisigen Luft plötzlich unsichtbar war. Angus ging nun langsamer. Nach ein paar Minuten blieb er an einem Fichtengeist stehen und lehnte sich mit dem Rücken daran. Schneeklumpen fielen von den Zweigen auf seine Stiefel. Er machte ein kleine Geste zu der mit Kaninchenfell umwickelten Flasche hin und ermutigte Raif, mehr zu trinken. Raif nahm nur genug, um seinen Mund zu wärmen.

»Du hattest schwere Zeiten an der Bluddstraße.« Es war keine Frage. Angus löste die Bänder an seinem Handgelenk und zog seine Seehundfellhandschuhe aus. Seine ungefärbte Kleidung, das schlichte Schwert an seinem Oberschenkel und sein kurzgeschnittenes Haar kennzeichneten ihn als Außenseiter. Er gehörte nicht zum Clan. Tem hatte gesagt, Angus und seine Schwester seien in der ummauerten Stadt von Ille Glaive aufgewachsen, nahe der Ganmiddich-Grenze. Tem hatte Meg in dem Jahr kennengelernt, als er als Pflegesohn bei Ganmiddich war, als dieser reiche Grenzclan einen Sommertanz für seine Jahrmänner und die Clanmädchen veranstaltete. Angus war eingeladen worden – Raif konnte sich nicht erinnern, warum –, aber er erinnerte sich, daß »Krabbe« Ganmiddich, der Häuptling des Clans, ihm verboten hatte zu kommen, wenn er nicht eine eigene Frau zum Tanzen mitbrachte. Angus hatte seine Schwester Meg mitgebracht. Tem sah sie, und laut Gat Murdock, der ebenfalls dabeigewesen war, hatte er sie den ganzen Abend mit keinem anderen Mann tanzen lassen. Sie heirateten zwei Monate später an dem Tag, als Tem von seinem Jahrmanneid befreit wurde.

Meg Lok war nie nach Hause zurückgekehrt. An dem Tag, als sie Tem Sevrance heiratete, wurde sie zum Clanmitglied.

»Raina sagte mir, du kannst auch im Dunklen schießen.« Angus drehte, während er sprach, seine Handschuhe nach außen und kratzte mit einem Handmesser das Futter sauber. »Sie sagte auch, als du und Drey aus dem Ödland zurückkehrten, hättest du etwas davon erwähnt, gespürt zu haben, daß der Überfall stattfand.«

Raif spürte, wie seine Wangen heiß wurden. Welches Recht hatte Raina, einem Außenseiter so etwas zu erzählen?

»Andere berichten mir, daß du Probleme mit Mace Blackhail hast, dich mit ihm vor anderen Clansmännern streitest, seinen Befehlen nicht gehorchst …«

»Sag offen, was du meinst, Angus. Ich weiß gut genug, wie die Dinge in diesem Clan stehen.«

Angus störte sich nicht an Raifs Zorn.

Als er mit seinen Handschuhen fertig war, drehte er sie wieder um und zog sie an. Erst nachdem er sein Messer gesäubert und wieder eingesteckt hatte, war er bereit zu antworten. »Ich muß in gewissen Angelegenheiten nach Süden, nach Spire Vanis. Ich denke, du solltest mitkommen.«

Raif sah Angus Lok in die Augen. Angus erwiderte den Blick fest. Wieviel weiß er? Hat er mit Inigar Stoop gesprochen? »Wieso machst du mir dieses Angebot jetzt?« sagte Raif mürrisch. »Wer hat dich dazu veranlaßt?«

Angus Lok bedachte Raif mit einem Blick, der diesen wünschen ließ, er hätte nichts gesagt. Angus gehörte nicht zum Clan, aber er war tatsächlich ein Verwandter. Raif war ihm Respekt schuldig.

»Wenn ein Mann vor der Truppe zurückkehrt, ist das normalerweise ein Zeichen dafür, daß es zwischen ihm und den anderen in der Truppe Ärger gab. Und wenn ein Clansmann sich aus einem Kampf entfernt, wird er damit zum Verräter an seinem Clan.« Angus' Miene war ebenso hart geworden wie seine Stimme. »Ich bin kein Narr, Raif. Ich habe gehört, was du auf dem Hof gesagt hast. Du wußtest genug über den Kampf, aber du hast so gut wie nichts über die Verwundeten gesagt. Du wußtest nicht einmal sicher, wer noch lebt und wer tot ist. Es ist offensichtlich, daß du nicht bis zum Ende des Kampfes an der Bluddstraße geblieben bist. Etwas ist geschehen, nicht wahr? Etwas, das dich dazu veranlaßt hat davonzureiten.«

Angus hob die Hand, um Raif Schweigen zu gebieten. »Ich will nicht wissen, was das war. Clanangelegenheiten gehen mich nichts an. Die Verwandten meiner Schwester sind nicht mehr sehr wohl gelitten, und nach dem, was ich heute früh gehört habe, hat sich Mace Blackhail in den Kopf gesetzt, einen davon loszuwerden. Indem er sich von diesem Hinterhalt entfernte, hat besagter Verwandter von mir die Stäbe für seine eigene Hinrichtung selbst zugespitzt.«

Raif senkte den Blick. Ein Nachmittag, zwei Menschen. Zwei Menschen hatten ihm gesagt, es wäre das Beste, den Clan zu verlassen. Er hob die Hand zu seinem Zeichen.

Der Clan war alles.

Alle, die er liebte und kannte, waren hier. Nur elf Tage zuvor hatte er einen Eid geschworen, der ihn für ein Jahr und einen Tag an Blackhail band. Wenn Inigar Stoop sich geweigert hätte, seinen Eid zu hören, sich geweigert hätte, den Stein dafür zu wärmen, dann wäre alles anders verlaufen. Er wäre einfach nur ein weiterer Junge des Clans, nichts und niemandem angeschworen. Wenn er den Kampf einfach als Raif Sevrance verlassen hätte, hätte man ihm verziehen. Raif konnte beinahe hören, wie Orwin Shank oder Ballic der Rote sich für ihn einsetzten: Der Junge ist jung, ungeschworen und ungeprüft. Wer kann ihm schon übelnehmen, sich wie ein geschorener Dummkopf zu benehmen? Statt dessen war er als Jahrmann davongezogen. Und niemand würde den Mund öffnen, um Ausreden für einen Jahrmann zu finden, der das Feld vor dem Ende der Schlacht verlassen hatte. Einen Befehl zu verweigern, zu streiten, selbst Pfeile auf einen Kriegswagen zu verschwenden, der bereits brannte, waren Verstöße, die sich noch mit aufbrausendem Zorn oder Übereifer erklären ließen. Clansmänner konnten und würden solche Missetaten verzeihen. Aber das Feld zu verlassen, während der Kampf noch tobte, ohne ein Wort davonzureiten …

Raif schloß die Faust um sein Zeichen. Angus hatte recht: Mace Blackhail würde dafür sorgen, daß er mit Stäben durchbohrt und an der Haut aufgehängt würde. Die Wahrheit dessen, was geschehen war, die Jagd und das Abschlachten der Bluddfrauen und -kinder würde vergessen sein. So mußte es sein. Raif wußte, daß er es nie zu seiner eigenen Verteidigung ansprechen könnte. Das zu tun hätte Drey, Corbie Meese, Ballic den Roten und die anderen entehrt.

Er würde keine solche Schande über seinen Clan bringen.

Sollte Mace Blackhail doch über den Vorfall hinwegplänkeln; sollte er eine Wolfsgeschichte spinnen, in der die Bluddfrauen bewaffnet waren und zu entkommen versuchten, sollte jeder, der einen Anteil an der Schlächterei hatte, es glauben und die Wahrheit tot auf der Bluddstraße liegenlassen.

Raif spürte, daß ein Eisfinger seine Wange berührte. Totenwächter. Zum ersten Mal in seinem Leben verstand er, was es hieß, ein Rabengeborener zu sein. Der Rabe kreist am Himmel, wacht und wartet und pickt dann an den leblosen Überresten. Inigar Stoop hatte im Steinhaus die Wahrheit gesprochen: Er war nicht gut für den Clan.

Der fünfte Heilige Stein des Blackhailclans, der aus den Steinbrüchen südlich von Trance Vor geschlagen war und dreihundert Jahre im Rundhaus gestanden hatte, war wegen seiner Taten geborsten. Selbst der Stein hatte ihm gesagt, er müsse gehen. Raif konnte sich nicht an alle Bilder erinnern, die der Stein ihm gezeigt hatte, aber eins war sicher: Keiner dieser Orte war zu Hause. Das Blackhail-Land hatte keine blutroten Seen und Wälder aus silbrigblauen Bäumen. Der Heilige Stein hatte ihm gesagt, er müsse gehen, und ihm den Weg gezeigt.

Raif schauderte – plötzlich kälter als der Tag selbst. Er blickte auf und sah Angus Lok an. Angus' großes, frisches Gesicht und die blitzenden, kupferfarbenen Augen zeigten kein Anzeichen des Zorns mehr, den er wenige Minuten zuvor an den Tag gelegt hatte. Er sah nun besorgt aus und schaute immer wieder nach Osten; vielleicht hielt er nach Anzeichen des Hinterhalttrupps Ausschau oder folgte dem Fortschreiten des Sturms.

Es war fünf Jahre her, seit er zum letzten Mal hier gewesen war. Effie war damals kaum mehr als ein Baby gewesen. Raif versuchte, sich an alles, was er über seinen Onkel wußte, zu erinnern. Er hatte eine Frau und Kinder, aber Raif konnte sich nicht erinnern, wo sie wohnten oder wie sie hießen. Er wußte nicht einmal, wovon Angus lebte. Raif wußte, daß Meg ihn innig geliebt hatte, und als sie noch am Leben gewesen war, hatte Angus das Rundhaus zweimal im Jahr besucht. Er hatte immer Geschenke gebracht, gute Geschenke wie Übungsschwerter aus versteinertem Holz, Brocken grünen Seeglases, Daumenringe aus Walroßzähnen, Bogensehnen aus Menschenhaar und kleine Pelzbeutel aus ganzen Lemmingen, genau richtig für Feuersteine.

Raif lächelte, als er daran denken mußte, wie er und Drey sich um die Geschenke gestritten hatten. Einer von ihnen blutete am Schluß immer. Tem hatte dann beide verprügelt, und dann holte Angus einen zweiten, identischen Gegenstand aus seinem Gepäck. Danach schimpfte Meg mit allen – auch mit Angus und Tem – und scheuchte sie alle nach draußen, bis sie zur Vernunft gekommen waren.

Langsam verging Raifs Lächeln wieder. Er warf einen Blick zurück zum Rundhaus. Der Clan war alles: Zuhause, Erinnerungen, Verwandte. Zu gehen würde bedeuten, niemals zurückzukehren. Ein Mann konnte keinen Eid brechen und seinen Clan verlassen und je erwarten, wieder nach Hause zurückkehren zu können. Ein Muskel spannte sich hoch oben in Raifs Brust an. Er liebte seinen Clan.

»Nun. Was sagst du, Junge? Wirst du mit mir nach Spire

Vanis kommen? Ich bin nicht mehr so jung wie früher, und ich könnte einen jungen Kämpfer gebrauchen, der mir Rückendeckung gibt.«

Ja, Raif Sevrance. Vielleicht solltest du lieber zurückweichen, um unserer aller willen.

Raif schloß die Augen und sah die blutende Wunde des Heiligen Steins vor sich. Dann öffnete er die Augen und sah Drey, wie er ihn zuletzt gesehen hatte: einen Hammer in der Hand, Speichel am Kinn, den Mund gefüllt mit Worten, die Mace Blackhail ihm eingegeben hatte. Nein. Raif brach die Erinnerung ab, bevor sie sich noch tiefer in seine Seele brannte. Statt dessen zwang es sich, sich daran zu erinnern, wie Drey am Morgen, als sie davongeritten waren, auf dem Hof gestanden hatte. Von neunundzwanzig Männern war er der einzige gewesen, der vortreten und seinen Eid bezeugen wollte. Wenn ich einen solchen Bruder hätte … dann würde ich ihn nicht mit Worten oder Taten beschämen.

Raif richtete sich auf und legte die Hand an den Griff seines Halbschwerts. Inigar Stoop hatte recht. Wenn er blieb, würde er nur Schande über Drey bringen.

Der Tag wurde dunkler, und der Sturm aus dem Ödland rollte nach Süden, als Raif Angus Lok antwortete.

17
Und nun bringen wir ihnen den Krieg

Vaylo Bludd hielt seinen Hengst im Schnee fest am Zügel. Das alte Tier konnte nicht mehr so gut sehen, und trotz seiner fortgeschrittenen Jahre war es immer noch so bösartig wie ein Hecht. Jeder Mensch oder jedes Pferd, die Vaylo zu nahe kamen, konnte sich plötzlich als Opfer eines raschen Tritts gegen das Schienbein oder in die Hoden finden – dank diesem Hengst, der auf den Namen Hundepferd hörte. Vaylo hatte etwas für den alten Zossen übrig. Obwohl das Tier schon lange Zeit bewußt beinahe jeden Gehorsam verweigerte, erinnerte es sich immer noch an zwei grundlegende Dinge: Hunde und kleine Kinder durften nicht getreten werden.

Vaylo lächelte und entblößte seine Zähne. Es war schrecklich gewesen, den Hengst zuzureiten. Er war ein schlechtes Pferd – jeder, der ihn gesehen hatte, hatte das gesagt –, und dennoch waren sie hier, elf Jahre später, der Hundelord und sein schlechtes Pferd, und trabten über frisch erobertes Gelände, so vertraut miteinander, wie Mann und Reittier sein konnten.

»Entzünde die Fackeln, Mann! Los!«

Vaylo, der an der Spitze einer Gruppe von Zwölfen ritt, hörte seinen sechsten Sohn nach Licht schreien. Hanro hatte den ganzen Tag wenig anderes getan als Befehle geschrien. Vaylo war nicht ganz sicher, wen er damit beeindrucken wollte, aber er schwor sich, wenn sein sechster Sohn das nächste Mal nach Fackeln, Späherberichten oder Pinkelpausen schreien sollte, würde er es auf sich nehmen, sein Hundepferd nahe genug heranzureiten, daß der Hengst einen raschen Tritt zwischen die Beine des Jungen setzen konnte. Nur weil ein Mann Befehle schrie, hieß das nicht, daß er der Anführer der Truppe war. Das mußte Hanro lernen. All seine Söhne lernten das.

Da es ihm nicht behagte, sich weiter auf die Schwächen seiner sieben Söhne zu konzentrieren, wandte Vaylo die Aufmerksamkeit seiner Umgebung zu. Das Licht des Spätnachmittags verging rasch, ließ den Schnee blau und durchscheinend wie Eis aussehen. Vor ihnen lagen die Kupferhügel, einstmals Schlüssel zu Dhoones Größe und militärischer Macht. Kupfer, das hier gefördert wurde, hatte den Clan Dhoone reich gemacht, hatte ihnen gestattet, das größte Rundhaus im Clanland zu bauen, Flüsse einzudämmen und umzulenken und den Berg abgetragener Erde in den Norden zu bringen und damit unfruchtbares Land am sich zurückziehenden Höllenzungengletscher in hervorragendes Weidegebiet zu verwandeln.

Dies war das erste Mal, daß Vaylo Bludd auf dem Dhooneland ausritt, seit er es eingenommen hatte, aber er hatte wenig Aufmerksamkeit für das üppige Gras, die Forellenseen, die nun unter einer Kruste von Süßwassereis versiegelt waren, oder die Herden von Elchen, die durch die Fichten nach Südosten zogen, fett und glänzend nach zwei Jahreszeiten guten Weidens auf dem Ödland im Norden. Er hatte nur Augen für die Bluddstraße.

Seine Enkel waren vier Tage überfällig. Sie hatten das Bluddhaus vor dreizehn Tagen verlassen. Sie hätten inzwischen in Dhoone sein müssen. Drybone hielt es für möglich, daß die Gruppe in den Hügeln auf schlechtes Wetter gestoßen war, den großen Kriegswagen abgestellt und ein Lager aufgeschlagen hatte, bis der Sturm vorüber war. Das klang wahrscheinlich, und Drybone war für einen Grabenländer ein vorsichtiger Mann, aber Vaylo konnte sein Unbehagen nicht so recht abschütteln. Seine Hunde waren unruhig und bissen rasch, und der Geruch von Sarga Veys hing wie Torfrauch über dem Dhoonesitz.

In mancher Hinsicht war es eine Erleichterung gewesen, das Rundhaus zu verlassen. Clan Dhoone war nicht sein Zuhause. Vielleicht würde sich das mit der Zeit ändern, wenn die Frauen seiner Söhne und ihre Kinder eintrafen und die Festung für sich beanspruchten, aber im Augenblick war es ein Ort seltsamer Echos und fremder Schatten und großer, leerer Räume, die kein noch so gewaltiges Birkenfeuer wärmen oder beleuchten konnte. Er bekam Zahnschmerzen davon. Um alles noch schlimmer zu machen, wohnten vier seiner sieben Söhne dort bei ihm, stritten sich wie Füchse in einem Loch, intrigierten über Land und Grenzen und besoffen sich jede Nacht. Und jeder einzelne von ihnen glaubte tatsächlich, er könnte den Platz des Hundelords einnehmen!

Vaylo Bludd spuckte einen Batzen schwarzen Priems aus. Die Hunde, die neben dem Hengst trabten, knurrten und schnappten, schüttelten die Köpfe und zerrten an ihren ledernen Halsbändern. Sie konnten es nicht leiden, wenn man sie anspuckte.

»Dann benutzt eure Nasen«, schrie er sie an. »Wir haben euch nicht mitgebracht, um Schnee zu pflügen. Sucht.« Nur um sie zu ärgern, brachte er den Hengst dazu, sich aufzubäumen und auszukeilen. Verfluchte Hunde! Sie waren schon vor dem Sonnenaufgang aufgebrochen, und die einzigen Spuren, die sie gefunden hatten, waren die eines einzelnen Schafes, das sie eine schiefe Rinne entlanggetrieben hatten, und einer von Raben getöteten Eidergans, deren Fleisch noch nicht ganz gefroren war. Dennoch, obwohl Vaylo dazu neigte, ärgerlich mit den Hunden zu sprechen, war er insgeheim erleichtert. Keine Spuren bedeutete keine Menschen, und keine Menschen bedeutete keine Fremden auf der Straße.

Tatsächlich war der Schnee vor ihnen so weiß und gerade wie die Schaumkrone auf einem guten Bier. Sie hatten den ganzen Tag keine Anzeichen von Reitern gesehen, und nun, da das Licht nachließ, würden sie auch keine Spuren und keinen Feuerrauch mehr bemerken. Genau aus diesem Grund war es notwendig, daß die Hunde ihr Brot verdienten.

Die Tiere erkannten auf der Stelle die Veränderung in der Laune ihres Herrn, rannten vorwärts, drängten sich oder sprangen durch den Schnee, je nach Länge ihrer Beine. Vaylo lehnte sich im Sattel zurück, und das alte Leder knarrte ebenso wie seine Knochen. Steingötter! Es war so kalt! Das bewirkte, daß er jede Minute hätte pissen können. Er erinnerte sich, daß er einmal in jungen Jahren von der Grenze des Grabenlandes bis zum Bluddhaus in einem einzigen Tag geritten war, und nicht ein einziges Mal hatte er haltgemacht, um seine Blase zu entleeren oder das Gewicht zu verlagern, damit seine Oberschenkel nicht mehr wund gerieben würden. Verdammt dumm war das gewesen! Vermutlich hatte es irgendeinem inneren Organ Schaden zugefügt.

»Vaylo. Wir können nicht sehr viel länger weiterreiten. Selbst mit den Fackeln nicht.« Cluff Drybannock, besser bekannt als Drybone, tauchte an Vaylos Seite auf. Noch während Drybone das Tempo seines Pferdes dem des Häuptlings anpaßte, konnte Vaylo den Hufschlag eines zweiten Pferdes hören, das sich eilte, sie einzuholen. Vaylo mußte sich nicht umdrehen, um zu wissen, wer der zweite Reiter war. Hanro würde nichts von dem verpassen wollen, was Drybone sagte.

»Wir reiten noch ein Stück weiter«, sagte Vaylo und sprach bewußt laut, damit das Brennen in den Ohren seines sechsten Sohnes nachließ. »Gib den Hunden die Gelegenheit, noch eine Meile oder zwei abzusuchen.« Während er sprach, warf er dem Mann, dem er in diesem Clan am meisten traute, einen Blick zu. Drybone war eine Mauer von einem Mann, mit Barrikaden als Schultern und einer Haut von der Farbe roten Tons. Er gehörte nicht zum Clan, jedenfalls nicht ganz. Seine Mutter war eine Grabenländerhure gewesen, und sein Vater ... nun, Hurensöhne wußten selten, wer ihre Väter waren. Als Drybone sieben gewesen war, hatte seine Mutter ihn aus dem Grabenland zur Bluddfestung geschickt und ihm gesagt, er solle nie wiederkommen. Er gehörte nicht zu ihnen, hatte sie erklärt, und er wäre nicht mehr willkommen. Vaylo saugte an seinen alten Zähnen. Er haßte die Grabenländer. Was für eine Frau war das, die ihrem Kind so etwas antat? Er erinnerte sich immer noch daran, wie Cluff von dem untersetzten, knollennasigen Yagro Wike, der den Jungen beim Forellenfischen erwischt hatte, zum Bluddhaus gebracht geworden war. Dünn wie ein Zaunpfahl war er gewesen und beinahe verrückt vor Hunger und Sonnenstich. Als man ihn fragte, was er auf Bluddgebiet machte, hatte er erwidert, was seine Mutter ihm beigebracht hatte: »Ich bin ein Grabenländerbastard. Mein Vater war ein Bluddmann, und ich werde ihn suchen, bis ich ihn gefunden habe und er seine Pflicht erfüllt, indem er mich aufzieht.«

Der Junge hatte einen solchen wilden Blick in den leuchtend blauen Augen, und seine kleinen geballten Fäuste sprachen von derartiger Entschlossenheit, daß Vaylo ihn gleich gemocht hatte. »Ein Bastard, wie?« sagte er und zauste das rabenschwarze Haar des Jungen. »Nun, dann wirst du gut hierher passen. Wenn kein Mann sich meldet, um dich zu beanspruchen, dann werde ich dich selbst aufnehmen.«

Das war vor fünfundzwanzig Jahren gewesen. Drybone war nun ein voll eingeschworener Clansmann und der beste Schwertkämpfer im Clan, aber der Bastard war immer noch in ihm. Er würde nie verschwinden. Vaylo wußte das. Sie verstanden einander, der Hurenbastard und der Bastard des Clanhäuptlings. Sie wußten, was es hieß, den Platz am Tisch aufgeben zu müssen und gegen eine echte oder eingebildete Beleidigung zu kämpfen, bis man den Mund voller Blut hatte, und das Lachen und Schimpfen legitimer Kinder mit so intensivem Neid zu beobachten, daß man einen Preis dafür zahlte, ebenso wie für eine lange Jagd in den Wäldern. Vaylo hatte dafür gesorgt, daß es Drybone besser erging als ihm, aber er konnte kein Kind gegen die Grausamkeit anderer Kinder beschützen. Und das zu versuchen war auch ein Fehler anderer, größerer Art.

Drybone war gut aufgewachsen. Er war ein verläßlicher Kämpfer, ein schwerer Arbeiter, und er beobachtete die Launen und Motive anderer so wachsam wie jeder Bastard. Vaylo wußte, daß seine Söhne ihn ablehnten, aber das war ihm gleich.

Sollten sie sich darüber grämen, wer von ihnen Häuptling würde, wenn er einmal tot wäre. Die Sorge machte sie vielleicht zu Männern.

»Balhagro hätte sich zum Lagern weit von der Straße zurückgezogen«, sagte Drybone und blinzelte ins Dunkel hinter den Fackeln. »Und er hätte die Spuren des Wagens verwischt.«

Der Hundelord nickte. Drybone hatte eine bessere Meinung von Balhagros Fähigkeiten als er selbst, aber das hieß nicht, daß er unrecht hatte. Das Alter hatte Vaylo langsam erkennen lassen, daß er nie alles über Menschen wissen würde und daß selbst jene, die er am besten kannte, noch imstande waren, ihn zu überraschen. Balhagro war ein verläßlicher Mann; deshalb hatte Vaylo ihn ausgewählt, die Umzugstruppe zu leiten. Deshalb, und weil Balhagros älteste Tochter gerade seinen ersten Enkel bekommen hatte, so daß der Mann wußte, wie gut man auf Enkelkinder aufpassen mußte.

»Ja«, sagte Vaylo plötzlich voller Hoffnung, daß Drybone recht hatte und Balhagro tatsächlich solche Vorsichtsmaßnahmen ergreifen würde. »Wir hätten die Falken mitnehmen sollen. Im Schnee sind sie besser als Hunde.«

»Dein bestes Paar war weg, als ich das letzte Mal nachgesehen habe.« Drybone warf Vaylo einen Blick zu, eine Frage in den scharfen, blauen Augen.

Vaylo Bludd log selten. Er sagte entweder die Wahrheit oder gar nichts. Als er Cluff Drybannock ansah, hatte er einen Mann vor sich, der darauf achtete, daß er nicht besser und nicht schlechter aussah als jene, die ihn umgaben. Sein Zöpfe waren fest geflochten, aber nicht übertrieben; seine Pelze und Ledersachen waren von guter Qualität, aber er trug keinen Zobel, Luchs oder das Leder totgeborener Kälber. Das Langschwert an seinem Gürtel war kürzer als die meisten Schwerter, die man so bezeichnete, aber es war mit der besten Schafswolle poliert. Vaylo brauchte sich nicht umzusehen, um zu wissen, wie sein sechster Sohn gekleidet war. Hanro war der Modegeck der

Bande. Er verbrachte mehr Zeit damit, seine Zöpfe einzuölen, als die meisten Frauen mit dem Zupfen ihrer Beinhaare. Sein Oberkopf war immer so glatt rasiert, daß Vaylo sich manchmal fragte, ob er nicht einfach nur kahl war. Vaylo gab seinem Hengst die Sporen und bedeutete Drybone mit einer Geste, ihm zu folgen, dann ritten die beiden die dunkle Straße entlang und überließen den Rest der Truppe dem Licht der Fackeln. Hanro folgte seinem Vater eine Weile, indem er zwischen den beiden Gruppen hin- und hertrabte. Dann fiel im offenbar auf, wie lächerlich es wirkte, daß er versuchte, das Gespräch seines Vaters zu belauschen, und er fiel zurück zur Haupttruppe. Als Vaylo hörte, wie sein sechster Sohn im gereizten Tonfall eines abgewiesenen Tanzpartners Befehle gab, wußte er, daß er nun ungehört sprechen konnte.

Er beugte sich zu Drybone und sagte: »Die beiden hätten inzwischen nach Hause kommen sollen, Dry. Ich habe sie zu Duffs Herdhaus geschickt, um zu erfahren, ob der Herdmeister Sarga Veys Bier oder Wärme gegeben hat.«

Drybone dachte über diese Information nach, und die Muskeln seines schmalen, glattrasierten Gesichts verrieten nichts. »Stürme?«

Vaylo schüttelte den Kopf. »Es gab im Norden Stürme. Duffs Herdhaus liegt im Süden.«

»Glaubst du, man hätte die Vögel abgeschossen?«

»Nein, ich denke, man hat sie aufgehalten.«

»Veys?«

»Er benutzt Magie, Dry. Sie können Vögel mit einem Zauberspruch vom Himmel holen.«

Das Wort Magie genügte, daß Dry das Zeichen der Steingötter machte, beide Augenlider und dann den Kupferbehälter an seinem Gürtel mit seinem Anteil an pulverisiertem Stein berührte. »Wenn er eine Bedrohung für den Clan darstellt, dann sag es, und ich werde nach Süden reiten und mich selbst um seinen Hals kümmern.«

Als er Drybone so sprechen hörte, spürte Vaylo, wie die Muskeln seines alten Herzens sich zusammenzogen. Drybone machte eine solche Äußerung nicht leichtfertig, und Vaylo wußte, daß er es ernst meinte. »Ich weiß nicht, ob er eine Bedrohung ist oder nicht, Dry. Ich weiß nicht einmal, was er und sein Herr wollen. Ich traue nur keinem von beiden. Und wenn meine besten Falken von einem Flug, zu dem ich sie ein dutzendmal zuvor geschickt habe, nicht zurückkehren, fange ich an, mir Sorgen zu machen.«

Es wäre einfach für Drybone gewesen, darauf hinzuweisen, daß Vaylo Sarga Veys' Angebot der Hilfe nie hätte akzeptieren dürfen, aber falls er daran dachte, sprach er es zumindest nicht aus. Vaylo war dafür dankbar. Er brauchte niemanden, der ihn an seine Fehler erinnerte. Mit ihnen zu leben war Strafe genug.

»Du glaubst, Sarga Veys hat sich bei Duffs Herdhaus mit jemandem getroffen?«

»Das halte ich für möglich. Am Morgen, als er das Dhoonehaus besuchte, hat er herumgeschnüffelt und dem Stallburschen Fragen gestellt. Er ist ein heimtückischer Kerl, dieser Veys. Ich vertraue keinem Mann, dessen Kinn so glatt ist wie sein Arsch.«

»Hat er für die Hilfe seines Herrn beim Überfall auf Dhoone um irgend etwas gebeten?«

Vaylo sah Drybone an. Das war eine mutige Frage. Viele Bluddmänner wußten, daß in der Nacht des Überfalles etwas geschehen war, um ihnen diesen unnatürlichen Vorteil zu geben; wenige wußten, daß ihr Clanhäuptling das arrangiert hatte, und noch weniger wußten, mit wem. Niemand kannte die Bedingungen des Abkommens. Nun bat Drybone um dieses Vertrauen.

Vielleicht waren es die Dunkelheit und Stille an der Bluddstraße oder der Gedanke, daß seine Enkel irgendwo in diesen Hügeln sein könnten, frierend und hungrig, der Wagen im dicken Schnee versackt und mit schwindendem Brennholz, aber aus irgendeinem Grund wollte Vaylo tatsächlich darüber sprechen. Er war jetzt seit über dreißig Jahren der Hundelord gewesen, und zu keiner Zeit während dieses Amtes hatte er sich der Zukunft so unsicher gefühlt. Sein ganzes Leben lang hatte er sich immer genommen, was er wollte. Nun fürchtete er, die Steingötter wollten es zurück.

Mit leiser Stimme, die linke Hand auf den Behälter mit Steinstaub gelegt, sagte er: »Veys und sein Herr haben irgend etwas Hinterhältiges vor, Dry. Als sie vor sechs Monaten zum ersten Mal zu mir kamen, sagten sie, sie wollten nichts für ihre Hilfe. Sie sagten, das Clanland müsse unter einer festen Hand vereinigt werden, und ich, als Häuptling des mächtigsten Clans, sei derjenige, das zu tun. Veys schwor, daß sein Herr dafür nichts wollte. Und bis zu diesem Tag hat er auch nichts gewollt. Aber ich spüre irgendwie, daß das nicht stimmt. Ich habe den Verdacht, daß man mich ausnutzt, aber ich kann einfach nicht herausfinden, wie das geschieht.«

Drybone verzog keine Miene, während der Häuptling sprach. Wenn er entsetzt, verärgert oder enttäuscht war, zeigte er es zumindest nicht. Er ließ sich einen Augenblick Zeit, um den Schritt des Wallachs zu korrigieren, dann sagte er: »Dann müssen wir wachsam sein, du und ich. Von nun an muß alles, was wir tun, sehr durchdacht sein, und am wichtigsten muß es sein, die Dhoonefestung abzusichern und auf eine unbekannte Bedrohung von außen vorzubereiten.«

Vaylo streckte die Hand aus und umklammerte Drybones Arm. Sie waren beide Bastarde, und sie wußten, was es bedeutete, ihren Besitz gegen jene zu verteidigen, die ihnen etwas wegnehmen wollten. Einfach zu wissen, daß er Drybones Unterstützung hatte, beruhigte ihn.

Als Vaylos Blick dem Drybones begegnete und die Loyalität darin erkannte, durchbrach ein Wolfsheulen die glasige Stille der Nacht. Schrill und laut bohrte es sich durch Vaylos Geist wie ein angespitzter Stab durch sein Herz. Seine Nackenhaare sträubten sich, und in seinem Magen wurden die Überreste der letzten Mahlzeit zu Blei. Der Wolfshund. Noch während seines nächsten Atemzugs hörte er auch die anderen Hund kläffen und bellen, als sie alle dem Ruf nacheilten.

Vaylo drehte sich im Sattel und spähte in die Richtung, aus der das Wolfsgeheul gekommen war. Es kam aus dem Norden. Von dem waldigen Abhang oberhalb der Straße. Ohne auch nur Befehle zu geben oder das Gespräch mit Drybone zu beenden, spornte Vaylo seinen alten Hengst zum Galopp an.

Er folgte der Straße, solange er konnte, und seine Augen schmerzten vor Anstrengung, im Dunkeln einen Weg zu finden. Der Schnee reichte dem Hengst hoch an die Fesseln, und große Wolken blauen Kristalls schossen Vaylo ins Gesicht, als er weiterritt. Trübe war er sich bewußt, daß der Rest der Truppe ihm folgte, aber das war ihm gleich. Sein Lederharnisch fühlte sich so fest und erstickend an wie ein Korsett, und Vaylo verfluchte den Mann, der die Beschläge gemacht hatte. Das Heulen des Wolfshunds machte ihn verrückt vor Angst. Er besaß das Tier jetzt seit drei Jahren, aber nie hatte er ein solches Geräusch aus seiner Kehle vernommen.

Als er den Abhang hinaufritt, kamen ihm ein paar Hunde entgegengesprungen, heulend und kläffend und die Köpfe von einer Seite zur anderen drehend. Vaylo sprach mit dem Hengst, und das alte Tier gestattete den Hunden, ihn zu führen.

Schlankere Fichten, die das Rückgrat gebeugt trugen vom Gewicht frischgefallenen Schnees, schauderten wie Tiere im Käfig, als er vorbeiritt. Setzlinge warfen ihre Last ab, als der Hengst sie streifte, und Schnee fiel wie Fallobst zu Boden. Die entblößten Fichtennadeln glitzerten vor schützendem Harz und ließen die Luft nach Winter und Eis riechen. Die Kälte trieb Vaylo das Wasser in die Augen, und er wischte sich mit den in Hundefellhandschuhe gehüllten Fingern die Tränen weg. Das Fell um seinen Kragen war starr von Atemeis, und der wollene Umhang zerrte an seiner Kehle, der Stoff schwer von dem Schnee, der darauf lag.

Die Hunde führten den Hengst an einer Rinne vorbei, durch die im Frühjahr das Schneewasser abfloß, und durch dichte Massen schwarzer Fichten. Vaylo glaubte, eine Unebenheit in dem Schnee zu entdecken, über den er ritt, aber er konnte nicht sicher sein, ob es daran lag, daß sich darunter Spuren befanden oder unebener Boden. Sein Herz schien zu groß für seine Brust, als hätte eine unbekannte Krankheit es vergrößert und verzerrt, die Kammerwände dicker werden und die Muskeln schwellen lassen. Er konnte kaum atmen.

Abrupt wichen die Hunde zu beiden Seiten aus und gestatteten dem Hengst, vor ihnen eine leicht abschüssige Lichtung hoch über der Straße zu betreten. Der Wolfshund mit seinem muskulösen Hals und der metallgrauen Schnauze stand mitten auf dieser Lichtung und heulte ein letztes Mal, als sein Herr näher kam. Vaylo glitt vom Pferd und ließ die Zügel schlaff über den Nacken des Hengstes fallen. Hinter ihm warteten die anderen Hunde, und ihr Kläffen wurde immer leiser, bis sie keinen Ton mehr von sich gaben. Die Augen des Wolfshundes waren zwei glühende Kohlen im Dunkeln. Vaylo ging darauf zu, und er wußte, daß er dort nichts Gutes finden würde. Er war der Hundelord, und es war lange her, seit er sich zum letzten Mal mit falschen Hoffnungen selbst betrogen hatte.

Wir sind Clan Bludd, auserwählt von den Steingöttern, ihre Grenzen zu hüten. Der Tod ist unser Begleiter. Ein schweres, langes Leben ist unsere Belohnung.

Das Bluddmotto hallte in Vaylos Kehle wider. Worte, die über so viele Jahrhunderte so oft wiederholt worden waren, daß ihre Wahrheit wie von Schichten schwieliger Haut abgestumpft war. Vaylo wollte nicht an ihre Bedeutung denken. Nicht in dieser Nacht.

Mit knackenden Knochen, mit Eis, das von seinem Pelz fiel, ging er auf den Wolfshund zu. Der Hund wich zurück, als sein Herr näher kam, duckte sich und drückte den Bauch beinahe gegen den Boden. Ein leises Winseln vibrierte tief in seiner

Kehle, und er begann, an etwas zu schnüffeln und zu lecken, das aus dem Schnee hervorragte.

Vaylo fiel auf die Knie. Mit einem heftigen Schlag scheuchte er den Wolfshund weg. Mit groberen Worten, als er je zuvor gesprochen hatte, sorgte er dafür, daß das Tier den Rest der Nacht nicht zurückkehren würde. Ohne weiter auf den Hund zu achten, der sich langsam und widerwillig zurückzog, und auf die dünnen, beinahe menschlichen Laute, die es dabei ausstieß, zog Vaylo die Handschuhe aus und bohrte die nackten Hände in den Schnee.

Er grub, bis seine Finger blau waren und seine Haut riß und Blut ihm über Finger lief, die er nicht mehr spüren konnte. Er grub, bis seine ledernen Manschetten starr gefroren und seine Knöchel bis auf die Knochen abgeschabt waren, und der Schnee tief unter seinen Fingernägeln zu eisigen Linsen gepreßt. Er grub, bis seine Hände und Handgelenke von Erfrierungen schwollen, bis kein Blut mehr in seine Finger durchdrang und das Fleisch abstarb. Andere kamen und boten ihre Hilfe an, aber er ließ niemanden näher kommen. Fackeln wurden gebracht, Worte gesprochen, aber Vaylo Bludd wußte nur noch, daß er hier die Leiche seiner Enkelin aus dem Schnee grub.

Neun Jahre war sie alt. Das wildeste kleine Ding, das jemals auf dem Bluddland einen Zopf getragen hatte. Sie hatte beim Spielen mit dem Schwert alle Jungen in ihrem Alter geschlagen, und sie kämpfte hart und schmutzig, und Vaylo hatte immer noch wunde Stellen, die das bewiesen. Kurz bevor er die Festung verlassen hatte, hatte sie sich im Vorratsraum auf ihn gestürzt und hatte ihn mit dem Übungsschwert ihres älteren Bruders in die Knie gestochen. Vaylo lächelte, als er sich an ihr wildes, triumphierendes Kichern erinnerte. Dieses Mädchen, dachte er. Dieses Mädchen ist durch und durch Bluddmann.

Ihre Augen waren geschlossen, aber ihr Mund war offen und voller Schnee. Der Hammerschlag, der sie getötet hatte, hatte keine blutende Wunde hervorgerufen. Während Vaylo ihre Leiche vom Schnee befreite, sprach er vor sich hin, schimpfte sie dafür, daß sie im Schnee gespielt hatte. Was hatte Großvater ihr immer gesagt? Nie in unbekannten Wäldern im Schnee spielen.

Als sie endlich frei war, zog er den Umhang von seinem Rücken, wickelte sie fest darin ein und brachte sie dorthin, wo das Hundepferd auf sie aufpassen konnte. Der Hengst trat niemals nach Kindern; bei ihm würde sie sicher sein.

Als er damit fertig war, kehrte er zurück in den Schnee und grub weiter.

Er brauchte die ganze Nacht, all seine Enkel zu befreien. Andere arbeiteten bei den Frauen und noch mehr an der Straße, wo sie die Männer ausgruben, die gekämpft hatten, um die anderen zu retten. Vaylo achtete kaum auf sie. Seine Enkel waren kalt, und ihr Großvater mußte sie wärmen, und er konnte nicht aufhören, bis er jede kleine Leiche aus dem Schnee geholt hatte.

Die Morgendämmerung kam, brachte Licht, das nicht willkommen war, und einen neuen Tag, den er noch weniger wollte. Wolken erdrückten den Himmel. Der Schnee wurde perlig und grau, die Farbe von ungekochtem Seehundfleisch. Die Fichten um die Lichtung reckten sich nicht.

»Das waren nicht die Sull.«

Vaylo blickte vom Körper seines jüngsten Enkelkindes auf, eines kleinen Jungen, der nicht einmal zehn Monate alt war. Drybone stand neben ihm, die Miene finster vor Trauer.

»Die Sull würden niemals Kinder töten.«

Vaylo nickte. Er wußte, warum es für Drybone wichtig war, das zu sagen: Er war halb Grabenländer, und die Grabenländer waren zum Teil Sull. Vaylo wandte sich wieder der erstarrten Leiche seines Enkels zu und begann, das Eis aus dem feinen Haar des Kindes zu bürsten. »Das ist die Tat des Clans Blackhail«, murmelte er. »Und nun bringen wir ihnen den Krieg.«

Irgendwo, viele Meilen nach Westen, begann der Wolfshund zu heulen.

18
Abschied von zu Hause

Effie und Raina kamen, um sich zu verabschieden. Als Raif seine Schwester in den Armen hielt und die Wange gegen ihr weiches, wunderschönes Haar drückte, bemerkte er, daß sich etwas im dunklen Flur hinter dem Rundhaustor bewegte. Holzdielen knarrten, und eine kleine Gestalt schlüpfte in die Höhle aus Schatten unter der Treppe.

»Das ist nur Nellie Moss«, sagte Effie, ohne sich umzusehen. »Sie folgt immer Raina. Eines Tages wird sie tot im Schnee liegen.«

Raif löste sich von Effie, so daß er ihr ins Gesicht sehen konnte. Riesige blaue Augen von der Farbe des Himmels um Mitternacht bedachten ihn mit einem stetigen Blick. »Wie meinst du das, Effie? Warum wird Nellie Moss sterben?«

Effie zuckte die Achseln. Das rostbraune Kleid, das sie trug, war aus schwerer Ziegenwolle gewebt und ließ sie aussehen wie eine Puppe in Erwachsenenkleidern. »Ich weiß es nicht … sie wird einfach tot sein, das ist alles.«

Götter. Raif wiegte seine Schwester an seiner Brust. Sie war so ein kleines Ding – zu klein für ihr Alter. Wann hatte sie gelernt, so ruhig über den Tod zu sprechen?

Sanft setzte er sie ab. Ein paar Haarsträhnen waren ihr ins Gesicht gefallen, und er wischte sie ihr aus der Stirn. Er mußte einfach daran glauben, daß es ihr ohne ihn besserginge. Er mußte.

»Effie wird es bei mir und Anwyn gut haben«, sagte Raina, griff nach Effies Arm und führte sie weg. »Und Drey wird heute oder morgen wiederkommen, und du weißt, wie gern er sie hat.«

Raif sagte kein Wort.

Angus berührte ihn am Arm. »Komm. Der Morgen graut. Wir

sollten uns auf den Weg machen.« Damit führte er Elch und sein eigenes Pferd, einen muskulösen Fuchs mit klugen Augen, über den Hof. Es schneite leicht, und Angus hatte die Kapuze aufgesetzt. Das Fell rund um die Kapuze war dunkel und glänzend, und Raif hätte nicht sagen können, von welchem Tier es stammte.

Raif sah sich ein letztes Mal nach Effie und Raina Blackhail um. Raina hatte die ganze Nacht gearbeitet, um ihnen für ihre Reise nach Süden Vorräte und Ausrüstung zusammenzusuchen. Sie hatte nicht ein einziges Mal gefragt, warum er ging, aber sie wußte vom Heiligen Stein und hatte erraten, daß an der Bluddstraße etwas anderes als ein guter Kampf stattgefunden hatte. Wie Inigar Stoop weigerte sie sich, Einzelheiten zu hören. Raif wußte nicht, wieso sie sich so anstrengte, ihm zu helfen. Vielleicht hatte der Steinhüter ihr gesagt, daß er schlecht für den Clan war. Aber irgendwie bezweifelte Raif das. Raina Blackhail war nicht die Art Frau, die auf Anweisung eines anderen handelt.

Und dennoch hatte sie Mace Blackhail am selben Tag geheiratet, als man ihn zum Häuptling gemacht hatte, und Dagro war weniger als vierzig Tage tot gewesen. Anwyn zufolge war die Zeremonie kurz und freudlos gewesen, und nicht ein einziger geschworener Clansmann war vorgetreten, um über die Schwerter zu tanzen. Raina selbst hatte sich direkt danach ins Steinhaus zurückgezogen, und niemand, nicht einmal Inigar, hatte sie dazu überreden können, herauszukommen und ihr eigenes Hochzeitsmahl zu essen. Anwyn sagte, Mace sei ausgesprochen wütend gewesen und hätte am liebsten die Tür aufgebrochen, wenn er nicht befürchtet hätte, den Hinterhalt zu verpassen.

Raif tastete nach dem üblichen Zorn, aber er war nicht vorhanden. Mace Blackhail hatte gewonnen. Er hatte alles: den Clan, die Frau des Clanhäuptlings und einen erfolgreichen Hinterhalt, mit dem er prahlen konnte, wenn er zurückkehrte.

All jene, die seine Führerschaft in Frage gestellt hatten, waren entweder tot, zum Schweigen gebracht oder weg.

»Ich werde mit Drey über dich sprechen«, sagte Raina und schreckte ihn damit aus seinen Gedanken. »Die Stimme meines Mannes wird nicht die einzige sein, die er hört.« Sie begegnete Raifs Blick, und in diesem Augenblick wußte er den wahren Grund, weshalb sie Mace Blackhail geheiratet hatte.

Seltsamerweise machte ihm das den Abschied einfacher. Wenn sie einen Mann heiraten konnte, den sie haßte, nur um über den Clan zu wachen, dann konnte *er* dies doch sicher auch für Drey tun? Leise verabschiedete er sich von Effie und ging dann zu Angus Lok und den wartenden Pferden.

Als er im Sattel saß, die Zügel in den Handschuhen aus dickem Hundefell, wendete er sein Pferd nach Süden. Er blickte nicht mehr zu Effie oder dem Rundhaus zurück.

Du bist nicht gut für diesen Clan, Raif Sevrance.

Ohne ein weiteres Wort gab Raif Elch die Sporen und ritt davon.

Angus Lok holte ihn eine Stunde später ein, als Elch sich seinen Weg durch den alten Schnee am Rand der Weide bahnte. Raif nahm an, daß Angus zurückgeblieben war, um unter vier Augen mit Raina zu sprechen, aber er verschwendete keinen Gedanken daran, was zwischen den beiden vorgegangen war. Er konzentrierte sich auf den Weg, der vor ihm lag. Das Morgengrauen kam langsam. Es wurde heller, aber das Licht hatte keine Richtung oder sichtbare Quelle. Der Schnee am Boden nahm den Schatten ihre Tiefe, und der Abstand zum Sandsteinkamm und der Taiga dahinter war schwer abzuschätzen. Raif hatte in dem großen Wald öfter gejagt, als er zählen konnte. Als Kind hatte er sich vorgestellt, daß dieser Wald kein Ende hatte; nie hatte er, wenn er darin unterwegs gewesen war, es bis zur anderen Seite geschafft.

Angus ritt schweigend. Nach etwa einer Stunde sagte er ein Wort zu dem Fuchs und übernahm die Führung. Er brachte sie an den Ausläufer des Felskamms, dann folgte er einem Jagdpfad, von dem Raif wenig Ahnung hatte. Die Clansmänner überquerten den Kamm selten im Osten; sie zogen es vor, ihre Pferde über die sanfteren Abhänge des Westens zu führen. Der Schnee war hier dünner, und Elch trat zum ersten Mal an diesem Tag auf festen Boden. Junge Schierlingsbäume und Zirben glitzerten vor Reif wie Leichen, die aus dem Wasser auftauchten. Obwohl ihre Rinde und die Nadeln fest gefroren waren, durchdrang ihr scharfer, harziger Geruch immer noch die Luft.

Raif hielt seine Gedanken eisern im Griff und schob alles davon, bis auf das wenige, was er brauchte, um weiterzukommen.

Stunden vergingen. Die Temperatur erhob sich mit dem Licht. Ein Schneehuhn rief unter einer schneebeladenen Birke hervor, und weit entfernt schrie ein Hirsch wie ein Maultier.

»Du hast da ein gutes Pferd.«

Raif war so intensiv auf die vielen kleinen Anpassungen konzentriert, die es brauchte, über einen felsigen Abhang zu reiten, daß es einen Augenblick lang dauerte, bis ihm klar wurde, daß Angus etwas gesagt hatte. Als er aufblickte, sah er, daß Angus den Fuchs gezügelt hatte, so daß er sich beinahe neben Elch befand. Offensichtlich war Angus das Reisen gewöhnt: Er war überall am Körper eingeölt, eingebunden, gewachst und auf jede erdenkliche Art gegen die Kälte isoliert. Sein Gesicht war an unterschiedlichen Stellen mit Bienenwachs, Elchfett und Klauenfettöl eingerieben.

Als er Raifs Blick bemerkte, grinste Angus. »Meine Frau würde mich in einer trockenen Pfanne braten und dann von Eseln zu Tode trampeln lassen, wenn ich es zuließe, daß diesem hübschen Gesicht etwas passiert.«

Raif lächelte. Er wollte nicht reden.

»Wenn sie dich sieht, kann ich natürlich darauf zählen, daß sie dem einen oder anderen gerissenen Äderchen gegenüber ein Auge zudrückt. Sie wird mich wahrscheinlich am Leben lassen … solange ich nicht mit Frostbeulen auf der Nase heimkomme.«

Obwohl ihm klar war, daß Angus nur vorhatte, ihn um jeden Preis zum Reden zu bringen, erwachte Raifs Interesse an dem, was er sagte. Er wußte beinahe nichts über die Familie seines Onkels. Angus hatte nie Einzelheiten erzählt. »Wir sind auf dem Weg zu dir nach Hause?« Er fühlte sich wie ein Verräter, als er das sagte.

Falls Angus darüber erfreut war, daß Raif endlich redete, zeigte er es nicht, sondern konzentrierte sich nur darauf, die Beine des Pferdes von den Felsen fernzuhalten. »Vielleicht, wenn meine Angelegenheiten im Süden erledigt sind. Es ist lange her, seit meine Frau dich und Drey zum letzten Mal gesehen hat, und sie hat nie einen Blick auf Effie werfen können. Sie würde mir die Ohren abreißen, wenn sie wüßte, daß du bei mir warst und ich dich nicht mitgebracht habe. Sie kann ziemlich böse werden. Besonders in den kalten Monaten.«

Drey. Wie lange würde er brauchen, um den Schwurstein seines Bruders zu Staub zu zerreiben? Raif hörte sich selbst sagen: »Ich kann mich nicht erinnern, daß deine Frau jemals im Rundhaus war.«

»Nein, Junge, das kannst du auch nicht. Du warst damals noch ganz klein. Drey war noch in Windeln. Er hatte die feistesten kleinen Unterschenkel, die ich je an einem Jungen in seinem Alter gesehen habe. Und er wußte, wie man damit zutritt – genau wie sein Vater.« Angus Lok blickte auf. Rötlichbraune Stoppeln waren bereits durch den Talg an seinem Kinn gewachsen und gaben seinem Gesicht den Ausdruck eines stacheligen Fischs. Seine Augen waren etwas anderes, sie wechselten so rasch die Farbe von Kupfer zu dunklem Bernstein, als wäre ihnen Farbstoff in die Iris gegossen worden. »Es ist am besten so, weißt du. Effie und Drey werden ohne dich zurechtkommen. Gute Menschen passen auf sie auf, vergiß das nicht. Mace Blackhail ist nur ein einzelner Mann. Er mag der Häuptling des Clans sein, aber er ist nicht der Clan. Männer und Frauen wie Corbie Meese, Anwyn Bird und Orwin Shank sind der Clan. Sie werden Mace nur bis zu einem bestimmten Punkt folgen.«

Raif hätte gerne geglaubt, was Angus sagte, aber Angus war nicht bei dem Hinterhalt an der Bluddstraße dabeigewesen. Er wußte nicht, wozu gute Menschen fähig waren, wenn ein Mann wie Mace Blackhail hinter ihnen stand. In der kurzen Zeit, die Angus beim Clan verbracht hatte, hatte er aus Gesprächen mit Raina, Orwin Shank und anderen viel herausgefunden, aber er kannte Mace Blackhail nicht. Raif preßte die Lippen fest zusammen und schmeckte den Frost, der sich dort gebildet hatte. Keiner außer ihm kannte den Wolf.

Angus sagte nichts mehr zu diesem Thema. Statt dessen konzentrierte er sich darauf, die Pferde den Abhang hinaufzubringen. Die Sandsteinklippe war glatt von Eis. Unterirdische Bäche trieben das Wasser durch den weichen, porösen Fels und bildeten einen gefährlichen Untergrund aus lockerem Kies und gerissenem Stein. Blasenfarne schlugen nach den Beinen der Pferde, als sie hinaufkletterten, und große Flächen gefrorenen Mooses machten es selbst für den Fuchs schwer, sicher aufzutreten. Angus stieg ab und führte das Tier, und nach ein paar Minuten entschloß sich Raif, dasselbe zu tun.

In den drei Stunden, in denen sie unterwegs waren, hatte Raif kein Zeichen von dem Weg gesehen, auf dem Angus gekommen war. Es hatte am Vortag nur wenig geschneit, und innerhalb des Schutzes des Felskamms lag nur wenig Schnee, also hatte Raif erwartet, irgendwelche Zeichen dafür zu sehen – flachgetretenes Gras, gebrochenes Eis, Pferdespuren –, daß sein Onkel vor weniger als zwei Tagen hier entlanggekommen war. Er schaute und schaute, aber es gab nichts. Als sie endlich den Kamm überquerten und Raif nichts als glatten Schnee entdeckte, der sich zur großen, schwarzen Fläche der Taiga hinstreckte, holte er Angus ein und sagte: »Warum nehmen wir nicht denselben Weg von der Clanfestung weg, auf dem du gekommen bist?«

Angus' Augen veränderten die Farbe zum zweiten Mal an diesem Tag, und Raif sah winzige Flecken von Grün, die ihm zuvor nicht aufgefallen waren. Angus zog die Kapuze zurück und sagte: »Du hast gute Augen, Junge.«

Raif holte ein Wildledertuch heraus und begann, Elch Schleim und Eis aus den Nüstern zu wischen, während er darauf wartete, daß sein Onkel mehr sagte. Angus drehte seine Kapuze herum, um sie zu lüften, dann holte er seine Kaninchenfellflasche aus dem Gepäck. Er trank einen guten Schluck. Als er fertig war, bot er Raif die Flasche nicht an.

»Es ist mein Geschäft, mich in diesem Land zu bewegen. Ich tue dies seit zwanzig Jahren, und ich habe mir angewöhnt, niemals denselben Weg zweimal in derselben Jahreszeit zu nehmen.« Angus lächelte und entblößte gute, gerade Zähne. »Wie ich nun einmal bin, habe ich selbstverständlich den leichtesten Hinweg gewählt, also bleibt uns jetzt nichts anderes übrig, als den schlechten Weg nach draußen zu nehmen. So etwas tue ich immer, Junge, daran wirst du dich mit der Zeit gewöhnen.«

Raif spürte die Kraft der Liebenswürdigkeit und des guten Willens seines Onkels, die daran arbeitete, ihn zu beruhigen. Bevor er die Gelegenheit hatte zu antworten, wechselte Angus das Thema.

»Was hieltest du davon, wenn ich ein paar von diesen Kalbslebern rausholen würde, die Anwyn ausgeblutet hat, bis sie weiß waren, und dann gekocht, bis sie so hart wie Stein wurden, und wir essen sie im Sattel? Ich würde gerne noch vor dem nächsten Schnee bis zu den Fichten kommen.« Er blinzelte ins kalte Weiß des Himmels. »Sieht aus, als hätten wir vor Einbruch der Dunkelheit noch schlechtes Wetter vor uns. Was meinst du?«

Raif zuckte die Achseln und ließ das Thema fallen. Die

Ausweichmanöver seines Onkels waren vielsagender als eine direkte Antwort. Nur ein paar Sätze, und Angus Lok hatte dem alten Thema einen lautlosen Tod beschert und dabei vergnügt zumindest zwei neue Themen eingeführt, um den Rückweg zu blockieren. Das war ein schlauer Zug, und Raif nahm sich vor, das nicht zu vergessen.

Als er den Fuß in den Steigbügel stellte, um wieder in den Sattel zu steigen, drehte sich Elch, und Raif war gezwungen, sich mitzudrehen, um das Gleichgewicht nicht zu verlieren. Abrupt kam er in die Lage, über den Kamm zurück zum Rundhaus zu schauen. Darauf war er nicht vorbereitet. Den ganzen Tag hatte er nicht ein einziges Mal zurückgeblickt. Die Muskeln in seiner Brust spannten sich an.

Das runde, schneebedeckte Dach des Rundhauses war noch deutlich zu sehen, wie es innerhalb des Grabens von gefegtem Boden lag, das der Hof darstellte. Rauchspuren zeigten sich als schwarze Ringe auf dem weißen Dach, der Rauch und Ruß, der hervorquoll, sah aus wie Dämpfe aus einem unterirdischen Riß. Dunkle Punkte, die sich über den Weg bewegten, erzählten von einer Jagdgesellschaft, die sich aufmachte, um Wildschweine, Schneehühner und Rotwild zu schießen. Raif spitzte die Ohren, um das Kläffen der Hunde zu hören. Als er endlich das vertraute Geräusch vernahm, wünschte er sich plötzlich, es wäre nicht geschehen, und wandte sich ab.

Mit großem Getöse setzte er sich in den Sattel und trieb Elch an. Als das nicht genügte, sagte er das erstbeste, das ihm einfiel. »Wie geht es deiner Tochter? Ist sie schon verheiratet?«

Angus war ebenfalls in den Sattel gestiegen und kaute jetzt auf einer Leber. Er schien froh über die Gelegenheit, sie ausspucken zu können. »Cassy ist noch nicht verheiratet. Nein.« Er schwieg einen Augenblick lang und schaute nachdenklich drein. Nachdem er den Fuchs sanft in den kniehohen Schnee getrieben hatte, sagte er: »Selbstverständlich, du weißt ja noch nicht von den beiden anderen. Es gibt jetzt noch Beth – meine zweite Tochter – und meine kleine Maribel. Obwohl, wenn du sie so nennst, würde sie nicht wissen, mit wem du redest. Sie kennt nicht einmal ihren eigenen Namen. Sie ist die kleine Moo, und die kleine Moo wird sie bleiben.« Angus lächelte in sich hinein. »Keine Ahnung, was die jungen Männer daraus machen werden, wenn sie alt genug ist, daß sie um sie werben.«

Raif fürchtete die Stille immer noch und sagte: »Tem erzählte, ihr wohnt in der Nähe von Ille Glaive.«

»Ja. Ein paar Tage entfernt, nicht weiter.« Angus schwang sich im Sattel herum und löste seinen Bogenkasten vom Hüftriemen des Fuchses. »Hier«, sagte er und hielt ihn Raif hin. »Trag du ihn eine Weile. Ich sehe, daß du keinen eigenen hast, und es wäre eine Schande, den einzigen Bogen in einer Gruppe an den Mann zu verschwenden, der ihn am wenigsten benutzen kann.«

Raif griff automatisch nach dem Bogen, obwohl er wußte, daß sein Onkel zu bescheiden war. Tem hatte gern die Geschichte erzählt, wie Angus einmal auf zweihundert Schritt Abstand im Rispengras einen Eber geschossen hatte. »Und es war Zwielicht«, hatte Tem gesagt. »Und sogar die Schatten hatten noch Schatten.«

Erst als Raif seine äußeren Handschuhe abstreifte und sich damit beschäftigte, den Bogenkasten an Elchs Sattel zu befestigen, bemerkte er, daß Angus damit das Thema erneut gewechselt hatte.

»Orwin Shank sagte, an dem Morgen, als die Gruppe für den Hinterhalt aufbrach, wärst du mit einem Dutzend Tieren zum Rundhaus zurückgekehrt, die alle ins Herz getroffen waren. Eine ziemliche Leistung für eine einzige Nacht. Tem muß ein guter Lehrer gewesen sein.«

»Ja.«

Angus ignorierte Raifs feindseligen Unterton und redete einfach weiter. »Ich kannte einmal einen Mann, der jedes Tier ins Herz treffen konnte, das er im Visier hatte. Er konnte es sogar im Dunkeln. Vor vielen, vielen Jahren haben wir eine

Jahreszeit zusammen gejagt. Wann immer wir ein Lager aufschlugen, saß ich mit dem Gesicht zum Feuer, und er saß vom Feuer abgewandt, den Bogen auf dem Schoß, den Bogenring am Finger und suchte im Dunkeln nach Wild. Früher oder später kam immer ein armes Opossum oder ein Schwein vorbei, um sich das Feuer anzusehen und den Geruch zu schnuppern. Und dann hat Mors es erlegt, ebenso einfach, als wäre es Tageslicht.«

Angus legte die Hand auf die Brust. »Ich selbst habe nie auch nur einen gespaltenen Huf oder ein rotes Auge gesehen, und ich saß da am Feuer und dachte immer, daß der Mann, mit dem ich mein Lager aufgeschlagen hatte, so verrückt war wie ein Hund mit einem Stock im Auge. Aber dann hat er sich aufgemacht, ist ins Dunkel hineingegangen, und fünf Minuten später hatten wir etwas auf dem Bratspieß. Es hat eine Zeitlang gedauert, bis ich mich daran gewöhnt hatte, das kann ich dir sagen. Und nur unter uns – ein ins Herz getroffenes Opossum schmeckt wie Scheiße.«

Raif lächelte.

Angus grinste, und seine Augen hatten wieder diese Kupferfarbe angenommen. »Ich habe immer zu ihm gesagt: Mors, kannst du sie nicht in den Kopf oder so treffen? Und er sagte: Nein. Nur ins Herz.«

Der abschätzende Seitenblick, den Angus ihm zuwarf, ernüchterte Raif vollkommen. »Wer war dieser Mors?«

»Oh, Mors lebt immer noch. Obwohl er heute ein wenig anders ist als vor zwanzig Jahren. Wer weiß, vielleicht lernst du ihn eines Tages kennen.« Angus schwieg, solange er den Fuchs durch eine Schneeverwehung führte, die dem Wallach bis an die Brust reichte. Als sie darüber hinaus waren, sagte er: »Ich habe Mors einmal gefragt, ob er einen Mann auf dieselbe Art töten könnte wie Tiere.«

»Und?«

»Er sagte, das sei nicht dasselbe. Er hatte es versucht, aber er konnte es nicht.«

In seiner Fuchskapuze wurden Raifs Hals und Wangen rot. Er sah, wie der Speerkämpfer das Fleisch aus Rory Cleets Oberschenkel riß, erinnerte sich daran, das Herz des Bluddmanns anvisiert zu haben … und dann hatte er ihn erschossen. Ins Herz. Plötzlich hatte er das Gefühl, keine Luft mehr zu bekommen, und schob die Kapuze zurück. All die Übelkeit und Schwäche, die ihn nach diesem Schuß überfallen hatten, kamen mit solcher Klarheit zurück, daß es war, als erlebte er alles noch einmal, hier am Rand der Taiga.

»Trink einen Schluck.«

Raif blickte auf. Angus Lok hatte seine Flasche in der Hand. Raif schüttelte den Kopf. Wie lange war es her, seit er die Kapuze abgestreift hatte? Sicher nur einen Augenblick, oder? Aber Angus hatte genug Zeit gehabt, seine Flasche zu suchen und zu entkorken.

Angus zuckte die Achseln und trank selbst einen Schluck. Er lächelte die Flasche vergnügt an, als er sie wieder verschloß, und sagte: »Sobald wir im Schutz der Bäume sind, werden wir uns ein wenig ausruhen. Die Pferde füttern. Der Schnee im Wald sollte dünn genug sein, damit wir vor dem Einbruch der Dunkelheit noch ein gutes Stück weiterkommen.«

Diesmal war Raif froh über den Themawechsel. Sein Herz raste, und der Geschmack nach Metall in seinem Mund war wie Blut von einer Zahnfleischverletzung. Obwohl ihm nicht sonderlich danach war, zwang er sich dazu zu reden. »Werden wir durch die Taiga nach Norden ziehen, bis wir den Schwarzen See erreichen?«

Angus schüttelte den Kopf. »Nein. Wir ziehen ein wenig nach Norden, dann nach Osten. Es gibt ein paar Orte, die ich auf dem Weg gern aufsuchen würde.«

»Herdhäuser?«

»Ja. Ich habe diese dumme Angewohnheit, daß mir an den unangemessensten Stellen immer der Schnaps ausgeht, also lasse ich keine Gelegenheit vorübergehen, um den Vorrat aufzufrischen. Außerdem kann die Frau des Herdmeisters von Duffs Herdhaus gut mit Nadel und Faden umgehen. Und Darra würde meine Augäpfel zu Priem verarbeiten, wenn ich so nah vorüberkäme und ihr nicht ein Stück Stoff mitbrächte.«

Raif nickte, aber das war keine beiläufige Angelegenheit. Herdhäuser waren das Rückgrat des Clanlandes. Jeder schlamm- und lederbedeckte Hügel, jedes mit Filz überzogene Loch in der Erde, jedes Blockhaus, jede alte Scheune konnte so bezeichnet werden. Alles, was ein Herdhaus brauchte, war eine Feuerstelle. Einige der größeren, wie das von Duff, waren mehr wie Gasthäuser, mit einem Herdmeister, der das Feuer Tag und Nacht am Brennen hielt, mit Pritschen zum Schlafen, warmem Essen, warmem Bier und Boxen für die Pferde. Andere waren kaum mehr als verlassene Hütten, deren Wände mit Wachs gegen den Wind versiegelt waren, die Feuerstellen kalt, ein Stapel Feuerholz in der Ecke und Trockenfutter hoch oben an den Dachbalken, außer Reichweite der Bären. Alle Clansmänner, die von einem Rundhaus zum anderen reisten, benutzten sie. Sie waren in einem Land, in dem Stürme schneller aus dem großen Kargland hereinrollen konnten, als man einen Elch gehäutet hat, einfach überlebenswichtig.

Herdhäuser waren Niemandsland. Jeder Mann oder jede Frau von jedem Clan hatte das Recht, Zuflucht in jedem Herdhaus des Clanlandes zu suchen. Kriege, Grenzstreitigkeiten, Clanfehden und Rivalitäten um Jagdgebiete wurden beiseite gelegt, sobald ein Clansmann in den Schatten eines Herdhauses trat.

Herdgesetze waren im Clanland heilig, und obwohl es in den Wäldern oder Ebenen direkt um die großen Herdhäuser zu vielen legendären Kämpfen und Schlachten gekommen war, hatte niemand je innerhalb eines Herdhauses eine Waffe gezogen. Dies zu tun würde dem Betreffenden und seinem Clan Schande und Verachtung bringen.

Als er durch den dichten, pulverigen Schnee ritt, überlegte sich Raif, wem er vielleicht bei Duffs Herdhaus begegnen würde.

Seine Stimmung wurde finsterer. Alle möglichen Clansmänner konnten dort sein, Leute, die tagsüber auf den Winterwildpfaden östlich der Taiga jagten und sich nachts an dem großen Kupferherd wärmten, der die Form eines Brauerbottichs hatte.

Auch Bluddmänner.

Raif griff zum ersten Mal an diesem Tag nach seinem Rabenzeichen und drehte und wendete es in der Hand wie einen Spielstein. Er wollte nicht daran denken, was zwischen Bluddmännern und Hailsmännern geschehen würde, sobald das Gemetzel an der Bluddstraße bekannt würde. Die Herdgesetze würden dann bis an den Rand ihrer Belastbarkeit geprüft.

»Hast du den Bogen, den ich dir gegeben habe, bereit?« rief Angus ihm von vorne her zu. »Ich erwarte ein paar Schneehasen als Bezahlung für das Leihen. Aber fette müssen es sein. Keine verhungerten Albinoratten.«

Raif blickte über Angus' Schulter zu dem schwarzen Keil von Wald hin, den sie demnächst betreten würden. Abwechselnd schütter, dicht, niedergebrannt oder vom Wind verkrüppelt, erstreckte sich die Taiga Hunderte von Meilen südlich und westlich des Clanslands. Eine Reihe alter, vollkommen gerader Fichten bildete die Nordmauer, und Raif merkte, wie sowohl das Licht als auch der Wind nachließen, als er näher kam. Es war, als beträte man ein Gebäude. Der Schnee wurde mit jedem Schritt fester und niedriger. Geräusche verklangen. Über seinem Kopf bildeten die Zweige der Fichten eine Decke, die mit Schnee bezogen war.

Raif schluckte, als er den Bogen aus dem Kasten nahm. Er konnte den Geschmack von Metall nicht aus dem Mund bekommen.

Angus wurde langsamer. Nach ein paar Minuten schaute er über die Schulter. »Was, wenn wir Rast machten und die Pferde fütterten?«

Raif schüttelte den Kopf. Er wollte nicht stehenbleiben. Schon war er auf der Suche nach Wild. Es war wie ein Reflex für die Clansmänner, wenn sie die Taiga betraten, aber am ausgeprägtesten war es bei jenen, die sich den Bogen als Waffe gewählt hatten. Obwohl er sich dafür haßte, hieß ein Teil von ihm die Erleichterung auch willkommen. Wenn er jagte, würde er nicht denken müssen.

Die Zeit verging. Angus schwieg und hatte sich die Kapuze dicht über das Gesicht gezogen. Vor ihnen führten schmale Korridore zu gefrorenen Teichen, hoch aufragenden Steinen umgeben von Krähenbeeren und Lichtungen mit Gras und Rührmichnichtan. Der Geruch von Pech setzte sich auf Raifs Kleidung wie Staub, als er den Boden nach Wild absuchte.

Ein Schneehuhn, fett wie ein Laib Brot, flatterte durch die Fichten, und Schnee rieselte herab, als es mit den Flügeln gegen die verschneiten Zweige stieß. Raif spannte den Bogen, nahm den Vogel ins Visier und rief ihn zu sich. Blutwärme durchflutete seinen Mund. Der rasche Herzschlag des Schneehuhns pulsierte wie eine Ader in seiner Wange. Das Tier war jung und stark, es hatte den Bauch voller Beeren und weicher Weidenblätter. Raif hauchte einmal auf die Bogensehne, um sie zu wärmen, und ließ sie dann los.

Ein leises Klack erklang, dann traf der Pfeil das Schneehuhn mit solcher Wucht, daß er den Vogel aus dem Himmel riß. Raif brauchte den Kadaver nicht zu sehen, um zu wissen, daß die Pfeilspitze im Herzen saß.

»Netter Schuß«, sagte Angus.

Raif senkte den Blick. Sein Onkel beobachtete ihn forschend, seine Augen hatten die Farbe von altem Holz.

Einen Augenblick später wendete Angus sein Pferd. »Warte. Ich hole den Vogel.«

Raif spuckte aus, um den Geschmack aus dem Mund zu bekommen, und sah seinem Onkel nach, der durch die Bäume ritt. Zerstreut fuhr er mit der Hand über den Bogen. Er bestand aus einer Kombination von Holz und Horn und war so glatt poliert, daß es sich anfühlte, als berührte man Glas. Einen solchen Bogen hatte er noch nie in der Hand gehalten. Silberne und mitternachtsblaue Verzierungen waren eingeprägt, aber Raif konnte nicht herausfinden, auf welche Art.

Als Angus mit dem Schneehuhn zurückkehrte, hatte Raif noch zwei Hasen geschossen. Den ersten sah er deutlich, als er Angus' Fuchs aus dem Weg lief. Der zweite hockte im Unterholz, und Raif sagte sich, daß er auch ihn gesehen hatte, bevor er den Pfeil abschoß.

»Wir werden heute abend gut essen«, sagte Angus und zog die Pfeile aus den Hasen und steckte die Tiere zusammen mit dem Vogel ein. »Ich sehe schon, es ist nützlich, dich dabeizuhaben, Raif Sevrance.«

Raif wartete darauf, daß sein Onkel ansprach, daß alle drei Tiere ins Herz getroffen waren, aber Angus sagte nichts, sondern beschäftigte sich nur damit, die Pfeilschäfte zu säubern, bevor das Blut gefror.

Sie fütterten die Pferde, und dann ritten sie bis Einbruch der Dunkelheit weiter. Angus führte sie zu einem verlassenen Herdhaus, von dem Raif geglaubt hatte, daß nur Clansmänner davon wußten. Aus dem Sandstein- und Lehmboden gegraben, war dieses Herdhaus kaum mehr als ein Loch im Boden. Es war in einer Insel von Fichten verborgen, und der Eingang befand sich unter einer Schieferplatte, die so groß war wie ein Wagenrad. Raif arbeitete daran, das Moos und das Wurzelholz von den Kanten zu räumen, während Angus seine Axt zu einem nahe gelegenen Teich mitnahm und ein wenig Süßwassereis hackte. Raif strengte sich an und schob die Eingangsplatte alleine beiseite, statt auf Angus zu warten. Als er fertig war, schmerzten seine Muskeln, und das Wollzeug, das er direkt auf der Haut trug, war schweißgetränkt. Das genügte noch nicht. Er holte seine Axt aus dem Gepäck und ging zum Holzhacken.

Angus fand ihn eine Stunde später, Handschuhe und Ölhaut verklebt von Harz, Fichtennadeln an den Ärmeln, offene, blutende Wunden an der rechten Hand und die gelben Flecken bevorstehender Erfrierungen auf der Haut. Ein Stapel Scheite, beinahe zu Splittern gehackt, lag hinter ihm.

»Du hast jetzt genug getan, Junge«, sagte Angus, nahm ihm die Axt ab und führte ihn weg. »Komm mit deinem alten Onkel. Das Feuer glüht wie ein warmes Herz, und wir haben gutes Essen. Du bist heute abend vielleicht nicht bei deinem Clan, aber wir sind Verwandte.«

Raif ließ sich zum Herdhaus führen.

Angus hatte sich bemüht, den Unterstand mit den Wänden aus Lehm in einen Ort voller Wärme und Licht zu verwandeln. Ein feuchtes Tuch dampfte auf dem Bauch des Messingofens, und Angus nahm es und wickelte Raifs Hände fest darin ein, damit es keine Frostbeulen gab. Als nächstes zog er den Korken aus der Kaninchenfellflasche, die er in einem Topf mit Schnee gekühlt hatte. »Trink«, sagte er, und Raif trank. Der Alkohol war so kalt, daß er brannte.

Das Herdhaus war winzig und hatte eine niedrige Decke. Fichtenwurzeln waren an einigen Stellen durch die Wände gebrochen und stachen vor wie Knochen aus einem vom Regen abgetragenen Grab. Raif setzte sich vor dem Herd auf den Boden und aß und trank, was Angus ihm gab. Die Haut auf den gebratenen Hasen war schwarz, und sie knisterte, wenn sie aufbrach, und setzte heißen Fleischsaft und noch heißeren Dampf frei. Das Fleisch des Schneehuhns war üppig und fett. Angus hatte es mit wildem Salbei gestopft und es mit den Federn gebraten.

Es gab viel Rauch. Das Rauchloch war offen, aber der Herd alt und verzogen, und Qualm und Ruß drangen aus dem Schornstein.

Raif fühlte sich wie betäubt. Er konnte sich nicht mehr erinnern, wann er sich das letzte Mal ausgeruht oder geschlafen hatte.

»Dieser Vogel war eine Schönheit«, sagte Angus und saugte an einem Flügelknochen. »Wahrscheinlich hätte er besser geschmeckt, wenn ich ihn gerupft hätte, aber ich muß ehrlich sagen, daß ich das hasse.« Er sah Raif durch den Rauch an, das Gesicht nun frei von den schützenden Fetten. Dann stellte er einen Teller mit Knochen beiseite und sagte: »Hast du etwas geschmeckt oder gerochen, als du den Vogel geschossen hast?«

Raif schüttelte den Kopf.

»Nichts Kupfriges wie Blut oder Metall?«

»Nein«, log Raif. »Warum fragst du?«

Angus zuckte die Achseln. »Weil das für gewöhnlich passiert, wenn ein Mann das Alte Können einsetzt.«

»Das Alte Können?«

»Einige würden von Zauberei sprechen. Ich habe dieses Wort nie gemocht. Es erschreckt die Leute.« Er warf Raif einen Seitenblick zu. »Der Name, den die Sull dafür haben, ist besser: *rhaer'san,* das Alte Können.«

Raif sträubten sich die Haare auf den Armen, als sein Onkel die Sull erwähnte. Im Clan sprach man selten laut von ihnen. Die Grabenländer, die auf Sull-Land lebten und Halbsull waren und mit den Clans Pelze und Holz tauschten, waren etwas anderes. Clansmänner sprachen häufig von ihnen. Aber die Sull … kein Clansmann hatte je direkt mit den Sull zu tun gehabt. Diese großen Krieger mit ihren silbernen Aderlaßmessern, bleichem Stahl, doppelt gebogenen Bögen und Skalplocken verschwendeten auf Clansleute weder Zeit noch Atem. Raif versuchte, ganz beiläufig zu klingen: »Woran merkt man, daß ein Mann das Alte Können anwendet?«

»Nun, wie ich schon sagte, derjenige, der den Bogen abschießt, schmeckt und riecht häufig Metall. Er fühlt sich auch geschwächt. Es kann sein, daß ihm schwindlig wird, sein Magen sich zusammenzieht, und oft hat er Kopfschmerzen. Das hängt alles von dem Maß an Kraft ab, die verwendet wird. Ich habe einen Mann einmal deshalb vom Pferd fallen sehen, er ist einfach umgekippt und in den Schlamm gefallen. Es dauerte eine ganze Woche, bis er wieder auf den Beinen stehen konnte.

Er hatte zuviel Kraft verbraucht, weil er etwas versuchte, wozu er weder das Können noch die Macht hatte. Es hätte ihn beinahe das Leben gekostet.«

Raif spürte, wie seine Wangen brannten. Er war beinahe vom Pferd gefallen, nachdem er den Speerträger des Bluddclans getötet hatte.

»Es gab einmal eine Zeit, als jene, die das Alte Können einsetzen konnten, geschätzt wurden ... damals, als der Mörtel, der die Mauern der Bergstädte bindet, noch so weiß wie Schnee war und das Clanland Könige statt Häuptlinge hatte. Noch heute wirst du Leute finden, die dir sagen, daß die Maurer, die Spire Vanis bauten, dem Alten Können ebensoviel zu verdanken hatten wie ihren Meißeln und Kellen. Einige werden sogar schwören, daß die Gründer der Stadt mehr als nur ein paar Tropfen des Alten Blutes in ihren Adern hatten.«

»Altes Blut?«

Angus' Augen wechselten die Farbe. »Das ist nur ein Begriff. Altes Blut. Altes Können. Das ist dasselbe.«

Er war ausgewichen, und Raif nahm an, daß Angus sich beeilen würde, darüber hinwegzugehen. Er hatte recht. »In jenen alten Tagen war es natürlich auch nicht ungewöhnlich, daß Clansmänner sich des Alten Könnens bedienten. Es ging um kleine Sachen: Heilen, Zukunftsweissagungen und solche Dinge. Erst zu Hoggie Dhoones Zeiten haben die Clanlande sich gegen Zauberei gewandt.«

»Kein Clansmann, der sein Zeichen wert ist, würde sich unnatürlicher Kräfte bedienen!«

»Ach ja?« Angus kratzte sich das Kinn. »Und wie, glaubst du, bekommt ein Clansmann sein Zeichen? Zufall? Schicksal? Oder zieht der Steinhüter Strohhalme aus seinem Hut?«

»Er träumt.«

»Ah. Das ist es. Er träumt. Das ist selbstverständlich überhaupt nicht unnatürlich.« Angus legte den Kopf schief, erst zur einen, dann zur anderen Seite, und machte ein großes

Theater aus dem Nachdenken. »Und dann ist da der Heilige Stein selbst … ich nehme an, jeder Clansmann hat seinen Anteil am Heiligen Stein nur für den Fall bei sich, daß ihm einmal der Mörtel ausgeht. Muß ziemlich nützlich sein, wenn man irgendwo auf der Jagd ist und eine schlecht gebaute Mauer sieht. Ein bißchen Wasser, ein bißchen Feuerasche, eine Handvoll geriebener Stein, und man hat sie schnell wieder zusammengesetzt.«

Raif warf seinem Onkel einen wütenden Blick zu. »Wir tragen unseren Stein bei uns, weil er das Herz des Clans ist, und so war es immer schon.«

Zu seiner Überraschung nickte Angus. »Ja, Junge, du hast recht. Es war falsch von mir, dich zu verspotten. Manchmal passiert mir das – ich kann boshaft sein. Wenn Darra hier wäre, hätte sie mich jetzt längst rausgeschickt, um Schnee zu schaufeln.« Er stand auf und schob die Schneehuhnknochen in den Ofen.

Raif sah zu, wie die Flammen durch das Rauchloch waberten. Seine Wangen und die Finger schmerzten, wo der Frost sie erwischt hatte, und tiefe Müdigkeit erfüllte seinen Körper wie ansteigendes Wasser. Er war verärgert über Angus, aber zu müde, um etwas daraus zu machen. »Benutzt heute noch jemand das Alte Können?«

Angus kümmerte sich weiter um den Herd, aber etwas in seiner Haltung veränderte sich bei Raifs Worten. Er zuckte die Achseln und sagte in die Flammen: »Manche. Ein paar.«

»In den Städten?«

»Ja, vielleicht. Aber auch dort sieht man es ungern, ebenso wie in den Clans. Die Städte haben ihren Einen Gott, und der ist eifersüchtig auf solche Dinge. Jede Macht, die nicht von ihm kommt, wurde längst in den Schatten getrieben, und ihre Zeit ist beinahe vorüber. Hoggie Dhoone hat das schon vor tausend Jahren erkannt, als er alle, die das Alte Können einsetzten, vom Clanland vertrieb. Der Eine Gott hat lange Arme. Er lebt in den

Bergstädten, aber unterschätze ihn nicht: Sein Griff erstreckt sich bis auf die Clans.«

»Aber wir beten die Steingötter an.«

»Ja, und dafür könnt ihr euch bei dem letzten großen Clankönig bedanken.«

Raif fuhr sich mit der Hand durchs Haar. Er verstand nicht, worauf Angus hinauswollte. »Wieso erwähnst du immer wieder Hoggie Dhoone? Er haßte die Städte und ihren eifersüchtigen Gott. Seine Armeen haben zehntausend Städter in der Schlacht bei den Steingräbern getötet. Er hat die Bitterhügel zu seiner Mauer gemacht und geschworen, daß niemand, der kein Clansmann ist, sich dort jemals ein Dach über dem Kopf errichten wird. Er hat das Clanland gerettet, und er hatte nichts mit dem Einen Gott zu tun.«

Angus bereitete den Herd für die Nacht vor und fügte nur die größten Stücke Feuerholz zum Stapel hinzu. »Du hast recht, was Hoggie Dhoone angeht: Er hat das Clanland tatsächlich gerettet. Er hat erkannt, was die Städte sind. Er wußte, daß sie, wenn sie auch nur die geringste Gelegenheit hätten, ihre Armeen über die Bitterhügel schicken und die Heiligen Steine der Clans zu Staub zermahlen würden. Er wußte, was sie vom Clanland und seinen neun Göttern hielten. Hoggie Dhoone war kein Narr. Er bekämpfte die Städte mit einer Hand und kam ihnen auf halbem Weg entgegen.«

»Hoggie Dhoone ist niemals jemandem auf halbem Weg entgegengekommen.«

»Ach ja?« Angus zuckte die Achseln. »Es ist also nur Zufall, daß er das Alte Können zur selben Zeit verbannte, als es die Bergstädte taten? Nicht die Tat eines klugen Mannes, der sah, wie sich die Welt veränderte, und sich entschloß, sich mit ihr zu verändern und nicht gegen sie?«

»Das verstehe ich nicht.«

»Das ist ganz einfach. Hoggie Dhoone hatte nicht vor, die Steingötter aufzugeben. Er wußte, daß die Bergstädte sie für grausam und barbarisch halten, und er wußte auch, daß die fanatischen Kriege, die in den Ländern des Südens tobten, ebenso im Norden auszubrechen drohten. Daher hat er darauf verzichtet, sich und seine Götter vollkommen abzusondern und den selbstgerechten Zorn der Städte auf sich zu ziehen, und hat sich statt dessen dem Rudel angeschlossen. Alle, die das Alte Können benutzten, wurden ins Exil geschickt oder gejagt. Ihm war das gleich. Die Steingötter waren immer harte Götter gewesen. Sie sind nicht dafür bekannt, die Toten zu beweinen.

Mit einem klugen Zug hat Hoggie Dhoone die Bergstädte zu seinen Verbündeten gemacht. Oh, nicht, daß es keine Kämpfe gab – das weißt du besser als ich –, aber dabei ging es immer um Land und nicht um Religion. Ein gemeinsamer Glaube kann sehr mächtig sein. Aber nichts bindet so sehr wie gemeinsamer Haß.«

Raif starrte Angus an. Er wußte nicht, was er denken sollte. Hoggie Dhoone war der letzte große Clankönig gewesen, und niemand im Clan hatte ihm die Geschichte jemals auf diese Weise erzählt. Es ließ den alten König geringer wirken. »Wenn die Bergstädte so fanatisch waren, wie du sagst, warum haben sie sich dann nicht gegen die Sull gewandt? Deren Götter sind älter als die Clans.«

Angus schloß die Tür des Herdes, und es wurde dunkel. »Weil sie den Sull lieber ihr Land und nicht ihre Götter abnehmen wollten.«

Raif schloß die Augen. Er dachte, Angus würde noch mehr sagen, aber das tat er nicht, sondern ließ sich statt dessen an der gegenüberliegenden Wand nieder. Raif hätte beinahe etwas gesagt, um das Schweigen zu unterbrechen. Plötzlich wollte er nicht mehr mit seinen Gedanken allein sein. Nach einiger Zeit wurden Angus' Atemzüge flach und regelmäßig, und Raif nahm an, daß sein Onkel schlief. *Wann werde ich schlafen?* fragte er sich. *Wann würden die Alpträume wieder beginnen?*

19
Am Galgen

Ash hielt den Atem an, biß die Zähne so fest wie möglich zusammen und begann, an ihrem Haar herumzusäbeln. Sie konnte nicht hinsehen, konnte nicht ertragen, zu sehen, wie es in den Schnee fiel. Dumme Kuh, sagte sie sich selbst. Eitel, schwach und dumm. Es war nur Haar. Es würde wieder wachsen. Dennoch, sie konnte sich nicht dazu bringen, es ganz so kurz zu schneiden, wie sie vorgehabt hatte. Sie versuchte es, aber ihre Hände trotzten ihr und das Messer rutschte weiter nach unten, und sie konnte nicht den Mut aufbringen, dagegen anzukämpfen.

Sie hatte ursprünglich vorgehabt, es so kurz zu schneiden wie Jungen, aber diese Entscheidung hatte sie im hellen Tageslicht getroffen, wenn Entscheidungen leichter zu treffen und einzuhalten sind. Nun, um Mitternacht, saß sie auf einer Eisenbank, von der man den Schnee gewischt hatte, in der Straße der Fünf Verräter im Bettlerviertel, umgeben von Schatten, überhängenden Giebeln und Haufen von zusammengeschaufeltem Schneematsch, und ihr war nicht danach zumute, überhaupt irgend etwas zu tun. Und sie hatte ihr Haar recht gern – selbst wenn es nicht lockig und schimmernd war wie Katias.

Eitel, schwach, dumm, nannte Ash sich wieder und wieder, während sie die Klinge durch die letzten Strähnen zog. So. Jetzt war es passiert. Sie fuhr mit der Hand durch ihr zerzaustes, schulterlanges Haar und prüfte das neue Gefühl. Ihr Kopf fühlte sich ganz leicht an, als hätte sie zuviel Rotwein getrunken. Hellblonde Strähnen, lang wie Schlangen, rollten sich im Schnee zu ihren Füßen zusammen. Sie trat mit der Stiefelspitze danach und sagte sich, es wäre nicht mehr als ein Haufen alten Strohs.

Als sie Schritte und leises Lachen hörte, beugte sich Ash vor, las das Haar auf und steckte es dann in die Tuchtasche, die sie um ihre Taille gebunden hatte. In der Schafschurstraße konnte sie gutes Geld dafür bekommen, aber sie war nicht mehr sicher, ob es eine gute Idee war, es zu verkaufen. Sie hatte das Gerede in der Stadt gehört. Jeder, der etwas darstellte, hielt nach einem hochgewachsenen, schlanken Mädchen mit langem, hellem Haar und keinen Brüsten Ausschau. Ash warf einen Blick auf ihren Brustkorb. Langsam und nach und nach wurde dieser Teil ihrer Beschreibung überflüssig. Es war erstaunlich, wie schnell ein Körper wachsen konnte, wenn er es unbedingt wollte. Selbst wenn der fragliche Körper von nichts anderem als von Gänsefett und Hafer lebte.

Ash konzentrierte sich darauf, so reglos stehenzubleiben, wie sie konnte, bis das Lachen und die Schritte vorüber waren. Ihr rauher Wollumhang kratzte, und die Tiere, die darin wohnten, krochen so langsam einher, wie es Tiere in Umhängen in kalten Winternächten eben taten. Zumindest bissen sie nicht. Ash nahm an, dafür müßte sie dankbar sein.

Sie hatte ihre alte Kleidung noch in derselben Nacht verkauft, als sie aus der Festung geflohen war – bevor jeder in der Stadt von ihrer Flucht wußte und nach einem Mädchen Ausschau hielt, auf das die Beschreibung von Penthero Iss' Mündel paßte. Ihr Kleid war schlicht, aber von hervorragender Qualität gewesen, und ihre Kalbslederstiefel die besten, die man in der Stadt bekam. Die alte Pfandleiherin, die sie gekauft hatte, hatte Ash gern im Austausch eine ganz Ausstattung gegeben: einen gefütterten Kapuzenumhang, dicke Wollstrümpfe und Handschuhe, ein Kleid in unscheinbarem Braun und ein festes Paar Hurenstiefel. Laut der Pfandleiherin nannte man die Stiefel so, weil die Sohlen so dick waren, daß ein Mädchen darin den ganzen Tag auf der Straße unterwegs sein konnte, ohne daß die Füße weh taten.

Ash war sich nicht sicher. Manchmal bemerkte sie, daß

Männer ihre Füße anschauten. Die Metallspitzen waren aus einem besonders leuchtenden Kupfer, das man auch quer über eine breite Straße sehen konnte. An diesem Nachmittag hatte sie sich Holzkohle und Pferdemist auf das Metall gestrichen, in der Hoffnung, die fragenden Blicke von Männern und die schlechtgelaunten anderer Mädchen damit vermeiden zu können.

Der Ledergürtel mit der Silberschnalle, den sie bei der Flucht getragen hatte, war ebenfalls verkauft, und die drei Silberstücke, die die Pfandleiherin dazugegeben hatte, hatten genügt, um ihr einen Laib Haferbrot und Wursthaut voll Gänsebratenresten zu kaufen, jeden Morgen, nun schon für fünf Tage lang. Nun hatte sie nur noch ein Silberstück übrig.

Nachts schlief sie neben Bettlern und Straßenhuren. Es war eigentlich nicht schwer, die anderen zu beobachten, zu sehen, wohin sie gingen und was sie taten. Früh am Abend machten sich selbst die Ärmsten und Kränksten davon und fanden ihre Schlafplätze. Keilförmige Kammern unter Treppen, Abflußgräben, die vom Eis blockiert waren, eingestürzte Wachtürme, über die man Dächer aus Elchhaut gezogen hatte, unbenutzte Feuergruben, verlassene Latrinen und ausgetrocknete Brunnen, Höhlen, die in die großen Schneehaufen an der Südmauer der Stadt gegraben waren und die nach unten führten zu Gewölben aus geschnittenem Stein und Labyrinthen von Kriechräumen: Ash hatte gesehen, wie Leute dort überall hineinschlüpften.

Die erste Nacht war die schlimmste gewesen, nachdem sie den Stand der Pfandleiherin mit Geld in der Hand verlassen hatte und nicht wußte, wohin sie sich wenden sollte. Sie traute den verlassenen, dunklen Orten nicht und war lieber in den lauten, von Menschenmengen gefüllten Straßen geblieben. Im Laufe der Nacht war sie durch die ganze Stadt gegangen, über den großen Steinplatz, der als Platz der Sorgen bekannt war und auf dem Garath Lors sich zum König erklärt hatte, bevor die Dunkelmäntel seines Bruders ihn niedergestochen hatten, am Turmweg mit seinen einstürzenden Steinmetzarbeiten und verrosteten Eisenstacheln vorbei und in die trüben, schmutzigen Straßen des Almosenviertels, wo der Ruß von tausend Kohlefeuern jede Mauer, jedes Dach und jeden Weg schwarz färbte. Selbst der fallende Schnee war schon schwarz und fing winzige Stücke von Ruß auf, während er noch auf den Boden segelte.

Ash hielt das Almosenviertel für eine Art von Hölle. Katia hatte immer mit einer gewissen sehnsuchtsvollen Zuneigung davon gesprochen und erzählt, daß man dort warmen und dampfenden Schinkenspeck kaufen und sich die Hände an Bierkrügen wärmen konnte, die so heiß waren, daß sie den Schnee schmolzen, wenn man sie auf den Boden stellte, und dunkelhäutige Frauen mit goldbestickten Kapuzen und finstere Meuchelmörder, die von Messern nur so strotzten, sehen konnte. Ash versuchte es, aber sie sah nur den Dreck und den Rauch und die wunden Stellen auf den Gesichtern der Menschen. Sie hatte kein Geld, um sich Schinkenspeck oder Bier zu kaufen, und die einzigen Leute, die sie sah, waren Prostituierte, die mit ihren Zuhältern stritten, Jungen, die den Schnee wegfegten, und müde, alte Männer, die sich betranken.

Keiner traute dem anderen. Ash hatte schnell gelernt, ihre Hände und Blicke bei sich zu behalten. Es gehörte sich nicht, jemanden zu lange anzusehen oder zu nahe bei jemandem zu stehen, der warmes Essen oder Bier verkaufte.

Dennoch, dachte Ash, stand von der Bank auf und ging die Straße entlang, das Almosenviertel war wirklich ein guter Platz, um zu verschwinden. Hier interessierte sich niemand dafür, das Mündel des Surlords zu finden. Iss hatte zwar eine Belohnung von einem ganzen Krähengewicht in Gold ausgesetzt, aber die Bewohner des Almosenviertels glaubten keinen Augenblick, daß irgendeine feine Dame aus der Maskenfestung jemals ihren Weg hierher finden würde.

Ash hatte gehört, wie die Leute darüber sprachen. Frauen

witzelten, sie würden sich das Haar mit Lauge bleichen, sich die Brüste fest an den Körper binden und selbst die Belohnung beanspruchen. Männer erwähnten mit leiser Stimme von der Renegaten-Wache erzwungene Durchsuchungen und niedergebrannte Häuser und erzählten, daß Marafice Eye einen Abdecker geblendet hatte, weil dieser fälschlich behauptet hatte, er habe Asarhia March gesehen, wie sie den Knochentempel betrat und die hochgewachsenen, schweigenden Priester um Asyl bat.

Ash schauderte. Manchmal fragte sie sich, ob Marafice Eye das nur getan hatte, damit sie davon hörte und noch mehr Angst bekam.

Entschlossen, keine Angst mehr zu haben, ging sie über den Metzgermarkt nach Süden und hinaus auf die gepflasterte Straße dahinter. Wenn ihr Blick auf die bleichen, pfeilgeraden Silhouetten des Horns und des Splitters fiel, wandte sie ihn nicht ab. Auf diese Entfernung waren es die einzigen Gebäude der Maskenfestung, die man sehen konnte. Ash wußte, sie mußte nur ein paar Schritte nach Norden gehen, um das Horn aus dem Blickfeld zu verlieren, aber sie hatte noch keine Straßenecke, Gasse und keinen Graben in der ganzen Stadt gefunden, von der aus man den Splitter nicht sehen konnte. In gewisser Weise war das sogar gut. Sie brauchte nur zum südlichen Himmel aufzublicken, um wieder zu wissen, wieso sie aus der Festung geflohen war.

Bevor sie den Blick wieder senkte, blieb er unwillkürlich auf den schrägen Dächern des südlichen Stadtviertels hängen, auf den Wachtürmen und gehämmerten Eisenkuppeln. Ganz weit im Süden lag das Leere Tor.

Das Leere Tor. Das am letzten gebaute und am wenigsten benutzte der vier Stadttore. Ash wußte nicht, wieviel Stunden sie damit zugebracht hatte, sich vorzustellen, wie es sich wohl anfühlte, durch den Kalksteinbogen zu gehen und den Berghang dahinter zu betreten. Das Leere Tor war ihre einzige

Verbindung zu ihrer Mutter, das einzige, was sie gemeinsam hatten. Sie waren beide durch dieses Tor gekommen.

Ash holte tief Luft. All ihre Kinderträume hatten damit begonnen, daß sie draußen vor dem Leeren Tor stand. Sie stellte sich vor, wie sie die Stelle fand, an der man sie liegengelassen hatte, wie sie mit der Hand durch das lockere Geröll und das trockene Gebüsch fuhr und etwas entdeckte, das niemand zuvor entdeckt hatte. Ein Stück Pergament, ein verrostetes Medaillon, einen Streifen Stoff, irgend etwas, das sie in der Hand halten und wovon sie sagen konnte, das hat einmal meiner Mutter gehört. In ihren ausführlicheren, kunstvolleren Träumen fand sie dann etwas, das ihr sagte, wer ihre Mutter tatsächlich war, und dann durchsuchte sie die ganze Stadt und fand sie, und ihre Mutter erwies sich als warmherzige und durch und durch gute Person … aber nie hatte sie in diesen Träumen ein Gesicht gehabt. Ash lächelte verbittert. Heute wußte sie, was diese Träume gewesen waren.

Es gab keine verborgenen Zeichen, die am Totenberg auf sie warteten. Ihre Mutter hatte sie dort ausgesetzt, damit sie starb, sie hätte nichts hinterlassen, was sie verraten konnte. Es war eine Sünde gegen den Schöpfer, ein gesundes Kind auszusetzen. Und selbst wenn sie tatsächlich etwas verloren haben sollte – eine Haarnadel oder ein Band oder ein Stück Spitze von ihrem Kleid –, hätten sechzehn Jahre von Schnee und Hochwasser es längst weggewaschen.

Ash schaute weiterhin nach Süden. Selbst wenn sie dort hinginge und etwas fand, würde das ihr keine Auskunft darüber geben, wem es einmal gehört hatte. Außerdem war sie dort in Gefahr. Das Leere Tor befand sich zu dicht an der Maskenfestung. Nur Schafhirten, Jagdgruppen und heilige Männer, die zum Wolkenschrein reisten, und Heiler auf der Suche nach Bergpflanzen durchquerten es. Man würde sie entdecken, sobald sie dem Tor auch nur nahe kam.

Ash stellte allerdings fest, daß sie sich trotzdem irgendwie nach Süden bewegt hatte. Fünf Tage waren seit ihrer Flucht vergangen – genug für die Renegaten-Wache, um sich zu langweilen und in ihrer Wachsamkeit ein wenig nachzulassen. Sie mußten eine ganze Stadt durchsuchen. Wie konnten sie über jede Straßenecke und jeden Marktplatz wachen? Ich werde nur nahe genug herangehen, um es mir anzusehen. Es war Mitternacht. Sie würde vor der Morgendämmerung die Stadt durchqueren und das Tor erreichen können. So lange sie sich von der Maskenfestung und den Wachtürmen fernhielt, würde sie sicher sein.

Allmählich ging sie schneller. Den Kopf gesenkt, die Hand an der Kapuze, vermied sie jeden Kontakt mit Fremden. Als sie der ausgedehnten Barackensiedlung an der Westmauer der Stadt mit ihren Zelten aus Tierhäuten, Elchknochen und vom Eis verrotteten Balken zu nahe kam, änderte sie ihren Weg, um sie zu meiden. Der Geruch von Wildfett, Rauch von Feuern, die mit getrocknetem Dung gespeist wurde und Tausenden ungewaschener Körper genügte, um sie fernzuhalten. Selbst aus sicherer Entfernung konnte sie immer noch den großen Kreis sehen, den die Hitze und der Dreck in den Schnee geschmolzen hatten.

Je weiter sie nach Süden kam, desto sauberer wurde die Stadt. Schmale Gassen wichen breiten Dämmen und glatt gepflasterten Plätzen. Hellerleuchtete Tavernen und Bordelle gab es hier nicht mehr, statt dessen säumten Kalksteinhallen und fest verriegelte Herrenhäuser mit Bronzetoren die Straßen. Weniger Prostituierte wärmten sich an Kohlebecken, und weniger Betrunkene urinierten gegen Wände. Selbst der Schnee unter ihren Füßen wurde heller – er war zwar immer noch nicht weiß, aber zumindest grau.

Ash brauchte ganze fünf Minuten, um an der unbeleuchteten Fassade des Quartergerichts vorbeizukommen, wo der landbesitzende Adel sich wegen aller Verbrechen mit Ausnahme von Verrat verantworten mußte. Das Gebäude war vom zehnten

Surlord Lewick Crieff gebaut worden, den alle den Halbkönig genannt hatten, und sein Wappen mit dem Halbmond, der über dem messerspitzen Gipfel des Totenbergs schien, war in jedes Sims gemeißelt. Ash sah sich um, ob jemand zusah, dann blieb sie stehen und lehnte sich mit dem Rücken gegen die schwarzen, rußbedeckten Steine. Sie wurde müde, und die winzigen Nägel ihrer Hurenstiefel stachen ihr in die Füße. Ash verfluchte die Pfandleiherin, die sie ihr verkauft hatte, dann dachte sie einen Augenblick lang nach und verfluchte auch alle Huren. Sie fing an, sich zu fragen, ob es eine gute Idee gewesen war, zum Leeren Tor zu gehen.

Vor ihr lag ein riesiger Platz, umgeben von einem Kreis hoch aufgerichteter Steine, der als der Grausring bekannt war. Sechs Galgen standen inmitten des Kreises, massive T-förmige Balken, die sich dunkel gegen den Himmel abzeichneten. Gerechtigkeit wurde in Spire Vanis rasch vollzogen, und sobald ein Mann oder eine Frau eines Verbrechens für schuldig befunden waren, führte man sie direkt aus dem Quartergericht und bestrafte sie in aller Öffentlichkeit in diesem Steinkreis. Niemand wurde hier tatsächlich gehängt – die Scharfrichter für den landbesitzenden Adel wurden für ihre Fertigkeiten mit Messern, nicht mit Seilen ausgewählt –, aber danach hängte man die Leichen hier auf, damit die Krähen an ihnen fraßen.

Bis auf einen Galgen waren alle leer. Die kleine Leiche, die dort hing, sah aus wie ein leerer Sack. Eine Windbö ließ das Seil knarren und die Leiche hin und her schaukeln.

Ash drückte sich unsicher wieder an die Wand. Es war ein Fehler gewesen davonzulaufen. Sie wußte nicht wohin. Sie hatte niemanden, der ihr half, und keine Pläne, außer zu überleben. Bald würde sie kein Geld mehr haben, und dann? Sie beherrschte kein Handwerk. Ihre Beschreibung war überall in der Stadt bekannt. Viele Brüder-der-Wache kannten sie vom Sehen. Sie schob die Kapuze zurück und warf einen langen, genaueren Blick zum Galgen hin. Ihre Kopfhaut war heiß, und die Spitzen ihres frisch geschnittenen Haares kratzten auf ihrer Haut. Sie sehnte sich nach der Abgeschlossenheit ihres Zimmers, nach Katias endlosem Geschwätz, warmen Bädern, süßen Kuchen und Kleidung, die sie nicht wund schabte. Sie wollte ihr altes Leben wiederhaben.

Abrupt stemmte sie sich von der Wand weg. Sie hatte ihre Wahl vor fünf Tagen getroffen, und jetzt aufzugeben, weil sie müde war und ihr die Füße weh taten und der Weg, der vor ihr lag, ihr nicht gefiel, wäre dumm. Dumm. Sie würde jetzt weitergehen. Sie würde zum Leeren Tor gehen und sich den Ort ansehen, an dem man sie ausgesetzt und dann gefunden hatte.

Krah! Krah!

Ash zuckte zusammen, als der Schatten eines Raben über ihr Gesicht glitt. Als sie aufblickte, sah sie, wie der große Vogel vom Dach des Gerichtsgebäudes zum Galgen hinsegelte. Als er in den Kreis uralter Steine kam, breitete er die Flügel aus und ließ sich von einem Aufwind beinahe vertikal neben den Galgen mit der Leiche bringen. Dort blieb er einen Augenblick lang in der Luft hängen, stieß den Schnabel ins Gesicht der Leiche und pickte ein Stück Sehne heraus, die sich aufrollte wie eine Schlange, als der Vogel sie aus dem Fleisch zog. Das Stück fest im Schnabel, flatterte der Rabe oben auf den Galgen. Als er dort hockte, warf er seine Beute in die Luft, fing sie wieder auf und verschlang sie.

Noch während seine Halsmuskeln arbeiteten, um die Mahlzeit nach unten zu schieben, drehte der Rabe den Kopf und sah Ash an. Nickend gluckte er wie eine Henne.

Komm her. Mach mit. Gutes Fleisch.

Ash schauderte. Obwohl sie eigentlich nicht wollte, ging sie einen Schritt vorwärts, dann einen weiteren. Der Schnee unter ihren Füßen war klebrig, durchzogen von Teer und vergossenem Blut. Mondlicht ergoß sich in den Steinkreis, lief wie flüssiges Silber über die Querbalken der Galgen. Der Wind ließ nach, als sie sich der Leiche näherte, und zum ersten Mal in der Nacht spürte sie die Kälte. Der Vogel, so schwarz wie die Ziegel hinten in einem Kamin, gurrte und gluckste, bis sie direkt neben dem Galgen stand.

Die Leiche war mit einem Seil von der Dicke eines Männerhandgelenks festgebunden. Geteerte Seile zogen sich zwischen ihren Beinen, um den Hals und unter den Armen durch. Ash brauchte einen Augenblick, um zu begreifen, daß die Leiche nackt war und die Haut dunkle Flecken hatte von etwas, das sowohl Kot als auch Schlamm hätte sein können. Die Krähen hatten nun schon tagelang hier gefressen, und die weiche Haut des Bauchs war aufgerissen, und die Gedärme fielen heraus. Die Augen waren dunkle, leer gepickte Löcher. Zahnwurzeln blitzten, wo Lippen und Zahnfleisch weggerissen waren. Der Kopf war geschoren.

Ash schluckte. Es war eine Frau. Es sah kaum danach aus, denn die Brüste waren abgeschnitten und die Genitalien von einem Seilknoten und geronnenem Blut verborgen, aber was von Hüfte und Taille übriggeblieben war, bildete einen schlaffen Sack von Kurven. Verängstigt blickte Ash noch einmal zu dem Gesicht hinauf.

Dann sah sie es. Eine Haarlocke, die sich im Seil verfangen hatte. Dunkles, lockiges Haar.

Versprecht mir, mich mitzunehmen, wenn Ihr geht.

Ash wich einen Schritt zurück. Nein …

Das Mondlicht fiel jetzt aus einem anderen Winkel ein, und die Schatten auf der Leiche zeichneten sich deutlicher ab. Ash sah die hohen Wangenknochen, das Grübchen am Kinn.

Ihr seid wirklich ungezogen, Herrin. Einfach ungezogen!

Ash begann, den Kopf zu schütteln.

Es brannte und brannte in ihrem Magen, bis sie glaubte, sich übergeben zu müssen. Die Leiche, dieses Ding, das Katia war und doch nicht, betrachtete sie mit dunklen Augen, während sie weiter am Seil schaukelte.

Katia! Katia! Katia! Der Rabe flatterte auf, bewegte seine

Messerflügel und schrie triumphierend, als er im Nachthimmel verschwand.

Ash wußte nicht, wie lange sie schon dort im Steinkreis stand und Katias Leiche ansah. Nicht lange genug, sagte ihr eine leise Stimme. Und wenn du hier ewig stehenbliebest, wäre es nicht lange genug. Als sich im Osten eine graue Sonne erhob und die Stadt knarrend zum Leben erwachte, drehte sie sich um und floh nach Norden … und ließ die kleine Zofe ein letztes Mal zurück.

20
Duffs Herdhaus

Sie standen schon vor der Morgendämmerung auf und zogen weiter nach Südosten. Der Wind blies heftig und schuf einen Schneesturm aus altem, gefrorenem Schnee. Raif zog sich die Kapuze über Ohren und Mund, so daß nur noch seine Nase zu sehen war. Die kleinen Flecken von Taiga, die er durch das Fell entdeckte, waren alles, was er brauchte, um sein Pferd zu führen. Der Wind kam aus dem Norden, blies ihm in den Rücken und schien ihn vom Clanland wegzutreiben.

Angus ritt voraus, führte Raif an Gräben vorbei und über gefrorene Teiche und fand Wege unter dem Schnee. Weder er noch Raif sprachen ein Wort. Sie saßen vornübergebeugt auf ihren Pferden und ließen den Wind auf sich eindreschen.

Raifs Bogenhand war geschwollen, und die Haut an seinen Fingerspitzen hatte begonnen, sich zu lösen. Eine häßliche Blase, dunkel und blutig wie eine Niere, hatte sich an seiner Handwurzel gebildet. Jedesmal, wenn er die Zügel fester packte, schloß er vor Schmerz die Augen. Unter der Fuchskapuze verzog er den Mund zu einer Grimasse. Nun, das nächste Mal würde er vorsichtiger sein, wenn er an einem höllenkalten Abend Brennholz hackte.

Nach sechs Stunden, die er in der Dunkelheit damit verbracht hatte, Unaussprechliches zu träumen, waren das beißende Weiß des Schneesturms und die gedankenlose Monotonie des Ritts über die Taiga eine Erleichterung. Raif war schon vor Angus aufgestanden. Er hatte in einem kleinen Topf Fett und Brühe vom Schneehuhn erhitzt, und während er darauf wartete, daß der Rauch dünner wurde, hatte er den einzigen Entschluß gefaßt, der ihm offenstand. Der Clan lag nun hinter ihm; sich daran zu erinnern, sich danach zu sehnen und zu glauben, daß er irgendwann in der Zukunft einen Weg zurück finden würde, waren Dinge, die er sich nicht gestatten konnte.

Er hatte sein eigenes Schicksal besiegelt, und nun mußte er damit leben. Er gehörte nicht mehr zum Clan.

Er hatte lange und intensiv darüber nachgedacht, sein Zeichen wegzuwerfen, es mit den Überresten der letzten Mahlzeit ins Feuer zu schleudern oder es nach draußen zu bringen und im Schnee zu vergraben. Aber jedesmal, wenn er es mit der Hand umfaßte und an der Schnur zog, hörte er den alten Steinhüter, Inigar Stoops Vorgänger, sprechen.

Es ist deines, Raif Sevrance. Und eines Tages wirst du vielleicht froh darüber sein.

Also behielt er es. Er ritt weiter, die Gedanken fest versiegelt, sein Rabenzeichen ein kaltes Stück Horn an seiner Haut.

Der halbe Tag verging, ohne daß der Sturm nachließ. Der Schnee, vom Wind zu festen Kügelchen gerollt, prasselte wie Hagel gegen die Stämme der Fichten. Große Schneeklumpen fielen von den Zweigen, gelockert vom heftigen Zerren der Luft. Raif jagte nicht. Seine rechte Hand hatte Eiter und Blut im Handschuh, und im Sturm war ohnehin nichts zu erkennen. Aber beinahe gegen seinen Willen suchte er dennoch nach Wild.

Selbst an einem Tag wie diesem waren Lebewesen im Wald unterwegs. Ein Wiesel, schlank und so weiß wie eine Schale mit Milch, sah aus dem Schutz einer Birke zu, wie Raif vorüberritt. Ein Schneehase schob den Kopf aus dem Bau, und seine Backen bebten, als er Luft holte. In dem Überhang über einem gefrorenen Bach brach eine Wildkatze die Knochen einer Spitzmaus mit einem einzigen Biß. Raif war sich all dieser Dinge bewußt und schwor, sie auch zu sehen, aber wenn er unter der Kapuze hervorspähte, entdeckte er kaum mehr als das weiße Wehen des Schnees.

Es wurde früh dunkel. Der Wind erstarb mit dem Licht, und der Wald fühlte sich plötzlich hohl und verbraucht an. Von allen Bäumen war der Schnee abgefallen, und viele einjährige Stämme waren zerbrochen. Über ihrem Kopf wurde der Himmel erst grau, dann dunkelgrau, dann schwarz.

Angus führte sie zu dem Taigastreifen, der sich an der Straße nach Süden entlangzog, und dann folgten sie der Straße in gewissem Abstand noch mehrere dunkle Stunden lang. Wagenspuren, Pferdeäpfel, Knochen und Abfälle waren an der Straße zu sehen und erinnerten Raif daran, daß er bald wieder Clansmänner sehen würde. In gutem Wetter auf einer direkten Route konnte man vom Blackhail-Rundhaus an einem einzigen Tag zu Duffs Herdhaus gelangen. Selbst das Dhoonehaus war nur vier Tage angestrengten Reitens vom Herdhaus entfernt, und Gnash und Dregg lagen näher.

Als Raif schließlich hinter einer Erhebung das Schimmern von Duffs Herdhaus erkannte, war er vor Kälte schier erstarrt. Schmerz nagte an seinem Hals, und seine Hand brannte. Angus gab ihm ein Zeichen, und sie ritten auf die Straße. Eine Viertelstunde später erreichten sie das Herdhaus.

Es war ein gedrungenes Gebäude mit runden Wänden und einem abgerundeten Dach, erbaut aus riesigen Ulmenstämmen und mit Eisenstreifen umwunden, so daß es aussah wie ein gewaltiges Faß, das jemand umgestoßen und halb im Schnee versenkt hatte. Zwei Türen führten nach drinnen. Die größere war die Stalltür, und dorthin gingen Angus und Raif als erstes. Raif bürstete Elch und den Fuchs, während Angus mit dem Stallknecht schwatzte. Der Stallknecht war jung und auf einem Auge blind und sprach nur leise und stotternd. Raif hatte ihn im Laufe der Jahre häufig gesehen, aber bis zu diesem Gespräch mit Angus hatte er den jungen Mann nie lachen oder lächeln sehen. Als das Gespräch vorüber war, schüttelte Angus dem Knecht die Hand und bat ihn: »Bring die Pferde nah der Tür unter.«

Raif sah sich in dem dunklen, ordentlichen Stall um. Über die Hälfte der zwei Dutzend Boxen waren voll, und in dem Schuppen draußen standen noch eine Handvoll Bergponys.

Es war ein weiter Weg zur anderen Tür des Herdhauses. Haufen frisch aufgeworfenen Schnees türmten sich rund um die Wände, Raif blickte auf den Balken, und hoch oben auf dem Dach, wo der Ziegelkamin aus dem Holz aufstieg, konnte man hören, wie der Schnee zischend und spuckend schmolz.

Hitze, Rauch, Gerüche und Geräusche umtosten Raif, als er die Tür öffnete und das Herdhaus betrat. Noch während seine Augen damit beschäftigt waren, sich dem Licht anzupassen, lief ihm vom Geruch gebratenen Fetts und Elchfleischs mit Zwiebeln das Wasser im Mund zusammen. Normalerweise war zu erwarten, daß zu dieser Tageszeit jemand sang und ein alter Clansmann Dudelsack spielte. Es wäre zu erwarten gewesen, daß die Leute lachten, sich stritten und leichtsinnig um Geld würfelten, aber obwohl in dem hellen Herdraum mit seinen Holzwänden über dreißig Männer und Frauen saßen, hielten sie sich in kleinen Gruppen beieinander. Raif erkannte eine kleine Gruppe von Speermännern des Clans Scarpe, das Haar entweder von Geburt an schwarz oder so gefärbt, die Waffen in kunstvoll geflochteten Scheiden, die dazu gedacht waren, die Schärfe ihrer Klingen zu zeigen. Ein Mann und eine Frau vom Clan Gnash wärmten sich am großen Ziegel am Metallherd. Die Frau trug ihr taillenlanges Haar offen wie alle Gnashfrauen. Sie trug weiche Schweinslederhosen und an dem Gürtel um ihre Taille die drei Dolche ihres Clans: einen aus Horn, einen aus Stahl, einen aus Feuerstein. Ein großer Kreis von Dhoonemännern beherrschte den Raum. Sie waren große, breite Männer mit blondem Haar, Vollbärten und blauen Tätowierungen im Gesicht. Sie trugen ihre Waffen an Rücken, Taille, Oberschenkel, Unterarme und Unterschenkel geschnallt. Stahl, so vollkommen und brillant wie fließendes Wasser, blitzte auf.

»Geh von der Tür weg, Junge«, murmelte Angus dicht an Raifs Ohr, »laß den Leuten hier überhaupt keine Zeit, darüber nachzudenken, wer wir sind oder wieso wir gekommen sind.«

Raif folgte der Anweisung seines Onkels, als wäre er aus einer

Trance erwacht, und ging weiter in den Raum hinein. Die Gespräche, die abgebrochen waren, als er und Angus hereingekommen waren, begannen wieder mit der verstohlenen Heftigkeit von Küchenschaben, die vor dem Licht fliehen. Als Raif sich eine Bank zum Sitzen auswählte, so weit wie möglich vom Herd entfernt, nickte Angus dem Herdmeister zu.

Duff hatte etwas von jedem Clan in sich, zumindest behauptete er das. Er war der haarigste Mann, den Raif je gesehen hatte, und in seiner Jugend war er für seine Zähne berühmt gewesen. Baumstämme, Barken, Wagen, Wild und Schlitten: mit einem Seil zwischen den Zähnen hatte Duff alles gezogen. Seine Zähne waren bis zu diesem Tag hervorragend, und als er ein Tablett mit heißen Tüchern, heißem Bier und heißem Fleisch brachte, grinste er breit und zeigte diese überraschend kleinen, aber vollkommen ebenmäßigen Zähne. Raif erinnerte sich, daß Tem Duff einmal gefragt hatte, wieso seine Zähne solche Kraft hatten. »Ich habe früher Teicheis mit ihnen zerkleinert«, sagte er.

»Angus! Du Hund! Wie lange ist es her?« Duffs Stirnrunzeln wies auf angestrengtes Nachdenken hin, während er das Mitgebrachte auf dem Tisch ablud. »Ach, ich weiß es wirklich nicht mehr. Auf jeden Fall viel zu lange.«

»Duff. Du bist fetter und häßlicher geworden. Bei den Steinen! Dieses Haar am Hals solltest du wirklich scheren. Wenn ich deine Frau wäre, würde ich deinen Arsch an den Herd binden und dich rasieren!«

Duffs Lachen war sein zweites Wunder. Tief und herzlich kam es aus seiner Brust wie Wellen. »Wenn du meine Frau wärst, Angus, würde ich mich selbst an den Herd binden und ihn anzünden.«

Raif grinste, und plötzlich ging es ihm besser als den ganzen Tag über. Er hatte vergessen, wie gern er Duff hatte. Die beiden Männer machten weiter und beleidigten einander mit solchem Vergnügen und solcher Zuneigung, daß es klar wurde, wie alte

Freunde sie waren. Ein paar Köpfe drehten sich nach dem Gelächter um, aber niemand schaute länger hin, als es üblich gewesen wäre.

Nach einem Schluck bitteren, schäumenden Biers verbrachte Raif einen Augenblick damit, sich die Leute anzusehen, die ihm noch nicht aufgefallen waren, als er zur Tür hereingekommen war. Die kleine Gruppe von Waldläufern saß in einer abgelegenen Ecke und kaute auf langen Streifen Birkenrinde, während sie die Drähte ihrer Fallen reparierten. Ein alter Orrlmann, die Augen milchig von Schneeblindheit, saß mit seinem Hund dicht am Herd. Gegenüber beendete die Frau in dem grauen Leder- und Elchfell des Bannenclans gerade ihr Abendessen aus gebratenen Zwiebeln und Elchfleisch. Wie alle Frauen des Clans trug sie ein Langschwert aus schwarzem Stahl auf dem Rücken. Zwei Männer saßen Raif direkt gegenüber im Schatten, mit halbleeren Bierkrügen in den Händen. Sie waren ebenfalls Clansmänner, hatten aber die Kapuzen hochgezogen und trugen schwarze Ölhäute, so daß Raif nicht sehen konnte, woher sie kamen. Sie waren allerdings keine Bluddmänner. Was, wenn man bedachte, daß ein ganzer Kreis von Dhoonemännern anwesend war, ein Glück für die Gäste, den Herdmeister, seine Familie und die Herdgesetze war.

Raif wußte, daß alle ihn hier als Hailsmann erkannten. Blackhail war der strengste und am wenigsten angeberische aller Clans. Man hatte ihm das Zeichen vor fünfhundert Jahren genommen, als der Clan Blackhail den letzten Clankönig tötete, und seitdem hatte niemand mehr den Hailwolf getragen. Dennoch wiesen die Silberkappe auf Raifs Steinbehälter, der gehämmerte Silberstreifen, mit dem er sein Haar band, und das schwarze Leder seiner Gürtel, Scheiden und Kleidung ihn so deutlich als Mann des Blackhailclans aus, wie die blauen Tätowierungen der Dhoonemänner deren Clanzugehörigkeit erklärten. Blackhail war das einzige Clangebiet, auf dem Silber abgebaut wurde, und das Metall wurde in die Griffe aller Messer und Schwerter eingearbeitet. Der Griff von Tems Halbschwert hatte eine Schicht aus Silberdraht um den Griff, und die Lederscheide der Waffe war schwarz eingefärbt, um zu den Graphitrissen im Hailstein zu passen.

»Es wird dich sicher nicht stören, einen Augenblick lang allein zu bleiben, Raif«, sagte Angus und legte ihm die Hand auf die Schulter. »Duff nimmt mich mit nach hinten, damit ich einen Stoff für meine Frau aussuchen kann.«

»Ja«, sagte Duff. »Meine arme Frau zeigt sich nicht mehr gern, wenn sie schon ihr Haar geflochten hat, um zu Bett zu gehen.«

Raif nickte beiden Männern zu. Sie kamen ihm ein wenig zu unbeschwert vor, aber das ging ihn nichts an. Angus zog den Mantel aus, stellte seine Taschen ab und folgte Duff durch eine kleine Tür an der hinteren Wand. Raif sah ihnen nach. Grüßte Angus die Waldläufer, als er an ihnen vorbeikam?

»Raif Sevrance.«

Als Raif sich umsah, fand er sich den beiden Männern gegenüber, die zuvor mit Kapuzen und Ölhaut im Schatten gesessen hatten. Es waren Hailsmänner: Will Hawk und sein Sohn Bron, der eine Jahreszeit beim Clan Dhoone gelebt hatte. Bron war derjenige, der die Nachricht von der Niederlage des Dhooneclans gebracht hatte. Raif war sofort wachsam. Er erwiderte den Gruß, fragte aber nicht, was Vater und Sohn zu Duff gebracht hatte.

Will, ein ernster Mann, mit jener Art heller Haut, in der man viele Äderchen sehen konnte, setzte sich auf den Hocker, den Angus gerade verlassen hatte. »Ich sehe, daß du mit deinem Onkel hier bist. Dem Waldläufer.«

Das war eine Einladung zum Erzählen, keine Frage. Raif nickte.

Raif machte eine Geste zu Bron und bedeutete ihm, sich hinzusetzen. Brons Mutter war eine Dhoonefrau, und er hatte das helle Haar und die hellen Augen der Dhoones. Er war als Schwertkämpfer bekannt, erinnerte sich Raif, und, seltsam genug, auch für seine schöne Singstimme. Raif dachte, er sähe nicht sonderlich aus wie ein Mann, der gerne singt.

Nachdem Vater und Sohn sich nahe bei ihm niedergelassen hatten, holte er tief Luft und sagte: »Wie ist es mit dem Hinterhalt gegangen, Junge?« Raif mußte sich anstrengen, um eine unbewegte Miene zu bewahren. Er hatte die Frage erwartet – als älterer Clansmann hatte Will Hawk zweifellos an der Planung des Hinterhalts teilgenommen –, aber es fiel ihm schwer, etwas zu sagen. Er hatte die letzten beiden Tage damit verbracht, seine Erinnerungen an den Clan zu versiegeln, und er würde sie nicht wieder öffnen. Nicht hier. Nicht jetzt. Er sah Will Hawk in die Augen. Echte Sorge war dort zu erkennen, zusammen mit wachsender Ungeduld. Raif kannte Will Hawk nicht sonderlich gut, aber er war ein voll eingeschworener Clansmann, und daher war er ihm Respekt schuldig. »Es ist alles gut verlaufen. Alles war, wie Mace Blackhail es gesagt hat.«

»Wer von unseren Männern wurde verletzt?«

»Banron Lye. Toadie Walker.«

Sowohl Will als auch Bron berührten ihre Behälter mit Staub vom Heiligen Stein. Schweigen folgte. Erst nach einigen Minuten sagte Will: »Und du bist auf dem Weg, um Scarpe und Orrl die Nachricht zu bringen?«

Raif schüttelte den Kopf. Er würde keinen Clansmann belügen.

Will wartete darauf, daß er etwas erklärte. Raif atmete nur und sagte nichts. Nach einer Minute des Schweigens konnte er dem Clansmann nicht mehr in die Augen sehen. Bron nahm ein Schafsherz von einem Teller und begann, darauf herumzukauen.

Aus dem Augenwinkel sah Raif, wie Angus wieder zurückkam. Er trug mit übertriebener Vorsicht ein kleines Bündel, und einer der Fallensteller machte einen Scherz darüber. Angus lachte mit den anderen und begann ein Gespräch mit ihnen, das im Lauf der nächsten Minuten leiser wurde.

»Du bist also einfach eine Weile mit deinem Onkel unterwegs«, sagte Will schließlich.

Er weiß es, dachte Raif. Will weiß, daß ich meinen Eid gebrochen habe.

Will stand auf. Er vermied es sorgfältig, Raif anzusehen, als er zu seinem Sohn sagte: »Komm. Hier gibt es heute abend keine Gesellschaft, die unserer würdig wäre.« Bron schaute verwundert drein, gehorchte seinem Vater aber, schluckte das letzte Stück Herz hinunter und stand auf. Zusammen kehrten sie zu ihrem Platz auf der anderen Seite des Zimmers zurück.

Raif regte sich nicht. Die Schande brannte in ihm. Er konnte nichts erklären, nichts, was er sagen könnte, würde Will an seinen Tisch zurückbringen. Er hatte seinen Eid gebrochen, und keine Worte konnten verändern, was das aus ihm machte.

Blackhail war der älteste der Clans, und viele waren der Ansicht, daß es auch der härteste war. Es hatte Verräter gegeben, Raif wußte, es mußte welche gegeben haben – dreitausend Jahre von Kriegen hatten zweifellos einige Männer hervorgebracht, die ihre Eide brachen –, aber ihre Namen wurden nie mehr genannt. Die Erinnerung an sie war bereits vor ihnen gestorben. Raif erinnerte sich, einmal, als er jünger gewesen war, Inigar Stoop gefragt zu haben, warum es in der abgelegensten Ecke des Heiligen Steins eine tiefe, schwarze Grube gab, so groß wie ein Wolf und gefüllt mit Öl, das im Lauf der Jahrhunderte zu dunklen Edelsteinen gehärtet war. Inigar hatte mit seinen dürren Fingern darüber gestrichen und gesagt: »Das hier ist die Stelle, an der wir die Herzen der Verräter aus dem Stein schneiden.«

Raif spürte, wie die Hitze der Schande ihn verzehrte. Wie lang würde es dauern, bis Inigar in seinem Namen den Meißel ergriff?

Feste Schritte knirschten auf dem Schnee draußen, und dann ging die Herdhaustür auf. Die Temperatur fiel sofort, als kalter Wind durch den Raum zog. Raif blickte auf und sah vier Bluddmänner das Herdhaus betreten, die Gesichter starr, die

Körper mit Stahl beschwert. Sie blieben direkt hinter der Tür stehen und sahen sich um. Luft und Raum wurden plötzlich weniger. Die Dhoonemänner standen auf wie ein einziger Mann und legten die Hände an die Griffe ihrer Langschwerter. In der abgelegenen Ecke ging eine Veränderung mit Will und Bron vor sich, ohne daß sie sich zu bewegen schienen; sie bereiteten sich selbst und ihre Waffen vor.

Raif spürte die volle Intensität der Aufmerksamkeit der Bluddmänner. Er sah, wie sie das Silberband in seinem Haar und die Silberkappe auf dem Steinbehälter wahrnahmen. Er sah, wie Haß wuchs.

Mit ihrem rund um die Gesichter abrasierten Haar und den Zöpfen, die wie in Teer getauchte Seile über ihren Rücken hingen, sahen sie anders aus als alle anderen Clansmänner. Ihre Lederkleidung war auf andere Art und Weise gegerbt, ihre Waffen schwerer geschmiedet. Sie hier von so nah zu sehen machte Raif klar, wie wenig er durch den Kampf an der Bluddstraße über sie erfahren hatte. Der Clan Bludd war eine Kraft für sich.

»Mach die Tür zu, Chokko. Bring deine Männer zum Herd, damit sie sich die Bäuche wärmen können.« Duff trat in den Raum, der die Dhoonemänner von den Bluddmännern trennte.

Der Mann namens Chokko hob die behandschuhte Faust. »Nein, Herdmeister. Das hier ist nichts, worüber man mit Bier und Wärme hinweggehen könnte. Unser Clan blutet heute nacht.«

»Nehmt es wieder mit nach draußen, Chokko. Keine Untat ist schlimmer, als das Gesetz des Herdes zu brechen.«

Chokko schüttelte den Kopf. »Ich achte dich, Herdmeister. Das solltest du wissen. Und ich bin auch nicht gekommen, um einen Kampf mit Dhoone zu beginnen.« Er und der Anführer der Dhoonemänner wechselten einen langen, erbitterten Blick. »Aber ich werde an diesem Abend kämpfen. Ich muß. Mein Herz wird nicht ruhen, ehe kein Blackhailblut geflossen ist.«

Ein Murmeln kalter Angst zog durch den Raum. Die Mienen der Dhoonemänner verfinsterten sich. Die Frau vom Clan Gnash tastete nach den drei Dolchen an ihrer Taille. Die Scarpemänner, kriegsgeschworene Verbündete des Clans Blackhail, schienen sich zu sträuben wie die Haare an einem Hund. Will und Bron Hawk legten ihre Ölhäute ab und stellten sich inmitten des Raums auf.

Hinter dem Tisch schloß Raif die Faust um Tems Schwert. Sein Herz klopfte heftig, aber seltsamerweise spürte er etwas, das Erleichterung nicht unähnlich war. So werde ich also sterben – im Kampf gegen Bluddmänner.

»Die Herdgesetze haben zwei Seiten, Chokko«, sagte Duff, blieb weiterhin direkt vor den Bluddmännern stehen und verweigerte ihnen damit den Zugang zum Rest des Raums. »Wenn Männer an meinem Herd sitzen und Frieden halten, werde ich nicht gestatten, daß jemand sie gegen ihren Willen nach draußen zwingt.«

»Das ist mutig gesprochen, Herdmeister«, sagte Will Hawk und ging auf die Bluddmänner zu. »Aber wir sind Clan Blackhail, und wir werden uns nicht ducken und verbergen, und wenn Bludd eine Gelegenheit will, gegen uns zu kämpfen, dann soll es so sein.« Die letzten Worte waren an Chokko gerichtet, und das Licht vom Herd schien trüber zu werden, als sie erklangen. Beide Männer befanden sich jetzt an einem anderen Ort.

Chokko zuckte mit keiner Wimper – er schien sogar kaum zu atmen. Er sprach, und obwohl er seine Worte an Will Hawk richtete, wollte er eindeutig, daß alle Leute im Raum sie hörten. »Unser Häuptling hat uns einen Hund geschickt – wir lagerten an der Elchspur –, um uns mitzuteilen, was uns Blackhail angetan hat. Die Hündin starb, noch während ich die Botschaft von ihrem Halsband nahm, so schnell war sie in zwei Tagen und einer Nacht gelaufen. Die Botschaft handelte von einem Hinterhalt an der Bluddstraße, und fast drei Dutzend unserer

Frauen und Kinder sind dort wie Tiere gejagt und kaltblütig im Schnee niedergemetzelt wurden.«

Ein Zischen wie das Geräusch von windgepeitschten Bäumen erfüllte den Raum. Duff schloß die Augen und berührte die Lider mit den Händen. Das Paar vom Clan Gnash machte das Zeichen der Steingötter. Die Frau vom Clan Bannen berührte den schwarzen Eisenanhänger, der ihren Anteil pulverisierten Heiligen Steins enthielt, und sprach ein einziges Wort: »Kinder.« Selbst die Dhoonemänner senkten den Blick.

Will Hawk schüttelte den Kopf. »Du lügst, Chokko vom Clan Bludd. Mein Clan würde niemals Frauen und Kinder kaltblütig töten.«

Der Bluddmann an Chokkos Seite drängte sich vor. »Wir lügen nicht. Unser Häuptling lügt nicht. Wir sind Clan Bludd, und selbst wenn die Wahrheit schwer zu ertragen ist, sprechen wir sie laut aus.« Chokko packte seinen Clansmann am Arm, damit dieser nicht das Schwert zog.

»Es ist die Wahrheit, Hailsmann«, rief er. »Und das wirst du bald genug wissen, wenn dich die Gerechtigkeit unserer Klingen ereilt.«

Hoch oben an Raifs Hals zuckte ein Muskel. Seine Augen glitzerten im Licht des Herds. Raif erstarrte, seine Brust so angespannt wie ein Bogen. Will Hawk wandte sich ihm zu. »Sag ihm, daß es eine Lüge ist, Raif Sevrance. Daß ich den Stolz meines Clans in diesen Kampf tragen kann.«

Alle Augen ruhten auf Raif. Die Clansmänner, die sofort erkannten, was hinter Wills Worten stand, betrachteten Raif so haßerfüllt, daß dieser ihre Blicke wie Schläge auf seiner Haut spürte. Einen schrecklichen, unerträglichen Augenblick lang war alles still. Raifs Wissen verdammte sie alle. Bluddmänner und Hailsmänner würden an diesem Abend kämpfen, ganz gleich, was er sagte – soviel war klar –, aber wie konnte er Will und Bron ohne Ehre in diesen Kampf schicken? Vier hochgewachsene, kräftige Bluddmänner in ihren besten Jahren gegen drei Hailsmänner, von denen zwei frisch geschworene Jahrmänner waren?

Sie würden sterben. Er, Will und Bron würden sterben. Raif schluckte und riß sich zusammen. Clan war alles. Er selbst hatte keine Bedeutung – seine Seele war bereits verloren –, aber er konnte Will und Bron nicht mit einer Lüge in den Tod schicken.

Er stand auf. »Wir haben getan, was wir tun mußten.«

Ein Keuchen war zu hören. Die Bluddmänner zogen die Waffen. Will Hawks Miene war eine Art Tod für Raif. Er wußte nun, daß man ihm die Worte, die er ausgesprochen hatte, nie vergeben würde.

Will kämpfte nur einen Augenblick lang mit der Wahrheit, aber als er sich den Bluddmännern zuwandte, war er nicht mehr derselbe Mann. »Laß die Waffen stecken, bis wir draußen sind«, sagte er, und seine Stimme klang gleichzeitig hart und müde. »Wir wollen nicht eine Lüge mit einer anderen durcheinanderbringen, Bron.« Er sah seinen Sohn an. »Dein Jahrmannseid an Dhoone besteht immer noch. Das hier ist nicht dein Kampf.«

Bron schüttelte den Kopf. »Heute abend bin ich ein Hailsmann«, sagte er.

Reiner Schmerz spiegelte sich auf Wills Miene. Aber als er weitersprach, war er wieder verschwunden. »Also gut, Sohn. Kämpfen wir für unseren Clan.«

Vater und Sohn gingen auf die Tür zu.

Raif trat vor und folgte ihnen.

Als Will Hawk hörte, wie Raif die Bank wegschob und ihnen folgte, drehte er sich um und hob die Hand. »Nein, Raif Sevrance, bleib sitzen. Ich lasse mir lieber von einem Bluddmann das Herz aus dem Leib schneiden, als daß ein Verräter auf meiner Seite kämpft.«

Will blieb noch einen Augenblick stehen, dann ging er nach draußen. Die Bluddmänner folgten. Bron folgte. Jemand schloß die Tür.

Wie ein Geist ging Raif weiter. Langsam. Unaufhaltsam.

Angus kam und wollte ihn aufhalten, schlang lange, kräftige Arme um seine Brust, stieß mit den Knien gegen seine Beine. Duff legte den Riegel vor, dann half er Angus. Raif wehrte sich. Hände schoben, Füße traten, kräftige Männer standen ihm im Weg. Sie verlangsamten ihn, konnten ihn aber nicht aufhalten. Er steckte Schläge ein und schlug selbst zu, aber all das schien so unwirklich wie ein Traum. Alles, was zählte, war die Tür. Nicht einen Augenblick bezweifelte er, daß er sie erreichen würde. Wie bei einem Stück Wild hatte er das Eichen- und Eisenherz dieser Tür im Visier. Sie gehörte ihm, und er würde sie nehmen. Wenn Angus und Duff das gewußt hätten, wenn er nur in der Lage gewesen wäre, es ihnen zu erklären, hätten sie ihn gehen lassen. Aber sie wußten es nicht, und so kämpfte er gegen sie, und alle drei steckten Schläge ein.

Hin und wieder sah er sich in den Augen anderer Männer. Ein Dhoonemann hob die Hand an seinen Steinbehälter, als hätte er etwas so Unaussprechliches vor sich wie einen Steingott, den es nach Rache dürstet. Die Scarpemänner sahen ängstlich aus.

Blut lief von Raifs Nase zu seinem Mund. Gelbe Flüssigkeit glitt über sein Auge. Seine Fäuste waren wie Maschinen, zuckten auf und ab, schlugen zu, und seine Füße trugen ihn immer weiter. Erfüllt von einer unvermeidlichen Kraft wie ein abgeschossener Pfeil, hatte er überhaupt keine andere Wahl, als sich zur Tür zu bewegen.

Plötzlich sprach Angus ein Wort. Er wischte sich das Blut aus dem Gesicht und schüttelte den Kopf, dann wichen er und Duff zurück. Raif bemerkte das kaum. Es war ihm gleich. Er hatte die Tür ohnehin erreicht. Er hob die Hände und schob den Riegel weg, und einen Augenblick später stand er in Schnee und Nacht. Ein Bluddmann lag am Boden. Bron lag am Boden. Die verbliebenen Bluddmänner stachen mit ihren Schwertern zu und immer wieder in die machtlose Gestalt von Will Hawk. Nur ihre Klingen hielten ihn noch aufrecht.

Danach wußte Raif nicht mehr, was geschah. Später würde er sich erinnern, oder vielleicht wurde das, was Angus Lok ihm sagte, zur Erinnerung, aber als er über die Schwelle und in den Schnee trat, verwandelte er sich in etwas anderes.

Schwerter klirren nicht, wenn man sie zieht, aber Raif kam es so vor, als ob das seine es tat. Sein Mund war trocken, vollkommen trocken. Sein Rabenzeichen brannte wie weißglühender Stahl auf seiner Haut.

Totenwächter.

Das war sein letzter Gedanke, bevor sein Geist an einen Ort sank, wo nur noch die schlagenden Herzen der Bluddmänner zählten.

21
Sarga Veys

Penthero Iss stand hoch in der kalten Marmorschwärze des Inneren Turms und sah zu, wie Sarga Veys die Maskenfestung betrat. Für Veys war die soldatische Kargheit des Stalltores oder der gemeine Dreck des Nordtores nicht gut genug. Nein. Veys nahm das Westtor, dessen schöne Marmorsäulen und schmiedeeiserne Gitter normalerweise für Adlige und hohe Amtsträger reserviert waren, aber nicht für Botschafter zweiter Klasse, die das Alte Können anwandten. Iss, der im Schatten stand, atmete flach. Sarga Veys war ein so interessantes Stück Fleisch.

Als er den Hof überquerte, schaute Veys immer wieder zum Splitter hin. Einen Augenblick lang blieb er stehen, drehte sich um und betrachtete eine ganze Minute lang den von Eis umgebenen Turm. Das gefiel Iss nicht. Es gefiel ihm überhaupt nicht. Ein kleines Ausdehnen seiner selbst, wie ein langes Schnaufen oder ein feuchter Finger, den man in die Luft streckt, um die Windgeschwindigkeit zu überprüfen, versicherte ihn, daß Veys den Splitter nur mit seinen eigenen Augen betrachtete und nicht mit der Zauberei, die Iss fürchtete.

Er zog sich wieder in sich zurück und wurde sich des Metallgeschmacks in seinem Mund bewußt, ebenso wie des Urintropfens, der ihm über den Oberschenkel lief. Es war widerlich, die Feuchtigkeit dort zu spüren. Er verachtete seine Schwäche. Er zog den übelschmeckenden Speichel zusammen, um ihn auszuspucken, und betrachtete abermals die weißgewandete Gestalt von Sarga Veys.

Sarga Veys sah direkt zu ihm hinauf.

Beunruhigt wich Iss einen Schritt zurück. Ich stehe im Schatten, sagte er sich, und bin fünf Stockwerke über ihm. Wie kann er wissen, daß ich hier bin? Sarga Veys mußte seine Berührung gespürt haben. Iss' Miene wurde finsterer. Die Macht, die er benutzt hatte, um den anderen zu überprüfen, war so gering wie das Flügelschlagen einer Motte, sie hätte nicht spürbar sein dürfen. Und dennoch lächelte Sarga Veys nun und hob grüßend den Arm. Iss drehte sich um und verließ das Zimmer. Veys würde nun vollkommen sicher wissen, daß sich etwas im Splitter befand, wovon er nichts wissen sollte.

Als er die eiskalten Treppen des Inneren Turms beschritt, bereitete Iss sich auf die Begegnung mit Sarga Veys vor. Obwohl sich die Sonne erst kürzlich über dem Totenberg erhoben hatte, war der Surlord unzufrieden mit dem Tag. Erst eine Stunde zuvor hatten die Herrin der östlichen Landsitze und ihr schwertschwingener Sohn, der Weißeber, unter der niedrigen dunklen Decke der Gerichtshalle sein Recht in Frage gestellt, das Land nördlich der Stadt zu verteilen.

»Der Bruder meines Großvaters besaß die Jagdrechte in den nördlichen Ländereien«, hatte Lisereth Hews, die Herrin der östlichen Landsitze, gesagt, und ihre Stimme hatte dabei höchst unangenehm geklungen. »Und diese Rechte beanspruche ich hier und jetzt für meinen Sohn.« Es war ein lächerlich aufgeblasener Anspruch, aber Lisereth Hews war eine gefährliche Frau. Das Weiß und Gold der Hews stand ihr so gut wie jedem Mann. Sie würde tatsächlich Ärger machen. Vier der letzten zehn Surlords waren aus dem Haus Hews gekommen, und die edle Dame intrigierte, um ihren Sohn zu dem fünften zu machen. Die Angelegenheit der nördlichen Landsitze, die nach dem Tod ihres Herrn Allock Mure wieder neu zur Diskussion stand, hatte ihr eine willkommene Ausrede geliefert, die Zähne zu zeigen.

Iss fletschte nun die eigenen Zähne. Lisereth Hews mußte dumm sein, wenn sie sich einbildete, es mit ihm aufnehmen zu können. Er würde nicht sitzen bleiben und warten, bis die Meuchelmörder zu ihm kamen. Die großen alten Häuser wie

Hews, Crieff, Stornoway, Gryphon, Pengaron und Mar würden schon bald genügend Gelegenheit zum Kämpfen bekommen.

Sobald er in seinen Privatgemächern war, nahm sich Iss die Zeit, sich umzuziehen. Der Urinfleck auf seinem Gewand war winzig, aber Sarga Veys hatte gute Augen und einen durchdringenden Verstand, und Iss würde ihm nicht die Befriedigung liefern, zwei und zwei zusammenzuzählen und zu erkennen, daß sein Surlord nicht so mächtig war, wie er schien. Sarga Veys war ein fähiger und subtiler Magier, und das bedeutete, daß er ebenso gefährlich wie nützlich war.

Iss kleidete sich ohne Eile an und überließ es Caydiss Zerbina, das Dutzend Perlenknöpfe an jeder Manschette zu schließen und die Bänder auch an seinem Seidenmantel zu binden, so daß sie ein kunstvolles Fischgrätmuster über seiner Brust bildeten. Kleidung war ihm im Grunde gleichgültig, aber er kannte ihre diversen Nutzen sehr genau und legte immer Wert darauf, in teure, schwere Seide von hervorragendem Zuschnitt gekleidet zu sein.

Als er überzeugt war, daß er Sarga Veys lange genug hatte warten lassen, gab er Anweisung, den Halbmann vorzulassen. Caydiss öffnete die Tür ohne jegliches Geräusch.

»Herr.« Sarga Veys betrat das Zimmer, verbeugte sich und wartete darauf, daß der Surlord sich erfreut zeigte.

Iss betrachtete die Biegung von Veys' Hals, die Struktur und Farbe der Haut. Obwohl Veys gerade von einer mehrere Wochen dauernden Reise zurückgekehrt war, hing kaum Schmutz von der Straße an ihm. Er mußte in der Stadt Rast gemacht haben, um sich zu baden und umzukleiden, bevor er sich in der Festung einfand. Iss gefiel die kühle Gelassenheit nicht, die es für so etwas brauchte, und er nahm sich vor, Veys verfolgen zu lassen, während er in der Stadt weilte. Er wußte bereits viel über den Halbmann, aber es schadete niemals, noch mehr zu wissen.

»Sarga Veys. Ich nehme an, Ihr seid bei guter Gesundheit?« Veys öffnete den Mund zu einer Antwort, aber Iss schnitt ihm das Wort ab. »Ich habe die Sept nicht gesehen, als Ihr zurückkehrtet. Ich hoffe, die Brüder-der-Wache sind nicht zu Schaden gekommen?«

»Sie baten mich, vorausreiten zu dürfen, als wir in Sichtweite der Stadt waren. Ich sah keinen Grund, ihnen das zu verweigern.«

Er log. Kein Angehöriger der Renegaten-Wache würde Sarga Veys jemals um etwas bitten. Es war wahrscheinlicher, daß sie ihn zurückgelassen hatten, sobald sie es für angemessen hielten. Iss nickte. Sarga Veys befürchtete, daß seine Lüge bemerkt worden war, und richtete sich auf. »Wenn ich das nächste Mal in Euren Angelegenheiten unterwegs bin, Herr, würde ich es vorziehen, die Männer der Sept selbst auswählen zu dürfen.«

»Wie Ihr wünscht.« Das war Iss gleichgültig. Sollte Veys doch versuchen, eine Sept zusammenzustellen. Es wäre interessant zu sehen, wie weit er käme, bis Marafice Eye einschritt. »Habt Ihr noch weitere Forderungen, bevor wir beginnen? Vielleicht ein neues Pferd oder einen neuen Titel oder ein paar neue Gewänder mit Goldbesatz?«

Sarga Veys' violette Augen wurden dunkler. Die Muskeln an seinem Hals arbeiteten, und einen Augenblick lang wußte Iss nicht, ob er vorhatte, sich der Magie zu bedienen oder etwas zu sagen. Veys schien es kaum selbst zu wissen. Dann beruhigte er sich und schluckte, was immer an Magie oder Worten in seinem Hals gesteckt hatte, wieder herunter. »Es tut mir leid, Herr. Ich bin müde und abgekämpft. Ich liebe das kalte, offene Land des Nordens nicht sonderlich.«

Iss gab sich sofort versöhnlich. »Selbstverständlich, mein Freund, selbstverständlich.« Er berührte Veys' Arm. »Kommt. Setzt Euch. Trinkt etwas. Wir brauchen unbedingt Wein und etwas zu essen. Caydiss, bring uns etwas Gutes. Und es muß heiß sein. Und du solltest dich unbedingt zunächst um das Feuer kümmern. Wie recht du hast, eher an das Wohlbefinden unseres

Gastes als an seinen Magen zu denken.« Es war interessant zu sehen, welche Wirkung dieses betuliche Gehabe auf Sarga Veys hatte. Er liebte es, wenn man ihn umwarb. Das war eine seiner Schwächen – er glaubte stets, Besseres verdient zu haben als das, was er bekam.

Als Caydiss das Zimmer verließ und dabei die Tür so leise schloß, wie nur er es konnte, wandte sich Iss Veys zu und sagte: »Nun. Ist in den Clanländern alles nach Plan verlaufen?«

Veys' glatte Haut schimmerte wie ölgetränktes Leinen, als er sagte: »Sie raufen sich wie die Hunde.«

Iss nickte. Einen Augenblick lang schwieg er und wartete, bis dieses Wissen sich in seinem Geist gesetzt und seinen eigenen Platz beansprucht hatte. Zerstreut fuhr er sich mit der Hand über den Mund. »Mace Blackhail hat also entsprechend den Informationen, die ihr ihm gegeben habt, gehandelt?«

»Sofort. Es war ein Massaker. Dreißig Frauen und Kinder kaltblütig abgeschlachtet – die meisten Verwandte des großen Hundelords persönlich. Jetzt will Bludd Blackhail an die Kehle, Dhoone und Blackhail wollen Bludd an die Kehle, und die Clans dazwischen beeilen sich, sich auf die eine oder andere Seite zu schlagen.« Iss zog die vollkommen weißen Ärmel seines Gewandes glatt. »Der Hundelord wird schon bald Stacheln auf seinem Dhoonesitz finden.«

»Mag sein.« Iss hatte eine bessere Meinung von Vaylo Bludd als Sarga Veys. Sarga Veys sah nur die Grobheit, das Spucken, das Fluchen und die Hunde. Iss sah die rücksichtslose Entschlossenheit eines Mannes, der dreißig Jahre Häuptling des Clans Bludd gewesen war und von seinen Männern wie ein König geliebt wurde. Außerdem verstand Sarga Veys nicht, um was es ging. Der Hundelord war nur ein Häuptling unter vielen. Die Clans Croser, Bannen, Otler, Scarpe, Ganmiddich und all die anderen mußten ebenfalls in den Kampf einbezogen werden. Es genügte nicht, daß Blackhail, Bludd und Dhoone einander bekriegten; all ihre kriegsgeschworenen Clans mußten dasselbe tun. Wenn es an der Zeit war, ein Heer nach Norden zu schicken, würde es das Versprechen leicht zu erwerbenden Landes und Reichtums sein, das die landbesitzenden Adligen und ihre Heere bewegte. Die reichen Grenzclans würden als erste fallen. Die kalten Riesen des abgelegenen Nordens mit ihren massiven steinernen Rundhäusern, Stahlschmieden und im Eis aufgewachsenen Kriegern würden später folgen ... nachdem sie einander gegenseitig jahrelang blutig bekämpft hatten.

Iss fuhr sich mit der bleichen Hand über das Gesicht. Konnte es wirklich gelingen? Hatte er eine Wahl? Die Welt veränderte sich, und die Sull würden ihre Herdfeuer schon bald verlassen. Wenn es je eine Chance gegeben hatte, Macht und Größe zu gewinnen, dann lag sie nun vor ihm. Wenn Spire Vanis sich nicht regte, um den Kontinent zu beanspruchen, dann würden es Trance Vor, Morgenstern und Ille Glaive tun. Es bestand kein Zweifel daran, daß ein Großreich entstehen würde. Und er, Penthero Iss, Sohn eines Zwiebelbauern aus Trance Vor und armer Verwandter eines Adligen, würde nicht zusehen, wenn andere das nahmen, was ihm gehören sollte.

»Ich habe ein oder zwei andere Dinge erfahren, als ich im Norden war«, sagte Veys, und seine Stimme schnitt durch Iss' Gedanken wie Käsedraht. »Ihr werdet es vielleicht interessant finden.«

Es war anstrengend für Iss, sich wieder darauf zu konzentrieren, was als nächstes anstand. »Weiter.«

»Unser alter Freund Angus Lok hat sich wieder auf den Weg gemacht. Das letzte, was ich hörte, war, daß er nach Norden unterwegs war, zum Clanland.«

Das war tatsächlich neu. Angus Lok hatte sich sechs Monate lang nicht gerührt. Keiner von Iss' Spionen war in der Lage gewesen, ihn zu finden. Er und seine Familie leben ein paar Tagesritte von Ille Glaive entfernt, war alles, was sie ihm je hatten sagen können. »Wenn Angus Lok sich regt, dann regen sich die Phage ebenso.«

Sarga Veys begegnete dem Blick des Surlords. »Ich frage mich, warum.«

Jede Wette, dachte Iss. Zum ersten Mal dachte er daran, Veys loszuwerden. Der Halbmann war einfach zu schlau. Er hatte bereits einen Herrn verraten. Wieviel leichter würde ihm ein zweiter Verrat fallen? »Da es aussieht, als hättet Ihr einmal zu ihnen gehört, wäre es Eure Sache, mir zu sagen, was die Phage vorhaben.«

Veys zuckte die Achseln. »Wer kann das bei den Phage schon wissen? Sie bleiben unter sich wie Fledermäuse an einer hohen Wand. In ganz Spire Vanis gibt es vielleicht nur fünf Menschen, die je von ihnen gehört haben, und zwei davon sitzen in diesem Zimmer.« Veys beugte sich vor, und Iss wußte, daß ihm nun eine zweite Enthüllung bevorstand. »Selbstverständlich war da noch dieser Rabe, den Herdmeister Gloon geschossen hat.«

»Welcher Rabe?«

»Nun, offensichtlich hat der gute Herdmeister Angst, daß Raben über seinen Schornstein fliegen – Ihr wißt, wie abergläubisch Herdmeister bezüglich ihrer gottverdammten Herde sein können.«

Veys wartete, bis sein Surlord genickt hatte. »Also trägt Gloon immer, wenn er aufs Dach klettert, um den Kamin zu säubern, einen gespannten Bogen bei sich, für den Fall, daß ein Rabe übers Haus fliegt. Er schießt sie gerne ab und hängt sie dann wie Trophäen an die Dachbalken. Sieben Tage bevor ich eintraf, hat Gloon den größten Raben geschossen, den er je gesehen hatte. Er konnte überhaupt nicht mehr aufhören, damit zu prahlen. Der Mann hat selbstverständlich übertrieben – kleine Männer wie er tun das immer –, aber als er das Tier herunterschnitt, um es mir zu zeigen, bemerkte ich ein Stück Sehne, das um das Bein des Vogels gewickelt war.«

»Ein Botenvogel.«

»Ja. Und er war auf dem Weg nach Norden, zum Eis.«

»Und es gab keine Botschaft.«

»Nein.«

»Dann war der Vogel wieder auf dem Rückweg nach Hause zum Stamm der Eisjäger. Nur die Eisjäger und die Sull benutzen Raben.« Unsichtbare Härchen auf Iss' Armen sträubten sich. »Aus welcher Richtung kam er?«

»Süden. Aus dem Süden.« Die Miene des Halbmanns zeigte Iss, daß Veys bereits eine Verbindung zwischen dem Vogel und Angus Lok annahm. Er war klug. So klug.

Aber diese Nachricht war tatsächlich faszinierend. Das war das Problem: Es gelang Veys immer wieder, genau die Art von Informationen zu finden, die Iss brauchte. Und er war so nützlich, und so kunstfertig, was Zauberei anging.

Iss kümmerte sich um das Tablett mit dem Essen und dem Wein, das Caydiss diskret auf dem Marmortisch abgestellt hatte. Alles darauf duftete: Der Wein war mit Nelken aufgewärmt und dann in Kelche gegossen worden, die man zuvor mit Zitrone eingerieben hatte, die Eidotter zitterten wie Austern unter dem Gewicht von Kümmel und Sesam, die gebratenen Feigen waren aufgeplatzt und dampften, und die Lammzungen waren mit Rosenmus, Moschus und Ambra bestreut. Niemand konnte Speisen so zubereiten wie Caydiss Zerbina. Niemand konnte finden, was er fand.

Iss bot Sarga Veys einen Silberkelch mit Wein an und dachte darüber nach, was er erfahren hatte. Der Lauscher des Eisjägerstamms hatte also einen Raben geschickt? Das bedeutete, daß auch der Norden sich auf den Schattentanz vorbereitete, der allen bevorstand. Iss lehnte sich zurück und versuchte, sich mit tiefen Atemzügen, die er lange in der Lunge hielt, zu beruhigen. Laß sie tanzen, dachte er. Laß die Sull mit Schatten und die Clansmänner mit Schwertern tanzen, und jene, die mutig genug sind, sich zu bewegen, während die Musik spielt, ihnen die Welt unter den Füßen wegstehlen.

Sarga Veys steckte sich eine fette Feige in den Mund. Er sah überaus selbstzufrieden aus. »Ich habe gehört, Euer Mündel sei verschwunden. Die reizende Asarhia. Wenn Ihr wollt, kann ich helfen, sie zu finden.«

»Nein.« Iss ließ dieses Wort ganz allein für sich stehen. Er hatte es nicht nötig, einem zweitklassigen Gesandten, der weder über eigenes Land noch über Familienverbindungen verfügte, etwas zu erklären. Schon der Gedanke, daß Sarga Veys Asarhia berührte, erfüllte seine Brust mit kaltem Unbehagen. Aharhia war so jung, so unwissend ...

Iss stellte den Weinkelch unberührt nieder. Sie mußte unbedingt gefunden werden. Die Stadt war kein Ort für sie. Sie konnte verletzt, gar vergewaltigt werden. Sie konnte ihre Finger über Nacht an die Kälte verlieren, in einem schmutzigen, kleinen Zelt im Almosenviertel verhungern oder sich in einer der riesigen Schneeverwehungen an der Nordmauer der Stadt zusammenrollen und in den Tod schlafen. Iss hatte schon gesehen, wie solche Dinge geschahen. In jedem Frühjahr beim ersten Tauwetter wurden hundert und mehr Leichen mit dem Schmelzwasser durch die Schleusentore getragen. Die armen Narren waren alle lächelnd gestorben und hatten die blauen Zungen des Frostes, der sie tötete, für so warm und beruhigend wie Flammen gehalten.

Iss holte tief Luft. Er würde mit dem Schwertführer reden müssen. Die Suche mußte ausgedehnt, die Belohnung verdoppelt werden. Das Almosenviertel und all die Barackenstädte mußten dem Erdboden gleichgemacht werden. Er mußte Asarhia finden. Er hatte nicht sechzehn Jahre damit zugebracht, sie aufzuziehen, um sie in die Hände anderer fallen zu lassen.

Als er Veys dabei ertappte, daß dieser ihn mit einem Blick bedachte, der zuviel wußte und zuviel erriet, stand Iss auf und ging zur Tür. Caydiss Zerbina wartete auf der anderen Seite, und es brauchte nur ein Wort.

»Werdet Ihr mich demnächst wieder in Eurem Auftrag nach Norden schicken, Herr?« sagte Veys.

Iss schüttelte den Kopf. »Nein. Kriege zu beginnen ist ein

Spiel, das eine vorsichtige Hand braucht. Wenn man zu sehr drängt, wird man zu leicht durchschaut. Es ist besser, eine Weile zuzusehen und abzuwarten. Blackhail hat seinen Häuptling verloren, Bludd Frauen und Kinder und Dhoone die Clanfestung: Sollen der Clanstolz und die Clangötter den Rest erledigen.«

»Aber was ist mit ihren kriegsgeschworenen Clans. Was ist mit Ganmiddich, Bannen, Orrl …«

»Alles zu seiner Zeit, Sarga Veys. Wenn das Spiel langsamer wird oder die Regeln sich ändern, werdet Ihr der erste sein, der das erfährt.«

Der Halbmann nickte. »Wie Ihr wünscht.«

Iss wartete auf die nächste Frage, die er selbstverständlich bereits kannte.

»Und was werde ich nun tun?«

»Darüber habe ich noch nicht sonderlich nachgedacht, mein Freund. Es gibt nichts Dringendes. Ich wäre selbstverständlich dankbar für alles, was Ihr mir über Angus Lok und seine Familie sagen könnt. Davon abgesehen schlage ich vor, Ihr solltet Euch nach der langen Reise ausruhen, Euch Zeit nehmen, die Erfrischungen der Stadt zu genießen.« Iss klappte den Deckel einer silbernen, mit Smaragden überzogenen Schachtel auf, die einmal dem Surlord Rannock Hews gehört hatte, den Borhis Horgo vor vierzig Jahren im schwarzen Schlamm von Geiersumpf getötet hatte, während fünf Abschwörer ihn mit ihren Stiefelabsätzen niederhielten. Iss nahm etwas aus der Schachtel und lächelte Sarga Veys gutmütig an. »Hier«, sagte er und drückte dem Halbmann den Gegenstand in die Hand. »Verwendet es klug.«

Sarga Veys' Miene, als er das Goldstück anstarrte, das der Surlord ihm gegeben hatte, war ein Spektakel für sich. Der Gedanke, daß man ihn nicht brauchte, daß man ihn entlassen konnte wie eine benutzte Prostituierte, wäre ihm nie zuvor in den Kopf gekommen. Er war der junge und brillante Sarga Veys, das Beste, was die Phage in einem Jahrzehnt gefunden hatten. Wer würde ihn nicht wollen oder brauchen? Zu jeder anderen Zeit wäre Iss versucht gewesen, über die Flecke gekränkter Eitelkeit zu lächeln, die wie Lachsrogen in Sarga Veys' Augen aufblitzten, aber aus irgendeinem Grund tat er es jetzt nicht. Veys war gefährlich. Und obwohl es tatsächlich notwendig gewesen war, ihm eine Lektion zu erteilen, war Veys genau die Art Mensch, der so etwas nicht vergaß.

Die Ankunft von Marafice Eye, der rasch von Caydiss Zerbina herbeigerufen worden war, enthob Iss weiteren Nachdenkens über dieses Thema. Der Schwertführer klopfte weder, noch wartete er. Marafice Eye betrat das Zimmer raumgreifend wie immer und richtete dann seine kleinen, blauen Äuglein auf sein Wild: Sarga Veys.

Sofort bereute Iss, ihn herbeizitiert zu haben. Er hatte vorgehabt, den Halbmann einzuschüchtern und ihn auf seinen Platz zu verweisen. Aber die Sache mit dem Goldstück hatte bereits einen Teil davon erreicht, und Iss wußte, daß die Gefahr bestand, zu weit zu gehen.

Sarga Veys, der sich noch nicht von dem Schlag erholt hatte, daß der Surlord ihn nicht mehr unmittelbar brauchte, verfärbte sich leicht unter dem Blick des Schwertführers. Unwillkürlich wich er auf seinem Stuhl zurück.

Der Schwertführer stand einfach nur da; Marafice Eye brauchte nichts anderes zu tun.

Iss schaute von einem Mann zum anderen. Nun war es notwendig, die Pläne zu ändern. Nach einem flachen Atemzug wandte er sich Marafice Eye zu: »Diese Sept, die Ihr mit Sarga Veys nach Norden geschickt habt, muß diszipliniert werden. Kümmert Euch darum.«

Marafice Eye schaute finster drein. Iss wandte ihm den Rücken zu und entließ ihn damit.

Schritte erschütterten den Boden, und dann wurde die Tür so heftig zugeschlagen, daß der Rahmen einen Riß bekam.

Iss wandte sich Sarga Veys zu. »Ihr werdet nicht lange untätig bleiben.«

Die Wangen des Halbmanns glühten vor Gehässigkeit; er hatte es sehr genossen, wie Iss mit Marafice Eye umgesprungen war. »Ich erwarte Euren Ruf, Herr.« Dann stand er auf und steckte das Goldstück in eine Falte seines Gewandes. »Ich kann also davon ausgehen, daß mein Herr mit meiner Arbeit im Norden zufrieden ist?«

Wollte er jetzt etwa auch noch gelobt werden? Iss' Abneigung gegen den Halbmann wurde immer größer. Lächelnd ging er zur Tür und öffnete sie. Holzsplitter fielen zu Boden. »Ihr habt Euren Wert mehr als bewiesen.«

Sarga Veys schritt, immer noch glühend, über die Schwelle.

Sobald er außer Hörweite war, rief Iss Caydiss zu, er solle den Schwertführer zurückholen.

22
Clanangelegenheiten

Der Schmerz begleitete ihn wie eine zweite Haut. Stiefelförmige Prellungen zeichneten ihn, und Organe und Gewebe darunter bluteten. Wunden, die mit schwarzem Faden genäht waren, brachen mit leisem Zischen wieder auf und eiterten. Stichwunden durchlöcherten ihn wie Ungeziefer das Holz. Seine aufgeschnittene Lippe pochte. Sein blaues Auge ließ jedes Blinzeln zu einer quälenden Prozedur werden. Verkrustetes gelbes Zeug sammelte sich in seinem geschwollenen Ohr, und die Blase an seiner rechten Hand war wie Feuer unter den Zügeln.

Frierend, kalt und tief zurückgezogen an einen Ort, der gut gegen Gedanken bewacht war, ritt Raif Sevrance an Angus Loks Seite weiter. Trübes graues Licht fiel auf eine vor Frost glitzernde Landschaft. Ein beutegieriger Wind hielt sich dicht am Boden, zufrieden damit, seine Opfer von der schrecklichen Kälte schwächen zu lassen, bevor er schließlich zuschlug. Schierlingsbüsche, die Stämme matt von Reif, erhoben sich wie eine Geisterarmee gegen die hereinbrechende Nacht.

Angus ritt schweigend, den Rücken gebeugt, den Kopf tief in die Kapuze zurückgezogen, und obwohl Raif das Gesicht seines Onkels nicht sehen konnte, wußte er von all den Platzwunden und blauen Flecken dort. Er schauderte, wenn er daran dachte. Es gab sogar eine Bißspur.

Es war schwierig zu sagen, wie viele Tage seit dem Abend in Duffs Herdhaus vergangen waren. Vielleicht eine Woche. Vielleicht länger. Auf der Taiga waren alle Tage und Nächte gleich. Raif konnte sich kaum an den Kampf erinnern. Trübe hatte er noch in Erinnerung, daß Angus ihn von dem zerhackten Fleisch weggeführt hatte, das einmal die Leichen der Bluddmänner gewesen waren. Er erinnerte sich an die ängstlichen, entsetzten Blicke der Dhoonemänner und daran, daß Scarpe, Dhoone, Ganmiddich und Gnash zusammengekommen waren, um einen Staubkreis um die sechs Leichen im Schnee zu ziehen.

Sie konnten es kaum erwarten, ihn loszuwerden. Angus und Duff hatten ihn in den Stall gebracht und sich dort um seine Verletzungen gekümmert. Sobald Duff mit Nähen fertiggewesen war, hatte ihn Angus gezwungen, eine ganze Taschenflasche dieses starken Malzgebräus zu trinken, und ihn auf Elchs Rücken gehoben. Raifs letzter Gedanke war, daß einer von Duffs berühmten Zähnen nun fehlte: So würde der Herdmeister nie wieder einen Schlitten ziehen können.

Erst später, sehr viel später wurde ihm klar, daß er die Ursache für den fehlenden Zahn und die Bißspur auf Angus Wange gewesen war. Ein Gedanke, den er kaum ertragen konnte.

Angus hatte ihm das wenige, das er für notwendig hielt, gesagt. Raif wußte, daß sein Onkel viel zurückhielt, und war froh darüber. Er wollte keine Einzelheiten des Kampfes erfahren. Angus selbst war in den vergangenen Tagen seltsam still gewesen, schlief abends am Feuer und sprach tagsüber nur vom Wetter und der Reise. Als er einen Blick auf die vornübergebeugte, vom Frost versteifte Gestalt seines Onkels warf, spürte Raif so etwas wie Wundsein in der Kehle.

Du bist nicht gut für diesen Clan, Raif Sevrance.

Nun wußte auch Angus, wie wahr das war.

»Angus«, sagte Raif und überraschte sich selbst, indem er das Schweigen brach.

Angus drehte sich um, so daß Raif sein Gesicht sehen konnte. Alle Schnitte und blauen Flecken waren dick mit Wachs eingerieben, denn beschädigte und gerissene Haut war eine Einladung für Frostbeulen. »Was?«

Raif spürte, daß er den Mut verlor, also eilte er sich weiterzusprechen, bevor er die Gelegenheit hatte, darüber nachzudenken. »Warum hast du mich gehen lassen? Du und Duff, ihr habt den ganzen Weg bis zur Tür versucht, mich zurückzuhalten, aber dann hast du etwas gesagt, und ihr habt euch beide zurückgezogen.«

Angus grunzte leise. Er wandte sich wieder dem Weg zu, der vor ihm lag, und sagte: »Ja. Ich wußte, daß du das fragen würdest. Und du willst eine aufrichtige Antwort.«

Er schwieg eine Weile und führte seinen Fuchs um ein Dickicht gefrorener Dornenranken herum. Gerade als Raif schon die Hoffnung auf eine Antwort aufgegeben hatte, sprach er wieder, leiser als der Wind. »An einem bestimmten Punkt wußte ich, daß du nicht aufzuhalten warst. Ich spürte es einfach in meinen alten Lok-Knochen. Weiterzukämpfen hätte nur mir und Duff mehr Schaden zugefügt. Aber es war noch mehr.« Angus seufzte tief. Stücke von Eis von seinem Mantel rutschten auf seinen Schoß. »Ich habe eine Spur des Alten Könnens in mir, Raif. Nur ein winziges bißchen, aber es genügt, um zu spüren, wenn ein anderer in meiner Nähe Zauberei benutzt oder ähnliche Dinge. Ich selbst benutze keine Magie; versteh mich da nicht falsch. Ich könnte Luft oder Licht nicht bewegen, selbst wenn mein Leben davon abhinge – sollten wir je in eine solche Situation kommen, dann vergiß bitte nicht, daß Angus Lok nicht der Mann dafür ist. Aber wie ich sagte, ich kann es spüren. Und als du an diesem Abend immer weiterkämpftest, dem alten Duff den Zahn ausschlugst und mich in die Eier getreten hast, spürte ich etwas …«

»Zauberei?«

»Nein. Schicksal.« Angus ließ das Wort einen Augenblick zwischen ihnen stehen, dann zuckte er die Achseln. »Nenn es die Laune eines alten Waldläufers, wenn du willst. Nenn es einfach Delirium, weil man mir die Eier durcheinandergerüttelt hat. Ich weiß nur, daß es einen Augenblick gab, als ich bei mir dachte, so schrecklich dies sein mag, es soll so sein.«

Raif holte tief Luft. Der Schmerz von den Stichen und der

Hand ließ ihn das Gesicht verziehen. Schicksal. Damit wollte er nichts zu tun haben. Aber noch während seine Gedanken sich sprungbereit hielten und die Idee angreifen wollten, zuckten ihm Fragmente von Erinnerungen durch den Kopf. Ein roter, gefrorener See, ein Wald silberblauer Bäume, und eine dunkle Stadt ohne Menschen: die Orte, die der Heilige Stein ihm gezeigt hat.

»Das Schicksal drängt«, sagte Angus und brach damit durch Raifs Gedanken. »Manchmal, wenn man nachts unter dem Sternenhimmel liegt, kann man es spüren. Kinder fühlen es – deshalb sind sie immer so aufgeregt, wenn es darum geht, draußen ein Lager aufzuschlagen. Sie wissen es, können es aber nie in Worte fassen. Was mich angeht, so habe ich das Schicksal nur einige wenige Male in meinem Leben gespürt, und es hat mich immer veranlaßt, meinen Kurs zu ändern. Was dort am Herdhaus geschah, war ein solches Drängen.«

»Aber ich hätte sterben können.«

»Ja. Und ich kann nicht sagen, daß ich mich eingemischt hätte, um dich zu retten.« Angus drehte sich wieder um und sah Raif an, die kupferfarbenen Augen grün gefleckt. »Du weißt, daß die Nachrichten darüber, was du getan hast, jede Ecke des Clanlands erreichen werden. Alleine drei Bluddmänner zu töten ist eine Tat, die man nicht so schnell vergessen wird.«

Raif schüttelte den Kopf. Er haßte das, wozu er geworden war, als er über die Schwelle des Herdhauses geschritten war. Es lag kein Stolz darin, Männer so zu töten; er war kaum mehr gewesen als ein Wolf, der ihnen die Kehle zerriß. Ihm wurde übel, wenn er daran dachte. Er erinnerte sich daran, daß der Schnee vor Duffs Herdhaus von Blut getränkt gewesen war. »Blackhail wird keine Lieder über mich singen.«

»Mag sein. Aber dreißig Augenpaare haben gesehen, was du getan hast, und Lieder müssen nicht immer gesungen werden, damit man sie hört.«

Angus warf Raif einen bohrenden Blick zu, dann trieb er

den Fuchs weiter über Boden, der einmal sumpfig und feucht gewesen war und den das Eis nun hatte fest werden lassen.

Raif folgte ihm. Bald kamen sie an einen gefrorenen Bach und nahmen den Weg durch die Hügel und Schluchten des Randes der Taiga, den dieser ihnen bot. Als sie das Ufer verließen, um ihr Nachtlager aufzuschlagen, waren die Bäume, die sie umgaben, kein Wald mehr, sondern eine Ansammlung von Hainen. Ein Sichelmond hing niedrig über dem Horizont und ließ das Bacheis wie blaues Feuer schimmern.

»Was wird nun zwischen Blackhail und Bludd geschehen?« fragte Raif und schob Schnee gegen den unteren Teil des Zeltes, um es zu beschweren. Seine Hände schmerzten bei der Arbeit, aber der Schmerz war eine Kleinigkeit. Dies war der erste Abend, an dem sie kein Herdhaus hatten ... sie befanden sich bereits an der äußersten Grenze des Clanlands.

Angus hatte die Handschuhe ausgezogen und war damit beschäftigt, Holz zu entrinden. Während er sprach, hörte sein Messer nie auf zu tanzen. »Du weißt, was geschehen wird, Raif. Krieg. Es liegt im Wesen der Clans zu kämpfen. Hör dir doch nur dein Clanmotto an: Wir ducken und verbergen uns nicht. Und wir werden unsere Rache bekommen. Und das von Dhoone: Wir sind Dhoone, Könige und Clankrieger. Krieg ist unsere Mutter, Stahl ist unser Vater. Und Frieden ist nur ein Stachel in unserem Fleisch. Bludd behauptet, der Tod sei sein Begleiter. Der Schneefuchsclan schwört, bis zu dem Tag zu kämpfen, da die Steingötter die Welt zerbersten lassen, und selbst der verfluchte Clan Gray behauptet, Verlust sei etwas, was sie kennen und nicht fürchten.« Angus schnaubte. »Es kann einem die Tränen in die Augen treiben.«

Raif sah ihn stirnrunzelnd an, aber Angus schien das nicht zu bemerken. Endlich ließ er sein Messer ruhen und sagte: »Die Sache ist die, die Clans gehen einander jetzt seit dreitausend Jahren an die Kehle – wahrscheinlich noch länger, wenn man die Zeit zählt, bevor Irgar sie über das Gebirge nach Norden trieb. Der Clan Withy und der Clan Haddo haben die Geschichte aufgezeichnet, und glaube mir, diese Geschichten sind grausig. Grausig. Ihr habt gegeneinander gekämpft, gegen die Sull, gegen die Städter, gegen die Abschwörer, die Grabenländer – gegen alles, was man mit einer Waffe bedrohen kann, und einiges, wo das nicht möglich ist. Die vergangenen vierzig Jahre waren anders, dafür habt ihr dem alten Dhoonehäuptling Airy Dhoone und Dagro Blackhails Vater Ewan zu danken. Beide wuchsen während der Flußkriege auf, beide haben an den Ufern des Wolfs- und des Westflusses Verwandte verloren. Airy verlor seine Schwester Anne, die er mehr als alles andere liebte, und Ewan zwei seiner drei Söhne. Solche Verluste prägen Menschen. Airy ritt die dreißig Meilen vom Fluß zum Dhoonehaus mit Annes Leiche auf dem Rücken seiner Stute. Ihr Tod traf ihn hart. Einige behaupten sogar, er hätte dadurch den Verstand verloren und er habe Annes getrocknete Leiche auf einem Stuhl aus Weidengeflecht neben seinem Bett aufgebahrt.«

Angus lächelte und griff nach einem anderen Scheit. »Wer weiß schon die Wahrheit über Häuptlinge? Aber sowohl Airy Dhoone als auch Ewan Blackhail haben sich tatsächlich in ihre Rundhäuser zurückgezogen, ihren Clansmännern befohlen, dasselbe zu tun, möglichen Siegen den Rücken zugekehrt und ihre kriegsgeschworenen Clans ihren Kämpfen überlassen. Gullit Bludd hat dadurch Erfolge erzielt, ebenso wie Roy Ganmiddich und Adalyn Croser. Alle haben das Land und das Wasser bekommen, das sie wollten.

Fünf Jahre vergingen, während Ewan Blackhail und Airy Dhoone nur zusahen, als ihre kriegsgeschworenen Clans sich nördlich an ihre Grenzen drängten. Inzwischen war Dagro zum Mann geworden und hatte seinen ersten Jahrmanneid abgelegt, und Vaylo Bludd hatte seinem Vater einen Dolch ins Herz gestoßen und die Herrschaft über den Clan übernommen. Das war der Zeitpunkt, als Ewan und Airy eine Zukunft vor sich hatten, in der die Clanfestungen von Clan Bludd regiert wurden. Sie wußten, was für eine Art Mann Vaylo Bludd war, schon sehr früh, schon bevor er begann, sich Hundelord zu nennen und sein Haar in der Art der Dhoonekönige zu flechten. Vaylo Bludd hat Airy Dhoone und Ewan Blackhail aus ihrer Trauer gerissen. Beide Häuptlinge übernahmen den Befehl über ihre kriegsgeschworenen Clans. Sie trafen sich im Haus am Östlichen Fluß mit dem schlammig braunen Wasser zwischen sich und beendeten dort den Krieg. Sie sind sich nur dieses eine Mal noch begegnet, aber beide Männer verbrachten den Rest ihrer Häuptlingstage damit, die beiden Clans durch den Austausch von Pflegekindern zu verbinden, und diese Verbindungen blieben bis heute erhalten.«

Raif nickte. Das alles wußte er. Erst vor zwei Wintern war Drey für ein Jahr nach Dhoone geschickt worden. Mannie Dhoone, Neffe des Dhoonehäuptlings Maggis, hatte nach Blackhail kommen sollen. Aber Mannie war bei der Jagd im blauen Dornengras südlich des Dhoonehauses vom Pferd geworfen worden und hatte sich beide Beine gebrochen, und so war er nie in Blackhail aufgetaucht.

Raif stand auf, bürstete sich das Eis von der Ölhaut und sagte: »Dhoone wird sich doch Blackhail bei dem Kampf gegen den Clan Bludd anschließen, oder?«

Angus ließ das letzte Scheit in den Schnee fallen, dann griff er in seinen Mantel und holte die Kaninchenfellflasche heraus. Er hatte es nicht eilig zu trinken, denn er drehte die Flasche nur in der Hand hin und her. »Das weiß ich nicht, Raif. Dhoone ist zerstreut und gebrochen. Maggis und seine Söhne sind tot, und niemand weiß, wann ein neuer Clanhäuptling benannt wird. Sie haben dreihundert Clansmänner und Jahrmänner bei diesem Überfall verloren. Sie haben ihre Schmiede verloren, ihre Vorräte an Eisenwaren und ihr Vieh.« Angus schüttelte den Kopf. »Dhoone ist so nahe am Untergang wie der Clan Morrow am Abend von Burnie Dhoones Hochzeit.«

Raif berührte seinen Anteil an pulverisiertem Leitstein, wie es alle Clansmänner taten, wenn der Name des Verlorenen Clans ausgesprochen wurde. Der Clan Morrow hatte einmal östlich des Dhoonelands gelebt und war Bludd und Blackhail an Größe gleichgekommen. Der dunkle König Burnie Dhoone hatte dreißig Jahre damit zugebracht, diesen Clan zu zerstören, nachdem seine Frau Maida ihn wegen Shann Morrow, dem ältesten Sohn des Morrowhäuptlings, verlassen hatte. Nur Außenseiter wie Angus sprachen je den Namen des Clans Morrow überhaupt aus. Für Clansmänner war es immer der Verlorene Clan. Raif erinnerte sich daran, wie Tem einmal erzählt hatte, daß er zusammen mit Dagro Blackhail an der Stelle vorbeigekommen war, wo das Morrow-Haus einmal gestanden hatte. *Nichts ist übriggeblieben, Raif, nicht einmal ein Grabstein, und keine anderen Pflanzen als weißes Heidekraut wachsen dort.*

Angus nahm nun einen Schluck aus der Flasche, und dann noch einen zweiten. »Blackhail wird alleine kämpfen, Raif. Dhoone hat seine eigenen Kämpfe zu bestehen. Die kriegsgeschworenen Clans helfen vielleicht, aber ich befürchte, sie werden zu sehr damit beschäftigt sein, ihren eigenen Hals zu retten, um sich wegen Blackhail oder Dhoone Gedanken zu machen.«

Raif starrte angespannt. Der Wind hatte nachgelassen, und der Frost verwandelte jeden der Atemzüge seines Onkels in Eis und Licht. »Wie meinst du das?«

»Ich will damit nur sagen, daß in allen Kriegen jeder für sich steht.« Angus steckte die Flasche wieder in den Mantel und bückte sich, um die Scheite aufzuheben. »Ich sollte lieber das Feuer anzünden, oder wir essen heute abend kalte Nieren. Und ich weiß nicht, wie es dir geht, aber ich denke immer, daß eine Niere, die über Nacht abkühlen konnte, besser als Waffe denn als Mahlzeit geeignet ist.« Er grinste. »Aber wenn man sie in eine Schleuder legt, kann man sicher damit einen Vogel aus der Luft holen. Und zwar einen ziemlich großen. Sogar eine Gans.«

Raif sah zu, als Angus das Feuer dicht vor dem Zelteingang aufbaute. Es hatte keinen Zweck, die Frage noch einmal zu stellen. Angus Lok sagte nie etwas, was er nicht sagen wollte. Er wußte mehr über den kommenden Krieg, das war sicher, aber er würde nur darüber reden, wenn er Lust hatte. Raif hob die Hände und blies auf seine kalten, schmerzenden Finger. Es war jetzt schon mehrere Stunden dunkel, aber er wendete den Blick immer noch nicht nach Norden. Der Clan lag hinter ihm, und so mußte es bleiben.

Nach einiger Zeit ging er zum Zelt. Als er hineinkroch, spürte er, wie Stiche an seiner Brust an seiner Haut rissen. Er brauchte einen Augenblick, um mit dem Schmerz zurechtzukommen. Er zog die Ölhaut aus und legte sich auf die Decken und Elchfelle. Er hatte kein Bedürfnis, etwas zu essen, sei es nun warm oder kalt, ließ sich in der Position nieder, die am wenigsten schmerzte, und wartete darauf, daß der Schlaf ihn überfiel.

Blackhail wird alleine kämpfen, Raif.

Er fand keine Ruhe, aber er schlief.

Als er am nächsten Morgen aufwachte und aus dem Zelt kroch, um sich zu erleichtern, konnte er einen Blick auf eine neue Landschaft weit hinter den südlichen Hügeln werfen. Ein gewaltiger, zum Teil gefrorener See erstreckte sich, so weit er schauen konnte. Das Ufer war grau von Eis, aber die Mitte war schwarz, ölig und dampfte von Frostrauch.

»Der Schwarze See«, murmelte Angus und trat an Raifs Seite. »Der tiefste See im Nordland. Ille Glaive beansprucht das östliche Ufer. Wir werden am Westufer entlangziehen, auf das Gebirge zu.«

Raif nickte, und plötzlich wurde ihm bewußt, wie weit er von zu Hause entfernt war. Er war nie so weit im Süden gewesen, hatte nie zuvor auf Boden gestanden, der nicht einem Clan gehörte.

Effie. Drey ….

Abrupt wandte er sich ab und fütterte und tränkte Elch. Danach brachen sie das Lager ab und zogen weiter nach Südwesten und dann nach Süden auf die aufragenden Gipfel von Spire Vanis zu. Es wurde wärmer, der Wind wurde stärker, und im Norden sammelten sich Sturmwolken.

23
Am Leeren Tor

Ash kratzte sich den Kopf. Milben, dachte sie, als sie zu dem weit entfernten Bogen des Leeren Tors hinspähte, kamen überall hin. Und kein Wind und Frost konnte sie töten. Sie sollte vermutlich entsetzt sein bei dem Gedanken, daß diese Tiere auf ihrem Körper lebten, aber sie hatte seit über drei Tagen nichts mehr gegessen und begann ernsthaft darüber nachzudenken, wie sie wohl schmecken würden.

Der Gedanke veranlaßte sie zu einem grimmigen Lächeln, und das wiederum ließ die wunde Stelle auf ihrer Lippe aufbrechen. Sekunden später schmeckte sie ihr eigenes Blut, warm und salzig. Schnee zu essen war keine gute Idee gewesen. Sie wünschte, jemand hätte ihr das gesagt, bevor ihr Mund wund geworden war. Dennoch, es hatte auch Vorteile. Ash konnte sich kaum vorstellen, daß jemand sie jetzt noch erkennen würde, nicht einmal Penthero Iss. Ihr Haar war dunkel und fettig, ihre Kleidung stank vor Schlamm, und ihre Haut fühlte sich an wie etwas, das ein Schreiner benutzen würde, um einen Stuhl abzuschleifen. Der Himmel allein mochte wissen, wie sie aussah. Sie hatte ihr Spiegelbild seit Tagen nicht gesehen und nun den Punkt erreicht, wo sie nicht einmal sicher war, daß sie das überhaupt wollte. Ihr Magen knurrte laut und ließ sie wieder ans Leere Tor denken. Es war früh am Morgen, und die aufgehende Sonne hatte den dreistöckigen Bogen des Tors in eine Brücke aus goldenem Licht verwandelt. Allein zu sehen, wie das Sonnenlicht auf den Backstein fiel, erfüllte Ash mit solcher Sehnsucht, daß es ihren Hunger vergehen ließ.

Streck die Arme aus, Herrin.

So kalt hier, so dunkel. Hilf uns.

Die Stimmen sprangen sie an, droschen auf ihren Geist ein,

umringten sie wie ein Schwarm dunkler Vögel. Ash kämpfte dagegen an, wie sie es immer tat, aber dieser Tage hatte sie immer weniger und weniger, um damit zu kämpfen. Eine Rasiermesserkante von Dunkelheit schnitt in ihre Gedanken, schnitt wieder und wieder, bis nichts als eine dünne Linie geblieben war.

Blinzelnd kam sie wieder zu Bewußtsein. Sonne fiel ihr in die Augen, blendete sie und bewirkte, daß ihr übel wurde. Schmerz drückte gegen ihre Stirn, als sie sich zur Seite drehte und sich in den Schnee übergab. Als sie den Mund abwischte, vergaß sie die wunde Stelle und zuckte zusammen, als sie mit der Handkante gegen den Schorf stieß. Schließlich schaute sie wieder zum Himmel auf. Die Sonne stand nun hoch im Süden. Es war Mittag. Sie hatte vier Stunden verloren. Vier.

Erschrocken setzte sie sich auf. Es ist schon in Ordnung, sagte sie sich, hier hätte mich niemand entdecken können.

Sie saß auf dem flachen Dach einer halb eingestürzten und verlassenen Gerberei. Seit sie das Gebäude eine Woche zuvor entdeckt hatte, war es ihr Lieblingsplatz in der Stadt geworden. Das Stadtviertel rund um das Leere Tor war voller unbenutzter Gebäude, aber alle waren sorgfältig mit Ketten und Brettern gesichert, damit niemand, der eine Zuflucht brauchte, eindringen konnte. Die Fenster der Gerberei waren vernagelt, und es hingen genug Ketten vor der Tür für ein ganzes Gefängnis voller Diebe, aber irgendwann hatte das Gewicht des Schnees auf dem Dach einen Teil des oberen Stockwerks einstürzen lassen. Eine Jahreszeit voller Hochwasser, Fröste und Tauwetter hatte die Wände zerrissen, und es war nicht schwierig gewesen, einen Weg nach drinnen zu finden.

Anders als die meisten anderen Gebäude in der Stadt, die spitze Dächer hatten, von denen der Schnee hinuntersackte, war das Dach der Gerberei überwiegend flach. Ash nahm an, daß man dort die gegerbten Häute zum Trocknen aufgespannt hatte.

Sie konnte immer noch einige Pflöcke sehen, die dazu benutzt worden waren und die nun wie steinernes Unkraut aus dem Dach ragten.

Es war kein sonderlich hohes Gebäude, aber seine Lage eine Viertelmeile nördlich der Stadtmauer bot einen guten Blick aufs Leere Tor. Es beruhigte Ash, hierherzukommen und einfach hinüberzuschauen. Aber nun, als sie die vernagelten Gebäude gegenüber und die leblosen Straßen unter sich betrachtete, wußte sie, daß sie es nicht mehr wagen konnte. Dies war nicht das erste Mal, daß die Stimmen sie hatten bewußtlos werden lassen, und es würde nicht das letzte Mal sein. Sie würden stärker ... und sie hatten Wege gefunden, sie zu erreichen, während sie wach war.

Ash schauderte. Vier Stunden. Was, wenn sie nicht mehr erwacht wäre? Was, wenn sie hier liegengeblieben wäre, ungesehen und unentdeckt, den ganzen Tag lang? Eine Nacht draußen hätte sie getötet. In der vergangenen Nacht war es so kalt gewesen, daß sie gespürt hatte, wie der Speichel an ihren Zähnen gefror.

Ein Geräusch, das halb ein Grunzen, halb ein Schluchzen war, drang aus ihrer Kehle. Sie mußte unbedingt etwas trinken, aber der Gedanke daran, mehr Schnee zu essen, bewirkte, daß ihr Mund sich zusammenzog. Langsam und taumelnd kam sie auf die Beine. Sie versuchte, nicht an sich hinunterzusehen, als sie sich den Schnee vom Umhang wischte, aber sie bemerkte die knochigen Kanten dennoch. Auf eine dumme und lächerliche Art, waren es ihre Brüste, die ihr am meisten Sorgen machten. Nur zwei Wochen zuvor waren sie schwer und rund gewesen und so rasch gewachsen, daß sie schmerzten. Nun waren sie wieder klein und kaum vorhanden. Es war, als wäre ihr Körper zur Kindheit zurückgekehrt, als würden nur ihre Hände und ihr Gesicht altern.

Sie bog den Rücken durch, dann drehte sie sich in den Wind und sog die Gerüche der Stadt ein. Das Wasser lief ihr im Mund zusammen, als sie Holzrauch und gebratenes Fett roch. Sie war entsetzlich hungrig. Seit fünf Tagen hatte sie kein Geld mehr, und wenn sie ihren Umhang und ihre Stiefel nicht verkaufen würde, würde sie auch keines bekommen. Die Versuchung, Essen von den Holzkohlebecken zu stehlen, die an den Straßenecken standen und deren Besitzer dort Tag und Nacht Schinkenspeck und Gänsewürste brieten, wurde immer größer. Aber sie wußte aus der Beobachtung von Kindern, die schneller und klüger waren als sie selbst, daß es noch entsetzlicher war, gefangen zu werden, mindestens so entsetzlich, wie zu verhungern. Wann immer einer dieser Kohlebeckenbesitzer ein Kind erwischte, das ihn bestahl, hielt er die Hände des Diebs über den Grill, bis die Haut aufplatzte wie bei einem Stück Fleisch. Als Ash dies zum ersten Mal gesehen hatte, hatte sie sich gefragt, wieso die Kinder dieses Risiko eingingen. Nun wußte sie es. Der Geruch nach gebratenem Fett und Zwiebeln genügte, ein hungriges Kind in den Wahnsinn zu treiben.

Sie ging ein paar Schritte, um die Kraft ihrer Beine zu überprüfen, und bemerkte, daß sie sich wieder dem Leeren Tor zugewandt hatte. Der Torturm sah so still aus – Ash konnte nur einen einzigen Bruder-der-Wache darauf erkennen –, und das Fallgitter selbst war hochgezogen. Es wäre so einfach, dort hinüber- und hindurchzugehen. Niemand würde sie erkennen; das war sicher. Und sie hatte das Tor die letzten paar Tage beobachtet und wußte, daß keine besonderen Maßnahmen getroffen worden waren: Nur ein geschworener Bruder, hin und wieder zwei, wenn die Wache wechselte. Selbst die Bettler und Straßenhändler waren immer dieselben. Es würde dort ganz bestimmt sicher sein …

Ashs Magen knurrte, als sie zum Rand des Baches kam. Die Krämpfe in ihrem unteren Bauch hatten wieder begonnen, und sie fragte sich, ob ihre zweite Periode bald fällig war. Sie mußte jetzt zum Tor. Die Stimmen konnten jederzeit wiederkommen, und sie wußte nicht, wie lange sie noch dagegen ankämpfen konnte, wußte nicht, ob sie es überleben würde, ein weiteres Mal das Bewußtsein zu verlieren. Gestern zwei Stunden. Heute vier.

Ash schüttelte den Kopf. Jetzt oder nie.

Nachdem sie die Entscheidung getroffen hatte, spürte sie, wie sie eine zerbrechliche letzte Kraft sammelte. Wenn sie erst einmal durchs Tor gegangen war und den Ort gesehen hatte, an dem man sie gefunden hatte, würde sich alles ändern. Sie wäre frei, die Stadt zu verlassen und zu gehen, wohin sie wollte. Sie konnte lesen und schreiben; damit konnte man etwas anfangen. Vielleicht konnte sie eine Stelle als Zofe, als Reisebegleiterin oder sogar als Schreiberin finden. Vielleicht konnte sie nach Osten zum Klosterinnenturm am Eulenfelsen gehen und die graugewandeten Schwestern um Asyl bitten. Wenn es nur kein Winter wäre ... und so kalt, daß der Wind den eigenen Atem als Eis zurücktrieb.

Ash zog den Umhang fest um sich, als sie die verräterische Landschaft der Gerberei durchschritt. Sie war Ash March, Findling, vor dem Leeren Tor ausgesetzt, damit sie dort starb.

»Äh ... nein, Junge. Ich denke, wir sollten lieber die Hintertür nehmen.« Angus grinste Raif an, wie er es immer tat, wenn er etwas vorhatte, was unsinnig schien. »Ein kleiner Ritt rund um die Stadt wird den Pferden guttun. Wird ihnen die Kolik aus den Bäuchen treiben.«

Raif versuchte nicht einmal, ihm zu widersprechen. Er und Angus waren nun vierzehn Tage unterwegs, und Raif konnte die Ablenkungsversuche seines Onkels auf eine Meile Entfernung erkennen. Angus Lok nahm selten den direkten Weg. Wie die blinde Krähe fliegt, wie die verwundete Krähe kriecht und wie die tote Krähe verfault, waren seine Lieblingsworte, die er benutzte, um seine exzentrische Art, von einem Ort zum anderen zu kommen, zu entschuldigen. Wenn es eine Straße gab, nahm Angus sie nicht. Wenn es eine Brücke gab, überquerte

Angus sie nicht. Wenn es ein Stadttor gab, betrachtete Angus es aus der Ferne und schüttelte dann den Kopf.

»Komm schon, junger Sevrance. Das Kalte Tor noch länger anzustarren wird nur dazu führen, daß die Wachen uns für einen Narren und seinen Idioten halten.«

Dennoch starrte Raif weiterhin den schwarzen, eisigen Bogen des Westtores von Spire Vanis an. Er war aus einem einzigen Baum von der Größe eines Hauses geschnitten. Die Rinde hatte man abgeschält und das verbliebene Holz obsidianschwarz poliert. Die Schnitzereien, die den Bogen umgaben, waren dick mit Reif bedeckt, aber alle Dinge, für die der Westen stand – die untergehende Sonne, die Wälder, die Sturmgrenze, das Wrackmeer und die Wale darin –, waren deutlich unterm Eis zu erkennen. In seinem ganzen Leben hatte Raif so etwas noch nicht gesehen. Nichts im ganzen Clanland kam dem gleich.

Seit sie vor zwei Tagen die Stadtmauern zum ersten Mal erblickt hatten, hatte Raif gespürt, wie kalte Erregung sich in seinen Gedärmen ausbreitete. Der grimmig-weiße Stein von Spire Vanis glühte in jeder Art von Licht, die darauf fiel. Sonnenaufgang, Sonnenuntergang, Mond- und Sternenlicht: bei jeder Beleuchtung sah die Stadt anders aus. Nun, im hellen Sonnenlicht des späten Morgens, schimmerten die hochaufragenden Mauern wie geschmiedeter Stahl. Die gesamte Stadt schien zu pulsieren und zu atmen wie ein lebendes Wesen. Rauch erhob sich aus den Steinmassen wie Atem, und unter seinen Füßen spürte Raif, daß die Erde schauderte, als schliefe ein Drache in einer Kammer tief darunter.

»Das ist der Totenberg«, sagte Angus, packte Raifs Arm nicht sonderlich sanft und führte ihn vom Tor weg. »Er bewegt sich das ganze Jahr über. Nach einiger Zeit gewöhnt man sich daran.«

Raif nickte zerstreut. Spire Vanis. Er konnte kaum glauben, daß er tatsächlich hier war.

Den Schwarzen See zu umgehen hatte eine Woche gekostet.

Die Bitterhügel nördlich des Sees stellten die Südgrenze der Clanlande dar, und es kam Raif so vor, als hätten sie sich mit jedem Tag weiter in den Nebel zurückgezogen. Er hatte seit Tagen keinen Clansmann und keine Clansfrau mehr gesehen. Die Herdhäuser, in denen sie übernachtet hatten, waren groß und düster gewesen und keine richtigen Herdhäuser mehr, sonderen Orte, an denen Bier verkauft wurde. Wenn man kein Geld hatte, um Bier und Essen zu bezahlen, warf der Herdmeister einen hinaus – in die Kälte! –, und wenn es zu Kämpfen kam, sprach niemand von Herdgesetzen oder Respekt, nur von den Kosten für zerbrochene Tische und Stühle. Raif hatte in diesen neuen, clanfremden Herdhäusern gesessen, sich das alles angesehen und gespürt, wie sich diese Wahrheit an seiner Haut anfühlte. Hier waren Herde nicht heilig. Alte Gesetze banden niemanden. Der Eine Wahre Gott blinden Glaubens und frischer Luft hatte nichts für jene übrig, die Stein anbeteten.

Angus war hier ebenso zu Hause wie im Clanland. Er kannte viele und hatte viele unterschiedliche Arten, sich mit ihnen abzugeben. Mit einigen Männern lachte und redete er offen und weithin sichtbar; anderen nickte er nur knapp zu und traf sich mit ihnen draußen, nahe der Latrine oder im Räucherhaus, um ein paar Worte zu wechseln, während er Handschuhe und Kapuze anzog. Anderen gegenüber tat er sogar so, als würde er sie nicht kennen, aber Raif hatte in den vergangenen Wochen wenig anderes zu tun gehabt, als seinen Onkel zu beobachten, und Dinge bemerkt, die einem flüchtigen Beobachter nicht auffallen würden. Angus hatte eine Art, Menschen zur Kenntnis zu nehmen, ohne sie auch nur anzuschauen. Er konnte einen Gedanken mit einem kaum merklichen Schulterzucken übermitteln oder Treffen arrangieren, indem er die Augen ein wenig mehr zusammenkniff.

Vor vier Tagen, als sie sich am Feuer eines schäbigen Herdhauses am Westufer des Schwarzen Sees niedergelassen hatten, war Raif eingefallen, daß er sein Handmesser in der Satteltasche vergessen hatte. Als er in den Stall gelaufen war, um es zu holen, hatte er dort einen Mann gesehen, der ein Stück gefaltetes Pergament unter die Decke des Fuchses schob. Raif hatte so getan, als hätte er es nicht bemerkt. Wenn ein Fremder Angus eine Nachricht übermitteln wollte, ging ihn das nichts an. Der Mann, ein zahnloser Rindenkauer in einem Elchfellmantel, gehörte zu einer Gruppe von fünf Viehtreibern, die ihre Tiere auf der Suche nach Weiden nach Süden trieben. Angus hatte ihn den ganzen Abend nicht einmal angesehen.

Obwohl Angus gerne Herdhäuser aufsuchte, verbrachte er selten die Nacht dort, und häufiger schlugen er und Raif ihr Lager unter den Sternen auf. Die wärmeren Temperaturen hier im Land der Städte machten das erträglich, obwohl es durch das bebaute Land und die gerodeten Hügel immer schwerer wurde, einen geschützten Platz zu finden. Angus zog geschützte Plätze vor, hatte Raif bemerkt, und häufig zog er nach Sonnenuntergang noch mehrere Stunden lang weiter, um ein dichtes Gehölz, einen Bachlauf, der tief in den Hügel schnitt, oder ein paar Felsen zu finden.

Angus reiste schnell, und Raif war froh darüber. Es sprach vieles dafür, jeden Abend erschöpft einschlafen zu können. Lange Tage im Sattel, an denen man gegen den Wind, die Eisstürme und die Schmerzen heilender Wunden ankämpfte, machten einen zu müde zum Denken. Raif ritt, aß, hackte am Morgen Holz für das Feuer, schmolz Eis, häutete Hasen, rupfte Vögel und kümmerte sich um Elch. Er jagte nicht. Die Blase an seiner rechten Hand war kupferfarben und aufgebläht von Blut.

Der Schmerz war zu etwas geworden, womit er leben konnte. Die Stiche an seiner Brust juckten und brannten, während die Haut sich wieder zusammenfügte. Das Bedürfnis, sich die Kleider vom Leib zu reißen und die Nägel in die heilende Haut zu schlagen, war überwältigend, und er hätte sich die Brust wund gerissen, wären nicht so viele Lagen von Stoff, Leder und Fell zwischen seinen Fingern und seiner Haut gewesen. Es brachte ihn beinahe um den Verstand. Er verfluchte seine Handschuhe, seine Ölhaut, das Fell darunter, das Elchleder und sein wollenes Hemd. Um alles noch schlimmer zu machen, hatte Angus darauf bestanden, daß die Wunden mit geklärter Butter bestrichen wurden, und nun stank er wie etwas, das einen Tag zu lange in der Sonne gewesen war. Im Vergleich dazu waren die Schnitte und blauen Flecke an seinem Gesicht erträglich. Schorf von der Größe eines Egels zog sich direkt unter seinem linken Auge über den Wangenknochen, und ein Haarriß seiner Lippe machte Lächeln unangenehmer, als es das wert war.

»Hier entlang. Wir werden schneller sein, wenn wir uns von der Mauer fernhalten.«

Raif folgte Angus und führte Elch über den nackten, zerfurchten Boden, der die Westmauer umgab. Ein scharfer Wind kam vom Berg hinab, zischte in seinen Ohren und trieb ihm Eiskristalle ins Gesicht. Vor ihm erhob sich die Nordseite des Totenbergs über der Stadt wie ein erstarrter Gott, die Felswände und Hochebenen blau von zusammengedrängtem Schnee, die tieferen Regionen schwarz von Fichten. Ein Geruch, den Raif nicht benennen konnte, hing in der Luft, etwas vage schweflig Mineralisches, das tief unter die Erde gehörte. Der Schnee unter seinen Füßen war fest und gnadenlos und zeigte keine Schatten, die auf seine Tiefe hinwiesen. Die Stadt selbst verlockte Raif, indem sie kurz ihre eisernen Turmspitzen zeigte, die Wachtürme und steinernen Torbögen so glatt und bleich wie die Knochen eines lange toten Kindes.

Angus sagte kein Wort, als sie weiter nach Süden zogen. Er hatte an diesem Morgen kein schützendes Wachs und kein Öl aufgelegt, aber sein Gesicht war so bleich, als hätte er es getan. Er führte den Fuchs rasch weiter und wurde ungeduldig, wenn Schneeverwehungen sie langsamer werden ließen.

Raif warf einen Blick zum Himmel. Mittag. »Kommst du häufig hierher?«

Angus warf Raif einen scharfen Blick zu. »Ich mag diesen Ort nicht.«

Das war, was Angus anging, das Ende dieses Themas, denn nun wandte er seine Aufmerksamkeit wieder dem Fuchs und der Aufgabe zu, ihn durch das Dickicht von Unkraut und schlammigem Eis zu führen, das sich im Sturmkanal vor ihnen befand. Raif wußte, daß sein Onkel von ihm erwartete zu schweigen, aber seine Brust juckte, und der Teufel steckte in ihm und er hatte langsam genug von Angus und seinen Ausweichmanövern. »Und wieso kommst du dann her?«

Angus' Schultern wurden starrer. Er riß fest an den Zügeln des Fuchses, was den Wallach wiehern und den Kopf schütteln ließ. Raif nahm schon an, daß sein Onkel nicht antworten würde, aber als sie den ersten einer Reihe riesiger Stützpfeiler der Mauer erreichten, wandte Angus sich ihm zu.

»Ich komme hierher, weil ich hier bestimmte Leute sehen muß, und auf andere sollte ich ein Auge haben. Glaube nicht, Raif Sevrance, daß du der einzige auf der ganzen Welt bist, der in Schwierigkeiten steckt. Das Clanland ist nur der Anfang. Es gibt Menschen, die noch mehr wollen, als daß sich der Clan Bludd und der Clan Blackhail an die Kehle gehen. Einige von ihnen befinden sich in dieser Stadt, einige von ihnen hecken jede Nacht im Bett Intrigen aus und nennen sich Clansmänner, wenn sie morgens aufwachen, und andere sind in Gewölben verborgen, die so tief sind, daß nicht einmal die Sonne sie findet. Es ist hier gefährlich für mich, und das bedeutet, daß es auch für dich gefährlich ist. Schon bald wirst du eigene Feinde finden. Aber bis dahin solltest du dich damit zufriedengeben, daß die Last von Gefahr und Schutz mir zufällt.«

Angus packte Raif an den Schultern und hielt ihn auf Armeslänge entfernt. Seine Miene war entschlossen. »Ich bin dein Verwandter, und du mußt mir vertrauen. Heb dir deine Fragen auf, bis wir wieder weit von diesen Mauern entfernt sind. Hier gibt es nichts als schlechte Erinnerungen für mich.«

Raif sah seinen Onkel forschend an. Er konnte sehen, wie Angus zitterte, spürte seine Körperwärme durch die Seehundfellhandschuhe, während er darauf wartete, daß Raif antwortete. Raif wollte mehr wissen. Wieso wußte Angus so viel über die Clankriege? Gehörte Mace Blackhail zu den Clansmännern, die er erwähnt hatte? Wer waren diese Männer, die nicht einmal die Sonne finden konnte? Raif runzelte die Stirn. Ohne es zu wollen, sagte er: »Ich werde fürs erste keine Fragen mehr stellen.«

Angus nickte ihm zu. »Das genügt mir.«

Der Himmel wurde dunkler, als sie ihre Pferde um die Stützpfeiler herum und weiter auf den Berg zu führten. Schneewolken rollten nach Süden, und die Sonne wurde vor ihrem Blick verborgen. Zwei große Gebäude erhoben sich hinter der Westmauer der Stadt, eines dunkel und mit Metallarbeit verziert, das andere bleich wie Eis und so hoch, daß Raif die Spitze nicht sehen konnte.

»Das Horn und der Splitter«, sagte Angus und suchte in seinem Mantel nach der Flasche. »Auf der anderen Seite der Mauer liegt die Maskenfestung. Dort wohnen die Surlords von Spire Vanis.«

Raif konnte den Blick kaum von dem Turm namens Splitter wenden. Er hatte nicht nur die Farbe von Eis, er war Eis. Frost umgab den Stein wie Fett einen gehäuteten Kadaver und schimmerte im Licht immer abwechselnd gelb und blau. Raif schauderte. Er war kalt und leer und brauchte etwas zu trinken.

Angus reichte ihm die Kaninchenfellflasche. Der Alkohol war mit Birkenrinde gewürzt und schmeckte süß und erdig, wie frisch gepflügter Boden. Ein Schluck genügte. Er steckte den Korken wieder hinein und sagte: »Wohnen sie auch in diesem Ding?«

»Im Splitter? Nein, Junge. Mit diesem Turm stimmte nichts, seit er erbaut wurde. Zu hoch, weißt du. Er melkt die Sturmwolken. Angeblich ist er nichts als eine leere Hülse. Niemand außer Rob Claw hat je darin gewohnt, wenn man von wohnen sprechen kann. Er hat sich einen Winter lang darin verkrochen und kam nie wieder heraus. Sie fanden seine Leiche zehn Jahre später. Es brauchte fünf Männer, um ihn ans Tageslicht zu bringen, da er fest wie Stein geworden war.« Angus schnaubte. »So erzählt man sich jedenfalls.«

Raif wandte den Blick ab. Er wußte wenig von den Bergstädten und ihren Geschichten. Einige der Grenzclans gaben sich hin und wieder mit Ille Glaive ab, aber wenige Clansmänner sprachen, ganz gleich ob gut oder schlecht, von den Städten und ihren scharf bewachten Festungen. »Wer war Rob Claw?«

Angus wurde langsamer, als sie den südwestlichen Eckstein der Stadt erreichten und der Fuchs gezwungen war, seinen Weg über Felsen, tote Wurzeln und lockeres Geröll zu finden, das vom Berg gekommen war. Der Weg wurde steiler und schmaler, und dann gab es überhaupt keinen Weg mehr. Raif spürte Schweiß über seine Wundnähte laufen.

»Rob Claw war der Urenkel von Glamis Claw, einem der Gründer von Spire Vanis.«

»War er ein König?«

»Nein, Junge. Kein König hat je in Spire Vanis regiert, obwohl viele es versuchten. Die Gründer waren die unehelichen Söhne von Königen; ihre Väter herrschten über Land weit im Süden, und jeder König hatte genügend eheliche Söhne, so daß keine Bastarde je auf Land oder Titel hoffen konnten. Das gefiel den Bastardlords überhaupt nicht, und es gab viele Kämpfe, und viele Messer wurden in Prinzenfleisch gerammt. Zwei der vier waren die Brüder Theron und Rangor Pengaron, und sie taten sich mit Glamis Claw und Torny Fyfe zusammen, stellten eine Armee auf und marschierten über das Gebirge. Theron war der Anführer und wäre vielleicht selbst König geworden, hätte er nicht die anderen drei im Rücken gehabt. Also führte er das Heer gegen die Sull, gründete die Stadt und baute die erste Mauer aus Stein und Holz an der Stelle, wo heute die Maskenfestung steht.« Angus nickte zum Splitter hinüber. »Aber es war Rob Claw, der die vier Türme erbauen ließ.«

Als Raif dem Blick seines Onkels folgte, bebte der Berg unter seinen Füßen, und weiteres Geröll rieselte den Hang hinab. Das Eis am Turm machte ein leises Geräusch, wie wenn Knöchel knacken, und ein Haarriß lief durch das Eis. »Warum reißen sie ihn nicht einfach ein?« hörte er sich sagen.

»Stolz, Junge. Der Wolfsgeier von Spire Vanis läßt sich angeblich auf der Eisenspitze dieses Turmes nieder. Vor fünfhundert Jahren haben sie Verräter mit einer gewaltigen Maschinerie aus Metall und Seilen dort hinaufgezerrt und sie auf der Turmspitze gepfählt. Es hieß, die geflügelten Ungeheuer verschlangen sie dort zum Frühstück.«

Angus blinzelte in die Wolken, die sich um den Turm gewickelt hatten. »Oder war es Mittagessen? Ich habe es vergessen.«

Sie führten ihre Pferde weiter. Es wurde Raif immer wärmer, und er fühlte sich immer unbehaglicher, als sie über einen Kalksteinhang eine Klamm hinunterkletterten. Gewaltige Steinkanäle, die das Schmelzwasser von der Stadt ablenken sollten, mußten vorsichtig überquert werden, da das Eis unsicher und feucht war. Elch riß sich an einer spitzen Kante das linke Fesselgelenk auf, aber Angus weigerte sich innezuhalten, um es zu verbinden, und sie ließen eine Spur von Pferdeblut zurück.

Als das Tor eine Stunde später endlich ins Blickfeld kam, war Raif nur noch erleichtert. Seine Stiche juckten wie die Hölle, und aus der Blase an seiner Hand war so viel Flüssigkeit in den Handschuh gelaufen, daß das Leder fest wie ein Panzer geworden war und sich starr um die Zügel bog. Raif wollte in ein Herdhaus einkehren und schlafen. Er wußte, er war müde genug, daß er nicht träumen oder wenn, sich zumindest später nicht daran erinnern würde.

Angus gab dem Tor einen Namen und folgte einem Pfad vom Berghang zur Mauer. Es war kleiner als das Kalte Tor und bestand aus einfachem Stein, der sich so anmutig bog wie ein gespannter Bogen. Keine Straße führte von hier weg. Niemand wartete darauf, eingelassen zu werden – es gab auch keinen Platz, wo man hätte warten können, da sich das Tor direkt zu einem grasigen, sumpfigen Abhang öffnete. Als sie zum ersten Torturm kamen, erscholl ein heiserer Schrei.

»Greift sie euch!«

Ein Mädchen kam durchs Tor. Als sie den Schrei hörte, zögerte sie, warf einen Blick zurück und begann dann zu laufen. Zwei Männer, gekleidet wie Bettler, aber bewaffnet mit Schwertern aus gutem rotem Stahl, kamen durch das Tor und rannten hinter ihr her. Das Mädchen war schwach und sehr dünn, und sie hatten sie in weniger als zehn Sekunden eingefangen. Sie wehrte sich lautlos und beinahe wie ein Tier, sie gab keinen Ton von sich, aber all ihr Treten und Um-sich-Schlagen machte es den Männern schwerer, sie festzuhalten. Sie rissen ihr die Kapuze ab, dann die Handschuhe. Ihr schulterlanges Haar war schmutzverklebt. Schorf auf ihrer Lippe warf einen Schatten auf ihren Mund.

Mehr Männer kamen, einer von ihnen besonders hochgewachsen und kräftig, mit Händen, die wie Bleigewichte an seiner Seite hingen. Seine kleinen Augen glitzerten wie Eisenspäne. Raif beobachtete mit wachsendem Zorn, wie der große Mann sich dem Mädchen näherte und sie ins Gesicht schlug. Der Kopf des Mädchens wurde nach hinten gerissen, und sie hörte auf, sich zu wehren. Blut floß aus ihrer Nase auf ihre Lippe. Der hochgewachsene Mann sagte etwas zu den anderen, was diese auf eine aufgeregte, nervöse Art auflachen ließ, die mehr mit Angst als mit Vergnügen zu tun hatte. Wieder schlug er das Mädchen, diesmal lässig, mit einer halb geschlossenen Faust.

Raif spürte, wie ihm heiß wurde. Er trat vor.

Angus legte Raif die Hand auf den Arm und hielt ihn zurück. »Damit wollen wir nichts zu tun haben. Das da ist Marafice Eye, der Generalprotektor der Renegaten-Wache. Wenn er ein

Bettlermädchen vor seinem eigenen Tor quälen will, können wir beide nichts dagegen tun.«

Raif drängte weiter vorwärts. Der Mann namens Marafice Eye riß dem Mädchen den Umhang ab. Stoff zerriß. Ein ängstlicher Atemzug stieg weiß von den Lippen des Mädchens auf.

»Immer mit der Ruhe, Junge«, warnte Angus und grub seine Hände tiefer in Raifs Arm. »Wir können es uns nicht leisten, die Aufmerksamkeit auf uns zu ziehen. Davon hängt mehr als dein oder mein Leben ab.«

Raif warf seinem Onkel einen Blick zu. Angus' Miene war ernst, die Falten um seinen Mund tief wie Narben.

»Wenn es nur um dich und mich ginge, würde ich sie retten, das kannst du mir glauben. Ich würde nicht lügen, wenn es um das Leben anderer geht.«

Raif glaubte ihm. Er sah es in den Augen seines Onkels. Angus Lok fürchtete jemanden oder etwas in dieser Stadt gewaltig … und er war kein Mann, der sich leicht ängstigte. Raif hörte auf, vorwärts zu drängen. Angus ließ ihn los.

Eine Gruppe von sechs bewaffneten Männern umgab das Mädchen nun. Bis auf zwei trugen alle schmutzige Umhänge und zerrissene Kleider, aber Raif wurde langsam klar, daß keiner von ihnen ein Bettler war. Ihr Stahl schimmerte von Leinsamenöl, ihr Haar und ihre Bärte waren sauber und geschnitten, und ihre Arme und Hälse wiesen jene Art von Muskeln auf, die man durch lange Übungsstunden mit Waffen aufbaut. Derjenige namens Marafice Eye trug ein braunes Gewand wie ein Priester oder Mönch. Trotz seiner Größe hatte er nur ein Messer. Alle anderen Männer gehorchten ihm.

Das Mädchen hatte Ärmel und Kragen ihres Kleides verloren. Drei Männer hielten sie, und nur einer von ihnen trug dasselbe weiche geölte Leder wie die Wachen am Kalten Tor. Der Körper des Mädchens war so verrenkt, daß der Rock ihr hoch über die Oberschenkel rutschte und ihr Kopf nach unten hing.

»Laßt sie fallen.«

Raif hörte Marafice Eyes Worte deutlich. Prompt ließen die Männer sie los, und das Mädchen sackte zu Boden. Sie regte sich nicht, als Marafice Eye sie mit der Stiefelspitze anstieß. »Hast wohl geglaubt, du könntest davonlaufen, wie? Hast geglaubt, du könntest den Schwertführer zum Narren halten?« Zweimal stieß er sie in die Rippen. »Hast geglaubt, du könntest davonkommen, nachdem du einen meiner Männer getötet hast.« Er drückte den Stiefelabsatz auf ihre Hand und preßte die Finger fest in den Schnee. Etwas knackte leise wie fauliges Holz. Aber das Mädchen schrie immer noch nicht.

Raif spürte, wie er zorniger wurde. Er stellte sich vor, die sechs Männer auf langsame und grausige Weise zu töten. Clansmänner würden einer Frau niemals so etwas antun. Aber eine leise Stimme flüsterte: *Was ist dann an der Bluddstraße geschehen?* Raif schob den Gedanken weg.

»Mach schon, lauf weiter. Sehen wir, wie weit du kommst.« Marafice Eye schob den Fuß unter den Rücken des Mädchens und hob ihren Oberkörper vom Boden. »Lauf, habe ich gesagt. Grod hier jagt gerne. Du erinnerst dich doch an Grod, nicht wahr? Du hast ihm eine Locke von deinem Haar gegeben.«

Das Mädchen versuchte sich aufzurichten. Sie war so dünn, daß Raif sich fragte, woher sie die Kraft dazu nahm. Sie machte den Fehler, sich auf die verletzte Hand zu stützen, zog scharf die Luft ein und brach wieder im Schnee zusammen.

In diesem Augenblick entdeckte sie sie.

Die sechs Bewaffneten waren zur Seite getreten, weil sie ihr Platz lassen wollten, um aufzustehen, und nun war nichts mehr zwischen Angus, Raif und ihr. Raif sah sie zum ersten Mal ohne Schatten oder sich rasch bewegende Männerkörper. Etwas in seiner Kehle zog sich zusammen. Sie war nicht so jung, wie er zunächst gedacht hatte.

Die Sturmwolken rissen auf, und Sonnenlicht fiel auf das Gesicht des Mädchens, beleuchtete ihre Haut silbern. Raif spürte, wie ihm kalt wurde. Eins nach dem andern sträubten sich die Haare auf seinem Rücken, und die Haut darunter zog sich so fest zusammen, als führen Geisterfinger darüber. Noch während er versuchte, die Kälte abzuschütteln, fiel etwas kaum Wichtiges und dennoch gleichzeitig Grundlegendes in seinem Kopf an seinen Platz.

Sie sah nicht *ihn* an.

Sie hatte den Blick auf Angus Lok gerichtet.

Graue Augen zogen Angus' Blick so sicher an, als wären sie durch einen Faden miteinander verbunden. Eine Sekunde hing wie Staub in der warmen Luft, als ihre Blicke einander begegneten. Nichts mehr regte sich. Wind und Kälte und Sonnenlicht vergingen. Raif fühlte sich wie ein Schatten, wie ein Nichts. Angus und das Mädchen waren alles, was zählte.

Dann hörte er, wie sein Onkel tief Luft holte. Ein Wort erklang – Raif hörte es deutlich, verstand aber die Bedeutung nicht. *Hera.*

Angus Lok zog sein Schwert. Es war ein schlichtes Schwert, stahlgrau wie Schneematsch. Er trat vor, und als er das tat, fiel etwas von ihm ab wie alte Haut. Er wurde größer, breiter, furchterregender. Seine Augen waren nun nicht mehr kupferfarben, sondern golden.

»Halt die Pferde«, murmelte er, ohne Raif auch nur anzusehen. »Halt sie und warte.«

Raif griff instinktiv nach dem Zügel des Fuchses. Angst erfüllte die Leere in seiner Brust. Er verstand nicht, was hier geschah. Glaubte Angus, er könne gegen sechs bewaffnete Männer kämpfen? Was war hier los?

Angus ging weiter, die Faust um den Ledergriff seines Schwerts geschlungen. Er zitterte heftig, vibrierte beinahe. Das Mädchen lag immer noch am Boden. Marafice Eye stieß sie mit dem Stiefel wie ein Jäger, der nicht ganz sicher ist, ob das Wild noch lebt. Der Soldat in der schwarzen Lederkleidung bemerkte Angus als erster. Er hob die rote Klinge und berührte den Schwertführer am Arm.

Marafice Eye blickte auf. Angus war etwa dreißig Schritte von ihm entfernt. Langsam wischte sich Marafice Eye den Speichel von den Lippen. Seine Augen blitzten auf. »Laßt das Fallgitter herunter«, rief er einem unsichtbaren Mann im Torturm zu. »Ich denke, ich nehme diesen Kampf mit nach drinnen.« Ohne den Blick von Angus weichen zu lassen, gab er seinen Männern ein Zeichen, das Mädchen aufzuheben und sie in die Stadt zu tragen. Drei Männer kümmerten sich um das Mädchen, während die anderen beiden neben ihren Anführer traten. Marafice Eye blieb stehen und schaute Angus entgegen. Über seinem Kopf kreischten eiserne Zahnräder, dann begann das Gitter, sich zitternd zu bewegen.

Raif zog die Pferde auf eine abgestorbene Birke zu und band sie dort an. Er nahm den Blick nicht vom Tor, sah zu, wie eiserne Stacheln, die schwarz vor Schlamm waren, sich ruckartig senkten. Sobald er die Zügel nicht mehr in der Hand hatte, rannte er los.

Angus betrat die Torplattform. Marafice Eye lächelte, dann wich er zurück und überließ es den beiden Männern links und rechts von ihnen, zuerst zuzuschlagen. Schwerter, so rot, als wären sie bereits in Blut getaucht, blitzten im Licht. Winden kreischten, und das Tor senkte sich rascher. Angus sprang vor und wich den Eisenstacheln nur um Haaresbreite aus. Raif rannte und rannte und rannte. Er mußte Angus erreichen.

Zu spät. Das Tor krachte zu Boden, als er die Plattform erreichte. Klumpen fettigen Schnees fielen ihm auf den Kopf und die Schultern, als er das Gitter packte und es mit aller Kraft rüttelte. »Angus!«

Nur Schritte entfernt auf der anderen Seite bildeten fünf Männer einen Kreis um seinen Onkel. Angus' Miene war finster und ruhig. Am Rand seiner Klinge klebte bereits das Blut eines Mannes, und mit einem Schlag im Halbkreis um seine Stellung verwundete er zwei weitere.

Drei Männer in schwarzem Leder kamen aus dem Turm am Tor und kümmerten sich um das Mädchen, zerrten sie vom Kampf weg. Raif zählte insgesamt neun rote Klingen. Marafice Eye stand an der Seite und sah zu. Seine dünnen Lippen zuckten, als Angus am Ohr getroffen wurde.

Raifs Herz klopfte heftig. Er mußte etwas tun. Hektisch sah er sich um. Er sah, wie Elch und der Fuchs die Nasen in den Schnee schoben, um an die Büschel dicken Distelgrases darunter zu kommen. Ein flügelförmiges Stück Leder, hoch am Rücken des Fuchses, erregte seine Aufmerksamkeit: Angus' Bogenkasten.

Raif rannte auf das Pferd zu. Ein leiser Aufschrei erscholl in seinem Rücken: Angus war ein zweites Mal verwundet worden. Raif holte tief Luft. Er konnte es nicht wagen, jetzt darüber nachzudenken; es würde ihn nur verlangsamen. Seine Hände waren ihm nie so groß und ungeschickt vorgekommen wie in dem Augenblick, als er an der Messingschnalle des Bogenkastens nestelte. Fett vom Tor hatte alles glitschig werden lassen, und seine Finger wollten sich einfach nicht biegen.

Den Bogen zu spannen schien Stunden zu dauern. Die gewachste Sehne war kalt und steif; sie rutschte immer wieder vom Knoten ab. Am Ende mußte er die Zähne benutzen und sie mit einem heftigen Hochreißen des Kiefers durchziehen. Er fuhr mit zitternden Fingern über den Bogen und versuchte sich zu beruhigen. Der Bogen war hervorragend geschnitzt und eingelegt mit Silber und mitternachtsblauem Horn. Es half, ihn einfach zu berühren. Er hatte ihn schon öfter gespannt; er kannte die Ausmaße und wußte, wie er sich anfühlte.

Im Umdrehen band er sich Angus' Köcher um die Taille und eilte zurück zum Tor. Das Eisengitter war dicht gewebt. Stäbe so dick wie das Handgelenk eines Mannes kreuzten einander in rechten Winkeln, und die Quadrate darin maßen nur zwei Zoll an jeder Seite. Raif holte einen Pfeil aus dem Köcher. Der bleibeschwerte Kopf war schwerer als die der Pfeile, mit denen er vertraut war, und irgendwo tief in der Instinktregion seines Hirns wußte er, daß es mehr Kraft brauchen würde, um zu zielen.

Auf der anderen Seite des Tores lag ein Mann am Boden, gefällt durch einen Schlag in die Schulter, und zwei andere bluteten an Armen und Beinen. Nur einer der Schwarzgewandeten kümmerte sich nun um das Mädchen und hatte ihr den Arm auf den Rücken gedreht. Die sieben verbleibenden roten Klingen konzentrierten sich alle auf Angus Lok. Angus war schon deshalb im Nachteil, weil sie eine Art Locktaktik anwandten. Wenn nur einer oder zwei von ihnen zu einem ernsthaften Kampf vorwärts gekommen wären, dann hätte er sie besiegt; Raif sah, wie rasch sein Onkel sich bewegte, wie sicher er mit seinem einfachen Schwert war. Aber die roten Klingen zogen es vor, ihn zu ermüden. Sie wußten, daß Angus gefährlich war. Es war leichter und sicherer, auf einen Fehler zu warten.

Marafice Eye sah vom Rand aus zu und stach nur hin und wieder mit dem Messer zu. Anders als seine Männer wählte er diese Augenblicke sorgfältig, und seine Klinge kam immer feucht zurück. Ein Band von Blut, dunkel und träge wie Melasse, lief über Angus' rechte Wange und seinen Unterkiefer. Er drängte sich weiter vor, in Richtung auf das Mädchen, aber die roten Klingen hielten ihn zurück.

Raif schluckte. Was hatte Angus dazu getrieben anzugreifen? Es war Wahnsinn. Ein ganzes Stück vom Tor entfernt legte er den bleibeschwerten Pfeil auf und hob den Bogen an die Brust. Die Stiche an seinem Brustkorb brannten wie frische Wunden, als er die Sehne spannte. Er kämpfte gegen den Schmerz und die heißen, salzigen Tränen an, die er mit sich brachte, und konzentrierte sich darauf, sein Ziel zu wählen. Es waren noch fünf Pfeile in Angus' Köcher gewesen. Fünf. Keiner dürfte fehlgehen.

Er zwang den Blick am stahlgeränderten Visier vorbei und wählte den Mann, der die direkteste Bedrohung für Angus darstellte. Ein dünnes, dunkelhaariges Wiesel in Sackleinen und

Leder, das genug vom Warten hatte und sich langsam unter Angus' Arm durcharbeitete. Er war schnell und hinterhältig, und er erinnerte Raif an einen Scarpemann.

Raif zielte auf den oberen Teil seiner Brust, nahm ihn nur über den Bogen ins Visier. Er wollte ihn nicht ins Herz treffen, wollte nichts tun, was ihn angestrengt oder bewirkt hätte, daß ihm wieder übel würde. Das war ein Wahnsinn, den er nicht zusätzlich in diesen Kampf einbringen würde. Als er nach der geraden Linie suchte, die seinen Pfeil ins Ziel tragen würde, brach die Blase auf seiner Hand auf, und eine Linie aus gelblicher Flüssigkeit lief ihm über das Handgelenk.

Er ließ die Sehne los. Der Pfeil schoß davon. Der Bogen krachte in seine Hand wie ein Vogel. *Trumm.* Metall schlug gegen Metall. Orangefarbene Funken sprühten durch das Gitter. Raif schrie wütend auf, als er sah, wie sein Pfeil hinter dem Tor in den Schnee fiel. Die Pfeilspitze hatte das Eisengitter getroffen. Eine der Federn hing noch daran wie Elchhaar an einem Zaun.

»Ah!«

Raif konzentrierte sich auf den Kampf hinter dem Tor. Das Wiesel riß seine Klinge aus Angus' Schulter. Blut sprudelte aus einem Loch in Angus' Hirschledermantel. Sein Gesicht war grau und schmerzverzerrt. Die roten Klingen trafen ihn immer wieder, selbst wenn es nur Nadelstiche waren. Angus brüllte. Er schwang sein Schwert in einem gewaltigen Kreis, schnitt einem Mann die Hand ab und traf den anderen tief in die Hüfte.

Raif warf einen Blick auf den Köcher. Noch vier Pfeile. Sieben Männer. Götter, helft mir, ich darf nicht noch einmal danebenschießen. Er verfluchte seine zitternden Hände, die nässende Blase an der Hand und das Brennen in seiner Brust. Er nahm den zweiten Pfeil aus dem Köcher. Angus wurde langsamer; sein linker Arm hing nutzlos herab, und er atmete schwer. Ihn zu sehen, zu sehen, wie die Muskeln in seinen Wangen vor Zorn und einer anderen, nicht zu erkennenden Emotion zuckten, die irgendwo zwischen Sorge und Angst lag, sagte Raif, was er zu tun hatte. Er hatte keine Wahl mehr. Es ging nur noch um das Blut, das sie gemeinsam hatten.

Der Pfeil war schnell aufgelegt. Raif hielt ihn fest gegen den Bogen, als er die Sehne spannte. Der Wieselmann wurde in seinem Blickfeld groß wie ein Riese. Raif rief ihn näher heran. Der Raum zwischen ihnen zog sich zusammen, und plötzlich gab es keinen Raum mehr. Raif roch Schweiß und den geheimen Duft von Blut und Absonderungen, die unter der Haut lagen. Dann zählte nur noch das Herz.

Gefüllt von Blut, schwer von Lebenskraft, getrieben von dem einzigen, worüber die Götter keine Macht hatten, füllte das Herz Raifs Blickfeld, als hätte er in die Sonne geschaut. Er wußte plötzlich Dinge, Kleinigkeiten über den Körper, der diesen lebenswichtigen pumpenden Kern umgab. Das Blut des Wieselmannes lief zu schnell, raste durch seinen Körper wie ein heißer Strom auf der Suche nach Erleichterung. Seine Leber war fest und narbenübersät, dunkel vor Krankheit, und zwischen seinen Beinen hing nur ein Hoden.

Das alles und mehr wußte Raif in weniger Zeit, als die benutzte Atemluft brauchte, um aus seinen Lungen zu entweichen. Es hatte nichts zu bedeuten. Nichts. Das Herz gehörte ihm.

Er küßte die Sehne und ließ den Pfeil fliegen, und bis seine Schultern mit dem Rückstoß fertig waren, war der Wieselmann tot. Ins Herz getroffen. Seine Beine knickten unter ihm ein, seine Blase gab nach, und er war tot.

Metall überflutete Raifs Mund. Ein Schmerz, wie wenn ein Knochen aus dem Gelenk gerissen wird, arbeitete sich durch seine Brust. Ist es das, was ich bin? Ein eiskalter Mörder?

Er hatte keine Zeit für diese Frage. Ein weiterer Pfeil lag bereits in seiner Hand, obwohl er sich nicht daran erinnern konnte, ihn aus dem Köcher gezogen zu haben, und wieder spannte er den Bogen. Seine Unterscheidungsfähigkeit war verschwunden – vertrieben von Schmerz und Wahnsinn –, und er nahm den erstbesten Mann mit roter Klinge ins Visier, der ihm ins Blickfeld kam.

Das Herz kam zu ihm, schneller, als sich das Auge auf einen entfernten Gegenstand konzentriert. Jung und stark war dieses Herz, und es schlug in einem Körper, der die Krankheit erst seit kurzem kannte. Etwas Dunkles wuchs tief in den Lungen, ein Lappen stillen Fleisches. Raif verschwendete keinen Gedanken darauf, als er die Sehne losließ. Das *Trumm* des Pfeils verschmolz mit dem leisen Gurgeln vergehenden Atems, und dann fiel eine weitere gesichtslose Leiche in den Schnee.

Raif zog den dritten Pfeil. Schmerz ließ ihm alles vor Augen verschwimmen, Speichel überzog sein Mundinneres wie zäher Schleim. Auf der anderen Seite des Tores nutzte Angus die Angst, die sich unter den verbliebenen Männern ausbreitete. Während Raif den Bogen spannte, ließ Angus seinen Stahl in eine Niere gleiten, und eine rote Klinge fiel zu Boden, ihr Träger schreiend und den Bauch umklammernd. Hinter dem Kreis von Bewaffneten geriet der schwarzgewandete Mann, der sich um das Mädchen kümmerte, in Panik. Er warf sie auf den Boden und berührte ihre Kehle mit der Schwertspitze. Die Brust des Mädchens hob und senkte sich, hob und senkte sich. Ihre Finger kratzten im Schnee.

Noch bevor er wirklich wußte, was er tat, rief Raif das Herz dieses Mannes ins Visier. Es geschah so schnell, daß er kaum einen Eindruck von dem Mann erhielt, bevor er schoß. Der Pfeil raste durch eine Bresche im Kampf und traf das Herz des Mannes von hinten, nagelte ihm den Umhang gegen die Wirbelsäule.

Raif schwankte. Sein Kopf dröhnte vor Schmerz. Trüb war er sich bewußt, daß Gegenstände das Gitter trafen, als Messer und Wurfgeschosse in seine Richtung flogen. Keines davon kam durch. Er konnte jetzt kaum mehr etwas sehen, nur scharfe Kanten und Lichtschimmer. Er sah eine verschwommene Gestalt, von der er wußte, daß sie sein Onkel war, und drei oder vielleicht vier andere Gestalten um ihn herum. Seine Gedanken kamen träge, ungelenk, trieben durch seinen Kopf wie Treibholz. Ein Pfeil, das war alles, was er wußte. Ein Pfeil. Ein Schuß. Ich muß es tun.

Er konnte nichts sehen, aber spüren. Als er den Bogen spannte, konzentrierte sich etwas in ihm auf das nächste Herz. Es geschah mit der Geschwindigkeit und Sicherheit eines Steins, der in einen Brunnen fällt ... obwohl ihm sterbensübel war. Seine Arme fanden die richtige Position, seine Bogenhand hörte auf zu zittern und erkannte ohne jeden Zweifel den richtigen Augenblick, die Sehne loszulassen. Tot, dachte er dumpf, tot, sobald ich sein Herz im Blick habe.

Danach fiel noch jemand: einer der Männer in Bettlerkleidung. Angus hatte ihm einen Schlag versetzt, der den Mann wie ein Schwein quieken ließ. Raif schwankte. Er taumelte vorwärts und mußte sich am Metallgitter abstützen. Einen Augenblick lang konnte er wieder klar sehen und bemerkte, daß Marafice Eye ihn direkt anstarrte. Raif hielt die Luft an. Der Generalprotektor stand ein wenig abseits von den verbleibenden Männern im Schatten des östlichen Torturms, seine Augen so bleich wie Knorpel in einem Stück Fleisch. Während Raif noch zusah, wandte er den Blick zunächst dem Mädchen und dann Angus Lok zu, dann traf er eine Entscheidung. Das Mädchen war dreißig Schritte von ihm entfernt, und noch während Marafice Eye auf sie zuging, trat Angus ihm in den Weg.

Raif spürte, wie seine Kraft vollkommen nachließ. Mit dem letzten Rest konzentrierte er sich auf Marafice Eye, nahm den Mann ins Visier, zwang ihn mit reiner Willenskraft, sich umzudrehen und ihn anzusehen. Als der Schwertführer tatsächlich zu ihm hinschaute und ihre Blicke sich begegneten, nahm Raif die Hand vom Gitter und bewegte sie zu dem Köcher an seiner Taille hin. In diesem Augenblick wußte Marafice Eye, daß er erschossen werden würde, ins Herz getroffen wie vier seiner

Männer. Raif sah, wie der andere das erkannte, sah, wie Marafice Eye klar wurde, daß er das Mädchen nie erreichen konnte, bevor der Pfeil ihn erreichte, und daß es besser war, sich zurückzuziehen, als zu sterben. Als Raifs Hand sich um leere Luft schloß, brüllte Marafice Eye einen Befehl und floh.

Raifs Beine gaben unter ihm nach, und er glitt abwärts, an einen Ort, wo die Mauern aus Dunkelheit bestanden und die Kanten aus Schmerz.

24
Das Götterlicht

Es gab zwölf geheime Möglichkeiten, Walfett zu benutzen, und Eloko, die Witwe von Kulahuk und Mutter von Nolo und Avranna, hatte Sadaluk versprochen, ihm heute nacht eine davon zu zeigen. Eloko war eine schöne Frau mit Zähnen so winzig wie die eines Kindes und dem Bauch eines dicken Eisbären. Sie war nicht mehr jung, aber Sadaluk war nicht wählerisch, was das anging. Wenn eine Frau des Stammes einem alten Mann so etwas anbot, dann war das eine Gelegenheit zum Feiern und nichts, was man auseinandernahm wie einen Walkadaver. Eloko war jetzt seit zehn Monaten Witwe, und es war angemessen, daß sie sich entschieden hatte, die Trauer mit einem Ältesten des Stammes zu brechen. Es zeigte Respekt. Der Eisgott konnte sie nicht dafür tadeln.

Der Lauscher gestattete sich noch eine kurze Weile, an Eloko und ihre ausreichenden Vorräte an Walfett zu denken. Eloko hatte zehn Monate gewartet. Sadaluk selbst noch länger. Es würde keinem von ihnen schaden, noch ein paar Stunden mehr an unterschiedlichen Seiten des Dorfes zu sein, eine in einem Haus aus Treibholz und Lehm und der andere in einem Loch, das aus der gefrorenen Erde gegraben und mit Walknochen umgeben war, und sich das Götterlicht anzusehen.

Der Himmel war heute abend klar, dunkel und schimmernd wie das Loch inmitten eines Auges. Das Götterlicht raste nach Norden wie die Flammen eines Wildfeuers, das hinter dem Horizont brennt. Rosa und grün blitzte es auf, in den Farben alles Lebens. In jedem Winter entfaltete sich das Götterlicht wie ein Banner am klaren Nachthimmel. Seine trägen, langsamen Bewegungen erinnerten Sadaluk an Algen im tiefen Wasser, deren Stränge sich mit der Anmut der Gewichtslosigkeit bewegten.

Wenn man sehr angestrengt lauschte, konnte man das Licht hören. Es klang wie das Knacken und Reißen von Wind in den Segeln eines Schiffs. Einige sagten, es wäre dasselbe Geräusch, das man vor dem Sterben hörte, aber Sadaluk wußte darüber nichts.

Er wußte allerdings, daß dieses Licht eine Botschaft der Götter war. Seht uns an, forderten sie. Seht, wie schön und schrecklich wir sind. Seht, wie wir mitten im Winter zu euch kommen, wenn eure Söhne und Töchter uns am meisten brauchen.

Es war unmöglich, zu diesem Nordlicht aufzublicken und zu leugnen, daß es Götter gab. Lootavek, derjenige, der vor ihm gelauscht hatte, hatte immer gesagt, die Eisjäger würden es als erste erfahren, wenn das Ende der Welt nahe sei, denn dann würde sich dieses Licht rot verfärben.

»Die Götter werden uns warnen«, hatte er eines Abends gesagt, als sie ihr Lager am Eismeer aufgeschlagen hatten und Seehunde schlachteten. »Sie schicken uns einen Himmel voller Blut.«

Sadaluk erinnerte sich, wie er seine eigenen nassen, blutigen Hände betrachtet und gefragt hatte: »Woher weißt du das?«

Lootavek hatte ihm einen von diesen Blicken zugeworfen. »Du stellst die falschen Fragen, Sadaluk. Das Wie ist nicht wichtig, es ist das Warum, das zählt.«

»Also warum?«

»Damit wir die ersten sind, die es erfahren.«

Sadaluk hatte seine Arbeit schweigend beendet und nicht wirklich verstanden, was der Lauscher gemeint hatte, aber er hatte auch keine Fragen mehr stellen wollen. Er war damals jung gewesen, voller Ehrfurcht vor dem Lauscher, wie es sich für einen jungen Jäger des Stammes gehörte. Nun, als er zusah, wie das Licht der Götter am Nordhimmel tanzte, wünschte er sich, er hätte mehr gefragt. Das Licht kam ihm dunkler vor, als er es in Erinnerung hatte, die Rosatöne intensiver, das Grün flackernd und seltsam verzerrt. Manchmal glaubte er, am Rand der Corona Rot aufblitzen zu sehen. Es ist nichts, sagte er sich selbst, es hat immer Streifen von Rot im Licht gegeben.

Aber waren es heute abend nicht mehr als sonst?

Mit einem Stirnrunzeln für die Wildnis seiner eigenen Gedanken wandte er dem Himmel den Rücken zu und betrat sein Haus. Eloko würde ungeduldig werden und ihm vielleicht die Tür vor der Nase zumachen. Der Stolz einer Frau war hitzig und wild, und sie warten zu lassen war eine Sache, aber es war etwas anderes, wenn sie zu lange warten mußte. Und es wäre gut, warme Arme an seinem Rücken und die Berührung einer Hand an seinem Gesicht zu spüren.

Aber warum bekam er dann Lootaveks Stimme nicht aus dem Kopf? *Damit wir die ersten sind, die es erfahren.* In dieser Aussage hatte ein gewisser Stolz gelegen, das wurde Sadaluk nun klar. Die Eisjäger waren immer die ersten, die etwas erfuhren. »Wir leben am Rand der Welt«, hatte Lootavek bei einer anderen Gelegenheit gesagt, im Sommer, als Schwärme von Fliegen Wolken am Himmel bildeten und selbst die Hunde im Haus blieben. »Wir zahlen einen hohen Preis dafür, in Form von Hunger und Tod, aber wir erhalten die Botschaften der Götter. Wir sind ihnen näher als andere, Sadaluk. Vergiß das nie. Wenn ich erst tot bin, mußt du deinen Träumen lauschen und auf die Botschaften warten.«

Sadaluk schnalzte mit der Zunge. Wäre er bei Verstand, dann würde er jetzt sein Bärenfell und die Handschuhe nehmen und schnell durchs Dorf und zu Eloko gehen. Man hatte ihm ein Angebot gemacht, das nur einen kurzen Weg entfernt war, und er wäre ein Narr, die Gelegenheit verstreichen zu lassen. Aber er war nicht bei Verstand, und das Götterlicht beunruhigte ihn, und es waren dreißig Tage und dreißig Nächte vergangen und Schwarzklaue war immer noch nicht zurück. Der Lauscher glaubte nicht mehr, daß der Rabe zurückkommen würde. Der Gedanke schmerzte, denn er hatte Schwarzklaue am liebsten gehabt, und der Gedanke daran, daß der Rabe tot auf dem gefrorenen Land lag, beunruhigte ihn auf eine seltsame, neue Art. War er von anderen Vögeln oder Menschen angegriffen worden? Hatte er seine Botschaft abgeliefert, oder war der kleine Streifen Rinde in die falschen Hände gefallen? Der Lauscher schüttelte sein Unbehagen ab. Es ist nur ein Rabe, sagte er sich. Ein Vogel weniger, den ich mit Resten durch die lange Winternacht füttern muß.

Er streckte seine starren, alten Hände am Türrahmen und bereitete sich darauf vor, nach drinnen zu gehen. Es war Zeit, eine andere Botschaft zu senden. Das Alte Blut mußte erfahren, daß der Tanz der Schatten begonnen hatte. Sie mußten ihre Fernreiter zu ihm schicken und einen Anspruch auf die Zukunft erheben und auf dem Meereseis stehen und sich das Götterlicht selbst anschauen.

Sadaluk nahm einen Streifen Birkenrinde von einem Haken nahe der Tür und warf einen letzten Blick zum Himmel. Er sah rot, eine ganze Welt von flackerndem Rot …

Eisenketten rasselten. Metall ächzte. Schritte knirschten auf gepreßtem Schnee. »Trink. Trink.«

Raif scheute instinktiv zurück vor den kalten, beißenden Dämpfen, die aus einer Öffnung dicht an seinem Gesicht aufstiegen. Er wollte nicht trinken.

Finger, weder sauber noch wohlriechend, schoben sich in seinen Mund und zwangen ihn auf. Flüssigkeit wurde hineingegossen. Ein Augenblick verging, während die offene Höhlung seines Mundes sich füllte, und dann lief ihm die Flüssigkeit durch die Kehle. Raif keuchte und hustete und hob den Kopf. Spuckend versuchte er, seinen Mund von dem widerwärtigen Geschmack zu befreien.

Angus starrte ihn stirnrunzelnd an. »Du mußt genug davon trinken, Junge. Ich weiß, es schmeckt wie Lampenöl, aber ich schwöre, es wird dir guttun.«

Raif sah sich um. Die Sonne war hinter dem Berg versunken, und der Himmel war dunkel und silbrig und nahm die Nachtfärbung an. Er lag im weichen Schnee am Tor. Das Fallgitter war wieder hochgezogen, und sechs Leichen lagen auf einem gepflügten Feld aus Blut, Schlamm und Schneematsch auf der anderen Seite. Er hob die Hand, um nach seinem Rabenzeichen zu tasten. Der Schnabel war so glatt wie ein gezogener Zahn und heißer als seine Haut. Er trank mehr von der Flüssigkeit. Er spürte bereits, wie sein Körper arbeitete, kribbelte und brannte, als hätte man ihn mit trockenen Birkenzweigen gepeitscht. Sein Geist wurde schärfer. Plötzlich bemerkte er, daß Angus verwundet war. Blut floß aus einem Loch im Hirschleder. Raif begann sich aufzusetzen.

Angus legte ihm eine Hand auf die Schulter und zwang ihn wieder nach unten. »Immer mit der Ruhe, Junge. Gib dem Geistermahl Gelegenheit zu wirken.«

»Geistermahl?«

»Medizin für dich.« Angus spähte über die Schulter und zuckte zusammen, als die Muskeln in seiner Brust sich spannten. »Komm her. Bitte. Wir werden dir nichts tun.«

Raif brauchte einen Augenblick, um zu begreifen, daß sein Onkel mit jemand anderem sprach. Das Mädchen. Er drehte sich ein wenig um und sah, daß sie direkt am Tor stand und sie beobachtete. Fetzen ihres Kleides wehten im Wind, und ihr helles Haar glitzerte vor Eis. Getrocknetes Blut bildete eine schwarze Linie um ihr Kinn. Sie sagte kein Wort.

Angus stand schwerfällig und unter großer Anstrengung auf und drückte sich dabei eine Hand auf die Brust.

»Du mußt mit uns kommen, mit Raif. Sie werden bald wieder hier sein. Du bist hier nicht mehr sicher.«

»Wer seid Ihr? Warum habt Ihr mir geholfen?«

Raif war überrascht, wie ruhig das Mädchen klang. Der Blick ihrer grauen Augen war kühl, und sie hatte eine so selbstsichere Haltung, wie er sie von einer Bettlerin nicht erwartet hätte.

Angus warf einen Blick auf die Stadt hinter ihr. »Ich bin Angus Lok aus Ille Glaive, und das ist mein Verwandter Raif Sevrance. Wir haben dir geholfen, weil du in Not warst. Wir werden dir wieder helfen, wenn du uns das gestattest. Du brauchst Essen und Kleider und Schutz. Komm mit uns, und wir bringen dich an einen sicheren Ort.«

»Wohin?«

Raif hätte beinahe gelächelt. Das Mädchen ließ sich nicht mit einer von Angus Loks typischen vagen Antworten abspeisen.

Seltsamerweise lächelte Angus ebenfalls. Sein ganzer Körper bog sich auf das Mädchen zu, als er sagte: »Wir gehen nach Ille Glaive.«

Das Mädchen nickte. Sie sah Raif an. In der Stadt erklangen Rufe und Hufklappern. Ihr Gesicht erstarrte, als sie das hörte.

»Bitte«, murmelte Angus. »Ich schwöre bei allem, was mir kostbar ist, daß ich dir nichts tun werde.«

Angus hatte seinen Onkel noch nie zuvor so leise sprechen hören. Es verstörte ihn. Warum hatte Angus sein Leben aufs Spiel gesetzt, um dieses dünne, knochige Mädchen zu retten?

»Verlassen wir die Stadt?« Die ruhige Haltung des Mädchens ließ nach, als das Hufklappern und Klirren von Rüstungen und Waffen lauter wurde. Ihre Schultern zuckten, als eine Stimme dröhnte: »Zum Tor!«

»Du und Raif ja. Ich werde das Tor hinter euch schließen, damit es so aussieht, als wärst du immer noch mit mir zusammen in der Stadt. Dann werde ich die Renegaten-Wache auf eine Hetzjagd durch die Stadt führen, und wir treffen uns nach Mitternacht auf der Oststraße.«

»Nein. Du kannst nicht alleine in der Stadt bleiben.« Taumelnd kam Raif auf die Beine und kämpfte mit geballten Fäusten gegen Schmerz und Übelkeit an. »Ich komme mit dir.«

»Nein. Du mußt bei dem Mädchen bleiben. Vor den Stadttoren sind wir zu leicht zu finden. Jemand muß die Wache ablenken.«

All die forsche Röte war aus Angus' Gesicht gewichen, und plötzlich kam er Raif wie ein Fremder vor. »Ihr müßt jetzt gehen. Ich befehle es dir als dein Onkel.«

Ohne auf eine Antwort zu warten, drehte er sich um und ging zum Tor. Raif dachte, er würde das Mädchen im Vorbeigehen berühren, denn seine Hand zuckte ungelenk auf sie zu, aber er tat es nicht. Statt dessen ging er zum Torturm.

Winden knarrten einen Augenblick später, als die Bremse gelöst wurde, und dann fiel das Tor krachend nach unten. Eiserne Stacheln klapperten wie Knochen, und Platten von Eis, das sich auf dem Kalksteinboden über dem Tor gebildet hatte, rissen und fielen herab und enthüllten dabei ein in Stein gemeißeltes großes, geflügeltes Tier. Das Mädchen kam auf Raif zu. Ihre Augen glänzten, ihr Blick war entschlossen, und er rührte etwas in Raifs Gedächtnis auf … er versuchte es, konnte es aber nicht einordnen. Mit einem Achselzucken steckte er die Flasche mit dem Rest des Geistermahls in die Tasche. Er fühlte sich zu leicht im Kopf und voll falscher Kraft. *Was in aller Götter Namen ist das für ein Zeug?*

Sekunden später tauchte Angus wieder aus dem Torhaus auf. Der Blutfleck auf seinem Hirschledermantel hatte sich ausgebreitet, und er schwankte unregelmäßig von einem Schritt zum anderen. »Reitet«, sagte er zu Raif. »Das Geistermahl gibt dir nur begrenzte Kraft; wenn es erst dunkel ist, wird es dir noch schlechter gehen. Reitet nach Südosten. In etwa einer Stunde werdet ihr auf einen Wildpfad oberhalb eines Schierlingsdickichts treffen. Folgt ihm. Auf diesem Pfad kann man euch von der Mauer aus nicht sehen. Wenn ihr zum Zorntor kommt, wendet euch nach Osten. Ich werde euch an der Straße finden.«

Laß mich an deiner Stelle gehen, wollte Raif sagen, aber er wußte, was sein Onkel sagen würde, noch bevor Angus es aussprach: Angus kannte Spire Vanis; Raif nicht. Ein Clansmann, der sich in der Stadt nicht auskannte, hatte keine Hoffnung, den roten Klingen zu entgehen. Raif sah seinem

Onkel in die kupferfarbenen Augen und wußte, daß er nichts anderes tun konnte als nicken und »Bis Mitternacht« sagen. Alles andere hätte Angus nur zuviel Zeit gekostet.

Das Hufeklappern wurde lauter. Eine Reihe von Befehlen erklang, und das Kratzen von Stahl auf Leder kündigte an, daß Waffen gezogen wurden.

»Kümmere dich um das Mädchen«, sagte Angus. Bevor Raif noch Gelegenheit zu einer Antwort hatte, war er verschwunden.

Raif wandte sich vom Tor ab. Vier tote Männer hatten Pfeile in den Herzen: Das war kein Anblick, bei dem er länger verweilen wollte.

Das Mädchen war nicht länger neben ihm. Sie hatte die Ebene vor dem Tor verlassen und stakste nun auf dem Abhang über körnigen Schnee und Geröll. Raif lief zu den Pferden. Er holte das Mädchen auf der andern Torseite ein und zwang sie, dicht gegen die Mauer zurückzuweichen. Die Nacht erhob sich im Osten, und Schatten ergossen sich über den Schnee wie schwarzes Öl. Der Kalkstein an Raifs Rücken war kalt und glatter, als Stein sein sollte. Als er die Pferde näher heranzog, bebte der Boden unter seinen Füßen, weil sich Bewaffnete dem Tor näherten. Der Atem schmerzte in seinen Lungen, während er hörte, wie die roten Klingen ihre Pferde zügelten. Es wäre so einfach, nur das Torgitter hochzuziehen.

Einen endlos scheinenden Augenblick lang war alles ruhig. Raif stellte sich vor, wie die roten Klingen sich schweigend über die Leichen beugten und ihre Blicke von einem Herzen zum anderen schweiften. Elch schnaubte. Raif warf Orwin Shanks Pferd einen Blick zu, der selbst die Toten zum Schweigen gebracht hätte. Stiefel knirschten auf Schnee. Das Torgitter klirrte leise, entweder von Händen oder vom Wind bewegt. Laßt sie umkehren, dachte Raif. Götter, laßt sie umkehren.

Ein Ruf erklang aus der Stadt heraus wie das Aufheulen eines Wolfs. Angus – das wußte Raif sofort. Ein Schrei erscholl. Sattelzeug knarrte wie Peitschen, und dann bebte der Boden abermals, als die roten Klingen vom Tor wegritten. *Jetzt jagen sie.*

Raif holte tief Luft. Plötzlich war er zornig auf das Mädchen. Sie war der Grund, daß Angus allein durch die Stadt rannte. Er wandte sich ihr zu ... und sah, daß sie im Schnee kniete. Ihr Kinn ruhte auf ihrer Brust, und ihr Gesicht war seltsam reglos, die Muskeln hatte sie entspannt, als schliefe sie. Raif zerrte die Pferde vorwärts. Was war los mit ihr? War sie eine Idiotin?

Das Mädchen hob den Kopf nicht, als er sich näherte. Zum ersten Mal fiel ihm auf, wie bleich sie war, wie eine Statue aus Eis. Als er dazu ansetzte, etwas zu sagen, hob sie die Arme, ließ sie hoch durch die Luft gleiten, gewichtslose, knochenlose Dinger, die sich nach etwas ausstreckten, das er nicht sehen konnte. Raif spürte so etwas wie Angst dicht an seinem Herzen. Sie hatte die Augen geschlossen.

Er wußte nicht, was ihn dazu veranlaßte, etwas zu tun. Er wußte nur, daß etwas nicht stimmte und er es aufhalten mußte; er streckte seine verwundete Hand aus und packte das Mädchen am Arm.

Komm zu uns, schöne Herrin. Brich unsere Ketten aus Blut. So nahe jetzt ... so nahe. Streck die Arme aus.

Stimmen drängten sich in Raifs Kopf. Schreckliche, unmenschliche Stimmen ... wahnsinnig vor Gier keuchten sie mit dem kalten Zischen von Gasen, die aus verfallenem Fleisch dringen. Eine Landschaft aus schwarzem Eis öffnete sich vor ihm, ein Ödland aus zackigen Gipfeln und schimmernden Kanten und dunklen, dunklen Gräben. Raifs Zeichen glühte heiß an seiner Brust. Sein erster Impuls war, die Hand wegzunehmen, zu durchtrennen, welche Verbindung hier auch immer bestehen mochte: Das war kein Ort für ihn. Aber das Mädchen hielt ihn dort. Ihr Herz klopfte auf eine Weise, die er sofort erkannte, und sie hörte auf eine Fremde zu sein und war ihm statt dessen plötzlich bekannt.

Plötzlich war sein Rabenzeichen weißglühender Stahl. Es brannte durch seine Haut in die Muskeln, die darunter lagen. Raif schnappte nach Luft. Es fühlte sich so an, als dringe das Mädchen in ihn ein, als bohrte sie sich zusammen mit dem Zeichen in seine Brust. Sie öffnete die Augen. Graue Augen. Und dann wußte er, daß er diese Augen schon einmal gesehen hatte: Der Heilige Stein hatte sie ihm gezeigt.

Die Erinnerung war wie kaltes Wasser auf seiner Haut. Mit all der falschen Kraft, die das Geistermahl ihm verliehen hatte, riß er die Hand vom Arm des Mädchens. Luft knisterte, als sie sich trennten. Winzige Tröpfchen von Raifs Blut bildeten einen roten Bogen zwischen ihnen. Das Mädchen schwankte und griff nach hinten in den Schnee, um nicht umzufallen. Raif taumelte vorwärts, brachte seine Hand zurück an die Brust; sie fühlte sich an, als hätte er sie in die Substanz einer anderen Welt gesteckt.

Das Mädchen stöhnte. Raif ignorierte sie. Er wandte sich von ihr ab und riß seine Ölhaut auseinander. Seine unverletzte linke Hand nestelte angestrengt in der Kleidung, verzweifelt darauf aus, die Haut zu berühren. Das Rabenzeichen war unverändert, dunkel und kühl: ein blutloses Stück Horn von einem lange toten Vogel. Selbst an seiner Haut war nicht viel zu sehen. Sie war ein wenig rot, und eine flache Druckstelle war zu erkennen, aber keine große offene Wunde, kein gequältes, dunkelrotes Fleisch. Raif runzelte die Stirn. Er hatte es doch gespürt! Er konnte es jetzt noch spüren, was immer es sein mochte, eine Verbrennung, eine Präsenz, ein Makel. Es war, als hätte man ihm ein glühend heißes Schüreisen unter die Haut gesteckt.

Die Angst brachte auch den Zorn zurück. Er fuhr zu dem Mädchen herum. »Steh auf. Wir müssen uns beeilen.«

Sie blickte zu ihm auf, und ihr Blick war unmöglich zu lesen. Mit der rechten Hand berührte sie die Stelle an ihrem Arm, die er berührt hatte. »Wie lange?«

Raif verstand die Frage nicht. Er gab keine Antwort.

»Ich habe gefragt, wie lange? Wie lange habe ich hier gekniet, bevor du kamst« – sie rang nach Worten – »und mich geweckt hast?«

Geweckt? Ein seltsames Wort in diesem Zusammenhang. Er sagte: »Nur Minuten.« Einen Augenblick später, als sie immer noch nicht dazu ansetzte, etwas zu sagen oder aufzustehen, erklärte Raif: »Wir müssen jetzt gehen. Die roten Klingen werden zurückkommen.«

Ihre Hand zuckte zum Tor. »Wird er es schaffen?«

Er hätte am liebsten nein gesagt, hätte sie am liebsten angeschrien, daß Angus in großer Gefahr war, und alles nur wegen ihr, aber statt dessen sagte er zu seiner Überraschung etwas anderes. »Angus ist nicht dumm. Er kann auf sich selbst aufpassen. Wenn es einen sicheren Weg aus der Stadt heraus gibt, dann wird er ihn finden.« Die Worte waren wenig genug, aber er fühlte sich besser, weil er sie ausgesprochen hatte. Er glaubte beinahe, daß sie der Wahrheit entsprachen.

Das Gesicht des Mädchens entspannte sich ein wenig. Sie wischte sich den Schnee von ihrem zerrissenen Rock und kam mühsam auf die Beine. Raif wollte ihr helfen, dann hielt er im letzten Augenblick inne. Er wußte nicht, ob er sie noch einmal berühren wollte.

»Bitte, könntest du mich einen Augenblick allein lassen? Ich werde zu dir und den Pferden kommen, sobald ich … sobald ich fertig bin.«

Raif warf einen demonstrativen Blick zum Tor. »Beeil dich.« Entschlossen schaute er nicht zurück, als er die Pferde wegführte. Ihre Bitte hatte ihn neugierig gemacht – und er glaubte nicht, daß sie vorhatte, sich im Schnee zu erleichtern –, aber er würde keine Fragen stellen und nicht nachsehen, was sie tat. Er beschäftigte sich damit, Dinge aus Angus' Satteltasche zu holen: Decken, ein paar Ersatzhandschuhe, einen gebratenen Regenpfeifer vom Vortag in einem eingefetteten Tuch, ein Schafsblutkuchen und ein Schlauch mit Schmelzwasser, das durch die Wärme von Elchs Rumpf flüssig gehalten wurde, und einen kleinen Tiegel mit Angus' Bienenwachs. Dinge, die das Mädchen brauchen würde.

Als er alles herausgeholt und bereit hatte, hatte das Brennen an seiner Brust zu einem milden Schmerz nachgelassen. Seine Hand pochte, aber das mochte von der Blase sein. Mit einem leichten Schaudern wandte er seine Gedanken ab von dem, was er gesehen und gehört hatte. Das war die Angelegenheit des Mädchens, nicht die seine.

»Ich bin jetzt bereit.« Sie trat neben ihn.

Er hatte sie nicht kommen hören. Er verbarg seine Überraschung, indem er sie fragte, ob sie reiten könne. Als sie nickte, verschränkte er die Hände zu einem Steigbügel und hob sie auf den Rücken des Fuchses. Ihre Stiefel waren dick, und als die Ledersohle sich in seine Handfläche drückte, war es überhaupt nicht, als ob er sie berührte. Das kam ihm wie etwas vor, wofür er dankbar sein mußte.

Als erstes gab er ihr die Decken und das Bienenwachs. Sie nahm den Tiegel mit Wachs auf eine Weise entgegen, die Raif denken ließ, daß sie daran gewöhnt war, daß man ihr Dinge reichte. Ihre Ruhe geriet ins Wanken, als sie ihm den gebratenen Regenpfeifer abnahm, und sie schlang den Vogel gierig herunter, aß die Haut, knabberte an Knochen, leckte sich das Fett von den Fingern.

Raif lächelte, als er in den Sattel stieg. Er mochte sie jetzt lieber. »Wie heißt du?«

»Ash.«

»Ich heiße Raif.«

»Ich weiß. Der andere Mann … Angus … hat es gesagt.«

Raif hatte das Gefühl, daß man ihn auf seinen Platz verwiesen hatte. Er überlegte, was er noch sagen könnte, aber die einzigen Themen, die ihm einfielen, waren im Augenblick zu gefährlich.

»Raif. Du mußt mir versprechen, mich wieder zu wecken, wenn … wenn ich wieder einschlafe.« Graue Augen blickten zu ihm auf. Eine Art Austausch fand statt, und irgendwie wußte sie alles, was er gesehen und gehört hatte. Sie berührte ihren Arm. »Sie rufen nach mir«, sagte sie. »Die Stimmen.«

Raif nickte. Soviel verstand er. Er wußte, daß er kein Recht hatte weiterzufragen und reichte ihr den Molkekuchen und den Wasserschlauch. Ihre Finger berührten sich über der feuchten Oberfläche des Kuchens, aber er spürte nichts, nur wie dünn ihr Haut war. »Ich passe auf dich auf«, sagte er.

Die Gipfel des Totenbergs verschwanden in der Dunkelheit, als sie weiterritten, verschlungen von einem mondlosen, sternenlosen Himmel. Flammen von den Wachtürmen der Stadt warfen rötliches Licht auf ihren Rücken und ließen ihre Schatten flackern. Kein Schnee fiel, aber der Wind war weiß und bewegte Verwehungen in raschen, brutalen Böen von den höhergelegenen Abhängen zu den niedrigeren.

Der Wildpfad war leicht zu finden. Raif hatte das Gefühl, das Angus' Fuchs diesen Weg schon öfter gegangen war, denn der Wallach schien jede Kurve des Pfades bereits zu erwarten. Raif war froh, dem Pferd die Führung zu überlassen. Die rasche, brüchige Kraft, die ihn zuvor erfüllt hatte, war ver- schwunden, hatte ihn so vollkommen verlassen, als hätte sie nie existiert. *Geistermahl:* Es kam ihm wichtig vor, sich zu er- innern, daß das, was diese Flüssigkeit einem gab, nicht echt war. Raif fühlte sich, als wäre ein Wagen über ihn weggerollt. Das einzige, was ihn noch wach hielt, war die vertraute Qual seiner Stiche. Das und sein Versprechen gegenüber dem Mädchen.

Er warf ihr einen Blick zu. Sie saß vornübergebeugt auf dem Fuchs, ihre Gestalt von den Decken unkenntlich gemacht, ihr Kopf aufrecht und mit den Bewegungen des Pferdes nickend. Sie hatten nicht mehr miteinander gesprochen. Der Schatten von Spire Vanis war zu stark zwischen ihnen. Es war undenkbar für Raif, von Kleinigkeiten zu sprechen, während Angus in der Stadt festsaß. Das Mädchen hatte seinen Kummer wie er den seinen, und Gemeinschaft fand sich nur in geteiltem Schweigen.

Raif beobachtete sie, als sie sich ihren Weg durch die Bäume fädelten. Es war unmöglich, das nicht zu tun. Sie hatte Angus mit einem einzigen Blick verhext, und mit nur einer Berührung hatte sie … was? Raif drehte seine Hand um, so daß die Blase zu sehen war, fett und purpurrot. Was war zwischen ihnen vorgegangen, als sie im Schnee gekniet hatte?

Die Stimmen würde er niemals vergessen. Sie würden sein Leben lang in seinem Kopf verweilen.

Drey. Die Sehnsucht nach seinem Bruder überwältigte ihn plötzlich, machte ihn unendlich müde. Wenn Drey jetzt hier wäre, würde er wissen, was zu tun und zu sagen war. Er hätte Angus nicht alleine gehen lassen. Raif verzog die Lippen zu einem dünnen Lächeln. Und selbst wenn, dann wäre Drey vor dem Tor geblieben und hätte gewartet, bis Angus zurückgekehrt war. Drey wartete immer. Von allen Charakterzügen, die ein Bruder haben konnte, schien dies plötzlich der beste zu sein.

»Das Zorntor.«

Die Stimme des Mädchens brachte Raif in die Gegenwart zurück. Er sah sie an, und sie nickte zu der schimmernden Masse aus Dunkelheit – Spire Vanis bei Nacht. Ein Ring blauen Feuers umrahmte ein Portal dreihundert Fuß unterhalb des Wildpfades.

»Sie lassen die Öllampen Tag und Nacht brennen. Es ist das am meisten benutzte Tor.«

»Führt die östliche Straße direkt vom Tor weg?«

»Ich bin nicht sicher.«

Raif sah in das Gesicht des Mädchens – Ashs Gesicht, erinnerte er sich. Sie wohnte in der Stadt, kannte aber die Straßen nicht? Wer war sie? Welche Art von Ärger hatte sie mitgebracht? Achselzuckend sagte er sich, daß ihn das nichts anging. »Wir reiten eine Weile nach Osten weiter und dann erst abwärts.«

Das Mädchen antwortete nicht, als wäre sie verlegen über ihren Mangel an Wissen.

Raif konzentrierte sich wieder darauf, einen Pfad durch den

sich verlagernden Schnee und das lose Geröll am Nordostfuß des Totenbergs zu finden. Er war so bemüht, die Straße nach Osten zu finden und Angus wiederzutreffen, daß er sich vor Ash schob.

Je weiter sie sich von den Stadtmauern entfernten, desto dunkler wurde die Nacht. Spire Vanis fühlte sich wie ein Feind in seinem Rücken an. Er hatte die Stadt nicht einmal betreten, aber er hatte dort vier Männer getötet. Weitere vier, die er seiner Strecke hinzufügen konnte. Bitterkeit rann durch seinen Mund, biß wie reiner Alkohol, und er riß seine Gedanken von dem, was er getan hatte und wer er war, los. Jetzt zählte es nur, Angus wiederzufinden.

Licht schimmerte in der Landschaft unter ihnen, verstreut über die hügelige Dunkelheit wie Korn, das darauf wartet, Wurzeln zu schlagen. Einige Lichter bewegten sich. Wagen, erkannte Raif aufgeregt. Die Lichter waren die Fackeln, mit denen sie beleuchtet waren. Die Straße nach Osten. Nach einem Blick über die Schulter, um sich zu überzeugen, daß Ash immer noch Schritt hielt, begann er, auf die Lichter zuzureiten.

Alles, was auf dem Totenberg wuchs, war verkrüppelt und festgefroren. Elch suchte sich seinen Weg sorgfältig und zögerte, wann immer der Berg bebte oder verrenkte Stücke von Bruchholz aus dem Schnee ragten. Raif war so müde, daß seine Augen schmerzten. Angus muß hier sein. *Er muß es einfach geschafft haben.*

Bis sie die Straße erreicht hatten, waren die beleuchteten Wagen weg, und die kleinen Dörfer hatten gepflügten Feldern, umzäunten Weiden, Bauernhäusern und unbeleuchteten Mauern aus grob behauenem Stein Platz gemacht. In der Ferne ritt ein einzelner Mann, aber Raif wußte, daß es nicht Angus war: zu dünn, zu dunkel, zu aufrecht für einen Verwundeten. Die Straße selbst war breit und ein wenig abschüssig, der Schnee auf der Oberfläche so festgestampft wie Eis. Im Norden lag das Tal der Türme, überwiegend Bauernland und Weiden, die sich dreißig Meilen weit über den Abhang erstreckten. Angus hatte erklärt, daß in der Mitte dieses Tals eine seltsame Formation aus Granittürmen lag, von denen die meisten Menschen glaubten, sie seien natürlich entstanden, von hunderttausend Jahren von Wind und Hagel gemeißelt. Einige behaupteten auch, es sei Menschenwerk, und die Türme seien in der Zeit der Schatten von Zauberermaurern errichtet worden, die ihr Leben damit verbrachten, mit Steinen zu arbeiten. Vereinzelte flüsterten auch von düsteren Reitern und finsteren Ungeheuern und Wesen, die auf Granitstachel gepfählt waren. Angus wußte nicht, was er davon halten sollte. Manchmal hätte er schwören können, daß Angus ihm solche Dinge nur erzählte, weil er sehen wollte, wie Raif reagierte.

Angus zufolge waren es die Granittürme, die der Stadt und dem Tal den Namen gegeben hatten. Das Tal der Türme, die Stadt der Türme.

Raif wartete, bis Ash ihn eingeholt hatte, bevor er sich nach Westen und bergab zur Straße wandte. Die Erleichterung darüber, wieder über festen Boden zu reiten, wog die Angst davor, auf der offenen Ebene zu sein, beinahe auf. Es war bitter kalt, und er konnte spüren, wie die eisige Luft die Fäden seiner Stiche fester werden ließ. Er ignorierte den Schmerz und holte etwas zu essen und zu trinken aus der nächsten Satteltasche. Er war nicht sonderlich hungrig, aber das gab ihm zumindest etwas zu tun. Das windgetrocknete Lammfleisch, das Angus zehn Tage zuvor gekauft hatte, hatte den Geschmack und die Struktur von altem Garn. Es war leichter, es zu saugen, als es zu kauen. Unwillig, seinen Körper dem Alkohol anzuvertrauen, wusch er das Fleisch mit klarem Wasser herunter.

Als er sich den Mund mit dem Handrücken wischte, hatte er das Gefühl, etwas zu verlieren, beinahe, als wäre er am Eindösen. Der Muskel direkt unter seinem Rabenzeichen verzerrte sich langsam, als hätte etwas daran gezogen.

Ohne nachzudenken, drehte er sich zu Ash um.

Sie hatte die Augen geschlossen, und ihr Kopf war ihr auf die Brust gefallen.

Raif zügelte Elch und sprang aus dem Sattel, bevor das Pferd noch so recht zum Stehen gekommen war. Er hielt den Fuchs mit einem Wort an und griff dann nach oben und hob Ash aus dem Sattel. Sie wog so gut wie nichts. Als er den linken Arm unter sie schob, um ihre Beine zu stützen, spürte er etwas Feuchtes über seine Hand rinnen. Bitte laßt es kein Blut sein, dachte er, als er sie rasch an seine Brust zog.

An einer Stelle, etwa fünfzig Schritte vom Straßenrand, die von dünnen Birken gegen flüchtige Blicke geschützt war, legte Raif Ash auf die Decken, die sie als Umhang benutzt hatte. Rasch lief er zurück und holte die Pferde. Als er Elch und den Fuchs durch das Gebüsch führte, griff er unter seine Kleidung nach dem Zeichen. Der Rabenschnabel fühlte sich kühl und schwerer an, als er eigentlich hätte sein können.

Ash lag dort, wo er sie verlassen hatte, vollkommen reglos, und atmete rasch und flach. Ein dunkler Fleck auf ihrem Rock wurde größer, während er noch hinsah, dehnte sich aus wie in Wasser gegossene Farbe. Die Pferde rochen das Blut. Raif schob die Ärmel hoch und kniete sich in den Schnee. Er zögerte, bevor er sie erneut berührte. Er hatte nichts gespürt, als er sie vom Fuchs gehoben hatte, aber was, wenn die Stimmen zurückgekehrt waren? Er schluckte, streckte die Hand aus und strich ihr das Haar aus dem Gesicht.

Streck die Arme nach uns aus. Wir können nicht mehr länger warten, uns ist so kalt, so kalt, und unsere Ketten schmerzen, sie tun uns so weh, wir wollen, wir brauchen. Streck die Arme aus.

Raifs erster Impuls war, zurückzuzucken. Lauf, sagte etwas tief drinnen. Lauf weg und schau nie wieder zurück. Aber er blieb, obwohl er nicht hätte sagen können, warum. Statt dessen nahm er Ash an den Schultern und schüttelte sie. »Wach auf!« rief er. »Wach auf!«

Kein Muskel in ihrem Gesicht oder Körper regte sich. Sie war in seinem Griff schlaff wie eine Stoffpuppe. Dennoch schüttelte er sie immer weiter; er wußte nicht wie lange. Im Lauf vieler Sekunden erstarrten ihre Schultern unter seinen Händen. Er glaubte, sie käme wieder zu sich, ließ sie los und setzte sich in den Schnee. Er fragte sich, wieso er sich nicht erleichtert fühlte. Ein langer Augenblick ging vorüber, währenddessen der Wind erstarb und der Schnee sich setzte, und dann begannen Ashs Arme sich zu bewegen, langsam, mechanisch wie von Geistern bediente Maschinen.

Raif bekam Gänsehaut. Er war sich kaum bewußt, was er da tat, aber er rammte ihr die Fäuste in die Schulter und zwang die Muskeln flach. Sie würde nicht die Arme nach diesen Stimmen ausstrecken. Er würde es einfach nicht zulassen. Es war Wahnsinn, und er verstand es nicht, aber er hatte gehört, wie die Stimmen nach ihr riefen, und er wußte, daß sie sie nicht liebten.

Ashs Körper kämpfte gegen ihn, nicht gewaltsam, mehr in einem langsamen, gnadenlosen Drücken. Neues Blut befleckte ihren Rock, floß in den Schnee darunter. Raif wollte nicht riskieren, sie loszulassen, um sich auch noch darum zu kümmern. Es war zuviel für das übliche Frauenblut, das wußte er jedenfalls.

Dann hörte Ash plötzlich auf, gegen ihn anzukämpfen. Sie erstarrte. Raif spürte, wie ein kalter Schweißtropfen über seine Wundnähte kitzelte. Alles war einen Augenblick lang still, während die Nacht in eine neue Phase von Dunkelheit überging, und dann öffnete Ash den Mund.

Gestank nach Blut und Metall drang heraus. Derselbe Geruch, den Raif an jenem Tag im Ödland gerochen hatte, als sein Vater starb.

Zauberei.

Raif schrie Angus' Namen in die Nacht hinaus.

25
Die Tunnel der Sull

Penthero Iss stand in der Renegaten-Halle im Herzen der Roten Schmiede und sah zu, wie Marafice Eye ein Schwert über seinem Knie brach, als die Nacht plötzlich von Zauberkraft erfüllt war. Die Lederkleidung Marafice Eyes war steif von Schlamm und Blut, sein Gesicht rußbeschmiert, seine Fingernägel standen vom Druck daruntergezwängten Drecks von den Fingerspitzen ab. Er war wütend, obwohl er nicht zitterte und nicht tobte; er nahm Dinge in die Hand und zerbrach sie.

»Sechs meiner Männer tot. Weitere drei bei der Jagd verwundet. Und sie sind davongekommen – alle drei.« Marafice Eye hob die beiden Stücke, aus denen das Schwert bestanden hatte. »Und das ist alles, was ich von Angus Lok habe. Das hier!«

In diesem Augenblick spürte Iss es: stark metallisch und widerhallend wie der reine Ton einer Glocke. Zauberei – und sie schoß durch den Raum wie Feuer bei einer Belagerung. Iss' Zunge wurde feucht, und der Schimmer auf seinen Augäpfeln trocknete in einem Sekundenbruchteil und hinterließ nur einen Rand von Salz und Staub, der ihm in die Augen biß. Angst löste die Muskeln in seinem Unterbauch, und er mußte sich schnell zusammenreißen, damit ihm kein Urin über den Oberschenkel tröpfelte. Aber noch während der Schrecken ihn erfüllte und seine Haut ihn aufsaugte wie ein in Öl getunkter Lappen, erforschte er die Art der Zauberei mit kleinen, geistigen Sonden.

Iss atmete durch den Mund und ließ winzige Partikel des Metalls in der Luft auf seine Zunge geraten. Sofort wußte er einiges. Die Zauberei war unkonzentriert, die Arbeit eines Anfängers. Sie kam ganz aus der Nähe, aus dem Osten. Wäre er selbst ein stärkerer Zauberer gewesen, hätte er seinen Körper verlassen und der Spur bis zu ihrer Quelle folgen können. Aber das war im Grunde nicht einmal notwendig. Er wußte, von wem es ausging und wo sie sich vermutlich aufhielt.

Asarhia. Die Luft schmeckte geradezu nach ihr. Aufregung ließ ihre Finger über Iss' Kehle und Lenden gleiten. Seine Beinahe-Tochter war ganz in der Nähe, vermutlich auf der Oststraße, oder doch zumindest nicht weit von ihr entfernt, und tat das, wofür sie geboren war: Sie streckte die Arme aus dieser Welt in jene aus, die dahinter lag.

Abrupt war der Fluß von Zauberei zu Ende, und zwar so schnell, daß Iss sich fast auf die Zunge gebissen hätte. Einen Augenblick lang fühlte er sich desorientiert, als hätte er versucht, durch eine Tür zu gehen, die im selben Augenblick plötzlich und unerwartet zugeworfen wurde. Er war sich bewußt, daß Marafice Eye ihn beobachtete, und strengte sich an, Körper und Geist wieder in die Gewalt zu bekommen. Nur jene, die Zauberei anwendeten, konnten sie auch spüren.

»Blähungen?« fragte Marafice Eye und warf die zerbrochenen Schwertstücke auf den kunstvoll gewebten Teppich, der beinahe den gesamten Boden der Renegaten-Halle überzog. »Zuviel Wachteleier zum Abendessen. Ihr solltet versuchen, echtes Fleisch zu essen.«

Iss antwortete nicht. Marafice Eyes Unhöflichkeit bedeutete ihm nichts; er hatte mehr als fünfzehn Jahre Zeit gehabt, sich daran zu gewöhnen.

Er nahm sich noch einen Augenblick, sich zu beruhigen, und betrachtete die gewaltige Renegaten-Halle mit ihrer Steindecke. Reihe um Reihe roter Schwerter säumten die Mauern und wiesen mit den Spitzen zum Boden. Blutstahl, geschmiedet in den riesigen schwarzen Öfen der benachbarten Kammer, gekühlt in Öl aus den Teergruben des Nahtlandes. Nur zwei Männer in der Wache kannten das Geheimnis der Herstellung des Blutstahls: der Eisenmeister und der Schreiber. Der Schreiber bewahrte einen Bericht darüber auf. Es hieß, dieser Bericht sei ganze drei Pergamentblätter lang und wie Zaubersprüche rückwärts geschrieben.

Iss wandte sich Marafice Eye zu. »Asarhia ist nicht mehr in der Stadt. Sie befindet sich östlich von hier, entweder auf der Straße oder ganz in der Nähe.«

Marafice Eye verzog den Mund. »Ich mache mich vor Ablauf der nächsten Viertelstunde auf den Weg.« Er drehte sich um, um zu gehen.

»Nein.« Iss war seltsam verunsichert von dem, was er gerade gespürt hatte. Der Nachhall bebte noch in ihm, lief wie ein Fieber durch sein Blut. Er zwang sich, sich trotz des Dröhnens der Schmiede zu konzentrieren. »Noch nicht. Ich muß mehr darüber in Erfahrung bringen, mit wem wir es zu tun haben. Dieser Fremde … der mit den Pfeilen …«

»Dieser Dreckskerl hat vier meiner Männer erschossen, hat sie mit einem einzigen Schuß gefällt.«

Wieder dieses Besitzergreifen: meine Männer. Iss war nicht sicher, ob er diesen neuen Zug an seinem Schwertführer mochte. »Wie sah er aus?«

»Dunkelhaarig. Gekleidet wie einer dieser dämonischen Clansmänner. Hatte eine Silberschnur im Haar.«

»Also ein Hailsmann.« Iss fühlte sich irgendwie besser, weil er zumindest diese Kleinigkeit wußte. »Und er hat die Männer durch das Gitter erschossen?«

Marafice Eye stampfte mit dem Fuß auf ein Stück des zerbrochenen Schwerts und drückte es in den Teppich. »Durch Lücken nicht größer als ein Pißloch.«

Iss fuhr mit der Hand über die beschwerte Seide seines Gewandes. Er hatte zuvor schon viermal das Aufzucken von Macht verspürt: grob, hart und nach dem Alten Blut stinkend. Er hatte angenommen, es sei Angus Lok gewesen – ein alter Hund, der neue Kunststücke gelernt hatte. Nun sah es so aus, als wäre es ein anderer. »Als Ihr Lok durch die Stadt gescheucht habt, habt Ihr irgendwo Asarhia oder den Clansmann gesehen?«

»Nein.«

Also waren die beiden vermutlich zusammen. *Jetzt.* Der Gedanke daran, daß Asarhia sich in Gesellschaft eines rauhbeinigen Clansmanns befand, der Zugang zum Alten Blut hatte, bewirkte, daß ihm kalt wurde. Und dann war da noch Angus Lok … Iss' Griff um die Seide wurde fester. Asarhia gehörte ihm. Er hatte sie gefunden. Er hatte sie aufgezogen. Sie nannte nur ihn Vater. Bewaffnete genügten nicht mehr. »Ihr müßt Sarga Veys mitnehmen. Asarhia muß zurückgebracht werden.«

»Der Halbmann.« Marafice Eye spuckte das Wort geradezu aus.

»Ja. Der Halbmann. Er wird imstande sein, Asarhia auf eine Art zu verfolgen, die Ihr nicht beherrscht.«

»Ich werde ihn in keine meiner Septen aufnehmen.«

»Seid nicht dumm. Wenn dieser Clansmann, wie Ihr sagt, ein Dämon ist, wer sollte besser mit ihm umgehen können als unser eigener Dämon?«

Marafice Eye grunzte.

»Und Ihr wollt sie doch zurückbringen, nicht wahr? Alle drei. Asarhia muß lebendig und unversehrt zu mir zurückgebracht werden, aber die Männer …«

»Sie haben meine Leute niedergemetzelt.«

»Genau. Tötet den Clansmann, sobald Ihr seiner habhaft geworden seid. Angus Lok muß ins Faß gebracht und gefoltert werden. Er ist so voller Geheimnisse, daß seine Haut vermutlich schon birst, wenn wir ihn nur aufs Rad binden.«

Iss warf dem Schwertführer einen raschen Blick zu, dann fügte er hinzu: »Ihr könnt ihn haben, wenn Caydiss mit ihm fertig ist.«

»Spottet nicht über mich, Oberherr. Ich bin nicht einer von Euren Adligen.«

»Nein. Aber Ihr wollt Lok und den Clansmann haben, und ich denke, Sarga Veys ist unsere beste Chance, sie zu erwischen.« Iss wurde wütend, während er sprach. Der Gedanke daran, daß Sarga Veys Asarhia verfolgte, ließ ihn frösteln, aber sie hatten nicht viel Zeit; neue Gefahren waren ins Spiel gekommen, und Asarhia mußte gefunden werden. Eine trockene Sept hätte sie leicht verlieren können, besonders nun, da sie den Schutz eines Mannes hatte, der, wenn er wollte, mit sieben Pfeilen sieben Brüder ins Herz treffen konnte. Eine vollständige Sept war die Antwort: sechs bewaffnete Männer und einer, der Zauberei beherrschte. Solche kleinen, beweglichen Truppen waren einmal die Geißel des Nordens gewesen.

Marafice Eye starrte immer noch finster drein. »Also gut. Ich werde ihn mitnehmen, obwohl ich nicht schwören kann, daß ich ihn bei bester Gesundheit wieder zurückbringe.«

Iss zwang sich zu einem Lächeln. »Wie Ihr wollt.« Vielleicht wäre am Ende doch alles gar nicht so schlecht. Der Schwertführer würde ein Auge auf Sarga Veys haben ... das, und eine seiner hundegroßen Fäuste. »Schickt ihn zu mir, bevor Ihr losreitet.«

»Hierher?« Der Schwertführer riß den Kopf herum, wies auf die Wände aus rotem Stahl, die Schilde und Eisenhelme an den Haken, die lebensgroße Statue des Wolfsgeiers vor der großen Feuerstelle, die aus so schwarzem Marmor gemeißelt war, daß es den Augen weh tat, ihn anzusehen, und die Wandteppiche, die an die Decke genagelt waren, weil es keinen anderen Platz gab, sie aufzuhängen – Wandteppiche, die Bilder von Thomas Mar, Theron und Rangor Pengaron, dem Weißeber und einem Dutzend anderer bis an die Zähne bewaffneter und vor Blut triefender Männer zeigten.

Iss erkannte, was Marafice Eye meinte. »Nein ... sagt ihm, er soll in den Wachraum kommen.«

Das brachte Marafice Eye zum Lächeln. »Dort werden heute nacht eine Menge zorniger Brüder sein.«

Iss zuckte unschuldig die Achseln. »Dann wird er sich nicht einsam fühlen, wenn ich ein wenig zu spät komme.«

»Laß den Lappen in ihrem Mund, bis sie wach wird.« Angus stand wieder auf und verzog das Gesicht, als seine Muskeln sich streckten und drehten. Er drückte eine Faust gegen das feuchte, spatzengroße Loch in seiner Brust, zählte leise zwölf Sekunden ab und sprach dann wieder. »Du solltest lieber noch einen Schluck Geistermahl trinken. Wir haben eine lange Nacht vor uns.« Raif kniete über der leblosen Ash. Angus hatte sie vor einer Stunde gefunden, angezogen von Raifs Schrei. Zitternd vor Erschöpfung, seine Finger gelb von den ersten Anzeichen von Erfrierungen, sein Gesicht schwarz vor Blut, hatte er für Raif kaum einen Blick übrig gehabt und gleich begonnen, an Ash zu arbeiten. Er hatte eines der Wildledertücher, die sie benutzten, um die Pferde abzureiben, zusammengeknüllt, in ihren Mund gerammt und ihre Kiefer dann zusammengepreßt, bis nichts mehr, nicht einmal Atem, entweichen konnte. Raif spürte, wie die Zauberei so schnell aufhörte wie eine verlöschende Kerze. Noch bevor der Metallgestank verschwunden war, machte sich Angus an etwas anderes. Er entzündete ein kleines, mit Alkohol verstärktes Feuer, erhitzte Schmelzwasser in einem Blechbecher, dann fügte er getrocknete Kräuter und Wurzeln zu der Flüssigkeit hinzu, nachdem sie einmal gekocht hatte. Der Sud wurde rasch gelblichgrün und gab einen Geruch von sich, der Raif an den Alten Wald im Frühling erinnerte. »Beete-Wurzeln, um das Bluten zu stoppen, und Baldrian, um sie zu beruhigen«, sagte Angus.

Als er sich wieder Ash zuwandte, fiel Raif auf, daß sein Onkel kein Schwert mehr trug. Die Schaffellscheide war schlaff und verzogen, dunkel vor Blut und halb zerfetzt von Schwerthieben. Einen Augenblick später wandte Raif den Blick ab. Es war schwierig, sich vorzustellen, was Angus durchgemacht haben mußte, um hierherzukommen.

Als der grüne Sud bereit war, kniete sich Angus an Raifs Seite. Sanft nahm er das Tuch wieder aus Ashs Mund und flößte ihr die dampfende Flüssigkeit ein. Dabei murmelte er vor sich hin, zu leise, als daß Raif etwas verstanden hätte, und wiegte sie die ganze Zeit an seiner Brust. Als er offenbar der Ansicht war, daß sie genug von der Flüssigkeit zu sich genommen hatte, warf er Raif einen Blick zu. »Dreh dich um.« Das war beinahe ein Befehl, und Raif gehorchte sofort. Es folgten Geräusche von Stoff, der weggeschoben und zerrissen wird. Wasser wurde ausgegossen. Lappen trockengewrungen. »Gib mir das saubere Hemd aus meinem Gepäck.« Raif tat es, ohne auch nur einen einzigen Blick auf Ash zu werfen. Er fragte sich, wie Angus so weiterarbeiten konnte, da seine eigene Brustwunde immer noch offen war und blutete. Das Loch mußte gesäubert und vernäht werden, aber Raif wußte, daß sein Onkel sich nicht sonderlich freuen würde, wenn er ihn daran erinnerte.

Dem Geräusch von Stoff, der verknotet wird, folgte rasch eine Reihe von Anweisungen. »Ich brauche Fett. Gewärmtes Wachs. Das Silbergefäß aus meinem Gepäck. Was immer du an Kleidung zum Wechseln hast, muß so zurechtgestutzt werden, daß es ihr paßt. Schlag das Eis von meinen Hirschlederhandschuhen, dann wärme sie über dem Feuer. Schnell jetzt. Wir haben wenig Zeit.«

Raif wußte nicht, wie lange es dauerte, all die Dinge zu holen, die Angus brauchte, aber das stetige Absinken der Temperatur ließ ihm das Verstreichen der Zeit bewußt werden. Die Nacht war so dunkel und still geworden wie das Innere eines versiegelten Grabhügels. Die bläulichen Flammen des Alkoholfeuers gaben mehr Hitze als Licht ab, und Raif fragte sich, wie sein Onkel genug sehen konnte, um weiterzuarbeiten. Als Angus damit fertig war, sich um Ash zu kümmern, steckte er ihr das Tuch wieder in den Mund und bat Raif, auf sie aufzupassen, während er sich um seine eigenen Wunden kümmerte.

Mit sich selbst ging er erheblich grober um als mit dem Mädchen. Unter häufigen Schlucken aus der Kaninchenfellflasche säuberte und nähte er seine eigene Wunde. Es gab viel Blut, und Angus war abwechselnd beunruhigt und ungeduldig. Er fluchte wie ein Hammermann. Als er fertig war, hatte er eine häßliche Masse schwarzer Stiche auf der Brust. Raif dachte, daß sie wie ein Haufen toter Spinnen aussahen, aber er sagte nichts. Angus stampfte das Feuer aus. »Mach die Pferde fertig. Ich wecke das Mädchen. Hast du schon das Geistermahl getrunken?«

Raif schüttelte den Kopf. Geistermahl war so künstlich wie die Verdopplung der Landschaft, die an kalten, hellen Tagen im Ödland über dem Boden schwebte. Es täuschte die Sinne, nichts weiter. Raif zog es vor, erschöpft zu sein und zu wissen, daß er erschöpft war.

Er wischte sich den Schnee von seiner Hundefellhose, stand auf und ging zu den Pferden. Elch hieß ihn willkommen, indem er leise schnaubte und Raifs Brust mit dem Kopf anstieß. Der Graue war ein gutes Pferd und gut geeignet für lange Ritte durch tiefen Schnee. Raif bürstete ihn ab und säuberte das Eis von seinen Wimpern und Nüstern. »Es war für dich auch ein langer Tag«, sagte er und dachte an Orwin Shank und all die guten Pferde, die dieser gezüchtet hatte. »Heute abend müssen wir nicht mehr viel weiter ziehen.«

Ein leises Ächzen erklang, und Raif spähte über Elchs Schulter dorthin, wo Angus sich über Ash beugte. »Wach auf, kleines Mädchen. Du bist in Sicherheit. In Sicherheit und unter Freunden.«

Ash öffnete die Augen. Ein mißtrauischer, beinahe tierhafter Ausdruck lag auf ihrem Gesicht, und sie scheute vor Angus' Berührung zurück. Angus ließ sie los, obwohl Raif spürte, daß er das nicht wollte.

»Schon gut«, sagte er leise. »Ich bin Angus, und das da ist Raif, und wir bringen dich an einen sicheren Ort.«

»Wie lange habe ich … geschlafen?« Ash runzelte die Stirn und verzog den Mund, als hätte sie etwas sehr Unangenehmes geschmeckt.

»Nur ein kleines bißchen.« Angus stand auf und streckte ihr

die Hand entgegen. Als sie erst einmal auf den Beinen stand, sah sie sich um, sah Raif an, die Pferde, ihre Umgebung. Als letztes schaute sie an sich hinunter auf ihre Kleidung.

»Dein Kleid war so steif wie ein Brett, als ich herkam, also hatte ich keine andere Wahl, als es dir auszuziehen.« Angus sah Ash an, und einen Augenblick später senkte sie den Blick und fand plötzlich eine Lederschnur unter ihrem Kinn, die neu gebunden werden mußte. Angus teilte diese Verlegenheit nicht. Er klatschte in die Hände und sagte: »Also gut. Wir sollten uns lieber auf die Beine machen. Raif. Roll die Decken auf. Ich nehme Ash zu mir auf den Fuchs.«

Trotz Angus' lässigen Tonfalls brachen sie das Lager rasch ab, vergruben die Reste des Feuers und füllten die leeren Wasserschläuche mit Schnee. Als Raif sich Elch zuwandte, bereit, ihn wieder auf die Straße zu führen, hielt Angus ihn mit einem kaum wahrnehmbaren Nicken in Richtung der Stadt auf. »Ich denke, wir nehmen die andere Straße«, meinte er.

Was bedeutete, daß sie überhaupt keine Straße nahmen. Angus fand seinen eigenen Weg durch das Unterholz und die verkrüppelten Fichten oberhalb der Straße, und Ash hockte bleich und schweigend hinter ihm. Raif folgte ihnen. Von dem Tempo, das sein Onkel anschlug, und der kleinen Geste in Richtung der Stadt wußte Raif, daß die Möglichkeit bestand, daß man sie verfolgte.

Der Gedanke machte den Ritt nicht behaglicher. Raif begann sich zu wünschen, daß er die Pfeile aus den Leichen am Leeren Tor herausgezogen und mitgenommen hätte. Angus' Schwert war weg, der Bogen war ohne Pfeile nutzlos, und zusammen besaßen sie nichts Tödlicheres mehr als ein paar Messer und ein Halbschwert. Keiner von ihnen war noch genügend bei Kräften, um zu kämpfen, und auch eine hastige Flucht war inzwischen unmöglich, da Angus' Fuchs so schwer beladen war.

Stirnrunzelnd wandte Raif sich Ash zu. Sie trug nun ein blaues Wollhemd aus Angus' Besitz und Hosen und Umhang aus gegerbtem Fell, die einmal Drey gehört hatten. Raif mußte zugeben, daß sie gut darin aussah. Ihre Haarsträhnen, die sich unter der Fuchsfellkapuze vorschoben, blitzten silbern im Schneelicht. Warum hatte Angus alles aufs Spiel gesetzt, um sie zu schützen? Und was wäre geschehen, wenn er nicht rechtzeitig vorbeigekommen wäre, um ihrer Zauberei ein Ende zu machen? Raif kam zu der Ansicht, daß er es nicht ertragen würde, darüber nachzudenken, und konzentrierte sich lieber wieder auf den Weg, der vor ihnen lag.

Der Abhang oberhalb der Oststraße war sehr abschüssig und voller Sumpflöcher und Rinnen. Schnee machte es noch schwieriger, den unebenen Boden zu erkennen. Bittere Kälte machte das Atmen, jede Bewegung, selbst das Sehen zu einer Qual, die man ertragen mußte. Niemand sagte ein Wort. Angus schien ein bestimmtes Ziel im Sinn zu haben, da er jeden Schritt mit einer Entschlossenheit zurücklegte, die Raif irgendwie tröstlich fand. Angus kannte immer einen geheimen Weg, einen verborgenen Pfad, eine Bresche zwischen Felsen.

Während sie durch eine Reihe von Fichten ritten, bemerkte Raif Geräusche auf der Straße unter ihnen. Hufklappern, das blecherne Klirren von Zaumzeug und das rauhe Bellen eines Mannes, der hustet, drangen mit dichter werdendem Nebel den Abhang hinauf. Angus sagte nichts, sondern beschleunigte nur sein Tempo. Das meiste Metall an Elch und dem Fuchs war mit Schaffell umwickelt, um in den kälteren Temperaturen des Nordens Erfrierungen zu verhindern, also machten die Pferde wenig Geräusche, als sie weitertrabten.

Langsam wurde der Boden flacher, und eine Art Pfad öffnete sich vor ihnen, schmal und voller Wildlosung. Es wurde einfacher, sich zu bewegen, und Raif brauchte einige Zeit, um zu erkennen, daß sie sich jetzt wieder tief am östlichen Abhang des Totenbergs befanden. Der stetige Schritt der Pferde wiegte Ash in den Schlaf, und sie legte den Kopf an Angus' Schultern. Seltsamerweise machte sich Raif keine Sorgen um sie; sie war nicht vollkommen abwesend wie zuvor. Sie war einfach erschöpft und schlief.

Nach einer Weile wagte er es, Angus anzusprechen. »Wohin reiten wir?«

»Ja. Es war klar, daß du das fragen würdest.« Angus' Stimme war leiser als der Nebel an seinen Fersen. »Wenn dein alter Onkel sich recht erinnert, gibt es irgendwo an diesem Pfad eine Art Tunnel, der vom Berg herunter unter der Oststraße hindurchführt.«

Raif war nicht sicher, was er von Tunneln hielt. »Werden die, die uns folgen, diesen Tunnel nicht auch nehmen?«

»Nein, Junge. Die Sept bleibt wahrscheinlich auf der Straße und wartet, bis wir herunterkommen. Sie wissen, daß wir nicht ewig hier oben bleiben können. Dieser Weg führt nirgendwo hin.«

»Sie wissen, daß wir hier oben sind?«

»Wenn sie eine vollständige Sept benutzen, ja.«

»Eine vollständige Sept?«

»Sechs Klingen und einen Zauberer. Auf diese Weise hat man jahrhundertelang die Zauberer gejagt. Irgar der Kettenbrecher, der Rote Priester Syracies, Maomor von Trance Vor und Asanna die Bergkönigin – alle haben sie es so gemacht. Man braucht einen Zauberer, um einen anderen zu finden. Kraft genügt nicht. Einige, die über das Alte Können verfügen, können Luft und Wasser und Erde in Bewegung setzen. Sie können Eis brechen lassen, auf dem sich ein Trupp Reiter bewegt, sie können Stürme entfesseln und den Boden erbeben lassen, auf dem ihre Feinde schlafen. Sie können Jagdhunde um den Verstand bringen und sie veranlassen, ihre eigenen Rudelbrüder anzugreifen, und winzige Funken von Zauberei im Herzen eines Hengstes entfachen.« Angus warf Raif einen Blick zu.

Raif spürte, wie seine Wangen heiß wurden. Er riß fest an den Zügeln und behandelte Elch grob.

»Ein ausgebildeter Zauberer kann das alles beinahe unbemerkt tun – er erreicht mehr mit weniger. Man hat solchen Leuten beigebracht, wie man Kräfte abwehrt oder bewahrt, die größer sind als ihre eigenen, oder wie sie jene, mit denen sie reiten, schützen und wie sie ihre Klauen in ihresgleichen schlagen und ihnen die Macht Stück für Stück aussaugen können. Sie können einen Feind verwirren und ein feines Netz aus Zauberei weben.« Angus starrte stirnrunzelnd in den Nebel. »Und sie jagen jene, die Magie benutzen, wie Hunde.«

Raif schauderte. Der Nebel war schwer und naß, wie ein sich ununterbrochen bewegendes Meer. Plötzlich war es unmöglich, weiter als zehn Schritte zu sehen. »Wie jagen sie Menschen?«

»Sie jagen Zauberei, nicht Menschen, Raif.« Angus schaute über die Schulter und durchbohrte Raif mit seinem Blick. »Alle Zauberei hinterläßt Spuren, denen man folgen kann. Zauberer können das Blut einer Person, die sich des Alten Könnens bedient, schmecken, sie riechen das Metall, das sie in die Luft abgeben. Noch Wochen später können Überreste davon am Haar und der Kleidung eines Zauberers hängen und eine Spur hinterlassen, die deutlicher ist als die von Wild, das sein Moschus auf den Bäumen hinterläßt.«

»Was Ash getan hat, hat also …«

»Ja, Junge. Es ist anzunehmen, daß eine Sept bereits jetzt ihrer Spur folgt.«

»Wie können wir dann hoffen zu entkommen? Selbst wenn wir einen Weg bergabwärts finden, werden sie es wissen.«

Angus schwieg einen Augenblick lang, als er den Fuchs an ein paar vorspringenden Felsen vorbeilenkte. Ash, gestört von dem Wechsel der Bewegung, gab ein leises, schnaubendes Geräusch von sich und setzte sich an Angus Rücken zurecht. Als Angus wieder sprach, mußte Raif sich anstrengen, ihn zu hören.

»Jemanden mittels Zauberei zu verfolgen ist eine Gefahr für sich selbst. Manchmal muß ein Zauberer Drogen nehmen und seinen Körper bei der Suche verlassen. So etwas ist teuer. Es kann einen Mann vollkommen erschöpfen und ihn so schwach machen, wie wenn ein Pferd die ganze Nacht geritten wird. Manchmal kehren jene, die ihre Körper verlassen, nicht mehr zurück. Das Firmament glitzert für sie, verlockt sie, zieht sie an. Geheimnisse liegen dort. Im Augenblick des Todes wissen sie alles. Jene, die nicht widerstehen können, lassen einfach ihre Körper zurück. Ihr Geist stirbt, sobald sie das Dach der Welt berühren, aber ihre Körper schwinden langsam über Wochen dahin.«

Kalt. Raif war so kalt, daß seine Lungen schmerzten. Er spähte zum schwarzen Bogen des Himmels hinauf. *Ja, ich verstehe, daß einen das verlocken kann.*

Angus war seinem Blick gefolgt. »Ich kann nicht feststellen, ob wir heute nacht auf diese Weise verfolgt werden, nicht so nah an der Stadt. Der Preis ist zu hoch, als daß sie es unbeschwert tun würden. Jedesmal, wenn ein Mann oder eine Frau das Alte Können einsetzt, verlangt das etwas von ihnen. Der Körper zahlt einen Preis. Unterschiedliche Menschen werden auf unterschiedliche Weise geschwächt. Ich habe gesehen, wie Männer aus dem Mund bluteten, und andere schauderten wie vom Fieber. Einige verlieren einen Teil ihrer Erinnerung oder ihres Verstandes. Ich kannte einmal einen Mann, einen der Sturmhunde, die oben auf den hohen Abhängen des Nahtlands leben, dessen Körper in kleinen Teilen zugrunde ging, jedesmal, wenn er einen Sturm brach. Als ich ihn das erste Mal sah, dachte ich, er hätte Verbrennungen erlitten. Seine Arme und Beine waren schwarz und welk. Tot.«

Raif wandte sich ab. Er haßte Zauberei. Clansmänner wollten daran keinen Anteil haben. Was im Clanland zählte, war Stärke von Geist, Willen und Körper. Zauberei war die Waffe der Schwachen und der Verdammten. Raif erinnerte sich daran, wie Dagro Blackhail und Gat Murdock an einem kalten Wintermorgen ein dunkelhaariges Mädchen auf dem Hof bewußtlos geschlagen hatten. Raif konnte sich nicht mehr erinnern, wer das

Mädchen gewesen war, vielleicht eine Schwester von Craw Bannering oder eine Tochter von Meth Ganlow, aber das Mädchen hatte entdeckt, wie es Tiere wortlos zu sich rufen konnte. Sie war eine Woche später gestorben. Niemand, nicht einmal ihre Familie, hatte sie betrauert. Und dann war da noch die verrückte Binny, die in ihrem uralten Pfahlbau über dem See lebte und die man schon vor dreißig Jahren aus dem Rundhaus vertrieben hatte. Die Leute sagten, sie könnte dafür sorgen, daß Schafe ihre Lämmer verloren, und sie wüßte im vorhinein, welche Winter am schwersten sein und die meisten Toten fordern würden.

»Die meisten Zauberer müssen sich ausruhen, nachdem sie diese Kraft eingesetzt haben«, rief Angus Raif wieder zurück in die Gegenwart. »Viele müssen schlafen. Einige nehmen Drogen, um wieder zu Kräften zu kommen.«

»Wie das Geistermahl?«

»Ja, wie das Geistermahl.«

Raif drehte sich um und bemerkte, daß Angus ihn beobachtete, und plötzlich wußte er, wieso sein Onkel ihm das alles erzählt hatte. Akzeptiere, was du bist, hatte er damit sagen wollen. Du verfügst über das Alte Können, das habe ich dir gezeigt. Nun habe ich dir von seinen Gefahren erzählt und dich vor seinen Grenzen gewarnt. Nun mußt du lernen, sie zu akzeptieren und mit deinem Unbehagen zu leben.

Nebel trieb in Angus' Mund, als er atmete. »Nicht alle verdammen das Alte Können. Es gibt Orte, die ohne es nicht existieren würden, wo es so dicht in die Fäden der Geschichte versponnen ist, daß man die Menschen nicht von ihrer Zauberei trennen kann. Vielleicht werden wir beide eines Tages diese Länder bereisen.«

Raif antwortete nicht. Er wollte nichts mehr davon hören. Er sehnte sich nach dem Clan, stellte sich vor, wie er auf der Weide durch den dicken, weißen Schnee ritt, wie er zusammen mit Drey auf dem Hof auf Ziele schoß oder so dicht an der großen

Feuerstelle saß, daß ihre heißen, gelben Flammen ihm die Wangen verbrannten.

»Das Mädchen wird wach«, sagte er nach einiger Zeit.

Angus kniff die Augen ein wenig zusammen. Einen Sekundenbruchteil später rührte sich Ash an seinem Rücken. Bevor er ihr seine Aufmerksamkeit zuwandte, sah Angus Raif noch einmal forschend an, und Raif befürchtete, wieder etwas verraten zu haben. Er hatte gewußt, daß Ash wach wurde, bevor sein Onkel etwas gespürt hatte. Abrupt riß er an Elchs Zügeln und fiel zurück.

Angus und Ash unterhielten sich eine Zeitlang leise, und Ash drehte sich um, um ein Päckchen mit Trockenfleisch und einen Wasserschlauch aus Angus' Satteltaschen zu holen. Raif dachte, daß sie trotz des Schlafs wenig besser aussah. Er folgte ihrem Beispiel und trank selbst einen Schluck. Die Flüssigkeit war dick und eisig und betäubte eine Weile lang etwas in ihm.

Die Landschaft veränderte sich, als sie sich am oberen Rand der Baumgrenze entlangbewegten, wurde rauher und kahler. Nackter Fels erhob sich zu beiden Seiten des Pfads, von beständigem Wind schneefrei gefegt. Die Bäume wuchsen verrenkt und dicht am Boden, ihre Stämme glatt wie Knochen, die Nadeln verschrumpelt und grau. Es roch nach Harz, und der Nebel war klebrig, als wäre er ins Holz hineingeglitten und hätte das Harz dort herausgesaugt.

Angus lenkte den Fuchs durch eine Reihe scharfer Wendungen und überraschte Raif dann, indem er das Pferd plötzlich zügelte und abstieg. »Warte hier«, sagte er und reichte Raif die Zügel. Bis Raif selbst aus dem Sattel gestiegen war, war Angus bereits im Nebel verschwunden. Ash starrte hinter ihm her.

Schweigen folgte. Raif hatte nicht das Bedürfnis, etwas zu sagen. Er empfand so etwas wie Ablehnung gegenüber dem Mädchen; es war beinahe, als hätte sie sich an ihn angeschlichen, während er schlief, die Haut an seinem Handgelenk durchschnitten und einen Blutpakt mit ihm geschlossen. Er hatte keine Wahl gehabt, aber irgendwie fühlte er sich an sie gebunden. Und sie war so jung und so dünn, ihr Gesicht rot von der Kälte, ihr Haar verfilzt von allen Arten von Dreck. Nur ihre Augen fesselten ihn: riesige graue Augen, die schimmerten wie poliertes Metall, einen Augenblick lang wie Silber, im nächsten Augenblick wie Eisen.

»Gut. Ihr seid beide abgestiegen. Von nun an gehen wir zu Fuß.« Angus' Stimme kam schon vor seinem Körper aus dem Nebel heraus. »Raif. Schneide eine Fackel von diesem Schierling. Schäl die Rinde ab, bis die Säfte fließen.«

Raif war froh, etwas zu tun zu haben. Er schnitt drei Äste, hackte die Zweige ab, bis seine Hundefellhandschuhe von Harz getränkt waren. Er schälte sie mit seinem Messer, schuf damit eine Reihe dünner Holzspäne, die die Funken seines Feuersteins auffingen, und hielt sie an das Holz, bis es zündete. Er kannte sich damit aus, wie man in Schnee und Eis Feuer entzündet, und es tat gut, etwas Einfaches, Ehrliches mit seinen Händen zu tun.

Die erste Fackel brannte, bis Angus die Pferde gebürstet hatte. Ash kümmerte sich um Elch, sagte Pferdedinge zu ihm und kratzte ihn hinter den Ohren. Elch schien dümmlich erfreut, schnaubte leise und gluckte wie eine Henne. Raif starrte ihn wütend an. *Verräter.*

Angus führte sie in eine tiefe Kluft zwischen den Felsen. Die bleichen, eisüberzogenen Ränder wurden höher, als sie abstiegen, und der Pfad wurde schmaler und steiler. Bald schon bogen sich die Wände über ihnen, und Raif hatte das Gefühl, als gingen sie in den Berg hinein. Dieselbe Art öligen Gesteins, an dem sie zuvor vorbeigekommen waren, fing und reflektierte das Licht. Wenn Flammen von Raifs Fackel gegen die Feuchtigkeit stießen, zischte sie. Nebel wogte um die Beine der Pferde wie Gischt und wechselte mit jedem Flackern der Fackel die Farbe von grau zu grün. Die Luft wurde merklich kälter.

Dann gab es plötzlich keinen Wind mehr. Die Felsen über

ihrem Kopf verbanden sich, und was bei der Frühjahrsschneeschmelze vielleicht eine Rinne zum Abfließen des Wassers sein mochte, wurde zu einem Tunnel.

Raif spürte, wie seine Stiche juckten. Das Rabenzeichen an seiner Brust war kalt wie ein Fossil.

»Ganz ruhig jetzt«, sagte Angus. »Bleibt dicht beieinander. Es gibt hier Wege, die nicht für uns gedacht sind. Raif, geh mit der Fackel voran. Ash. Paß auf Elch auf. Und vergiß nicht, hin und wieder ein Stück Rautenblatt abzureißen und es zu kauen.«

Als er sich an die Spitze ihrer Gruppe setzte, merkte Raif, daß sich der Boden unter ihren Füßen verändert hatte. Was Minuten zuvor noch rauher, unbearbeiteter Fels gewesen war, hatte nun den glatten Glanz von Stein, dem man mit einem Meißel zugesetzt hatte. Die Wände waren weniger bearbeitet, nur soweit, daß es keine scharfen Kanten gab. Etwas – Mineralöl oder Wasser – tröpfelte in der Ferne wie ein undichtes Dach. Alle Oberflächen sammelten die Schatten so leicht, wie sich Gräben mit Regenwasser füllten.

Raifs erster Gedanke war, daß Effie diese Umgebung lieben würde. Niemand kannte die Höhlen im Clanland so gut wie Effie. Wenn sie im Sommer das Rundhaus überhaupt verließ, dann um die Sandsteinhöhlen in der Nähe zu erforschen. Raif lächelte. Er erinnerte sich daran, daß er sie an einem Sommermorgen mitgenommen und dann Stunden gewartet hatte, während sie eine Höhle untersuchte, deren Eingang nicht viel größer war als ihr eigener Kopf. Er hatte ihr nicht folgen können, und Tem hätte ihn verprügelt, wenn er allein nach Hause zurückgekommen wäre.

»Was ist das hier?« fragte Ash.

Es fiel Raif schwer, sich von seinen Erinnerungen abzuwenden. Aus keinem anderen Grund als dem, daß sie nicht Effie war, lehnte er das Mädchen wieder ab. Sie war nicht das, wofür sie sich ausgab. Ihre Stimme war so klar und beständig, und sie klang nicht wie eine Bettlerin in den Geschichten, die Turby Flapp oder Gat Murdock erzählt hatten.

»Nur ein kleiner Tunnel, sonst nichts.« Angus trank einen Schluck aus seiner Kaninchenfellflasche. »Er wurde schon vor vielen tausend Jahren in den Felsen geschlagen, noch bevor Spire Vanis erbaut wurde.«

Ash streckte die Hand aus und berührte die Wand. »Wer hat ihn gebaut?«

»Die Sull.«

Raif hielt die Luft an. Das war das dritte Mal, daß Angus die Sull erwähnte, aber das Wort wurde durch die Wiederholung nicht besser. Die Sull waren für alle Feinde. Sie haßten die Bergstädte ebenso wie die Clans. Und obwohl sie die Grabenländer mit ihrem Leben verteidigten, haßten sie sie ebenfalls. Sie versteckten sich in ihren riesigen Wäldern, in ihren Städten aus blauem und silbernem Stein und weigerten sich, Handel zu treiben oder Verträge abzuschließen. Gerüchte besagten, daß sie ihr Land nur verließen, um ihre Grenzen zu verteidigen und ihre Toten heimzuholen. »Was soll ein Tunnel hier im Westen den Sull nützen?«

»Glaubst du denn, Raif Sevrance, daß dieses Land immer den Bergstädten gehörte?« Angus' Tonfall bewirkte, daß Raif sich wünschte, er hätte nie gefragt. »Aber noch vor den Städten, selbst bevor es die Clans gab, gab es die Sull. Der Clan Blackhail mag sich ältester der Clans nennen, aber das ist eine jämmerliche Behauptung, wenn man die Clans mit den Sull vergleicht. Sie nennen sich die Erstgeborenen, und damit beziehen sie sich nicht nur auf den Norden.«

Ash fragte nach einem Augenblick der Stille: »Die Sull waren die ersten Menschen hier?«

»So will es die Legende. Dieselben Legenden, die berichten, wie sie zuerst aus dem Süden, dann aus dem Weichen Land in der Mitte vertrieben wurden, um schließlich ein Heim im Norden zu finden. Im ganzen Norden, nicht auf den Nordwindfeldern und der großen Schlangenküste und den roten Gletschern, die sie heute beanspruchen. Der ganze Norden, von dort, wo die Gletscher kalben, bis zum alten Ziegenpaß in diesem Gebirge.« Angus' Stimme war hart, sein Blick finster. »Also mag dieser kleine Tunnel, den die Sull gebaut haben, um die Berge zu durchqueren und vom Totenberg herunterzukommen, ohne daß die Septen der Bergkönigin sie witterten oder die Naßmäntel und ihre Hunde sie aufspürten, ihnen heute nicht mehr viel nütze sein. Aber das war einmal anders, und es gibt unzählige dieser Tunnel im Gebirge.«

»Wer ist diese Bergkönigin?« fragte Ash. »Und die Naßmäntel? Ich habe nie von ihnen gehört.«

Angus schüttelte den Kopf. »Menschen und Mächte aus einem anderen Zeitalter, noch bevor der Rote Priester und die Gründerlords geboren wurden, bevor die Religion im Weichen Land im Süden Fuß faßte, aus einer Zeit, als die Welt von Kaisern und Königen regiert wurde und sie sich der Zauberei bedienten, um ihre Herrschaft aufrechtzuerhalten.«

Raif hielt die Fackel weit von sich weg. Die feuchte Luft ließ sie knistern und spucken. »Du hast gesagt, die Sull hätten Zauberei benutzt. Warum haben sie sich denn kein eigenes Reich geschaffen?«

»Das haben sie einmal getan«, sagte Angus leise. »Vor langer Zeit. Jetzt ...« Er schüttelte den Kopf. »Jetzt wollen sie nur noch überleben.«

Stirnrunzelnd ging Raif tiefer in den Tunnel hinein. Was Angus da sagte, paßte nicht zu dem, was man bei den Clans über die Sull dachte. »Aber die Sull sind die wildesten ...«

»Ja«, schnitt Angus ihm das Wort ab. »Die Sull sind tatsächlich die wildesten Krieger, die jemals ihre Banner über dem Norden gehißt haben. Das müssen sie auch sein. Sie sind ein verschlossenes Volk, sie suchen nicht die Gesellschaft und Hilfe anderer, und jeder König, Kaiser und Kriegsherr im bekannten Land hat sie die letzten dreizehntausend Jahre gefürchtet. Die Sull sind über drei Kontinente hinweg nach Nordosten getrieben worden, und nun ist ihnen nur noch das Felsenland geblieben.« Angus Stimme wurde leiser und seltsam kalt. »Und ich bedauere jeden, der versucht, ihnen das abzunehmen ... denn ihnen bleibt nichts mehr, wohin sie fliehen können.«

Raif und Ash wechselten einen Blick, beide bedrückt von Angus' Worten. Ashs Augen sahen im Höhlenlicht beinahe blau aus.

»Wir müssen etwas dafür hinterlassen, daß wir den Tunnel benutzt haben«, sagte Angus mit einiger Anstrengung, seine gute Laune wiederzuerlangen. »Das ist einc alte Sitte und mag euch albern vorkommen, da nichts weiter übrig ist als Fledermäuse, um diesen Zoll entgegenzunehmen. Aber Darra würde mir die Ohren abschneiden und Salzteller daraus machen, wenn ich meine Schulden nicht bezahle.«

»Darra?« fragte Ash.

»Meine Frau.«

Ash erwiderte nichts, und Stille breitete sich um sie aus.

Raif griff in den Nacken und tastete nach dem Stück gehämmerten Silbers, mit dem er sein Haar band. Mit einer einzigen Bewegung riß er es heraus. »Hier«, sagte er und bot es Angus an. »Nimm das dafür.«

Angus schloß seine große rote Hand um Raifs Hand. »Nein, Junge. Das ist ein Clanzeichen. Behalte es. Ich werde zahlen.«

»Nimm es.«

Angus mußte etwas in sciner Stimme gespürt haben, denn er starrte ihn einen Augenblick lang an, dann nickte er. »Wie du willst.«

Danach sagte eine Weile lang niemand mehr etwas. Angus nahm das Silberband in die Faust und begann das Metall zu kneten, während sie weitergingen. Der Tunnel wurde schmaler, und die Felsendecke senkte sich, so daß Angus und Ash aufpassen mußten, wohin sie die Pferde führten. Feuchtigkeit rann aus Ritzen im Stein und bildete ölige Pfützen, die alle tunlichst mieden.

Raif entzündete die zweite Fackel, und das frischere, hellere Licht fiel auf Zeichen auf dem Stein. Nein, nicht auf dem Stein, korrigierte er sich, im Stein. Zeichnungen von Mond und Sternen, ausgeführt in dunklen Blautönen und flüssigem Silber, schienen durch eine Schicht von Fels so dünn wie die Membran auf einem Fischauge. Irgendwie war es dem Künstler gelungen, die Farbstoffe unter die Oberfläche zu bringen wie bei einer Tätowierung. Raif mußte plötzlich an Angus' Bogen denken; auch der hatte Einlegearbeit unter dem Holz. *Angus hat einen Sullbogen?* Raif klammerte sich an diese Frage, als sie in einen Bereich des Tunnels kamen, der zum Teil durch Wassereinwirkung eingestürzt war, und er versuchte herauszufinden, was das bedeutete.

Hin und wieder gab es Abzweigungen: schwarze Löcher in den Felsen, die immer nach unten führten. Angus bestand darauf, daß Ash und Raif dicht bei ihm blieben, wenn sie dort vorbeigingen. Das größte dieser Löcher war so dunkel und steil wie ein Minenschacht, und tausend schmale Stufen schienen direkt in die Hölle hinabzuführen. Raif spürte, wie kalte Luft seine Wangen küßte, als sie daran vorbeikamen. Ash sah aus, als spürte sie etwas anderes. Als Angus die Hand nach ihrem Arm ausstreckte, zuckte sie nicht zurück.

»Nimm noch ein Stück Rautenblatt und kau darauf«, sagte er. »Erinnerst du dich daran, was ich dir gesagt habe?«

»Daß Schreiber es benutzen, wenn sie die Nacht durcharbeiten. Du hast gesagt, es würde helfen, daß ich einen klaren Kopf behalte.«

»Das stimmt. Ja, kau darauf, aber schluck es nicht herunter. Wie schmeckt es? Ich habe es ganz vergessen.«

Raif lauschte, als Ash antwortete, und er wußte, daß es Angus vor allem darum ging, sie am Sprechen zu halten. Eine Weile später machte er mit, und zusammen führten sie Ash durch die tiefsten Teile des Tunnels. An einem bestimmten Punkt, als sich das Gespräch langen Wintern zugewandt hatte – eines der wenigen Themen, über das sie reden konnten, ohne daß er etwas über seine Vergangenheit hätte verraten müssen –, begann Raif selbst etwas zu spüren. Zuerst war es nur ein Knoten von Anspannung in seinen Schulterblättern, was er auf Schlafmangel zurückführte, aber das Gefühl breitete sich zu seiner Brust aus, wo es auf sein Herz und seine Lungen drückte wie ein geheimer, innerer Brustkorb, der lautlos unter seinem eigenen wuchs.

Es geschah so langsam und über Stunden hinweg, daß Raif es nicht sofort als Angst erkannte.

Selbst als das Ende des Tunnels in Sicht kam und Angus sie warten ließ, während er ein kleines Ritual um das Silberband aus Raifs Haar vollzog, hatte Raif immer noch nicht herausgefunden, wovor er sich fürchtete. Dann wechselte er über Angus' gebeugten Rücken hinweg einen Blick mit Ash.

Sie wußte es. Sie wußte, was es war. »Der Totenberg führt tief hinab«, war alles, was sie sagte, aber es genügte, daß Raif begann zu verstehen. Etwas war bei ihnen hier in diesem Berg. Etwas wußte, daß sie hier waren.

»*Ehl halis Mithbann rass ga'rhal.*« Angus' Worte schienen aus weiter Ferne zu kommen. Raif erkannte die Sprache nicht. Nachdem er das Silberband auf einen Felsvorsprung gelegt hatte, beträufelte Angus es mit den letzten Alkoholtropfen aus seiner Kaninchenfellflasche, dann entzündete er es. Blaue Flammen zuckten einen winzigen Augenblick lang auf, dann erstarrten sie und hinterließen auf dem Silber eine Spur wie Flechten auf Bäumen. »So«, sagte er leise. »Das sollte die Sullgötter erfreuen. Sie bevorzugen Opfer von Blut und Feuer.«

Angus richtete sich wieder auf, griff nach dem Zügel des Fuchses und ging auf das Ende des Tunnels zu.

Ash folgte ihm einen Augenblick später, und Raif war alleine an dem Felsen. Das Bedürfnis, die Hand auszustrecken und das

Silberband ein letztes Mal zu berühren, war stark, aber er kämpfte dagegen an. Statt dessen fuhr er mit den Händen durch sein schulterlanges Haar. Von nun an würden die Leute, wenn sie ihn sahen, nicht sofort seinen Clan erkennen. Das war besser so, sagte er sich, holte sein Messer heraus und schnitt ein Lederband von seiner Ölhaut ab. Er glaubte es nicht so recht, aber vielleicht würde der Glaube ja später kommen.

Er band sich das Haar mit dem Lederstreifen zurück und folgte den anderen aus dem Tunnel. Die zwei Raben, die man als Wachen auf den Eingang zum Tunnel gezeichnet hatte, fielen ihm kaum auf.

26
Geheimnisse im Grünkohlhof

Effie Sevrance saß im Schneidersitz auf ihrem Lieblingsplatz unter der Treppe und sah zu, wie die Kämpfer zurückkehrten. Große, breitschultrige Clansmänner mit ernsten Mienen, von deren Äxten Brocken gefrorenen Blutes auf den Steinboden tropften, kamen durch das große Tor und in den Vorraum hinein und brachten dabei jene Art von Schweigen mit, von dem Effie wußte, daß es Tod bedeutete.

Sie versuchte, sich nicht zu fürchten. Sie drückte ihr Steinzeichen und sah jedem Mann, der die Schwelle überquerte, ins Gesicht – immer auf der Suche nach Drey.

So viele Männer, so viele, die ein verwundetes Bein nachzogen, andere mit blaugeschlagenen Gesichtern und viele, deren Wunden unter ihrer Ölhaut verborgen waren, denen man aber an ihren langsamen Bewegungen und der blauen Färbung ihrer Lippen ansah, was geschehen war. Einige wurden auf Schlitten hereingezogen, und Effie sah sich ihre Kleidung an auf der Suche nach den Zickzackmustern von Tems Elchmantel. Sie wußte, daß Drey ihn an dem Tag, als er davongeritten war, getragen hatte.

Raina, Anwyn Bird und die anderen geachteten Frauen des Clans kümmerten sich um die Wunden, brachten schwarzes Bier und warme Kleidung und gutes Fleisch. Wie immer, wenn Anwyn sich um etwas kümmerte, wagten die anderen Frauen nicht zu jammern: Anwyn ließ es nicht zu und erklärte, daß das die Männer nur aufregte. Raina sagte kein Wort, obwohl sie zählte, sorgfältig jeden Mann, der hereinkam, zur Kenntnis nahm und feststellte, wer da war und wer nicht. Ihre Witwennarben waren inzwischen geheilt, die Haut an ihren Handgelenken bleich und erhöht wie die Reihen auf einem Maiskolben.

Sie sprach dieser Tage kaum mit Effie. Sie kümmerte sich um sie, sie sorgte dafür, daß Effie zu essen bekam, Kleidung hatte und nie lange alleine blieb, aber sie brachte das Essen oder die Kleidung oder die Gesellschaft selten selbst. Effie wußte, daß sie beide ein schreckliches Geheimnis teilten. Das machte es manchmal schwierig, nachts zu schlafen, und Effie rannte öfter als zuvor zur Hundehütte. Die Shanks-Hunde liebten sie beinahe so sehr wie Raina – und sie hatten nicht solch tote Augen.

Alle Gedanken verschwanden aus Effies Kopf, als sie die hochaufragende Silhouette in der Tür sah. Drey. Er bewegte sich langsam und ein wenig in der Taille vorgebeugt, um den Druck auf eine Wunde zu vermeiden. Sein Gesicht war eine Maske aus Dreck und Blut, und in seinem Brustharnisch war ein tiefer Schnitt zu sehen. Sein Blick schweifte suchend umher, noch bevor er den Fuß auf den Steinboden des Rundhauses setzte.

Effie stand auf, und ihr Herz begann heftig zu schlagen. *Drey.*

Er sah sie, sobald sie unter der Treppe hervorgekommen war. Etwas Tiefes, Gedrängtes in ihm entspannte sich, und einen Augenblick lang sah er wieder jung aus, wie der alte Drey, wie er ausgesehen hatte, bevor all das Schlimme passiert und Raif weggegangen war. Ohne ein Wort breitete er die Arme aus. Und wenn ihr ganzes Leben davon abgehangen hätte, hätte Effie nicht zurückbleiben können. Sie sehnte sich so sehr danach, ihn zu umarmen, daß ihr alles weh tat.

Sie rannte nicht; Anwyn billigte so etwas nicht. Statt dessen ging sie mit langsamen, entschlossenen Schritten vorwärts. Drey wartete. Er lächelte nicht – sie lächelten beide nicht –, er umarmte sie nur und hielt sie lange fest.

Dann lösten sie sich wortlos voneinander und Drey nahm Effies Hand. Er wandte sich kurz einem neu eingeschworenen Jahrmann zu und gab ihm einen Befehl darüber, wie einige der Verwundeten behandelt werden sollten. Der Jahrmann, ein kleinwüchsiger Junge mit einem Schwert auf dem Rücken, das beinahe so groß war wie er selbst, eilte sich, dem Befehl nachzukommen. Corbie Meese hielt im Vorbeigehen inne und fragte Drey etwas. Drey dachte nach, bevor er antwortete, wie er das immer tat. Corbie nickte zustimmend und ging weiter.

Anwyn Bird sah ihn an, einen fragenden Ausdruck auf ihrem Pferdegesicht. Zur Antwort hob Drey seine und Effies Hand hoch. Effie verstand es nicht so recht, aber für Anwyn war offenbar alles klar, denn sie nickte wissend, dann schlug sie mit ihrem Tablett mit Bier und Haferkuchen einen anderen Weg ein und brachte es zu einer Gruppe von Hammermännern, die am Boden saßen.

Drey zog an Effies Hand. »Komm«, war alles, was er sagte, als er sie durch den Strom von Clansmännern und Clansfrauen auf das Leithaus zuführte.

»Clan Croser wird von Bludd bedroht.«

» … hundert Dhoonemänner tot.«

»Wir müssen einen Vertrag abschließen, bevor Gnash uns durchläßt.«

»Corbie hat ihn von der Leiche wegzerren müssen. Seitdem hat er kein Wort mehr gesprochen. Sein Herz ist bei seinem Zwilling.«

»Nein, Anwyn. Kümmere dich erst um Rory. Diese Wunde hier ist nur ein Kratzer.«

Effie lauschte den leisen Stimmen ihres Clans, als sie an Dreys Seite weiterging. Der Krieg war nun ausgebrochen, und Gruppen wie jene, die Corbie Meese angeführt hatte, verließen das Rundhaus jeden Tag. Vor zwei Tagen hatte ein Trupp von Bluddmännern die Grenze nahe der Mauer zum Tiefland überschritten und ein Dutzend Bauern getötet. Effie hatte die Leichen gesehen. Orwin Shank und seine Söhne waren losgeritten, um sie zu holen. Einer der Shanks-Hunde hatte ein lebendes Baby im Schnee gefunden. Orwin sagte, die Mutter des Kleinen hätte es in Schafsfelle gewickelt und in einer Schneeverwehung neben ihrer Hütte versteckt, als die Bluddmänner auf ihren Pferden angeritten kamen. Jetzt kümmerte sich Jenna

Walker um das Baby. Orwin hatte das Kleine direkt zu ihr gebracht und erklärt, es hätte ein so kräftiges, kleines Herz und solch feste, kleine Fäuste, daß etwas von Today in ihm sein müsse. Jede stillende Mutter im Clan hatte sich freiwillig gemeldet, dem Kind Milch zu geben.

Effie mußte viel an das Baby denken, wie es da im Schnee gelegen hatte. Sie hätte Orwin gerne gefragt, welcher seiner Hunde es gefunden hatte, aber Orwin war ein wichtiger Mann, und sie traute sich nicht.

Drey zog Effie in die rauchige Dunkelheit des Steinhauses und bat sie, sich auf eine der Steinbänke zu setzen, während er zum Stein ging. Einer oder zwei andere Männer, die gerade zurückgekehrt waren, knieten bereits am Heiligen Stein und berührten mit der Stirn die harte, feuchte Oberfläche. Alle schwiegen. Drey suchte sich einen Platz und gesellte sich zu ihnen. Er schwieg lange Zeit: Er ging mit den Göttern, wie Inigar immer sagte.

Effie kannte den Heiligen Stein gut, besser als jeder andere mit Ausnahme von Inigar Stoop. Sie hatte einen großen Teil ihres Lebens hier verbracht, unter Inigars Meißelbank zusammengerollt, und den Stein angestarrt. Er hatte ein Gesicht, das wußte sie. Kein Menschengesicht, denn dafür hatte er zu viele Augen, aber er konnte sehen und hören und fühlen. Heute war der Stein traurig und ernst. Die tiefen, salzverkrusteten Gruben, die seine Augen waren, glitzerten von Öltränen. Die dunklen Risse seiner Münder waren mit grauen Schatten erfüllt, und der neue Riß, der über den ganzen Stein lief und von dem jeder sagte, es sei ein schlechtes Vorzeichen und wiese auf den kommenden Krieg hin, sah aus wie eine tiefe Sorgenfalte auf der Wange eines alten, alten Mannes.

Rasch wandte Effie den Blick ab. Sie konnte den Riß nicht ansehen, ohne an Raif denken zu müssen.

Ihr Zeichen hatte ihr gesagt, daß er gehen würde, hatte das Wissen durch die Haut ihrer Handflächen in sie hineingedrängt.

Er mußte gehen, hatte das Zeichen gesagt. Noch bevor er von der Bluddstraße zurückgekehrt war, hatte sie gewußt, daß das so war. Manchmal wünschte sie sich, sie könnte es Drey sagen, damit er sich keine Sorgen mehr machte, aber ihr fielen nicht die richtigen Worte ein. Drey war nicht nur wütend auf Raif. Er war auch wütend auf Angus, weil er Raif mitgenommen hatte. Er nannte Angus nicht einmal mehr Onkel, er sagte immer nur *dieser Mann Angus Lok.* Effie runzelte die Stirn. Vor einer Woche hatte sie gesehen, wie Drey draußen vor der Tür stand und nach Süden starrte. Zuerst hatte sie gedacht, er wollte nur sehen, ob der letzte Sturm sich vollkommen gelegt hatte. Dann fiel ihr seine Miene auf. Er hielt nach Raif Ausschau … obwohl Raina ihm gesagt hatte, daß Raif nicht zurückkommen würde.

Der Gedanke bewirkte, daß sich alles in Effie zusammenzog, und sie hob unwillkürlich die Hand zu ihrem Zeichen. Der Stein schlief nun, er war so kalt und leblos wie eine Maus im Winterschlaf. So war es besser. Er sprach nie von guten Dingen. Sie fürchtete, daß er ihr eines Tages sagen würde, daß auch Drey wegginge.

»Komm, Kleines.« Drey erhob sich schwerfällig und ungelenk, berührte aber nicht ein einziges Mal den Heiligen Stein, um sich darauf zu stützen. Mit den Göttern zu gehen hatte ihm etwas genommen, und er sah müde und alt und beunruhigter aus als zuvor.

Effie ging direkt zu ihm, und ihre Hand fand die seine im Rauch.

»Drey.«

Sowohl Effie als auch Drey schauten sich rechtzeitig um, um zu sehen, wie Inigar Stoop aus dem Dunkel am anderen Ende des Steinhauses kam. Das Gesicht des Steinhüters war grau von Holzasche, die Manschetten und der Saum seines Gewandes als Zeichen des Krieges schwarz angesengt. Der Blick seiner dunklen Augen ruhte nur kurz auf Effie, aber sie wußte, daß er sie als das erkannte, was sie war. Der Steinhüter wußte alles über die Sevrances.

»Inigar.« Drey schloß die Augen und berührte beide Lider.

»Corbie sagt, du hast hart und gut gekämpft und die Führung übernommen, als Cull Byce fiel.«

Drey erwiderte nichts. Effie wußte, daß er verlegen wurde, wenn man ihn lobte, aber das allein genügte nicht, um die Anspannung in seiner Miene zu erklären, als er den Steinhüter ansah. Sie fragte sich, wie es Inigar gelungen war, so schnell mit Corbie Meese zu sprechen; als sie den Hammermann zum letzten Mal gesehen hatte, stritt er sich gerade mit Anwyn um mehr Bier.

»Du mußt die Vergangenheit zurücklassen«, erklärte Inigar. »Alles davon. Der Clan braucht gute Männer wie dich. Laß dir von deiner Bitterkeit nicht die Kraft rauben. Die Dinge sind so, wie sie sind. Wenn du dich mit dem beschäftigst, was hätte sein können, werden die Geister der Vergangenheit dich verschlingen. Sie haben scharfe Zähen, diese Geister; du wirst ihre Bisse nicht spüren, bis sie an deinem Knochenmark zehren. Du mußt sie hinter dir lassen. Bären schauen nicht zurück.«

»Du weißt nicht, wovon du sprichst.«

Effie hielt die Luft an – niemand sprach auf diese Weise mit einem Steinhüter. Niemand.

Inigar schüttelte den Kopf, schüttelte die Worte ab, als wären sie Regentropfen auf Ölhaut. »Mein Zeichen ist der Falke, Drey Sevrance. Ich sehe vieles, was ein Bär nicht sieht. Glaube nicht, ich wüßte nicht, was an der Bluddstraße geschehen ist. Glaube nicht, daß ich dich für unschuldig halte. Aber wisse dies: Was getan ist, ist getan, und für mich ist wichtig, was danach geschieht.«

Drey rieb sich das Gesicht. Als er wieder sprach, klang er müde. »Ich muß gehen, Inigar. Du solltest dir wegen mir keine Sorgen machen. Ich weiß, daß mein Platz beim Clan ist.«

Inigar nickte. »Hast du den Schwurstein weggeworfen?«

Drey wandte dem Steinhüter den Rücken zu, bevor er antwortete. »Ja.«

Effie spürte Inigars Blick auf sich und Drey, als sie hinausgingen. Drey schwieg, während sie zur Küche gingen und sich dort Brot und Fleisch holten. Effie sah, wie er zusammenzuckte, als er einen Muskel anspannte, der nicht hätte angespannt werden dürfen, und sie spürte, wie er einen Augenblick lang zitterte, als er den Schmerz niederrang.

»Finden wir ein ruhiges Eckchen, wo wir essen können«, sagte er.

»Wir können in den Grünkohlhof gehen. Dort ist es still, und die Mauern sind hoch, so daß kaum Wind hereinkommt.« Effie freute sich, als ihr Bruder nickte. Sie wollte unbedingt, daß er mit ihrem Vorschlag zufrieden war.

Der Grünkohlhof war eine kleine, quadratische Fläche hinten am Rundhaus, auf der Kräuter angepflanzt wurden. Die Mauern hielten den kalten Wind das ganze Jahr über fern, und vor langer Zeit hatte jemand daran gedacht, ein paar Ziegelbänke zu bauen, so daß zwei oder drei Leute hier sitzen und die ummauerte Zuflucht nutzen konnten. Der Grünkohlhof war Anwyns Territorium, und jede Schneeflocke, die es wagte, dort zu landen, wurde weggefegt, bevor sie die Gelegenheit hatte, sich recht niederzulassen. Anwyn mußte Langkopf nur ansehen, damit er begann, Schnee zu schippen. Effie war aufgefallen, daß sie diese Wirkung auf viele Männer hatte.

Grünkohl, der für Effie eine Art zäher Weißkohl war, wurde hier nicht mehr angebaut. Dagro Blackhail hatte es verboten, hatte Grünkohl als »widerliche Blätter« bezeichnet. Effie mochte ihn eigentlich ganz gern, obwohl sie zugeben mußte, daß er heftiges Kauen erforderte. Nun hatte Anwyn hier Kräuter gepflanzt, Unmengen davon, aber alle waren für den Winter schon geerntet, so daß nichts außer Erde, die mit Mulch bedeckt war, blieb.

Effie spürte, wie ihr Herz raste, als sie um das Rundhaus

herumging. Sie versuchte, den Blick auf die Füße zu konzentrieren und nicht die weiten, offenen Flächen anzusehen, aber manchmal vergaß sie das, und dann starrte sie nach Norden ins Ödland und zum Kargland hinaus ... Flächen, die kein Ende hatten. Erst als das Tor zum Grünkohlhof verschlossen und verriegelt und ihre Welt wieder auf eine Fläche reduziert war, die sie in weniger als einer Minute durchqueren konnte, begann sie sich sicher zu fühlen.

Drey setzte sich auf die nächstgelegene Bank. Effie, immer noch ein wenig atemlos, wählte die zweite Bank ihm gegenüber. Sie beobachtete ihren Bruder, als er sich im Grünkohlhof umsah, und versuchte in seiner Miene zu lesen. Eine Weide in der abgelegensten Ecke des Hofes knarrte wie ein loser Fensterladen im Wind.

»Als ich das letzte Mal hier war, habe ich hinterher Prügel von Anwyn Bird bezogen«, sagte Drey nach einer Weile, »ich war hinter dem Stall Speere werfen, und der Wind hat einen von ihnen direkt über die Mauer getragen. Ein Dutzend Kohlköpfe wurden dabei abgehackt. Raif hat natürlich versucht, alles wieder in Ordnung zu bringen, hat die Köpfe wieder zurückgeschoben und sie mit Schlamm eingeschmiert, damit sie aufrecht sitzen bleiben ...« Dreys Stimme verklang. Wieder nahm sein Gesicht diesen angespannten Ausdruck an. »Jedenfalls, es ist lange her, seit ich hier war.«

Effie nickte. Sie wußte nicht, was sie sagen sollte.

Abrupt beugte Drey sich vor. »Effie, jetzt sind nur noch wir beide übrig, und wir müssen aufeinander aufpassen. Wir müssen zusammenhalten. Als ich mit der Truppe zurückritt, hatte ich Zeit nachzudenken. Arlec hat seinen Zwillingsbruder verloren, Bullhammer seinen Pflegebruder ...« Er schüttelte den Kopf. »Ich kann keine großen Worte machen – ich glaube nicht, daß jemand in unserer Familie das je konnte –, aber ich sehe Dinge, und ich habe beobachtet, wie du dich immer weiter in dich zurückgezogen hast. Ich habe gewußt, daß etwas nicht stimmt, aber ich habe mir immer wieder gesagt, Effie kommt schon wieder in Ordnung. Effie ist ein gutes Mädchen, ihr wird nichts geschehen. Aber jetzt denke ich mir, daß du mir sagen mußt, was los ist. Jedesmal, wenn ich dich sehe, bist du weniger als vorher. Raina erzählt mir, daß du Essen annimmst, aber sie weiß nicht, ob du es wirklich ißt. Anwyn sagt mir, daß du seit jenem Abend, als Raina sich mit Mace verlobt hat, deine Kammer nur noch verläßt, um die Hunde zu besuchen. Wovor hast du Angst? Hat irgend jemand etwas zu dir gesagt? Hat dich jemand erschreckt? Bitte, Effie, ich muß es wissen.«

Effie, die von dem Augenblick an, als ihr Bruder zu sprechen begonnen hatte, in seine braunen Augen geschaut hatte, senkte während seiner letzten Worte den Blick. Es war die längste zusammenhängende Ansprache, die sie je von Drey gehört hatte. Es machte sie traurig. Sie antwortete nicht.

»Du bist an diesem Tag mit Raina in den Wald gegangen, nicht wahr? An diesem Tag, als sie und Mace …« Drey hielt inne, »an dem Tag, als sie sich verlobten.«

Eine kleine Schüttelbewegung war alles, was Effie fertigbrachte. Sie wollte nicht an diesen Tag denken, sie würde es einfach nicht tun.

Drey erhob sich unter großer Anstrengung von der Bank. Er mußte die Hand unten auf den Bauch legen, wenn er sich bewegte, und dann setzte er sich neben sie. »Du hast Angst vor etwas, Effie. Das sehe ich doch. Ich habe gesehen, wie du dich in der Eingangskammer unter der Treppe versteckt hast. Du wolltest nicht, daß jemand dich sieht. Ich weiß, daß die letzten Monate schwer gewesen sind, und ich weiß, daß Vater dir fehlt … und Raif. Aber ich glaube, es gibt hier noch etwas anderes. Ein Geheimnis.«

Bei dem Wort Geheimnis blickte Effie auf.

»Bitte, Effie. Wenn etwas nicht stimmt, muß ich das wissen.«

»Geheimnisse muß man bewahren.«

»Keine bösen. Niemals die bösen.«

Effies Hand tastete nach ihrem Zeichen.

»Diese Geheimnisse verlieren ihre Macht, wenn man sie mit jemandem teilt. Das Böse wird geteilt.«

»Geteilt?«

»Ja. Zwischen dir und mir.«

»Zwischen dir und mir?«

Drey nickte. Er sah so alt aus wie ein richtiger Clansmann, mit seinem Lederharnisch mit den Stahlrippen. Und er hatte solche Schmerzen – das sah sie an den Schweißperlen an seinem Haaransatz und seinem unregelmäßigen Atem. Sie wollte ihn nicht enttäuschen und ihn nicht anlügen. Sie wollte ihn nicht ebenso verlieren, wie sie Vater und Raif verloren hatte.

Ein rascher Druck ihres Zeichens gab ihr Kraft, und dann begann sie zu reden. Sie erzählte ihrem Bruder alles über diesen Tag im Alten Wald: wie Raina sie geweckt und sie gebeten hatte, mit ihr zu kommen, die Fallen zu überprüfen, wie Mace Blackhail zu ihnen gekommen war, sein Pferd verschwitzt und schlammig, und Effie weggeschickt hatte, weil er mit Raina alleine sprechen wollte; wie sie den Steilhang über ihnen erklettert hatte und was sie von dort aus gesehen und gehört hatte. Sie erzählte ihm von Maces Drohung und dem toten Ausdruck in Rainas Augen. Effie war nicht gut mit Worten, und manchmal gab es einfach keine Worte, um zu beschreiben, was zwischen Mace und Raina vorgefallen war, aber sie erzählte alles so gut wie möglich, ermutigt von Dreys Schweigen und Geduld und seinem stetigen Blick.

Als sie fertig war, nickte er. Er stellte keine Fragen, er wollte nicht wissen, ob sie wirklich sicher war. Er nahm ihre Hand, blieb sitzen und dachte nach. Effie hatte irgendwann bei ihrem Bericht angefangen zu zittern, und sie zitterte nun weiter, während sie wartete, was ihr Bruder tun würde. Sie bemerkte, daß der Himmel beinahe dunkel war. Es war sehr kalt, aber sie spürte es nur außen. Drinnen war sie heiß und angespannt.

Nach einer Weile stand Drey auf. »Komm, Kleines. Gehen wir rein.«

Effie stand ebenfalls auf. Es gefiel ihr nicht, wie müde er sich anhörte. Es gefiel ihr nicht, daß sie nicht wußte, was er empfand.

Der Weg zurück zum Rundhaus schien ewig zu dauern. Effie starrte auf ihre Füße und zertrat mit jedem Schritt knirschend gefrorenes Gras und Unkraut. Die Eingangskammer sah nun ganz anders aus als zu dem Zeitpunkt, an dem sie sie verlassen hatten. Fackeln brannten, Clansmänner saßen in kleinen Gruppen zusammen, unterhielten sich leise und tranken Bier. Vier kleine Jungen saßen um einen Haufen schlamm- und haarverklebter Waffen und säuberten Hammer- und Axtköpfe in ehrfürchtigem Schweigen. Der breite, rothaarige Paille Trotter sang ein Lied über die Clankönigin Moira Dhoone und den Verstümmelten, den sie geliebt und verloren hatte. Alle Verwundeten waren weggebracht worden.

Effie glaubte, daß Drey sie zur Küche oder zur großen Feuerstelle oder sogar zu ihrer eigenen Zelle bringen würde, aber er wandte sich nach links und ging die krumme Treppe hinauf, die zum Zimmer des Häuptlings führte. Nun wußte sie, was er vorhatte, und wich zurück, aber Drey hielt ihre Hand fest und ließ sie nicht los. Auf der Treppe begegneten sie der flachbrüstigen Nellie Moss. Sie trug eine wild flackernde Fackel und versuchte nicht, sie beiseite zu nehmen, als sie vorbeikamen. Effie spürte, wie die Flammen ihr die Haare rund ums Gesicht versengten.

Der Clan Blackhail hatte keinen Sitz wie der Clan Dhoone. Kein Hailhäuptling hatte sich je als König bezeichnet, obwohl sie im Lauf der Jahre viele Gegenstände königlicher Macht gesammelt hatten. Das Clanschwert gehörte dazu und war überall im Clanland als Symbol der Blackhailmacht bekannt. Der Clan Bludd hatte die rote Axt, die eigentlich überhaupt nicht rot war und angeblich älter als das Clanland selbst. Ganmiddich hatte eine große Platte aus grünem Marmor, bekannt als die

Krebsplatte, weil sich ein großer, versteinerter Krebs in ihrer Mitte befand, obwohl sie aus einem Steinbruch tausend Meilen vom nächsten Meer entfernt stammte. Effie kannte alle Clanschätze und Embleme auswendig. Am liebsten war ihr das Zeichen des Clan Orrl; sie waren nicht für eine großartige Waffe oder einen polierten Stein bekannt, sondern für einen einfachen Stock aus Eichenholz, bekannt als der Krummstab. Effie dachte gern an diese Schätze. Sie fand sie irgendwie schön. Kostbar. Einmal, als sie die Embleme jedes Clans an der Frauenfeuerstelle für Raina aufgesagt hatte, war Dagro Blackhail hereingekommen. Sie hatte sofort aufgehört, aber Dagro hatte sie gebeten weiterzumachen, und sie hatte alle Clans aufgezählt, von Bannen bis Withy, und nur einmal kurz innegehalten, um Respekt für den Verlorenen Clan zu zeigen. Als sie fertig war, hatte Dagro Blackhail laut gelacht – aber nicht auf boshafte Weise –, ihr das Haar gezaust und ihr gesagt, daß niemand im Clan, nicht einmal Gat Murdock, sich an all diese Dinge erinnern könne. Dann hatte Dagro Blackhail die Hand ausgestreckt und gesagt: »Du solltest lieber mitkommen, junge Clansfrau, dann werde ich dir unsere Schätze zeigen. Wenn sich dann irgend jemand mit ihnen mitten in der Nacht davonschleicht, können wir dich direkt in die Schmiede schicken. Mit deinem Gedächtnis und Brogs Kunstfertigkeit werden wir innerhalb eines Tages neue geschmiedet bekommen.«

Es hatte Effie gefallen, daß er sie Clansfrau nannte. Und es hatte ihr noch mehr gefallen, mit Dagro Blackhail ins Häuptlingszimmer zu gehen. Dagro hatte ihr stundenlang von den Clanschätzen erzählt und die Gegenstände ins Fackellicht gehalten und mit dem Ärmel poliert, bevor er sie ihr gezeigt hatte. Das war das letzte Mal, daß Effie im Häuptlingszimmer gewesen war, ein Jahr vor Dagros Tod.

Diese Gedanken und andere gingen Effie durch den Kopf, als sie und Drey die Treppe hinabgingen. Es schien sehr lange her zu sein, daß Dagro Blackhail Häuptling gewesen war.

Als sie vor der schimmernden, teergeschwärzten Tür des Häuptlingszimmers standen, blieb Drey stehen, um sich das Haar zurückzustreichen. Er holte tief Luft, dann schob er die Tür mit der Schulter auf und betrat das Zimmer.

Mace Blackhail, der auf einem ledernen Hocker hinter dem quadratischen Steintisch gesessen hatte, den alle das Häuptlingsgrab nannten, stand auf. Er war allein. Im Fackellicht flackerten seine Augen gelb und schwarz. Als er von Drey zu Effie sah, glitt seine Hand automatisch zum Schwertgürtel.

»Was hat das zu bedeuten?«

Drey packte Effies Hand fester. Er holte tief Luft, dann sagte er: »Effie hat mir erzählt, was im Alten Wald passiert ist. Du hast meinen Respekt nicht verdient, Mace Blackhail. Ich fordere dich heraus, hier und jetzt die Angelegenheit mit Schwertern zu bereinigen.«

Effie gab einen unterdrückten Schrei von sich. Nein. Drey konnte nicht mit Mace Blackhail kämpfen. Nicht jetzt, wo er verwundet war. Niemals. Das Schwert war Mace Blackhails Waffe der Wahl, und Dreys Waffe war der Hammer. Warum hatte sie es ihm erzählt? Warum? Warum? Warum?

Mace Blackhail sah Effie an, und seine dünnen Lippen verzogen sich zu einem höhnischen Grinsen. Er berührte die Platte des Häuptlingsgrabs lässig, als überprüfte er die Oberfläche nach Staub. »Du würdest also mit mir kämpfen, Drey Sevrance? Rainas Ehre bedeutet dir so viel?«

Drey antwortete nicht. Er bebte bei jedem Atemzug.

»Wenn ich mich recht erinnere, warst du es, der das letzte Geschenk meines Pflegevaters aus dem Ödland zurückbrachte. Und der das Fell gegerbt hat, damit es weich für Rainas Rücken war.«

Drey schüttelte heftig den Kopf. Effie verstand nicht, was Mace Blackhail damit sagen wollte. Selbstverständlich hatte Drey Raina gern … das taten alle. Das Häuptlingszimmer, das klein war wie eine Bärenhöhle, fühlte sich plötzlich so heiß und gefährlich an wie eine Feuergrube voll heißem Fett.

Mace Blackhail machte eine wegwerfende Geste. Er war in schwarzgefärbtes Wolfsleder gekleidet. »Das ist gleich, Sevrance. Du bist nicht der einzige Jahrmann, der meine Frau gerne … beschützen würde. Ich weiß, wie hoch sie geachtet wird. Deine Sorge um ihre Ehre hat etwas Rührendes, aber es ist ein Fehler, die Dinge so zu übereilen. Ich …«

»Es geht hier nicht um Rainas Ehre, Mace. Es geht um deine, oder genauer gesagt, den Mangel daran.«

Effie schluckte Luft herunter. Ein Teil von ihr wollte über Dreys Worte jubeln. Der andere Teil hatte schreckliche Angst um ihren Bruder. Mace Blackhail war auf eine andere Art gefährlich als andere Clansmänner. Er war nicht heißblütig wie Ballic der Rote oder wild wie Corbie Meese. Er war so kalt und stechend wie die Spitzen der Eisnadeln, die sich im Frühjahr am Grund von Schmelzwasserteichen bildeten und auf denen selbst Bären oder Hunde sich mitunter aufspießten.

»Ich wäre nicht so dumm, die Ehre meines Häuptlings wegen der Worte eines halbwüchsigen Mädchens anzuzweifeln.«

»Meine Schwester lügt nicht. Darauf verwette ich mein Leben.«

»Ich habe nicht gesagt, daß sie lügt, Drey. Sie hat Dinge gesehen und gehört, aber nur wie ein Kind. Sie versteht nicht, was zwischen einem Mann und einer Frau geschieht, wenn sie allein und ungestört sind. Tem lebte wie ein Eremit. Zweifellos hat sie ihn niemals mit einer Frau überrascht. Sie weiß nicht einmal, was Männer und Frauen tun. Denk doch nach, Drey. Als Effie mich und Raina im Alten Wald belauscht hat, was hat sie gesehen? Sie hat gesehen, daß Raina schüchtern tat und mich von sich schob – welche Frau würde das nicht mitunter tun? Du weißt doch, wie sie sind. Wir haben im Schnee miteinander gerauft, das will ich nicht leugnen, es mag sein, daß ich sie auf den Rücken gedreht habe und sie mir einen

Schlag versetzte. Eine Frau wie Raina mag ihr Liebesspiel ein wenig grob ...«

»Hör auf!« Drey schoß wie der Blitz vor und stand nun direkt vor Mace Blackhail, das Gesicht vor Wut verzerrt. »Ich will keinen solchen Dreck über Raina hören.«

»Nein. Und ich würde nicht darüber reden müssen, wäre deine kleine Schwester hier nicht gewesen. Es ist nicht ihre Schuld. Selbstverständlich hat sie das, was sie gesehen hat, erschreckt – für ein Kind sehen Liebesspiele immer wie Gewalttätigkeit aus.«

»Du hast ihr gedroht.«

»Ja, und aus gutem Grund. Ich wollte nicht, daß irgend jemand die Wahrheit über das, was geschehen ist, aus einem anderen Mund als meinem oder Rainas erfährt. Das Kind hatte kein Recht, es weiterzusagen. Es ging sie nichts an.«

»Du lügst. Du hast keine Ehre.«

»Ach ja? Vielleicht sollte ich Raina hereinrufen und sie fragen, was die Wahrheit ist. Sie war diejenige, die zugestimmt hat, meine Frau zu werden.«

Effie sah, wie etwas in Drey ins Wanken geriet. Er wich nicht direkt zurück, aber er atmete tief aus, und ein Teil von ihm schien sich dabei zurückzuziehen. Effie war übel vor Erleichterung. Mace Blackhails Lügen waren ihr gleichgültig – und sie wußte, daß er log. Aber wenn es zum Kampf kam, würde Mace Blackhail Drey töten.

»Drey, hör mir zu. Ich bin dein Häuptling. Ich werde nicht danebenstehen und zusehen, wie du denselben Weg gehst wie dein Bruder. Du bist zu wertvoll für mich und diesen Clan. Ich sehe, wie die Jahrmänner dich achten. Corbie und Orwin sind voller Lob. Vor noch nicht einer Viertelstunde hat Corbie mir erzählt, wie du am Ende des Kampfs Arlecs Leben gerettet hast. Ich brauche Männer wie dich an meiner Seite. Gute Männer, auf deren Ehrlichkeit und Loyalität ich mich verlassen kann. Was hier in diesem Zimmer geschehen ist, braucht keiner zu erfahren. Du hast etwas gehört und bist deinem Impuls gefolgt; das kann ich dir nicht übelnehmen. Ich achte deine Herausforderung zum Kampf, und ich hoffe, wenn die Zeit jemals kommt, da ich die Gerechtigkeit eines Clansmanns brauche, wirst du auch dort stehen, wo du jetzt stehst, und diese Herausforderung wiederholen.«

Drey sah Mace noch lange an, nachdem dieser aufgehört hatte zu reden. Maces Miene veränderte sich nicht, aber er richtete sich zur vollen Höhe auf und streckte die Hand aus, zu der Wand hin, wo das Clanschwert auf hölzernen Blöcken ruhte. Seine Augen waren jetzt ganz dunkel; es war kein Wolfsgelb mehr in ihnen.

Nach einer Zeit, die ihr wie Stunden vorkam, wandte sich Drey Effie zu. Er ließ sich auf ein Knie nieder und nahm ihre beiden Hände in seine. Er war bleich, und sie konnte die Unsicherheit in seinem Blick erkennen. »Kann es sein, daß dich das, was du gesehen hast, durcheinandergebracht hat, Kleines? Hast du wirklich gesehen, wie Mace Raina geschlagen hat, wie ich einen Mann in einem Kampf schlagen würde?«

Effies Brust war schwer vor Liebe und Traurigkeit. Sie hatte ihren Bruder in diese Lage gebracht, und er hatte getan, was angemessen und vollkommen gut war. Selbst jetzt würde er noch kämpfen. Selbst jetzt, und nur auf ihr Wort. Der Gedanke war beinahe nicht zu ertragen. Was immer sie tat, sie würde ihm schaden. Wenn sie log, verschwor sie sich dadurch mit Mace Blackhail und führte Drey weg von dem, was gut und richtig war. Wenn sie bei der Wahrheit blieb, würde er bald tot oder weg sein … wie Vater und Raif.

Das durfte nicht geschehen. Effie wußte das ganz tief drinnen, aber es hielt sie nicht davon ab, sich selbst zu hassen, als sie ihren Mund zu der Lüge öffnete. »Ich bin nicht mehr sicher, Drey, nicht sicher. Ich dachte …. aber als Mace dann gesagt hatte …«

»Still, Kleines. Still.« Drey zog sie an sich und legte die Arme um sie wie einen Umhang. Sie zitterte vor Erleichterung und schrecklicher Scham. Es war, als hätte sie ihn verraten.

»Ich bin aus tiefstem Herzen froh, daß diese Angelegenheit beigelegt ist«, erklärte Mace Blackhail, trat hinter dem Häuptlingsgrab vor und streckte die Hand zu Drey aus. »Das haben wir nun hinter uns, und wir werden nicht mehr darüber sprechen.«

Drey ließ Effie los und stand auf. Er ging auf Mace zu, und die beiden tauschten einen Handschlag aus, ohne ein weiteres Wort zu sagen. Sie sahen einander in die Augen, und Effie konnte beinahe spüren, wie Mace Blackhails Willenskraft an Drey arbeitete, wie wenn Brog Widdie weißglühendes Metall aus seiner Feuerstelle nahm und es in die Form hämmerte, die er brauchte. Mace schlug Drey auf die Schulter. »Gehe zu Laida Moon. Laß sie die Wunden ansehen, die du unter diesem Harnisch verbirgst. Ich brauche dich. Ich habe ein Gerücht gehört, daß der Hundelord Bannen angreifen will, und wir werden morgen nach Süden reiten, um ihm die Lust daran zu nehmen.«

Mace Blackhail begleitete Drey zur Tür. Effie folgte ihnen. Als Drey seine Aufmerksamkeit der ersten Stufe zuwandte, spürte Effie Mace Blackhails Finger, der über ihre Kehle glitt. »Ich habe dir ja gesagt, was passieren wird, wenn du etwas weitererzählst.« Seine Stimme war leiser als das Geräusch von Dreys Stiefeln auf dem Stein.

27
Eistanz

Gehäutete Hände griffen nach ihr. Gesichter, die von etwas Dunklerem und Schrecklicherem als Flammen verbrannt waren, drängten sich an sie, mit offenem Mund und flehend. Versengtes Gewebe riß und enthüllte bleiches Fleisch darunter. Stolzes Fleisch: erhoben und fleckig und voller Lebensglut. Die ersten Anzeichen der Heilung.

Streck die Arme aus! Wir brauchen es … wir müssen es haben … gib uns, was wir brauchen … du mußt es tun … wir kennen Wege, dir Leid anzutun … Wir haben so lange gewartet. Streck die Arme aus!

Rote Augen glühten vor Bosheit. Lippen verzogen sich zu nächtlichem Lächeln. Sie drehte sich um, aber hinter ihr waren noch mehr von ihnen. Sie zerkrümelte ihre Substanz in ihren Fäusten, zerdrückte sie zu Asche, aber für jeden, den sie zerstörte, erhoben sich ein Dutzend andere, sie heimzusuchen. In der Ferne hinter den verkohlten, fettigen Stämmen ihrer Arme und Beine, sah sie die Wand aus schwarzem Eis. Die Eishöhle. Plötzlich kam sie ihr nicht länger wie …

»Wach auf! Ash! Wach auf!«

Hände aus Fleisch und Blut rissen an ihr, zogen sie zurück durch so viele Schichten von Schlaf, daß sie sich vorkam wie ein Taucher, der aus dem Wasser aufsteigt.

»Wach auf! Bitte, wach auf!«

Sie öffnete die Augen. Tageslicht strömte herein wie Salzwasser, brennend und unwillkommen. In ihrem Traum war es rabenschwarz gewesen, erinnerte sie sich. Sie träumte immer von der Nacht.

»Angus. Sie ist wach.«

Hände berührten ihre Stirn und Wange, warme Hände, rauh

und sanft, nicht wie die ihres Pflegevaters. Ein Gesicht erschien vor ihr. Raif, dachte sie, erfreut darüber, daß sie ihm einen Namen geben konnte.

»Ich bin es. Raif. Du bist in Sicherheit. Angus ist auch hier. Wir sind drei Tage nördlich von Spire Vanis in den Wäldern östlich des Schwarzen Sees.«

Ash brauchte lange, um zu verstehen, was er sagte. Sie sah in seine Augen: Welche Farbe hatten sie? Tintenblau? Eine Schattierung zwischen Mitternacht und Schwarz? Einen Augenblick später stellte sie die einzige Frage, die zählte. »Wie lange?«

»Die ganze Nacht und den größten Teil des Morgens.«

Ash fürchtete, sich übergeben zu müssen, sie riß sich aus seinem Griff los und drehte den Kopf zum Boden. Ein halber Tag! Wie lange wird es dauern, bis mich niemand mehr wecken kann? Sie war sich Raifs Blick bewußt und richtete sich wieder auf. Sie wollte sich nicht vor ihm übergeben. Einen Augenblick später fühlte sie sich gut genug, um sich richtig hinzusetzen. Das tat ihr auf ganz neue Weise weh. Der Mittelfinger ihrer linken Hand fühlte sich in seiner Schiene geschwollen und wund an. Ihre Schulter schmerzte, und im Mund hatte sie den Geschmack von Sattelleder und Pferdeschweiß.

»Hier. Trink das.«

Ash nahm den Wasserschlauch entgegen und ließ sich etwas von dem eisigen Wasser übers Gesicht laufen. Raif sah zu, als sie den Mund zum Trinken öffnete. Er wußte von den Stimmen. Sie hatte keine Ahnung, wie das möglich war, aber er wußte es.

»Ich habe letzte Nacht, bevor wir das Lager aufschlugen, gespürt, daß du … gegangen bist. Wir haben versucht, dich aufzuwecken, aber du warst weit weg. Angus hielt es für besser, dich schlafen zu lassen.«

»Er hat mich geknebelt?«

Raif nickte. »Und dir die Hände gefesselt.« Beide wandten den Blick ab.

Ash sah sich um. Sie hatten ihr Lager auf einem Hügelabhang oberhalb eines waldigen Tals aufgeschlagen. Große Säulen von Schwarzfichten, niedergedrückt von Tonnen und Abertonnen frischen Schnees, erhoben sich rings um sie wie eine Stadt. Im Süden schwebten die blauen Riesen des südlichen Gebirges oberhalb des Horizonts schimmernd vor Eis. Über ihrem Kopf war der Himmel schwer von Schneewolken, und es war unmöglich zu sagen, wo die Sonne stand. Ash schauderte. Sie konnte sich nicht erinnern, wie sie hierher gekommen war.

Als sie sich wieder umdrehte, um Raif anzusehen, hörte sie in der Ferne Hunde heulen und bellen. Sie folgte dem Geräusch mit dem Blick und spähte ins Tal hinein, in die tiefsten Tiefen der Fichten, deren Nadeln so schwarz wie die Nacht wirkten.

»Wir sollten uns lieber wieder auf den Weg machen.« Angus trat in ihr Blickfeld, sein Gesicht mit den roten Bartstoppeln so ruhig, als hätte er Spatzen zwitschern gehört. »Ash.« Er streckte ihr eine behandschuhte Hand entgegen.

Ash griff danach, und er zog sie so mühelos hoch, als bestünde sie aus Zweigen. »Raif. Sattel die Pferde. Ich kümmere mich um den Rest des Lagers.«

»Was soll ich tun?« Ash zwang eine Ruhe in ihre Stimme, die sie nicht wirklich spürte. Sie wollte Angus gegenüber nicht schwach wirken.

»Füll die Schläuche mit Schnee.« Angus suchte in seinem Hirschledermantel und holte ein in Leinen gewickeltes Päckchen heraus. »Nimm das hier und iß alles davon, selbst das Fett rund um die Eier. Ich weiß, daß dir nicht sonderlich danach ist, aber du mußt dich zwingen. Du hast über einen Tag lang nichts mehr gegessen.«

Unfähig, sich eine Erwiderung einfallen zu lassen, nickte Ash nur. Auf seltsame Weise erinnerte Angus' Wachsamkeit sie an Penthero Iss; beide wollten sie ernähren und über sie wachen.

Die vergangenen drei Tage waren eine neue Art Alptraum für Ash gewesen. Ihr Leben hatte sich in dem Augenblick, als sie in den Schatten des Leeren Tors getreten war, absolut und für immer verändert. Marafice Eye war plötzlich aus einem Stapel Bettlerlumpen aufgesprungen. Zwei Holzkohlenbrenner, die in einem Kohlebecken stocherten, hatten rote Klingen von ihren Seiten geschält wie Streifen von Haut. Ein alter Säufer, der im Schnee lag, hatte seine Jahre und Beschwerden abgeschüttelt wie ein von den Göttern berührter Leprakranker, und der einzelne Bruder-der-Wache, der allein im Torturm gestanden hatte, hatte sich plötzlich in drei Männer verwandelt. Es war Ash wie eine Art von Zauber vorgekommen, von der Art, wie Zauberer an Straßenecken sie anwandten, alles Tricks, Spiegel und Rauch. Sie war weiter auf das Tor zugelaufen. So nahe zu sein und nicht auf die andere Seite zu gelangen war undenkbar, ein Versagen der schrecklichsten Art.

Danach hatte sie der Wahnsinn überfallen. Sie erinnerte sich nur noch an Angst und Tod. Als das vorüber war und der Mann, der sich Angus nannte, sie gebeten hatte, mit ihm und seinem Verwandten nach Ille Glaive zu kommen, hatte für Ash nur gezählt, das Tor zu durchqueren. Deshalb hatte sie am Ende zugestimmt, sie zu begleiten: Sie hatten denselben Weg.

Sie hatte nicht damit gerechnet, was als nächstes geschah. Irgendwie hatte sie sich, als sie vor dem Leeren Tor auf dem festen Schnee niederkniete, an die Stimmen verloren. Sie hatten ihr nicht einen einzigen Augenblick der Erinnerung an ihre Mutter gegönnt … hatten ihren Geist einfach gestohlen. Raif hatte sie zurückgeholt. Er hatte ihren Arm berührt, und in diesem Augenblick war das Wissen von ihr zu ihm übergegangen. Ash schüttelte den Kopf. Es war mehr als das, beinahe so, als hätte etwas in ihr nach ihm gegriffen – ein unsichtbarer Tentakel, der sich vortastete und festschlang –, aber dieser Gedanke war so bedrückend, daß sie davor zurückscheute. Sie waren nun miteinander verbunden, das wußte sie. Und das war etwas, das sie getan hatte, nicht er.

Ash runzelte die Stirn, während sie Schnee in die Öffnung

des Wasserschlauchs schaufelte. Die Hunde waren nun lauter und kläfften dringlicher. Beinahe gegen ihren Willen hob sie die behandschuhte Hand zu dem Teil des Arms, den Raif berührt hatte.

»Ash. Auf den Fuchs.«

Sie warf sich die Wasserschläuche über den Rücken, gehorchte Angus und ging zu Raif und den Pferden. Raif sagte kein Wort, als er ihr die Schläuche abnahm. Er war nicht wie Angus; er unterhielt sich nie, um einfach nur Zeit zu vertreiben.

Aufs Pferd zu kommen fiel Ash nicht leicht. Die rasche Bewegung bewirkte, daß ihr schwindlig wurde, und brachte Spuren des Traums zurück. Sicherlich hatte es dort irgendwas gegeben … irgendeine Erkenntnis, an die sie sich erinnern mußte? Aber so rasch sie daran dachte, war die Idee auch schon wieder verschwunden.

Sobald sie hinter dem Sattel saß, kam Angus herüber – er lief nicht gerade, bewegte sich aber rascher als üblich. Er drehte sich immer wieder zu dem Tal unter ihnen um. Ash folgte seinem Blick und sah eine verschwommene Bewegung auf dem festen Schnee. Ohne nachzudenken, preßte sie die Schenkel an den Fuchs. Die Sept hatte sie schließlich doch eingeholt.

Der Sulltunnel hatte ihnen einen Vierteltag Vorsprung gegeben. Angus' Kenntnis von Straßen und Wegen half, und je näher sie Ille Glaive kamen, desto besser kannte er sich aus. Er konnte Schnee und Eis lesen wie ein anderer Bücher. Er wußte, wann der Schnee auf Eis lag und nicht auf festem Boden, wo die Verwehungen am tiefsten waren und wo das Eis über einem Teich am dünnsten war und am wahrscheinlichsten brechen würde. Er konnte einen Wildpfad unter zwei Tage hohem Schneefall finden, und er roch schon am Wind, wann der Frost schlimmer werden würde.

Er schien beinahe immer zu wissen, wann es an der Zeit war weiterzuziehen. Ash hatte hinter ihm auf dem Fuchs gesessen und gespürt, wie seine Schultern sich anspannten, aber keinen

Grund dafür erkennen können. Bei solchen Gelegenheiten hatte er fast immer den Fuchs zu einem leichten Galopp angetrieben oder Raif ein Stück weiter den Hang hinaufgeschickt, um nachzusehen, ob ihnen jemand folgte.

Angus wußte sehr viel für einen Mann, der behauptete, ein einfacher Waldläufer zu sein. Ash war sicher, daß er wußte, wer sie war. Er hatte nie gefragt, was sie getan hatte, um von Marafice Eye gejagt und gequält zu werden. Er war auch nicht neugierig auf ihren Nachnamen, ihre Stellung in der Stadt oder ihr Leben, bevor sie einander begegnet waren. Es war nicht Höflichkeit, die ihn dazu veranlaßte, eher der Wunsch, daß nichts gesagt werden sollte, bis sie Ille Glaive erreichten. Ash hielt sich daran, weil es ihr entgegenkam. Je länger sie es herausschieben konnte, diesen beiden Männern etwas über sich zu erzählen, desto besser.

Angus Lok war nicht dumm. Es mochte ihm hier und da gefallen, sich dumm zu stellen, aber er war es nicht im geringsten.

»Nordwestlich durch die Bäume, Raif. Dann direkt und schnell am Bach entlang.«

Angus ließ den Fuchs laufen, und sie folgten Raif in vollem Galopp.

Ash hielt sich gut fest, als der Fuchs an den Fichten vorbeiraste. Hinter sich konnte sie das hohe, aufgeregte Kläffen der Hund hören. Ein Horn erklang, schmetternd und triumphierend, und wurde lauter und lauter. Das Haar in Ashs Nacken sträubte sich. War Marafice Eye einer der sieben?

»Die Hunde sind eine Viertelmeile vor der Sept«, erklärte Angus – vielleicht, um sie zu beruhigen. »Sie sind wahrscheinlich die ganze Nacht durchgeritten.«

Ash versuchte zu verstehen, was er damit meinte. »Also werden ihre Pferde müde sein?«

»Ja. Es sei denn, man hat ihnen falsche Kraft gegeben.«

»Wie das Geistermahl?«

»Das ist verdammt wahrscheinlich.« Angus trieb den Fuchs ein Ufer hinauf. Weiße Atemwolken brachen aus den Nüstern des Wallachs. Raif hatte den Bach bereits erreicht und wartete nun auf sie. »Der Junge soll verflucht sein«, zischte Angus. »Das hat er von seinem Bruder – diese elende Warterei.«

Ash sah zu, als Raif den Grauen wendete, und eine seltsame Spannung breitete sich in ihrer Brust aus. Sie hatte nicht gewußt, daß Raif einen Bruder hatte, hatte nicht daran gedacht, daß er noch andere Verwandte haben könnte als Angus. Aus irgendeinem Grund hatte sie ihn für einen Waisen gehalten ... wie sie selbst.

Raif griff über Elch hinweg und holte den Bogen aus dem weichen Lederkasten. Mit geübten Bewegungen spannte er ihn, rollte die Sehnen zwischen den Fingern, als er eine Reihe von Knoten machte. Sein Gesicht war grau vor Schatten, der Blick auf die Straße hinter ihnen konzentriert. Kann er die Sept von dort aus sehen? fragte sich Ash. Ihr wurde kalt von dem Gedanken.

Sie hatte gesehen, wozu er mit einem Bogen imstande war. An diesem Tag am Leeren Tor, während Marafice Eye und die anderen seine Pfeile beobachtet hatten, hatte Ash sein Gesicht angesehen. Selbst durch das Gitter hatte sie das Blitzen in seinem Jägerauge gesehen und den Tod dahinter erkannt. Selbst jetzt, Tage später, wurde ihr von der Erinnerung daran kalt wie von eisigem Atem an ihrer Wirbelsäule.

»Nein!« schrie Angus. »Keine Pfeile. Nicht auf die Männer.«

Raif, der einen Pfeil aus dem Kasten genommen hatte und ihn an den Bogen legen wollte, hielt in der Bewegung inne. Ash runzelte die Stirn. Sie hatte geglaubt, er hätte keine Pfeile mehr. Woher kamen sie jetzt? Als der Fuchs näher kam, sah sie, wie primitiv diese Pfeile waren: aus Fichtenholz, nicht Hartholz, geschnitzt, gefiedert mit Roßhaar und mit einer Feuersteinspitze. Er hatte sie selbst hergestellt. Aber wann? Dann beantwortete sie ihre eigene Frage: während sie geschlafen hatte.

»Ziele nicht auf die Männer. Auf keinen. Verstanden?« Angus' Stimme war grob, als er an Elch vorbeiritt. »Einer von ihnen benutzt Magie – wir wissen nicht welcher. Wenn du sein Herz ins Visier nimmst, gibst du ihm damit eine Waffe in die Hand, dich zu töten.«

»Aber ...«

»Nein, Raif. Stell jetzt keine Fragen. Ich habe keine Zeit, es zu erklären. Wenn die Hunde näher kommen, kannst du auf sie schießen, wenn es sein muß. Aber nun steck den Bogen weg. Distanz ist unser bester Schutz.« Damit trieb Angus den Fuchs weiter und überließ Raif die Hügelkuppe und den Bach. Augenblicke später hörte Ash, wie Elch ihnen folgte. Sie atmete erleichtert auf.

Hinter der Anhöhe erstreckten sich die Fichten über welliges Land und sahen aus wie Wasser, nicht wie Holz. Ash versuchte, die Sept zu erspähen, aber jeder Baum und jeder Busch, der sich im Wind bewegte, sah aus wie ein Reiter. Vor ihnen wurde der Boden schließlich ebener. Der Bach floß nun träger, und Schwaden von Eisrauch stiegen von seiner zum Teil gefrorenen Oberfläche auf. Der Druck der Hufe des Fuchses am Ufer genügte, um das Eis brechen zu lassen. Ashs Herz klopfte rasch in ihrer Brust. Am liebsten wäre sie weiter und weiter geritten und hätte nie wieder angehalten.

Sie konnte immer noch nicht glauben, daß sie frei war. Sechzehn Jahre hatte sie in Spire Vanis gelebt. Sechzehn Jahre war sie bewacht, beobachtet und eingesperrt gewesen. Alles, was sie kannte, befand sich innerhalb der Stadt; all ihre Träume hatten fünf Schritte südlich des Leeren Tors ein Ende gefunden. Als sie jünger gewesen war, hatte Penthero Iss sich angestrengt, ihr etwas über die Welt, in der sie lebten, beizubringen. Er hatte ihr Bücher gebracht, wunderschöne Bücher, in der hohen Sprache geschrieben, illustriert von Meisterkupferstechern und ausgemalt von eidgebundenen Schreibern. Ash hatte die hohe Spiralform des Klosterinnenturms am Eulenfelsen gesehen, umgeben von einem Ring versteinerter Bäume; sie hatte die Ruinen von Morgenstern betrachtet, die riesigen Stufen, die nirgendwohin führten, und die Ranken von Silberefeu, die Jahr um Jahr an ihnen emporkletterten; sie hatte ihren Blick auf die gewaltigen Steinfelder von Trance Vor geworfen, die Eisengruben, tief in der Erde des hängenden Tals, die Turmtrümmer in Linn, die steilen Klippen, die sich um den Rabenkopf erhoben, und die goldenen Mauern von Ille Glaive mit den tränenförmigen Fenstern. Sie kannte die Welt aus diesen Büchern, aber sie hätte sich nie träumen lassen, einmal Teil davon zu sein.

Spire Vanis war ihr Zuhause. Die Maskenfestung war ihr Zuhause. Nun ritt sie um einen See herum, von dem sie nur in Büchern gelesen hatte, auf dem Weg zu einer Stadt, die sie nur durch Tintenstriche kannte. Sie nahm an, daß Freiheit sich so anfühlen müsse, wenn Freiheit ein Sturz ins Unbekannte war.

»Überquere den Bach!« rief Angus. Raif war wieder vor ihnen und lenkte Elch am Ufer entlang. Auf Angus' Ruf hin trieb er das Pferd den steilen Hang zum Wasser hinab.

Der Bach war am Ufer gefroren, aber in der Mitte lief immer noch grünes Wasser und schäumte über unsichtbaren Felsen. Ash hatte Angst um Elch. Sie sah, wie seine Hufe durch faules Eis brachen, sah, wie er einen Augenblick lang zögerte und gegen seinen natürlichen Instinkt, an dieser Stelle zurückzuweichen, ankämpfte. Raif tätschelte ihm den Hals und sprach leise Worte, die Ash nicht hören konnte. Langsam bewegte sich Elch über das Eis am Ufer weiter zur Mitte des Bachs.

Der Fuchs, der, soweit Ash sagen konnte, einen Namen hatte, den Angus lieber niemandem mitteilte, kannte solche Angst nicht. Es war beinahe, als wäre er für das Eis ausgebildet, denn er schien es zu prüfen, bevor er es brach. Als sie zu einem kleinen Abflußtümpel kamen, wo das Wasser von der Strömung des Bachs kaum bewegt wurde, versuchte der Fuchs erst gar nicht, es zu brechen: Er wußte einfach, daß es dick genug war, um das vereinte Gewicht seiner selbst und der Reiter zu tragen.

Angus sagte nichts, aber Ash wußte, daß er stolz auf sein Pferd war, weil er dem Fuchs ununterbrochen Hals und Schulter kraulte.

Als sie auf der anderen Bachseite wieder vom Eis kamen, raste der Leithund unter den Bäumen hervor. Knurrend und zähnefletschend rannte er zum Ufer, das gelbschwarze Fell straff über die Rippen gespannt, der gestutzte Schwanz bebend wie eine zweite Schnauze. Der nächste Hund erschien einen Augenblick später, dann ein weiterer. Plötzlich war der Lärm ihres Bellens unerträglich. Die Tonhöhe änderte sich, sie wurde schriller und hektischer. Sie hatten ihre Beute erspäht.

Angus wendete den Fuchs auf dem letzten Eisrest. Eisiges Wasser spritzte bis in Ashs Gesicht. Der Schweif des Fuchses peitschte gegen ihre Schenkel.

»Reite weiter am Ufer entlang!« rief Angus Raif zu. »Sie werden versuchen, den Bach auf dem langen Weg zu überqueren. Wenn wir Glück haben, bleiben einige im Wasser.« Ash verstand nicht, was er meinte, aber Raif hatte es wohl begriffen, wendete Elch rasch und blieb so dicht am Bach, wie er konnte. Kaum einen Schritt vom Ufereis entfernt, brachen Pferd und Reiter in einen Galopp aus. Angus folgte, und der Fuchs hielt Schritt.

Ash wagte einen Blick zurück, dann wünschte sie sich, sie hätte es nicht getan. Ein halbes Dutzend Hunde schwärmten wie Wespen über das andere Ufer. Gelbe Zähne glitzerten im vom Eis reflektierten Licht. Rosafarbenes und schwarzes Zahnfleisch, feucht von Speichel, erinnerte sie an verbrannte Haut.

Als Elch und der Fuchs schneller wurden, folgten ihnen die Hunde am Ufer entlang. Bald brauchte Ash sich nicht mehr umzudrehen, um die Hunde zu sehen, da sie innerhalb von Sekunden auf gleicher Höhe mit Elch waren. Nur noch der Bach trennte sie jetzt. Dann kletterten, noch während Ash zusah, die ersten Hunde aufs Eis. Ash grub die Fingernägel in Angus' Hirschledermantel, um nicht laut aufschreien zu müssen. Der

Hund rutschte mühelos über das Eis, sein Gewicht war nicht genug, um es zu brechen. Andere folgten, heulend und die Köpfe schüttelnd, als wären sie besessen.

Erst als die ersten ins Wasser sprangen, begann Ash zu verstehen, was Angus mit »den Bach auf dem langen Weg überqueren« gemeint hatte. Die Hunde, die sahen, wie ihre Beute wieder an Vorsprung gewann, während sie ins Wasser sprangen, begannen tatsächlich, bachaufwärts zu schwimmen, statt den kürzesten Weg zu nehmen. Wenn Angus einfach vom Bach weg und aus dem Blickfeld der Hunde geritten wäre, hätten sie den Bach geradeaus überquert. Auf diese Weise verlockte er sie dazu, Schritt halten zu wollen.

Nicht alle Hunde machten es mit, und einige begannen, direkt auf das nächste Ufer zuzuschwimmen. Als er ihre schlanken, nassen Köpfe auf das Eis zutreiben sah, zügelte Raif Elch. »Reitet weiter!« rief er Angus zu und trieb Elch die Erhöhung oberhalb des Ufers hinauf. Er hatte bereits einen Pfeil in der Hand.

Ash spürte, wie Angus erstarrte. Er holte Luft, um etwas zu sagen, hielt aber im letzten Augenblick inne, vielleicht weil er glaubte, es sei besser, die Warnung, die er bereits einmal ausgesprochen hatte, nicht zu wiederholen. Trotz Raifs Zuruf zügelte er den Fuchs zu einem Trab. »Wieviel Hunde?« Ash brauchte einen Augenblick, um zu begreifen, daß Angus mit ihr gesprochen hatte. Sie warf einen Blick über die Schulter zum Bach. Ein Hund hatte bereits das Ufer erreicht und schüttelte sich heftig, versprühte einen feinen Nebel von Wassertröpfchen in die Luft. Zwei weitere Hunde kamen über das Eis zum Ufer hingerutscht. Ein vierter versuchte, aus dem Wasser zu klettern, war aber offensichtlich müde, weil der Strom ihn immer wieder weiterriß. Ein fünfter war immer noch im offenen Wasser inmitten des Bachs und paddelte heftig. Der sechste war zurückgefallen. Ash sah zu, wie der kleine Kopf unter Wasser sank, sah Panik in den gelben Augen, als er noch einmal aus dem Schaum auftauchte.

Tock.

Als Ash einen Blick in die Richtung des leisen Knackgeräuschs warf, sah sie Raif hoch im Sattel aufgerichtet, mit dem linken Arm den Rückstoß des Bogens aufnehmend, den Blick auf das Ufer fixiert. Der erste Hund war tot. Ash drückte die Hand auf den Mund und hielt den Atem an. Es war schrecklich … schrecklich … in der Lage zu sein, ein anderes Wesen so sicher zu töten.

»Fünf Hunde«, hörte sie sich sagen. Noch während sie sprach, fand Raifs zweiter Pfeil ein weiteres Herz.

Als der dritte Hund auf Raif zuraste, wurden die Fichten auf dem anderen Ufer lebendig von Lärm und Bewegung. Zweige peitschten die Luft, Schnee flog in einem glitzernden Bogen auf. Sieben Silhouetten kamen ins Blickfeld. Dunkel wie Tiere, die bei Nacht jagen, ritten sie in enger V-Formation und ließen zwischen sich kaum Platz für eine Kinderhand. Die Renegaten-Wache. Ash hatte sie schon früher so reiten sehen, sie aus den hohen Fenstern des Fasses beobachtet, wie sie einen solchen Keil in einen bewaffneten und zornigen Mob trieben. Ein Mann war gehängt worden, ein beliebter Schurke und Schwerenöter, und das Volk von Spire Vanis hatte dagegen protestiert. Nicht einmal unbedingt gegen seinen Tod, sondern dagegen, wie er erfolgt war, denn Penthero Iss hatte befohlen, daß das hübsche Gesicht des Schurken abgeschnitten und rückwärts wieder angenäht würde. Ash schluckte. Manchmal tat ihr Pflegevater solche Dinge nur, um zu sehen, wie derartiger Schrecken aussehen würde.

Der Aufruhr hatte sich innerhalb einer Stunde gelegt. Marafice Eye war an der Spitze der ersten Sept gewesen. Allein das Gerücht seiner Anwesenheit hatte genügt, um der Menge den Mut zu nehmen. Niemand in der Stadt, nicht einmal Penthero Iss, war dumm genug, den Schwertführer nicht zu fürchten.

»Nein, Raif!« rief Angus, so laut er konnte. »Schieß nicht

mehr!« Er wendete den Fuchs und nahm Ash damit die Sicht auf die Sept.

Ash verlor alles Gefühl für das, was geschah, als sie gezwungen war, sich an Angus zu klammern, während sie durch das Eis am Ufer und die gefrorenen Binsen auf Raif zurasten. Plötzlich tauchte ein Hund aus dem Nichts auf. Ash spürte Luft gegen ihre Schenkel drücken, dann riß der Hund die Schnauze auf und riß Haar und Haut aus dem Bauch des Fuchses. Das Pferd schrie und bäumte sich auf. Angus nahm die Zügel in seiner Faust zusammen. »Nimm das Messer von meinem Gürtel.«

Ash tat, was man ihr sagte. Der Hund tänzelte um die Hinterhufe des Fuchses herum, dann sprang er noch einmal. Ash dachte nur an den Fuchs. Sie konnte bereits zwei blutende Wunden sehen, wo die Reißzähne des Hundes eingedrungen waren. Zorn ließ sie sinnlos auf die Schnauze des Hundes einschlagen. Angus riß den Kopf des Fuchses zurück, und das Pferd drehte sich so schnell, daß der Hund in die Luft schnappte. Ash fluchte über ihre eigene Nutzlosigkeit. »Warte, bis die Schnauze Pferdefleisch berührt.« Angus' Stimme war leise, beinahe drohend. Er hatte die Zähne zusammengebissen.

Ash packte das Messer fester. Der Griff war aus Wurzelholz, aber unsichtbares Metall in der Mitte ließ ihn schwer in der Hand liegen. Während sie wartete, bis der Hund angriff, wagte sie einen Blick zurück über den Bach. Die Sept hatte jetzt die Bäume verlassen. Der Reiter an der Spitze gab einen Befehl, und das V bewegte sich zum Bach. Der Mann an der Spitze war riesig, in das schwarzrote Tuch gekleidet, mit dem Wolfsgeier über dem Herzen und einem schwarzen Eisenhelm, der sein Gesicht umrahmte. Ash starrte in den Schatten unter dem Helm, und langsam, ganz langsam zog sich ihr Bauch zur Größe einer Faust zusammen. An der Spitze der Sept ritt Marafice Eye.

Etwas Dunkles schoß unter ihr her. Eine Schnauze voller Zähne kam direkt auf ihren Oberschenkel zu. Ash wich entsetzt zurück. Kleine, orangefarbene Augen schlossen sich schützend, als der Hund die Zähne in ihren Oberschenkel senkte. Schreck und Schmerz trafen sie wie ein Lanzenstoß. Heiße Tränen traten ihr in die Augen. Zorn trieb das Messer. Sie wußte kaum, was sie tat, gab sich kaum Mühe, den Stich richtig anzusetzen, aber sie trieb das Messer mit aller Kraft, die sie hatte, ins Hundefleisch. Knochen splitterten mit einem feuchten Knacken. Der Hund öffnete die Augen und riß das Maul auf. Als das tote Tier von ihrem Körper wegfiel, zog Ash das Messer zurück. Sie würde ihre Klinge nicht an einen toten Hund verlieren.

»Ich sagte Pferdefleisch. Nicht Mädchenfleisch.« Angus schien wütend zu sein. Er trieb den Fuchs schweigend den Abhang hinauf und auf Raif zu. Ash drückte die Hand fest auf ihren Oberschenkel. Sie war wütend auf sich selbst. Sie hatte erwartet, daß Angus sie lobte.

Raif wartete oben auf dem Hügel auf sie. Er hatte den Bogen weggelegt und nun ein kurzes, zweischneidiges Schwert in der Hand. Zwei Hunde lagen niedergemetzelt an Elchs Hinterbeinen. Sowohl Elch als auch Raif waren verkratzt und blutig. Raif atmete schwer, und sein Gesicht war kantig und grau. Es nimmt ihm etwas, dachte sie mit kalter Sicherheit. So zu töten, verletzt ihn auf irgendeine Weise.

Ash hatte über seine Schultern hinweg etwas Dunkles, Glitzerndes entdeckt und strengte sich an, mehr zu sehen. Der Schwarze See erstreckte sich im Tal unter ihnen wie ein Tier unter Glas. Eissimse hingen am Ufer und stützten große, gefrorene Kais, die sich zum Herzen des Sees und zu dem schwarzen, fließenden Wasser hinreckten. Nebel über der Oberfläche vollzog jede Kurve und jeden Riß des Ufers nach und bildete einen Geistersee über dem See.

Ash atmete flach und entspannte die Hand an ihrem Oberschenkel. Das Ostufer des Schwarzen Sees, wo der Schöpfer der Seelen sich dem verdammten Rob Ruce gezeigt hatte, der dann weitergezogen war, um Ille Glaive einzunehmen; hier hatte der

Rote Priester sich das Blut der fünf Schwestern von den Händen gewaschen, die Visionen hatten und in der alten Sprache redeten, hier hatte sich Samrel von Spire Vanis mit dem Clankönig Hoggie Dhoone getroffen, um Geiseln auszutauschen, hier war es auch, als Sorissina-von-den-Ulmen unter dem Eis ertrunken war, als sie dem Hufschlag ihres Geliebten in den Nebel gefolgt war. Ash blieb einen Augenblick lang erstarrt sitzen und beobachtete das Spiel von Licht und Schatten auf der Seeoberfläche. Sie hatte sich Sorissina immer irgendwie verwandt gefühlt: Sie war ebenfalls ein Findling gewesen.

»Schneid die Satteltaschen ab.«

Der Klang von Angus' Stimme brachte Ash wieder in die Gegenwart zurück. Bevor sie entscheiden konnte, ob er mit ihr sprach oder nicht, war er schon vom Pferd gesprungen. Unter seinen Stiefeln knirschte der Schnee, als er die Wunden am Rumpf des Pferdes untersuchte. »Ich habe gesagt, schneid die Satteltaschen ab.«

Ash warf Raif einen Blick zu. »Tut es beide. Beeilt euch. Ash. Rutsch nach vorne in den Sattel.« Angus öffnete die Satteltasche auf seiner Seite und nahm eine Handvoll kleiner, in Leder gebundener Päckchen heraus und steckte sie unter sein Hemd. Er bewegte sich schnell und schaute dabei immer wieder über die Schulter, um nachzusehen, wie weit die Sept gekommen war.

Marafice Eye war jetzt deutlich zu erkennen, seine behandschuhten Hände wie zwei Raben an einem Kadaver, als er seinen Hengst für den Abstieg zum Bach zügelte. Als Ash die Gurte durchschnitt, die die Satteltaschen hielten, bemerkte sie, daß ein Mann aus der Sept die Formation gebrochen hatte und hinterherhinkte. Er trug zwar einen schwarzen Umhang wie die anderen, aber keine Waffe, und er brauchte offensichtlich beide Hände für sein Pferd. Als der Umhang vom Wind hinter ihn gerissen wurde, wurde an seiner Brust das Weiß eines Priesters oder Eremiten sichtbar. Ash erinnerte sich nun. Sie hatte den

Mann schon einmal gesehen. Sie erkannte seine helle Haut und seine knochigen Schultern. Er war einer der Handlanger von Penthero Iss, einer jener Leute, die Caydiss Zerbina nach Einbruch der Dunkelheit in die Festung und zu ihrem Pflegevater brachte.

»Sarga Veys.« Angus pflückte den Namen von Ashs Zunge und ließ ihn klingen wie einen von Marafice Eyes Flüchen. Einen Augenblick lang wurden seine kupferfarbenen Augen rot, als wäre das Metall dort von einer plötzlich aufflackernden Flamme erhitzt worden.

»Raif. Gib mir den Bogen. Sofort.«

Raif, der seine Satteltaschen abgeschnitten hatte, schnallte Bogenkasten und Köcher ab und reichte sie seinem Onkel. Angus ließ den Blick nicht von der Sept weichen, als er den Köcher an den Gürtel hakte. »Wir müssen uns jetzt trennen«, sagte er. »Alle. Sie sind zu siebt und wir sind drei, und unsere einzige Hoffnung besteht darin, sie aufzuteilen. Raif. Du folgst dem Bach nach Norden. Kämpfe nur, wenn es unbedingt sein muß. Es ist besser zu fliehen. Wenn du von vielen verfolgt wirst, gehe aufs Eis. Elch ist weniger beladen als die Pferde der Sept und wird eher getragen werden. Beweg dich nicht weiter vom Ufer weg als vier Pferdelängen.« Angus wartete, bis Raif nickte. »Gut.« Das kurze Wort wurde beinahe vollkommen übertönt von dem Lärm, den Marafice Eyes Pferd machte, als es am Ufer durchs Eis brach. Andere folgten, und in dem schmalen Bach wimmelte es plötzlich von dunklen, sich rasch bewegenden Gestalten, die aufs andere Ufer zukamen.

Angus fuhr mit dem Finger über die Sehne und wärmte sie. »Ash. Du mußt direkt auf den See. Du bist die leichteste von uns ...«

»Nein«, zischte Raif. »Sie wird umkommen. Niemand weiß, wie dick dieses Eis ein Stück vom Ufer entfernt ...«

»Glaubst du etwa, ich kenne die Gefahr nicht, Raif Sevrance?« fragte Angus leise, und an seiner Wange zuckte ein Muskel. »Ich kenne den See besser, als du die Weide um dein Rundhaus kennst, und der Fuchs kennt sich noch besser mit Eis aus. Er wird sie sicher hinüberbringen.« Angus wandte sich Ash zu. »Du kannst nicht kämpfen, Mädchen. Du hast nur mein Messer als Waffe. Meine beste Möglichkeit, dich zu schützen, besteht darin, dich in Sicherheit zu bringen. Niemand kann dir weit aufs Eis hinaus folgen – der Schöpfer möge ihnen helfen, wenn sie es versuchen. Der Frostrauch wird dich vor den Pfeilen schützen. Du mußt dem Fuchs vertrauen. Altes Blut fließt in seinem Herzen. Er wird dich vor Gefahr schützen. Ich würde dich ihm nicht anvertrauen, wenn ich das nicht ganz sicher glauben würde.«

Ash sah Angus in die Augen. Er zitterte leicht; die Kraft seiner Worte lag immer noch auf ihm. Sie glaubte vollkommen, was er gesagt hatte. Sie hatte selbst gesehen, wie der Fuchs sich mit Eis auskannte, als sie den Bach überquerten, und wenn Angus sie hätte umbringen wollen, hätte er das schon ein dutzendmal tun können. Nein. Er wollte, daß sie am Leben blieb und in Sicherheit war ... das war deutlich in seinen Augen zu sehen. Aber warum? Wieso zitterte er? Welche Gefühle versuchte er zu beherrschen, wenn er sprach? Fürchtete er sie? Sie schob diesen Gedanken beiseite und schaute über den See. Der Schwarze See. Er fror niemals vollkommen zu, nicht einmal im tiefsten Winter. Sorissina-von-den-Ulmen hatte diese Wahrheit mit in den Tod genommen.

Vor dem Leeren Tor ausgesetzt, damit sie dort starb. Wie immer kamen diese Worte wie eine Art Gebet zu Ash. Sie waren ihr Leben, diese Worte. Sie machten sie zu dem, was sie war.

Sie griff nach den Zügeln.

Angus atmete schwer und gab kein Anzeichen von Erleichterung. Sein Blick schoß zum Bach zurück. Marafice Eyes Sporen drangen ins Pferdefleisch, als er das Tier über den letzten Rest von Eis zwang. Sein kleiner Mund war nun deutlich zu sehen, bleich und verdreht, wie eine Metzgerschnur um einen Braten.

»Geht! Beide.« Angus versetzte Elchs Hinterteil einen Schlag. »Raif. Beobachte Ash so gut wie möglich, aber folge ihr nicht. Elch ist ein gutes Pferd, aber er ist kein Eistänzer. Zehn Meilen nördlich von hier, wo sich der See nach innen biegt wie ein Sichelmond, wirst du am Ufer einen Hain aus weißen Eichen finden. Wenn ich nicht vor dir da sein sollte, treffen wir uns dort nach Einbruch der Dunkelheit.«

Raif nickte. Er sah nicht erfreut aus. Ash sah ihm an, daß es ihm widerstrebte, sie aufs Eis reiten zu lassen. Ihre Blicke trafen sich, und Ash sah zu, wie er die Hand zur Kehle hob und das Stück Horn berührte, das dort hing. Verstört, ohne zu wissen warum, wandte sie den Blick ab.

Angus hielt immer noch den Zügel des Fuchses. *»Tharra dan Mis«,* murmelte er. Und dann schnell zu Ash: »Vertrau ihm. Er wird dich zum Tanz führen. Wenn alles ruhig ist, rufe ich dich zurück.«

Ash bewegte den Kopf ruckartig zu so etwas wie einem Nicken. Sie konnte nicht sprechen. Sie wollte ihn fragen, was er zu Fuß tun wollte, aber sie hatten nur noch Sekunden, und sie fürchtete, ihn nur aufzuhalten. Sie ließ die Füße in die Steigbügel gleiten und übernahm das Pferd.

»Geh«, sagte er. »Konzentriere dich aufs Jetzt.«

Ash wendete den Fuchs und ließ den Wallach seinen eigenen Weg den Hang hinunterfinden. Sie konnte bereits das Peitschen von Leder an Pferdeleibern hören, als die Sept das Wasser des Bachs abschüttelte und sich wieder zu einem V formierte. Als sie über die Schulter blickte, sah sie, daß Angus ebenfalls den Abhang herunterrannte, auf eine dichte Insel von Fichten zu.

»Schöpfer, rette ihn«, flüsterte sie und wünschte sich plötzlich, sie hätte trotzdem noch etwas gesagt. Sie hätte ihm sagen sollen, er solle auf sich aufpassen, ihn nach dem wirklichen

Namen des Fuchses fragen, herausfinden sollen, wieso er Raif den Bogen abgenommen hatte, als er Sarga Veys entdeckte.

»Da ist sie! Auf dem Fuchs! Schießt das Pferd unter ihr weg!«

Alle Gedanken waren aus Ashs Kopf verschwunden, als Marafice Eyes Stimme erklang. Sie fühlte sich, als hätte man ihr in den Magen geschlagen. Ihre kindliche Angst vor ihm kam aus der Vergangenheit zurück. Sie klammerte sich an die Zügel, spornte den Fuchs fest an – sie wußte, daß das nicht nötig war. Eine Salve von Befehlen folgte ihr den Abhang hinunter. Marafice Eye schrie in höchster Lautstärke: »Thray, Stagro zu mir. Malharic, Hood hinter dem Clansmann her. Crosshead zu den Bäumen. Stagro an die Seite von Veys.« Er wollte, daß sie ihn hörte. Er kannte ihre Angst.

Der Fuchs galoppierte den Abhang hinunter, auf den festgefrorenen Schlamm des Seeufers zu. Ein Pfeil flog an ihm vorbei, ein zweiter in etwas größerem Abstand. Ash biß die Zähne zusammen. Die Welt rings um sie her waren nur noch verschwommene Bäume und grelles, vom Eis reflektiertes Licht. Wohin hatte sich Raif gewandt? Nach Norden? Sie spähte dorthin, konnte ihn aber nicht entdecken. Der Clansmann hatte Marafice Eye ihn genannt. Ein kleiner Teil von ihr hatte das die ganze Zeit gewußt und die primitive, beinahe barbarische Art seiner Kleidung aus Beschreibungen erkannt, die sie in Büchern gelesen hatte. Aber er hatte seinen Clan nicht ein einziges Mal erwähnt.

Der Fuchs wurde langsamer, als er auf See-Eis kam. Er zog den Kopf nach vorne und verlangte mehr Zügel. Es war gegen Ashs sämtliche Instinkte als Reiterin, ihn an einem solchen Ort seinen eigenen Weg suchen zu lassen. Vertrau ihm, hatte Angus gesagt. Ash runzelte die Stirn und ließ ihre Hände ein Stück die Zügel entlanggleiten; ihr wurde gerade erst klar, wie schwer das sein würde.

Die eisenbeschlagenen Hufe des Fuchses ließen das Eis am Ufer klingen wie eine Glocke. Das Wasser war fest gefroren und gab nicht nach, und Ash wurde im Sattel herumgerüttelt, als sie in die Nebelmauer eindrangen. Die Temperatur sank sofort und ließ ihre Wangen brennen. Das Licht veränderte seine Struktur, und plötzlich gab es keine Schatten und keine glitzernden Lichter mehr – keine Möglichkeit, Entfernung oder Tiefe einzuschätzen. Verängstigt schaute Ash nach unten. Die Seeoberfläche schimmerte unter ihr: vom Wind zerkratzt, vom Schnee verkrustet, von der Farbe von Diamanten und Salz.

»Folgt ihr! Verliert sie nicht!« Marafice Eyes Stimme wurde vollendet durch den Nebel getragen. Sekunden später begann das See-Eis zu vibrieren, als andere Pferde das Ufer erreichten. Ash hörte Marafice Eye einen Fluch auf den Nebel ausspucken. Leise sagte er: »Tut, wozu Ihr hier seid, Halbmann. Wir dürfen sie nicht verlieren.«

Ash schauderte. Der Nebel rings um sie her war so zerrissen wie verrottetes Leinen. Konnte Marafice Eye sie sehen? Sie wollte es nicht riskieren, sich umzusehen.

Der Fuchs hatte die großen, feuchten Augen aufs Eis fixiert, sein ganzes Wesen auf den Weg konzentriert, der vor ihnen lag. Ash konnte spüren, wie das Blut an seiner Wirbelsäule entlangsummte, sah, wie fest seine Muskeln angespannt waren. Abrupt änderte er den Kurs. Sofort verursachten seine Hufe ein flacheres Geräusch auf dem Eis, und Ash bemerkte, daß seine Ohren entsprechend zuckten. Er lauscht, dachte sie. Diese Erkenntnis ließ sie staunen. Wo kam ein solches Geschöpf her?

Sie bemerkte, daß die Pferde hinter ihr langsamer wurden. Sie waren jetzt ganz in der Nähe. Selbst ihr Atem war zu hören.

Ash ließ dem Fuchs mehr Zügel und drückte seine Rippen mit ihren Oberschenkeln. Sie glaubte etwas Vertrautes zu riechen, wie Kupfer oder den Geruch von Blitzen während eines Sturms. Das Gefühl verging, als der Fuchs seine Richtung abermals änderte. Sie waren jetzt sehr weit draußen auf dem Eis. Ash spähte geradeaus in die Gipfel und auf die Ebenen von

Frostrauch. War es das, was Sorissina-von-den-Ulmen vor ihrem Tod gesehen hatte? Diese Welt aus weißem, gefangenem Licht?

Etwas kribbelte an Ashs Nacken, wie die Berührung eines Insekts oder eines Fingernagels an der Wirbelsäule. Angst flakkerte in ihrer Brust auf. Alles andere war ruhig. Alles war still. *Wann habe ich die Pferde der Sept zum letzten Mal gehört?* Sie stellte fest, daß sie sich nicht erinnern konnte. Sie wollte sich nicht umdrehen und nachsehen. Sie wollte nicht sehen, was dort war.

»Bleib, wo du bist, Asarhia March«, erklang eine Stimme dicht hinter ihr. »Oder meine Männer erschießen das Pferd.« Ash sah sich um. Vier Männer ritten nur dreißig Schritte hinter ihr auf dem Eis. Marafice Eye, Sarga Veys, ein Bruder-der-Wache mit schmalem Gesicht und einer Nase mit häßlichem Narbengewebe und ein vierter Mann weiter hinten. Der Mann mit dem schmalen Gesicht hatte eine gespannte Armbrust in der Armbeuge. Marafice Eye beugte sich tief über sein Pferd, die Arme dicht an den Körper gezogen, die behandschuhten Hände fest an den Zügeln. Unter seinem Helm glitzerten die Augen wie Eislinsen. Sarga Veys ritt in der Mitte, sein bleicher, ungeschützter Kopf ragte aus dem Leder des Umhangs der Renegaten-Wache hervor wie etwas, das bereits tot ist. Er atmete schwer, und grauer Schweiß zog sich über seine Nase und die Stirn.

Dann bemerkte sie es. Es war kein Nebel mehr zwischen ihnen. Sie hätte eigentlich nicht in der Lage sein sollen, die Männer zu sehen; der Nebel war dafür zu dick. Nach vorn konnte sie kaum fünf Schritte weit sehen, aber hinter ihr hatte sich ein Tunnel klarer Luft geöffnet.

Sie schluckte. Es war eine Abweichung, falsch in jeder Hinsicht, wie Wasser, das den Berg hinauffließt, oder die Sonne, die um Mitternacht scheint. Der Nebel war zurückgehalten worden, gezwungen, den Befehlen eines Menschen zu gehorchen. Ash bekam eine Gänsehaut. Das ist also Zauberei? Keine lustigen Kunststücke und flackernden Lichter, sondern die Beherrschung der Natur.

Thtt. Ein Pfeil fegte über die Köpfe der drei Männer. Noch während Ash das primitive Geschoß und die Pferdehaarfiederung erkannte, trieb sie den Fuchs zum Galopp an. Angus mußte hoch gezielt haben, weil er nicht sicher sein konnte, wo sie war, und sie nicht verletzen wollte. Es war nicht viel, aber eine Ablenkung. Als sie sich über den Nacken des Fuchses beugte, hörte sie das *Tock* der Armbrust. Der Fuchs war gerade dabei, die Richtung zu wechseln, und der Armbrustpfeil kratzte über seinen Rumpf und nahm Haar und Haut mit.

Ash preßte die Lippen zusammen, um nicht laut aufzuschreien. Pferdeblut floß über ihre Stiefel. Unter den Hufen des Wallachs begann das Eis zu knarren. Pferde folgten ihnen, folgten dem Weg, den der Fuchs eingeschlagen hatte. Marafice Eye schrie Sarga Veys eine Obszönität zu. Ash hörte Metall klirren, als der Mann mit dem schmalen Gesicht den Bogen zu einem zweiten Schuß spannte.

Der Fuchs galoppierte schneller und schneller. Als sie nach unten schaute, sah Ash, wo das Eis dunkler wurde, als das tiefe lichtlose Wasser begann hindurchzuschimmern. Ihr Pflegevater hatte ihr einmal gesagt, daß ein Mensch auf Süßwassereis stehen könnte, das nicht dicker als ein Hühnerei war. Aber was war mit einem Mädchen auf einem Pferd? Sie konnte sich nicht erinnern, jemals etwas darüber gehört zu haben.

Ash spürte, wie sich das Eis unter ihr bewegte. Der Wallach wich rasch nach links aus. Einer seiner Hufe brach mit einem scharfen, nassen Knacken durch die Oberfläche. Risse erschienen im Eis, liefen zwischen den Beinen des Fuchses hindurch wie schnelle kleine Ameisen. Der Schweiß am Hals des Wallachs schäumte, als er über die berstenden Schollen tänzelte. Ash spürte eiskaltes Wasser an ihrem Gesicht. Hinter ihr krachte das Eis wie ein gefällter Baum. Jemand schrie. Ein Pferd kreischte hoch und schrecklich wie etwas, was geschlachtet wird. Eis bog sich und rollte und ließ das Seewasser anschwellen. Die Scholle, über die der Fuchs lief, wackelte wie ein Floß in einem Sturm.

Ash wagte einen Blick über die Schulter. Frostrauch brach in einem Schauer blauer Funken aus der Oberfläche. Pferde und Männer stürzten durch das explodierende Eisfeld, die Arme hochgerissen, die Augen weit offen, die Finger in die Luft gereckt. Marafice Eyes Pferd fiel in den See, wild mit den Vorderbeinen keilend, sein Reiter um seinen Hals geklammert. Das letzte, was Ash sah, bevor sie sich umdrehte, waren zwei behandschuhte Hände, die in dem kalten, schwarzen Wasser nach Halt suchten. Ash glitt über das Eis und tanzte mit dem Fuchs.

28
Angriff auf Bannen

Der Hundelord stand reglos, als Thrago, sein fünfter Sohn, ihm die Rüstung anschnallte. Diese Rüstung war dreißig Jahre alt und häufig gelötet, und die tiefschwarz polierte Oberfläche war längst zerkratzt. Vaylo mußte beinahe lächeln, als er sie sah. Mehr als zwanzig Pfund gehärtetes Eisen ... und er kannte es länger als irgendeinen seiner Freunde.

»Nicht zu fest, Thrago. Ich bin kein Huhn, das für den Spieß dressiert wird.«

Thrago Bludd sah seinen Vater aus Augen an, die genau dieselbe Form und Farbe hatten wie die des alten Gullit Bludd. Vaylo lief immer ein Schauer über den Rücken, wenn er sie sah. Gullit Bludd war nun fünfunddreißig Jahre lang tot, aber all seine sieben Enkel sahen ihm ähnlich. Manchmal glaubte Vaylo, daß die Steingötter dafür nur gesorgt hatten, um ihn zu ärgern.

Er verzog unwillig das Gesicht, als Thrago Bänder um seine Taille schlang. Vor fünf Wintern noch hatte ihm diese Rüstung hervorragend gepaßt; nun saß sie auf seinem Bauch wie eine lockere Ansammlung von Schüsseln. »Das Ding sollte verdammt sein! Wer hätte je geglaubt, daß Eisen einlaufen könnte?«

»Du hättest dir von Croda ein neue schmieden lassen sollen«, sagte Thrago und stemmte sich in die Riemen. »Oder benutze die Bluddrüstung, die Gullit sich hat anfertigen lassen ...«

»Nein.« Vaylos Stimme war hart. Er würde nicht die Rüstung dieses Mannes tragen.

Setz das Messer hier an, Junge, so daß es in meine oberste Herzkammer dringt. Vaylo atmete schwer, als er sich daran erinnerte. Er konnte immer noch sehen, wie sein Vater auf seiner Bank aus altem, schwarzem Holz lag, das Gesicht eingesunken von der Krankheit, seine Augen hervorquellend. *Tu es endlich! Um der Götter willen, tu es! Wir beide wissen, daß du die vergangenen siebzehn Jahre kaum von etwas anderem geträumt hast. Und nun, nachdem ich dir endlich das Messer gereicht habe, stehst du da und deine Eier sind zu Hagelkörnern geschrumpft und du hast Angst, wie man es von einem Bastard erwartet. Was ist los mit dir, Junge? Ich hätte gedacht, daß du mehr Mut hast.*

Das war der Augenblick, als er zustach. Bis zu diesem Tag wußte Vaylo nicht genau, ob er das Messer allein bewegt oder ob sein Vater sich vorwärts gebeugt hatte, um es aufzunehmen. Es war gleich. Seine Hände hatten am Griff gelegen. Seine Finger waren mit der roten Feuchtigkeit bedeckt, die aus dem Loch herausschoß. So viel Blut ... es floß über die Bank und auf den Boden und lief in die Ritzen zwischen den Steinen. Und der Blick seines Vater ... triumphierend. Er war froh gewesen, seinen Bastardsohn los zu sein.

Vaylo rieb sich das Gesicht. Es war alles so glattgegangen wie in einem Epos, das jemand an der Feuerstelle singt. Wie aufs Stichwort waren Arno und Gormalic ins Zimmer gestürzt. Er selbst hatte immer noch dagestanden, das Messer in der Hand, und sein Vater hatte unter ihm seinen letzten Atemzug getan. Vaylo hoffte sehr, daß es kein Lächeln gewesen war, das er da in diesem Augenblick sah, daß das Verziehen von Gullit Bludds Lippen nichts weiter als eine Täuschung war oder die Starre des Todes. Von all den Dingen, die an diesem Tag im Zimmer des Häuptlings des Bluddclans geschehen waren, quälte ihn das am ehesten. Dieses Lächeln.

Arno und Gormalic hatten die Waffen gezogen. Zwei Langschwerter gegen ein Messer hätten dafür gesprochen, daß sie ihn wie ein Stück Obst zerteilten. Aber Vaylo konnte aufrichtig behaupten, daß es keinen Augenblick gegeben hatte, in dem er glaubte, sterben zu müssen. Er kannte seine Halbbrüder gut.

Arno und Gormalic übten jeden Tag auf dem Hof zwei Stunden. Vaylo übte vier. Arno und Gormalic waren vom Zorn legitimer Söhne erfüllte, die gerade gesehen hatten, daß ihr Vater von einem Bastard getötet wurde. In Vaylo tobte der Zorn des Bastards. Sein Vater hatte ihn hereingelegt! Gullit Bludd starb schon seit Monaten, seine Zähne verfaulten, sein Bauch war zu einem lockeren Hautlappen geschrumpft, seine Finger zu Vogelklauen. Als er seinen Bastardsohn in sein Zimmer gerufen hatte, war er so gut wie tot gewesen. Er hätte den Monat nicht mehr überlebt. Aber das hier war Gullit Bludd, Sohn von Thrago HalbBludd, und sein Stolz hätte ihm nicht erlaubt, alleine zu sterben. Er hatte versucht, seinen Bastard mitzunehmen.

Erlöse mich von der Qual, Junge. Ich kann es nicht ertragen. Sie verschlingt mich, sie verschlingt mich einfach. Willst du denn sehen, wie ich mich in ein kackendes, sabberndes Kind verwandle?

Gullit hatte das Messer selbst vorbereitet gehabt, erinnerte sich Vaylo nun. Es hatte neben ihm auf der Bank gelegen. Blauer Stahl mit einem Griff aus heiliger Esche. Mit Fingern so bleich und dünn, daß sie bereits tot schienen, hatte Gullit Bludd die Spitze an sein Herz gesetzt.

Vaylo schloß die Augen für einen Moment. Es hätte gestern geschehen sein können, so klar waren seine Erinnerungen. Am Ende des Tages lagen drei Bluddmänner tot im Zimmer des Häuptlings, und Vaylo konnte sich an jeden Schlag erinnern, den es gebraucht hatte, seine Brüder zu Boden zu schicken.

Später nannten sie ihn den Todeslord. Legenden wuchsen, wie das immer geschah, und plötzlich war er nicht mehr ein Bastard und Jahrmann, den man dafür gefeiert hatte, daß er dem Clan Dhoone den Dhoonestein abgenommen hatte, er war ein Mörder. Ein Usurpator. Ein Vatermörder. Ein Häuptling.

Er hatte nichts erklärt und nichts geleugnet. Selbst damals vor fünfunddreißig Jahren hatte er gewußt, daß es besser war, nichts zu sagen und die Menschen denken zu lassen, was sie wollten. Wer hätte ihm denn schon geglaubt? Es war wohlbekannt, daß er seinen Vater und seine Halbbrüder haßte. Wer hätte ihm geglaubt, daß er seinen Vater aus Gnade getötet hatte, daß Gullit Bludd das Messer selbst geführt und seinen Bastardsohn angefleht hatte, es tief in seine Brust zu stoßen, um diese große blaue Ader zu durchtrennen?

Vaylo berührte seinen fünften Sohn an der Schulter und sagte: »Das genügt. Ich kümmere mich selbst um Helm und Halsberge.«

Thrago nickte. »Ich mache das Pferd bereit.«

Vaylo sah seinem fünften Sohn nach, als dieser die schmale Treppe hinaufstieg, die aus dem Häuptlingszimmer von Withy führte. Es war ein seltsamer Ort, dieses Rundhaus des Clan Withy, und gebaut, um Außenseiter zu verwirren. Dieser Irrgarten aus Tunneln, Löchern, Sackgassen, geheimen Kammern und Fallen ergab einfach keinen Sinn. Ein Mann konnte sich hier verlaufen, und wenn er um die falsche Ecke bog, fiel er plötzlich durch eine Falltür in eine Grube voll angespitzter Stangen. Molo Bean hatte sich das Fußgelenk gebrochen, als ein Pflasterstein unter ihm nachgegeben hatte, und Pengo war gestürzt, und ein Stachel war ihm durch die Wange gedrungen. Vaylo war der Ansicht, daß das Loch in der Wange seinen Sohn nicht häßlicher machte, aber es hatte Pengos Laune erheblich verdüstert.

Sie hatten Clan Withy vor zehn Tagen erobert, aus keinem anderen Grund als dem, daß sich sein Rundhaus südwestlich von Dhoone befand. Pengo hatte den Angriff geführt, begleitet von dreien seiner sieben Brüder und neunhundert Hammer- und Speermännern. Vaylo taten die Withymänner beinahe leid. Zorn erfüllte den Clan Bludd, und die stolzen Withymänner, die zweitausend Jahre im Schatten von Dhoone gelebt hatten, mußten geglaubt haben, daß die Steingötter sie verlassen hatten. Vielleicht war das ja so; der Hundelord bildete sich nicht ein, sich mit diesen Dingen auszukennen. Was er tatsächlich wußte, war, daß Withy den Zorn gespürt hatten, der eigentlich einem anderen Clan galt.

Blackhail.

Vaylos ganzer Körper erstarrte bei diesem Wort. Es war der Clan Blackhail, den seine vier Söhne an diesem Tag angegriffen hatten, nicht Withy. Es war Mace Blackhails Gesicht, das sie vor sich sahen, als sie jeden Knochen in der Leiche des Withyhäuptlings brachen. Es war Raif Sevrance, der in Duffs Herdhaus stolz zugegeben hatte, Bluddfrauen und -kinder getötet zu haben, den sie glaubten, mit ihren dreiklingigen Speeren auszuweiden.

Pengo, Hanro, Gangaric und Thrago hatten zusammen an diesem Tag zweihundert Withymänner getötet, und elfhundert weitere waren von anderer Hand gefallen. Die stolzen Withymänner, die Kettenhemden über Mänteln aus Blaufuchsfell trugen und deren Motto lautete: *Wir sind der Clan, der Könige macht.*

Dieses Motto entsprach durchaus der Wahrheit. Es war ein Withymann, der den ersten Dhoonekönig erklärt hatte, und ein Withymann, der ihn krönte.

Vaylo schnürte seine Halsberge fest. Wenn Withymänner Könige machten, dann war es der Clan Blackhail, der sie ermordete. Oh, das vergaßen die Leute heute meist. Fünfhundert Jahre waren vergangen, seit Dhoone den letzten König gehabt hatte, und seitdem hatten sich Blackhail und Dhoone zusammengetan wie zwei Blinde mit Stöcken. Bludd war der Feind gewesen. Der gottlose, gnadenlose Bluddclan. Aber es war kein Bluddmann gewesen, der seinen Pfeil in Roddie Dhoones Kehle schoß, sondern Ayan Blackhail. Vaylo kniff die blauen Augen zusammen. Roddie Dhoone mochte ein verwöhnter Schwächling mit einer grausamen Ader so tief wie der Schwarze See gewesen sein, aber es war einfach keine Art, einen König mit Pfeil und Bogen zu töten. Ein Bluddmann hätte Roddie Dhoone nicht auf die Entfernung getötet; er wäre direkt zu ihm gegangen und hätte ihm Stahl in sein Dhooneherz gestoßen.

Aber das ist gleich. Was hat das alles noch zu bedeuten? Vaylo packte seine grauen Zöpfe mit der Faust und zog sie nach unten, während er seinen gehörnten Helm zurechtrückte. Andere Männer trugen ihre Zöpfe unter dem Helm, um Schläge abzupolstern, aber nicht der Hundelord. Seine Zöpfe flogen im Kampf frei. Es war eine Kleinigkeit, aber solche Kleinigkeiten machten Männer zu dem, was sie waren. Und wenn an diesem Abend der Kampf begann, würden zweitausend Augen von Bluddverbündeten zu seinen Zöpfen hinsehen.

Vaylo berührte den roten Lederbeutel mit seinem Anteil an Heiligem Stein, bevor er ihn unter die Rüstung schob. Steingötter, helft meinem Clan durch diese Nacht.

Das Rundhaus des Clans Withy hatte nur ein Zehntel der Größe des Dhoonehauses, aber seine Erbauer waren geschickt gewesen und hatten eine Neigung entwickelt, nach unten zu bauen, nicht nach oben. Das Zimmer des Häuptlings befand sich tief unter der Erde, vielleicht sogar hundert Fuß tief. Vaylo konnte sich nur fragen, wo der Withyhäuptling sich zum Krieg gerüstet hatte, denn es kam ihm sehr unwahrscheinlich vor, daß jemand freiwillig die hundertzwanzig Stufen zur Oberfläche hinaufkletterte, wenn er mit mehr als zwanzig Pfund Eisen beladen war.

Schnaufend stieg Vaylo die Treppe hinauf und achtete darauf, wo er seine Füße hinsetzte. Schon fielen alle Gedanken von ihm ab. Er war der Hundelord, und er mußte seinen Clan in die Schlacht führen, wie er es schon Hunderte Male zuvor getan hatte. Wenn die Steingötter gnädig waren, dann wäre er im Morgengrauen einen Schritt näher daran, die Hailfestung einzunehmen. Wenn sie ihm ihre kalte Schulter zuwandten, würde er an einem anderen Tag woanders zuschlagen.

Denn er würde Blackhail haben. Er war der Häuptling des Clans Bludd, und hartes, langes Leben war seine Belohnung. Gullit Bludd war mit über sechzig gestorben, aber Thrago HalbBludd hatte gelebt, bis er zweiundachtzig war, und Wolver

Bludd vor ihm hatte vierundneunzig Jahre im Bluddhaus vergehen sehen. Vaylo erwartete, selbst noch weitere dreißig Jahre zu leben … und nach seiner Ansicht war das mehr als genug Zeit, um Mace Blackhail zur Hölle zu schicken.

»Vaylo. Das Bluddheer wartet auf deinen Befehl.«

Das war Cluff Drybannock, der von dem schiffsgroßen Stück weißer Eiche herüberkam, das die Tür zum Withyhaus bildete. Drybones Rüstung war nur geringfügig weniger verbeult und verkratzt als die seines Häuptlings. Er hatte sie von Ockish Bull übernommen, der nun schon seit fünf Jahren tot war und der jeden Eid, den Drybone je geschworen hatte, bezeugt hatte. Öllampen flackerten im vollkommenen Kreis der Eingangshallc, und in ihrem Licht zeichneten sich die ausgeprägten Knochen von Drybones Wangen und seine leuchtendblauen Augen ab.

Ein Junge kam mit Vaylos Kriegshammer, das Metall schimmernd und beinahe vor Öl triefend. Vaylo hatte nicht das Herz, ihm zu sagen, daß er seinen Hammer lieber ungereinigt hatte, verkratzt und abgenutzt, damit er zu seiner Rüstung, seinem Schwert und seinem Pferd paßte. »Schnall ihn mir an«, befahl er dem Jungen, der Strom Carvos Sohn hätte sein können. Es war eine Ehre, und die Hände des Jungen zitterten, als er den großen stachelbesetzten und bleischweren Hammer in seine Wiege aus weichem Leder legte und die Stahlketten darum schloß. Wie immer, wenn ihm der Hammer gegen den Rücken gelegt wurde, spürte Vaylo die erste Angst vor dem Kampf. So viele Kämpfe, so viele Schlachten, und in all dieser Zeit hatte er immer noch keinen Weg gefunden, die Unruhe in seinem Magen und das Hämmern seines Herzens zu beschwichtigen. Thrago hatte das Hundepferd bereitstehen wie versprochen, und als Vaylo und Cluff Drybannock durch die Eichentür hinaus ins Licht des späten Nachmittags traten, führte er den schwarzen Hengst nach vorn. Vaylo blieb einen Augenblick lang auf der Treppe stehen und schaute hinaus auf das Meer von Rot, das seine Männer bildeten. Pengo war da auf seinem großen grauen

Streitroß, sein Hammer so groß wie sein Kopf. Gangaric, Vaylos dritter Sohn, stand weit vorn, gekleidet in eine neugeschmiedete Rüstung und umgeben von einer Truppe Axtmänner vom Clan HalbBludd. Vaylo erkannte Männer des Clans Otler mit ihren kastanienbraunen Umhängen und glattrasierten Gesichtern und Männer vom Clan Frees, die sich Kupferdraht ins Haar flochten und ihre Schilde mit den Knochen ihrer Vorfahren beschlugen. Selbst der kleine Clan Broddic hatte sechzig Mann geschickt, die hoch auf ihren schneeweißen Pferden saßen, stolz in rotbraunem Leder und mit Hundeschädelhelmen. Alle bluddgeschworenen Clans hatten Männer geschickt, selbst der verfluchte Clan Gray, der sich das kaum leisten konnte, und das bedeutete dem Hundelord viel. Es machte nichts, daß von den zweitausend Berittenen im Hof des Withyrundhauses fünfzehnhundert Bluddmänner waren. Das hatte nichts zu bedeuten.

Bande von Blut und Kämpfen banden Bludd an HalbBludd, Frees, Otler, Broddic und Gray. Dhoone hatte mehr angeschworene Clans als Bludd, aber solche Verbindungen waren in der Mitte des Clanlandes nicht so tief verwurzelt wie an seinen abgelegensten Grenzen. Alle Clans, die hier heute versammelt waren, wußten, was es bedeutete, sich gegen die Bergstädte zu verteidigen, gegen Trance Vor und Morgenstern … und gegen die kalten, raschen Pfeile der Sull.

Vaylo holte tief Luft, als er die Treppe hinaufging. Er würde nicht an die Sull denken … nicht hier und nicht jetzt.

Von der untersten Stufe aus stieg Vaylo in den Sattel. Das Pferd war heute lebhaft und wehrte sich gegen die Zügel, sobald er sie anzog. Vaylo gab nicht nach, und das Hundepferd wieherte und stieg, und andere Pferde scheuten, um ihm Platz zu lassen. Vaylo war nicht unzufrieden. Er zog sein Langschwert aus der Hundeschwanzscheide an seiner Seite, sah die Männer an, die sich versammelt hatten und brüllte: »Nach Süden zu Bannen!«

Das Johlen von zweitausend Kriegern folgte ihm, als er an die Spitze seines Heeres ritt.

Der Hundelord legte ein rasches Tempo vor. Der Tag war kalt und klar, der Wind wechselte, und bald würde der Halbmond aufgehen. Das Gelände nördlich von Withy war mit Ulmen und weißen Eichen bewachsen, mit vielen Hainen, die Wildschweinen Futter lieferten. Das Weideland und die Weizenfelder lagen im Norden. Im Nordosten waren die bräunlichen Wasser des Östlichen Flusses zu sehen, die im weiten Bogen in Richtung Dhoone flossen. Südwestlich, in Richtung Bannen, bestand die Landschaft aus sanft gewelltem Tiefland mit Heidekraut, Distelgras und Hafer.

Vaylo saugte große Mengen von Luft in seine Lungen, während er ritt, genoß die Kälte das Tages und das Eis im Wind. Der Schnee am Boden hatte eine Kruste, die bei jedem Schritt des Hundpferdes mit angenehmem Geräusch brach. Im Rücken hatte Vaylo den Donner der Hufgeräusche seines Heeres, und dieses Geräusch ließ die Blutgier in ihm aufsteigen.

Bannen. Sie hatten sich einmal alle Blackhail angeschworen, hatten neben dem Hailhäuptling in der Schlacht am Stutenfelsen gekämpft, aber das war beinahe nicht mehr wichtig. Es zählte nur, wo ihr Land lag. Das Bannenland reichte weit in die südlichen Ausläufer von Blackhail. Wenn sie es erst besaßen, würde Bludd eine Basis haben, den Hailwolf selbst anzugreifen. Vaylo hatte lange darüber nachgedacht und wußte, daß ein Angriff auf Blackhail besser aus dem Süden als aus dem Osten käme. Gnash konnte nicht erobert werden; auf dem Gnashland wimmelte es nur so von Dhoonesmännern, und das Rundhaus war so gut wie eine Festung.

Aber Bannen ... Bannen war etwas anderes. Bannen konnte man einnehmen. Blackhail und Dhoone würden erwarten, daß der Hundelord im Westen zuschlug und versuchte, Gnash oder Dregg zu erobern. Auch Bannen selbst würde keinen Angriff befürchten; die Tore wären nicht verbarrikadiert, das Vieh wäre auf den Feldern, und die fußdicke Schicht von Dreck, die auf dem Rundhaus lag, konnte mit Öl begossen und angezündet werden.

Vaylo bückte sich tief im Sattel und ließ seine Zöpfe im Wind wehen. Wenn er erst Bannen hatte, konnte er damit anfangen, die Blackhail angeschworenen Clans zu nehmen. Als erstes Scarpe. Den Geburtsclan des Hailwolfs Mace Blackhail. Niemand würde um die weinen. Als nächstes Dregg, obwohl die Dreggmänner harte Kämpfer waren und Vaylo wußte, daß sie sich wehren würden. Orrl als letzten. Vaylo respektierte Orrl; wie Bludd wußten sie, was es bedeutete, ganz am Rand zu leben.

»Hast du vor, deiner Armee davonzureiten, Bluddhäuptling?«

Vaylo sah sich um und sah Drybone, der sich auf seinem Grauen neben ihn setzte. Im trüber werdenden Licht sah er nur wenig nach einem Clansmann aus, und Vaylo fragte sich, wieso seine Grabenländermutter ihn weggeschickt hatte. Er hätte zweifellos gut genug nach Höllenstadt gepaßt.

Der Hundelord lächelte grimmig. »Was ist denn, Dry, hast du Angst, daß ich vor dir in Bannen ankomme?«

Drybone schüttelte den Kopf. »Ich mache mir nur Sorgen wegen eines Hinterhalts, das ist alles.«

»Vorsichtig wie immer.«

»Sag mir nicht, daß du nicht selbst daran gedacht hast.«

Das konnte Vaylo nicht. Es bestand immer die Gefahr eines Hinterhalts. »Offenes Land zwischen hier und Bannen. Wir werden da sein, bevor der Mond seinen Höchststand erreicht hat.«

»Wir sind dicht an Gnash, Scarpe, Dregg ... sogar Ganmiddich. Die mittleren Clans sind alle dicht gedrängt.«

Mit einem leichten Zug an den Zügeln verlangsamte Vaylo sein Pferd. Er wußte es besser, als sich mit Cluff Drybannock auf ein Wortgefecht einzulassen. Es war jetzt beinahe dunkel, die Sonne ging an einem roten Himmel unter. Der ersterbende Wind roch nach kalten Dingen aus dem Norden, nach den gefrorenen Seen und Eisfeldern und Gletschern. Vaylo schmeckte alte Erinnerungen, und alte Begierden kamen mit ihnen wieder auf. Er spähte in die Dunkelheit hinter der untergehenden Sonne und sagte: »Manchmal wünschte ich mir, ich könnte einfach davonreiten, Dry. Nach Norden reiten und nie zurückkommen.«

»Willst du dich den Verstümmelten anschließen?«

Vaylo lachte. »Das wäre nicht das Schlimmste. Ich schwöre, ich habe tausendmal daran gedacht, als ich noch ein Junge war. Das Ödland und das gesamte Kargland als mein Jagdgebiet zu haben, mit den Stürmen in meinem Rücken, dem Götterlicht in meinem Gesicht und dem gefrorenen Boden unter den Hufen meines Pferdes zu reiten.«

»Und zwei Ohren, drei Finger und eine Nase an den Frost zu verlieren?«

Das entsprach durchaus der Wahrheit. Die Verstümmelten waren ein Clan ohne Haus und Namen, der durch die äußersten Ausläufer des Ödlands zog. Es hieß, daß niemand unter ihnen unversehrt war, daß sie alle Teile ihres Körpers an den Frost verloren hatten. Es hieß auch, daß die Verstümmelten in dem Jahr aufgetaucht seien, als Clan Morrow von Dhoone ausgelöscht wurde, und daß viele von ihnen vom verlorenen Clan abstammten. Vaylo wußte nicht, ob das stimmte. Als Kind war er ein dutzendmal nach Norden geritten, um sich ihnen anzuschließen. Er war ein Bastard, und sein Vater wünschte, er wäre nie geboren, und alle wußten, daß die Verstümmelten Verräter, Exilierte und Bastarde aufnahmen.

Plötzlich ernüchtert sagte Vaylo: »Wir reiten im Trab nach Bannen.«

Zweitausend Männer zügelten ihre Pferde auf Drybones Befehl hin. Drybone selbst fiel in die Reihen zurück; er fühlte sich immer unbehaglich an der Spitze einer Armee.

Vaylo ritt nach Süden, und dann wandte er sich nach Westen, als das Gelände es verlangte. Der Mond stieg auf – ein Halbmond –, und silbernes Licht ergoß sich auf den Schnee. Vaylo konzentrierte sich auf das Jetzt, entschlossen, nicht an eine andere Nacht wie diese zu denken, an einen anderen Ritt auf dem Schnee.

Die Nordostgrenze des Bannlands bestand aus einer Reihe riesiger, schwarze Fichten, jeder Baum so groß wie dreißig Männer. Es gab Bäche, die man überqueren, und uralte Gletscherspuren, die man umgehen mußte, und dazu bleiche Steinruinen, in denen die Pferde nur unsicheren Grund fanden. Als sie sich den Felsklippen näherten, die das Bannenhaus schützte, schickte Vaylo sechs Männer als Späher voraus.

Nur einer kam zurück.

Dieser Mann, ein kleiner rothaariger Bogenschütze des Clans Broddic, hatte einen Pfeil im Oberarm – er war glatt durch den Lederpanzer gegangen, den er trug. Vaylo ließ die Armee halten, und all seine Söhne und die Anführer der angeschworenen Clans versammelten sich in einem großen Kreis rund um den Bogenschützen. »Sie wissen, daß wir kommen«, sagte der Mann, der immer noch auf dem Pferd saß. »Und es sind mehr da als nur die von Bannen.«

»Cawdo!« rief der Hundelord nach dem Bluddheiler, der weit hinten war. »Komm her und kümmere dich um diesen Mann.« Dann wandte er sich wieder an den Bogenschützen: »Wer sonst ist da, und wie stark sind sie?«

Der Bogenschütze schluckte. Sein Gesicht war grausig bleich. »Ich habe Dhoonemänner gesehen … ich weiß nicht, wie viele. Sie warteten unterhalb der Klippe, still wie der Tod. Diejenigen, die ich gesehen habe, waren mit Speeren bewaffnet.« Er verzog das Gesicht, als der Heiler ihn bat, vom Pferd abzusteigen. »Ein Bogenschütze von Blackhail …«

»Blackhail?« Die Worte fielen dem Hundelord aus dem Mund wie Eis. Stille, bestehend aus angehaltenem Atem und reglosen Körpern, breitete sich über die Armee von zweitausend Mann aus. Plötzlich war es nicht mehr wichtig, wie der Hinterhalt entstanden war, wer in den bluddgeschworenen Clans Bannen gewarnt hatte. Es zählte nur noch: daß die Hailsmänner dort warteten.

Cawdo Salt drückte dem Bogenschützen die Finger in den Arm und brach den Pfeil nahe der Wunde ab. Holz brach mit einem ekelerregenden Knacken. Der Bogenschütze sackte zusammen, aber Cawdo hielt ihn fest. Vaylo konnte den Blick nicht vom Blut des Mannes abwenden, das im Mondlicht schwarz und glänzend aussah.

»Wie viele Hailsmänner hast du gesehen?« hörte er sich selbst fragen.

»Nicht viele. Weniger als zweihundert. Überwiegend sind es Männer von Bannen und Dhoone.«

Vaylo hielt dem Mann eine Flasche an die Lippen und ließ ihn trinken.

Der Bogenschütze schob die Flasche weg und sagte: »Sie haben die besten Positionen am Eingang des Tals eingenommen, entlang der Erhebung hinter dem Bannenhaus. Sie haben alle Anhöhen, von der Klippe abgesehen, für sich. Wir müssen durch das schmale Tal, um sie zu erreichen.«

Der Hundelord nickte. »Trink, Mann«, murmelte er. Cawdo Salt hatte ein Messer mit Silberklinge in der Hand, und Vaylo wußte, daß der Heiler die Pfeilspitze nun herausschneiden würde.

»Wir müssen umkehren«, sagte Drybone. »Wir wissen nicht, wie viele sie sind. Sie haben sich gut eingegraben und verschanzt, sie kennen das Gelände, und sie haben keinen fünfstündigen Ritt hinter sich.«

»Wir schlagen jetzt zu, Bastard«, zischte Pengo Bludd. »In diesem Tal sind Hailsmänner, und mir ist es gleich, ob sie allen Boden zwischen hier und dem Nachtmeer halten. Ich würde durch Feuersbrünste und Eisstürme reiten, um meinen Hammer in einen einzigen Hailsmannschädel zu schlagen.«

Kein Muskel in Cluff Drybannocks Gesicht zuckte bei Pengos

Worten, aber Vaylo sah den Zorn in seinem Blick. Er war vermutlich der einzige unter den Zweitausend, der das bemerkte.

»Wir können uns aufteilen«, sagte Thrago, und seine Hammermannketten klirrten, als er sein Pferd vorwärts trieb. »Wir können die Klippe von beiden Seiten angreifen. Die Broddic-Bogenschützen können uns Deckung geben, wenn wir runtergehen.«

Pengo beeilte sich zu nicken, und einer seiner schwarzen Zöpfe fiel ihm aus dem Helm, als er das tat. »Und wir können einen Trupp Speermänner die Anhöhe umgehen und sie von hinten angreifen lassen.«

»Ja«, stimmte der Kriegsherr von HalbBludd zu, »und einen weiteren Trupp nach Westen schicken.«

»Und zweihundert Speerträger in Reserve halten …«

»Das genügt!« brüllte der Hundelord. »Wir werden uns nicht ein dutzendmal aufteilen wie eine Schweinshaxe, die am Tisch zerlegt wird. Wir sind Bludd und bluddgeschworen, wir sind die Auserwählten der Steingötter, und wir werden nicht wie Feiglinge in diesen oder einen anderen Kampf reiten. Pengo. Du nimmst hundert Männer und umgehst sie. Bezieh eine Meile südlich des Bannenhauses Stellung und halte dich bereit, einen Rückzug zu decken, wenn es notwendig wird.«

Pengo schaute finster drein. »Du sagst, wir wären keine Feiglinge. Und dennoch sprichst du im gleichen Atemzug von Rückzug.«

»Tapferkeit ist eine Sache, aber es ist etwas anderes, sich wie ein Idiot zu benehmen. Wir sind hier in Gefahr. Wie Cluff Drybannock sagte, es gibt vieles, was wir nicht wissen. Ich werde keine Männer in diesen Kampf führen, wenn ich nicht sicher bin, daß wir wieder herauskommen.« Bei diesen Worten war sich Vaylo der Anwesenheit Drybones sehr bewußt, der am äußersten Rand des Kreises auf seinem Pferd saß und ihn aus sullblauen Augen ansah. Ich weiß, daß du recht hast, Dry, hätte er am liebsten gesagt. Das hier ist ausgesprochen unklug, aber manchmal muß man Dinge aus dem Zorn heraus und nicht aus Weisheit tun. Wenn du ganz von Clanblut wärst, würdest du das wissen. Aber du bist es nicht, und ich wünsche mir auch nicht, daß du anders wärst. Statt dessen sagte er: »Dry, ich will dich und deine Schwertkämpfer in meiner Nähe haben.«

Drybone nickte.

Das würde genügen müssen. Es war keine Zeit für mehr. Während Cawdo Salt dem Bogenschützen ein Kreuz in den Arm schnitt und die Wunde vergrößerte, damit sie leichter genäht werden konnte, planten der Hundelord und seine Kriegsherren den Angriff. Sie entschieden sich, weitere zehn Meilen zu reiten und sich dem Tal von Westen, nicht von Nordosten her zu nähern wie erwartet: Dann würden sie hart und schnell zuschlagen und sich nach Süden auf Pengos Stellung zuarbeiten.

Eine zweite, unausgesprochene Strategie stand dahinter, und fünfzehnhundert Bluddmänner kannten sie: Tötet jeden Hailsmann, den ihr finden könnt.

Vaylo führte den Hauptteil der Armee nach Westen. Der Boden bebte unter dem Bluddheer, und die Nacht erwachte von ihrem Kriegsgeschrei. Schreie und schrecklich lautes Gebrüll, Namen der Steingötter, die immer wieder aufgerufen wurden, Wolfsgeheul und verzweifeltes, tiefes Klagen erfüllte die Luft wie Rauch. Vaylo zog seinen Hammer aus der Schlinge und wirbelte ihn hoch über den Kopf. Dreißig Pfund Blei, Holz und Stahl, aber er bewegte sich wie eine Göttin in seiner Hand. Blutdurst erfüllte ihn, und zum ersten Mal seit elf Tagen und elf Nächten gestattete er seinen Gedanken, sich an den Ort zu begeben, wo er seine Verluste bewahrte.

Siebzehn Enkelkinder tot. Als er ins Tal niederritt und das Dhooneheer ihm entgegenkam, sah er Angst in ihren graublauen Augen. Sein Hammer schlug auf einen Schädel mit Eisenhelm, riß den ersten Feind aus dem Sattel, Schwertklingen leckten an ihm wie kaltes Feuer. Ringsum beugten sich schwarze Fichten im aufkommenden Wind. Fackeln rund um das Bannenhaus brannten rot, aber der Halbmond stahl ihren Ruhm und ließ die Schneefelder blau aussehen. Vaylo schmeckte Harz und Schwertmetall und den Gestank seiner eigenen Angst. Vor sich sah er die Angriffsspitze des Dhooneclans und die Schwertkämpfer, die sie flankierten. Die blutige, blaue Distel war über der schwarzen Kuppe des Bannenhauses gehißt worden, und das Tuch flatterte geradeaus nach Süden.

Blackhails Pfeile regneten vom Himmel, ihre Schäfte schwarz wie die Nacht, die Pfeilspitzen mit Silberdraht befestigt. Vaylo schlug sie mit dem Hammer aus der Luft, wütend, daß die Männer, die sie abgeschossen hatten, außer Sichtweite waren. Die Dhoonemänner bekamen seinen Zorn zu spüren, als er sie angriff, heulend wie der Hundelord, der er war. Reihen von berittenen Dhooneschwertkämpfern drangen auf ihn ein, aber jeder, der in Reichweite seines Hammers geriet, wurde mit einem Kuß von Blei und Stahl belohnt.

Dhoonestahl klirrte auf seiner Rüstung, seine Zöpfe peitschten gegen seinen Rücken, und Vaylo schrie danach, daß sich die Hailsmänner endlich aufs Feld wagen sollten.

Hinter ihm tötete Cluff Drybannock seine Feinde mit einer kühlen Effizienz, die Vaylo immer ein wenig verstörte. Drys Langschwert war scharf und schwer, und seine zweischneidige Klinge durchdrang alles bis auf die dicksten Rüstungen. Er kämpfte schweigend, seine Miene ungezeichnet von Angst oder Zorn, den Blick immer zwei Bewegungen voraus gerichtet.

Mit Drybone in seinem Rücken fühlte sich Vaylo sicher genug, weiter in die Dhoonelinie einzudringen. Im Osten sah er die ersten Schwertkämpfer von Bannen, die versuchten, die Bluddnachhut abzuschneiden. Die Bannenmänner trugen Umhänge aus grauem Leder mit Elchfellbesatz, und ihre Schwerter waren Gegenstände clanischer Schönheit, der Stahl mit Säure verbrannt, bis er schwarz schimmerte. Sie sangen ein schwermütiges Totenlied, als sie den Abhang hinabmarschierten, eine

Klage über eine Schlacht aus grauer Vorzeit, als sich das Wasser des Wolfsflusses rot gefärbt hatte.

Dieses Totenlied trieb den Hundelord zur Verzweiflung, und er betete, daß endlich ein Bogenschütze seinen Pfeil durch die Zunge des Vorsängers schicken würde. Vaylo war dicht bedrängt von Dhoonemännern, und hin und wieder erhaschte er einen quälenden Blick auf Hailsmänner außerhalb seiner Reichweite. Seine Hammermannketten rasselten zornig, als er seinen Hammer in immer weiteren Kreisen schwang. Er war heiser vom Schreien. Tote ritten an ihm vorbei, über die Hälse ihrer Pferde zusammengesackt, blutend aus Rissen in ihrer Rüstung. Ein Stück vom Gesicht eines Mannes klebte an seinem Hammerkopf, aber er hatte keine Zeit, es abzureißen.

Dieser Kampf war Wahnsinn, Wahnsinn, aber der Hundelord hatte keine andere Wahl, als weiter vorzudrängen. Eine Lanze zerbrach an seinem Brustharnisch, Splitter flogen ihm in die Augen, und der Aufprall riß ihn im Sattel zur Seite. Als eine Hand ausgestreckt wurde, um ihn aufrecht zu halten, brauchte er nicht über die Schulter zu sehen, um zu wissen, wer es war.

Nebel wallte vom Wolfsfluß nach Norden, und bald war das Schneefeld ein einziges Gewühl. Vaylo spürte einen tiefen, schrecklichen Schmerz in der Schulter, aber er schwang seinen Hammer weiter. Nun waren Schwertkämpfer seines eigenen Clans vor ihm und schlugen auf Dhoonespeere ein. Vaylo sah einen Mann, dem man den Speer so tief in die Kehle gerammt hatte, daß er auf sein gestürztes Pferd gepfählt war. Ein Axtkämpfer vom Clan Gray, dachte der Hundelord mit einem kleinen Schauder. Sie sind wirklich der Verfluchte Clan.

Endlich brachen sie durch die Dhoonelinie … und Vaylo machte sich keinen Augenblick lang vor, daß das sein Verdienst war. Ja, er war wütend, und sein Hammer hielt keinen Augenblick inne. Aber es waren Drybone und seine Leute, die im Einzelkampf gegen die Dhoonemänner den Tag retteten. Cluff Drybannock wurde im Mondlicht lebendig. Seine Bewegungen hatten eine Anmut, die allen anderen Clansmännern fehlte, und wenn er erst einmal seinen Rhythmus gefunden hatte, konnte er mit jedem Schlag einen Dhoonemann treffen oder vom Pferd werfen. Als der Nebel kam und Vaylo keine zehn Fuß mehr über den Kopf des Hundepferdes hinwegsehen konnte, war es Drybone, der einen Weg durch die weißen Schwaden fand, Drybone, der sich in die Steigbügel stellte und murmelte: »Im Westen ist eine Bresche in der Dhoonelinie.« Vaylo schaute dort hin und blinzelte, aber er sah nichts als die Ärsche von Bluddpferden.

Er ließ Drybone den Kampf nach Süden führen, wo Pengo und seine hundert Männer warteten, um sie vom Feld zu eskortieren. Sie würden nicht bleiben und kämpfen. Der Hundelord erkannte eine Niederlage, wenn er sie vor sich hatte. Bannen würde in dieser Nacht nicht erobert werden … und sie hatten viel zu wenig Blackhailblut vergossen.

Sein Blutdurst ungesättigt, machte sich der Hundelord schließlich auf den Heimweg.

29
Am See

Raif saß im Lichtkreis, der von dem Feuer aus Eichenzweigen geworfen wurde, und schnitt Pfeile zurecht. Sie würden nicht sonderlich gut sein, denn das Holz war zu frisch und zu körnig und würde wahrscheinlich beim Aufprall brechen, aber er hatte etwas zu tun. Er wärmte einen Stein am Feuer, mit dem er die Pfeile erhitzen und begradigen wollte, wenn er fertig war. Später, viel später, würde er schlafen.

Es war dunkel, irgendwann nach Mitternacht, und das Mondlicht kam und ging, je nachdem, wie der Wind die Wolken bewegte. Angus kniete an den Vorderbeinen des Fuchses und rieb sie sanft mit einem Wildledertuch ab. Seine Handschuhe waren klebrig von Harz und Blut, aber er war zu sehr damit beschäftigt, sich um das Pferd zu kümmern, als an sich selbst zu denken. Ash saß auf der anderen Seite des Feuers, und ihr Gesicht wurde von den Flammen golden beleuchtet. Sie hatte sich Elchs Pferdedecke um die Schultern gewickelt, und Angus' Hirschledermantel lag auf ihrem Schoß, aber sie hörte nicht auf zu zittern.

Raif hatte zugesehen, wie sie vom Eis geritten kam, ihr Haar glitzernd vor Frost, der Blick wild und voller Licht. Es war, als sähe er sie zum ersten Mal. Plötzlich war sie kein dünnes Mädchen in geborgten Kleidern mehr, sie war eine junge Frau mit schönen Schultern und einem sicheren Sitz auf dem Pferd. Aber ihr inneres Schimmern hatte nachgelassen, als sie nach Norden zum Lager gezogen waren. Die Realität von nasser Kleidung und schmerzenden Muskeln hatte sich bemerkbar gemacht, und als Angus sie eine Stunde später gefunden hatte, hockte Ash schon zitternd im Schnee. Angus hatte sie »kleines Eismädchen« genannt und das Feuer entzündet, um sie zu wärmen. Welche Zerstörung sie hinter sich gelassen hatte, wußten sie nicht. Alles war im Nebel über dem See verborgen.

Mindestens zwei von der Sept waren tot. Raif hatte einen von ihnen selbst getötet. Es war ein unangenehmer Kampf gewesen ... einer, nach dem ihm übel zumute gewesen war. Nachdem er dem zweiten Gegner zwei Finger von der Schwerthand abgetrennt hatte, hatte er dem Mann Gnade gezeigt und ihn leben lassen.

Shor Gormalin hatte ihn über Gnade belehrt. »Du mußt lernen zu erkennen, wenn ein Kampf gewonnen ist«, hatte der zierliche blonde Schwertkämpfer eines Morgens gesagt, als er mit Raif im Hof übte. »Einige Wunden machen einen Mann so sicher kampfunfähig, wie ein Drache Feuer atmet. Andere machen ihn nur wütend, und dann wird er dir noch mehr weh tun. Das Geheimnis besteht darin, den Unterschied zu kennen.«

Raif erinnerte sich, daß er darauf gewartet hatte, daß Shor weitersprach, und er war sicher gewesen, der Schwertkämpfer würde ihm nun sagen, er solle auf herausgerissene Eingeweide achten, auf Knochenstücke, die durch die Haut ragen, oder auf Wunden, die bluten und gar nicht mehr aufhören wollen. Statt dessen hatte Shor gesagt: »Die Wahrheit erkennst du immer in den Augen deines Gegners. Ich habe Hammermänner gekannt, die von Mittag bis zum Sonnenuntergang kämpfen konnten, obwohl sie eine melonengroße Wunde in der Brust hatten, und ich habe Schwertkämpfer wegen nichts weiter als ein paar Kratzern am Hals fliehen sehen.« Shor hatte die Hand an seinen eigenen Hals gehoben, vielleicht, weil er sich überzeugen wollte, daß dort keine Kratzer waren. »Wenn du einen Mann verwundet hast und ihm in die Augen schaust und selbst erkennst, daß du ihm die Lust zum Kämpfen genommen hast, dann mußt du entscheiden, ob du ihn tötest oder ihn verschonst. Gnade ist eine Angelegenheit zwischen einem Clansmann und den Steingöttern. Sie geben dir die Wahl – und glaube nicht, daß sie dich nicht dafür beurteilen –, aber niemand außer ihnen weiß, was richtig oder falsch ist. Glaube niemals, daß es dir die Steinhallen öffnen wird, wenn du einen Gegner auf dem Schlachtfeld am Leben läßt. Bei unseren Göttern ist nie etwas sicher. Sie haben Bannog Tay vom Verlorenen Clan dafür verdammt, daß er sich entschieden hat, seinen Bruder in der Schlacht nicht zu töten.«

Shors Worte waren Raif durch den Kopf gegangen, als er in die Augen der roten Klinge geschaut hatte. Das Schwert des Mannes lag neben zwei dicken Fingern und einer Blutpfütze im Schnee. Er hat keine Kraft mehr zum Kämpfen, hatte Raif gedacht, ein seltsames Ziehen in der Brust verspürt, und er hatte sein Pferd gewendet und war davongeritten.

Nun verspürte er wieder dieses Ziehen. Abrupt warf er den letzten Pfeil ins Feuer und sah zu, wie die gelben Flammen das Holz erst bogen und es dann schwarz färbten. Die Wahrheit war, daß er nicht wußte, ob er überhaupt Gnade gezeigt hatte – nicht in jener Weise, von der Shor Gormalin gesprochen hatte und bei der ein Clansmann den anderen aus Respekt verschonte. Es hatte sich gut angehört, als er es erzählte, und selbst Angus hatte genickt und gesagt: »Das ist dein Recht, Raif, und ich werde es nicht in Frage stellen.« Aber Raif fragte sich, ob er die rote Klinge nicht einfach nur deshalb verschont hatte, weil er sich beweisen wollte, daß er es konnte; daß nicht jeder Kampf, den er führte, und jeder Pfeil, den er abschoß, ein Ende im Tod eines Mannes finden mußte.

Totenwächter.

Raif schauderte und steckte einen weiteren Pfeil ins Feuer.

»Glaubt ihr, daß Sarga Veys tot ist?« Ashs Stimme brach das Schweigen des Lagers wie ein Baum, der unter dem Gewicht des Schnees bricht. Raif konnte sich nicht erinnern, wann sie das letzte Mal etwas gesagt hatte, und er und Angus wechselten einen kurzen, besorgten Blick.

Angus ließ den Fuchs unangepflockt stehen und hockte sich ans Feuer. Er zog sich die fleckigen Handschuhe von den

Fingern und sagte: »Ich will dich nicht belügen, Ash. Ich habe so eine Ahnung, daß er immer noch lebt.«

»Aber das Eis … ich habe gesehen …«

»Ja, aber hast du es geschmeckt? Ich hörte das Eis brechen, hörte die Pferde schreien, aber ich habe Augenblicke später auch Zauberei gerochen. Sarga Veys ist ein kluger Zauberer. Er ist auch mächtig. Er mag in die eisigen Wasser des Schwarzen Sees gefallen sein. Aber ein solcher Mann ist nicht so leicht umzubringen. Es gibt Dinge, die er hätte tun können, Körper, von denen er Wärme rauben konnte, Möglichkeiten, das Eis wieder zu festigen.«

Ash senkte den Blick. Einen Augenblick später sagte sie: »Was ist mit dem Schwertführer?«

»Marafice Eye ist Penthero Iss' rechte Hand. Veys wäre dumm, ihn der Verdammnis zu überlassen. Veys will sich eigene Macht verschaffen, aber er weiß, daß ihm das nicht gelingen wird, wenn er allein nach Spire Vanis zurückkehrt. Wenn es irgendeine Möglichkeit für ihn gab, den Schwertführer aus dem Wasser zu ziehen, sollten wir annehmen, daß er genau das getan hat. Ich begreife sehr, daß die beiden keine Freunde sind, aber Sarga Veys hält viel von sich selbst, und das gestattet ihm kein Versagen.«

»Du kennst Sarga Veys?« fragte Raif.

Angus fixierte Raif mit seinen Kupferaugen. »Ja, das könnte man sagen. Unsere Wege haben sich schon öfter gekreuzt … und ich würde jetzt lieber nicht daran denken.« Das war das Ende dieses Themas. Angus machte das vollkommen deutlich, indem er aufstand, sich reckte und Ash und Raif den Rücken zudrehte.

Raif zeichnete mit einer Pfeilspitze eine Linie in den Schnee. Sein Onkel hatte so viel Geheimnisse wie Anwyn Bird Rezepte für Lammfleisch. Immer gab es Themen, denen er auswich, Grenzen, die nicht überschritten werden konnten. Nach dem heutigen Tag gab es mehr Geheimnisse als je. Eine Sept, angeführt vom Generalprotektor von Spire Vanis, hatte sie gejagt wie Wild. Draußen auf dem See hatte jemand Zauberkraft eingesetzt. Raif machte das Zeichen der Steingötter, berührte die geschlossenen Lider und den Behälter an seinem Gürtel. Angus mochte vielleicht beiläufig über Zauberei sprechen, aber als Clansmann konnte Raif das nicht. Einiges war ihm zu tief eingeprägt. Clan, das war Erde, Stein und Schlamm, Dinge, die man in der Hand halten und abwägen konnte. Zauberei war Luft und Licht und Kunststücke.

Raif seufzte tief. Am hellichten Tag, unter offenem Himmel, hatte sich jemand magischer Kräfte bedient. Und wozu? Zuerst hatte er geglaubt, daß es die Sept auf Angus abgesehen hatte, aber der Zauberer und der Schwertführer waren Ash auf den See gefolgt, nicht Angus. Er spähte über das Flackern der Flammen hinweg zu Ash hinüber. Wer war sie? Der Surlord von Spire Vanis würde nicht seinen Generalprotektor schicken, um eine einfache Bettlerin aufzuspüren. Raif atmete die warme Luft und grauen Rauch vom Feuer ein. Die frisch verheilte Haut auf seiner Brust spannte sich, als er seine Lungen füllte. Die Nähte waren nun weg, Angus hatte die Fäden gezogen. Die zurückgebliebenen Narben erinnerten Raif an die auf den Handgelenken von Witwen.

»Warum hat Marafice Eye dich verfolgt?« Plötzlich schien es leichter zu fragen, als zu denken.

Er hatte die Frage an Ash gerichtet, aber Raif sah, wie Angus' Schultern starr wurden, als er sie stellte. Einen Augenblick lang glaubte er, Angus würde etwas sagen und das Thema an Ashs Stelle beenden, aber das tat er nicht. Statt dessen beschäftigte er sich mit seinen Handschuhen und kratzte Eis und Fichtennadeln mit der Messerkante weg.

»Du glaubst, er hat mich verfolgt?« Ash hob den Kopf von den Knien. Schweiß glänzte auf ihrer Stirn, selbst die kleinsten Bewegungen, die sie machte, wirkten kraftlos und ungelenk.

Raif bedauerte seine Frage bereits wieder. Der Nebel in Ashs

Kleidung würde über Nacht zu Eis werden. Sie brauchte frische Unterkleidung, warmes Essen und noch ein paar Decken – und sie hatten, nachdem die Satteltaschen nun weg waren, nichts mehr, um ihr zu helfen. Angus hatte ein paar Dinge mitgenommen – soweit Raif wußte, ein wenig Trockenfleisch und Medizin –, aber er hatte kein sauberes Tuch, um Ashs Oberschenkel und den Bauch des Fuchses zu verbinden, und nur einen Spritzer Alkohol, um die Wunden zu säubern. Raif schüttelte den Kopf. »Nein. Es ist auch gleich.«

Ash sah ihn aus großen, grauen Augen an. Nach einem Augenblick machte sie eine kleine, abwehrende Geste. »Es ist nicht gleich, Raif. Es ist wichtig, weil ihr nicht wißt, weshalb ihr euch in Gefahr bringt. Selbst wenn Marafice Eye und Sarga Veys beide draußen auf dem See gestorben sind, wird Penthero Iss mehr Leute schicken, um sie zu ersetzen. Er will mich zurückhaben ... ich bin seine Pflegetochter, Asarhia March.«

Raif brauchte einen Augenblick, bis er das verstanden hatte. »Die Tochter des Surlords?« wiederholte er dümmlich.

»Seine Beinahe-Tochter.« Ash warf Angus einen raschen Blick zu.

Raif bemerkte den Blick und verstand ihn sofort. »Du hast es gewußt«, sagte er zu Angus.

Angus legte sein Messer hin. »Ja.«

»Und deshalb hast du sie am Tor gerettet?«

»Was glaubst du denn?«

»Ich glaube, du wirst mir nicht die ganze Wahrheit sagen.«

»Wieso fragst du dann?«

Raif stand auf. »Ich habe gefragt, weil ich genug von diesen Lügen habe – weil du mich jedesmal, wenn ich der Wahrheit nahe komme, wegschiebst. Wir sind Blutsverwandte, und dennoch vertraust du mir nicht. Ich bin dir willig gefolgt, habe dir blind vertraut, aber es ist Ash, die mir am Ende die Wahrheit sagt, und nicht du.«

»Ich habe dich nicht belogen, Raif Sevrance. Da kannst du

sicher sein. Wenn ich einiges zurückgehalten habe, dann, um dich zu schützen. Wenn ich Wissen für mich behalten habe, dann deshalb, weil man einige Dinge lieber nicht wissen sollte. Ich habe vieles gelernt und mir viele Lasten aufgeladen. Solche Wahrheiten, wie ich sie kenne, sind nicht umsonst. Was für ein Verwandter wäre ich, wenn ich alle Schrecken, die ich gesehen habe, und alle Ängste, mit denen ich lebe, an dich weitergeben würde? Sobald etwas ausgesprochen ist, kann es nicht mehr zurückgenommen werden.«

Angus' Stimme war tief und hatte einen gefährlichen Unterton, aber das war Raif nun gleichgültig. Er ging einen Schritt vor. »Hör auf, mich wie einen dummen Jungen zu behandeln, Angus. Wenn es dir gerade paßt, hast du nichts dagegen, wenn ich die Gefahr mit dir teile. In den vergangenen drei Tagen bin ich gejagt, niedergeritten und angegriffen worden. Was muß noch passieren, bevor du mir die Wahrheit sagst?«

»Je weniger du weißt, desto sicherer bist du.«

»Warum? Vor wem schützt du mich? Penthero Iss' Sept hätte mir mit Vergnügen die Kehle durchgeschnitten, ganz gleich, was ich weiß oder nicht. Keiner von ihnen hätte zwischen Schlägen innegehalten, um Fragen zu stellen.«

Angus schüttelte den Kopf. »Mach nicht den Fehler anzunehmen, daß du die einzige Person bist, die ich schützen muß. Einige dieser Geheimnisse sind nicht meine allein.«

»Dann verrate mir wenigstens ein paar Dinge: Warum war es so wichtig, nach Spire Vanis zu gehen? Was passiert, wenn wir nach Ille Glaive kommen? Woher kennst du Sarga Veys? Und warum hast du mir den Bogen abgenommen, sobald du ihn erkannt hattest? Ich hatte einen Köcher voller Pfeile. Ich hätte die anderen sechs töten können.«

»Und der Fuchs«, sagte Ash leise. »Wer hat ihn gelehrt, auf dem Eis zu tanzen?«

Sowohl Angus als auch Raif drehten sich um und sahen sie an. In der Hitze ihrer Auseinandersetzung hatten sie sie ganz vergessen. Die Beinahe-Tochter des Surlords, frierend und zitternd wie ein Kind.

Angus' Miene wurde weicher. »Der Fuchs ist mir geschenkt worden. Ich habe einem Mann einmal das Leben gerettet, einem Sullkrieger namens Mors Sturmzeuger. Er hat mir versprochen, daß er mir zum Dank ein Pferd züchten und ausbilden würde. Die Sull nehmen solche Dinge nicht auf die leichte Schulter, und es dauerte viele Jahre, bis das Pferd auch nur gezüchtet war. Mors' Stolz verlangte es, daß er mir nur das Beste schickte, und es brauchte elf Jahre und zwei Generationen von Fohlen, bis er ein Tier gefunden hatte, mit dem er zufrieden war. Er verbrachte drei weitere Jahre damit, das Pferd in der Art der Sull auszubilden, ihm beizubringen, wie es unter einem zielenden Bogenschützen vollkommen ruhig bleibt, wie es im weißen Wetter überlebt und sich durch dicke Schneewehen bewegt, wie es auf plötzlichen Schmerz durch Steine oder Pfeile reagiert, ohne seinen Reiter abzuwerfen, wie es in Formationen mit anderen Pferden reitet, Spuren erschnuppert, den Schnee lesen und auf dem Eis tanzen kann. Als Mors damit fertig war, hat er mir das Pferd geschickt.«

»Vierzehn Jahre sind eine sehr lange Zeit, um eine Schuld zurückzuzahlen«, sagte Ash.

»Mors war an sein Wort gebunden, nicht an die Zeit. Die Jahre, die zwischen meiner Tat und seiner Vergeltung lagen, bedeuteten ihm nichts. Er ist ein Sull, er sieht die Dinge anders als du oder ich.«

»Wie lautet der Name des Fuchses?«

Der Fuchs wieherte leise und stampfte in den Schnee, als wüßte er, daß man von ihm sprach. Er hatte die provisorischen Verbände an seinem Hinterteil bereits ausführlich beschnuppert und zur Sicherheit auch noch daran gekaut.

»Er hat einen Sullnamen, einen, den man nicht richtig in unsere Sprache übersetzen kann.« Angus lächelte, als er Ashs nächste Frage bereits in ihrem Blick erkannte. »*Ehl Rhayas*

Erra'da Motho. Das bedeutet ›Einer, der für eine Schuld geboren wurde, aber in der Aufzucht mehr wird‹.«

Ash lächelte verlegen.

»Es ist leichter, ihn den Fuchs zu nennen.«

»Das verstehe ich jetzt.« Sie gähnte. Sie schloß die Augen, zog sich die Decken über die Brust und legte sich in den Schnee. »*Ehl Rhayas Erra'da Motho*«, flüsterte sie. Und dann ein paar Minuten später: »Mir ist so kalt.«

Raif und Angus wechselten einen Blick. Raif begann, die Bänder an seinem Elchumhang zu lösen. Er war nicht mehr zornig auf Angus. Sie würden sich später unterhalten, wenn Ash schlief – der Blick, den Angus ihm zugeworfen hatte, hatte ihm das versprochen. Nun mußte er sich erst um Ash kümmern. Er ging um das Feuer herum, wappnete sich gegen den Schock der kalten Luft und zog dann seinen Mantel aus. Gefrorene Blätter und andere Walddinge knirschten wie Glassplitter unter seinen Füßen. Als er sich niederkniete, um ihr den Mantel um die Schultern zu legen, berührte seine Hand ihre Wange. Ihre Haut war kalt wie Eis.

Er legte sich neben sie, nahm sie in die Arme und zog den Elchmantel um sie beide. Schweigend und zitternd hielt er sie fest, bis sie einschlief.

In der eisigen Stille der Nacht begannen Raifs Gedanken zu wandern. Angus hielt Wache und ging hin und wieder zwischen den Pferden und dem steilen Flußufer hin und her. Nebelschwaden vom See glitten wie weiße Schlangen über den Schnee. Der Halbmond schien durch ein Netz aus Wolken. Raif dachte an Drey, an den Tag, als Drey durch das Eis in den See gebrochen war und Raif ihn warm gehalten hatte, wie er nun Ash warm hielt. Tem war rasend vor Wut gewesen, wütend auf Drey, weil er auf das dünne Eis gelaufen war. Es war einen Monat nach dem Tod ihrer Mutter geschehen. In diesem Monat hatten alle Sevrances wilde, gefährliche Dinge getan.

»Raif.«

Raif blickte auf, überrascht, Angus in der Nähe hocken zu sehen. Er begann sich aufzurichten.

»Nein, Junge. Bleib, wo du bist. Ich übernehme heute nacht beide Wachen.« Angus nickte zu Ash hin. »Schläft sie?«

»Ja.«

»Sind ihre Träume ruhig?«

Raif nickte. Er konnte sich nicht erinnern, wann Angus im Verlauf der letzten vier Tage von der Verbindung zwischen ihm und Ash erfahren hatte, aber es war so, und diese Frage bewies es. Unsicher, wie er darüber dachte, schwieg Raif einen Augenblick lang. Endlich sagte er: »Was ich zuvor meinte …«

»Still, Junge. Glaub nicht, daß ich es nicht verdient hätte. Was ihr gesagt habt, du und Ash, war richtig und angemessen: Ihr habt ein Recht darauf zu wissen, wofür ihr euch in Gefahr begebt.« Angus schob die Hand in sein Hemd und holte die Kaninchenfellflasche heraus; auch die hatte er nicht mit den Satteltaschen aufgegeben. Er schüttelte sie in der Faust. »Das verfluchte Ding ist leer – das hatte ich glatt vergessen.«

Er betrachtete die Flasche, wie man vielleicht einen geliebten, alten Hund ansieht, der sich gerade umgedreht und einen gebissen hat, und sagte: »Als erstes gibt es ein paar Dinge, die ich geschworen habe nicht zu verraten. Ich kann nicht erklären, wie und warum ich Sarga Veys getroffen habe, das mußt du einfach akzeptieren. Vielleicht wirst du es später erfahren. Was ich dir sagen kann, ist, daß Sarga Veys gefährlich und undurchschaubar ist, und wenn du diesen Bogen heute auf das Herz irgendeines Mannes gerichtet hättest, hätte er dich wahrscheinlich getötet.«

»Das verstehe ich nicht.«

Angus seufzte. »Ja, das war anzunehmen. Ein Clansmann würde sich lieber selbst mit der Mistgabel in den Bauch stechen und sich eine Woche in Essig einlegen, als sich hinsetzen und über Zauberei reden. Das hast du Hoggie Dhoone und einer ganzen Reihe steingötterfürchtiger Clankönige zu verdanken.

Laß dieses Sevrance-Stirnrunzeln, Junge. So ist es nun einmal. Du mußt lernen zu akzeptieren, daß du jedesmal, wenn du mit deinem Bogen das Herz eines Mannes ins Visier nimmst, auf das Alte Können zurückgreifst. Ich weiß, das ist nichts, was du gerne hörst, und wir beide könnten eine Menge Zeit damit verschwenden, um die Sache herumzureden, aber hör im Augenblick einfach einmal zu, was dein alter Onkel zu sagen hat.« Angus' Kupferaugen blinzelten wie frisch geprägte Münzen: Er schien sich wieder davon erholt zu haben, daß die Kaninchenfellflasche leer war.

»Das Wichtigste, was du je über Zauberei lernen wirst, ist folgendes: In den Körper eines Menschen einzudringen, um ihm Schaden zuzufügen, ist das Gefährlichste, was ein Zauberer tun kann. Unsere Körper arbeiten auf tausend verschiedene Arten daran, uns zu bewahren. Der Schmerz, wenn es heiße Kohlen berührt, wird ein Kind dazu bringen, die Hand zurückzuziehen; Angst bringt einen Mann dazu, sich rascher zu bewegen und härter zu kämpfen, und Kälte läßt ihn schaudern, um sein Blut zu wärmen. Wenn wir Lungenfieber bekommen, kämpft etwas in uns gegen die Krankheit an, und wenn wir verdorbenes Essen zu uns nehmen, arbeiten unsere Lebern, um uns von dem Schlechten zu befreien. Wir haben den natürlichen Instinkt, gegen alles anzukämpfen, das unser Überleben bedroht. Und wenn Zauberei in unseren Körper eindringt, steht sie diesem Instinkt gegenüber.«

Angus beugte sich hinüber zu Ash und zupfte ihr den Elchmantel ums Kinn zurecht. »Zauberei ist ein Eindringen der übelsten Art. Sie ist in jeder Hinsicht widernatürlich, und ein Körper wird mit Zähnen und Klauen dagegen ankämpfen. Nichts kann einen Zauberer auf die schiere Kraft des Willens eines Menschen vorbereiten. Diese Willenskraft kann den Faden, den der Zauberer gesponnen hat, innerhalb von Sekunden zerreißen oder ihn wie einen brennend heißen Peitschenschlag zurückschnappen lassen. Ich habe einmal gesehen, wie einem

Mann das Gesicht weggebrannt wurde, einem Zauberer, der sich für schlauer hielt als die meisten. Wir waren zusammen in der Schleuse unterwegs – einem alten Viertel von Trance Vor, und wir waren leichtsinnig genug, uns dort sicher zu fühlen, trotz der ganzen Welt von Gerüchten, die darüber umgehen –, als ein junger Taschendieb mir meinen Geldbeutel abnahm. Ich wollte dem Burschen hinterherrennen, aber Brenn ließ das nicht zu. Mitten auf der Straße hat er versucht, Zauberei einzusetzen. Ob er tatsächlich vorhatte, den Jungen zu töten, ob er ihn nur verlangsamen oder einfach dazu zwingen wollte, den Beutel fallen zu lassen, kann ich nicht sagen. Am Ende war es auch gleichgültig. Was immer er getan hat, er war nicht schnell genug, und der Wille des jungen Diebes hat den Zauber gebrochen. Und hat ihn zehnfach zu Brenn zurückgeschickt.«

Angus schloß die Augen. »Es war eine lange Nacht. Brenns Gesicht und Brust waren schwarz verbrannt. Schwarz … ich konnte am Ende nur noch eins tun: ihn von seinem Schmerz erlösen.« Angus atmete eine Weile lang flacher, dann öffnete er die Augen und sah Raif an. »Das ist einer der Gründe, wieso ich nicht zugelassen habe, daß du die Sept ins Visier nimmst.«

»Aber ich habe zuvor schon auf Männer gezielt, ohne daß mir etwas geschehen ist.«

»Das ist ein Teil deiner Begabung. Was du tust, geschieht in weniger als einem Augenblick. Dein Geist dringt in den Körper eines anderen ein, verbindet sich mit dem Herzen und verläßt den anderen dann innerhalb von Sekundenbruchteilen wieder. Du schadest dem Herzen nicht, du manipulierst es nicht, du markierst es einfach nur als dein Ziel. Und all das passiert so schnell, daß die Opfer keine Gelegenheit haben zu reagieren. Und selbst wenn sie es täten, würde dein Pfeil sie eine Sekunde später treffen, und dann sind sie einfach tot.

Du benutzt Zauberei als deinen Komplizen, nicht als Waffe. Es ist ein ziemlich subtiler Unterschied, aber das und die schiere

Geschwindigkeit dessen, was du tust, schützt dich vor dem Rückschlag.«

Raif legte den Kopf zurück und blickte durch die Wolken hinauf zu den Sternen. Sein Herz klopfte wie wild. Was Angus gesagt hatte, verstörte ihn zutiefst; er hatte genau beschrieben, was geschah, wenn Raif den Bogen spannte und das Herz eines anderen ins Visier nahm. »Woher weißt du so viel darüber?« fragte er.

»Ich kannte einen Mann mit beinahe derselben Begabung …«

»Mors Sturmzeuger. Der Sull.«

Wenn Angus über Raifs Schluß überrascht war, zeigte er es zumindest nicht; er fuhr sich nur mit einer Hand über die Stoppeln am Kinn. »Ja. Den meinte ich. Kann jedes Tier töten, das er ins Visier nimmt.«

»Und für ihn ist es genauso?«

Angus nickte. »So ziemlich. Tiere haben diesen Überlebenswillen ebenso wie du und ich. Auch mit ihnen kann man so etwas nicht einfach machen. Mors weiß das. Ich habe nie erlebt, daß er auch nur einen Augenblick länger als notwendig in irgendeinem Tier blieb.«

»Aber er konnte keine Menschen ins Visier nehmen?«

»Nein.« Angus schaute Raif nur einen Moment lang an, bevor er den Blick abwandte.

Raif wartete, aber das Schweigen zwischen ihnen wurde nur tiefer, und Raif mußte annehmen, daß er ein anderes Thema berührt hatte, über das Angus nicht sprechen wollte. Da ihm selbst auch nicht danach zumute war, ließ Raif es sein. Vielleicht hatte sein Onkel recht: Einige Dinge sollte man lieber nicht wissen.

Er veränderte ein wenig seine Lage neben Ash und sagte: »Ich verstehe aber immer noch nicht, was das mit Sarga Veys zu tun hat. Wenn ich Menschen so rasch ins Visier nehmen kann, wie du sagst, worin besteht dann die Gefahr?« Angus schien über die Frage erleichtert. Während des Schweigens hatte er der leeren Flasche einen sehnsuchtsvollen Blick zugeworfen. »Das ist ganz einfach. Du solltest niemals einen Zauberer ins Visier nehmen. Niemals. Sie wissen sofort, wenn du in sie eindringst, und wenn sie schnell und schlau genug sind, schicken sie dir deine Zauberei vervielfacht zurück. Dabei ist es gleich, ob das, was du tust, kaum mehr als das ist, was jeder Bogenschütze mit seinem Ziel macht. Es ist die Trennung, aus der die Macht kommt. Indem er die Verbindung zwischen euch wieder durchtrennt, kann ein Zauberer aus einem unbedeutenden Zauber eine mörderische Waffe schaffen.«

Aber Angus war noch nicht fertig. Nun, nachdem er beschlossen hatte, etwas zu sagen, schien er auch das Schlimmste hinter sich bringen zu wollen. »Seit dem Abend, an dem wir Spire Vanis verlassen haben, wußte ich, daß wir mittels Zauberei verfolgt würden, aber bevor ich Sarga Veys auf dem Hügelkamm sah, konnte ich nicht sicher sein, wer es war. Wäre es ein anderer gewesen, hätte ich dir den Bogen vielleicht nicht abgenommen. Solange du dich auf die anderen Mitglieder des Sept konzentriert hättest, wärst du wahrscheinlich sicher gewesen. Aber Sarga Veys ist anders als andere Zauberer. Zauberei lebt in ihm auf dieselbe Weise, wie die Zukunft in Propheten und die Hölle in den Wahnsinnigen lebt. Er kann Dinge tun, die kein anderer kann – schlaue Dinge, subtile Dinge, Dinge, die angeblich unmöglich sind. Sobald ihm klargeworden wäre, daß du das Herz eines Mannes anvisiert hast, hätte er seine Macht neben deine schieben und wie einen Peitschenschlag zu dir zurückschicken können.«

Angus leckte die Zähne. »Und eine solche Kleinigkeit, ein kleines geistiges Fingerschnippen, würde ihn nicht einmal soweit ermüden, daß er ein Geistermahl bräuchte.«

Raif lag still, entschlossen, Angus nichts von seiner Angst zu zeigen. Plötzlich sehnte er sich nach Drey und Effie und dem Clan. »Wenn Veys solche Macht hat, warum hat er dann nicht eher und von weitem zugeschlagen?«

»Sarga Veys weiß, wo seine Grenzen liegen. Wahrscheinlich hat er seine Kraft für den Fall aufgespart, daß du deinen Trick mit dem Bogen versuchen solltest oder daß Ash irgend etwas tat, was alle in die Flucht schlug. Ganz gleich, was geschehen wäre, er hätte das Töten und die Gefangennahme der Sept überlassen. Zauberei ist in vielerlei Hinsicht nützlich – du hast gehört, was auf dem See geschehen ist, wie er den Nebel zur Seite geschoben hat, so daß der Schwertführer Ash folgen konnte –, aber wenn du jemanden töten willst, ist es sicherer, einen Pfeil oder ein Schwert zu benutzen.«

Einiges an dem, was Angus gerade gesagt hatte, verblüffte Raif, und er dachte eine Weile schweigend nach. Oder wenn Ash etwas getan hätte, das alle in die Flucht geschlagen hätte … Angus hatte diese Worte recht ungerührt ausgesprochen, aber der Gedanke dahinter war schwer zu verdauen. Was konnte Ash tun, das eine ganze Sept, ein halbes Dutzend Hunde und einen Zauberer in die Flucht schlüge? Raif drückte Ash an sich. Sie atmete stetig, schauderte nicht mehr und entspannte sich in einem tiefen, traumlosen Schlaf. Penthero Iss' Beinahe-Tochter. Sobald sie ihm das gesagt hatte, hatte er angenommen, sie wären gejagt worden, weil der Surlord von Spire Vanis seine Tochter zurückwollte. Nun schien es da noch mehr zu geben.

Raif warf seinem Onkel einen Blick zu. Bei Angus gab es immer noch irgend etwas mehr.

Und eine zweite Sache war Raif aufgefallen. Zweimal hatte Angus nun erklärt, Zauberei sei nicht gut, wenn man jemanden töten wollte. Aber dennoch war er, Raif Sevrance, dazu imstande. Oh, Angus würde sagen, daß der Pfeil tötete, nicht die Zauberei. Aber Angus hatte unrecht. Das hatte er am Leeren Tor bewiesen. An einem bestimmten Punkt, als er dort die Männer durch das Gitter erschossen hatte, war Raif klar gewesen, daß ein Mann, dessen Herz er ins Visier genommen hatte, schon in diesem Augenblick so gut wie tot war. Der Pfeil war nur das

Mittel, wie Wein, in dem man Gift auflöst; das eigentliche Töten war bereits geschehen.

Was machte das also aus ihm? Raif schüttelte bedächtig den Kopf und leugnete die Antwort, die ihm einfiel. Inigar Stoop hatte es gewußt; vielleicht wußte auch Angus es: Dabei sollte man es lieber belassen.

Angus berührte Raifs Schulter. »Du solltest dich ausruhen. Ich wecke dich im Morgengrauen.«

Raif nickte. Plötzlich wollte er unbedingt schlafen.

»Ich kann dir nicht sagen, was mich nach Spire Vanis gebracht hat«, erklärte Angus und zupfte den Elchmantel um Raif und Ash zurecht, um die Zugluft abzuhalten. »In dieser Stadt wimmelt es vor Geheimnissen, sie wurde auf Geheimnissen erbaut, und du solltest es deinem alten Onkel nicht übelnehmen, wenn er ein paar davon für sich behält.«

»Und Ille Glaive?« fragte Raif, kaum mehr imstande, die Augen offenzuhalten.

»Ja. Die Stadt der Tränen. Dort wohnt ein Mann, den ich sehen muß. Er ist ein im Turm ausgebildeter Gelehrter, und er ist ein schrecklicher Geizkragen, aber er hat die Begabung, die Wahrheit zu finden. Ich erinnere mich, als ich einmal auf der Graufuchsjagd war …«

Raif schlief ein. Vollkommene Dunkelheit faltete sich um ihn, schuf eine sichere Zuflucht, in die keine Träume oder Gedanken eindringen konnten. Die Zeit verging. Geräusche begannen in seinem Hinterkopf deutlicher zu werden, und er wurde ruhelos … immer noch verfolgten sie ihn, jetzt lauter, Traumstimmen, die um etwas flehten, das er nicht hatte und nicht geben konnte. Gereizt wandte er sich abermals von ihm ab. Erkannten sie denn nicht, daß er schlief? Endlich gingen sie, überließen ihn einer tiefen Starre, die die ganze Nacht anhielt.

Als er im ersten Morgengrauen erwachte, war es Schmerz, keine Stimmen, was ihn weckte. Er lag auf dem Bauch, und etwas Kaltes, Scharfes drückte sich an seine Brust. Er dachte, es sei ein Stein, und griff unter sich, um ihn wegzuschieben. Sobald seine Finger die Oberfläche des Gegenstandes berührten, wußte er, daß es sein Zeichen war, Ash …

Er riß die Augen auf, aber er wußte bereits, daß es zu spät war. Sie war kalt und reglos – in der Welt der Stimmen versunken.

Er rief nach Angus, und zusammen versuchten sie, sie aufzuwecken, aber ihre Augen blieben geschlossen, und sie lag schwer und reglos da, und endlich hob Angus sie auf den Fuchs, schnallte sie an seinen Rücken, und sie machten sich in raschem Tempo nach Ille Glaive auf.

Danksagungen

In einem Buch von diesen Ausmaßen verläuft man sich schnell. Zum Glück hatte ich viele Helfer mit Taschenlampen. Ich schulde Betsy Mitchell, Tim Holman, Sona Vogel, Mari Okuda, den Leuten bei Warner Books, Russ Galen und Richard, der alles als erster liest, meinen Dank.